중국역대사화(Ⅱ)
中 國 歷 代 史 話

진한사화

秦漢史話

도연 진기환 著

明文堂

중국에서 진한(秦漢)시대의 역사는 상당히 중요하며 공부해야 할 내용이 많다. 그래서 진한의 역사적 사실은 많은 이야깃거리를 제공해주고 있다.

우리나라에서도 크고 화려한 집은 '아방궁(阿房宮) 같다'고 말하며, 천하장사를 '항우(項羽)처럼 힘이 세다'고 말한다. 장기판을 통해 초(楚)와 한(漢)의 건곤일척(乾坤一擲)의 다툼을 짐작하고, 한신(韓信), 장량(張良) 진평(陳平)을 이야기한다. 그리고 '대기만성(大器晚成)', '수전노(守錢奴)', '노익장(老益壯)'의 성어(成語)가 후한의 장군 마원(馬援, 前 14－서기 49)의 말이라는 사실에 놀라기도 한다.

'한사군'은 강화군, 부여군과 같은 군 이름인데 왜 낙랑, 진번, 임둔, 현도의 4개 이름이 있느냐고 묻기도 한다. 이는 '한(漢)의 사군(四郡)'이라고 한자로 설명하지 않고 '한사군'으로 읽었기 때문일 것이다.

진(秦)나라의 전국시대 통일 이전은 《춘추전국사화(春秋戰國史話)》에서 다루었다.

단명(短命)으로 끝난 진(秦)의 통일 제국에 이어 서한(西漢, 전한, 前 206 − 서기 8)과 역시 단명이었던 왕망(王莽)의 신(新), 그리고 부활한 광무제(光武帝)의 한(漢), 곧 동한(東漢, 후한, 서기 25 − 220)의 역사는 매우 역동적이었다.

이 시대의 정치, 군사, 경제와 문화 각 방면 모든 역사는 곧 중국 역사와 문화의 골격이 되었고, 진(秦)의 군현제(郡縣制)와 문자 통일, 한대(漢代)에 운영된 정치제도와 행정조직, 문학과 사학(史學) 등 그 변화 발전의 결과는 중국 고대 문화의 완성이며 중국 문화의 고전으로 자리잡아 후세에 전승되었다.

지금 중국 정사서(正史書)로 24사를 말하는데, 이 시대에 그 많은 사서(史書)의 사실과 교훈을 어찌 다 읽고 깨쳐서 내 것으로 만들 수 있겠는가? 그렇지만 아무리 시대가 변하더라도 기본적 학습과 연찬은 있어야 한다.

중국 정사(正史)의 핵심은 삼사(三史)이며, 3사는 오경(五經)과 똑같은 비중으로 읽혀졌다. 3사는 사마천(司馬遷)의 《사기(史記)》와 후한(後漢) 반고(班固)의 《한서(漢書)》, 그리고 남조(南朝) 송(宋)나라 범엽(范曄)의 《후한서(後漢書)》를 지칭한다.

3사는 사실(史實) 서술이 정확 정밀하고 전아(典雅)한 명문장이기에 옛사람은 3사를 필독서로 인식하며 즐겨 읽었다. 진과 한의 제도 문물은 중국 고대문화의 완성인데, 그 모두는 《사기》와 《한서》에 들어있다. 특히 《한서》의 문장과 용어는 그대로 후세의 정치와 학문과 문학에서 사용되었다.

본 《진한사화(秦漢史話)》는 통일제국 진(秦)과 전한(前漢 / 서한)과 후한(後漢 / 동한)의 역사 이야기이다. 본서는 삼사(三史; 사기, 한서, 후한서)의 기록에 바탕을 두고 이야기를 풀어갔다. 역사적 사실의 재구성이니, 역사적 사실을 근거로 한 소설적 재미만을 보태거나 추구하지 않았다.

필자는 쉬지 않고 연찬하며 공부해야 한다. 필자는 3사를 중국 문사철(文史哲)의 연원이라 생각하였고, 3사에 바탕을 둔 《진한사화(秦漢史話)》를 《중국역대사화(中國歷代史話)》의 두 번째 책으로 독자 여러분께 올린다.

2024년 10월

도연(陶硯) 진기환(陳起煥)

일러두기

● 본서는《중국역대사화(中國歷代史話)》시리즈의 두 번째 책이다. 《중국역대사화》는 중국사 전체의 모습을 조망하기 위한 시리즈인데, 《춘추전국사화(春秋戰國史話)》,《진한사화(秦漢史話)》,《삼국사화(三國史話)》,《양진사화(兩晉史話)》,《수당사화(隋唐史話)》,《송대사화(宋代史話)》로 구성되었다.

이는 그간 필자의 중국 정사서의 번역을 바탕으로, 누구나 이해하기 쉽게, 또 흥미를 갖고 읽을 수 있도록 이야기 형식으로 고쳐 쓴 역사책이다.

이는 우리나라에서 처음 시도되는 사화(史話) 시리즈이기에, 독자의 안목으로도 미비한 내용이나 오류가 있을 수 있다. 필자는 독자 여러분의 엄한 질정을 기다린다.

● 본서의 기본 텍스트는 없고, 다음의 여러 도서를 참고하여 필자가 역사 수업을 하듯 본서를 집필하였다.

중국 역사를 고등학생에게 교육할 때, 또 중국 역사를 공부하는 동학(同學)들과 함께 연학(研學)할 때 가장 중요한 것은 무엇을 얼마만큼 가르쳐야 하고 공부하느냐? 곧 중국 역사의 내용과 깊이이다.

본《진한사화》는 춘추전국시대 역사의 개론을 줄거리 삼아 엮었지만, 개론서(槪論書)는 아니며 그렇다고 재미를 위한 사실의 변경이나 추가도 없었다. 다만 역사적 사실을 바탕으로 알기 쉽게 이야기하듯 설명하였다.

● 본서에서는 역사적 사실, 제왕의 재위, 개인의 생몰(生歿) 연도를 모두 서기로 환산하여 ( ) 안에 기록하였다. 그리고 역사적 인물의 성명이

나 관직, 지명 등 고유명사는 모두 한글에 한자를 병기하였다. 그밖에 다른 뜻으로 해석될 수 있는 내용도 한자를 병기했다.

● 상세한 주석을 달았다. 본서의 주석은 독자의 공부를 돕는 한 방법이다. 특히 역사 인물이나 사건에 대해서는 사실(史實)에 바탕을 둔 주석을 달았다. 독자의 여력이 있어 주석을 상세히 읽는다면 중국사에 관한 상당한 지식을 축적하리라 장담한다.

필자의 광범위한 주석은 고급 독자의 지적 욕구를 충족시켜주고, 의문사항에 대한 답변이다. 본서에는 한자가 좀 들어갔는데, 이는 독자의 빠른 이해를 위한 방편이라 생각했다. 특히 한자만 보면 머리가 아프다는 독자도 있지만, 이는 일종의 공포심이다. 한자를 읽으며 익히기를 계속한다면 그런 공포는 저절로 사라질 것이다.

● 어려운 한자의 경우 우리나라에서 통용되는 음훈과 중국어에서 통용되는 의미를 같이 설명하였다. 특히 성명의 우리말 표기에서는 국내 옥편의 음(音)을 따랐다.

> 예 契-사람 이름 설(商族의 시조). 맺을 계. 洗氏(선씨)-성씨 선. 씻을 세.

● 관직은 현재 통용되는 의미에 가깝게 보충하였고, 지명은 현행 중국 행정구역의 명칭으로 설명하였다. 곧 성(省), 지급시(地級市), 현(縣)이나 현급시(縣級市)를 병기하여 모든 독자가 현재의 중국 지도로 위치를 알 수 있게 하였다.

참고 도서

《中國歷代史話》全 5권 : 北京出版社[編], 北京出版社, 1992.

《史記解讀》(上, 下) : 本册主編 曾志華, 杜文玉, 白玉林 外, 雲南敎育出版
社, 2011.

《中國歷史圖說》全 10권 : 王壽南 編纂, 新新文化出版有限公司, 民國 66년,
臺北.

《秦漢文明》: 呂章申 主編, 北京時代華文書局, 2017.

《秦漢人物散論》: 孟祥才 著, 上海古籍出版社, 2011.

《秦漢史》: 錢穆 著, 三聯書店, 2004.

《秦漢史》(上, 下册) : 林劍鳴 著, 上海人民出版社, 1989.

《秦漢史》: 田昌五, 安作璋 主編, 人民出版社, 2008.

《圖說天下 秦漢》: 龔書鐸, 劉德麟 著, 吉林出版集團, 2006.

《漢書解讀》: 本册主編, 霍建波, 孫鴻亮, 侯立兵, 雲南敎育出版社, 2011.

《中國通史》第1-10册 : 人民出版社, 2004.

《中國通史綱要》: 白壽彝 主編, 上海人民出版社, 1980 (1983, 6刷).

《中國通史圖鑑》1-15권 : 莫久愚, 趙英 [共] 主編, 內蒙古大學出版社, 2000.

《中國通史圖說》1-10 : 朱大渭 主編, 九洲圖書出版社, 1999.

《中華五千年史話》: 郭伯南, 劉福元 著, 臺北書林出版有限公司, 民國 81년.

《중국통사》1-4 : 중국사학회 엮음, 강영매 옮김, 범우, 2013.

《漢書》全 15권 : 반고(班固) 저, 진기환 역, 명문당, 2018.

《後漢書》全 10권 : 범엽(范曄) 저, 진기환 역, 명문당, 2019.

《戰國策》全 3권 : 유향(劉向) 저, 진기환 역, 명문당, 2021.

차례

제**1**부

진(秦) 제국의 흥망

1. 진秦의 6국 통일

(1) 진 흥망의 줄거리

○ 진의 흥기(興起)

진(秦)은 춘추전국시대의 제후국으로, 영성(嬴姓, 가득찰 영)에 조씨(趙氏)인데, 소호씨(少昊氏)의 후예라는 기록이 있다.

진의 선조는 비자(非子)인데, 말(馬)을 잘 길러 주(周) 효왕(孝王, 재위 前 891-886? 추정) 때 진〔秦, 지금의 감숙성(甘肅省) 남부 천수시(天水市) 관할 청수현(天水縣)〕 땅을 봉토로 받아 주 왕실의 부용국(附庸國)으로 출발하였다. 이후 진나라는 서융(西戎)의 여러 종족과 잔혹한 투쟁을 계속하며 성장하였다.

前 770년, 진(秦) 양공(襄公, 재위 前 778-766)은 견융(犬戎)의 침략에 쫓긴 주 평왕(平王)을 동쪽으로 호송하고 지켜준 공적으로 백작(伯爵)의 작위를 받았고, 지금의 감숙성(甘肅省) 동남부와 섬서성(陝西省) 서남부 일부를 봉토로 받아, 정식 제후국이 되었다.

前 677년부터 진나라는 옹〔雍, 섬서성(陝西省) 서남부 보계시(寶雞市) 관할 봉상현(鳳翔縣)〕에 정도(定都)하고 300년 가까이 지금의 감숙성(甘肅省) 남부 천수시(天水市)에서 섬서성(陝西省) 서남부 농남시(隴南市)에 이르는 지역을 통치하였다.

진 목공(穆公, 재위 前 659–621)은 서융(西戎)의 12개 소국을 모두 병합하여 춘추시대 4강(强)의 기초를 다졌다.

전국(戰國)시대 초기에는 강성한 위국(魏國)의 공격으로 하서(河西) 일대의 영역을 빼앗기는 등 한때 위축되었지만, 진 효공(孝公, 재위 前 361–338)이 前 356년에 상앙(商鞅)의 변법(變法)을 채택하면서 부국강병(富國强兵)의 기초를 닦았고, 前 350년에는 함양(咸陽)[1]으로 천도하였다.

진(秦) 혜문왕(惠文王)은 前 325년에 칭왕(稱王)했고, 소양왕(昭襄王, 재위 前 306–251) 때 본격적인 전쟁을 벌였는데, 이궐(伊闕), 언영(鄢郢), 화양(華陽), 장평(長平)의 4대 전역(戰役, 전투)을 통하여

---

1 함양(咸陽)–수 陝西省 중서부 위하(渭河, 渭水) 유역에 자리잡았다. 동북으로는 연안시(延安市), 동쪽으로 동천시(銅川市)와 위남시(渭南市), 동남으로 西安市, 서쪽으로 보계시(寶雞市), 서북쪽으로는 甘肅省의 평량시(平涼市), 북쪽으로는 감숙성(甘肅省) 慶陽市와 연접했다. 관중(關中)의 옥야(沃野)인 황토 분지에, 황하 최대의 지류인 위하(渭河), 그리고 경하(涇河) 등이 흘러 一國의 도읍으로 손색이 없는 땅이었다. 함양은, 수 인구 5백만 이상의 대도시이다. 長安으로 통칭되는 西安市와는 40km 거리이다.

산동(山東) 6국의 1백만 군대를 죽이면서 통일의 기초를 다졌다.

결국 진왕(秦王) 영정(嬴政, 政은 이름)[2]은 前 221년 6국을 통합하고 중국을 최초로 통일한 왕조를 개창한다.

진 시황제(秦 始皇帝)는 전국에 폭 50m의 치도(馳道, 馳 달릴 치)를 정비하여 군대의 신속한 이동과 물자 공급의 편의를 도모하였는데, 이는 진나라 천하 통일의 기초가 되었다.

그리고 만리장성(萬里長城)을 구축하여 북방 유목 민족과의 경계를 분명하게 그었다. 물론 아방궁(阿房宮)과 여산릉(驪山陵, 시황제의 능묘)에 과도한 국력을 낭비하여 멸망의 원인이 되었다.

문자와 도량형(度量衡)의 통일은 이후 중국 발전의 토대가 되었지만 분서갱유(焚書坑儒) 등 제자백가(諸子百家)에 대한 탄압은 치적(治積) 이상의 실정(失政)이라 평가받는다.

그리고 군현제(郡縣制)의 전국적 실시 또한 중국 정치제도의 발전에서 큰 의미를 가진다.

시황제는 前 210년, 5차 순행 중 사구궁〔沙丘宮, 지금의 하북성(河北省) 남부 형태시(邢台市) 관할 광종현(廣宗縣)〕에서 50세를 일기로

---

2 시황제 趙政(前 259-210 / 재위 前 247-221-210) — 嬴(영) 姓. 趙氏, 名 政(정). 秦 장양왕(莊襄王, 재위 前 249-247)의 子. 唐代 사마정(司馬貞)은 《사기색은(史記索隱)》에서 《世本》을 근거로 趙政이라 표기했다. 조조의 아들 조식(曹植)은 〈文帝誄(문제뢰)〉에서 시황제를 영정(嬴政, 嬴 가득찰 영, 성씨)이라 최초로 호칭했다. 지금은 보통 영정(嬴政)이라 통칭한다.

병사한다. 이어 막내아들(小子) 호해(胡亥)가 2세 황제로 즉위한다(재위 前 210 – 207).

그러나 진승(陳勝, ?–前 208)의 봉기(前 209년) 이후 前 207년, 한 고조 유방(劉邦)이 입관(入關)하여 진왕 자영(子嬰)의 투항을 받았고, 진나라는 멸망한다.

(2) 진의 통일 과정

이제 진왕 정(政)은 내부의 분열세력을 완전 제거하여 강력한 왕권을 확실하게 구축하였으며 이사(李斯)나 위료(尉繚) 같은 유능하고 지략이 뛰어난 인재를 모아 객경(客卿)에 임명하였다. 그러면서 왕전(王翦) 같은 능정선전(能征善戰)하는 장수를 중용하여 6국을 통일하기 위한 책략을 강력하게 추진하였다.

아래는 진국(秦國)의 6국 통일 과정이다.

● 前 241년 – 초(楚)는 수춘(壽春)으로 재천도했으나, 진(秦)에 대항할 여력이 없었다.

● 前 230년 – 한왕(韓王) 안(安)을 생포. 진(秦)이 한(韓)을 멸망시키고, 그 땅에 영천군(潁川郡)을 설치했다.

● 前 228년 – 前 229년, 조(趙)에 대지진이 있었다. 왕전이 조국(趙國)의 총신(寵臣)인 곽개(郭開)를 매수하였고, 유언비어를 퍼트려서 조왕이 이목(李牧)을 처형케 한 뒤에 왕전이 수도 한단을 함

락시켰고, 조국은 멸망했다.

● 前 225년 – 위(魏) 도읍 대량(大梁)을 왕분(王賁, 왕전의 아들)이 수공(水攻)하자, 위국왕(魏國王) 가(假)는 투항, 멸망했다.

● 前 223년 – 진왕 정은 젊은 장군 이신(李信)에게 초국(楚國)을 없애는데 군사가 얼마나 필요한가 물었다. 이신은 20만 명이면 족하다고 대답했다. 진왕(秦王)이 왕전(王翦)에게 묻자, 왕전은 60만이 아니면 불가하다고 대답했다.

진왕은 왕전이 늙어 담력이 약해졌다고 생각하며 이신에게 20만 명을 내주었다. 왕전은 자신이 이제 왕의 신임을 받지 못한다 생각하여 병을 핑계로 고향으로 돌아가려 했다. 이신은 몽무(蒙武)와 함께 출정하여 초를 공격했지만, 초장 항연(項燕)[3]에게 대패하고, 회군했다.

진왕은 도성을 떠나가는 왕전을 쫓아가 사과하며, "장군이 아니면 초(楚)를 없앨 수 없다."며 출정을 요청하며 60만 대군을 내주었다.

왕전은 60만 대군을 거느리고 출정하여, 초의 도성 수춘(壽春)을 함락시키고 초왕(楚王) 부추(負芻)를 포로로 잡았다. 이어 왕전은 222년 월왕(越王)의 항복을 받았고, 그 땅에 회계군(會稽郡)을

---

3 항연(項燕, ?- 前 223) – 楚國 下相(今 江蘇省 서북부 宿遷市) 출신. 戰國 말기 楚國 대장군. 항량(項梁)의 父, 서초패왕(西楚覇王) 항우(項羽)의 祖父. 秦의 멸초(滅楚) 전쟁 중에 秦의 장수 이신(李信)에게 대승했다. 그러나 곧 秦 장수 왕전(王翦)에게 격파당하며 자살했다.

설치하였다.

이후 초인(楚人)의 진(秦)에 대한 원한은 '초나라의 민가 3호만 있더라도 초(楚)는 진(秦)을 기어코 없앨 것이다(楚雖三戶, 亡秦必楚).'라며 설한(雪恨)의 의지를 강조했다. 前 209년에, 항연(項燕)의 손자인 항우(項羽)가 진(秦)을 멸망케 하였다.

● 前 222년 – 왕전이 조국(趙國)을 멸망시킨 뒤(前 228) 연국(燕國)에 침공. 연왕은 태자 단(旦)을 잡아보내 사죄하고 요동으로 도피했었다.

● 前 221년 – 진왕은 왕분(王賁)을 보내 멸제(滅齊)하고, 중원(中原) 통일을 완성하였다.

진나라는 한(韓)을 병합한(前 230) 이후 10년간 정벌 전쟁을 계속하였다.

건국 당시에 중원의 여러 나라에 비하여 가장 낙후된 나라였던 진나라가 육국을 병합할 수 있었던 원인은 무엇인가를 한번 생각해 보아야 한다.

우선 부국강병을 위한 진(秦)의 변법(變法)은 다른 6국에 비하여 훨씬 철저하였다. 주대(周代)의 유산인 정전(井田)제도가 일찍 타파되고, 전공(戰功)에 따른 토지 사유가 인정된 진나라였기에 농경의 권장과 전투력 증강을 위한 여러 가지 장려 정책이 철저하게 추진되었다. 때문에 경제적으로 군량 공급과 함께 백성은 전투에 열심이었다.

그리고 진(秦) 효공(孝公, 재위 前 361 – 338) 이후 역대 군주가 오로지 부국강병에 전력을 다했고, 특히 혜문왕(惠文王, 재위 337 – 311) 이후, 진왕 정(政)을 보필한 여불위(呂不韋)까지 모든 군주가 탁월한 무공(武功)을 성취하였고, 이를 물려받은 진왕 정(政)의 과감한 정책적 결단력과 우수 인재 등용이 있었기에 6국 통일의 대업을 성취할 수 있었다. 이로써 250여 년에 걸친 전국시대 혼전(混戰)은 마무리 되었고, 이후 여러 가지 통일 정책은 뒷날 한(漢) 제국 발전의 토대가 되었다.

○ 진왕 정(政)의 즉위와 권력 장악

진왕 정(政)은 前 259년에 조국(趙國)의 도읍인 한단(邯鄲), 지금의 하북성(河北省) 남부 한단시(邯鄲市)에서 조(趙)에 인질로 머물던, 이인(異人)과 조희(趙姬, 조나라의 여인이란 뜻. 성이 趙, 이름이 姬가 아님)의 아들로 태어났다. 조희가 출산한 아들이 이인(異人)의 친자인지, 아니면 여불위(呂不韋)의 아들인지는 누구도 확인할 수 없다.

장양왕(莊襄王, 재위 前 249 – 247)의 재위 기간이 짧았기에 영정은 13세에 왕으로 즉위하였다(前 247년 7월). 즉위 초기에는 조모인 화양부인(華陽夫人)이 섭정(攝政)하듯 정사를 도왔지만, 진왕이 성인이 되면서 친정하였다(前 238).

진왕의 모친인 조희는 정력이 극강하여 태후를 즐겁게 했다는 노애(嫪毐)⁴를 면수(面首, 情夫)로 삼아 문란한 생활을 즐겼는데, 노애와 사통하여, 과부이면서 아들을 둘이나 출산했다.

그리고 여불위는 진왕 정(政)의 모친인 태후(조희)와 통정하며 무소불위(無所不爲)의 권력을 행사하였는데, 진왕 정은 노애를 처형하였고, 여불위는 자살하였으며(前 235, 57세), 조희는 유폐 생활을 하다가 229년에 51세로 죽었다.

○ 이사(李斯)

진왕 정(政)은 이사(李斯)와 위료(尉繚) 등을 등용하여 왕권을 강화하였다.

본래 이사는 초(楚)나라 상채군(上蔡郡)의 문서를 다루는 하급

---

4 노애(嫪毐, ?–前 238) – 秦始皇 母親 趙姬의 面首, 환관으로 위장 입궁하였고, 조희와 通姦하여 生子한 뒤에 병변(兵變)을 일으켜 秦王 政을 살해할 음모를 꾸몄지만 발각, 처형되었다. 《史記》의 기록에 의하면, 노애는 巨根을 가진 남자로, 여불위가 입궁시켰다. 노애는 음경(陰莖)을 축(軸)으로 삼아 오동나무 수레바퀴(桐木車輪)를 걸 수 있었다고 한다. 진왕정의 모친인 조희와 통간하여 두 명의 아들을 출산케 하였고, 관직은 급사중(給事中)이었으며, 자칭 가부(假父, 秦王의 義父)라 하였다.

前 238년에, 어떤 자가 秦王 영정(嬴政)에게 노애가 가짜 환관이며, 조희와 음란하며 반란을 일으켜 소생의 아들을 즉위시키려 한다고 밀고하자, 노애는 先發制人하여 거짓 병부(兵符)로 군대를 동원하여 궁궐을 기습하였다. 여불위 등이 왕의 명을 받아 공격하여 노애를 생포했고, 노애는 거열형(車裂之刑)을 받았고 그의 삼족은 몰살당했다.

관리인데, 큰 뜻을 세우고, 한비(韓非)와 함께 순자(荀子)의 문하에서 제왕술(帝王術)을 공부하였다. 이사는 전국시대 말기 법가의 대표적 인물로, 이론을 실제 정치에 접목하였다.

뒷날 이사는 진나라에 들어가 진상(秦相)인 여불위의 사인(舍人)이 되었다가, 나중에 정식 관리로 낭관이 되었다. 이사는 점차 승진하였고, 진왕 정은 이사의 방책을 받아들였다.

이사는 6국에 사신으로 나가 합종책을 분해하였고, 각국의 군신을 이간시켰다. 이사는 이러한 공로를 인정받아 외국인이지만 객경(客卿)에 임명되었다.

진왕 정 10년(前 237)에, 한국(韓國) 출신 정국〔鄭國, 생졸년 미상, 성(姓)은 정(鄭), 이름은 국(國)〕이 수리사업을 크게 일으켰는데,[5] 이는 진(秦)을 피폐시키려는 술책임이 들통나면서 진에서는 외국 출신 관리들에 대한 축출 명령(축객령逐客令)이 내려졌다.

이사는 방축되어야 할 상황에서 진왕에게 〈간축객서(諫逐客書)〉를 올렸다. 진왕은 이사의 문장과 주장에 감동하여 축객 명령을 취소하고 이사를 크게 등용하였다.

위료(尉繚)[6]는 본래 위국(魏國) 도읍인 대량(大梁) 출신으로 입진

---

5 정국거(鄭國渠) ― 韓國 출신 정국(鄭國, 人名임)이 秦王 政 元年(前 246)부터 秦國에 설치한 길이 300리 정도의 대水路(水利 시설), 수 陝西省 咸陽市 관할 경양현(涇陽縣)에 남아있다. 정국은 關中 지역의 농민들로부터 '水神'으로 추앙받았다.

하여 진국의 국위(國尉, 무관직武官職)가 되었고, 외교와 국방에서 원교근공(遠交近攻) 방책을 강력하게 추진하여, 진시황의 6국 통일에 크게 공헌했다.

2. 진秦의 정치

(1) 진나라의 통치

○ 오덕종시(五德終始)

오덕의 순환 이론은 전국시대 음양가(陰陽家)인 추연(鄒衍)의 이론이다.

추연(鄒衍, ?前 305 - 240, 《사기》에서는 추연騶衍)은 전국시대 제나라 사람으로, 음양가 학파의 창시자이면서 대표자이다. 추연은 직하학궁(稷下學宮) 출신으로, 5행의 이론에 바탕하여 역사의 순

---

6 위료(尉繚, 생졸년 미상, 성씨 미상. 尉는 관직명. 名은 繚 감길 료) ─ 秦王 政은 즉위 10년(前 237)에 위료를 처음 만나고서 자신의 옷과 같은 의복을 하사하고, 위료와 함께 식사를 했다. 이후 위료는 크게 감동받아 충성을 다했다. 위료는 국법을 어긴 자는 잔인하게 처벌하는 철저한 법가의 관리였다. 위료는 각국에 사신으로 나가서 해당 나라의 君臣을 이간시키는 외교활동을 폈다.

환을 설명하는 「오덕종시」의 역사관을 주창하였다.

곧 금(金), 목(木), 수(水), 화(火), 토(土)의 오행으로 만물이 이루어졌고, 오행의 상극(相剋, 剋은 이길 극)과 상생(相生)에 따라 변화 발전한다고 주장하였다.

오행의 상생(相生)은 목생화(木生火), 화생토(火生土), 토생금(土生金), 금생수(金生水), 수생목(水生木)이다.

오행의 상극(相剋)은 목극토(木剋土), 토극수(土剋水), 수극화(水剋火), 화극금(火剋金), 금극목(金剋木)이다.

이런 이론은 추연 이후 연(燕)이나 제(齊) 지역의 방사(方士)들에게 널리 퍼졌고, 신선(神仙) 사상과 결합하여 진한(秦漢)시대에 크게 유행하였다.

오덕(五德) 종시(終始)의 이론에 의하면, 황제(黃帝)는 토덕(土德)으로 제위에 올랐고, 황색을 숭상하였다. 다음 하(夏)의 우왕(禹王)은 목덕(木德)으로 황제의 토덕을 대신하였으며 청색(靑色)을 숭상하였다. 다음 상(商)의 탕왕(湯王)은 금덕(金德)으로 하 왕조의 목덕을 이었으며 서방의 색인 백색(白色)을 숭상하였다.

이어 주조(周朝)의 문왕(文王)은 화덕(火德)으로 상(商)의 금덕(金德)을 이겼으며, 남방의 색인 적색(赤色)을 숭상하였다. 이제 춘추전국시대의 혼란을 수습한 진나라는 수덕(水德)으로 화덕(火德)을 이겨 천하를 차지할 수 있었다고 주장하였다. 그래서 진(秦)에서는 이런 오덕종시의 이론에 따라 북방의 색인 흑색(黑色)을 숭상하였다.

○ 수덕(水德) 개제(改制)

진나라는 수덕(水德)에 의한 천하 통치를 이루기 위하여 필요한 여러 제도를 바꾸었다.

우선 진(秦)에서는 해월(亥月)을 세수(歲首)로 삼아 10월을 1년의 시작으로 삼았다. 왕조에 따라 1년의 시작을 다르게 제정하는 것을 지금 사람들은 이해하기가 쉽지 않다.

곧 10월 1일이 새해의 시작이 되어 10, 11, 12월에 이어 1월, 2월, 3월을 거쳐 9월로 일 년이 끝나게 된다. 진의 황제는 10월 1일에 백관의 조하(朝賀)를 받았다.

그리고 진에서는 북방의 수(水)를 상징하는 흑색을 숭상하여 관복과 정기(旌旗)를 흑색으로 통일하였다. 그리고 수(數)는 6을 기준으로 정하여 나라의 부절이나 법관(法冠)의 길이나 폭은 모두 6촌(寸)이었고, 수레의 길이는 6척(尺)에 6마리 말이 황제의 어가를 끌게 하였다. 그리고 6척을 1보(步)로 정했다.

진의 수덕 숭상에서 가장 큰 영향은 엄격하면서도 잔혹한 법률이었다. 수덕은 음(陰)을 상징하고, 음은 곧 형벌과 살생의 강조였다. 이는 그간 진(秦)에서 강조했던 엄형준법(嚴刑峻法)과 일맥상통하였다.

때문에 진에서는 형벌의 종류도 많았거니와 형벌의 집행도 매우 엄격 잔혹하였다. 이는 다음에 별도로 설명할 것이다.

○ 시황제의 호칭

진왕 정(政)의 육국 통일이 마무리되면서, 신하들은 진왕(秦王)에 대한 칭호를 우선 논의하였다. 신하들은 삼황오제의 호칭부터 고려하여 삼황과 연관하여 가장 존귀하다고 생각하는 태황(太皇)의 칭호를 처음 올렸다.

그러나 논의 과정에서 3황5제의 모든 업적보다도 더 위대한 치적을 이룩했다 하여 '황제(皇帝)'라는 호칭을 올렸고, 이를 진왕이 수용하였다. 그러면서 황제의 지시 사항을 제(制)라 하였고, 황제 명령을 조(詔)라 하면서, 이는 황제에게만 해당하는 용어로 지정하였다.

그리고 황제의 자칭을 짐(朕, 나 짐)이라 하였고, 황제의 죽음을 붕(崩, 산이 무너질 붕)이라 하였다. 그리고 황제가 죽은 뒤에 신하들의 평생의 치적을 평가하여 올리는 시호(諡號, 諡法)를 폐지하였다. 시호가 폐지됨에 따라 황제는 대수(代數)에 따라 호칭하였는데, 진왕 정(政)이 처음 시작이니 시황제로 하고 이어 2세, 3세로 이어져 만세에 이르길 바랬지만, 이는 시황제의 단순한 희망사항으로 끝났다.

○ 진시황의 불로장생 추구

진왕 정(政)은 13세에 왕으로 즉위하여 39세에 6국을 멸망시켜 중원 통일을 완성하며, 이사(李斯, 前 284－208) 등이 올린 황제(皇帝) 칭호를 받아들여 자신은 황제의 시작이라 하여「시황제(始皇

帝)」를 자칭하였다.

진시황은 통일 천하 이후에 10년 동안에 6차례에 걸쳐 전국의 약 3분의 1정도에 걸쳐 대규모의 순유(巡遊)를 통하여 자신의 위세를 만방에 과시하면서 육국의 잔존세력을 꺾으려 했다.

시황제는 태산(泰山)에 올라 봉선(封禪)하였으며, 지금의 산동반도의 동쪽 끝 성산(成山)에 올라 태양신(日主)을 제사하였다. 그 증거로 이사(李斯)의 명필 석각인 〈역산각석(嶧山刻石)〉을 남겼다. 물론 이런 순유 과정에서 진시황의 암살 시도도 있었다. 진시황 29년(前 218) 3차 순유 때, 장량(張良)이 주도한 박랑사〔博浪沙, 지금의 하남성(河南省) 북부 신향시(新鄕市) 부근〕의 저격사건이 있었으나 실패하였다.

시황제는 자신은 불로장생이 가능하다고 믿었다. 시황제의 이런 황당한 욕구를 잘 알고 있는 방사(方士)들은 동해 삼신산(三神山)[7]을 찾아 선인(仙人)이 복용하는 불사약을 구할 수 있다고 진시황을 유혹하였다.

그 대표적인 사람이 제인(齊人) 서불(徐市 / 서복)[8]이었다. 그는

---

7 삼신산(三神山) – 신선이 거주한다는 동해의 봉래산(蓬萊山), 방장산(方丈山), 영주산(瀛洲山)을 지칭한다. 물론 이는 가공의 섬이며 지명이다.

8 서불(徐市) – 보통 서시(徐市)로 잘못 읽는다. 市(슬갑 불, 무릎 덮개)은 수건 건(巾)部의 1획이다(총 4획). 저자 시(市)는 수건 건(巾) 部의 2획(亠)이라서 총 5획으로 써야 한다. 활자로 인쇄하면 市(불)과 市(시) 글자가 구분이 안 된다. 徐市(서시)는 분명한 오독(誤讀)이다.

동남동녀 3천 명을 데리고 입해(入海)하여 어디로 갔는지 그 행방을 알 수가 없다. 결국 속임수에 걸려든 진시황은 그간 방사(方士)들이 바친 연단(鍊丹)에 들어있는 수은중독으로 나이 50세인 재위 37년(前 210) 평원진(平原津)에서 득병(得病)하여 이궁(離宮)의 하나인 사구(沙丘)[9]의 평대(平臺)에서 죽었다.

죽은 날짜에 대하여 《사기》 권6 〈진시황본기〉에는 「〔37년〕 7월 병인(丙寅), 시황붕어사구평대(始皇崩於沙丘平臺)」라고 기록했다.

○ 조고(趙高)의 지록위마(指鹿爲馬)

조고(趙高, 前 258 – 207)는 춘추전국시대 제후국 진나라와 통일제국 진나라의 승상을 역임한 권신(權臣)인데, 그의 환관(宦官) 여부는 논란이 많다. 진시황과 2세, 그리고 진왕(秦王) 자영(子嬰)의 신하였다.

조고는 진국(秦國) 종실의 먼 친척이라지만, 본래 병졸에서 입신(立身)하였다. 前 210년, 진시황이 사구(沙丘)에서 붕어할 때, 조고는 공자(公子)인 호해(胡亥), 승상인 이사(李斯)와 함께 시황제의 유조(遺詔)를 조작하여 장남인 부소(扶蘇)를 죽게 하였고, 만리장성에서 흉노와 싸우는 몽염(蒙恬, 約 前250 – 210?) 형제〔아우 이름

---

9 沙丘宮 – 今 河北省 남부 邢臺市(형대시) 관할 廣宗縣. 이곳에 길이 150m, 폭 70m 정도의 모래 언덕이 있고, 역대 왕조의 이궁(離宮)이 있었다.

은 몽의(蒙毅)]를 감금하라는 사구지변(沙丘之變)을 꾸몄다. 2세가 등극한 뒤에 조고는 낭중령(郞中令)의 자리에서 어리석은 이세황제(호해胡亥)를 조정하여 몽염과 이사를 죽였다(前 208).[10]

이사를 죽인 뒤, 조고는 중승상(中丞相)이 되어 조정의 권력을 혼자 장악하였고, 관동지역 농민 봉기를 추궁당할까 두려워, 2세 황제를 핍박하여 죽여버리는 망이궁(望夷宮)의 변(變)을 일으켰고, 자영(子嬰)을 즉위케 하였다. 그러나 자영은 조고를 신임하지 않아 다른 환관을 보내 조고를 죽여버렸다.

이사를 죽인 뒤, 2세는 조고를 중승상(中丞相)에 임명했고 안무후(安武侯)에 책봉하였다. 조고는 나라 안 대소사를 결단하는 대권을 장악했고, 나아가 2세를 제거하고 싶었다. 그러나 여러 신하들이 따르지 않을까 걱정이 되었다.

이에 조고는 사슴(록鹿)을 끌고 들어가 2세에게 말(馬)을 헌상하겠다고 말했다. 이에 2세는 웃으면서 조고가 자신에게 농담을 한다고 말했다. 그러나 조고는 말이라고 우겼다. 이에 2세가 여러 대신에게 물었다. 대신 중에 몇몇은 조고의 뜻을 눈치채고 말

---

10 前 208年, 이사는 咸陽의 거리에서 요참(腰斬)형을 받기 직전 아들을 돌아보며 말했다. "나는 너와 함께 누렁이(黃狗)를 데리고 상채(上蔡)의 동문을 나가 토끼 사냥을 하고 싶었는데, 이제는 어쩔 수 없구나!" 그리고서는 부자가 서로 끌어안고 통곡했다. 이사의 삼족은 모두 멸족되었다.

이라고 응답했다. 결국 2세는 말과 사슴(馬鹿)을 구분하지 못하는 바보가 되었다.

사마천은 《사기》에서 조고를 열전에 단독 입전(立傳)하지 않았다. 조고의 행적은 《사기 진시황본기(史記 秦始皇本紀)》, 《사기 이사열전(史記 李斯列傳)》 및 《사기 몽염열전(史記 蒙恬列傳)》에 보인다.

(2) 진나라의 권력 구조

○ 군현제(郡縣制) 채택

통일된 제국의 영역 통치(곧 지방통치) 방법으로 주대(周代)의 봉건제를 답습하여 황족이나 공신을 분봉(分封)할 것인가? 아니면 진(秦)에서 이미 적용되는 군현제(郡縣制)를 시행할 것인가는 매우 중요한 문제였다.

승상인 왕관(王綰, 생졸년 미상)[11]은 이전의 연(燕)과 제(齊), 초(楚) 지역에는 봉건을 시행해야 한다고 주장하였으나 이사는 결국 6국의 항쟁이 다시 일어날 수 있다며 군현제의 전면 실시를 주장했고, 시황제는 이사의 의견을 받아들였다.

---

11 왕관(王綰) – 秦始皇의 丞相, 어사대부에서 승진. 원래의 楚國, 燕國, 齊國 지역은 도읍에서 너무 멀기에 皇子나 宗室 子弟를 분봉하여 통치해야 한다고 주장하였다.

진(秦)은 5행 사상에서 수덕(水德)을 받아들였고 수덕의 숫자 6을 중시하였다. 그래서 처음에는 전국을 36군(6×6)으로 나누었지만 군(郡)의 관할 지역이 너무 광대하여 나중에는 6의 배수인 48군으로 나누어 통치하였다.

군에는 군수(郡守)가 군의 행정과 백성을 관할했다. 또 군위(郡尉)가 군의 군사 관련 업무와 함께 치안 업무를 담당하였다. 중앙에는 지방 행정을 감시하는 감어사(監御史)를 두었는데, 이는 어사중승(御史中丞) 소속이었다.

군에는 그 하급 행정 단위로 현(縣)을 두었는데, 백성 1만 호 이상이면 현령(縣令), 1만 호 미만의 현에는 현장(縣長)을 보내 다스리게 했다. 그리고 현위(縣尉)가 있어 현(縣) 단위의 군사와 치안, 백성 징발을 담당하였다.

그리고 현의 하부에는 향(鄉)이 있었는데, 향에는 백성에 대한 교화(教化)를 담당하는 삼로(三老)와 사법과 부세(賦稅)를 담당하는 색부(嗇夫), 그리고 치안과 도적 체포를 담당하는 유요(游徼)가 있었다. 향 아래에 자연부락 단위인 리(里)가 있어 이정(里正 / 里典)을 임명하였다. 이러한 향제(鄉制)는 한(漢)에서도 계속 시행되었다.

그리고 진나라에서는 정(亭)을 설치하였는데, 대개 10리 정도에 정을 설치하고 정장(亭長)을 두었는데, 치안 유지 활동을 보조하며 공문 전달이나 도적 체포 관련 업무를 수행케 하였다. 한 고조 유방(劉邦)은 사수정(泗水亭)의 정장(亭長)이었다.

○ 중앙 권력 – 삼공제(三公制)

중앙의 권력기구로는 황제를 정점(頂点)으로 황제의 명을 직접 받아 실행하는 승상(丞相, 左,右)과 태위(太尉, 군사 담당)와 어사대부(御史大夫, 감찰 담당, 부승상격)의 삼공제(三公制)를 채택하였다.

좌우 승상 중 좌승상이 선임이었고, 태위는 상설직(常設職)이 아니었다는 주장이 있다. 어사대부는 백관에 대한 감찰과 국가의 기밀문서나 전적(典籍) 관리도 담당하였다. 어사대부의 속관으로 어사중승(御史中丞)이 있어 어사대부의 직권을 상당 부분 담당하였다.

○ 행정 분담 – 구경(九卿)

진나라의 행정과 법률은 한조(漢朝)에서 거의 그대로 계승되었다. 때문에 진(秦)의 중앙 행정조직을 상세히 알아둘 필요가 있다.

※ 중앙행정 조직 – 구경(九卿)

① 봉상(奉常) – 종묘의 의례 담당. 각종 국가의 제사의식을 주관. 70명의 박사관(博士官)을 관할.

② 낭중령(郎中令) – 궁궐과 황제의 시위(侍衛) 담당. 관장 업무가 많고 최대 관원을 보유.

③ 위위(衛尉) – 궁궐 경비 담당, 궁궐 출입문 관리.

④ 태복(太僕) – 황실용 거마(車馬) 관리. 황제가 출행할 때, 의

장대 역할. 거관(車官), 마관(馬官), 중거부령(中車府令) 등의 관직. 조고(趙高)는 한때 중거부령을 역임했다.

⑤ 정위(廷尉) – 재판 담당. 형벌 주관. 최고 사법관.

⑥ 전객(典客) – 주변 소수민족 관리. 외빈 접대, 외빈의 의례(儀禮)에 관한 업무.

⑦ 종정(宗正) – 황족 관련 업무를 담당.

⑧ 치속내사(治粟內史) – 국가 재정, 지출 담당. 전곡(錢穀) 관리, 징세(徵稅) 업무.

⑨ 소부(小府) – 황실의 재정 관리. 산림, 지택(池澤), 어장(漁場) 관리.

9경 이외의 주요 관리는 아래와 같은 부서가 있었다.

중위(中尉) – 수도 방위(防衛) 및 치안을 담당.

장작소부(將作小府) – 궁궐 건축. 토목공사, 황릉(皇陵) 관리를 담당.

전속국(典屬國) – 주변 국가, 소수민족 관련 업무를 담당.

(3) 진나라의 법률

○ 법률 – 번잡, 엄격

진나라는 전국시대 어느 나라보다도 더 번잡하고 세밀한 법률로 관리나 백성의 생활 전반을 통제하고 간섭하였다. 그리고 위반자에 대한 형벌은 엄격하고도 잔혹하였다. 진나라 법률의 핵심은 형법(刑法)이었다.

진(秦)은 상(商)과 주(周)나라의 법을 계승했지만, 이전 왕조에 비하여 한층 세밀하고도 엄격, 잔혹하였다.

주대(周代)의 5형은 묵형(墨刑, 묵자墨刺), 의형(劓刑, 코 벨 의), 비형(剕刑, 발 자를 비), 궁형(宮刑, 거세), 대벽(大辟, 사형)이니 주로 신체에 가해지는 형벌이었다.

이런 형벌은 그 집행 방법에 따라 다시 5가지로 나눌 수 있다. 곧 사형(死刑)과 육형(肉刑), 벌작(罰作)과 천형(遷刑), 그리고 속형(贖刑)이 그것이다.

① 사형(死刑) – 그 방법이 다양하고도 잔혹하였다.
● 참수(斬首) – 머리와 신체의 분리로 변방에 방수(防戍)할 경우 기일에 늦으면 모두 참수하였다.
● 류(戮, 죽일 류) – 죄인을 산 채로 신체를 훼손하여 많은 사람에게 보여준 다음에 참수하기.
● 책(磔, 찢을 책, 돌 던질 책) – 죄수의 몸을 찢어서 죽이기.
● 거열(車裂) – 죄수의 사지를 수레에 묶어 찢어 죽이기.
● 효수(梟首) – 참수한 다음에 머리통을 높이 매어다는 형벌.
● 기시(棄市) – 처형한 시신을 거리에 방치하기.
● 사사(賜死) – 사약이나 검(劍)을 보내 자결을 강요.

●이족(夷族) – 중죄인 이외의 일족을 모두 죽이기. 이사를 죽인 뒤 그 삼족을 모두 처형하였다.

●생매(生埋, 갱살坑殺) – 구덩이에 묻어 죽이기. 진시황 35년(前 212)에 460여 명의 유생을 함양에서 산 채로 파묻어 죽였다.

② 육형(肉刑) – 신체(身體, 肉身)에 가해지는 여러 가지 형벌.

●경(黥, 묵형墨刑) – 죄수 이마에 죄명을 쓰고 먹물을 먹여 지워지지 않게 한다. 묵형과 함께 변방에 축성(築城)하는 노역에 종사케 하였다. 가장 일반적인 형벌이었다.

●의형(劓刑, 코벨 의) – 얼굴의 중심인 코를 자르기.

●월형(刖刑, 발뒷꿈치 자를 월) – 월형을 받으면 제 발로 걸을 수가 없다.

●궁형(宮刑, 부형腐刑) – 남자는 생식기를 거세하고, 여인은 폐쇄하는 형벌.

●태형(笞刑) – 육신에 가하는 형벌 중 가장 경미하다고 하지만, 태형 도중에 죽거나 아니면 불구자가 되었다.

③ 벌작(罰作) – 강제 노역, 노역 종사.

●곤겸(髡鉗)하고 축성(築城)하기 – 머리를 깎고(髡, 머리 깎을 곤), 목에 형구(刑具, 칼)를 차고(鉗, 칼 겸), 성벽을 축조하는(성단城旦) 노역에 종사하기, 여인은 군량(軍糧) 방아 찧기(용春)에 종사. 성단과 용의 기간은 4년.

●완성단(完城旦)과 용(舂) – 완(完)은 머리를 깎거나 형구를 차지 않고 평상복을 입고 축성하거나 여인은 방아 찧기에 종사하기.

●귀신(鬼薪)과 백찬(白粲) – 종묘나 사당에 필요한 땔감을 공급하거나(鬼薪, 薪은 땔나무 신) 쌀의 잡티를 골라내는 작업에 종사하기.

●사구(司寇) – 성벽이나 망루에서 적병의 침입이나 동태를 감시하기.

④ 천형(遷刑, 사적徙謫) – 유방(流放)을 고향이 아닌 남방이나 북방으로 강제 이주시키키.

⑤ 속형(贖刑) – 국가에 재물을 납부하여 속죄하여 형벌을 면하기. 재물 납부로 사형이나 궁형, 천형(遷刑), 묵형을 면제받을 수 있었다.

(4) 진나라의 통일 정책

시황제는 제국의 통치 기반을 굳건히 하기 위하여 화폐, 도량형(度量衡) 및 문자에 대하여 강력한 통일 정책을 추진하였다.

○ 전국시대의 전폐(錢幣)

포폐(布幣)의 포(布, bù)는 농기구인 박(鎛, bó, 호미, 큰 종 박)의 가차자(假借字)인데, 박(鎛)은 오늘날의 부삽(鏟 삽 산, 깎다)과 같이 자루가 달렸다는 주석이 있다. 산(鏟)은 상고(上古) 한어(漢語)에서 전(錢, 돈 전)과 같은 음이었다. 포폐는 주로 주(周)의 도읍이나 왕기(王畿) 지역에서 유통되었다. 이는 청동 농기구 모양에서 발전한 최초의 화폐이다.

도폐(刀幣)는 도전(刀錢)이라고도 부른다. 융적(戎狄)의 칼 모양에서 변형이 이뤄진 금속화폐인데, 전국시대에 제(齊), 연(燕), 조(趙) 등지에서 널리 유통되었다.

도전은 춘추시대에 제나라에서 최초로 제조 유통되었는데, 머리 부분(도수刀首)과 몸체(도신刀身), 그리고 자루 부분(도병刀柄)과 고리 부분(도환刀環)의 4부분으로 이루어졌다. 제나라 도전(제도齊刀)은 구리 함량이 100분의 70이상이었고, 정미하게 주조되어 도전의 대표라고 알려졌고 명문(銘文)이 있었다.

○ 화폐 통일

진시황은 중국을 통일한 뒤에 각국에서 사용되던 패전(貝錢), 도전(刀錢), 포전(布錢) 등을 모두 폐지하였다. 그리고 황금(黃金)을 상폐(上幣)라 하여 제왕(帝王)의 상사(賞賜)에 제한적으로 사용하였다. 그러면서 동전(銅錢)을 하폐(下幣)라 하여 백성들 교역에 사용토록 통일하였다.

환전(圜錢)은 원형에 몸체의 둥근 모양 또는 사각형의 구멍(방공方孔)이 있어 휴대나 보관이 용이하였다.

이 환전에 속하는 가장 대표적인 전폐는 진나라의 반양전(半兩錢)이었다. 이 동전에는 반양(半兩)이라는 글자가 새겨져 있었다. 이는 진나라 말기 혜문왕(惠文王) 2년(前 336)에서 진시황 26년(前 221)까지 제조 유통된 진(秦)의 법정 화폐였다. 이 반양전은 진에서 한대까지 제조 유통되었는데, 한 무제 원수(元狩) 5년(前 118)에 오수전(五銖錢)[12]을 제조 유통하면서 반양전의 사용은 중지되었지만, 반양전은 218년간 유통된 최초의 중국 통일의 화폐였다.

○ 도량형(度量衡)의 통일

도량형(度量衡)은 길이(度, 잴 도), 부피(量), 무게(衡, 저울대형)의 계량(計量) 방법이다. 진나라에서는 前 356년, 상앙(商鞅)의 변법(變法)을 통하여 도량형의 개혁을 추진하여 「평두통(平斗桶)과 권형(權衡), 장척(丈尺)」을 시행하면서 표준 기기를 제정 시행하였다.

---

12 五銖錢(오수전) – 錢의 무게에 따른 화폐 이름. 漢 건국 후에도 秦의 반양전(半兩錢)이 유통되었다. 오수전은 漢의 동전(銅錢)으로 그 무게가 오수(五銖, 1兩은 15.5g, 1兩은 24銖. 1銖는 0.65g / 五銖는 3.25g)이며 표면에 '五銖'라는 二字가 양각되었다. 武帝 元狩 5년(前 118) 최초로 주조된 이후 後漢, 魏, 진(晉)을 거쳐 隋까지 주조 통용되어 唐 高祖 武德 4年(621)에 공식적으로 폐지되었지만 민간에서는 여전히 유통되었다.

진은 일통천하(一統天下)한 다음에 진국 시대의 도량형 제도를 법률로 정하여 전국적으로 시행하면서 표준 자(銅尺), 용기, 저울들을 제조하거나 돌에 새겨 보급하였다. 뿐만 아니라 사용 중인 도량형의 기기를 매년 표준에 적합한가를 검사하였고, 표준에 맞는다는 인증(認證)을 시행하였다.

진나라의 도량형 통일은 중앙집권을 강화하며, 사회와 경제활동과 발전에 크게 기여하였으며, 후세 중국 도량형 운영에 심대한 영향을 끼쳤다.

진은 단명(短命)으로 끝났지만, 진(秦)의 도량형 제도는 한대에 거의 그대로 계승되었으며, 전, 후한에 이어 삼국시대까지도 도량형에 큰 변화는 없었다.

○ 문자 통일

진시황은 천하통일 이후 각국에서 사용하던 문자를 소전(小篆)[13]으로 통일키로 결정하였다. 이에 이사(李斯)는 《창힐(倉頡)》[14]

---

13 許愼(허신)의 《설문해자(說文解字)》에서는 秦의 文字에 八體가 있다고 하였으니, 一曰 대전(大篆), 二曰 소전(小篆), 三曰 각부(刻符), 四曰 충서(蟲書), 五曰 모인(摹印), 六曰 서서(署書), 七曰 수서(殳書, 殳는 창 수), 八曰 예서(隸書)라 하였다. 왕망(王莽)은 이를 다시 古文, 奇字, 전서(篆書, 小篆), 左書(隸書), 무전(繆篆), 조충서(鳥蟲書) 등 6가지 서체(六技, 육기)로 고쳤다. 六技는 八體의 訛字(와자)라는 주장도 있다. 許愼(허신, 字 叔重)은 후한의 經學者이며 中國 文字學의 개척자로 속칭 '字聖' 으로 알려졌다. 중국 최초의 字典인 《說

7장(章)을, 조고(趙高)는 《원력(爰歷)》 6장을, 그리고 태사령인 호무경(胡毋敬)은 《박학(博學)》 7장을 저술하여 온 나라가 이를 자첩(字帖)의 규범으로 삼게 하였다. 그런데 이 20개 장은 주 선왕(周宣王, 재위 前 828-782) 시기의 대전(大篆)인 《사주(史籀)》 15편[15]을 본보기로 삼아 통일한 자첩이었다.

그 뒤 서한(西漢, 전한) 시대에 민간의 서사(書師)들은 3편에서 60자를 모아 1장으로 다시 편집하여 《창힐편(蒼頡篇)》 55장을 편집하여 사용하였다.

文解字》를 저술했다(서기 100年, 和帝 永元 11년).

14 倉頡(창힐, 생졸년 미상) - 神話 속 人物, 黃帝의 史官, 漢字의 創造者, 속칭 倉頡先師(창힐선사, 頡 곧은 목 힐), 制字先聖, 倉頡至聖으로 불린다. 눈동자가 2개(雙瞳)에 4目으로 그려진다.
중국 거의 모든 학교에 '문자성인창힐선사(文字聖人倉頡先師)'의 神位가 모셔져 있다. 《창힐》의 七章은 秦 丞相 李斯(이사)가 지었는데 지금은 전하지 않는다. 《爰歷(원력)》 6章은 車府令 趙高(조고)가, 《博學(박학)》 7章은 秦의 太史令인 호모경〔胡毋敬, 또는 호무경(胡毋敬). 胡毋가 姓〕이 지었다. 《창힐》, 《원력》, 《박학》을 3창(三蒼)이라 했다.

15 《사주(史籀)》 15편 - 周 선왕(宣王, 재위 前 828-782) 연간에 太史가 大篆(대전) 15편을 저술했다. 後漢 光武帝 建武 연간(서기 25-55년)에 6편이 망실되었다. 籀는 篆字(전자) 주, 글 읽을 주. 사주(史籀, 생졸년 미상)는 周 宣王 시기의 太史官, 또는 춘추전국 사이의 秦人이라는 주장도 있다. 史는 관직이 곧 성씨. 名은 籀(주). 《사주편》은 중국 최초의 字書, 약 2천여 字의 주문(籀文) 문자를 설명하고 있는데 그 서체는 대전(大篆)과 비슷하다.

서한(전한) 시대에는 《창힐(倉頡)》, 《원력(爰歷)》, 《박학(博學)》을 삼창(三蒼)이라 불렀었다. 그러나 이후 《창힐편》 55장의 문자들은 거의 대부분 실전되었다.

○ 예서(隷書)의 유행

예서(隷書, 부릴 예, 따를 예)는 진서(秦書) 8체(八體)의 하나인데, 소전(小篆)에 기원을 두고 간략화하며 발전한 서법(書法)으로, 대개 장방형 형태로 쓰여진다. 예서는 한대에 가장 성행하였는데, 「한나라 예서, 당나라 해서(한예당해漢隷唐楷)」라는 말이 전한다.

예서는 '상주할 일은 많고 복잡하나, 소전(小篆)은 쓰기가 어려워 예인(隷人)을 시켜 문서 작성을 돕게 했기에 예자(隷字)' 라 하였다고 한다. 이를 본다면, 예서는 전자(篆字)에서 파생된 글자임을 알 수 있다.

예서는 기본적으로 소전에서 변화 발전한 것인데, 그 변화 과정은 곧 필획의 단순화였다. 때문에 서사(書寫)의 속도가 매우 빨라졌다.

진대(秦代)에는 죽간(竹簡)이나 목간(木簡)에 붓으로 쓰거나 칼로 새겼기에 둥근 자획은 쓰기가 어려웠다. 곧 한자에는 원형의 자획(字劃)이 없다. 그리고 죽간이나 목간에 잘못 쓴 글자는 칼로 밀어버리고 그 자리에 고쳐 썼다.

진시황은 「문자통일(書同文)」의 필요성을 절감하여 이사(李斯)

에게 명하여 소전(小篆)으로 통일된 자형을 만들게 하였다.

　이사가 소전의 서체를 확립한 뒤에, 옥리(獄吏)인 정막(程邈, 생졸년 미상, 멀 막)은 새로운 자체를 만들어 예서(隸書)라 이름 지었다고 한다. 하여튼 예서는 필사 작업의 간편화와 빠른 기록을 위하여 만들어졌다.

　서한(전한) 초기에는 진대(秦代) 예서가 그대로 행정 실무에 사용되었다. 나중에 왕망(王莽) 시대에 일단의 변화를 겪었다. 이후 동한(東漢, 後漢)을 거쳐 위진(魏晉) 시대 이후에 초서(草書)와 행서(行書), 해서(楷書) 등이 나와 필사 속도가 한층 더 빨라지며 변화하였다.

　그러나 예서는 큰 변화 없이 침체하다가, 청대(淸代)에 이르러 고증학의 발달과 함께, 한대(漢代)의 예서를 본받는 유명한 명필들이 많이 배출되며 새롭게 진보하였다.

(5) 분서갱유

　○ 분서(焚書)

　진의 6국 통일 이후 진시황이 강력히 추진하는 여러 정책들은 식자(識者)들에게 충분한 토론을 불러올 수 있었다. 아무리 통일 제국이라지만 백가쟁명(百家爭鳴 : 백 집이 다투며 떠들어 댄다는 말이며, 문화·예술·학문상의 의견을 학자나 문화인이 제각기 다투어 발표한다는 뜻이다)의 전통은 사라질 수 없었고, 다양한 백화제방(百花齊放 : 백 가지 꽃이 모두 피었다)은, 곧 정치토론의 현장으로 이어질 수밖에 없었다.

조정의 여러 개혁과 신 정책이 관리나 식자들에게 토론의 주제가 되었고, 그런 토론은 극히 자연스러운 일이었다. 그러나 국가 시책에 대한 이런저런 논의가 정책 추진에 걸림돌이 된다면, 어느 위정자가 그런 토의를 비방(誹謗)이라 생각하지 않겠는가? 그러면 그런 비방이 일어나지 않도록 새로운 조치나 법령을 제정 반포할 것이다.

진시황 재위 34년(前 213), 궁중에 있었던 군신(群臣)의 연회에서 복야(僕射)[16]인 주청신(周青臣)이 군현제의 전면 실시와 분봉제(分封制) 폐지에 적극 찬동한다면서 시황제의 위망(威望)과 백성에게 내리는 대은(大恩)은 전무후무할 것이라 발언하였다.

이에 박사(博士)인 순우월(淳于越)은 주청신이 황제 앞에서 아첨한다 비난하면서 분봉하지 않는다면 진나라의 앞날이 안전하지 않을 것이라고 논쟁을 벌였다.

이에 이사(李斯)가 순우월의 주장을 반박하면서 말했다.

---

16 복야(僕射) ─ 본래 우두머리란 뜻으로, 각 분야별로 복야가 있었다. 시중복야(侍中僕射), 박사복야(博士僕射), 상서복야(尚書僕射), 알자복야(謁者僕射) 등이 그 예이다. 射 벼슬 이름 야.

"이제 오제(五帝)는 다시 나타나지도 이어지지도 않을 것이고, 삼대(三代)와 같은 왕조 교체는 다시 없을 것이다."

그리고 이사가 말했다.

"예로부터 시대에 따라 통치 방법도 변해왔으며, 지금 온 천하가 하나로 안정되었고 법령도 하나로 통일되었지만, 유생들은 여전히 현실을 인정하지 않고 옛것만을 본받으려 하면서 현세의 여러 정책을 비난하여 백성을 현혹케 한다."

곧 유생들은 사학(私學)을 가지고 나라의 법치와 교화(教化)를 훼방하고, 조정의 법령에 대하여 왈가왈부하는 것은 옳지 않다. 또 그런 사학으로 마음이 바르지 못하고 마을에서 의논을 일으키고 비방하는 것은 옳지 않다고 단언하였다.

그러면서 이사는 사학(私學)에 의한 법교(法教)의 비난은 황제를 받드는데(定一尊) 장애가 된다면서 사학을 금지시켜야 한다고 시황제에게 건의하였다.

그 내용은 대략 아래와 같다.

첫째, 진(秦)의 역사기록(秦記)과 의약, 복서(卜筮, 점치기), 농사나 식목(植木) 분야의 서책 이외에 6국의 역사나 민간이 소장하고 있는 《시(詩)》,《서(書)》나 백가어(百家語) 등은 30일 이내에 관아에 보내야 한다. 그리고 관아에서는 이를 모두 소각할 것이며, 이를 어겨 서책을 숨기는 자는 묵형(墨刑)에 처하고 4년간 축성(築城)하는 노역에 처할 것이다.

둘째, 《시(詩)》,《서(書)》를 논하는 자는 기시(棄市)형에 처할 것이며, 옛 사적에 의거 지금의 정사를 비난하는 자는 멸족에 처한다. 관리가 이를 알고서도 고발하지 않으면 같은 죄로 다스릴 것이다.

셋째, 사학을 금지하며 법을 배우고자 한다면 관리를 스승으로 삼아 배워야 한다.

이러한 건의를 시황제는 받아들였고, 즉시 조령(詔令)으로 시행케 하였다.

시황제의 분서령(焚書令)으로 고대의 많은 전적이 불타 없어졌는데, 특히 6국의 사적(史籍)의 손실이 막심하였다. 육국의 사적들은 대개 관가에 보관 중이었기에 누가 숨기거나 소각을 면할 방법이 없었다.

이는 뒷날 반고(班固)의 《한서 예문지(漢書 藝文志)》에 6국의 사서(史書)로 기록된 것이 없는 것을 보아도 알 수 있다. 《한서 예문지》에는 제자백가의 여러 서적 이름이 올라있는데(諸子類), 이는 진나라의 분서령을 어기고 비밀리에 보관했었다는 뜻이다.

진(秦) 박사 복생(伏生)**17**은 자신의 집 벽에 《상서(尚書)》**18**를 감

---

17 복생(伏生) – 漢 文帝 재위 시(前 179 – 157)에 《尚書》를 전공한 사람이 없었고, 오직 齊에 伏生(복생)이라는 秦의 博士가 있었으나 90세가 넘어 장안으로 부를 수가 없었다. 太常은 조조(鼂錯, 前 200 – 154. '晁錯', '朝錯'으로도 표기. 鼂는 아침 조, 《史記》와 《漢書》에는 鼂錯로 기록. 晁는 아침 조. 朝의 古字)를 보내 《尚書》를 복생에게 가서 배우게 하였고, 조조는 돌아와 배운 것과 학설을 上書하였다.

추었다가 후세에 전했다.

　○ 갱유(坑儒)

　시황제 〈분서령(焚書令)〉의 목적은 법가(法家) 사상 이외에 다른 사상을 이단(異端)으로 몰아 박멸하는데 있었다. 이는 중국의 학술과 사상의 발전에 큰 타격을 주었다.

　이런 분서령의 여파는 사인(士人)의 불만을 키웠고, 그 결과는 갱유(坑儒) 사건을 유발하였다. 분서령이 시행되고, 2년에 진시황의 불로장생의 선약(仙藥)을 구하겠다는 방사(方士)[19]인 후생(侯生)과 노생(盧生)은 자신들의 사술(邪術)이 탄로날 지경에 이르자

---

18 《尙書》-《書經》, 간칭 《書》, 編者 미상. 司馬遷과 班固는 孔子가 지었다고 인정하였다. 六經의 하나. 《尙書》의 字義는 上古之書란 뜻. 尙은 上. 상고시대 史官의 기록. 夏, 商, 西周 시대 君臣 간의 대화 기록으로 중국 散文과 記言體 문장의 원조. 그 來源은 《今文尙書》와 《古文尙書》로 대별하는데 古文 《尙書》는 秦 이전의 서체〔과두문자(蝌蚪文字)〕로 쓰였다. 무제 때, 魯 恭王 劉余(유여, 景帝의 아들)가 공자의 옛집을 헐다가 발견한 《尙書》를 孔安國(생졸년 미상, 字 子國, 공자 11세손)이 今文으로 교정하고 정리하였는데, 伏生이 전한 것보다 16편이 더 많았고 司馬遷도 이를 읽었다. 참고로, 淸代의 《十三經注疏》의 《尙書》는 금문, 고문의 합편으로 총 58편이다. 보통 元代 이후 《書經》으로 불렸다. 46권이 아니라 57편이어야 한다는 주석이 있다.

19 방사(方士) - 方術之士, 仙道를 말하며 신선이 되기 위하여 선단(仙丹)을 제조하고(煉丹術) 장생불로를 추구하는 사람. 점복(占卜), 占星, 觀相者도 방사라 불렸다.

오히려 진시황을 여러 가지로 비방하였다.

이런 사실을 알게 된 시황제는 도읍 함양(咸陽)의 방사 및 유생 460여 명을 산 채로 묻어 죽였는데, 이러한 분서와 갱유 사건은 독재자에 의한 사상 탄압의 대표적인 악례로 남았다.

(6) 흉노와 만리장성

○ 흉노족(匈奴族)

흉노(匈奴)는 전국시대 이후 중국 주변 이민족 중 가장 강력했으며, 유목국가를 건설하고 발전하면서 중국에 큰 영향을 끼쳤다. 진(秦)과 한대(漢代)의 군사와 외교는 사실상 흉노에 대한 정벌과 화친의 방책이었다. 중국의 흉노에 대한 대원칙은 기미정책 (羈縻政策)[20]이라 할 수 있다.

전국(戰國)시대 7웅(雄) 중에서 3국(진秦, 조趙, 연燕)이 흉노와 국경을 접했었는데, 그 뒤에 조(趙)의 장군 이목(李牧)이 있을 때, 흉노는 감히 조(趙)의 변경을 넘보지 못했다.

그 뒤에 진(秦)이 6국을 멸하고, 前 215년 진시황은 몽염(蒙恬)으로 하여금 30만의 군사를 거느리고 흉노를 공격케 하여 하남의

---

20 기미(羈縻, 羈 굴레 기. 가축의 재갈. 縻 고삐 미) – 중국 주변 이민족에 대한 중국의 외교 및 통제 방법. 주변 민족의 자치를 인정하나 중국 왕조에 대한 반발이 없도록 적당히 통제하려는 외교 방책.

땅(지금의 내몽고에 속하는 황하 이남)을 모두 차지하고 황하를 요새로 삼아 44개 현과 성을 황하를 따라 설치하고서 죄수를 이주시켜 채웠다.

○ 몽염(蒙恬)과 장성 축조

몽염(蒙恬, ?前 250 – 210)은 진나라 명장으로 흉노족 방어를 위해 장성을 축조하였다. 진시황이 죽은 뒤, 장자 부소(扶蘇)와 함께 조고(趙高)의 설계에 따라 죽임을 당했다.

몽염의 모필(毛筆) 개량은 대전(大篆)을 대신한 소전(小篆)만큼이나 혁신적인 변화였다.

몽염은 흉노인들이 짐승 털에 염료를 찍어 그림을 그리는 것을 보고, 또 전황(戰況)을 신속하게 보고하기 위하여 모필을 개량했다고 한다. 때문에 제필업계(製筆業界)에서는 몽염을 그 직업의 조사(祖師)로 받들고 있으며, 율(聿, 붓 율), 불율(不律) 등의 명칭이 '필(筆)'로 통일되었다고 한다.

진(秦)은 기존의 연(燕)과 조(趙), 진(秦)에서 축조한 흉노 방어용 장성(長城)을 연결하여 험준한 산을 따라 계곡을 메우거나 고칠 곳은 고치면서 서쪽은 임조현[臨洮縣, 감숙성(甘肅省) 남부 정서시(定西市) 관할]에서 동쪽으로는 요동군(遼東郡)까지 1만여 리에 걸친 장성을 구축하였다. 그리고 구원군(九原郡, 지금의 내몽고자치구 중부 포두시 서북)에서 운양현[雲陽縣, 지금의 중경시(重慶市) 동부]

에 이르는 직도(直道)를 개통하였다.

(7) 진나라 말기 사회 위기

○ 토지 사유제

진(秦)에서는 상앙의 변법 이래 토지 사유제가 급속도로 진행되었고, 이는 진 제국(帝國)의 발전과 통일에 굳건한 밑받침이 되었다.

진시황 재위 31년(前 216)에, 백성들은 나라에 자신의 토지를 신고하면 확인을 거쳐 나라에서 소유를 확정해주었다(使黔首自實田. 검수黔首는 백성). 이런 토지사유 인정은, 곧 국가에서 징세할 수 있는 근거가 되었고 전국에 급속도로 확산되었다.

이런 상황에서 토지 소유 형태는 크게 삼분할 수 있었다.

첫째, 국유토지(國有土地)는 나라에서 직접 관리하는 토지, 원유(苑囿, 황실 놀이 정원, 사냥터 등) 토지가 있고, 또 산림과 소택(沼澤) 등은 국가에서 이용자에게 징세했다. 그리고 경기(京畿) 일대에는 경작 가능한 토지도 대량 보유하고 있었다. 진은 본래 국유였던 토지를 전공(戰功)에 따라 하사하였고, 일부 공신에게 지급한 토지는 결국 모두 사전으로 전환되었다.

둘째, 지주의 사유토지가 많았다. 관리이면서 지주였거나 지방 호족으로 대토지를 소유한 지주가 많았는데, 이들은 과거 육국의 공족(公族)이거나 관리 출신이었다. 그리고 상공업이나 목축으로 부호가 되어 대토지를 소유한 지주도 있었지만, 농민으로 자수성가한 일반 지주는 상대적으로 많지 않았다.

○ 빈농층 형성

국가 소유이든 아니면 관리나 호족의 소유지이든, 이런 토지를 경작하는 농민들은 수확량의 절반을 지조(地租, 소작료)로 징수하였다.

사실 수확량의 절반은 정말 과도하였다. 때문에 농민들의 생활은 매우 비참하였다.

따라서 성내에는 벼슬아치들이, 마을에는 귀족 같은 부자들이 있어 농민 위에 군림하였다.(《한서 식화지(漢書 殖貨志)》의 기록)

농민들은 전조(田租, 전부田賦)를 납부하는 이외에도 군사용으로 마초(馬草, 사료)와 볏짚(화간禾秆)을 납부해야만 했다.

또 농민들은 가족 수에 따라 인두세(人頭稅) 성격의 구부(口賦)도 납부하였다. 진(秦)에서는 10월이 세수(歲首)였기에 연말(대체로 팔월)에 추수와 함께 구부도 납부하였다.

다음으로 농민들은 각종 요역(徭役)을 부담하였으니 크고 작은 공사에 수시로 동원되었고, 군현에 나가 복무하는 경졸(更卒, 복무기간 1월)이나 정졸(正卒, 지방 관아에 1년 복무)로 복무했고 변방에 방수(防戍, 둔수屯戍)로 복무해야만 했다.

진대(秦代)의 농민은 17세가 되면 성인으로 등록되어 각종 노역 징발의 대상이 되었다가 60세에 면제되었다니, 결국 한평생을 나라의 노예가 되어야 했다.

이런 상황에서 사유토지를 보유한 농민이 자영농민으로 소득을 유지하며 생계를 꾸리는 것은 사실상 불가능이었다. 결국 토지겸병(土地兼幷)은 늘 진행되었기에 착취에 시달리는 농민들의 불만은 해소될 길이 없었다.

○ 대규모 토목공사

시황제는 6국을 통일한 이후, 장기간의 전쟁과 그에 따른 민생의 피폐를 더 이상 묵과할 수 없었다. 진시황도 많은 백성과 함께 휴양생식(休養生息)해야 하고, 경제 안정과 사회의 안정과 국력의 회복 필요성을 알고 있었다.

그러나 진의 여러 당면 과제나 시황제의 욕망은 백성에게 휴식을 줄 수 있는 상황이 아니었다.

시황제는 6국을 차례대로 멸망시키면서 각국의 도성과 궁궐의 모양을 그려오게 하였다. 진시황은 이미 각국 도성과 궁궐의 모양대로 이미 함양 부근에 많은 이궁(離宮)이 있었다. 그런데도 시황제는 함양(咸陽)의 북쪽 벌판에 대규모의 토목공사를 일으켰다 (시황 35년, 前 212). 아방궁(阿房宮)이란 아방이란 곳에 새로 시작한 궁궐 공사의 임시적 이름이었고, 그 옛터는 섬서성(陝西省) 서안시(西安市) 장안구(長安區)와 미앙구(未央區)의 접경이라고 알려졌다.

시황제가 아방궁 신축의 대역사(役事)를 일으킨 목적은, 당시 궁궐이 협소하다는 명분에 6국을 통일한 진(秦)의 국력을 과시하기 위한 목적이었다.

이 아방궁의 공사와 함께 여산릉(驪山陵)의 공사도 동시에 진행되었는데, 두 공사 현장에 항시 70만 명의 백성을 동원하였다고 한다.

진시황이 前 210년에 죽자, 아방궁 공사에 동원된 백성은 모두 여산릉의 복토(覆土) 공사에 동원되었고, 여산능 공사는 2세 황제 원년(前 209) 4월에 일단 준공되었다.

그리고 아방궁 공사를 재개하였다.

2세 황제 2년(前 208), 당시 우승상(右丞相) 풍거질(馮去疾)과 좌승상 이사, 장군인 풍겁(馮劫)은 2세에게 상서하여 「사방에서 농민들이 봉기하였고, 부세가 너무 번다하고 무거웁기에 아방궁 건조에 너무 많은 국력을 소모한다.」면서 아방궁 공사 중단을 건의하였다. 그러나 2세 황제는 이들 건의를 받아들이지 않으면서 3인을 투옥하여 문죄(問罪)하며 지위를 박탈하였다.

이런 직후에 유방(劉邦)의 기의군(起義軍)이 함양에 진공하며 진(秦)은 멸망하였다.

항우(項羽)도 군사를 거느리고 함양에 들어와 함양 도성을 약탈 살육, 방화하였다. 이때 항우가 공사 중인 아방궁도 방화했는가는 확실하지 않다.

하여튼 아방궁은 나라를 멸망케 하는 사치와 백성 착취의 실례로 과장된 묘사 속에 후세에 전해졌다. 당(唐)의 두목(杜牧, 803-852)의 〈아방궁부(阿房宮賦)〉에는 아방궁이 이미 완공되었고 항우가 불을 지른 것으로 묘사하였다. 아방궁터는 당송(唐宋) 시대에 이미 농토가 되었었다.

○ 흉노 및 남월과의 전쟁

진(秦)은 흉노의 침입에 대비하여 30만의 병력을 10여 년간 동원하였으며, 남방 월인(越人)을 정벌하기 위한 전쟁에는 50만의 병력을 7, 8년간 계속 동원하였다. 이들 병력은 생산에 종사할 수 없기에, 이들의 군량을 공급하고 운반하기 위하여 또 그만한 백성을 동원해야만 했다.

이런 상황에서 변방 축성에 동원되고, 전투에서 죽은 백성이나 군량 운반 과정에서 죽어나가는 백성들의 희생은 이루 다 기록할 수조차 없었다.

천하의 모든 백성이 너무나 오랫동안 고통을 받았고, 엄형(嚴刑)과 가혹한 징벌의 고통을 당해야만 했다. 아무런 죄도 없이 형벌을 받고 죽어가도 하소연할 곳이 없고, 길에는 자의(赭衣, 붉은색 자)를 입은 죄인이 절반이었다니 백성의 고통을 짐작할 수 있을 것이다.

○ 사구지변(沙丘之變)

시황제의 갑작스런 죽음은(前 210), 승상 이사(丞相 李斯)에게도 충격이었다. 우선 자신의 목숨을 걱정하면서, 일단 황제의 죽음을 숨기고 발상(發喪)하지 않았다. 시신이 든 관을 시원한 수레 안에 보관하면서 대신들의 상주는 이전처럼 진행하였다.

그래도 다만 막내아들 호해(胡亥)와 조고(趙高, 前 258 – 207) 및 5, 6명의 환관이 알고 있었다. 승상 이사는 사구(沙丘)에서 호해를 태자(太子)로 삼고, 공자(公子) 부소(扶蘇)와 몽염(蒙恬)을 사사(賜死)하라는 황제의 유조(遺詔)를 받았다고 거짓말을 하였다.

이를 역사에서는 사구지변(沙丘之變)이라 한다. 그러면서 함양으로 직행하여 도착한 다음에 발상(發喪)하였다. 호해가 즉위하니, 이가 2세 황제이다.

그해 9월에, 시황제를 여산릉에 상례했다.

○ 진말(秦末) 농민 반란

진(秦) 2세 황제가 즉위한 다음 해(2세 원년, 前 209년, 7월), 농민인 진승(陳勝, 진섭陳涉)과 오광(吳廣)[21]은 노역에 종사할 인부를 인솔하고 가다다 대택향(大澤鄉)에 이르러 장맛비로 기일 내에 도착할 수가 없었다. 거기서 그들은 진에 반기를 들었다. 이들 세력

---

21 陳勝(진승, ?– 前 208)은 《史記》에서는 陳勝의 사적을 〈陳涉世家(진섭세가)〉로 기록했다. 《漢書》에서는 31권 〈陳勝項籍傳〉에 입전되었다(七十 傳의 맨 처음). 진승(陳勝)의 字는 섭(涉)으로 陽城 사람이다. 吳廣(오광)의 字는 叔으로 陽夏 사람이다. 진승은 품팔로 생계를 유지하는 농민이었다.

은 급속히 커졌고, 전국에서 호응하여 천하 대란이 시작되었다.

비록 진승과 오광의 관중(關中) 공격은 실패하였지만 이런 기회를 틈타 멸망한 6국이 복국(復國)되며 진(秦)에 항거하였다.

진승은 자립하여 장군이, 오광은 도위가 되어 대택향을 공격하여 차지하고 병사를 모아 기현(蘄縣)을 공격하여 점령하였다. 이어 진승은 왕으로 자립하며, 국호를 장초(張楚)라 하였다(前 209).

진승(陳勝)이 왕을 자칭한 기간은 모두 6개월이었다. 진승은 주방(朱防)이란 사람을 중정(中正)으로, 호무(胡武)를 사과(司過)로 임명하여 신하에 대한 사찰을 맡겼다.

여러 장수들이 지방을 평정하면 이들이(주방과 호무) 가서 명령에 따르지 않는 자를 잡아 처벌하였는데, 이런 가혹한 사찰을 (진왕陳王에 대한) 충성이라 생각하였다. 혹 나쁜 사람이라 생각되면 담당 관리에게 넘기지 않고 그대로 처리했는데, 진승이 그들을 신임했기에 여러 장수들은 진승 편이 되지 않았다. 이 점이 바로 실패한 이유였다.

진승은 비록 죽었지만 그가 내세운 왕후장상들이 결국 진나라를 멸망시켰다. 한 고조 때에 진승을 위해 탕산(碭山)의 무덤을 지키는 사람을 두었고 이후로 제사를 지내왔다.

ㅇ 진나라의 멸망

前 207년, 진시황 죽은 지 3년에, 초장(楚將) 항연(項燕)의 손자인 항우(項羽, 항적項籍)는 거록(鉅鹿)[22]의 싸움에서 진(秦)의 장군 장한(章邯)이 거느린 진군(秦軍)의 주력부대를 격파하였다.

前 207년 9월, 조고(趙高)는 2세 재위 중에 지록위마(指鹿爲馬)로 자신 편이 아닌 신하를 골라 제거한 뒤에, 진 2세를 핍박하여 자살케 하였다〔望夷宮之變(망이궁지변)〕. 이어 자신이 제위에 오르려 했으나 대신들이 반대하였다.

조고는 결국 자영〔子嬰, 진시황의 장자 부소(扶蘇)의 아들?〕을 진왕으로 즉위시켰다. 즉위 당일에 자영은 조고를 죽여버렸다(前 207).

前 207년 10월, 진왕(秦王) 자영은 패상(灞上)에서 초장(楚將) 유방(劉邦, 뒷날 한 고조)에 투항하면서 진나라는 멸망하였다. 이후 항우와 유방 간 천하 쟁탈의 초한전쟁(楚漢戰爭)이 202년까지 5년간 계속되었고, 유방이 최후 승자가 되어 한(漢) 제국을 건국하였다.

(8) 진 2세의 실정(失政)

○ 어리석은 2세 황제

한마디로 '어리석다', '우매하다', '멍청이' – 이런 말 이외에 진(秦) 2세 황제를 평가할 다른 말이 필요없다. 어리석음의 끝은

---

22 거록(鉅鹿) – 今 河北省 남부 邢臺市 관할 鉅鹿縣.

어디이겠는가?

2세 황제 호해(胡亥)는 21살에 제위에 올랐다. 즉위 과정에서부터 모든 것을 환관 조고(趙高)에게 의지하였다.

조고가 나라의 장래를 위하여, 진시황의 장자로 똑똑한 부소(扶蘇)를 옹립하겠는가?

부소(扶蘇, 前 242－210. 진시황 장자)는 부친의 분서갱유(焚書坑儒)와 같은 폭정에 반대하였고, 천하가 겨우 안정되었다 하나 아직은 백성이 미안(未安)하니 백성과 함께 휴식하여야 한다고 건의하였다. 이에 시황제는 분노하며 부소를 북방의 상군〔上郡, 지금의 섬서성(陝西省) 중북부 연안시(延安市) 부근〕에서 몽염(蒙恬)의 부대 군무(軍務)를 감시하라고 내보냈다.

호해는 부소가 두려웠고, 시황제의 유조(遺詔)라 하여 부소에게 자결을 명했고, 부소는 부황의 뜻에 따라야 한다며 군영에서 자결하였다. 그리고 북방 대군의 군권을 쥐고 있던 몽염과 몽의(蒙毅) 형제는 없는 죄를 얽어 만들어 간단히 제거하였다.

조고에게 코가 꿰인 이사(李斯)의 운명은 어떻겠는가? 조고의 흉계와 어리석은 2세 앞에 이사의 학식이나 지모와 명필은 아무런 힘도 쓰지 못했다. 삼천군〔三川郡, 하남성(河南省) 낙양시 일대〕군수였던 아들을 끌어안고 통곡한 다음에 기시(棄市) 형벌로 죽었고, 이사의 삼족은 멸족되었다.

조고는 2세 황제를 충동질하여 다른 황족, 부소의 형제들(12명의 공자公子)을 학살하였다.

그리고서 2세가 할 수 있는 일은, 천자는 신성한 존재이기에 신하에 얼굴을 보여서는 안 되며, 깊은 궁궐에서 주색과 향락을 즐기는 일 밖에 없었다.

조고의 음모와 야심(국정의 대권 장악)은 자연스럽게 성취되었다.

그러나 조고의 야심은 2세 황제를 향했다.

○ 망이궁(望夷宮)의 변(變)

2세 3년(前 207) 겨울, 조고는 승상 이사를 기시형에 처했다.

그해 여름에, 진의 장군인 장한(章邯)은 초(楚)의 항우(項羽)에게 연패했고, 조고는 장한을 문책했다. 장한은 자기 부하인 사마흔(司馬欣)을 보내 조고를 만나 관용을 빌게 하였으나 조고는 사마흔을 거부했다.

사마흔은 장한에게 돌아와 "공을 세워도, 공이 없어도 어차피 조고에게 죽을 것이라."고 보고했다.

그리고 장한은 항우에게 패전하면서 항우에 투항하였다.

조고는 2세 황제에게 관동(關東) 지역의 반군은 아무런 걱정거리도 되지 않는다고 보고했다. 그러나 산동(山東)의 옛 6국이 속속 복국(復國)하자 조고는 진압할 수도 없는데, 2세가 현실을 파악할 경우 문책이 두려웠다.

이에 2세 3년 8월, 지록위마(指鹿爲馬)로 2세의 편에 설 수 있는 신하를 골라내 제거하였다. 그러면서 조고는 칭병하면서 입조하

지 않았다. 조고는 자신이 먼저 손을 써서 2세 황제를 죽여 없애
면 만사가 해결될 것이라 생각했다.

어느 날, 2세는 백호(白虎)가 자신의 수레에서 말을 잡아먹는
꿈을 꾸었다. 너무 불길한 꿈이라 생각하여 점을 치게 했더니 「경
수(涇水)에서 괴이한 변이 일어날 것이라.」는 풀이가 나왔다. 이
에 2세는 망이궁〔望夷宮, 지금의 섬서성(陝西省) 함양시 관할 경양현(涇
陽縣) 소재〕에 나아가 경수(涇水)의 수신(水神)에게 4마리의 백마를
가라앉혀 황제가 직접 제사를 지내기로 했다.

이에 조고는 함양 현령인 자신의 사위 염락(閻樂)과 자신의 동
생인 낭중령(郎中令, 황제 호위 담당) 조성(趙成)과 함께 모의하여 2
세 황제를 죽이고, 공자(公子) 영(嬰)을 옹립키로 다짐했다.

조고의 사위 염락은 자신 휘하의 군사 1천여 명을 거느리고 망
이궁에 들이닥쳤다. 궁에 있던 태감이나 낭관(郎官)들은 모두 도
주했다.

2세 황제는 염락과 대면하였고, 염락이 자신의 죄악을 열거하
자, 조고를 만나겠다고 말했다. 그러나 염락은 거부했다. 2세는
자신이 퇴위하여 군왕(郡王)으로 내려가겠다고 제안하였으나 염
락은 이것 역시 거부했다.

나중에 2세는 처자와 평민으로 살겠다며 목숨을 구걸했으나
염락은 "당신이 무슨 말을 하든 나는 승상에게 전달하지 않겠
다."고 잘라 말했다.

2세 황제는 목에 칼을 대고 쓰러져 죽었다. 2세는 24살이었다.

○ 조고(趙高)의 최후

진(秦) 2세가 죽은 뒤, 조고는 황제 자리에 나아가려 했는데, 그가 대전(大殿)에 올라가려 할 때 돌연 땅이 흔들리고 산이 우는 것 같은 느낌이 들었다. 조고는 '천의(天意)가 아직은 자신에 있지 않으니 어길 수 없다'고 생각하며 즉위를 포기하였다.

조고는 무관(武關)을 격파하고 관중(關中)에 진군한 유방(劉邦)에게 사람을 보내, 관동 봉기의 영수들과 함께 진(秦)의 강역을 분할 통치하자고 제안했지만 유방에게 거절당했다.

조고는 진 조정의 신하를 모아 2세 황제의 뒤를 이어 공자 영(嬰)을 옹립하겠다고 발표하였다. 그러면서 산동 지역의 옛 6국이 거의 복국하였으니, 황제란 칭호는 허명(虛名)이라면서 진왕(秦王)을 자처하기로 생각하며 영을 옹립하였다.

이에 공자 영(嬰)이 등극하니, 이후 자영(子嬰)이라 불렀다.

조고는 자영에게 재계(齋戒)한 뒤에 종묘에 나아가 선조에게 고한 다음에 진왕(秦王)의 옥새(印璽)를 받아야 한다고 말했다. 그러면서 5일간 재계할 것을 요구하였다.

이에 자영은 그의 두 아들과 상의하였다.

"조고는 2세 황제를 죽였고, 여러 신하의 토벌이 두려워 나를 등극케 하고 5일간의 재계를 요구하고 있다. 조고는 분명 나를 해칠 것이다."

그러면서 자영은 병이 났다며 재계를 거부하였다. 자영이 재계하지를 않자, 조고는 자영에게 재계를 강요하려고 찾아왔다.

자영은 조고가 내방하자 환관 한담(韓談)을 시켜 조고를 척살했다. 그러면서 조고의 삼족을 주살하였다.

제2부

전한의 흥망

〈前漢 興亡〉

1. 《사기史記》와 《한서漢書》

중국에서 고대의 통일제국으로 보통 진한(秦漢)을 묶어 말하는데, 진나라의 통일과 제도의 정비는 그대로 전한(前漢, 서한)에 이어져[漢承秦制(한승진제)] 봉건전제적 중앙집권을 이룩히었고, 그것을 바탕으로 경제적, 문화적 발전을 이룩하였다.

사마천(司馬遷, 前 145 또는 135 - 생졸년 미상)의 《사기(史記)》는 선진(先秦) 시대와 전한 전반기의 문화에 대한 완벽한 정리이며 종결로 그 내용과 가치에 대해서는 누구라도 최고의 찬사를 보내는 역작이다.

《사기》는 12 본기(本紀)와 10표(表), 그리고 8서(書)와 30세가(世家)에 70열전(列傳)으로, 총 130편에 52만 자의 대작으로 중국의 최초 통사(通史)이며 기전체(紀傳體) 사서(史書)의 시원이 되었다.

또한 중국 역사와 문학의 기초를 다진 사서(史書)로, 이 분야의 최고 성취이면서 전범(典範)이라 할 수 있다. 《사기》는 우리나라에서도 널리 알려졌으며, 여러 가지 출판물로 많은 사람들이 읽고 활용하기에 다른 소개가 필요 없을 정도이다.

이러한 《사기》와 쌍벽을 이루는 또 하나의 명저가 후한(後漢, 동한)의 반고〔班固, 자(字) 맹견(孟堅), 서기 32-92〕의 《한서(漢書)》이다.

《한서》는 기전체 단대사(斷代史)의 전범이다. 《한서》는 《사기》의 체제를 약간 변경하였는데, 〈본기〉를 《한서》에서는 〈기(紀)〉라 하였고, 〈서(書)〉를 〈지(志)〉, 〈열전(列傳)〉을 〈전(傳)〉으로 바꾸었으며, 〈세가〉는 〈전〉에 포함시켰다.

《한서》는 〈12기〉와 〈8표〉, 그리고 〈10지〉와 〈70전〉으로 총 100권 80만 자의 대작이다. 전한 고조 원년(前 206)부터 왕망(王莽) 신조(新朝)의 지황(地皇) 4년(서기 23)의 멸망과 광무제 즉위(서기 25) 이전까지 230년의 역사를 서술하였다.

○ 《한서》의 저술

진한의 제도와 문물은 중국 고대문화의 완성인데, 그 모두는 《사기》와 《한서》에 들어있다. 특히 《한서》의 문장이나 용어는 그대로 후세의 정치와 학문과 문학에서 사용되었다.

《한서》의 저술은 후한의 반표(班彪, 서기 3-54)가 시작하였다. 반표는 왕망의 몰락과 후한의 건국을 지켜보았으며, 〈왕명론(王命論)〉을 저술하여 고금의 득실과 행사의 성패를 논하고, 천명을 받은 고조의 덕을 예찬하였다.

반표는 가학의 전통인 공자의 성학(聖學)만을 강조하였으며, 《사기》 이후의 역사적 사실을 기록한 《사기후전(史記後傳) 속사기(續史記)》 65권을 편찬했는데, 이것이 《한서》의 기초가 되었다.

반표가 죽을 때(서기 54년) 아들 반고(班固, 서기 32-92)는 23세였는데, 반고는 명제(明帝) 영평(永平) 원년(서기 58)부터 부친의 유작을 수정 보완하는 작업을 계속하였다.

그러나 반고는 중간에 사적으로 국사(國史)를 개찬한다는 죄목으로 수감된다. 이에 동생인 반초(班超, 32-102, 반고와 쌍둥이 형제로 추정)는 형의 무죄를 탄원하면서 하급 관리이지만 자신의 질록을 삭감하겠다고 상서하였는데, 명제(明帝, 재위 58-75)는 반고의 초고를 열람한 뒤에 반고의 재능을 인정하며, 반고를 난대영사(蘭臺令史)에 임명하여 궁중의 도서와 비기(秘記)를 관리하게 하였다.

이어 다음 해에 전교비서(典校秘書)로 임명하여 《한서》 편찬을 계속하도록 후원하였다. 다음 장제(章帝, 재위 76-88)는 조서를 내려 북궁(北宮)의 백호관(白虎觀)에서 오경(五經)의 동이(同異)를 토론케 하였는데, 여기에 참여한 반고는 그 토론을 요약 정리하여 《백호통의(白虎通義)》 4권을 편찬하기도 했다(서기 79).

반고는 명제(明帝)와 장제(章帝) 재위 기간 중 20여 년의 세월을 거치면서 《한서》의 주요 부분을 탈고하였지만, 최종 완성을 보지 못했다. 화제(和帝, 재위 89-105) 영년 원년(89)에, 반고는 대장군 두헌(竇憲)의 중호군(中護軍)이 되어 흉노 원정에 참여한다. 그러나 두헌이 모반했다가 자살했는데, 반고도 그에 연좌되어 체포된 뒤에 화제 영년 4년(92)에 61세로 옥사했다. 이때까지 《한서》의 8 표와 〈천문지(天文志)〉가 미완이었다.

이에 화제는 반고의 누이 동생인 반소〔班昭, 45?−117?, 일명 희 (姬), 자(字)는 혜희(惠姬)〕에게 《한서》의 완성을 명했다. 반소는 부풍 (扶風) 사람 마속(馬續)과 함께 〈8표〉와 〈천문지〉를 완성하였다.

이처럼 《한서》는 반씨 일가 2대 3인과 마속의 노력으로 전후 40여 년의 세월을 거치면서 완성되었다.

ㅇ 《한서》의 가치

《한서》는 《사기》의 체제를 보다 사실적으로 발전시켜 기전체 (紀傳體) 단대사(斷代史)의 서술 체제를 완성하였다. 《한서》는 풍 부한 사료를 바탕으로, 사회, 문화적 사실을 기록하여 후세 문학 과 사학 발전에 지대한 공헌을 하였다.

《한서》는 《사기》와 함께 중국문학사의 걸작이며 한대(漢代) 인 물과 사상 및 역사를 파악하는 가장 효과적인 지름길이 되었다. 《한서》는 중국 정치와 사상과 학술면에서도 아주 중요한 저술이 며 다방면에 대단한 성취를 이룩했다고 평가받고 있다.

《한서》는 《사기》의 체제를 답습 발전시키면서 더 좋은 성취를 이루었는데, 체제가 엄정하면서도 〈형법지(刑法志)〉, 〈오행지(五 行志)〉, 〈지리지(地理志)〉, 〈예문지(藝文志)〉 등 여러 가지 보완 자 료를 수록하고 있어 내용이 충실하며, 보다 객관적인 서술과 공정한 평가로 후세 역사서술의 모범이 되었다.

《한서》 이후의 모든 정사(正史, 24史)는 모두 《한서》의 체제를 따라 저술되었으며, 후세 단대사의 모범이 되었기에 《사기》보다도 더 큰 영향을 끼쳤다. 또한 《한서》를 통해서 그 시대인은 그 시대사를 편찬하지 않는다는 원칙도 수립되었다. 전체적으로 《한서》가 후세에 끼친 영향이나 고대 문화와 학문 전반에 걸친 사료로서의 가치는 《사기》보다 훨씬 크다고 할 수 있다.

《한서》의 내용에서 무제(武帝) 이전의 기(紀)나 전(傳)에는 《사기》의 문장을 일부 인용하였지만, 무제 이후의 내용은 모두 반고가 새로 엮은 것이었다. 또 무제 이전의 내용에 조령(詔令) 등 여러 문헌을 추가 보충하여 기본 사료(史料)로서의 가치를 크게 높였다.

《한서》는 그 사상 바탕에서 공자의 학문을 성학(聖學)으로 강조하였는데, 《사기 유림열전》의 동중서(董仲舒)를 《한서》에서는 단독 입전(立傳)하여 동중서의 '독존유술(獨尊儒術)'과 '춘추대일통(春秋大一統)' 사상을 바탕으로 군주권의 강화를 역설하였다.

그리고 《한서》에서는 〈유림전〉을 별도로 입전하여 유학 여러 학파의 연원과 발전을 상세히 기록하였다. 《한서》가 유학만을 학문의 정통으로 인정하고 타 학문에 대한 서술이 적은 것도 단점으로 지적하지만, 이는 반씨(班氏) 일가의 '성인의 학문만을 우선' 한다는 가학의 전통이며, 동시에 한대 학문의 일반적 조류와 합치한다고 볼 수 있다. 《한서》에 인용된 수많은 유가 경전은 그만큼 반씨 가학의 깊이를 반증하고 있다.

또한 당시 사상의 주류를 형성하고 있던 오행사상을 상세히 소개하고 있는데, 〈오행지〉를 독립 서술하였고 동중서의 〈천인삼책(天人三策)〉 전문을 수록하여 천인감응(天人感應)과 오행재이설(五行災異說)에 상당한 기록을 할애하였다.

《한서》 여러 문사(文士)의 〈전(傳)〉에는 그와 관련한 저술이나 문장뿐만 아니라 정치적 견해를 볼 수 있는 자료를 포함하고 있다. 예를 들어, 〈가의전(賈誼傳)〉에는 〈과진론(過秦論)〉, 〈조굴원부(吊屈原賦)〉, 〈복조부(鵩鳥賦)〉, 〈치안책(治安策)〉, 〈청봉건자제소(請封建子弟疏)〉, 〈간입회남제자소(諫立淮南諸子疏)〉 등의 전문을 수록하였다.

가의의 〈치안책〉은 그 원문만 7천여 자에 달하는 방대한 글이다. 이 전문을 수록한 것은 반고가 가의의 주장에 동조했으며 후세에 전해져 오래도록 참고가 되어야 한다는 의미를 담고 있다.

또 〈사마상여전〉에는 사마상여의 〈자허부(子虛賦)〉, 〈상림부(上林賦)〉, 〈유파촉격문(諭巴蜀檄文)〉, 〈난촉부노문(難蜀父老文)〉, 〈대인부(大人賦)〉, 〈상소간렵문(上疏諫獵文)〉의 전문을 모두 수록하였다. 또 양웅(揚雄)의 경우, 그의 〈반이소(反離騷)〉, 〈감천부(甘泉賦)〉, 〈하동부(河東賦)〉, 〈교렵부(校獵賦)〉, 〈해조(解嘲)〉, 〈해난

〈解難〉)의 난해한 원문 전부와 《법언(法言)》의 〈서목(序目)〉을 모두 수록하였다.

《한서》는 그 문장이 장중전아(莊重典雅)하고 간명정확(簡明精確)하며 배우(排偶)를 많이 사용하여 《사기》의 평이한 구어체 서술과 대조가 된다. 《한서》에는 황제의 조서(詔書)와 그에 대한 여러 사람의 대책(對策)이나 상서의 원문을 곳곳에 수록하였다.

혹자는 《한서》가 사실 기록의 측면에서 뛰어나지만 역사적 사실 이외의 일화나 서술이 많지 않다는 말도 있는데, 이는 작은 결점을 전체로 확대한 말이라 생각된다.

※ 참고 : 《원문,주석,국역 한서》. 1 - 15권. 반고(班固) 저, 진기환(陳起煥) 역주. 명문당(明文堂), 2016 - 2021.

2. 진승, 오광의 봉기

○ 참새가 큰 기러기의 뜻을 어찌 알랴?

진승(陳勝)의 자(字)는 섭(涉)으로 양성(陽城)[23] 사람이었다. 오

---

23 양성(陽城) - 秦의 縣名. 今 河南省 서남부 南陽市 관할의 方城縣. 陽城은 본래 楚地에 속했고, 이전부터 '亡秦必楚' 라는 말이 있었다.

광(吳廣)의 자(字)는 숙(叔)으로 양하(陽夏)[24] 사람이었다.

진승이 젊었을 적에 다른 사람과 함께 품팔이 농사일을 하며 두둑에 앉아 쉬다가 크게 한숨을 쉬며 말했다.

"만약 부귀해지더라도 서로 잊지는 말자!(苟富貴, 無相忘!)"

그러자 일꾼들이 웃으며 말했다.

"너는 품팔이나 하면서 어떻게 부귀를 누리겠는가?"

그러자 진승은 크게 탄식하며 말했다.

"아! 제비나 참새가 어찌 큰 기러기나 고니의 뜻을 알겠는가!"[25]

이는 참으로 절실한 말이었다.

진(秦) 2세 원년 가을 7월(前 209)에, 어양(漁陽)[26]에 방수(防戍)할 마을 천민 9백 명을 뽑아 보내는데, 진승과 오광 두 사람은 둔장(屯長)이었다. 일행이 기현〔蘄縣, 지금의 안휘성(安徽省) 북부 숙주시(宿州市)〕의 대택향(大澤鄕)에 도착했는데, 마침 큰 비로 길이 막혀 이미 날짜를 지킬 수 없을 것 같았다.

기일을 지키지 못하면 법으로 참수되기에, 진승과 오광이 서로 말했다.

---

24 오광(吳廣, ?-前 208)은 나중에 그의 부장에게 살해되었다. 양하(陽夏)는 縣名. 今 河南省 중동부 周口市 관할의 太康縣.

25 《漢書 陳勝項籍傳》 원문 - "嗟乎, 燕雀安知鴻鵠之志哉!" 연작(燕雀)은 멧새. 제비나 참새. 홍곡(鴻鵠)은 큰 기러기.

26 어양(漁陽) - 地名. 漁水의 북쪽, 今 北京市 동북의 밀운구(密雲區).

"지금 도망가거나 큰일을 일으켜도 역시 죽을 것인데, 어차피 죽는다면 나라를 위해 죽는 것이 좋을 것이다."

이어 진승이 말했다.

"천하가 진(秦)에 고통을 받은 지 오래되었다. 내가 알기로는, 2세는 막내아들이라 즉위할 수 없고, 응당 즉위할 사람은 바로 공자 부소(扶蘇)이다. 부소는 바른말을 자주하였기에 등극하지 못하고 변방에서 군사를 통솔하게 시켰다고 한다. 사실은 죄도 없는데, 이미 2세가 죽였다고 한다. 많은 백성이 그가 현명하다고 알고 있지만, 그가 죽은 사실도 모르고 있다. 항연(項燕)[27]은 초(楚)의 장군으로, 여러 번 공을 세우고 사졸을 아꼈기에 초나라 사람들이 그리워하고 있다. 어떤 이는 살아있다고 하는데, 지금 우리가 정말로 천하를 위해 먼저 일어난다면 많은 사람이 틀림없이 호응할 것이다."

진승과 오광은 평소에 남을 아껴주었기에 사졸들이 많이 따랐다. 인솔하던 위관(尉官)이 술에 취하자, 오광은 일부러 도망치겠다는 말을 여러 번 하여 위관이 격분하여 자신을 벌을 주게 해서 무리를 격노케 하려고 했다. 위관이 예상대로 오광을 매질하며 차고 있던 칼이 땅에 떨어지자, 오광은 일어나 칼을 빼앗아 위관

---

27 項燕(항연, ?－前 223) － 전국 말 楚國 대장군, 항량(項梁)의 父, 서초패왕(西楚霸王) 항우(項羽)의 조부. 秦將 이신(李信)에게 대패했고, 楚가 秦에 망할 때 전사, 또는 자살했다는 주장도 있다.

을 죽였다.

진승도 오광을 도와 위관 두 명을 죽이고 무리들에게 말했다.

"여러분은 비를 만나 모두 기일을 놓쳤고 응당 참수당할 것이다. 비를 핑계대어 혹 참수되지 않는다 하여도 방수하다가 죽는 사람이 정말로 열에 여섯 일곱이다. 그리고 장사가 죽지 않는다면 그만이지만, 죽어야 한다면 큰 이름을 내세울 뿐이다. 왕후장상이 어찌 씨가 있는가?"[28]

무리들이 모두 말했다.

"삼가 명을 따르겠습니다."

이에 공자 부소(扶蘇)와 항연(項燕)을 사칭하면서 무리들의 여망에 따랐다. 오른쪽 어깨를 벗어 다짐하고 대초(大楚)라 칭하면서 단을 쌓아 맹서를 하고 위관의 머리로 제사를 지냈다.

○ 진승의 자립 – 장초(張楚)

진승은 자립하여 장군이, 오광은 도위가 되어 대택향을 공격하여 차지하고 병사를 모아 기현(蘄縣)을 공격하여 점령하였다. 이어 군사를 모아 진군(陳郡)에 이를 즈음에는, 병거가 6, 7백 승에 말이 1천 마리, 병졸이 수만 명이었다. 진군을 공격하자 태수와 현령이 모두 도망갔다. 진승은 입성하고 진군을 점거하였다. 며칠 뒤 군내의 삼노(三老)와 호걸을 불러 모아 일을 의논하였다.

---

28 원문 侯王將相, 寧有種乎?

모두가 말했다.

"장군은 몸소 갑옷을 입고 무기를 들어 무도한 자들을 치고 사나운 진을 없애고 다시 초의 사직을 세웠으니, 그 공은 응당 왕이 되어야 합니다."

진승은 자립하여 왕이 되어 국호를 장초(張楚)라 하였다.

○ 진승의 몰락

진(秦) 2세 2년 12월, 진승의 마부인 장가(莊賈)가 진승을 죽이고 진(秦)에 투항하였다. 진승은 탕산(碭山)에 묻혔고, 시호를 은왕(隱王)이라 하였다. 진승의 옛 신하였던 장군 여신(呂臣)은 창두군(蒼頭軍)을 조직하여 진군(陳郡)을 함락시켜 장가를 죽이고 진(陳)을 초(楚)라 하였다.

진승(陳勝)이 왕을 한 것은 모두 6개월이었다.

처음에 왕이 되었을 때, 옛날 같이 품팔이 하던 사람이 소식을 듣고 곧 진(陳)에 가서 궁궐 문을 두드리며 "나는 섭(涉)을 만나고 싶소!"라고 말했다. 궁의 문지기가 체포하자, 그 사람은 하나하나 꼽아가며 설명을 하자 그대로 두었으나 진승에게 알리지는 않았다.

어느 날 진승이 외출하자 길을 막고 진승을 불렀다. 진승이 불러 만나보고 수레를 타고 같이 돌아갔다.

궁에 들어가자 전각과 휘장 등을 둘러보고 그 사내가 말했다.

"대단하구나! 섭(涉, 진승)이 왕이 되니 으리으리하구나!"

초인(楚人)은 다(多)를 과(輠, 많을 과)라고 말했는데, 그래서 세상에 '과섭(輠涉)이 왕이 되다' 라는 말이 진승에서 나왔다고 한다. 그 사내는 궁궐에 출입하면서 더욱 방자해져서 진승과의 옛일을 떠들어댔다.

어떤 사람이 진승에게 "어리석은 사내가 망언을 함부로 하여 위엄을 해칩니다."라고 말했다. 진승이 그 사내를 처형하자 옛사람들이 모두 떠나가 버렸고, 이 때문에 진승과 친한 사람이 없었다.

진승은 주방(朱防)을 중정(中正)으로, 호무(胡武)를 사과(司過)로 임명하여 신하에 대한 사찰을 맡겼다. 여러 장수들이 지방을 평정하면 이들(주방과 호무)이 가서 명령에 따르지 않는 자를 잡아 처벌하였고 가혹한 사찰을 (진왕陳王에 대한) 충성이라 생각하였다. 혹 나쁜 사람이라 생각되면 담당 관리에게 넘기지 않고 그대로 처리했는데, 진승이 그들을 신임했기에 여러 장수들은 진승 편이 되지 않았다. 이 점이 바로 실패한 이유였다.

진승은 비록 죽었지만 그가 내세운 왕후장상들이 결국 진(秦)나라를 멸망시켰다. 한 고조 때에 진승을 위해 탕산(碭山)의 무덤을 지키는 사람을 두었고 이후로 제사를 지내왔다.

3. 초한楚漢 혈투

(1) 항우(項羽)의 거병

○ 저것을 뺏어야지

항적(項籍)[29]의 자(字)는 우(羽)이며 하상(下相)[30] 사람이다. 처음 거병(擧兵)할 때 나이는 24살이었다. 그의 계부(季父, 작은아버지)는 항량(項梁)이고, 항량의 부친은 곧 초(楚)의 명장인 항연(項燕)이었다. 그 집안은 대대로 초 장군으로 항(項)[31] 땅에 봉해졌기에 성을 항씨라 했다.

항적이 젊었을 적에 글을 배웠으나 대성하기 전에 그만두었고, 검술을 배웠으나 또 중간에 그만두었다.

항량이 이를 꾸짖자, 항적이 말했다.

---

29 項籍(항적, 前 232-202) - 字는 羽, 항우(項羽)라 통칭. 前 207년 진나라 멸망의 결정적 전투인 거록(鉅鹿)의 싸움에서 秦軍을 격파하고 스스로 서초패왕(西楚覇王)이 되었다. 楚漢戰爭 중 垓下(해하)의 전투에서 漢王 유방(劉邦)에게 패하자, 長江의 북쪽 지류인 오강(烏江)에서 자결하였다. 그의 용기와 무예와 힘은 천고에 최고였으며('羽之神勇 千古無二'), 패왕(覇王)은 곧 항우를 지칭하는 고유명사로 통한다. 예〈覇王別姬(패왕별희)〉,《史記 項羽本紀》참고.

30 하상(下相) - 현명. 今 江蘇省 서북부 宿遷市(숙천시) 宿城區.

31 항(項) - 河南省 동부 周口市 관할 項城市.

"글은 이름만 쓸
줄 알면 되고, 검술
은 한 사람을 상대하
는 것이라서 배울게
못되니, 만인(萬人)
을 상대하는 것을 배
우겠습니다."

이에 항량은 그 뜻
을 기특하다 생각하
고 병법을 가르쳤다.
항적은 크게 좋아했
으나 그 뜻의 대략을
알고서는 또 끝까지
배우려 하지 않았다.

항우(項羽)

항량이 살인을 하고서 항적과 함께 원수 때문에 오중(吳中)[32]에
피신했었다. 오중의 현사와 대부들이 모두 항량의 휘하에 있었
다. 매번 큰 요역이나 상사(喪事)에는 항량이 늘 일을 도맡아 처리
했는데, 은밀하게 병법대로 빈객과 자제들을 편성해 일을 처리하
여 그의 능력이 널리 알려졌다.

---

32 오중(吳中) - 今 江蘇省 蘇州市를 지칭하기도 하나, 여기서는 오정
(烏程, 今 浙江省 湖州市 吳興區). 항우는 7살 전후에 숙부를 따라 吳
中에 이거했다.

진 시황제가 회계(會稽)[33] 지역을 동유하면서, 절강〔浙江, 전당강 (錢塘江)〕을 건너갔었는데, 항량과 항적은 행차를 구경했다.

항적이 "저것을 빼앗아 내가 대신할 만하겠다."라고 말하자, 항량이 입을 막으며 말했다.

"함부로 떠들지 말라. 멸족 당한다!"

항량은 이를 보고 항적을 기특하게 여겼다. 항적의 키는 8척 2 촌이었고,[34] 힘은 큰 솥을 들어 올릴 수 있고, 재기(才氣)가 남보다 뛰어났었다. 오중의 자제들은 모두 항적을 두려워했다.

ㅇ 강동자제 8,000명

진(秦) 2세 원년(前 209), 진승(陳勝)이 기의했다. 9월에, 회계의 임시 태수인 은통(殷通)은 평소에 항량을 현명하다 생각했기에, 항량을 불러 일을 논의했다.

항량이 말했다.

"방금 강서(江西)[35] 지역이 모두 진(秦)에 반기를 들었으니, 이 또한 하늘이 진(秦)을 없애려는 때입니다. 먼저 나서면 남을 제압 하지만, 나중에 일어나면 남의 통제를 받게 됩니다."

태수가 감탄하며 말했다.

---

33 회계(會稽) － 長江 이남의 吳國, 越國의 옛 땅을 통칭.

34 籍長八尺二寸 － 약 190cm.

35 강서(江西) － 今 강서성(江西省) 북부 九江市에서 강소성(江蘇省) 南 京市 사이의 長江 유역을 지칭한다.

"내가 알기로, 당신은 대대로 초(楚)의 장군이었으니 거사한다면 오직 당신뿐입니다!"

항량이 말했다.

"오(吳) 땅에 환초(桓楚)라는 기이한 장사가 지금 늪지대에 숨었는데, 다른 사람은 그가 있는 곳을 모르나 항적만이 알고 있습니다."

항량은 바로 항적에게 칼을 가지고 밖에서 기다리라고 일렀다.

항량은 다시 들어가 태수에게 말했다.

"항적을 불러 환초를 불러오라고 시키십시오."

항적이 들어오자, 항량이 눈짓으로 '실행하라!' 고 하였다. 항적은 바로 칼을 뽑아 태수를 참수했다. 항량은 태수의 머리를 들고 그 인수를 찼다.

문밖의 사람들이 놀라 소요하자, 항적은 백수십 명을 격살하였다. 이에 모두가 겁먹고 엎드려 누구도 감히 일어나지 못했다. 항량은 곧 알고 지내던 현리들을 불러 할 일을 설명하고 마침내 오중(吳中)에서 거병하였다.

사람을 현내에 내려보내 정병 8,000명을 모집하고 호걸들의 부서를 정하고 교위(校尉), 후(候), 사마(司馬) 등을 임명하였다.

어떤 사람이 직위를 못 받았다고 말을 하자, 항량이 설명하였다.

"언젠가 어느 상가(喪家) 일에 그대에게 일을 맡겼지만 처리하지 못했기에 그대에게 일을 주지 않았소."

이에 모두가 수긍하였다. 항량은 회계(會稽) 장군이라 했고, 항적은 비장(裨將, 부장副將. 도울 비)이 되어 관할 현을 돌며 평정했다.

○ 커지는 항량 세력

진(秦) 2세 2년(前 208), 광릉〔廣陵, 현명(縣名), 지금의 강소성(江蘇省) 서남부 장강 북안 양주시(揚州市) 서북〕 사람인 소평(召平)은 진승(陳勝)을 위해 광릉을 평정하려 했으나 함락시키지 못했다.

진승은 이미 패주했고, 진(秦)의 장군 장한(章邯)이 곧 습격할 것이라는 소식을 듣고 바로 장강(長江)[36]을 건너와 거짓으로 진왕(陳王)의 명령으로, 항량을 초(楚)의 상주국(上柱國)으로 임명한다면서 말했다.

---

36 장강(長江) − 江水, 大江, 河는 황하를 지칭하듯, 江은 장강을 가리키는 고유명사이다. 아시아 최대의 강물. 길이 6300km. 청장고원(靑藏高原)에서 발원하여 中國 서남부(靑海省, 雲南省, 四川省, 重慶市)를 지나 중부 지역(湖北省, 湖南省, 江西省)과 중국 동부의 安徽省, 江蘇省을 통과하여 上海市에서 東海에 들어간다.
고대부터 '江'이라는 고유명사로 사용되다가 漢代에는 '大江'이란 이름이 출현했고, 六朝부터 '長江'이라는 이름이 사용되었다. 우리나라에 알려진 양자강(揚子江)은 南京 하류지역의 長江을 지칭하는 말로 隋代 이후 사용되었다. 곧 장강의 하류에 해당하는 南京市에서 揚州市 부분을 지칭하였으나 上海市까지 포함하여 揚子(Yangtze)로 표기되면서, 장강을 뜻하는 의미로 바뀌었다. 이는 충남 부여 부근의 금강(錦江)을 白馬江이라 부르는 것과 같다. 長江의 부분 명칭으로는 金沙江(금사강), 川江, 荊江(형강), 潯陽江(심양강), 皖江(환강) 등이 통용된다.

"강동(江東)이 이미 평정되었으니, 급히 군사를 이끌고 서쪽으로 진(秦)을 공격하시오."

항량과 항우는 바로 휘하의 군사 8천 명을 거느리고 장강을 건너 서쪽으로 향했다. 항량은 진영(陳嬰)이란 사람이 이미 동양(東陽)을 함락시켰다는 말을 듣고 사자를 보내 그와 연합하여 같이 서쪽으로 진격하려고 했다.

진영(陳嬰)은 전에 동양현의 관리였는데, 현에 살면서 평소에 성실 근신하여 사람들로부터 존경을 받고 있었다. 동양현의 젊은이가 현령을 죽이고 무리 수천 명을 모아 우두머리를 세우려 해도 적당한 사람이 없자 바로 진영을 모시었다. 진영이 못한다고 하였지만 강제로 내세웠는데 현에서 그를 따르는 자가 2만 명이나 되었다.

진영이 그 부하들에게 말했다.

"항씨(項氏)는 대대로 장군 가문이며 초나라에 공이 많았으니, 지금 대사를 시작하는데 그런 사람이 아니면 안 될 것이다. 우리들이 명가대족(名家大族)에 의지한다면 틀림없이 진(秦)을 멸망시킬 수 있을 것이다."

그 무리들은 진영의 말에 따라 군사를 항량에 합치었다. 항량은 회수(淮水)를 건넜고, 영포(英布)[37] 장군 또한 군사를 합치니 모

---

37 영포(英布)─《漢書 韓彭英盧吳傳》에 입전.

두 6,7만 명이 하비(下邳)³⁸에 주둔하였다.

항량은 주변의 소소한 세력을 합치면서 진나라의 장수 장한과 싸웠다. 항량은 항우를 시켜 따로 양성(襄城)을 공격케 하였으나 함락시키지 못했다. 나중에 성을 함락시킨 뒤, 그 사람들을 모두 묻어 죽이고 돌아와 항량에게 보고하였다.

항량은 진왕(陳王)이 틀림없이 죽었다는 것을 알고 여러 장수 들을 설현에 불러 모아 앞일을 의논하였다. 이때 패공(沛公)³⁹도 패현(沛縣)에서 기병하고 여기에 참여했다.

ㅇ 범증의 등장

거소현〔居鄛縣, 지금의 안휘성(安徽省) 중남부 소호시(巢湖市)〕 사람 범증(范增)⁴⁰은 나이가 70인데, 평소 기계(奇計)를 잘 꾸몄는데, 항

---

38 하비(下邳) — 縣名. 今 江蘇省 北部 徐州市 관할의 邳州市(비주시).

39 패공(沛公) — 漢 高祖 유방(劉邦, 前 256−195), 패현(沛縣) 풍읍(豊邑) 中陽里(今 江蘇省 최북단 徐州市 豊縣) 출신으로, 패(沛)의 현령을 죽이고 기병한 뒤, 패공(沛公)이라 칭했다. 秦亡 후에 항우에 의해 한왕(漢王)에 봉해졌고, 西漢(前漢) 開國皇帝로 사후의 공식 묘호 (廟號)는 太祖이고, 시호(諡號)는 高皇帝이다. 漢 高祖, 漢 高帝, 漢 太祖高皇帝로 불린다. 본래 패(沛)는 진의 사수군(泗水郡)에 속한 縣이었다. 고조 즉위(前 201) 뒤에 沛郡으로 승격시켰다. 治所는 相縣〔今 安徽省 淮北市 관할 수계현(濉溪縣)〕이었다.

40 범증(范增, 前 278−204) — 항우(項羽)의 모신(謀臣)이며 막료. 항우는

량을 찾아와서 말했다.

"진승(陳勝)의 몰락은 당연한 것입니다. 진이 6국을 멸했지만, 초(楚)가 가장 억울하였으니 회왕(懷王)이 진나라에 들어갔다가 돌아오지 못한 것을 초인(楚人)은 지금까지도 억울해하고 있습니다.[41] 그래서 남공(南公, 인명 미상)이란 사람은 '초(楚)가 3호만 남아도 반드시 진(秦)을 망하게 할 것이다.'[42]라고 말했습니다. 지금 진승이 처음 일을 벌였으나 초(楚)의 후손을 내세우지 않았기에 그 세력이 떨치지 못했습니다. 지금 장군이 강동(江東)에서 기병하자, 초에서 봉기한 장수들이 다투어 장군을 따르는 것은 장

범증을 '아부(亞父)'라 부르면서 존경했지만, 漢 진평(陳平)의 이간계(離間計)에 말려 범증을 고향에 보냈고, 범증은 도중에 병사했다.

41 秦王 政(秦始皇)이 육국을 통일할 때, 秦의 장수 왕전(王翦)은 60만 대군을 거느리고 前 224年에 楚軍을 격파하고 楚國을 멸망시켰다. 그 이전에, 楚 회왕(懷王)은 장의(張儀)의 간계에 걸려 秦에 들어갔다가 돌아오지 못하고 그곳에서 죽었는데, 이후 楚에서는 秦에 대한 반감이 강했다. 회왕(懷王)은 前 299년, 秦 昭王과 武關에서 회동하기로 약속하였다. 회왕은 굴원(屈原)의 권고를 무시하고 무관에 갔다가 진에 억류되어 할지(割地)를 강요당한다. 회왕이 돌아오지 못하자 태자가 즉위하니, 이가 楚 양왕(襄王)이다. 前 297년 楚, 韓, 魏 연합군이 진을 공격하자, 楚 회왕은 기회를 틈타 탈출했으나 실패하여 다시 억류되었다가 前 296년에 秦에서 병사했다.

42 원문 楚雖三戸 亡秦必楚 − 三戸는 단체 행동을 할 수 있는 최소한의 수를 열거한 것이다. 이는 그만큼 秦에 대한 원한이 깊다는 뜻이다.

군이 대대로 초나라의 장수였기 때문이며, 초 왕실의 후손을 세운다면 가능할 것입니다."

이에 항량은 민가에서 양(羊)을 치며 살던 초 회왕(懷王)의 손자인 심(心)을 찾아내어 초 회왕(懷王)[43]으로 세워 사람들의 기대에 따랐다.

그리고 항량은 진영(陳嬰)을 상주국(上柱國)으로 삼아 5개 현을 봉했고, 회왕을 도와 우이(盱台)[44]에 정도(定都)하게 하였다. 항량은 스스로 무신군(武信君)이라 자칭하며 군사를 이끌고 항보(亢父)[45]를 공격하였다.

○ 항량의 전사(戰死)

항량은 군사를 거느리고 동아(東阿)를 출발하여 정도(定陶) 근처에서 다시 진나라 군사를 격파했고, 항우가 이유(李由)를 죽이자, 항량은 진을 더욱 무시하고 교만해졌다.

그러자 송의(宋義)[46]가 주의를 주었다.

---

43 회왕(懷王) − 회왕의 손자 心(? − 前 206, 재위 前 208 − 206), 熊氏(웅씨)에 이름은 心, 멸망한 楚國의 宗室로 민가에서 양을 치다가 항량에 의거 왕위에 오르며 盱台(우이)에 定都하고 여전히 懷王으로 불리다가 의제(義帝)로 그 칭호가 바뀐다.

44 우이(盱台) − 縣名. 今 江蘇省 서부 홍택호(洪澤湖) 남쪽, 淮安市 관할의 盱台縣(우이현). 盱는 쳐다볼 우. 台는 나(予) 이, 별이름 태. 늙을 대.

45 항보(亢父) − 縣名. 今 山東省 서남부 齊寧市(제녕시).

"승전한 뒤에 장군이 교만하고 병졸이 나타해지면 패망하게 됩니다. 지금 조금 나태해졌으나 진의 군사는 날로 늘어나니, 저는 장군을 위해 이를 걱정합니다."

그러나 항량은 따르지 않았다.

예상대로 진나라는 모든 군사를 동원하여 장한에게 주었고, 몰래 초군(楚軍)을 습격하여 정도(定陶)에서 대파했고, 항량은 전사했다.

패공과 항우는 외황(外黃)을 거쳐 진류성(陳留城)을 공격했지만, 진류성의 수비가 튼튼하여 함락시키지 못했다.

패공과 항우가 서로 협의하며 말했다.

"방금 항량이 죽어 사졸이 겁을 먹었소."

그리고선 여신(呂臣)[47]과 함께 군사를 이끌고 동쪽으로 갔다. 여신은 팽성(彭城)[48] 동쪽에, 항우의 군사는 팽성 서쪽에, 패공은 탕군(碭郡)[49]에 각각 주둔하였다.

---

46 송의(宋義, ?-前 207) - 秦末 楚 회왕(懷王)의 대장군. 나중에 항우에 피살.

47 여신(呂臣) - 陳勝이 마부인 莊賈(장가)에게 피살당하자, 창두군(蒼頭軍)을 조직하여 장가를 죽였다. 영포(英布)와 함께 秦軍과 싸우다가 項梁에게 귀부했고 나중에 항우의 부하가 되었다.

48 팽성(彭城) - 今 江蘇省의 北大門이라 할 수 있는 서주시(徐州市).

49 탕(碭) - 秦代의 郡名. 치소는 碭縣, 今 安徽省 최북단, 宿州市 관할 碭山縣.

(2) 유방(劉邦)의 봉기

○ 유방(劉邦)의 출생 - 외상술

漢高祖

漢書高帝紀贊曰漢承先連德祚已盛斷蛇著符族幟尚赤協於火德自然之應得天統矣

한 고조(漢 高祖) 유방(劉邦)
중간 부분에 흑백 그림 옮겨 수록, 청조(淸朝) 화가 상관주(上官周)의《만소당화전(晩笑堂畵傳)》

한 고조(漢 高祖)는 패현(沛縣) 풍읍(豊邑) 중양리(中陽里) 사람으로, 성은 유씨(劉氏)이다. 그의 모친이 언젠가 큰 물가에서 쉬다가 꿈에 신인(神人)을 보았다.

그때 천둥과 번개가 치고 날이 캄캄해졌는데, 아버지 태공(太公)이 가보니 교룡이 아내를 누르고 있었다. 그 뒤에 임신이 되어 나중에 고조를 출산했다.

고조의 생김새는 우뚝한 코에 훤한 이마와 멋진 수염이 났고 왼쪽 허벅지에 72개의 검은 점이 있었다. 성품이 너그럽고, 마음 씀씀이가 옹졸하지 않았다. 늘 큰 뜻을 품어 보통 사람처럼 농사일을 하지는 않았다. 장년에 사상(泗上)의 정장(亭長)[50]이 되었는데, 관리들과 허물없이 지냈다.

고조는 술과 여색을 즐겼다. 늘 왕씨 노파나 무부(武負) 집에서 외상술을 마셨는데, 고조가 술에 취해 누웠으면 무부나 왕 노파의 눈에 괴이한 일이 보였다. 고조는 늘 외상술을 마셨는데, 외상값의 몇 배나 되는 술이 더 팔렸다. 괴이한 일이 있은 뒤, 연말에 술집에서는 장부를 없애 술값을 받지 않았다.

고조는 그전에 함양(咸陽)에 요역을 갔다가 진나라 황제의 행차를 보고서는 크게 탄식하며 말했다.

"아하! 대장부라면 응당 저래야 할 것이다."[51]

○ 여공(呂公)의 안목

선보현(單父縣)[52] 사람 여공(呂公)은 패현(沛縣) 현령과 친했는데, 원수를 피하여 객거(客居)하다가 눌러 살게 되었다. 패현의 호걸과 관리들은 현령의 귀한 손님이라고 모두 와서 축하하였다. 소하(蕭何)[53]는 수석 관리로 축하금을 접수하면서 모두에게 말했다.

---

50 사상정장(泗上亭長) − 泗水亭長, 亭은 기본 행정단위로 10里(거리 단위)마다 1정을 설치, 兵器도 보관, 亭長을 두어 치안유지, 범인 수색, 소송대리 임무를 부여했다. 亭의 누각은 출장 관리의 숙소 (亭은 宿食之館)로도 쓰였다. 鄕이나 里와는 개념이 다르다. 前漢 말 哀帝 때, 전국에 29,635개소의 亭이 있었다.

51 《漢書 高帝紀》 원문 − 「嗟乎, 大丈夫當如此矣.」

52 선보(單父) − 縣名. 今 山東省 菏澤市 관할 單縣. 單은 고을 이름 선. 父는 男子의 美稱 보.

"1천 전이 안 되면 당(堂) 아래에 앉으시오."

고조는 정장이면서 평소에 여러 관리들과 어울렸는데 거짓으로 명편(名片, 명함名銜)에 '축하금 1만 전'이라고 썼지만 사실은 한 푼도 없었다. 명편이 들어가자 여공은 크게 놀라 일어나서 대문까지 나와 고조를 맞이했다. 여공은 관상을 잘 보는 사람이었는데, 고조의 모습을 보고 크게 공경하며 데리고 들어가 상좌에 앉혔다.

그러자 소하가 말했다.

"유계(劉季, 고조)는 본래 허풍이 세고 제대로 하는 일이 없습니다."

그러나 고조는 여러 손님을 무시하면서 상좌에 앉아 하나도 꿀리지 않았다. 술자리가 거의 파할 무렵, 여공은 고조에게 눈짓을 했다.

술자리가 끝났고, 여공이 고조에게 말했다.

"내가 젊어서부터 관상 보기를 좋아하여 많은 사람을 보았지만 당신 같은 사람은 없었으니 부디 자애(自愛)하시오. 내 딸을 당신에게 아내로 주고 싶소."

나중에 여공의 아내가 여공에게 화를 냈다.

---

53 蕭何(소하, 前 257 – 193) – 漢朝 丞相, 漢初三杰. 39권, 〈蕭何曹參傳〉에 立傳. 主吏는 수석 관리.

"당신은 늘 이 딸아이를 기특하다며 귀인에게 준다고 말했소. 현령과 친하면서 현령이 원했어도 주지 않더니, 왜 당신 멋대로 유계(劉季, 유방)에게 준다고 하였소?"

그러자 여공이 말했다.

"이런 일은 여자가 알 바 아니요."

그리고 딸을 고조에게 시집보냈다. 여공의 딸은 곧 여후(呂后)이니 효혜제(孝惠帝)와 노원공주(魯元公主)를 낳았다.

○ 적제(赤帝)의 아들

고조는 정장(亭長)으로 현의 죄수를 여산(驪山)[54]에 호송하는데, 도중에 도망가는 자가 많았다. 고조는 여산에 도착하면 남은 자가 없을 것이라 생각하여 풍읍(豊邑) 서쪽에서 잠시 쉬며 술을 마시다가 밤에 호송하던 모두를 풀어주며 말했다.

"당신들 모두가 가버리면 나도 여기서 도망갈 것이다!"

그 무리 중 고조를 따라가겠다는 10여 명이 있었다.

고조가 술에 취해 밤에 물가를 걸으면서 한 사람을 앞서 가게 하였다.

앞서 가던 자가 돌아와 말했다.

"앞에 큰 뱀이 길을 막고 있어 돌아가야 합니다."

---

54 여산(驪山) − 시황제 능(陵) 공사 현장. 今 陝西省 남부 西安市 임동구(臨潼區).

그러나 고조가 취해 말했다.

"사나이 가는 길에 무엇이 두려우랴!"

고조는 나아가 칼로 뱀을 두 토막내자 길이 열렸다. 몇 리를 더 가서 취해 잠이 들었다. 따라오던 사람들이 뱀이 있던 곳에 왔는데, 어떤 노파가 밤에 울고 있었다.

사람들이 노파에게 왜 우느냐고 묻자, 노파가 말했다.

"어떤 사람이 내 아들을 죽였소."

사람들이 "노파 아들은 왜 죽었소?"라고 묻자, 노파가 말했다.

"내 아들은 백제(白帝)의 아들로 뱀으로 변해 길에 있다가 조금 진에 저제(赤帝)의 아들이 죽였기에 울고 있소."

사람들은 노파가 거짓말을 한다고 생각하며 노파를 혼내주려 하자, 노파는 홀연히 사라졌다. 그 사람들이 따라오자, 고조도 잠에서 깨어났다. 그런 이야기를 고조에게 말하자, 고조는 혼자 기뻐하며 긍지를 가졌다. 따르는 사람들은 고조를 날마다 더욱 두려워했다.

○ 동남에 천자의 기운이

시황제(始皇帝)는 그전에 "동남방에 천자(天子) 기운이 있다."면서 동쪽을 유람하여 그 기를 눌러 막으려 하였다. 고조가 망현(芒縣)이나 탕현(碭縣)의 산속이나 늪에 숨어 있으면 여후(呂后)는 다른 사람과 함께 늘 찾아내었다.

고조가 이상히 여겨 물었더니, 여후가 말했다.

"당신이 있는 곳에 늘 운기(雲氣)가 있어 따라가면 찾을 수 있다."

고조는 더욱 기뻤다. 이런 일을 알게 된 패현의 많은 젊은이들이 고조를 따랐다.

○ 고조의 기의

진(秦) 2세 원년(前 209)[55] 가을 7월에, 진승(陳勝, 진섭)은 기현(蘄縣)에서 기의(起義)하였다.

진현(陳縣)[56]에 이르러 초왕(楚王, 장초)으로 자립하면서, 무신(武臣)[57]과 장이(張耳), 진여(陳余) 등을 보내 옛 조(趙)의 땅을 공략케 하였다.

8월에, 무신(武臣)은 자립하여 조왕(趙王)이라 하였다. 각 군현에서는 현령을 죽이고 진승에 호응하는 자가 많았다.

9월에, 패현 현령은 패현을 들어 진승에 호응하려고 하였다.

패현의 옥연(獄橡)인 조참(曹參),[58] 주리(主吏)인 소하(蕭何)가 현

---

55 秦 2세 원년은 前 209 – 208년에 해당한다. 秦은 10월이 세수(歲首)였다.

56 진(陳) – 陳郡의 치소, 今 河南省 周口市 淮陽縣(회양현) 일대.

57 무신(武臣) – 인명. 姓은 武. 名은 臣.

58 橡,主吏 – 당시 蕭何(소하)는 현의 主吏〔功曹(공조)〕이었고, 曹參(조참)은 獄橡(옥연)이었다. 橡은 한 업무 부서의 실무책임자. 吏의 우두머리. 도울 연.

령에게 말했다.

"현령께서는 진(秦)의 장리(長吏)로 지금 반기를 들고 패현의 자제를 이끌려 하지만, 혹 따르지 않을 수도 있습니다. 현령께서 타 지역에 도망간 여러 사람을 불러 모으면 수백 명을 모을 수 있고 이들로 무리들을 억압하면 따르지 않을 수 없을 것입니다."

그리고 번쾌(樊噲)[59]를 시켜 수백 명을 거느린 고조를 데려오게 하였다.

오래지 않아 번쾌와 고조가 돌아왔다.

패의 현령은 후회하면서 변란이 있을까 두려워 성문을 닫고 저항하며 소하와 조참을 죽이려 했다. 소하와 조참은 두려워서 성벽을 넘어 도주하여 고조에게 의지했다.

고조는 비단에 글을 써서 성 안으로 쏘아보내 부로(父老)들에게 말했다.

"천하가 진의 학정으로 고생한 지 오래되었습니다. 지금 패현의 부로들께서 패현령을 위해 성을 지키고 있지만 제후들이 각처에서 기의하며 패현을 도륙하려고 합니다. 패현에서는 모두 함께 패현령을 죽이고 바른 사람을 세워 제후에 호응한다면 종족과 집을 지킬 수 있습니다. 그렇지 않다면 부자가 함께 죽게 될 것이니

---

59 번쾌(樊噲) – 한 고조와 동향인, 도살업에 종사했다. 고조의 손아래 동서. 呂后의 弟夫.

아무 소용이 없습니다."

그러자 패현의 부로들은 젊은이들을 거느리고 함께 현령을 죽인 뒤에 성문을 열고 고조를 맞이하며 고조를 현령으로 삼고자 했다.

이에 고조가 말했다.

"천하가 지금 혼란하고 제후들이 모두 일어나는데, 지금 좋지 않은 우두머리를 세우면 단 한 번의 패전에 모두가 죽게 됩니다. 내가 내 몸을 아끼는 것은 아니지만 내 능력이 부족하여 부형과 자제들을 지키지 못할까 걱정이 됩니다. 이는 중대한 일인 만큼 괜찮은 사람을 골라야 합니다."

소하와 조참은 모두 문서나 다뤘던 관리라서 몸을 아끼었고 일이 실패하면 진(秦)이 종족을 죽일 것이 두려워 모두 고조에게 사양하였다.

또 여러 부로들도 말했다.

"그동안 유계(劉季, 고조)에게 기이한 일이 여러 번 있었으니 응당 높이 되어야 하며, 또 우리가 점을 쳐보아도 유계만큼 좋은 사람도 없습니다."

고조가 몇 번 사양했지만 사람들이 듣지를 않자, 고조는 자립하여 패공(沛公)이 되었다. 패공은 패현의 마당에서 황제(黃帝)와 치우(蚩尤)에 제사한 뒤에 북(鼓)에 피를 발랐다. 깃발은 모두 붉은색이었는데, 백제(白帝)의 아들을 죽인 적제(赤帝)의 아들이 패공이기 때문이었다. 이에 소하, 조참, 번쾌 같은 호걸들이 패현의 젊은이를 모으니, 군사가 3천 명이나 되었다.

○ 관중(關中)에 먼저 들어가기

그전에 초 회왕(楚 懷王)은 먼저 관중(關中)^{60} 땅에 들어가 평정하는 자를 왕으로 삼겠다고 여러 장수와 약속했었다. 그때 진(秦) 군사는 강했고 늘 이기며 패한 자를 추격했기에 관중에 먼저 진격하는 것이 좋다고 생각하는 자가 없었다.

다만 항우는 항량을 죽인 진나라에 원한이 있어 분발하며, 패공과 함께 서쪽으로 입관(入關)하고자 했다.

그러나 회왕의 여러 노장들이 말했다.

"항우(項羽)는 사납게 남을 해치는 사람이라서 전번에 양성(襄城)을 공략할 때도 양성에 살아남은 사람이 없었으며 가는 곳마다 잔인하게 사람을 죽였습니다. 초가 여러 곳을 공격했었지만 앞서 진왕(陳王, 진승)이나 항량(項梁)이 모두가 망하였으니, 온후한 사람을 보내 인의(仁義)를 내세우며 서쪽으로 나아가 진(秦)의 백성을 회유하면 좋을 것입니다. 진(秦)의 백성이 시달린 지 오래기에 이번에 후덕한 사람을 보내고 사납게 침탈하지만 않으면 틀림없이 평정할 수 있을 것입니다. 항우를 보낼 수 없고 다만 패공은 평소 관대 온후합니다."

---

60 關中은 東 함곡관(函谷關), 南 무관(武關), 西 산관(散關), 北 소관(蕭關)으로 둘러싸인 옥야천리(沃野千里)의 땅.

회왕은 항우의 서진(西進)을 불허하고 패공에게 서쪽으로 진승과 항량의 흩어진 군졸을 모으게 하였다. 패공은 진(秦)의 보루와 군영을 격파하였다.

○ 역이기를 만나다

2월에, 패공은 탕현(碭縣) 북에서 창읍현(昌邑縣)을 공격하면서 팽월(彭越)[61]을 만났다. 팽월도 창읍 공격을 도왔으나 차지하지 못했다. 패공이 서쪽으로 고양읍(高陽邑)[62]에 들리자, 역이기(酈食其)[63]는 그곳 마을의 감문(監門)이었는데 패공을 만나고자 했다.

"이곳을 여러 장수들이 지나갔지만 내가 볼 때 패공은 도량이 큰 것 같다."

그리고 패공을 만났다. 그때 패공은 평상에 걸터앉아 두 여인을 시켜 발을 닦고 있었다. 역이기는 배례(拜禮)하지 않고 장읍(長

---

61 彭越(팽월, ?-前 196) — 字는 중(仲)이며, 昌邑 사람이다. 늘 巨野澤에서 고기를 잡았다가 나중에 한 고조를 섬겼다. 西漢 開國 功臣으로 梁王에 봉해졌으나 漢에 반기를 들었다가 呂태후에게 잡혀 죽었다. 결국 異姓 諸侯를 없애는 정책에 희생당했다. 그 시신으로 젓을 담가 여러 제후에게 보내졌다.

62 高陽 — 읍명. 今 河南省 開封市 杞縣 서남.

63 역이기(酈食其, 前 268-204) — 별명은 고양주도(高陽酒徒). 이기(食易 yì jī)는 '배불리 먹는다'는 뜻. 食는 사람 이름 이. 한왕의 謀臣. 나중에 齊王 전광(田廣)에게 停戰토록 유세하여 성공했으나 韓信이 齊를 공격하자 역이기는 팽살되었다. 《漢書》43권, 〈酈陸朱劉叔孫傳〉에 立傳.

揖)만 하고 말했다.

"족하(足下)[64]께서 무도한 진(秦)을 꼭 없애고자 한다면 다리를 뻗고 앉아 어른을 만나지 마오."

그러자 패공은 일어나 옷깃을 여미며 사과하고 상석으로 안내하였다. 역이기는 패공에게 진류현(陳留縣)[65]을 공격하라고 유세하였다. 패공은 역이기를 광야군(廣野君)으로 삼았고, 그 동생 역상(酈商)을 장군에 임명하고 진류의 군사를 지휘하게 하였다.

4월에, 패공은 남쪽으로 영천군(潁川郡)을 공격하여 함락시켰다. 이어 장량(張良)을 시켜 옛 한(韓)의 땅을 경략케 하였다.

○ 패공의 입관(入關)

8월, 패공은 무관(武關)을 공격하고 진(秦)나라에 전입하였다. 진의 승상 조고(趙高)는 두려워 2세를 죽이고, 패공에게 관중을 나누어 다스리자고 제의하였으나 패공은 허락하지 않았다.

9월, 조고는 2세 형의 아들인 공자 영(公子 嬰)을 진왕으로 세웠다. 자영(子嬰)은 조고를 주살하고 장수를 보내 요관(嶢關)을 방어하게 했다.

패공이 이를 치려 하자, 장량이 말했다.

"진군이 아직도 강하니 가벼이 다룰 수 없습니다. 먼저 사람을

---

64 足下 — 동년배, 또는 동료에 대한 경칭. 人君에 대한 존칭으로도 쓰였음. 여기서는 존칭.

65 陳留(진류) — 현명. 今 河南省 開封市 동남.

보내 산 위에 깃발을 많이 세워 의병(疑兵)을 꾸미고, 역이기(酈食其)나 육가(陸賈)를 보내 진의 장수를 이(利)로 유세하십시오."

진 장수는 예상대로 화해를 제의했고 패공은 허락하려고 했다. 그러나 장량이 또 말했다.

"이는 그 장수가 배반하는 것이지 그 사졸이 따르지 않을 수도 있으니, 그들이 풀어질 때를 기다려 공격하는 것이 좋을 것입니다."

패공은 군사를 거느려 요관(嶢關)을 포위하고 진의 군사를 공격하여 남전현(藍田縣) 남쪽에서 대파하고, 마침내 남전현에 입성했고 그 북쪽에서 또 싸웠는데 진의 군사는 대패했다.

○ 약법삼장(約法三章)

한(漢) 원년 10월 겨울에,[66] 오성(五星)이 동정(東井)의 자리에 모였다. 패공은 패상(霸上)[67]에 도착했다. 진왕(秦王) 자영(子嬰)은 백마가 끄는 소거(素車)를 몰아 목에 실 밧줄을 매고 황제의 국새(國璽)와 병부(兵符)와 지절(持節)을 바치며 지도(枳道)의 정(亭)에

---

66 元年冬十月 – 漢 元年은 前 206년(乙未年)으로 통한다. 秦은 10월이 歲首였기에 前 207년 10월부터 前 206년 9월이 漢 元年이다. 정월을 세수로 개정한 것은 武帝 때 太初曆을 채용한 이후이다. 왕조가 바뀌면 歲首가 달라야 한다는 주장을 이해하기가 쉽지는 않다.

67 패상(霸上) – 今 陝西省 西安市 동남방 10km. 灞河(파하)의 白鹿原. 군 주둔지로 유명.

서 투항하였다.

여러 장수가 진왕을 죽여야 한다고 말하자, 패공이 말했다.

"처음에 회왕은 관용을 베풀라고 나를 보냈다. 또 투항한 사람을 죽이는 것은 좋지 않다."

그리고서는 담당 관리에게 맡겼다.

패공은 함양에 들어갔다. 궁궐에 머물며 군사를 관사에서 쉬게 하려 했으나 번쾌와 장량의 건의에 따라 바로 진(秦)의 귀중한 보배와 재물 창고를 봉하고 패상으로 환군하였다. 소하(蕭何)는 진 승상부의 도서와 문서를 모두 수합하였다.

11월에, 패공은 모든 현의 호걸을 불러 말했다.

"여러분은 진(秦)의 가혹한 법에 오랫동안 고생하였으니, 정사(政事)를 비방하면 멸족 당했고 마주 보며 이야기만 하여도 거리에서 처형하였습니다. 나는 여러 제후와 먼저 관중(關中)에 들어간 자를 왕으로 삼는다는 약속을 하였습니다. 여러 어른들과 법 3조항만 약속할 뿐이니, 살인자는 죽이고 사람을 다치게 하거나 도둑질을 하면 법대로 처리하겠습니다.[68] 나머지 진나라의 법은 모두 없애겠습니다. 관리와 백성은 모두 옛날처럼 안심하십시오. 나는 여러분을 위해 해악을 제거하려고 여기에 왔으며 뺏거나 폭행이 없을 것이니 두려워 마십시오! 또 내가 패상에 주둔한 것은 여러 제후의 도착을 기다려 약속을 지키려는 뜻입니다."

---

68 《漢書 高帝紀》 원문 —「與父老約法三章耳, 殺人者死, 傷人,及盜, 抵罪. 余悉除去秦法.」

그리고 사람을 보내 진의 관리와 함께 각 현이나 마을을 돌며 이를 알리게 하였다. 진(秦)의 백성들은 아주 좋아하며 소나 양의 고기, 술이나 음식을 내어 군사를 먹게 하였다.

그러자 패공은 받지 않으며 말했다.

"창고에 곡식이 많아 백성의 비용을 바라지 않습니다."

백성들은 더욱 좋아하며 패공이 진왕(秦王)이 되지 않을까 걱정하였다.

(3) 홍문에서 해하까지

○ 함곡관을 돌파한 항우(項羽)

어떤 사람이 패공에게 말했다.

"진(秦)의 국부는 천하의 10배나 되며 차지한 지형도 방어에 유리합니다. 요즈음 장한은 항우에 귀항했고, 항우는 장한(章邯)[69]을 옹왕(雍王)이라 하여 관중의 왕으로 삼았습니다. 만약 관중에 들어온다면 패공께서는 여기를 차지 못할 수도 있습니다. 빨리 사람을 보내 함곡관(函谷關)[70]을 지켜 제후의 군사가 못 들어오게

---

69 章邯(장한, ?-前 205) - 秦의 장군, 前 207년 鉅鹿(거록)에서 項羽에게 패한 뒤 秦軍 주력을 거느리고 항우에 투항했다. 항우에 의해 雍王(옹왕)에 피봉, 나중에 대장군 한신(韓信)에 패전하고 자살하였다. 항우의 책봉을 받은 옹왕(雍王) 장한(章邯), 새왕(塞王) 사마흔(司馬欣), 책왕(翟王) 동예(董翳)의 영역을 三秦이라 통칭하였다.

하고 점차로 관중의 병력을 징발하여 증강시켜서 막아야 합니다."

패공은 옳게 여겨 그 말을 따랐다.

前 207년 12월, 항우는 예상대로 제후의 병력을 거느리고 서쪽 관중으로 들어가려 했으나 관문이 닫혀 있었다. 항우는 패공이 이미 관중을 평정했다는 말을 듣고 대노하면서 경포(黥布, 영포) 등을 시켜 함곡관을 격파했고 마침내 희하(戲下)에 이르렀다. 패공의 좌사마인 조무상(曹毋傷)은 항우가 노하여 패공을 공격할 것을 알고 사람을 보내 항우에게 "패공은 관중의 왕이 되려고 자영(子嬰)을 승상으로 삼아 모든 보물을 차지했습니다."라고 거짓말을 하면서 봉작을 받으려 했다.

아부(亞父)인 범증도 항우를 설득했다.

"패공이 산동(山東)에 있을 때는 재물과 여색을 탐했습니다. 입관한 이후로 보물을 거두지 않고 여자를 가까이하지 않는다니 그 욕심이 결코 작지 않습니다. 내가 사람을 시켜 그 기운을 살펴보았더니 운기가 용처럼 오색을 만들어내니, 이는 천자의 기운입니다. 빨리 공격하되 실수하지 마십시오."

이어 군사를 배불리 먹여 다음날 싸우기로 하였다. 이 무렵 항

---

70 함곡관(函谷關) ─ 효산(崤山)의 함곡관. 동쪽에서 關中에 들어가는 관문이며 요새지. 효산의 동쪽을 山東, 함곡관의 동쪽을 關東이라 지칭한다. 函谷關은, 今 河南省 三門峽市 관할 영보시(靈寶市) 동북방.

우의 군사 40만은 100만이라고 말했다. 패공의 군사는 10만인데, 20만이라 했지만 상대가 되지 못했다. 그때 항우의 작은아버지인 좌윤(左尹) 직위의 항백(項伯)⁷¹은 평소에 장량(張良)과 친했는데, 밤에 장량을 만나 사실을 말하면서 같이 떠나자며 헛되이 죽지 말라고 하였다.

그러자 장량이 말했다.

"나는 한왕(韓王)을 위해 패공(沛公)에게 왔으니 말을 해야 하고, 그냥 떠난다면 불의입니다."

그리고 장량은 항백과 함께 패공을 만났다.

패공은 항백과 혼인을 약속하며 말했다.

"내가 입관(入關)하고서는 추호도 내 마음대로 취하지 않았으며, 관리와 백성을 등록하고 부고(府庫)를 봉한 뒤 장군을 기다렸으니 관문을 지킨 것은 다른 도적을 막기 위한 것이었소. 밤낮으로 장군을 기다렸는데, 어찌 감히 배반하겠습니까! 패공은 결코 배반하지 않을 것이라고 당신이 분명히 말씀해주기 바랍니다."

항백은 수락하고 그 밤에 바로 돌아가면서 패공에게 당부하였다.

"내일 아침 일찍 와서 직접 사과하지 않을 수 없습니다."

항백은 돌아가 패공의 말을 항우에게 전하면서 이어 말했다.

---

71 左尹 항백(項伯) – 楚 관직, 左丞相格. 項伯의 名은 纏(전). 伯은 字.

"패공이 먼저 관중의 군사를 격파하지 않았다면 장군이 어찌 여기 들어왔겠는가? 또 공을 세운 사람을 공격하는 것은 상서롭지 못하니 이참에 패공을 잘 대하는 것이 좋을 것이요."

항우도 이를 수락했다.

○ 홍문의 잔치(鴻門之宴)

패공은 다음 날 100여 기병을 거느리고 홍문(鴻門)⁷²에서 항우를 만나 사과하였다.

"신(臣)은 장군과 함께 온 힘을 다하여, 장군은 하북(河北)에서 신은 하남(河南)에서 진과 싸웠으나 본의 아니게 신이 먼저 입관하여 진을 격파하고 장군을 다시 뵙게 되었습니다. 이번에 소인(小人)의 말 때문에 장군과 사이가 벌어진 것 같습니다."

그러자 항우가 말했다.

"이는 패공의 좌사마 조무상의 말이니, 안 그러면 내가 어찌 이렇게까지 하겠는가?"

항우는 패공을 머물게 하여 함께 술을 마셨다. 범증은 항우에게 패공을 격살하라고 여러 번 눈짓했으나 항우는 불응했다.

범증은 일어나 나가서 항우의 당제(堂弟)인 항장(項莊)에게 말했다.

---

72 홍문(鴻門) — 항우의 군영이 있던 곳. 今 陝西省 西安市 臨潼區 新豊鎭 鴻門堡村.

"군왕(君王)은 사람이 좋아 결단을 못한다. 자네가 들어가 검무를 추다가 패공을 쳐 죽여라! 안 그러면 자네들 항씨는 모두 잡혀 죽을 것이다."

항장이 들어와 축수(祝壽)를 마치고, 이어 말했다.

"군중(軍中)에 즐길 거리가 없으니 검무를 춰보겠습니다."

그리고 칼을 뽑아 칼춤을 추었다. 그러자 항백도 일어나 춤을 추며 몸으로 패공을 감싸주었다.

번쾌는 일이 다급한 것을 알고 곧바로 들어가 분노하였다. 항우가 장하다며 술을 주었다. 번쾌는 항우에게 조목조목 따졌다. 잠시 후 패공은 일어나 측간에 간다며 번쾌를 불러 나가서 수레와 관속을 남겨두고 홀로 말을 타고 돌아갔으며, 번쾌와 다른 부장들은 걸어 샛길로 군진으로 갔고 장량을 남겨 항우에게 사례하게 하였다.

항우가 물었다.

"패공은 어디에 있는가?"

장량이 대답했다.

"장군께서 엄히 잘못을 따질 것이라는 말을 듣고 패공은 몸만 먼저 일어나 샛길로 돌아가며 신에게 둥근 옥을 드리라고 하였습니다."

항우는 예물을 받아두었다. 또 장량은 범증에게도 옥두(玉斗)를 주었다.

범증은 화가 나서 옥두를 부수며 일어나 말했다.

"우리들은 이제 패공에게 잡힐 것이로다!"

○ 항우의 함양 도륙

패공이 돌아온 며칠 뒤, 항우(項羽)는 군사를 거느리고 서쪽으로 가서 함양(咸陽)을 도륙하고, 진(秦)의 자영(子嬰)을 살해하였으며, 진(秦)의 궁궐을 태우는 등 지나는 곳을 잔인하게 쓸어버리자, 진의 백성들은 크게 실망하였다. 항우가 사자를 회왕에게 보내 보고하자, 회왕은 "약속대로 하라"고 말했다.

항우는 자신이 패공과 함께 서쪽으로 입관(入關)하는 것을 회왕이 허락하지 않고 북으로 조(趙)를 구원하게 하여 천하를 건 약속에 늦었다고 회왕을 원망하였다.

그래서 항우가 말했다.

"회왕은 우리 집안에서 옹립하였고 아무런 공도 없는데, 어찌 약속을 주관하겠나! 천하를 평정한 것은 여러 장수와 나 항적(項籍, 항우)이다."

정월 봄, 항우는 회왕을 거짓으로 의제(義帝)라 높였지만, 실제로는 그 명을 듣지 않았다.

○ 서초패왕(西楚霸王)의 분봉(分封)

前 206년 2월, 항우는 자립하여 서초패왕(西楚霸王)[73]으로 양(梁)

---

[73] 서초패왕(西楚霸王) - 항우(項羽). 楚라는 지명이나 국명이 갖는 영역은 아주 광대하다. 호북성 남부 강릉(江陵)을 중심으로 한 長江

과 초(楚) 일대 구군(九郡)[74]의 왕으로 팽성(彭城)[75]에 도읍하였다.

항우는 의제(義帝)의 약조를 어겨, 패공을 한왕(漢王)으로 삼아 파군(巴郡), 촉군(蜀郡), 한중군(漢中郡)의 41개 현의 왕으로 남정(南鄭)[76]에 도읍케 하였다.

그리고 관중(關中)을 3분 하여 진(秦)의 3장(將)을 분봉하였는데, 장한(章邯)을 옹왕(雍王)으로 삼아 폐구(廢丘)에 도읍케 하고, 새왕(塞王) 사마흔(司馬欣)의 도읍은 역양(櫟陽)이고, 동예(董翳)는 책왕(翟王)으로, 도읍은 고노현(高奴縣)이었다. 이들은 모두 진(秦) 의 장군으로 항우에 투항한 자들인데, 옛 진(秦)의 땅을 삼분하여

중상류 지역은 南楚, 춘추시대 吳의 영역은 東楚, 팽성을 중심으로 옛 楚와 梁 지역은 서초로 구분한다. 패왕(覇王)은 무력에 의한 지배자를 의미한다. 서초패왕(項羽)의 일생을 순차적으로 요약하면 다음과 같다. 곧, 출생(前 232) − 起兵하여 反秦(前 209−207) → 거록(巨鹿)의 싸움으로 秦軍 주력을 격파(前 207) → 關中에 진입(前 206) → 天下를 分封(前 206) → 楚漢이 대치하며 혼전(混戰)(前 206−204) → 해하(垓下)의 전투에서 사면초가 속 패배(前 203−202) → 오강(烏江)에서 자결[자문(自刎), 前 202].

74 九郡 − 대체로, 今 河南省 동부와 山東省 남부와 安徽省, 江蘇省 전부를 포함.

75 팽성(彭城) − 현명. 今 江蘇省 북부 徐州市.

76 巴,蜀,漢中 − 巴郡[치소는 江州縣, 今 重慶市 투중구(渝中區)]과 蜀郡(치소 成都縣, 今 四川省 중부 成都市)도 광대한 지역이나, 당시로서는 거의 미개지였다. 漢中郡의 치소는 南鄭, 한왕의 도읍지. 今 陝西省 서남부 漢中市.

분봉하였다. 이들 3국을 삼진(三秦)이라 하였는데, 분봉의 목적은 한중(漢中)에 몰아넣은 한왕 유방의 관중으로의 진출을 봉쇄하려는 뜻이었다.

초장(楚將)인 하구(瑕丘) 사람 신양(申陽)을 하남왕(河南王)에 봉했는데, 도읍은 낙양현이었다.

조장(趙將)인 사마앙(司馬卬)은 은왕(殷王)인데, 도읍은 조가현(朝歌縣)[77]이었다.

당양군(當陽君)인 영포(英布)는 구강왕(九江王)으로, 도읍은 육현(六縣)[78]이었다.

회왕(懷王)의 주국(柱國)인 공오(共敖)는 임강왕(臨江王)으로, 도읍은 강릉현(江陵縣)이었다.

파군(番君) 오예(吳芮)는 형산왕(衡山王)인데, 도읍은 주현(邾縣)이었다.

옛 제왕(齊王) 전건(田建)의 손자인 전안(田安)을 제북왕(濟北王)으로 봉했다.

위왕(魏王) 위표(魏豹)를 서위왕(西魏王)으로 봉했는데, 도읍은 평양현(平陽縣)이었다.

연왕(燕王) 한광(韓廣)을 옮겨 요동왕(遼東王)으로 봉했다.

연장(燕將)이었던 장도(臧荼)는 연왕(燕王)으로, 도읍은 계현(薊

---

77 조가(朝歌) ─ 今 河南省 鶴壁市 淇縣(기현). 殷의 도읍지.

78 六縣 ─ 今 安徽省 중서부 六安市.

縣)이었다.

제왕(齊王) 전불(田市)을 옮겨 교동왕(膠東王)으로 봉했다.

제장(齊將)인 전도(田都)는 제왕(齊王)으로, 도읍은 임치(臨菑)이
었다.

조왕(趙王)인 조헐(趙歇)을 옮겨 대왕(代王)에 봉하였다.

조상(趙相)인 장이(張耳)를 상산왕(常山王)으로 봉했다.

한왕(漢王)은 먼저 입관한 장수를 관중의 왕으로 봉한다는 의
제(義帝)의 약속을 이행하지 않은 항우의 배약(背約)을 원망하며
항우를 공격하려 했으나 승상 소하(蕭何)의 간언을 받아들여 그만
두었다.

결국 한왕 유방의 주적은 서초패왕 항우이지만, 항우의 책봉을
받아 왕으로 봉해진 다른 장수들 역시 한왕이 정복해야만 통일을
이룰 수 있었으니, 사실상 모두가 한왕에게는 타도해야 할 적이
었다.

○ 한왕(漢王) – 잔도를 태우다

여름인 4월, 제후(諸侯)들은 군사를 희하(戲下)에서 해산하고 각
국으로 돌아갔다. 항우는 군졸 3만 명만 한왕(漢王)을 수행케 했
는데, 초나라 사람이나 다른 제후국의 사람 중에서 한왕을 흠모
하여 따라간 자가 매우 많았다.

장량(張良)이 한왕을 떠나 고국 한(韓)으로 돌아갈 때, 한왕은

장량을 포중(襃中)⁷⁹에서 전송했는데, 장량은 한왕에게 잔도(棧道)⁸⁰를 태워 제후의 습격에 대비하면서 항우에게 동쪽으로 나갈 뜻이 없음을 보여주라고 말했다.

○ 대장군 한신(韓信)

한왕이 도읍인 남정(南鄭)에 부임하였지만, 장수나 사졸은 모두 노래하듯 동쪽으로 돌아가자 했으며, 길에서 도망하여 돌아가는 자들도 많았다. 치속도위(治粟都尉, 군량 책임자)인 한신(韓信)⁸¹도 도망쳤다. 소하(蕭何)가 따라가 한신을 데리고 돌아와 한왕에게 천거하였다.

"꼭 천하를 놓고 다투려면 한신이 아니면 같이 일을 꾸밀 자가 없습니다."

이에 한왕은 재계(齊戒)하고 단을 쌓아 한신에게 대장군을 제수하고서 계책을 물었다.

그러자 한신이 대답하였다.

"항우는 약속을 어겨 군왕을 남정(南鄭)의 왕에 봉했는데, 이는

---

79 포중(襃中) — 漢中郡의 지명. 今 陝西省 서남부 漢中市 서북.

80 잔도(棧道) — 閣道. 험절(險絶)한 지역에 나무를 얽어 만든 길.

81 韓信(前 230-196) — 淮陰人, 漢初三杰(한초삼걸)의 한 사람. 과하지욕(胯下之辱), 표모진반(漂母進飯), 國士無雙, 多多益善, 조진궁장(鳥盡弓藏), '成敗一蕭何 生死兩婦人.' 成語의 주인공. 《漢書》34 권, 〈韓彭英盧吳傳〉에 입전.

좌천(左遷)입니다. 그리고 군리나 사졸은 모두 산동(山東) 출신이라서 밤낮으로 발을 딛고 서서 돌아가기를 바라고 있으니, 그 예봉을 활용하면 큰일을 해낼 수 있습니다. 천하가 안정되고 백성이 모두 평안하다면 다시 동원할 수 없습니다. 그러니 동쪽 진출을 빨리 결정해야 합니다."

그러면서 한신은 항우를 칠 수 있으며, 삼진(三秦)[82]을 쉽게 병합할 계책을 설명하였다. 한왕은 크게 기뻐하며 한신의 방책에 따라 여러 부서를 조직하였다. 소하를 한중(漢中)에 남겨 파군과 촉군의 조세로 군량을 공급케 하였다. 소하, 한신, 장량을 한초 삼걸이라 하는데, 이들 스토리는 따로 엮었다.

○ 관을 쓴 원숭이

항우는 함양을 도륙했고 진왕(秦王) 자영(子嬰)을 죽이고 궁실을 태웠는데 불이 석 달 동안 꺼지지 않았다. 항우는 보화를 거두고 부녀를 약탈해 동쪽으로 갔고 진의 백성은 실망했다.

이에 한생(韓生)이란 사람이 항우에게 말했다.

"관중은 산과 큰 강이 막아주며, 사방이 요새의 땅이며 비옥하니 도읍하면 패자(霸者)가 될 수 있습니다."

항우는 진 궁궐이 이미 불타버렸고, 동쪽으로 가고픈 마음뿐이

---

82 三秦 — 雍王(옹왕) 章邯(장한), 塞王(새왕) 司馬欣(사마흔), 翟王(책왕) 董翳(동예)의 영역.

라서 한생에게 대답하였다.

"부귀하여 고향에 가지 않는다면(富貴不歸故鄕), 비단옷을 입고 밤길 걷기와 같다(如衣錦夜行)."

이에 한생(韓生)이 말했다.

"사람들이 초인(楚人)은 관을 쓴 원숭이와 같다더니[83] 과연 그렇구나!"

항우가 듣고서는 한생을 죽여버렸다.

○ 한왕(漢王) − 장안(長安) 천도

진여(陳余)[84]가 상산왕(常山王) 장이(張耳)를 공격했다. 장이가 패주하여 한(漢)에 투항하자, 한왕은 장이를 잘 대우했다. 진여는 대왕(代王)인 조헐(趙歇)을 맞이해 조(趙)로 돌려보냈고, 조헐은 진여를 대왕이 되게 하였다. 장량은 한(韓)에서 한(漢)에 돌아왔고, 한왕은 장량을 성신후(成信侯)로 봉했다.

한왕은 섬현(陝縣)에 가서 관외(關外, 함곡관 외)의 부로(父老)들을 진무(鎭撫)했다. 하남왕(河南王) 신양(申陽)이 투항하자 하남군

---

83 沐猴而冠(목후이관) − 원숭이는 성질이 조급하여 冠을 느긋하게 쓰지 못한다. 곧 사람의 衣冠을 갖추었지만 그 마음이 보통 사람과 다르다는 뜻.

84 진여(陳余) − 장이(張耳)와 陳余는 문경지교(刎頸之交)를 맺고 있었으나 결국 원수가 되었다. 장이의 아들 張敖(장오)는 조왕(趙王)으로 고조의 사위가 되었다. 《漢書》32권, 〈張耳陳余傳〉 입전.

을 설치했다. 한 태위(太尉)인 한신(韓信)을 시켜 한(韓)을 공격케 하자 한왕(韓王)인 정창(鄭昌)이 항복했다.

11월, 한 태위인 한신을 한왕으로 봉했다.[85]

한왕(漢王)은 돌아와 역양현(櫟陽縣, 지금의 섬서성(陝西省) 서안시 임동구)에 도읍을 정했고, 여러 장수를 시켜 각지를 경략케 하였으며 농서(隴西)군을 차지하였다. 인구 1만 명을 인솔 또는 하나의 군(郡)을 들어 투항하는 자는 만호(萬戶)의 후(侯)에 봉했다. 옛 진(秦)의 원유(苑囿)인 원(園)이나 연못(池)을 개방하여 백성이 농사를 짓게 하였다.

○ 한왕(漢王) - 의제(義帝) 발상(發喪)

한왕 2년(前 205) 겨울인 10월, 항우는 구강왕(九江王) 영포(英布)를 시켜 의제(義帝)를 침주(郴州)[86]에서 죽였다.

한왕 2년(前 205) 3월에, 수무(脩武)현에 오자, 진평(陳平)이 초(楚)에서 도망 나와 투항하였다.

한왕(漢王)은 진평과 이야기를 나누고 기뻐하며 참승(參乘)케 하고 제장(諸將)을 감찰케 하였다.

한왕은 의제(義帝)를 위해 발상(發喪)하며 웃옷 소매를 벗고 크

---

85 한왕신(韓王信) - 韓 왕족의 후예. 보통 韓王信으로 표기하여 大將軍 韓信과 구분한다. 《漢書》33권, 〈魏豹田儋韓王信傳〉에 입전.

86 침주(郴州) - 현명. 義帝의 도읍, 今 湖南省 동남부 郴州市(침주시).

게 곡을 하며 3일간 애통해 하였다.

그리고 여러 제후에게 사자를 보내 말했다.

"천하가 함께 의제를 옹립하였고 의제를 모셨습니다. 이번에 항우는 의제를 강남에 방축하고 살해하였으니 대역무도한 짓입니다. 과인은 몸소 발상하며 모든 군사에게 상복을 입혔습니다. 관중(關中)의 전 병력을 동원하여 삼하(三河)의 영역을 수복하였고, 장강과 한수를 따라 남하하니 모든 제후께서는 의제를 살해한 초(楚)를 함께 토벌하기 바랍니다."

○ 항우-범증을 의심하다

한왕 3년(前 204), 항우(項羽)가 한군(漢軍)의 용도를 자주 끊자 한군은 군량이 부족해졌고, 한왕은 역이기(酈食其)와 초(楚)의 역량을 꺾을 방법을 논의했다. 역이기는 6국의 후예를 한의 지원세력으로 만들어야 한다고 말했고, 한왕은 직인을 새겨 역이기를 보내 옹립하려고 했다.

한왕이 장량에게 묻자, 장량은 (6국 후예를 세워서는 안 되는) 8가지의 불가론을 설명했다.

한왕은 식사를 멈추고 입안의 음식을 뱉으며 말했다.

"썩을 놈, 유생이 내 일을 다 망칠 뻔했다!"

그러면서 빨리 직인을 녹여 없애라고 하였다.

한왕은 진평(陳平)에게 황금 4만 근을 주어 초(楚)의 주군(主君)

과 신하를 이간시켰다.

여름인 4월, 항우는 한군을 형양(滎陽)에서 포위했고, 한왕은 강화를 요청하며 형양 서쪽을 할양하여 한(漢)의 영역으로 한다고 하였다.

아부(亞父) 범증은 항우에게 형양을 빨리 공격하라고 권했고, 한왕은 이를 두려워했다. 진평의 반간계가 먹혀들어가 항우는 범증을 의심하였다. 범증은 대노하며 항우를 떠났으나 고향으로 가는 도중에 병으로 죽었다.

○ 항우의 죄를 열거하다

한군(漢軍)은 형양성의 동쪽에서 종리매(鐘離眛)[87]의 군사를 막 포위하고 있었는데, 항우가 도착한 줄을 알고서 모두가 험한 곳으로 옮겨갔다. 항우도 광무성(廣武城)에 주둔하여 한군과 대치하였다.

한왕과 항우는 광무성의 시냇물을 두고 함께 이야기했다. 항우는 한왕과 단신으로 겨루기를 원했으나 한왕은 항우의 죄 10개를 열거하며 비난하였다.

---

87 종리매(鐘離眛) — 項羽의 명장. 鐘離는 복성(複姓). 《史記 淮陰侯列傳》에는 '眛'로 표기. 항우가 죽은 뒤 韓信의 楚나라에 숨었는데, 고조가 거짓으로 운몽택을 순수한다고 할 때, 한신은 고조에게 잘 보이려고 종리매의 목숨을 요구하자, 종리매는 한신을 원망하며 자살했다.

"나는 정의의 군사로 제후와 함께 잔악한 자를 주살하고 다른 죄인으로 하여금 자네를 쳐야 하거늘, 내가 어찌 자네와 힘을 겨루겠는가!"

항우는 크게 화를 내며 매복시킨 쇠뇌로 한왕을 쏘아 맞췄다.

한왕은 가슴에 상처를 입었으나 다리를 문지르며 말했다.

"저 반역자가 내 다리를 쏘았다."

한왕은 상처가 심하여 누워있었는데, 장량은 한왕에게 억지로라도 군사를 위로하여 사졸을 안심시키고 초(楚)로 하여금 이를 이용하지 못하게 해야 한다고 말했다. 한왕은 일어나 군영을 순시하였으나 병이 중하여 곧바로 서둘러 성고로 돌아갔다.

○ 중분천하(中分天下) - 홍구 회담

항우는 제후의 지원은 줄어들고 군량도 떨어지려는데, 한신이 군사를 내어 초(楚)를 공격한다는 것을 알고 크게 걱정하였다.

한(漢)은 세객(說客) 육가(陸賈)를 보내 항우에게 태공(太公, 한왕의 부친)을 보내 달라 설득하였으나 항우는 듣지 않았다. 한(漢)은 다시 변사(辯士)인 후공(侯公, 실명失名)을 보내 항우를 설득하자, 항우는 곧 한과 천하를 양분하여 홍구(鴻溝)[88]의 서쪽은 한(漢), 동쪽은 초(楚)의 영역으로 약정하였다.

---

88 홍구(鴻溝) - 戰國 魏 惠王 때(前 360) 개설한 운하. 황하와 여러 대소 지류를 연결하는 交通 겸 관개용 수로. 漢代에는 狼湯渠(낭탕거)라 하였다.

9월에, 태공(太公)과 여후(呂后)가 돌아오자 한군은 모두 만세를 불렀다. 항우는 포위를 풀고 동쪽으로 돌아갔다.

한왕도 서쪽으로 돌아가려 하자, 장량과 진평이 간언을 올렸다.

"지금 한은 천하의 태반을 차지했고 제후도 모두 귀부하였지만 초의 군사는 지치고 군량도 다하였으니, 이는 하늘이 초를 멸망시키는 뜻인데 이런 기회에 차지하지 않는다면, 이는 호랑이를 길러 스스로 우환을 남기는 것입니다."

한왕은 그 말에 따랐다.

(4) 서초패왕 항우의 최후

○ 사면초가(四面楚歌)

한왕 5년(前 202) 12월, 한군(漢軍)은 항우를 해하(垓下)[89]에서 포위하였다.

항우는 해하에 보루를 설치했지만 군사는 적었고 군량도 떨어졌다. 한군은 제후의 병력을 통솔하며 항우군을 여러 겹 포위했다. 항우는 밤에 한(漢)의 군사들이 사방에서 부르는 초가(楚歌)를 듣고(四面楚歌)[90] 놀라 말했다.

---

89 垓下(해하)의 지명에 대하여, 河南省 동부 周口市 관할 鹿邑縣 또는 安徽省 북부 宿州市 관할 靈璧縣이라는 주장이 있다.

"한군(漢軍)이 벌써 초(楚)를 다 차지했는가? 어찌 이리 초나라 사람이 많은가!"

항우는 일어나 장막 안에서 술을 마셨다. 성이 우씨(虞氏)인 미인[91]이 있어 늘 총애를 받으며 항우를 따랐고, 이름이 추(騅, 오추마烏騅馬)인 준마를 늘 타고 다녔다. 슬픈 초가(楚歌)에 항우는 감정이 격앙되어 스스로 노래를 지어 불렀다〔垓下歌(해하가)〕.

「힘은 산을 뽑고 기운은 세상을 덮었지만,   (力拔山兮氣蓋世)
때가 불리하니 추(騅)도 달리질 못하네.   (時不利兮騅不逝)
추도 달리지 못하니 어찌해야 하는가?   (騅不逝兮可奈何)
우(虞)여, 우여! 너를 어찌해야 하는가!」   (虞兮虞兮奈若何)

노래를 몇 번 부르자, 우미인도 화답하여 노래를 불렀다. 항우가 몇 줄기 눈물을 흘리니 좌우 모두가 울었고 아무도 고개를 들지 못했다.

○ 음릉실도(陰陵失道)

이에 항우는 말에 올랐는데, 휘하에 기병으로 따르는 자가 8백여 명이었는데 밤에 곧장 포위를 뚫고 남으로 달려나갔다. 날이

---

90 사면초가(四面楚歌)는 심리전의 일환이었다.

91 우미인(虞美人)─《史記》에는 '有美人名虞'라 하였다. 이때에는 남자의 성을 따르고, 여인의 성은 이름으로 통용되었다고 한다.

밝아서야 한군(漢軍)은 이를 알고서 기장(騎將) 관영(灌嬰)에게 5천 기를 거느리고 항우를 추격케 하였다.

항우가 회수를 건넜을 때 기병으로 따라오는 자가 백여 명이었다.

항우가 음릉현(陰陵縣)에 이르러 착각해서 길을 잃어 한 농부에게 물었는데, 농부는 거짓으로 "왼쪽으로 가시오."라고 했다. 왼쪽으로 가니 곧 큰 늪지대에 빠졌고 이 때문에 한군(漢軍)은 항우를 따라 붙었다.

항우는 다시 부하를 데리고 동쪽으로 달려 동성현(東城縣)에 이르니 겨우 28기뿐이었다. 한군의 추격자는 수천 명이라서 항우는 빠져나갈 수 없다는 것을 알고 그의 기병들에게 말했다.

"내가 기병하여 지금까지 8년이니, 나는 70여 전투를 겪으면서 막는 자를 격파하고, 공격하는 자를 굴복시키면서 패배를 몰랐으며 드디어 힘으로 천하를 차지했었다. 그러나 지금 끝내 여기서 막혔는데, 이는 하늘이 나를 없애려는 것이고 싸움을 못해서가 아닐 것이다. 오늘 어차피 죽게 되겠지만, 내가 바라는 것은 제군을 위해 멋지게 싸워 틀림없이 3번 이기면서 적장을 베고 깃발을 꺾은 뒤에 죽어서 제군들이 내가 용병을 잘못한 것이 아니라 하늘이 나를 없앤다는 것을 알려주고 싶을 뿐이다."

○ 오강(烏江) – 내가 무슨 면목으로~!

그리고 항우는 부하를 이끌고 동쪽으로 달려 오강(烏江)[92]을 건너려 했다.

오강의 정장(亭長)은 배를 대고 기다리고 있다가 항우에게 말했다.

"강동이 좁다지만 땅이 사방 천리이고 수십 만 군중이니, 그러면 충분히 왕을 할 만합니다. 대왕께서는 빨리 건너십시오. 지금 오직 저만이 배가 있습니다. 한군이 오더라도 건널 수가 없습니다."

이에 항우가 웃으며 말했다.

"이제 하늘이 나를 없애려 하는데, 건너 무얼 하겠는가! 그리고 나는 강동 자제 8천 명과 강을 건너 서쪽으로 갔다가 지금 단 한사람도 같이 돌아오지 못했으니, 설령 강동의 부형들이 나를 동정하며 왕으로 삼는다 하여도 내가 무슨 면목으로 그들을 보겠는가? 설령 부형들이 말을 않는다 하여도 내 홀로 마음에 무끄럽지 않겠는가?"

항우는 정장에게 일러 말했다.

"나는 당신이 장자(長者)라고 생각하오. 내가 이 말을 5년 동안 타면서 나와 맞설 상대가 없었으며 하루에 천리를 달리기도 했는데, 차마 죽일 수 없어 그대에게 주겠소!"

그리고는 기병들에게 모두 하마하여 단병(短兵, 칼)으로 접전하라고 말했다. 항우 혼자서 죽인 한군이 수백 명이었고, 항우 역시 십여 군데 상처를 입었다.

---

92 오강(烏江) － 今 安徽省 중동부 巢湖市(소호시) 관할 和縣의 烏江鎮, 項羽 자문지지(自刎之地).

○ 친구에게 내 목을 주겠다

항우가 한(漢)의 기병 사마(司馬)인 여마동(呂馬童)을 보고서 말했다.

"너는 내 친구가 아닌가?"

여마동은 얼굴을 돌려 장군을 보며 말했다.

"이 사람이 항왕(項王)입니다."

항우가 또 말했다.

"한(漢)에서 내 머리에 천금과 만호(萬戶)의 땅을 상으로 걸었다고 들었는데, 내가 너를 위해 상을 타게 해주겠다."

그리고서는 자기 목을 찔렀다. 왕예가 항우의 목을 차지하자, 서로 마구 짓밟으며 항우를 차지하려 다투어 서로 죽인 자가 수십 명이었다. 최후로 여마동 등 5인이 각각 항우의 몸뚱이를 차지했다. 그래서 상으로 내건 땅을 쪼개어 5인을 봉하여 모두 열후가 되었다.

초지(楚地)가 다 평정되었지만 오직 노(魯)만 투항하지 않았다. 한왕은 천하의 병력을 동원하여 도륙하려고 했으나 노(魯)가 절의를 지키는 예의지국이기 때문에, 곧 항우 머리를 갖고 가서 그 부형들에게 보여주자 노(魯)는 투항하였다.

전에 회왕이 항우를 노왕(魯王)에 봉했기 때문에 항우가 죽었어도 항우를 위해 군건히 지켰기에 항우를 노공(魯公)으로 곡성(穀城)에 장례하였다. 한왕은 항우를 위해 상복을 입고 곡(哭)을 한 뒤 떠나갔다.

한왕은 항백(項伯) 등 4인을 열후(列侯)로 삼고 유씨(劉氏) 성을 하사하였다. 초(楚)에서 백성을 약탈하던 항씨들은 모두 고향으로 돌려보냈다. 한왕은 정도(定陶)현으로 돌아온 뒤, 제왕(齊王) 한신(韓信)의 보루에 달려가서 그 군권을 빼앗았다.

4. 통일제국 – 한漢

(1) 고조의 즉위

○ 한왕(漢王) – 제위에 오르다

한왕(漢王) 5년(前 202) 2월, 제후들이 상소하였다.

"초왕(楚王) 한신(韓信), 한왕(韓王) 신(信), 회남왕(淮南王) 영포(英布), 양왕(梁王) 팽월(彭越), 조왕(趙王) 장오(張敖), 연왕(燕王) 장도(臧荼)는 죽음을 무릅쓰고 재배하며 아룁니다.

대왕 폐하(陛下)[93]께서는 예전의 무도한 진(秦)을 천하와 함께

---

93 폐하(陛下) – 陛는 섬돌 폐. 신하는 섬돌 아래 서있는 사람. '섬돌 아래 있는 사람으로 말씀드립니다(在陛下者而告之).' 가 곧 황제를 지칭하는 뜻으로 사용되었다.

징벌하셨습니다. 대왕께서는 먼저 진왕(秦王)을 사로잡고 관중을 평정하셨으니 천하에 그 공적이 제일 컸습니다. (중략) 영지(領地) 분할을 마치었으나 위호(位號)가 비슷하여 상하의 구분이 되질 않아 대왕의 현저한 공덕을 후세에 널리 선양할 수가 없습니다. 우리는 재배하며 황제의 존호를 올립니다."

이에 한왕이 말했다.

"과인(寡人)이 알기로, 제자(帝者)는 현자만이 누릴 수 있다지만 황제란 칭호는 실질이 없는 것이니 취할 바가 아니다. 이번에 제후(諸侯) 왕들이 모두 과인을 높이려 하는데, 내가 어찌 그런 칭호를 누릴 수 있겠는가?"

결국 한왕(漢王)이 말했다.

"제후왕들이 천하 백성을 위한 일이라 하니 그렇게 하도록 하라."

이에 제후왕(諸侯王) 및 태위(太尉)인 장안후(長安侯) 노관(盧綰) 등 3백 명과 박사인 숙손통(叔孫通)[94]이 길일(吉日)인 2월 갑오일을 택하여 존호를 올렸다. 한왕은 범수(氾水)[95]의 북쪽에서 제위

---

94 숙손통(叔孫通) - 《漢書 酈陸朱劉叔孫傳》에 입전. 시무를 잘 아는 유생, 漢朝 의례를 제정했다.

95 氾水(범수) - 今 山東省 서쪽 끝 하택시(菏澤市) 정도구(定陶區)를 흐르는 濟水의 지류, 汎愛(범애, 氾 넘칠 범)의 뜻을 취해 여기서 즉위식을 했다는 주석이 있다. 水의 北쪽, 山의 南쪽을 陽이라 한다.

에 올랐다. 왕후(王后)를 황후로, 태자를 황태자로 높이고 죽은 모친에게 소령부인(昭靈夫人)이라는 존호를 올렸다.

고황제(高皇帝)는 서쪽 낙양(洛陽)에 도읍하였다. 여름 5월에, 모든 군사를 해산하여 귀가 조치하였다.

○ 천하를 차지할 수 있었던 까닭은?

고조(高祖)가 낙양의 남궁(南宮)에 술자리를 마련했다.

고조가 말했다.

"통후(通侯, 열후)와 여러 장수들은 짐(朕)에게 감추지 말고 속마음을 모두 말해보라. 내가 천하를 차지한 까닭은 무엇인가? 또 항씨는 무엇 때문에 천하를 잃었는가?"

그러자 왕릉(王陵)이 대답했다.

"폐하께서는 오만하고 사람을 깔보나 항우는 어질고 공경스러웠습니다. 그러나 폐하께서는 사람을 보내 성을 치고 땅을 뺏으면 그대로 부하에게 내주어 천하와 이득을 공유하였습니다. 항우는 현명하거나 유능한 사람을 질투하고 유공자를 해치며, 현자도 의심하여 전투에서 이겨도 부하의 공을 인정하지 않았고, 땅을 차지해도 다른 사람에게 베풀 줄을 몰랐기에 천하를 잃었습니다."

그러자 고조가 말했다.

"공은 하나를 알지만 둘은 모른다. 유악(帷幄, 휘장, 지휘소) 안에서 전략을 세워 천리 밖에서 승리할 능력은 내가 자방(子房, 장량張

良)만 못하고, 나라가 편안토록 백성을 안무하며 군량을 부족하지
않게 공급하는 능력은 내가 소하(蕭何)만 못하며, 백만 대군을 지
휘하여 싸우면 이기고 공격하면 필히 쟁취하는 능력은 내가 한신
(韓信)만 못하다. 이 세 사람은 모두 인걸(人傑)이니, 나는 이들을
등용하였기에 내가 천하를 차지할 수 있었다. 항우는 범증(范增)
한 사람뿐인데도 쓰질 못했으니 그 때문에 나에게 잡혔던 것이
다."

모든 신하들이 기꺼이 복종했다.

○ 누경(婁敬)의 건의 – 장안 천도

수졸(戍卒)인 누경(婁敬)[96]이 고조를 알현하고 고조에게 설명하
였다.

"폐하께서 천하를 차지하신 것은 주(周)와 다르며 낙양에 도읍
한 것은 불편하니, 관중에 들어가 진(秦)의 험고한 지세를 이용하
는 것만 못합니다."

황상이 이를 장량에게 묻자, 장량도 마찬가지로 권유하였다.
그래서 즉시 수레를 몰아 서쪽으로 가 장안에 도읍하였다. 누경

---

96 누경(婁敬, 생졸년 미상) – 婁는 별 이름 누(루). 齊國의 수졸(戍卒)로
前 202년에 농서군(隴西郡)으로 사역하러 가다가 황제를 알현하고
關中에 定都하라고 건의한다. 그 무렵 장안의 궁궐은 이미 불탔기
에 咸陽 근처 역양궁(櫟陽宮)에 임시 거처하다가 漢 7년(前 200) 2
월에 장안으로 옮겼다. 《한서》43권, 〈酈陸朱劉叔孫傳〉에 입전.

을 봉춘군(奉春君)으로 봉하고 유씨(劉氏) 성을 하사하였다.

6월, 천하에 대사면령을 내렸다.

○ 태상황(太上皇)

황상(皇上)은 역양(櫟陽)의 궁궐에 돌아와 5일에 1번씩 부친 태공(太公)을 뵈었다.

태공의 가령(家令)이 태공에게 말했다.

"하늘에 두 개의 태양이 없고, 땅 위에 두 명의 왕이 있지 않습니다. 황제는 아들이지만 인주(人主)이시며, 태공이 비록 부친이라지만 인신(人臣)입니다. 어찌 인주가 신하에게 배례할 수 있습니까? 그리하다면 황상의 권위가 서질 않습니다."

그 뒤에 황상이 뵙자, 태공은 빗자루를 들고 문에 나와 맞이하고 뒷걸음을 하였다. 황상이 깜짝 놀라 허리를 굽혀 태공을 부축하였다.

그러자 태공이 말했다.

"황제는 인주(人主)이시니, 어찌 나 때문에 천하의 대법(大法)을 어지럽히겠습니까!"

고조는 마음속으로 가령(家令)의 말이 옳다 생각하여 5백 근의 금전을 하사하였다.

여름인 5월, 병오일(丙午日)에 조서를 내려 말했다.

"사람이 가장 가깝기로는 부자간보다 더 가까운 이가 없기에 부친이 천하를 가졌으면 아들에게 물려주며, 아들이 천하를 다스린다면 존귀(尊貴)를 부친에게 돌려야 하나니, 이는 인간의 가장 큰 도리이다. (중략) 제왕(諸王)과 열후, 장군과 공경과 대부들이 이미 짐에게 황제의 존호를 올렸지만 태공은 아직 존호가 없도다. 이제 태공께 태상황(太上皇)의 존호를 올린다.”

한(漢) 9년(前 198년) 겨울인 10월, 회남왕(淮南王)과 양왕(梁王), 조왕(趙王)과 초왕(楚王)이 미앙궁에 입조하자 전전(前殿)에 술자리를 베풀었다.

고조는 옥으로 만든 술잔으로 태상황께 축수하고 말했다.

“전에 아버지는 제가 일 솜씨가 없어 재산을 모으지 못할 것이며 부지런한 작은 형만 못하다고 말씀했습니다. 지금 저와 작은 형의 재산 중 어느 쪽이 더 많습니까?”

그러자 전각의 모든 신하들은 만세를 불렀고, 크게 웃으며 즐겼다. - (여러 사람 앞에서 부친을 망신 준 셈이다.)

○ 미앙궁(未央宮)

한(漢) 7년(前 200) 2월, 고조는 장안(長安)에 왔다. 소하가 미앙궁(未央宮)[97]을 완성했는데, 동궐(東闕)[98]과 북궐(北闕), 전전(前殿)

---

97 未央宮 – 황제의 정궁. 蕭何(소하)가 건축한 궁궐. 未央(미앙)은 ‘끝나지(盡) 않는다.’ 는 뜻. 장안성의 서남쪽에 위치, 황제의 거처이며 정무 처리 공간. 최근 발굴 성과에 의하면, 미앙궁의 규모는 동서 2,300m, 남북 약 2,000m였다. 미앙궁의 동쪽에 長樂宮이 있고

과 무기고와 큰 창고를 지어 완공했다.

황상(皇上)이 그 장려한 모습을 보고 크게 화를 내며 소하에게 말했다.

"아직도 민심은 흉흉하고 백성은 오랫동안 고생했으며 성패도 알 수 없는데, 왜 이리 크게 궁궐을 짓는가?"

그러자 소하가 말했다.

"천하가 아직 안정되지 않았기에 이 기회에 궁궐을 지을 수 있습니다. 또 천자는 사해(四海)가 그 집이기에 궁궐이 장려하지 않으면 권위가 서지 않으며 나아가 후세에 더 증축할 필요가 없어야 합니다."

그러자 고조는 좋아하였다.

고조는 역양의 궁궐에서 장안으로 옮겨왔다. 종정관(宗正官)을 설치하고 황가 구족(九族)의 서열을 정하였다.

○ 대풍가(大風歌)

고조(高祖) 12년(前 195) 겨울 10월, 고조는 영포(英布)의 반군

그 중간에 武庫가 있었다. 장락궁은 秦의 흥락궁을 보수 확장한 것인데, 惠帝 이후 황태후의 거처로 사용. 장락궁의 사방 둘레가 10km에 달했다. 武庫는 무기제조와 보관의 장소인데, 동서 약 900m, 남북 약 300m로 7개의 건물이 있었다. 그 밖에 장안성에는 武帝 때 지은 建長宮 등 많은 별궁이 있었다.

98 동궐(東闕) – 궐문 양쪽으로 큰 누대를 지었는데, 이 누대는 멀리서도 보이기에 궁궐을 ○○觀이라고도 불렀다.

을 격파했고, 영포가 도주하자 별장(別將)을 보내 추격케 했다.

고조는 돌아오면서 패현(沛縣)에 들려 유숙하며 패궁(沛宮)에서 옛 친우와 부로(父老)들을 모두 부르고 자제로 하여금 술시중을 들게 했다. 패현의 아이 120명을 불러 노래를 부르게 했다. 술이 얼큰해지자, 고조는 축(筑, 악기 이름)⁹⁹을 치며 몸소 노래했다.

「큰바람 일고 구름도 날리는데,   (大風起兮雲飛揚)
 천하에 맹위 떨치고 고향에 왔네. (威加海內兮歸故鄕)
 어디서 용사 얻어 천하를 지키나! 」(安得猛士兮守四方)¹⁰⁰

모든 아이들도 따라 부르게 했다. 고조는 일어나 춤을 추며 강개하고 복바쳐 눈물을 여러 줄 흘렸다.

그리고 패현의 부로들에게 말했다.

"몸은 떠났었지만 고향이 늘 그리웠다. 내 비록 관중에 도읍했지만, 죽은 뒤 내 혼백은 패현에서 즐길 것이로다. 내가 패공으로 포악한 자를 징벌하여 천하를 차지하였으니, 패현을 나의 탕목읍(湯沐邑)¹⁰¹으로 삼을 것이고 부세를 면제하여 대대로 부과하지

---

99 筑(축) - 瑟(슬)과 같은 현악기이나 대나무로 때려 소리를 낸다.

100 〈大風歌〉 - 詩歌 문학에서는 초가(楚歌)로 분류한다.

101 탕목읍(湯沐邑) - 고을의 부세(賦稅)를 私用할 수 있는 식읍. 朝宿邑. 湯沐은 목욕. 읍에서 걷는 부세로 목욕 비용을 마련한다는 뜻.

않겠다."

패현의 부로(父老)와 부녀자와 고인(故人)들은 날마다 술을 마시며 크게 기뻐했고 옛일을 이야기하며 웃고 즐겼다. 10여 일 뒤 황상이 떠나려 하자, 패현 부형들은 더 머물라고 했다.

고조가 말했다.

"같이 온 사람이 많아 부형들이 다 댈 수가 없을 것입니다."

그리고서 출발하였다. 패현을 다 비우고, 읍의 서쪽에 가서 또 술과 음식을 바쳤다. 고조는 머물러 휘장을 치고 3일을 더 마셨다.

패현의 부형이 모두 고개 숙여 말했다.

"패현은 부세를 면했지만 풍읍(豊邑)은 혜택이 없으니 폐하께서 가련하다 여겨 주십시오."

이에 고조가 말했다.

"풍읍은 내가 낳고 자란 곳이니 절대 못잊을 것이다. 나는 다만 그곳 사람들이 옹치(雍齒)를 따라 위(魏)를 섬기려고 나를 배반했기 때문이다."

패현 부형들이 간청하자, 풍읍도 같이 면제하여 패현과 같게 하였다.

○ 고조(高祖) 백 년 후?

고조가 영포를 토벌할 때 유시(流矢: 날아온 화살)에 맞았고 도중에 병이 도졌다. 병환이 심하자, 여후(呂后)가 양의(良醫)를 데려왔다.

의생이 들어와 알현하자, 고조가 의생에게 물었다.

"병을 고칠 수 있나? 없나?"

"고칠 수 있습니다."

그러자 고조는 의원에게 욕을 하며 말했다.

"나는 평민으로 칼 하나로 천하를 차지하였으니, 이는 천명이 아닌가? 성명(性命)은 하늘에 있으니 비록 편작(扁鵲)인들 무슨 보탬이 되겠는가!"

그리고서는 치료를 그만두게 하고 황금 50근을 주어 보냈다.

그러자 여후가 물었다.

"폐하께서 백세가 되시면 소 상국(蕭 相國)도 죽을 것인데, 누가 대신하면 좋겠습니까?"

"조참(曹參)이 좋을 것이다."

그 다음을 묻자, 고조가 말하였다.

"왕릉(王陵)이 좋을 것이니 조금 고집스럽지만 진평(陳平)이 왕릉을 도우면 된다. 진평은 지혜가 넘치지만 혼자 감당하기는 어려울 것이다. 중후한 주발(周勃)은 학식이 좀 적지만 틀림없이 유씨를 안정시킬 사람이니, 태위(太尉)로 삼을 수 있다."

여후가 그 다음을 묻자, 고조가 말했다.

"그 다음은 자네도 알 수 없을 것이다."

○ 한 고조(漢 高祖) 붕어

12년, 前 195년 여름 4월 갑진일에, 고제(高帝)가 장락궁(長樂宮)

에서 붕어했다.

여후(呂后)와 심이기(審食其)가 모의하였다.

"여러 장수들은 본래 황제와 마찬가지로 호적에 오른 평민이었고 북면(北面)하는 신하로 늘 불평이 가득했었는데, 이제 어린 군주(惠帝)를 섬겨야 하니 그들을 모두 제거하지 않는다면 천하가 불안할 것이요."

그러면서 발상(發喪)하지 않았다. 어떤 사람이 이를 알고 역상(酈商, 역이기 동생)에게 말했다. 역상이 심이기를 만나 설득하였다.

이어 심이기가 들어가 여후에게 말하자, 곧 정미일에 발상하고 천하에 사면령을 내렸다.

5월 병인일(丙寅日)에, 장릉(長陵)[102]에 장례했다. 하관을 마친 뒤에 황태자와 여러 신하들은 모두 돌아오면서 태상황(太上皇) 묘당에 갔다.

여러 신하들이 말했다.

"선제(先帝)께서는 미천한 신분에서 일어나셨지만 난세를 바로잡아 정도(正道)로 돌아가게 하였고 천하를 평정하시어 한(漢)의 태조가 되셨으니 그 공적이 가장 높습니다."

이에 시호를 고황제(高皇帝)라 올렸다.

---

102 장릉(長陵) - 高祖의 능묘. 縣名. 今 陝西省 咸陽市 동북.

그전에 고조께서는 문학을 하지는 않았지만 천성이 명철 통달하였고 책모를 잘 썼으며 즐겨 경청하였으니, 마을의 문지기나 수졸일지라도 오랜 벗처럼 상견하였다. 초기에 민심에 순응하여 삼장(三章)의 약법(約法)을 정하였다. 천하가 안정된 뒤로는 소하(蕭何)에게 명하여 율령(律令)을 정리케 하였고, 한신에게는 병법을 요약케 하였으며, 장창(張蒼)에게 명하여 법규를 정비하고 숙손통(叔孫通)을 시켜 의례를 제정케 하였으며, 육가(陸賈)에게는 《신어(新語)》를 편찬케 하였다. 또 공신과 부절을 나눠 서약을 하고 단서(丹書)와 철계(鐵契)를 꾸며 금궤(金匱)나 석실(石室) 또는 종묘에 보관하였다. 비록 재위 기간이 많지 않았지만 그 치적의 규모는 크고도 멀리 내다본 것이었다.

5. 한초 삼걸

○ 공신의 각기 다른 결말

한(漢) 건국에 큰 공적을 세운 세 사람을 한초삼걸〔漢初三傑, 또는 흥한삼걸(興漢三傑)〕이라 부른다.

이들 3인의 공신은 ─소하, 한신, 장량─ 고조 유방(劉邦)이 천하를 차지하는데 제각각 맡은 바 소임을 다했다. 객관적으로 볼 때,

대장군 한신(韓信)의 공적이 가장 크지만, 가장 비극적 결말로 끝났다.

고조 5년(前 202), 고조는 제위에 오른 뒤, 낙양의 궁궐에서 신하와 잔치를 벌렸다. 거기서 고조는 신하들에게 자신이 천하를 차지할 수 있었던 까닭이 무엇이냐고 신하들에게 물었다.

신하들의 대답을 들은 뒤, 고조가 자신의 의견을 말했다.

"유악(帷幄, 휘장, 지휘소) 안에서 전략을 세워 천리 밖에서 승리할 능력은 내가 자방(子房, 장량)만 못하고, 나라가 편안토록 백성을 안무하며 군량을 부족하지 않게 공급하는 능력은 소하(蕭何)만 못하며, 백만 대군을 지휘하여 싸우면 이기고 공격하면 필히 쟁취하는 능력은 내가 한신(韓信)만 못하다. 이 세 사람은 모두 인걸(人傑)이니, 나는 이들을 등용하였기에 내가 천하를 차지할 수 있었다. 항우는 범증(范增) 한 사람뿐인데도 쓰질 못했으니 그때문에 나에게 잡혔던 것이다."

이후 사람들은 이들 3인을 한초삼걸(漢初三傑)이라 불렀다.

고조는 건국공신을 평가할 때, 소하의 공적을 제일 크다고 인정하며 소하를 공신 서열 1위로 찬후(酇侯)로 봉했다.

한(漢) 6년(前 201)에, 장량(張良)을 유후(留侯)에 봉했다. 대장군 한신(韓信)은 이미 제왕(齊王)에 봉했다가 항우가 죽자마자 한신의 군권을 회수했다가 나중에 초왕(楚王)에 봉했고, 한(漢) 6년에, 한신이 모반을 꾀한다는 고발이 있자 회음후(淮陰侯)로 폄하되었다.

장량(張良)은 가장 현명하여 작은 땅을 받은 유후였다가 은거하였다. 소하는 나중에 목숨을 구걸했고, 한신은 여후에게 사로잡혔다가 장락궁(長樂宮) 종실(鐘室)에서 참수되었다.

한초(漢初)의 3대 명장으로 한신(韓信), 팽월(彭越), 영포(英布, 경포黥布)를 꼽는다. 고조 유방에게 이 3인의 장수가 없었다면 항우와의 경쟁에서 이길 수 없었다. 이들 3인은 이성제후(異姓諸侯)로 모반 혐의로 모두 주살되었다.

(1) 소하

ㅇ 소하의 됨됨이

소하(蕭何, 前 257 – 193)[103]는 패현(沛縣) 사람이었다. 법률 지식을 가지고 남을 해치지 않는 패현의 공조연(功曹掾)이었다. 고조가 평민일 때, 소하는 고조를 보호해 주었고, 고조가 정장(亭長)일

---

[103] 소하(蕭何, 前 257 – 193) – 沛縣 豊邑(今 江蘇省 북단 徐州市 관할의 豊縣) 출신. 漢初 三傑의 한 사람. 蕭何는 縣의 主吏였고 劉邦은 亭長이었으니 소하의 지위가 높았고, 소하는 나이도 한 살 위였다. 高祖 劉邦과 조참(曹參), 번쾌(樊噲)가 모두 동향이었는데 蕭,曹 2인은 관리로 명성이 있었고, 유방과 번쾌는 토박이 불량배(地痞(지비)]였다. 그 외에도 周勃(주발), 夏侯嬰(하후영), 王陵(왕릉), 盧綰(노관), 周昌(주창), 劉交(유교, 고조의 이복동생) 등이 모두 패현 출신이었다.

소하(蕭何)

때도 늘 도와주었다. 고조가 관리로 함양(咸陽)에 복역하러 갈 때 현리들이 3백전을 여비로 줄 때, 소하만은 혼자 5백전을 보태주었다.[104]

진(秦)의 어리(御史)로 군(郡)의 업무를 감사하는 자의 종사(從事)로 일을 처리했는데, 소하는 사수군(泗水郡)[105]의 서리 중에서 업무 실적이 첫째였다. 진(秦)의 어사가 조정에 건의하여 소하를 중앙으로 데려가려 했지만 소하는 굳이 사양하며 떠나지 않았다.

고조가 기의(起義)하고 패공(沛公)이라 칭할 때, 소하는 패승(沛

---

104 이는 고조에게 깊은 감동을 주었다. 고조는 나중에 소하에게 식읍 2천 호를 더 주어 이때 더 받은 2백전을 보답하였다.

105 사수(泗水) − 郡名. 秦 48郡의 하나. 治所는, 今 安徽省 淮北市 관할의 濉溪縣(수계현)에 해당.

丞)¹⁰⁶으로 여러 일을 맡아 처리했다. 패공이 함양에 들어갔을 때 (前 206년 10월), 여러 장수들이 금이나 비단 등 재물 창고에 다투어 달려가 나눠가질 때, 소하는 홀로 진(秦) 승상부와 어사대부의 관청에 들어가 율령과 도서를 챙겨 보관하였다. 패공이 천하의 요새지나 호구의 다소와 부강하고 빈약한 지역, 또 백성들이 괴로워하는 것을 잘 알 수 있었던 것은 소하가 진(秦)에서 획득한 도서 때문이었다.

소하는 승상으로서 파군(巴郡)과 촉군(蜀郡)을 다스리며 백성을 안주케 하고 가르치면서 군량을 공급하였다.

한(漢) 2년, 한왕이 제후와 함께 초(楚)와 싸울 때, 소하는 관중 땅을 지키며 태자를 모시고, 역양(櫟陽, 함양 일대)을 다스리며 법령을 제정 실행하고, 종묘사직(宗廟社稷)과 궁궐을 세우며 각 고을을 통치했는데, 한왕에게 상주하여 허락을 받는 그대로 실행하였다. 설령 미처 상주하지 못한 일은 순리대로 우선 실행한 뒤에 한왕에게 보고하였다.

각 지역 호구(戶口)의 숫자대로 세금을 거두고 군량을 운반하며 공급하였는데, 한왕이 여러 번 패전하여 피신하더라도 소하는 늘 관중 땅의 군졸을 징발하여 부족분을 보충해 주었다. 한왕은 이로써 관중의 통치는 전적으로 소하에게 일임하였다.

---

106 승(丞) - 도울 승. 官長의 부직(副職). 例 太常丞, 郡丞, 縣丞.

한(漢) 3년, 항우와 경현(京縣)과 삭읍(索邑) 사이에서 서로 대치할 때, 한왕은 자주 사람을 보내 승상을 위로하였다.

어떤 사람이 소하에게 말했다.

"지금 한왕이 야외에서 큰 고생을 하면서도 승상을 자주 위로하는 것은 승상을 의심하는 것입니다. 승상의 계책으로는 아들이나 형제 중에 군사가 될만한 사람을 모두 한왕이 있는 곳에 보낸다면 한왕은 당신을 신뢰할 것입니다."

소하가 그 말에 따르자 한왕은 크게 기뻐하였다.

○ 소하의 공적이 제일인 까닭

한(漢) 5년(前 202), 고조는 항우(項羽)를 죽이고 황제로 즉위하여 논공행상(論功行賞)을 하는데, 여러 신하들이 공을 다투어 일년이 넘도록 결판이 나지 않았다. 고조는 소하의 공을 가장 크다고 생각하여 먼저 찬후(酇侯)로 봉하고 식읍 8천 호를 주었다.

공신(功臣)들이 모두 말했다.

"우리들은 갑옷을 입고 무기를 들어 많게는 100여 번, 적은 자라도 수십 번을 싸우며 성을 공격하고 크고 작은 땅을 빼앗았습니다. 그러나 소하는 전공이 없고 한낱 문서나 들고 의논만 하였는데, 싸우지도 않은 사람이 도리어 우리보다 높은 자리를 차지한 까닭이 무엇입니까?"

고조가 말했다.

"여러분은 사냥에 대해 아는가?"

"알고 있습니다."

"사냥개를 아는가?"

"알고 있습니다."

그러자 고조가 말했다.

"사냥에서 짐승을 따라가 잡는 것은 사냥개이지만 풀어주며 일러주는 것은 사람이다. 지금 여러분들은 한갓 달려가 짐승을 잡았으니 개와 같은 일을 한 것이고, 소하는 개를 풀어주고 지시를 하였으니 사람의 공적이라 할 수 있다. 그리고 제군은 홀로 나를 따라왔거나 많아야 두세 사람이었다. 소하는 온 집안 수십 명이 나를 따라 싸웠으니 그 공은 잊을 수 없다!"

이후로 누구도 감히 말을 하지 못했다.

○ 소하에 내린 특전과 보답

열후(列侯)를 봉하는 일이 끝나고 열후의 등급을 정할 때 모두가 말했다.

"평양후(平陽侯) 조참(曹參)은 몸에 70군데의 상처를 입으면서 공성(攻城)하고 약지(略地)하여 그 공이 가장 많으니, 의당 첫째가 되어야 합니다."

고조는 이미 공신들의 주장을 꺾고 소하를 가장 많이 봉했지만 자리 순서에서도 다시 논쟁을 할 생각은 없었으나 마음으로는 소하를 제1위로 하고 싶었다.

관내후(關內侯)[107]인 악천추(鄂千秋)는 그때 알자(謁者)이었는데, 앞으로 나와 말했다.

"여러 신하들의 의논은 틀렸습니다. 조참이 비록 야전에서 공략한 공은 있지만 그것은 다만 한때의 일입니다. 폐하께서 초(楚)와 5년 동안 다툴 때 군사를 다 잃고 몸만 피한 적도 자주 있었습니다. 그렇지만 소하는 늘 관중에서 군사를 보내와 부족한 곳을 메꾸었습니다. 이는 폐하의 명령에 응한 것이 아니었으며 수만의 병력이 부족할 때도 여러 번 있었습니다. 우리 한(漢)과 초(楚)가 형양(滎陽)에서 대치하는 몇 년 동안에, 군에 군량이 부족해지면 소하는 관중에서 군량을 보내와 결핍되지 않았습니다. 폐하가 여러 번 효산(崤山) 동쪽의 땅을 상실했을 때에도 소하는 여전히 관중을 보전하며 폐하를 기다렸으니, 이는 만세의 공입니다. 지금 비록 조참 등 백여 명이 없다 한들 한(漢)에 무엇이 부족하겠습니까? 한(漢)은 조참 같은 장군이 보전한 것이 아닙니다. 어찌 하루의 공적을 만세의 공적 위에 올릴 수 있겠습니까? 소하가 당연히 1위이고 조참은 그 다음입니다."

그러자 고조는 "옳은 말이다."라고 말했다.

이에 바로 소하를 첫째로 하고 칼을 찬 채로 어전에 올라올 수 있고 조정에서 종종걸음을 치지 않아도 되는 특전을 내렸다.

그리고 고조가 말했다.

---

107 관내후(關內侯) ─ 列侯 다음 등급의 제후. 식읍의 경제적 이득만 취할 수 있는 제후.

"현인을 천거하는 사람에게도 좋은 상을 주어야 한다는 말을 나는 들었었는데, 소하의 공이 가장 크다지만 악군(鄂君, 악천추)에 의해 확실해졌도다."

그리고서는 악천추를 관내후(關內侯)에서 식읍 2천 호를 더 주고 안평후(安平侯)로 봉했다.

이날 소하의 부모와 형제 10여 명이 모두 식읍을 받았다.

그리고 소하에게 다시 2천 호를 더 봉하면서 말했다.

"이는 전에 내가 함양으로 요역(출장) 갈 때 소하가 다른 사람보다 2백전을 더 준 것에 대한 보답이다."

○ 소하의 겸양

진희(陳豨)[108]가 반역했을 때, 고조는 직접 군사를 거느리고 한단(邯鄲)에 출정했다. 그 사이 한신이 관중에서 모반하자, 여후는 소하의 계략에 의거 한신을 잡아 죽였다. 이는 〈한신전(韓信傳)〉에 있다. 고조는 한신을 잡아 죽였다는 소식을 듣고 사자를 보내어 승상을 상국(相國)으로 높이고, 5천 호를 더 봉하고 병졸 5백 명과 도위(都尉) 1명을 상국의 호위대로 임명하였다.

---

108 陳豨(진희, ?−前 196, 멧돼지 희) − '白登之圍(前 200)' 뒤에 陽夏侯가 되었다. 진희가 代王의 相이 되어 떠날 때, 회음후 한신은 진희의 모반을 격려했었다. 진희는 前 196년 대(代) 땅에서 반란을 일으켰고, 고조는 직접 출정하여 토벌했고 번쾌(樊噲)가 진희를 죽였다.

모든 사람들이 다 축하하였지만 소평(召平)만은 홀로 좋지 않다고 하였다. 소평은 옛 진(秦)의 동릉후(東陵侯)이다. 진이 멸망한 뒤 평민이 되었고, 가난했기에 장안성의 동쪽에서 참외(瓜)[109] 농사를 지으며 살았고, 참외 맛이 좋아 사람들이 '동릉과(東陵瓜)'라 불렀는데, 이는 소평에서 유래되었다.

이때 소평이 소하에게 말했다.

"재앙은 이제부터 시작입니다. 황제는 밖에서 이슬을 맞으며 고생하는데, 승상은 도성을 지키며 전쟁의 어려움을 겪지도 않습니다. 승상의 봉읍을 더 늘려주고 호위 군사를 붙여준 것은 지금 회음후가 장안에서 반역을 하였기에 승상을 의심하는 마음입니다. 호위군으로 승상을 호위하는 것은 승상에 대한 총애가 아닙니다. 승상은 이번 추가된 봉읍을 받지 않고 모든 사재를 군비로 보내길 바랍니다."

소하가 그 말에 따르자, 고조는 좋아하였다.

그해 가을 경포(黥布, 영포)[110]가 반란을 일으키자, 고조는 직접

---

109 瓜 – 오이 과. 중국어에서 서과(西瓜)는 수박, 남과(南瓜)는 호박, 황과(黃瓜)는 오이. 향과(香瓜)와 첨과(甛瓜)는 우리말로 참외이다. 편의상 참외로 번역한다.

110 英布〔黥布(경포, ?-前 195)〕– 英布(영포), 六縣(今 安徽 六安市)人. 項羽가 九江王으로 봉했고 漢朝 건국된 뒤에는 淮南王이 되었다가 前 196년에 반란 실패 후 살해되었다. 《漢書》 34권, 〈韓彭英盧吳傳〉에 立傳.

군사를 거느리고 경포를 토벌하면서 자주 사람을 보내 상국이 하는 일을 물었다.

이에 사자가 보고하였다.

"폐하께서 군중(軍中)에 계시기에 백성들을 위무하고 권면하면서 재산을 내어 군비 보급을 진희가 반역할 때처럼 하고 있습니다."

어떤 문객이 소하에게 말했다.

"승상의 멸족이 머지않았습니다. 승상의 지위는 상국이며, 그 공은 첫째이며 더 오를 수가 없습니다. 그리고 승상은 옛날에 관중에 들어와 백성으로부터 인심을 얻어 십 년을 지냈습니다. 모든 백성이 승상을 따르는데도 아직도 더 부지런히 백성들과 화합하고 있습니다. 폐하가 자주 승상에 대해 묻는 것은 승상이 관중 백성을 움직일 수 있기 때문입니다. 이제 승상께서는 많은 땅을 사들이거나 싸게 돈을 빌린다든지 하면서, 왜 스스로 이름을 더럽히지 않습니까? 그렇게 하면 폐하는 틀림없이 안심할 것입니다."

이후로 소하가 그렇게 하자, 고조는 크게 좋아하였다.

ㅇ 소하의 후임

고조가 붕어(崩御)하자(前 195), 소하(前 257 – 193)는 혜제(惠帝, 재위 194 – 188)를 섬겼다.

소하가 병이 나자, 혜제가 몸소 소하를 찾아 문병하면서 겸사해서 물었다.

"승상이 100세가 된 뒤에 누가 승상을 대신할 수 있습니까?"

소하가 대답하였다.

"신하에 대해서는 주군(主君)이 가장 잘 아십니다."

혜제가 다시 물었다.

"조참(曹參)이 어떻겠습니까?"

소하는 머리를 숙이며 말했다.

"폐하께서 바로 보셨으니 저는 죽더라도 한이 없습니다."

○ 소하의 후손

소하는 거처할 전택(田宅)을 꼭 궁벽한 곳에 마련하였고, 담장을 두르지도 않았다.

소하가 말했다.

"이제 내 후손이 똑똑하다면 나의 검소함을 본받을 것이고, 똑똑치 않다면 권세가에게 뺏기지는 않을 것이다."

효혜제(孝惠帝) 2년(前 193)에 소하가 죽었고, 시호는 문종후(文終侯)이다. 아들 소록(蕭祿)이 뒤를 이었고, 소록이 죽었을 때 아들이 없었다. 고후(高后)는 소하의 부인 동(同)을 찬후로 봉했고, 작은 아들 소연(蕭延)을 축양후(築陽侯)에 봉했다.

(2) 한신(회음후)

○ 표모진반(漂母進飯)

한신(韓信)은 회음현(淮陰縣)[111] 사람이었다. 집은 가난하고 선행도 없어 관리로 추천을 받거나 뽑히지도 못했으며, 또 먹고 살려고 장사도 하지 않아 늘 남에게 얻어먹었다. 그의 어머니가 죽었을 때 높고 건조한 곳으로 (무덤 곁에) 일만 호를 지을 수 있는 곳을 찾아 돌아다녔다.

한신은 마을의 남창(南昌) 정장(亭長) 집을 다니며 얻어먹었는데, 정장의 아내는 한신을 싫어하여 일찍 밥을 지어 배불리 먹어버렸다. 밥때에 한신이 갔으나 밥을 차려주지 않았다. 한신도 그 뜻을 알고서는 다시는 가지 않았다.

성 밖에서 낚시를 할 때 빨래하는 여인(표모漂母)[112]이 한신을 불쌍히 여겨 밥을 주었는데, 빨래 일이 다 끝날 때까지 수십 일을 계속했다.

한신이 표모에게 말했다.

---

111 한신(韓信, 前 230-196)은 漢 開國名將. 漢初 삼걸(三傑)의 한 사람. 국사무쌍(國士無雙)의 주인공. 高祖보다 26세나 어렸다. 淮陰(회음)은, 今 江蘇省 중부 淮安市.

112 표모(漂母) — 빨래하는 여인. 漂 떠돌 표. 물에 헹구다. 허사가 되다. 韓信에 관한 속언 중 '成敗一簫何, 生死兩婦人' 이란 말이 있는데, 두 사람의 부인이란 漂母와 여후(呂后)를 의미한다.

회음후 한신(淮陰侯 韓信)

"내가 틀림없이 크게 갚아드리겠습니다."

그러자 표모가 화를 내며 말했다.

"사내가 제 밥도 먹지 못하기에 불쌍해서 밥을 준 것이지, 어찌 보답을 바라겠소!"

화음현의 어떤 젊은이가 한신을 업신여기며 말했다.

"키만 크고 칼을 차고 다니지만 겁쟁이로다."

그리고 여러 사람 앞에서 한신을 모욕하며 말했다.

"죽고 싶으면 나를 찔러라! 그렇지 않다면 내 사타구니 아래로 기어가라."

그러자 한신은 그를 한참 노려보다가 사타구니 아래로 기어갔다〔과하지욕(胯下之辱, 사타구니 과)〕. 거리의 모든 사람이 웃으면서 한신을 겁쟁이라고 여겼다.

○ 치속도위(治粟都尉)

항량(項梁)이 기병(起兵)하고 회수(淮水)를 건너오자, 한신은 칼을 차고 항량을 추종하여 그 휘하에 있었으나 이름을 알릴 방법이 없었다. 항량이 죽자, 다시 항우 소속으로 낭중(郎中)이 되었다. 한신은 여러 번 방책을 내어 항우가 써주길 희망했으나 항우는 채택하지 않았다.

한왕(漢王)이 한중(漢中)에 들어갈 때 한신은 항우에게서 도망을 나와 한(漢)에 귀부하였으나 이름을 얻지 못하고 군량 담당 일을 하였다.

한신이 법을 어겨 사형을 당하게 되었는데, 그 동료 13명이 모두 참수되고 한신의 차례가 되자, 한신은 당상을 올려보다가 등공(滕公) 하후영(夏候嬰)에게 말했다.

"한왕은 천하를 차지하지 않을 것인가? 장사를 죽이다니!"

등공은 그 말이 기이하고 그 생김새가 장해서 풀어주며 참수하지 않았다. 등공은 한신과 이야기를 나누고서 크게 기뻐하며 한왕(漢王)에게 말했다. 한왕은 한신을 군량 공급 담당의 치속도위(治粟都尉)로 삼았으나 여전히 한신을 대단하게 여기지는 않았다.

○ 국사무쌍(國士無雙)

한신은 소하(蕭何)와 여러 번 이야기를 하였는데, 소하는 한신을 기이한 사람으로 여겼다. 한왕(漢王)이 남정(南鄭)에 이를 때까지 길에서 도망하는 장수가 수십 명이었다.

한신은 소하와 이미 여러 번 이야기를 했는데도 자신을 써주지 않는다고 생각하여 바로 도망을 쳤다. 소하가 한신이 도망했다는 것을 알자, 한왕에게 알리지도 않고 직접 쫓아갔다.

어떤 사람이 한왕에게 "소하가 도망갔습니다."라고 보고했다. 한왕은 화가 나면서 좌우의 팔을 잃은 것 같았다. 하루 이틀이 지나자, 소하가 와서 한왕을 뵈었다.

한왕은 화도 나고 또 좋아하며 소하를 꾸짖었다.

"너도 도망갔다는데, 왜 그랬는가?"

소하가 말했다.

"제가 도망한 것이 아니고 도망간 자를 쫓아갔을 뿐입니다."

한왕은 "따라가 잡아온 사람이 누군가?"라고 물었다.

"한신입니다."

한왕은 다시 꾸짖었다.

"장수로서 도망하는 자를 십 단위로 세어야 해도 그대가 쫓아가지 않더니, 한신을 쫓아갔다니 거짓말 아닌가?"

"여러 장수들이야 쉽게 얻을 수 있지만 한신 같은 사람은 국사(國士)로서 그런 사람이 또 없습니다〔國士無雙(국사무쌍)〕. 왕께서 끝까지 한중(漢中)의 왕으로 있겠다면 한신을 쓸 일이 없지만, 기어이 천하를 놓고 다투겠다면 한신을 빼놓고선 일을 같이할 사람이 없습니다. 왕께서 어느 쪽으로 결정하실지 보겠습니다."

한왕이 대답했다.

"나 역시 동쪽으로 나가고자 하나니 어찌 답답하게 여기서 오래 있겠는가?"

소하가 말했다.

"왕께서 꼭 동쪽으로 나가겠다며 한신을 등용하면 한신이 머물겠지만, 한신을 쓰지 않는다면 한신은 끝내 도망할 것입니다."

한왕은 "공(公)을 생각해 내가 한신을 장군으로 삼겠다."고 하였다.

그러자 소하가 말했다.

"비록 장군이라 하여도 한신은 있지 않을 것입니다."

한왕이 "대장으로 삼겠다."고 하자, 소하는 "좋습니다."라고 말했다.

그리고서 한왕은 한신을 불러 벼슬을 주려 했다.

그러자 소하가 말했다.

"왕께서는 늘 오만하고 무례합니다만, 지금 대장을 제수하면서 마치 어린아이 부르듯 하니, 이 때문에 한신이 도망가는 것입니다. 왕께서 한신을 쓰시겠다면 택일하고 목욕재계하며 단과 장소를 마련하고 예를 갖추어야만 합니다."

한왕은 이를 허락하였다. 여러 장수들은 모두 좋아하며 자신이 대장이 될 것이라 생각하였다. 대장을 제수 받은 사람이 한신인 것을 알고 군사들 모두가 놀랐다.

○ 배수진(背水陣)

한신은 염탐꾼을 보내 조(趙)의 장수 진여(陳余)[113]가 광무군(光武君)[114]의 책략을 쓰는 가를 알아보게 하였는데, 채용하지 않는다는 보고를 받고 군사를 거느리고 전진하였다.

정형구(井陘口)에서 30리쯤 못 가서 행군을 멈추고 숙영하였다. 한밤에 전령을 내서 경무장한 기병 2천 명을 뽑은 뒤, 병졸마다 붉은 기를 하나씩 가지고 샛길로 해서 조(趙)의 군영을 볼 수 있는 산에 숨어 있으라면서 일러 말했다.

"조(趙)는 패주하는 우리를 보면 틀림없이 보루를 비워놓고 우리를 쫓아올 것이니, 너희들은 빨리 보루에 들어가서 조(趙)의 깃발을 뽑아버리고 한(漢)의 깃발을 세워 놓아라."

그리고 비장(裨將)을 통해 간단히 식사를 하라 지시하면서 말했다.

"오늘 조(趙)를 격파하고서 군사를 크게 먹일 것이다."

장수들은 모두 꾸물대며 건성으로 "알겠습니다."라고 말했다.

한신은 참모들에게 설명하며 말했다.

"조(趙)는 이미 좋은 곳을 골라 보루를 설치했지만 저쪽에 대장기와 북이 보이지 않는 것을 보면 선제 공격을 하지 않을 것이나 혹 우리를 험한 곳으로 몰아가려 하는 것 같다."

---

113 成安君 진여(陳余, ?−前 205)−《漢書 張耳陳余傳》참고.

114 廣武君 이좌거(李左車)−趙國 名將 이목(李牧)의 孫子.

그리고서는 일만 명의 병력을 먼저 내보내 배수진(背水陣)을 치게 하였다. 조병(趙兵)은 이를 보며 크게 웃었다. 날이 밝자 한신은 대장기를 세우고 북을 치며 정형구로 출전했다. 조(趙)에서는 보루를 열고 나와 공격하며 한참을 싸웠다.

그러다가 한신의 군사는 북과 깃발 등을 버리고 강가의 진지로 달아나다가 다시 격렬하게 싸웠다. 조(趙)에서는 보루를 비우고 한(漢)의 북과 깃발 등을 뺏으면서 한신의 군사를 추격했다.

한신의 군사는 이미 강가의 배수진 안에 들어왔고 모든 군사들은 죽을 각오로 싸우니 질 수가 없었다. 한신이 기습병으로 내보낸 2천 기병은 조군(趙軍)이 전리품을 줍느라 보루를 비운 사이에 곧바로 보루에 들어가 조(趙)의 깃발을 뽑아버리고 한(漢)의 붉은 깃발을 꽂았다.

조군은 이미 한신의 군사를 이길 수도 없어 보루로 돌아가려 하였으나 보루에는 온통 한(漢)의 붉은 기가 펄럭이자 크게 놀라면서, 한(漢)은 이미 조왕(趙王)과 장수를 격파했을 것이라 생각하여 혼란에 빠져 도망을 쳤다. 조(趙)의 장수가 도망가는 병졸을 참수했지만 막을 수가 없었다. 그리고 또 한병(漢兵)이 양쪽에서 공격하여 조군을 격파하며 포로로 잡았고, 진여(陳余)를 죽였고 조왕 헐(歇)을 사로잡았다.

한신은 즉시 전군에 광무군(廣武君)을 죽이지 말 것과 산 채로 잡아오면 1천 금을 주겠다고 명령하였다. 얼마 뒤 광무군을 묶어 오는 자가 있었고, 한신은 그 밧줄을 풀어주고 동편에 앉아 서쪽을 바라보며 광무군을 모셨다.

여러 부서에서 전과(戰果) 보고가 끝나자, 모두 하례하며 한신에게 물었다.

"병법에 '우측으로 산, 좌측에 물'이라 하였는데, 이번에 장군은 우리들에게 뒤쪽으로 물을 등지고 진을 치라고[背水陣(배수진)] 명령하였으며, 조(趙)를 격파하고서 크게 회식한다고 했을 때 우리들은 믿지 않았습니다. 그러나 결국 이겼으니, 이는 무슨 전술입니까?"

한신이 말했다.

"이것도 병법에 있으나 여러분이 깊게 살피지 못했다. 병법에도 '사지(死地)에 떨어뜨려야 살아나고 망할 땅에 던져지면 살아남는다.'고 하지 않았는가? 또 내가 평소에 훈련시킨 장수들을 거느린 것도 아니고 책에서 말하는 '길거리 사람들을 모아 싸우게 한다.'는 그런 정도였기에, 그 실전에서는 사지에 몰아넣으면 각자 나름대로 싸우지 않았을 것이며, 이번에 살아날 구멍이 있었다면 아마 모두 도망갔을 것이니, 어찌 그런 것을 배운 그대로 적용할 수 있겠는가?"

여러 장수들은 모두 탄복하며 말했다.

"장군의 혜안은 우리가 따라갈 수 없습니다."

○ 한신의 제(齊) 정벌

제왕(齊王) 전광(田廣)과 초 장군 용저(龍且)[115]는 군사를 합쳐 한신과 싸우기로 하였지만 아직 합세하지는 않았다.

어떤 사람이 용저에게 설명하였다.

"한병(漢兵)은 멀리 와서 싸워야 하는 궁지에 몰린 도둑들이라 그 예봉(銳鋒)은 당하기 어렵습니다. 제(齊)와 초(楚)는 자기 땅에서 싸우기 때문에 병졸들이 쉽게 흩어질 것입니다. 그래서 방벽을 굳게 하고 제왕(齊王)으로 하여금 그가 믿는 신하를 보내 투항한 성을 회유하게 하면 여러 성에서는 제왕이 살아 있고 초(楚)가 구원하고 있다는 것을 알아 틀림없이 한(漢)에 반기를 들 것입니다. 한군(漢軍)은 2천 리 떨어진 제(齊)에 나와있는데, 제(齊)의 성이 모두 반기를 들면 군량을 얻을 수 없어 싸우지 않아도 투항할 것입니다."

그러나 용저가 말했다.

"나는 전에도 한신이란 사람을 알고 있는데 쉬운 상대일 뿐이요. 빨래하는 표모의 밥을 얻어먹을 정도로 제 몸을 챙기지도 못했고, 사타구니 아래를 기어갈 정도로 다른 사람보다 나은 용기도 없으니 두려워할 것이 없소. 게다가 제(齊)를 구원하러 왔는데, 제왕이 적을 투항케 하면 나는 무슨 공이 있겠소? 지금 싸우

---

115 용저(龍且, ?-前 203) - 楚의 장수. 齊王 韓信에게 패전 戰死. 且는 도마 저. 또 차.

면 적을 이길 것이고 제(齊)의 절반을 차지할 수 있는데, 무엇 때문에 그만두겠소!"

결국 싸우기로 하고 한신과 강을 사이에 두고 진을 쳤다. 한신은 밤에 병사들에게 자루 만여 개를 만들어 모래를 담아 상류에서 강을 막게 하고서 군사를 거느리고 절반만 건너가 용저의 군사를 공격케 하였다. 이어 한신은 거짓으로 패한 척하며 도주하였다.

과연 용저가 기뻐하며 말했다.

"정말로 한신이 겁쟁이인 줄 알겠다!"

그리고 강을 건너 추격해 왔다. 한신은 병졸들에게 모래자루로 막을 것을 트게 하니 큰물이 닥쳤다. 용저 군사의 태반은 강을 건너오지 못했고 한군(漢軍)은 맹렬히 공격하여 용저를 죽였다. 용저의 강 건너 동쪽에 있던 군사도 흩어졌고 제왕 전광(田廣)도 도망쳤다. 한신은 제왕을 추격하여 북쪽에서 전광을 사로잡았다. 초(楚) 군졸은 모두 투항했고 마침내 제(齊)는 평정되었다.

○ 한신의 보은(報恩)

한왕(漢王)은 고릉현(固陵縣)에서 패배한 뒤, 장량의 계책에 따라 한신을 해하의 전투에 끌어들였다. 항우가 죽자(前 205), 고조(高祖)는 갑자기 한신의 군권을 빼앗았고 한신을 초왕(楚王)으로 옮겨 하비(下邳)에 도읍케 하였다.

한신은 초국(楚國)에 가서 밥을 주었던 표모(漂母)를 불러 천금을 하사하였다.

그리고 하향(下鄕)의 정장(亭長)에게는 1백전을 주며 말했다.

"그대는 소인이다. 남을 도왔지만 끝까지 하지 않았다."

그리고 자신을 사타구니 아래로 지나가게 했던 젊은이를 불러 중위(中尉)에 임명하고 여러 장상(將相)에게 말했다.

"이 사람은 장사이다. 나를 모욕할 때 내가 이 사람을 어찌 죽일 수 없었겠는가? 죽여보았자 이름 날 것도 아니었고, 그래서 참았기에 오늘에 이르렀다."

○ 다다익선(多多益善)

한신(韓信)은 고조가 자신의 능력을 두려워하고 미워하는 것을 알았다. 한신은 병을 핑계로 조회에 나가지도 않고 고조를 수행하지도 않았다.

이후로 날마다 원망하면서 늘 불평하며 강후 주발이나 관영[116]과 같은 등급인 것을 부끄럽게 생각했다. 한번은 지나다가 번쾌(樊噲)의 집을 들렀었다.

번쾌는 종종걸음으로 걷고 절하며 영접과 전송하며 말할 때마다 '신(臣)'이라 하면서 "대왕께서 신(臣)의 집을 들리셨군요."라

---

116 강후 주발(絳侯 周勃)과 영음후 관영(潁陰侯 灌嬰)은 두 사람 모두 한왕을 따라 같이 거병하였고 나중에 승상을 역임하였다.

고 말했다.

한신은 문을 나서면서 웃으며 말했다.

"살아 있으니 번쾌와 같은 서열이로구나."

전에 고조는 한가한 틈에 한신과 각 장수의 능력의 차이를 이야기를 했었다.

고조가 한신에게 물었다.

"나 같으면 군사를 얼마나 통솔하겠는가?"

한신이 대답하였다.

"폐하께서는 10만 이상을 통솔하지 못할 것입니다."

고조가 물었다.

"그렇다면 공(公)은 어떠한가?"

"신(臣)은 많으면 많을수록 더 잘할 것입니다(多多益善)."

고조가 웃으며 말했다.

"많을수록 잘한다면서 왜 나한테 잡혔는가?"

한신이 대답했다.

"폐하께서는 병력을 잘 통솔하지 못하지만 장수를 잘 거느리니, 이것이 제가 폐하에게 잡힌 이유입니다. 그리고 폐하의 자리는 하늘이 준 것이지 인력(人力)이 아닙니다."

○ 한신의 최후

한(漢) 10년(前 197)에, 진희(陳豨, 멧돼지 희)는 반란을 일으켰고 고조는 직접 군사를 거느리고 출정했는데, 회음후 한신은 병을 핑계로 종군(從軍)하지 않았다.

한신은 은밀히 진희가 있는 곳에 사람을 보냈고 가신과 모의하여 밤에 모든 관청의 죄인과 노비를 사면하고 군사를 일으켜 여후와 태자를 습격하기로 하였다. 부서(部署)가 정해진 뒤에 진희의 통보를 기다리고 있었다.

그 무렵 한신의 사인(舍人) 한 사람이 한신에게 죄를 지어 한신이 가두었다가 죽이려 하였다. 사인의 동생이 글을 올려 한신이 반역하려 준비한다고 여후(呂后)에게 보고하였다.

여후가 한신을 소환하려 했으나 그 무리들이 오지 않을까 걱정하여 상국(相國)인 소하와 협의하여 거짓으로 황제로부터 사람이 와서 진희가 이미 격파되었으며 모든 신하들이 하례한다고 거짓을 전달케 하였다.

상국이 한신을 속여 말했다.

"비록 병중(病中)이지만 억지로라도 입궁하여 하례하기 바랍니다."

한신이 입궁하자, 여후는 무사를 시켜 한신을 포박하였고 장락궁 종실(鍾室, 악기 보관 창고)에서 처형하였다.

막 참수하려 하자, 한신이 말했다.

"내가 괴통(蒯通)의 말을 듣지 않아 부녀자에게 속았으니 어찌 하늘의 뜻이 아니겠는가!"

여후는 한신의 삼족을 모두 죽였다.

고조가 진희의 반란을 평정하고 돌아와 한신이 죽었다는 소식을 듣고 한편으로는 기쁘면서도 한신을 애도하며 말했다.

"한신이 죽으면서 무어라 했는가?"

여후는 한신이 했던 말을 이야기했다.

그러자 고조가 말했다.

"괴통은 제(齊)의 변사(辯士)이다."

고조가 괴통을 불러 팽살하려고 했는데, 괴통이 자신을 변명하자 고조는 괴통을 죽이지 않고 석방하였다.

(3) 장량

유후 장량(留侯 張良)

o 장량의 선조

장량(張良, ?-前 185)은 한초(漢初) 삼걸(三傑)의 한 사람, 字는 자방(子房)인데, 그 선조는 한인(韓人)이다. 조부 장개지(張開地)는 한(韓)의 소후(昭侯, 재위 前 358-333), 선혜왕(宣惠王, 재위 前 332 -312), 양애왕(襄哀王, 재위 前 311-296), 이왕(釐王, 재위 前 295-273. 釐

다스릴 리)의 재상이었다. 부친 장평(張平)은 이왕(釐王)과 도혜왕
(悼惠王, 혜왕, 재위 前 272-239)의 재상이었다. 도혜왕 23년에 장평
이 죽었고(前 250), 죽은 뒤 20년에 진(秦)은 한(韓)을 멸망시켰다
(前 230). 장량은 어렸기 때문에 한(韓)에서 벼슬하지 못했다.

한(韓)이 망한 뒤 장량의 집에는 노복(奴僕)이 300명이나 있었고,
동생이 죽었을 때 장례를 치르지 않고 가산을 처분해 진왕(秦王, 진
시황, 재위 前 247-210)을 죽일 자객을 구해 한(韓)을 위해 복수하려
했는데, 이는 한(韓) 5대에 걸쳐 재상을 지냈기 때문이었다.

장량은 일찍이 회양군(淮陽郡)[117]에서 예제(禮制)를 학습했고
동쪽을 유람하다가 창해군(倉海君)이란 사람을 만나 한 역사(力士)
를 얻었는데 120근 쇠몽둥이를 쓰는 사람이었다. 진 시황제가 동
유(東遊)하며 박랑사(博狼沙)[118]에 도착했을 때, 장량은 자객과 함
께 진 황제를 저격했으나 부거(副車)를 맞혔다. 진 황제는 대노하
며 온 나라를 크게 수색하며 아주 긴박하게 범인을 잡으려 했다.
장량은 이에 성(姓)과 이름을 바꾸고 하비(下邳)[119]로 도망하여 숨
었다.

---

117 淮陽(회양) - 郡名. 치소는 陳縣, 今 河南省 중동부 周口市 관할 淮
陽縣.

118 박랑사(博狼沙, 博浪沙) - 今 河南省 황하 북쪽 新鄕市 관할 原陽市
동남.

119 하비(下邳)는, 今 江蘇省 북단 徐州市 관할의 邳州市(비주시).

○ 이상노인(圯上老人)

어느 날, 장량이 한가하여 조용히 하비(下邳)의 다리 위를 걷고 있었는데,[120] 갈옷을 입은 어떤 노인이 장량이 있는 곳에 와서 일부러 다리 아래로 신발을 떨어뜨리고 장량을 보며 말했다.

"젊은이는 내려가 신발을 주워 오거라!"

장량은 놀라며 때려주고 싶었으나 노인이기 때문에 억지로 참으며 내려가 신발을 주워 와서 무릎을 꿇고 신겨주었다. 노인은 다리를 뻗어 신발을 신고서는 웃으며 떠나갔다. 장량은 아주 크게 놀랐다.

노인은 1리쯤 가더니 다시 돌아와 말했다.

"젊은이는 가르칠만 하도다. 5일 뒤 날이 밝기 전에 나와 여기서 만나자."

장량은 이상하게 생각하며 무릎을 꿇고 "예"라고 대답했다. 닷새 뒤 새벽에 장량은 다리로 나갔다.

노인은 먼저 와서 화를 내며 말했다.

"노인과 약속했는데 왜 늦었는가? 갔다가 닷새 뒤에 일찍 나와라!"

5일 뒤에 닭이 울 때 나갔다.

---

120 이상(圯上) – 圯는 흙다리 이. 다리(橋), 東楚 지역의 方言이다. 圯上老人. 이교(圯橋), 이교서(圯橋書), 이상지회(圯上之會)는 成語로 통용된다.

노인은 또 먼저 나와 더 화를 내며 말했다.

"왜 나보다 늦는가? 갔다가 5일 뒤에 더 일찍 오거라!"

닷새 뒤에 장량은 한밤중에 나갔다.

조금 있으니 노인도 와서 좋아하며 말했다.

"당연히 이래야지!"

노인은 책 묶음을 주면서 말했다.

"이 책을 읽으면 왕자(王者)의 스승이 될 수 있다. 10년 뒤에 흥기할 것이다. 13년 뒤에 젊은이는 나를 볼 것이니 제북군 곡성산[121] 아래 황석(黃石)[122]이 바로 나로다."

노인은 말을 더 않고 가버렸다. 날이 밝아 그 글을 보니 바로 《태공병법(太公兵法)》[123]이었다.

장량은 소중히 여기면서 언제나 늘 읽고 외웠다. 장량은 하비에 머물면서 협객으로 살았다. 그 무렵 살인을 한 항백(項伯, 항우의 숙부)이 장량을 찾아와 숨었다.

○ 장량과 패공의 만남

그 뒤로 10년(前 209), 진승(陳勝, 진섭) 등이 기의하였고 장량

---

121 제북(濟北)은 郡名. 治所는 博陽縣, 今 山東省 중부 泰安市 동남 일대. 곡성산(穀成山)은, 今 山東省 濟南市 관할 平陰縣 서남에 있는 산.

122 이상노인(圯上老人)을 '黃石公' 이라 통칭한다.

123 《太公兵法》 — 周 文王이 등용한 太公望(呂尙)의 병법.

역시 100여 명의 젊은이를 모았다. 이때 경구(景駒)[124]는 자립하여 초(楚)의 가왕(假王, 임시 왕)이라면서 유현(留縣)[125] 땅에 머물고 있었다. 장량은 경구를 추종하려고 유현에 가는 길에 우연히 패공(沛公)을 만났다. 패공은 수천 명 군사를 거느리고 하비를 점령했고, 장량은 패공에게 소속되었다. 패공은 장량을 마필을 관리하는 장수에 임명하였다.

장량이 자주 《태공병법》을 패공에게 설명하면, 패공은 기꺼이 그 책략에 따랐다. 장량이 다른 사람에게 설명하면 모두 이해하지를 못했다.

장량은 "패공은 아마 하늘이 낸 사람일 것이다."라고 말했고, 패공을 따르면서 떠나지 않았다.

패공은 설(薛)[126]에 가서 항량(項梁)을 만나 같이 초 회왕(懷王)을 옹립하였다.

장량이 항량을 설득하며 말했다.

---

124 경구(景駒, ?－前 208)－秦末 농민 起義 때 楚王, 前 208년 진승(陳勝)이 마부 장가(莊賈)에게 살해된 뒤, 陳勝의 부장 진가(秦嘉)가 자립하여 大司馬라 자칭하며 경구(景駒)를 楚王으로 옹립하였다.

125 유(留)－사수군(泗水郡)에 속한 현명. 今 江蘇省 북부 徐州市 관할 패현(沛縣) 동남.

126 설(薛)－縣名. 今 山東省 남부 棗莊市(조장시) 관할 등주시(滕州市). 墨子의 고향.

"군(君)께서 지금 초(楚)의 후예를 옹립하셨는데, 한(韓)의 여러 공자(公子) 중에서 횡양군(橫陽君) 한성(韓成)[127]은 현명하여 왕으로 봉할 만하니 같은 편으로 만드십시오."

항량은 장량을 시켜 한성을 데려오게 했고, 한왕(韓王)으로 세웠다. 그리고 장량을 한(韓)의 사도(司徒)로 삼아 한왕과 함께 천여 명을 거느리고 서쪽으로 옛 한(韓)의 영지를 수복케 하였고 몇 개의 성을 차지했으나 진군(秦軍)이 다시 점령하자, 장량은 영천(潁川)[128] 일대를 오가며 유격전을 폈다.

○ 장량의 설득(1)

패공(沛公)은 진(秦)의 궁궐에 들어가 건물과 휘장, 사냥개와 말, 보물과 부녀자들이 셀 수 없이 많은 것을 보고 궁궐에 머물고 싶어했다. 번쾌(樊噲)가 말렸으나 듣지 않았다.

장량이 패공에게 말했다.

"사실, 진(秦)이 무도(無道)했기에 패공께서 여기에 들어올 수 있었습니다. 천하를 위해 잔인하고 흉악한 무리를 제거하려면 검소한 생활을 해야 합니다. 지금 진(秦)의 궁에서 안락을 즐긴다

---

127 횡양군 한성(橫陽君 韓成, ?-前 206) ─ 전국시대 韓國의 宗室, 항우에 의해 韓王에 봉해졌지만 漢 고조와 연결이 되었다고 생각한 항우에 의해 살해되었다.

128 영천(潁川) ─ 郡名. 治所는 陽翟縣(양책현), 今 河南省 許昌市 관할의 禹州市(우주시).

면, 이는 폭군을 도와 잔인한 짓을 하는 것입니다. 그리고 바른말은 귀에 거슬리나 행실에 이롭고, 양약은 입에 쓰나 병에 도움이 된다고 합니다. 패공께서는 번쾌의 말에 따르시기 바랍니다."

패공은 곧 패상(覇上)으로 군사를 철수하였다.

○ 장량의 설득(2)

항우가 홍문(鴻門)에 주둔하고 패공을 공격하려 하자, 항백(項伯)은 밤중에 패공의 군진으로 찾아와 몰래 장량을 만나 장량에게 도망가라고 하였다.

장량이 말했다.

"나는 한왕(韓王)을 위해 패공에게 온 사람인데, 지금 일이 위급하다고 도망가는 것은 의롭지 못합니다."

그리고는 모든 것을 패공에게 말했다.

패공은 크게 놀라면서 물었다.

"어떻게 해야 하는가?"

장량이 물었다.

"패공께서는 정말로 항왕을 버릴 생각이십니까?"

패공이 말했다.

"어떤 소인이 나에게 관문을 막아 제후의 군사를 관중에 들어오지 못하게 하면 진(秦) 땅의 왕이 될 수 있다 하여 그 말을 따랐던 것이오."

장량이 다시 물었다.

"패공께서 생각하실 때 항왕을 이길 수 있겠습니까?"

패공은 묵묵히 있다가 말했다.

"지금 어떻게 해야 하나?"

장량은 그제야 항백을 들어오게 하여 패공과 만나게 하였다. 패공은 항백과 술을 마시며 건강을 빌어주며 양가의 혼인을 약속하고, 항백이 패공은 항왕을 배신하지 않을 것이며 관문을 막은 것은 다른 도둑떼를 대비하기 위한 것이었다고 말해달라고 하였다. 나중에 홍문 – 항우의 군영 – 에서 패공을 만난 항우는 오해를 풀었다.

ㅇ 잔도를 불태우다

한(漢) 원년(전 206년), 패공은 한왕(漢王)이 되어 파군(巴郡)과 촉군(蜀郡)을 다스리며 장량에게 황금 2천 냥과 구슬 2두(斗)를 하사하였는데, 장량은 이를 모두 항백에게 주었다. 또 한왕은 장량을 시켜 항백에게 후한 예물을 보내며 한중(漢中)의 땅을 달라고 항왕(項王)에 요청케 하였다. 항왕(項王)은 이를 허락했다.

한왕이 한중(漢中)으로 들어갈 때, 장량은 포중(褒中)까지 가서 한왕을 전송했고, 한왕은 장량을 한(韓)에 돌아가게 하였다. 장량은 이어 한왕에게 파촉으로 들어가는 잔도(棧道)[129]를 불태워서

---

129 棧道(잔도, 바닥에 깔아놓은 판자 잔) – 각도(閣道). 험한 절벽에 나무를 얽어 만든 길.

관중(關中)으로 나올 마음이 없다는 것을 온 천하에 보여 항왕이 방심하게 만들라고 권했다. 한왕도 장량을 한(韓)으로 돌아가게 했다.

한왕은 한중군(漢中郡)에 들어가면서 잔도를 불태웠다.

○ 유후(留侯) 장량

한(韓) 6년(前 201), 공신을 봉했다.

장량의 전투 공적은 없지만, 고조가 말했다.

"장막 안에서 방책을 구상하여 천리 밖에서 승리를 결정지었으니 모두가 자방(子房)의 공적이오. 제(齊)의 3만 호를 선택하시오."

그러자 장량이 말했다.

"처음에 제가 하비(下邳)에서 기의(起義)하고 폐하를 유현(留縣)에서 만났으니, 이는 하늘이 저를 폐하에게 준 것입니다. 폐하께서 저의 계책을 채용하셨고 다행히 가끔 적중했을 뿐이니, 저를 유현에 봉해주신다면 그것으로 만족하며 3만 호를 받을 수 없습니다."

이에 장량을 유후(留侯)로 삼아 소하(蕭何) 등과 함께 봉했다.

○ 웅성대는 장수들

고조가 대공신 20여 명을 봉했지만 그 나머지는 밤낮으로 공을 다투느라 결정이 나지 않아 봉할 수가 없었다. 고조는 낙양의 남궁(南宮) 무지개다리에서 여러 장수들이 곳곳에 두세 명씩 모여 웅성대는 것을 보았다.

고조가 물었다.

"이들이 무슨 말을 하는가?"

장량이 말했다.

"폐하는 모르셨습니까? 지금 반란을 모의하고 있습니다."

"천하가 겨우 안정되었는데, 왜 모반하는가?"

그러자 장량이 대답했다.

"폐하께서는 평민에서 기의하여 이들과 함께 방금 천하를 차지하고서 폐하는 이미 천자가 되었으며, 소하나 조참 등 가까운 사람을 제후에 봉하고, 폐하가 죽인 사람들은 모두 폐하의 평생의 원수였습니다. 이제 군리(軍吏)가 공적을 조사하면서 모든 사람을 다 봉하기에는 땅이 부족하다 하였기에, 이들은 폐하가 모두를 봉하지 못할 것이며 잘못이 있다고 의심을 받으면 죽을 것이 걱정되어 서로 모여 모반을 얘기하는 것입니다."

이에 고조가 걱정을 하며 물었다.

"앞으로 어찌해야 하는가?"

장량이 말했다.

"폐하께서 평소 미워하며, 또 여러 장수들이 다 알고 있는 자 중에서 가장 심한 자가 누구입니까?"

고조가 말했다.

"옹치(雍齒)[130]와 나는 고향 친구이지만, 예부터 원한이 있고 내게 자주 애를 먹였기에 죽이고 싶었지만 공이 있어 차마 죽이지 못했소."

그러자 장량이 말했다.

"지금이라도 빨리 옹치를 먼저 봉하여 군신에게 널리 알리십시오. 여러 신하들이 옹치가 봉해진 것을 보고서는 모두들 안심할 것입니다."

이에 고조는 잔치를 벌이고 옹치를 십방후(什方侯)에 봉하면서 승상과 어사대부에게 빨리 논공행상을 마무리 하라고 하였다.

군신들은 술자리를 끝내면서 모두 기뻐하며 말했다.

"옹치도 제후가 되었으니 우리들은 걱정이 없다."

○ 상산사호(商山四皓)

고조는 태자를 폐하고[131] 척부인(戚夫人)[132] 소생의 아들 조왕(趙王) 여의(如意, 前 208－194)를 세우고 싶어 했다. 대신들이 여러 번 간쟁했지만 확실한 결정을 볼 수 없었다.

---

130 옹치(雍齒, ?－전 192)－고조와 같은 고향 사람. 옹치는 패공을 무시하고 풍읍(豊邑)을 들어 魏國 주불(周市)에게 투항했고, 나중에는 항량에게 투항하여 패공을 곤경에 몰아넣기도 했다.

131 고조는 혜제(惠帝)가 유약하여 자신을 닮지 않았다고 생각하였다. 혜제는 고조가 40대 중반에 얻은 아들이다.

132 척부인(戚夫人, ?－前 194)－今 山東省 서남부 菏澤市 定陶縣 출생. 漢王 4년부터 漢王을 시종했다. 高祖 死後에 비참한 최후를 마쳤다.

여후(呂后)는 크게 걱정했지만 어찌할 지를 몰랐다.

어떤 사람이 여후에게 말했다.

"유후(留侯)는 계책을 잘 쓰고 폐하도 그 말을 잘 따릅니다."

여후는 곧 건성후(建成侯) 여석지(呂釋之)를 보내 장량을 다그치며 말했다.

"경은 언제나 폐하의 모신(謀臣)이었고, 지금 폐하는 날마다 태자를 바꾸고자 하는데, 경은 어찌 편히 누워만 계실 수 있습니까?"

이에 장량이 말했다.

"그전에야 폐하가 여러 번 위급하였기에 다행히 나의 계책을 따랐지만, 이제 천하가 안정되었고 태자를 바꾸려 하는 것은 골육지간의 일이니, 나 같은 신하가 백 명인들 무슨 도움이 되겠습니까?"

그래도 여석지는 강요하였다.

"우리를 위해서라도 방법을 찾아보시오."

이에 장량이 말했다.

"이는 입씨름할 것이 아닙니다. 생각해보면, 폐하가 초치하지 못한 4인[133]이 있습니다. 4인이 모두 연로하였고, 폐하가 유생들을 무시하기에 산속에 숨었고 의리로서도 한(漢)의 신하가 될 수 없다고 생각하고 있습니다. 그렇지만 폐하는 이 4인을 높이 생각

---

133 四人 - 商山四皓(상산사호). '사호(四皓)'라 간칭. 秦末의 은사(隱士)인 동원공(東園公), 하황공(夏黃公), 기리계(綺里季), 녹리(甪里, 또는 角里)先生.

하고 있습니다. 지금 당신이 금옥이나 비단을 아끼지 않고 또 태자로 하여금 서신을 작성하되 겸손한 언사와 편안한 수레에 말을 잘하는 사람을 보내 진심으로 초청한다면 틀림없이 올 것이며, 문객으로 잘 모시면서 태자를 따라 입조하여 폐하가 볼 수 있다면 아마 도움이 될 것이요."

이에 여후는 여석지로 하여금 태자의 서신을 가지고 가서 겸손한 말과 후한 예물로 네 분을 모셔오게 하였다. 4인이 장안에 와서 여석지의 저택에 머물렀다.

한(漢) 12년(前 195), 고조는 경포를 격파하고 돌아왔으나 병환은 더 심했고 그럴수록 더 태자를 바꾸려 하였다. 장량이 간청해도 듣지 않자, 장량은 병을 핑계로 더 간여하지 않았다. 숙손통은 태자의 태부(太傅)로 고금의 사례를 들어 죽음을 무릅쓰고 태자를 위해 간쟁하였다. 고조는 겉으로 허락하였지만 더욱 태자를 바꾸려 했다.

연회를 열었을 때 태자가 시중을 들었다. 이에 4인이 태자를 따라왔는데, 모두 여든 살이 넘었고 수염과 눈썹이 하얗고 의관이 아주 위엄이 있었다.

고조가 이상히 여기며 물었다.

"무엇 하는 사람들인가?"

4인이 앞으로 나와서 각자 성명을 말했다.

이에 고조가 놀라면서 말했다.

"내가 공(公)들을 오라 했지만 나를 피해 숨었었더니, 지금은 왜 내 아이를 따라왔는가?"

이에 4인이 말했다.

"폐하께서는 문사(文士)를 무시하고 욕을 많이 하여 우리가 두려워 피하고 숨었습니다. 지금 태자는 인자하며 효성스럽고 유생들을 공경하고 친애하기에 온 천하가 모두 기대하며 태자를 위해 죽고자 하지 않는 사람이 없기에 우리도 태자를 따라왔습니다."

그러자 고조가 말했다.

"수고스럽더라도 끝까지 태자를 도와주기 바라오."

4인이 축수(祝壽)를 마치고 종종걸음으로 나갔다.

고조는 나가는 그들을 전송하며, 척부인(戚夫人)을 불러 4인을 가리키며 말했다.

"나는 태자를 바꾸려 했지만, 저 4인이 태자를 보좌하니 날개가 다 생긴 것이다. 그러니 바꾸기 어렵게 되었다. 여씨(呂氏)가 너의 진짜 주인이로다."

척부인이 눈물을 흘리며 울자, 고조가 말했다.

"나를 위해 초(楚)의 춤을 추어준다면 너를 위해 내가 초가(楚歌)를 불러주겠다."

그리고 고조가 노래를 불렀다.

「홍곡이 높이 날아 단번에 천리를 가네.　(鴻鵠高飛, 一擧千里)[134]

날개가 모두 자라 사해를 가로지르네.　(羽翼以就, 橫絕四海)

사해를 가로지르니 또 어떻게 하겠나!　(橫絕四海, 又可奈何)

주살이 있어도 이제 어디에 쓰겠는가!」(雖有矰矢, 尚安所施)

노래를 몇 번 반복했고 척부인은 흐느끼며 눈물을 흘렸다. 고조가 일어나자 술자리도 끝났다. 끝내 태자를 바꾸지 못한 것은 장량이 그 4인을 초치(招致)한 덕분이었다.

   ○ 적송자(赤松子)를 따라간 장량

   장량이 고조를 수행해 대국(代國)의 진희(陳豨)의 반란을 토벌할 때 기계(奇計)를 내어 마읍현(馬邑縣)을 함락시켰고, 소하(蕭何)를 상국(相國)으로 임명하도록 건의하였으며, 고조를 따라 조용히 천하의 일을 처리한 것이 아주 많지만, 천하의 존망(存亡)과 관계되는 일은 아니기에 사서(史書)에 기록하지는 않았다.

   장량은 일찍이 말했었다.

   "가문이 대대로 한(韓)의 재상이었으나 한이 멸망하면서 만금의 자산을 아까워하지 않고 한(韓)의 원수인 강한 진(秦)에 복수를 하려 했고, 이 때문에 천하가 소란스러웠다. 지금 삼촌설(三寸舌, 세치 혀)로 황제의 사부가 되었고 봉읍(封邑) 만호(萬戶)의 열후(列侯)에 올랐으니, 이는 평민으로서 가장 높이 오른 것이기에 나는

-----

134 홍곡(鴻鵠) - 큰 기러기.

만족한다. 그러니 인간사를 잊고 적송자(赤松子)[135]를 따라 놀고 싶을 뿐이다."

장량은 도술을 익혀 신선이 되려 하였다.

고조가 죽은 뒤 여후는 장량의 덕을 많이 입었기에 억지로 화식(火食)을 권하며 말했다.

"인생의 한평생이란 것이 흰 망아지가 문틈을 지나가는 거와 같이 짧거늘,[136] 어찌 스스로 이리 고생을 하십니까?"

장량은 부득이 화식(火食)을 해야만 했다. 고조가 죽은 뒤, 9년[137]에 장량도 죽었다.

시호는 문성후(文成侯)이다.

장량이 처음 하비(下邳)의 다리에서 병서(兵書)를 준 노인을 만난 그 이후, 13년에, 장량은 고조를 따라 제북군(濟北郡)을 지나다가 정말로 곡성산(穀城山) 아래에서 황석(黃石)을 찾았고 그 돌을 가져다가 융숭하게 제사를 지냈다.

---

135 적송자(赤松子) - 신선(仙人)의 이름. 神農氏 때에 적송자란 신선이 살았었는데, 이 적송자는 이슬과 비를 내리게 하는 雨師(우사)라고 하였다.

136 백구과극(白駒過隙) - 흰 망아지가 문틈 사이를 달려가듯 아주 짧은 시간. 强聽食은 억지로 火食의 음식을 먹다. 後六歲薨은 장량은 高后(呂后) 2년(前 186)에 죽었다. 곧 高祖 死後(前 195)에 6년이 아니라 9년 뒤에 죽었다.

137 高后(呂后) 2년(前 186).

장량이 죽자, 그 황석도 함께 안장했다.

해마다 성묘하고, 복일(伏日)과 섣달에 황석에게도 같이 제사를 올렸다. 아들 장불의(張不疑)가 제후를 계승했지만, 효문제(孝文帝) 3년(前 177)에 불경죄로 나라가 없어졌다.

6. 개국 명장과 명신

(1) 팽월과 영포

1) 팽월

○ 어부에서 변신하다

팽월(彭越, ?-前 196. 나라 이름 팽. 성씨)은 창읍(昌邑) 사람으로, 늘 거야택[鉅野澤, 대야택(大野澤). 지금의 산동성(山東省) 서남부]에서 물고기를 잡으며 살다가 도적이 되었다.

진승(陳勝)이 봉기했을 때(前 209), 어떤 사람이 팽월에게 말했다.

"호걸들이 서로 봉기하여 진나라에 반기를 드는데, 당신도 봉기하십시오."

일 년이 지나 거야택의 젊은이들 100여 명이 모여 팽월에게 가서 "우리들의 어른이 되어주십시오."라 말했으나, 팽월은 사양하며 싫다고 했다가 젊은이들이 간청하자 결국 승낙하였다.

팽월은 다음 날 해가 뜰 때 만나되 늦게 오는 자는 참수하기로 약속하였다.

다음 날 해가 뜰 때 10여 명이 늦었는데, 가장 늦게 온 사람은 한낮에야 왔다.

이에 팽월이 사죄하듯 말했다.

"내 나이가 많다고 여러분들이 억지로 우두머리라 하였다. 오늘 기약하고도 여러 사람이 늦었기에 모두 다 죽일 수가 없어 가장 늦게 온 한 사람을 죽이겠다."

그리고 부서의 우두머리에게 죽이라 하였다.

모두가 웃으면서 말했다.

"왜 그렇게까지! 다음엔 늦지 않을 것입니다."

그러나 팽월이 한 사람을 끌어내 죽이고 단을 쌓아 제사하고서 무리들에게 명령하였다. 무리들은 모두 놀라 팽월을 두려워하며 바로 쳐다보지 못했다. 그리고 각지를 돌며 제후들의 흩어진 병졸을 수습하여 천여 명을 모았다.

○ 팽월 – 한왕(漢王)에 합세

패공(沛公)이 탕군(碭郡)[138]에서 북으로 나아가 창읍(昌邑)을 공

---

138 탕(碭) – 郡名. 치소는 湯縣, 今 河南省 商丘市 夏邑縣. 河南省 동쪽 끝.

격할 때 팽월은 패공을 도왔다. 창읍을 함락하지 못했지만, 패공은 군사를 이끌고 서진하였다. 팽월은 그 무리들을 거느리고 거야택에 머무르면서 위(魏)의 흩어진 병졸들을 수습하였다. 항적(項籍, 항우)이 관중에 들어가 왕과 제후를 봉하고 각자 지역으로 돌아갈 때, 팽월이 거느린 1만여 군사는 무소속이었다.

제왕(齊王) 전영(田榮)이 항왕에 반기를 들자, 한(漢)에서는 사자를 보내 팽월에게 장군 직인을 하사하고, 제음(濟陰, 군명)을 지나 초(楚)를 공격하게 하였다. 초(楚)에서 팽월을 공격케 하였으나 팽월은 초군을 대파하였다.

한(漢) 2년 봄(前 205), 팽월은 그 병력 3만여 명을 거느리고 한(漢)에 귀부하였다. 이에 한왕은 팽월을 위나라의 상국(相國)으로 삼아 재량껏 옛 위(魏)의 영토를 수복케 하였다.

○ 팽월 – 양왕(梁王)이 되다

한(漢) 3년(前 204), 팽월은 자주 이곳저곳으로 이동하며 한(漢)을 위하여 유격병으로 초(楚)를 공격하고 양(梁)의 땅에서 초의 양도(糧道)를 끊었다. 항왕(項王)이 한왕(漢王)과 형양(滎陽)에서 대치할 때, 팽월은 초를 공격하여 수양(睢陽)과 외황(外黃) 등 17개 성을 평정하였다. 항왕(項王)이 남쪽 양하현(陽夏縣)으로 패주하자, 팽월은 창읍 주변 20여 개의 성을 수복하고 군량 10여만 곡(斛)을 차지하여 한의 군량으로 공급했다.

한왕(漢王)이 패퇴하며 팽월에게 힘을 합쳐 초를 공격하자고 하였는데, 팽월이 대답했다.

"위(魏) 지역은 겨우 평정되었기에, 아직 초의 공격이 걱정되어 출정할 수 없습니다."

한왕은 초를 추격하다가 항우에게 고릉(固陵)에서 패배하였다.

그러자 유후(留侯, 장량)에게 물었다.

"제후의 군사들이 협조하지 않으니 어찌해야 하는가?"

유후가 대답했다.

"팽월은 본래 양지(梁地)를 평정하면서 공도 많았지만 처음에 위표(魏豹)를 군왕(君王)으로 봉해야 했기에 팽월을 상국(相國)으로 삼았습니다. 지금 위표가 죽었기 때문에 팽월이 왕이 되고 싶으나 왕께서는 빨리 정해주지 않았습니다. 지금 수양(睢陽)에서 북으로 곡성(穀城)까지 땅을 팽월에게 주고 왕으로 봉하십시오."

그리고 한신(韓信)이 제왕(齊王)이 되는 것도 허락하라고 말했다. 이에 한왕은 팽월에게 사자를 보내 장량의 방책대로 하였다. 사자가 도착하자, 팽월은 바로 병력을 거느리고 해하(垓下)에 모였다. 항우가 죽자, 팽월을 세워 양왕(梁王, 위왕)으로 삼아 정도(定陶)에 도읍케 하였다.

○ 팽월 처형

한(漢) 6년(前 201), 팽월은 진(陳)에서 황제를 알현했다. 9년, 10년에도 장안에 와서 내조(來朝)했다. 진희(陳豨)가 대(代) 땅에서 반란을 일으키자 고조는 직접 출정하여 토벌했다. 고조는 한단

(邯鄲)에 와서 위(魏, 梁)의 군사를 징발했다. 위왕(魏王, 양왕) 팽월은 칭병(稱病)하며 장수를 보내 군사를 거느리고 한단에 가게 하였다. 고조가 노하여 사람을 보내 팽월을 문책했다. 팽왕은 두려워 자신이 직접 사죄하려 했다.

팽월의 장수가 말했다.

"왕께서 처음에 아니 갔는데 문책을 듣고서 가면, 가는 즉시 잡힐 것이니 차라리 군대를 일으켜 반기를 드는 것만 못합니다."

팽월은 따르지는 않았지만 몸이 아프다고 하였다. 양(梁)의 태복(太僕)이 죄를 짓고서는 한(漢)으로 도망가서 양왕 팽월이 모반한다고 밀고하였다. 이에 고조는 사자를 보내 팽월을 체포하고 낙양에 가두었다. 담당 관리가 조사하니 모반의 형세가 드러나 법대로 다스릴 것을 청했다. 고조는 팽월을 용서하여 서인으로 만들어 촉(蜀)으로 강제 이주케 하였다.

팽월이 서쪽으로 가면서 정현(鄭縣)에 이르렀을 때, 장안에서 낙양으로 가던 여후(呂后)가 팽월을 만났다. 팽월은 여후에게 눈물을 흘리며 자신이 무죄하니 고향인 창읍(昌邑)으로 돌아가게 해달라고 하소연하였다. 여후는 승낙하면서 팽월을 데리고 낙양에 도착하였다.

여후가 고조에게 말했다.

"팽월은 장사인데, 이번에 촉으로 보내는 것은 후환을 만드는 것이라서 이번에 죽여버리는 것만 못하다 생각하여 제가 그를 데려왔습니다."

그리고서는 팽월의 사인(舍人)을 시켜 팽월이 다시 모반하려한다고 아뢰게 하였다. 정위가 처벌을 주청하자, 마침내 팽월과그 일족을 모두 죽였다(前 196).

2) 영포

○ 죄수 영포(英布)

영포〔英布, ?-前 195, 경포(黥布)로도 통용〕는 육현(六縣)[139] 사람인데, 성은 영씨(英氏)이다. 젊었을 적에 지나는 사람이 영포(英布)의 관상을 보고 '형(刑)을 받고 왕이 된다' 고 하였다.

장년이 되어 법에 걸려 경형(黥刑, 묵자墨刺)을 받게 되자, 영포는 기뻐 웃으며 말했다.

"어떤 사람이 내 관상을 보고 형을 받은 뒤 왕이 된다 하였으니 아마 이것인가?"

이 말을 들은 사람들은 모두 영포를 조롱하며 웃었다. 영포는여산(驪山, 진시황 능을 만드는 현장)에 보내졌는데, 여산에는 수십만 죄수가 있었고 영포는 그 무리의 우두머리나 호걸들과 왕래하다가 그 무리들을 이끌고 장강(長江)으로 도망 나와 도적떼가 되었다.

---

139 六縣 -今 安徽省 중서부의 六安市.

○ 용감한 영포

진승(陳勝)이 봉기하자(前 209), 영포는 바로 파군[番君, 파양현령(鄱陽縣令) 오예(吳芮)]을 만났고, 그 무리는 수천 명이었다. 파군은 딸을 영포에게 아내로 주었다. 항량(項梁)이 회계(會稽) 일대를 평정하고 서쪽으로 회수를 건넜다는 소식을 듣고 영포는 군사를 항량에게 귀속시켰다. 항량은 서쪽으로 경구(景駒)와 진가(秦嘉) 등을 격파했는데, 영포는 언제나 가장 용감했었다.

항량은 진승이 죽은 것을 알고 초 회왕(懷王)을 옹립하였고, 영포를 당양군(當陽君)으로 삼았다. 항량이 패전하고 죽자, 회왕과 영포 및 제후와 장수들이 모두 팽성(彭城)에 모였다.

이때에 신(秦)은 강하게 조(趙)를 포위했고, 조(趙)에서는 여러 번 사람을 보내 회왕에게 구원을 요청했다. 회왕은 송의(宋義)를 상장군(上將軍)으로 임명하였고 항우와 영포도 그 아래 소속되어 북으로 조나라를 구원케 하였다. 항적이 송의를 황하에서 죽이고(前 207) 자립하여 상장군이 되었으며, 영포로 하여금 먼저 황하를 건너 진(秦)의 군사를 공격케 했는데 영포는 늘 이겼다.

항우는 이어 군사를 거느리고 추격하여 드디어 진군(秦軍)을 격파하고 장한을 항복케 했다. 초(楚)의 군사가 이길 적마다 영포의 공적은 제후 중에서 으뜸이었다. 제후의 군사가 모두 초에 복속했던 것은 영포가 늘 소수의 병력으로 다수를 격파했었기 때문이었다.

○ 구강왕(九江王) 영포

항우가 군사를 거느리고 서쪽으로 나아가 신안(新安)에 이르렀을 때, 항우는 영포 등을 시켜 밤에 장한의 진나라 병졸 20만 명을 공격하여 묻어 죽였다.

함곡관에 이르러서 들어가지 못하자, 또 영포 등을 시켜 샛길로 들어가 함곡관을 격파한 뒤에 들어갈 수 있었다. 함양에 들어가는데도 영포는 선봉장이었다.

항왕(項王)이 제장(諸將)을 봉할 때 영포를 구강왕으로 봉해 6현에 도읍케 하였다. 회왕(懷王)을 높여 의제(義帝)라 하고, 장사(長沙)에 보내 도읍케 하고서는 몰래 영포를 시켜 의제를 추격하게하였다. 영포는 장수를 시켜 의제를 침현(郴縣)에서 죽였다.

제왕(齊王) 전영(田榮)이 초(楚)에 반기를 들었는데, 항왕(項王)이 출정하여 제(齊)를 공격할 때 구강왕의 병력을 징발하였으나, 영포는 병을 핑계로 나서지 않고 장수에게 수천의 병력만을 거느리고 출정케 하였다. 한(漢)이 팽성에서 초(楚)에 패할 때도 영포는 또 칭병하며 초를 돕지 않았다.

항왕은 이 때문에 영포를 원망하여 자주 사자를 보내 영포를 견책하며 소환하려 했지만 영포는 더 두려워하며 가려고 하지 않았다.

항왕으로서는 북쪽에 제(齊)와 조(趙), 서쪽에 한(漢)이 걱정이 되지만 같은 편이 될 수 있는 것은 영포뿐이고, 또 영포의 재능을 중시하여 내 편으로 활용할 수 있다고 생각하여 영포를 공격하지는 않았다.

○ 영포 – 한왕(漢王) 편이 되다

한왕(漢王)은 팽성에서 초(楚)와 크게 싸웠으나 패배하여 양(梁)으로 후퇴하여 우현(虞縣)[140]에 이르러 측근들에게 "너희 같은 무리에는 천하의 일을 함께 논할 자가 없다."고 말했다.

그러자 알자(謁者)인 수하(隨何)[141]가 다가와 말했다.

"폐하께서 말씀하신 뜻을 잘 모르겠습니다."

한왕이 말했다.

"누가 나를 위해 회남(淮南)에 사신으로 가서 구강왕(九江王, 영포)으로 하여금 군사를 일으켜 초(楚)를 배반케 하여 항왕을 제(齊)에 몇 달간 머물게만 해준다면, 내가 천하를 완전히게 차지할 수 있을 것이다."

수하는 "신(臣)이 사신으로 가겠습니다."라고 말했다.

그리고는 20명과 함께 회남에 사신으로 갔고, 수하의 설득으로 회남왕은 은밀히 초(楚)를 배반하며 한(漢)과 협력하겠다고 하였으나 아직 공개하지는 않았다.

---

140 우(虞) – 縣名. 今 河南省 중동부 商丘市 虞城縣.

141 알자(謁者)는 國君 命令을 전달하는 近侍. 漢代에는 郞中令 아래의 하급 관직. 수하(隨何)는 人名. 儒者이면서 說客이었다.

그때 초(楚)의 사자가 영포의 궁에 머물면서 영포에게 빨리 발병하라 재촉을 하고 있었는데, 수하가 곧장 들어가 말했다.

　"구강왕께서는 이미 한(漢)에 귀부하였는데 초(楚)가 어떻게 군사를 얻을 수 있겠는가!"

　영포는 크게 놀랐다. 초(楚)의 사자가 일어나자, 수하는 곧 영포에게 말했다.

　"일은 이미 벌어졌으니, 다만 초의 사자를 죽여 돌아가지 못하게 하고 빨리 한(漢)과 협력해야 합니다."

　영포는 "사자가 하라는 그대로 하라!"라고 말했다. 이어 군사를 일으켜 초를 공격하였다. 초(楚)에서는 회남(淮南)을 공격케 하였고, 항왕(項王)의 장수 용저는 회남을 공격하여 영포의 군사를 격파하였다. 영포는 군사를 이끌고 한(漢)으로 달아나려 했으나 항왕의 공격이 있을까 두려워 샛길로 수하를 따라 함께 한(漢)에 돌아왔다.

　영포가 도착했을 때, 한왕(漢王)은 침상에 걸터앉아 발을 씻으면서 영포를 불러 만났다. 영포는 대노하며 투항을 후회하고, 자살하려 마음먹고 숙소로 나와보니 가구나 음식, 시종들이 한왕의 거처와 똑같아 영포는 예상 밖이라서 매우 좋아하였다.

　이에 영포는 사람을 구강(九江)에 보냈다. 초(楚)에서는 이미 항백(項伯)을 시켜 구강병(九江兵)을 접수하고 영포의 처자를 모두 죽여버렸다. 영포의 사자는 영포의 옛사람들과 가까운 신하 등을 모아 수천 명을 거느리고 한(漢)에 귀부하였다.

한(漢)에서는 영포의 군사를 보태어 배치하고 함께 북쪽으로 진격하여 군사를 모으게 했다.

한(漢) 4년(前 203) 가을 7월, 영포를 회남왕(淮南王)으로 삼아 함께 항우를 공격하였다. 영포는 장수를 구강 지역에 보내 여러 군을 점거하였다.

5년, 영포는 유가(劉賈)[142]와 함께 구강에 진입하여 항우의 대사마인 주은(周殷)의 투항을 권유하였고 주은은 초(楚)를 배반하였다. 마침내 구강병을 동원하여 한군과 함께 초를 공격하여 해하에서 항우를 격파하였다.

○ 회남왕 영포의 반역

항우가 죽은 뒤, 영포에게 부절을 갈라 회남왕으로 삼아 육현(六縣)에 도읍케 하였다.

한(漢) 6년에(前 201), 영포는 진(陳)에 와서 고조를 알현했다.

7년에 낙양에서, 9년에는 장안에 와서 고조를 알현했다.

11년 고후(高后, 여후)가 회음후 한신을 주살하자 영포는 두려웠다. 여름에, 한(漢)에서 양왕(梁王) 팽월을 죽이고 젓을 담가 제후들에게 돌려보게 하였다. (그것이) 회남에 왔을 때 회남왕(淮南王) 영

---

142 유가(劉賈, ?－前 196)－고조의 사촌 형제. 荊王(형왕)이었다. 나중에 영포가 반란을 일으켰을 때 패전하여 피살되었다.

포는 마침 사냥을 하고 있었는데, 크게 두려워하며 은밀히 사람을 시켜 군사를 모아 편성케 하며 이웃 군의 동태를 살피게 하였다.

영포는 마침내 군사를 일으켜 반기를 들었다.

○ 영포의 하계(下計)

영포가 반역했다는 보고가 들어오자, 고조는 바로 비혁을 사면하고 장군으로 삼았다.

고조가 여러 장수들을 불러 물었다.

"영포가 반역하는데 어찌해야 하는가?"

모든 장수들이 말했다.

"발병(發兵)하여 풋내기를 묻어버리지 무얼 하겠습니까!"

고조의 충성스러운 신하 등공(滕公, 하후영)의 빈객인 설공(薛公)이 하후영과 함께 고조를 만났다.

"작년에 팽월을, 그 앞에는 한신을 죽였는데, 세 사람은 비슷한 공을 세우고 같은 신분입니다. 자기에게도 화가 닥친다는 생각에서 반역한 것입니다."

"영포의 반역은 당연한 것입니다. 영포가 상계(上計)를 쓴다면 산동(山東)은 한(漢)의 땅이 아닐 것입니다. 그가 중계(中計)를 쓴다면 승부수를 알 수 없습니다. 하계(下計)를 쓴다면 폐하께서는 베개를 편히 베고 누워 계셔도 됩니다."

고조가 물었다.

"상계란 무엇인가?"

설공이 대답하였다.

"동쪽으로 나가 오(吳)를 서쪽으로 초(楚)를 취하면서 아울러 제(齊)와 노(魯)를 차지하고, 연(燕)과 조(趙)에 격문을 보내면서 굳게 지킨다면 산동 땅은 한(漢)의 소유가 아닐 것입니다."

"무엇을 중계라 보는가?"

"동서로 오(吳)와 초(楚)를 장악하고 아울러 한(韓)과 위(魏)를 차지하면서 오창(敖倉)의 군량을 가지고 험고한 성고(成皐)에서 저항한다면 그 승패의 수를 알 수 없을 것입니다."

"하계란 어떤 것인가?"

"동(東)으로 오(吳)를 차지하고, 서(西)로는 하채(下蔡)를 점령한 뒤에 보물을 월(越) 땅에 옮기고, 자신은 장사(長沙)에 머문다면 폐하께서는 걱정을 안하셔도 될 것이며 한(漢)은 무사할 것입니다."

고조가 "어떤 계책을 쓸 것 같은가?"라고 묻자, 설공이 말했다.

"하계를 쓸 것입니다."

고조가 "왜 상계를 쓰지 않고 하계를 쓰겠는가?"라고 물었다.

설공이 대답했다.

"영포는 본디 여산(驪山)의 죄수였었는데, 그런 그가 천승(千乘)의 왕이 된 것은 자신만을 생각한 것이지 자신의 뒤에 올 백성이나 먼 후대를 생각하는 사람이 아니기에 하계를 쓸 것입니다."

고조가 말했다.

"옳은 말이다."

고조는 설공에게 1천 호를 봉해주었다. 고조는 군사를 내어 직접 동쪽으로 나가 영포를 정벌하였다.

○ 영포의 몰락

영포는 처음 반기를 들 때 여러 장수에게 말했다.

"황제는 늙었고 전쟁에 물렸기에 틀림없이 오지 않을 것이다. 나는 여러 장수 중에 오직 회음후와 팽월을 걱정했지만 지금은 모두 죽었으니 나는 두려워 할 것이 없다."

영포는 고조의 군사와 대치하였다. 영포의 군사는 매우 용감하였는데, 고조는 영포의 군사 배치가 항우의 군진과 같은 것을 알았다.

고조는 영포를 더 증오하며 영포와 마주보게 되자, 멀리 영포에게 말했다.

"무엇이 부족하여 반역하는가?"

영포가 대답했다.

"황제가 되고 싶을 뿐이요."

고조는 화가 치밀었고 마침내 영포군을 격파하였다. 영포는 회수(淮水)를 건너 도주하며 자주 멈추고 싸웠으나 이기지 못하고 무리 100여 명과 강남(江南)으로 도주했다.

영포는 그전에 파군(番君) 오예(吳芮)의 딸과 결혼했었다. 그래서 장사(長沙)의 애왕(哀王, 오예의 아들)이 사람을 보내 영포에게 함께 월(越) 땅으로 도망하자고 거짓말로 꾀였는데, 영포가 그 말을 믿고 파양으로 따라왔다. 파양 사람들이 영포를 죽였다.

3) 노관

○ 고조와 같은 날 출생

노관(盧綰, 前 256 – 194)[143]은 풍읍(豊邑)의 고조와 같은 마을 사람이다. 노관의 부친과 고조의 부친, 곧 뒷날 태상황(太上皇)은 서로 친했는데, 아들을 낳으면서 고조와 노관이 같은 날 출생하자 마을 사람들이 양주(羊酒)를 가지고 두 집을 축해해 주었다.

고조와 노관이 자라면서 같이 배우고 또 서로 친애하였다. 고조가 포의(布衣) 시절에 관가 일에 걸려 집을 떠나 피했을 때도 노관은 늘 고조를 이리저리 따라다녔다.

고조가 패현에서 처음 봉기할 때도 노관은 늘 같이했고 한중(漢中)에 들어가 장군이 되었으며 언제나 가까이서 모셨다. 동쪽으로 진출하여 항우를 격파하자 태위(太尉)가 되어 늘 수행했으며, 내실에 출입할 수도 있었고 의복과 음식 여러 가지 하사품 등 신하 중 감히 따라갈 사람이 없었다.

소하(蕭何)나 조참(曹參)일지라도 특별히 예를 갖추어 모셨으니 황제의 친애가 노관만한 사람이 없었다. 고조는 노관을 장안후

---

143 盧綰(노관, 前 256 – 194) – 沛縣 豊邑(今 江蘇省 徐州市 관할의 豊縣) 中陽里 출생. 西漢 異姓諸侯王의 한 사람. 노관은 前 202년 연왕이 되었고, 前 197년에 陳豨(진희)의 모반이 일어났다.

(長安侯)에 봉했다. 장안(長安)은 옛 함양(咸陽)이다.

○ 연왕 노관

항우가 죽은 뒤, 그 무렵 한(漢)의 제후 중에 유씨가 아니면서 왕이 된 자는 7인이었다. 고조는 노관을 왕으로 봉하고 싶었지만 신하들이 불평이 있을 것이라 생각했었다.

장도(臧荼)[144]를 격파하자 고조는 조서를 내렸는데, 모든 장상과 열후 중에서 여러 신하들이 공이 있다고 선택하는 자를 연왕(燕王)으로 삼겠다고 하였다.

여러 신하들이 고조의 뜻을 알고 있었기에 모두 아뢰었다.

"태위(太尉)인 장안후 노관은 언제나 폐하를 수행하며 천하를 평정하는 데에 가장 큰 공을 세웠으니 왕이 될만합니다."

고조는 이에 노관을 연왕으로 봉했다. 제후 중에서 연왕처럼 총애를 받은 사람은 없었다. 노관이 연왕이 되고, 6년에 진희(陳豨)의 반역으로 의심을 받아 결국 패망하였다.

○ 진희의 반란

진희(陳豨, ?-前 195)가 처음에 어떻게 해서 고조를 따라다녔는지는 알려지지 않았다. 한왕(韓王) 신(信)이 반역하고 흉노로 도주

---

144 燕王 臧荼(장도) - 본래 燕의 장수였었는데 항우를 따라 入關한 뒤 燕王이 되었다. 反漢하여 패망. 荼는 씀바귀 도. 茶(다)가 아님.

하자 고조는 평성에서 흉노를 치고 돌아왔는데, 진희는 낭중으로서 열후에 봉해졌으며, 조(趙)의 상국(相國)으로 조(趙)와 대국(代國) 국경의 일을 감독하여 변방의 군사는 모두 그의 소속이었다.

진희는 변경을 지키는 장수이지만 빈객을 많이 끌어모았다. 진희가 휴가를 얻어 조(趙)에 갈 때는 언제나 그를 따르는 빈객이 천여 수레나 되어 한단(邯鄲)의 관사가 모두 만원이었다.

진희가 빈객을 대접할 때는 마치 포의(布衣, 평민)로 사귀는 것처럼 모든 빈객을 예로 대접하였다. 제후국 조(趙)의 상국인 주창(周昌)은 고조를 만나보고 진희의 빈객이 많다는 것과 외지에서 병권을 행사하니, 혹 변고가 일어날 수 있다는 것을 모두 말하였다.

고조는 사람을 보내 진희의 빈객으로 대국(代國)에 사는 자들의 불법을 저지른 사실을 조사케 하였더니 많은 사람이 진희와 연결되어 있었다. 진희는 두려워서 은밀히 사람을 흉노 땅에 보내었다.

한(漢) 10년 가을에, 태상황(太上皇)이 죽자(前 197), 고조는 이를 계기로 진희를 소환하였다. 진희는 마침내 반기를 들고 자립하여 대왕(代王)이 되어 조(趙)와 대(代)를 노략질하였다. 고조는 이를 알고 진희에 연루되거나 억압된 관리나 백성들을 사면하였다. 고조가 직접 진희를 공격하여 격파하였다.

○ 노관의 배신

이전에 고조가 한단에 가서 진희를 토벌할 때, 연왕(燕王) 노관도 진희를 동북에서 공격하였다. 한(漢)이 진희를 죽였고, 진희의 비장(裨將)이 투항하여 연왕 노관의 사자가 진희의 거소에서 함께 모의했다고 말했다.

고조가 사람을 보내 노관을 소환하였지만 노관은 병을 핑계로 오지 않았다. 다시 심이기(審食其)와 어사대부를 보내 데려오도록 하면서 그 측근들을 조사하게 하였다.

노관이 말했다.

"유씨(劉氏)가 아니면서 왕을 하는 사람은 나와 장사왕 뿐이다. 지난 날에 한(漢)에서는 회음후 일족을 멸하고 팽월을 죽였는데, 모두가 여후(呂后)의 계략이었다. 지금 황제는 병중이라 모든 것을 여후에게 맡겼다. 여후는 부녀자로서 이번 일로 이성(異姓)의 왕이나 대신들을 죽이려 하고 있다."

그리고서는 병을 핑계로 가지 않았고 좌우의 측근들도 모두 도망가 숨게 하였다. 그래도 노관의 이런저런 말들이 새어 나갔고, 심이기가 이런 말들을 다 보고하자 고조는 더 화가 났다.

고조는 번쾌(樊噲)를 보내 노관을 공격케 하였다. 노관은 가족과 기병 수천 명을 장성(長城) 아래에서 살게 하면서 소식을 탐문하였는데, 다행히 고조의 병이 낫자 스스로 들어와 사죄하였다.

고조가 죽자(前 195년), 노관은 마침내 그 무리들을 거느리고 흉노에 망명하였으며, 흉노에서는 노관을 동호노왕(東胡盧王)으로 삼았다. 노관은 여러 만이(蠻夷)에게 침탈당하면서 늘 돌아가려고 하였다. 노관은 일 년 남짓 살다가 흉노 땅에서 죽었다.

(2) 번쾌와 하후영 외

1) 번쾌

○ 개잡는 사나이

번쾌(樊噲)[145]는 패현 사람으로 개잡는 일을 하였다. 뒤에 고조와 함께 망산과 탕산의 산이나 계곡에 숨어 다니기도 했다.

진승이 처음 기의했을 때, 소하와 조참(曹參)은 번쾌에게 고조를 데려오라 하여 패공으로 옹립하였다. 번쾌는 사인(舍人)이 되어 패공을 따라다니며 초기부터 전공을 세웠다. 번쾌의 여러 전공(戰功)은 이루 다 기록할 수가 없다.

○ 홍문에서 항우에 따지다

항우는 희하(戲下)에 주둔하면서 패공을 공격하려고 했다. 패공(沛公)은 100여 기병을 거느리고 가서 항백(項伯)을 통해 홍문(鴻門)에서 항우를 만나 함곡관을 막은 것은 다른 뜻이 없다고 사과하였다. 항우는 패공의 군사들에게 음식을 내려주었다. 술을 마시는 중간에 항우의 아부(亞父) 범증은 패공을 죽이려고 항장(項莊)에게 술자리에서 칼을 들고 춤을 추다가 패공을 죽이라 하

---

145 번쾌(樊噲, ?-前 189) - 漢 開國功臣, 封 武陽侯. 樊 울타리 번. 噲 목구멍 쾌. 屠狗는 개를 잡다. 狗는 고대부터 제사 희생물로 사용했다.

였으나, 항백이 끝까지 패공을 막아주었다.

그때 패공과 장량만이 자리에 있었는데, 번쾌는 영문 밖에 있다가 사태가 위급하다는 것을 알고 방패를 들고 장막 안으로 들어갔다. 장막을 지키는 군사가 번쾌를 막았으나 번쾌는 밀치고 들어가 휘장 안에 섰다.

항우가 번쾌를 보고서는 누구인가 물었다.

장량이 "패공의 참승(驂乘)인 번쾌입니다."라고 대답했다.

항우가 말했다.

"장사로다!"

그러면서 번쾌에게 치주(卮酒)[146]와 돼지 다리를 주었다. 번쾌는 술을 다 마시고 칼로 고기를 썰어 먹었다.

항우가 물었다.

"더 마실 수 있는가?"

번쾌가 말했다.

"저는 죽음조차도 사양하지 않거늘, 어찌 술을 사양하겠습니까? 그리고 패공께서는 먼저 함양에 들어와 평정한 뒤에 패상에서 군사를 야영하며 대왕을 기다렸습니다. 대왕이 이제 와서 소인의 말을 듣고 패공과 틈이 벌어졌다는데, 신이 걱정하는 것은 천하가 분열되면 사람들이 마음으로 대왕을 의심할 것입니다."

---

146 치주(卮酒) – 卮(술잔 치)는 4升짜리 큰 술잔. 漢代의 1升은 200ml, 4승이면 곧 800cc. 술 도수가 어느 정도인지는 모르지만 생맥주 1,000cc 정도.

항우는 말이 없었다. 패공은 변소에 간다며 번쾌를 데리고 나갔다. 패공은 밖에 나온 뒤에 수레와 기병을 그냥 두고 혼자 말에 올랐고, 번쾌 등 4명은 따라 걸어서 산 아랫길로 패상의 본진으로 돌아왔고 장량을 시켜 항우에게 사과케 하였다.

항우도 그럭저럭 자리를 파하고 패공을 죽이려는 마음도 없어졌다. 그날 번쾌가 장막 안으로 밀고 들어가 항우에게 따지지 않았으면 패공은 아주 위험했었다.

○ 번쾌의 전공

그 며칠 뒤에, 항우(項羽)는 함양에 들어와 사람들을 도륙하였고 패공(沛公)을 한왕(漢王)에 봉했다. 한왕은 번쾌에게 작위를 내려 열후(列侯)[147]에 봉하고 임무후(臨武侯)라 하였다.

번쾌는 여러 장수와 함께 모두 대국(代國)의 73개 향(鄕)이나 읍(邑)을 평정하였다.

번쾌는 고조를 따라 176명의 목을 베고 287명을 포로로 잡았다. 번쾌는 이와 별도로 7개 군(軍)을 격파하고 5개 성을 함락했으며, 6개 군(郡)과 52현을 평정하고 승상 1명, 장군 13명, 2천 석 이하 3백 석까지 관리 13명을 생포하였다.

---

147 列侯 ─ 철후(徹侯), 20등급 작위 중 최고 등급(20등급), 武帝의 이름 徹을 피하여 列侯로 개칭했다.

○ 병석의 고조와 번쾌

번쾌는 여후〔呂后, 이름은 여치(呂雉)〕의 여동생인 여수(呂須)[148]를 아내로 삼았고 아들 번항(樊伉)을 얻었는데, 그래서 다른 장수들보다 가장 황제와 가까웠다.

그전에 경포가 배반하였을 때 고조는 병이 깊어서 사람 만나기를 싫어하면서 궁중에 누워 문지기에게 신하들을 들여보내지 말라고 하였다. 강후 주발이나 관영 등 여러 신하도 들어갈 수가 없었다. 10여 일이 지나서 번쾌는 곧 바로 문을 밀치고 들어갔고 여러 대신들도 번쾌의 뒤를 따라갔다. 고조는 혼자 환관을 베고 누워있었다.

번쾌는 고조를 보고 눈물을 흘리며 말했다.

"전에 폐하와 저희들이 풍패(豊沛)에서 기의하여 천하를 평정할 때 그 얼마나 씩씩했습니까! 이제 천하를 다 평정하였는데, 어찌 이리 지치셨습니까! 또 폐하의 병환이 심하다고 대신들이 모두 두려워 떨고 있는데, 저희들을 만나 일을 논의하지 않고 환관 하나와 함께 세상을 버리려 하십니까? 그리고 폐하께서도 조고(趙高)가 했던 짓을 어찌 모르겠습니까?"

이에 고조는 웃으며 일어났다.

그 후, 노관이 반란을 일으키자 고조는 번쾌를 상국(相國)으로

---

148 여수(呂須) – 여태후의 여동생. 고조의 처제로, 여태후가 죽으면서(前 180) 피살되었다.

삼아 연(燕)을 토벌케 하였다.

이때 고조의 병환이 심각해지자 누군가가 번쾌를 여씨의 일당이라며 헐뜯었는데, 곧 어느 날 황제가 붕어한다면 번쾌는 군사를 내어 척부인과 조왕(趙王) 여의(如意) 등을 모두 죽일 것이라고 하였다.

고조는 이 말을 듣고 대노하면서 진평(陳平)에게 강후 주발(周勃)을 데리고 가서 장수를 교체하고, 군영에 도착하는 대로 번쾌를 죽이라고 하였다.

진평(陳平)은 여태후가 두려워 번쾌를 잡아 장안으로 데려왔다. 진평이 장안에 오자 고조는 이미 죽었기에,[149] 여태후는 번쾌를 석방하고 작읍을 예전대로 회복시켰다.

○ 번쾌의 죽음과 후손

혜제 6년(前 189년) 번쾌가 죽었는데, 시호는 무후(武侯)라 했다. 아들 번항(樊伉)이 뒤를 이었다. 번항의 모친 여수(呂須)도 임광후(臨光侯)가 되었는데, 번쾌와 고후(高后) 때에 권력을 마음대로 휘둘렀고 대신들이 모두 두려워했다. 고후가 죽자 대신들이 여수를 죽였고, 이어 번항도 죽였기에 무양후(舞陽侯) 지위는 단절되었다.

---

149 안가(晏駕) – 황제의 죽음. 황제는 일찍 일어나 宮車를 타고 조회에 임한다. 궁거가 늦게(晏, 늦을 안) 나온다는 것은 황제의 질병이나 붕어를 뜻한다.

2) 하후영

○ 고조의 벗이며 마부

하후영(夏侯嬰)[150]은 패현 사람으로, 패현에서 말을 관리하며 수레를 몰았는데, 매번 손님을 보내고 돌아오면서 사상(泗上)의 정(亭)[151]에 들려 고조와 이야기를 많이 나누었다.

하후영은 얼마 뒤에 임시 현리(縣吏)가 되었는데 고조와 서로 아껴주었다. 고조가 장난을 하다가 하후영을 다치게 했는데 다른 사람이 고조를 고발하였고, 고조는 그때 정장으로 관리했기에 사람을 다치게 하면 무겁게 처벌을 받아야 했다. 그래서 고의로 하지 않았다고 말했고 하후영이 이를 입증했다. 뒤에 사안이 뒤바뀌어 위증죄(僞證罪)로 하후영은 고조와 1년 넘게 연좌되며 수백 대 볼기를 맞았지만 끝내 고조를 죄에서 벗어나게 했다.

---

150 하후영(夏侯嬰, ?-前 172) - 夏侯는 복성. 嬰 어린아이 영. 소설 《三國演義》에 나오는 조조(曹操)의 부장 夏侯惇(하후돈), 夏侯淵 (하후연) 등은 모두 하후영의 후손이다.

151 泗上(水)亭 - 今 江蘇省 徐州市 沛縣에 泗水亭公園이 있는데, 그 곳 石碑에는 班固가 지은 〈泗水亭賦〉가 새겨져 있다. 秦·漢代 에는 십 리마다 1정을 설치하고 병역을 마친 사람으로 亭長을 두 어 도둑 체포와 郡 都尉의 업무 보조 또는 民事의 訴訟 立證 등을 하게 하였다. 정장은 그 아래에 求盜와 亭夫를 거느렸다.

○ 하후영의 전공(戰功)

고조가 처음 기의하여 무리와 함께 패현을 공격하려 했는데, 하후영은 그때 현의 영사(令史)로 고조를 위해 심부름을 했다. 고조가 패현을 함락시킨 그날, 고조는 패공이 되어 하후영을 태복(太僕)[152]으로 삼았는데, 이후로 늘 수레를 몰았다.

하후영은 고조를 위하는 마부로 또 때로는 장수로 전공을 세웠다. 고조를 따라서 적을 격파하면서 하후영은 포로 68명과 투항한 군졸 850명, 각종 인장 한 궤를 획득하였다. 또 진군(秦軍)을 낙양 동쪽에서 격파할 때도 병거를 써서 신속하게 공격하고 무찔러 작위와 봉호를 받았고 등현(滕縣) 현령에 임용되었다.

고조의 수레를 몰고 남양군을 공격하면서 남전현(藍田縣)과 지양현(芷陽縣) 등의 전투를 거쳐 패상(覇上)에 주둔하였다. 패공은 한왕이 되어 하후영에게 열후의 작위를 내려 소평후(昭平侯)가 되었는데, 여전히 태복으로 한왕을 수행하여 촉(蜀)과 한(漢, 漢中)에 들어갔다.

○ 위기에도 남매를 구하다

한왕이 관중으로 진출하여 삼진(三秦) 지역을 평정할 때 하후영은 한왕을 따라 항우를 공격했다. 항우의 도읍인 팽성(彭城)을

---

152 太僕(태복) – 황제의 어가와 마필을 관리하고 나라의 馬政도 담당. 여기서는 마부.

점령했을 때, 항우가 한군을 크게 격파하였다. 한왕은 불리하여 도주하였다.

하후영은 길에서 한왕의 어린 아들 혜제(惠帝)와 노원공주(魯元公主, 여후 소생)를 보고서 서둘러 수레에 태웠다. 한왕은 위급하고 말은 지쳤으며 적병은 뒤에 추격하기에 여러 번 두 아이를 발로 차내어 버리려 했지만, 하후영은 매번 주워 태웠고 아이들은 하후영의 목에 매달려 달아났다.

한왕은 화를 내며 십여 차례 하후영을 죽이려 했지만 결국은 탈출하여 혜제와 노원공주를 풍현 고향마을에 데려다 주었다.

○ 태복으로 한평생

하후영은 고조가 패현에서 봉기할 때부터 늘 태복(太僕)으로 고조가 죽을 때까지 수행했으며, 태복으로 혜제를 섬겼다.

효혜제(孝惠帝)와 고후(高后)는 하후영이 혜제와 노원공주를 하읍(下邑)에서 구해준 것을 은덕으로 생각하였는데, 하후영에게 궁궐 북쪽에 제일 좋은 집을 하사하며 '내 가까이 살라!' 하면서 특별히 존중하였다.

혜제가 죽자(前 188), 하후영은 태복으로 고후(高后, 여후)를 섬겼다. 고후가 죽고 대왕(代王)을 모셔올 때(문제로 즉위) 하후영은 태복으로서 동모후 유흥거(劉興居)와 함께 궁궐의 다른 세력을 제거하며 소제(少帝)를 내쫓고 천자의 어가로 대왕의 관저에서 모시어 다른 대신과 함께 문제를 옹립하였고 다시 태복이 되었다.

그 8년 뒤에 하후영이 죽었는데, 시호는 문후(文侯)이었다. 증손인 하후파(夏侯頗)까지 지위가 이어졌는데, 하후파는 평양공주(平陽公主)를 맞이하였으나 아버지 소유의 어비(御婢)와 간통한 죄에 걸려 자살하였고 나라는 없어졌다.

3) 관영

ㅇ 비단장수 출신

관영(灌嬰, ?—前 176)은 수양현(睢陽縣)에서 비단을 파는 사람이었다. 고조가 패공으로 각지를 공략하며 옹구현(雍丘縣)에 이르렀을 때, 진나라 장수인 장한(章邯)이 항량을 죽이자, 패공은 군사를 돌려 탕현(碭縣)에 주둔하였다.

그때 관영은 중연(中涓, 황제 측근 시종관)으로 패공을 수행하면서 관영은 용감히 싸웠다. 패공을 따라 서쪽으로 나아가서 무관(武關)에 진입하고 남전(藍田)에서도 큰 공을 세워 작위를 받고 창문군(昌文君)이라 불리었다.

ㅇ 전공(戰功)과 여러 관직 역임

패공은 한왕(漢王)이 되어(前 206) 관영을 등용했고, 관영은 한왕을 따라 한중에 들어갔으며, 그 10월에 중알자(中謁者)[153]에 임

---

153 중알자(中謁者) — 나라의 빈객을 접대하는 직책.

명되었다.

한왕을 따라 관중으로 진출하여 삼진(三秦)을 평정할 때, 새왕
(塞王) 사마흔을 굴복시켰다.

관영은 중알자(中謁者)로 한왕을 따라 탕현을 점령하고 팽성으
로 진출했으나 항우는 한왕을 대파하였다.

관영은 기병을 거느리고 하남(河南)으로 건너가 한왕을 낙양까
지 호위하였고 북쪽으로 조(趙)의 상국(相國)인 한신(韓信)의 군사
를 한단(邯鄲)에서 영접하였다. 관영은 오창(敖倉)[154]으로 회군하
였고 어사대부(御史大夫)로 승진하였다.

관영은 한왕을 따라 항우의 군사를 격파하였고, 관영 휘하의
사졸이 누번의 장수 2명을 죽이고 그 기병 장수 8명을 생포하였
다. 관영은 식읍 2,500호를 더 받았다.

○ 항우의 마지막을 추격

항우가 해하(垓下)에서 패해 남으로 도주하자, 관영은 어사대
부로 한왕의 명을 받아 항우를 동성(東城)까지 추격하여 격파하였
다. 관영의 사졸 5인이 항우를 죽여 모두 열후의 작위를 받았다.
좌우사마(司馬) 각 1인과 준졸 12,000명이 투항하였고 그 군관을
모두 생포하였다.

---

154 敖倉(오창) - 今 河南省 榮陽市 동북쪽. 군량 창고가 있는 곳으로
유명.

관영은 장강(長江)을 건너 오현(吳縣) 근처에서 오군(吳郡)[155] 군장(郡將)이 거느린 군사를 격파하고 오(吳)의 군수를 생포하고 마침내 오군, 회계군(會稽郡)[156] 등을 평정하였다. 군사를 돌려 회수 북쪽으로 총 52현을 평정하였다.

○ 여러 반란을 평정

관영은 고조를 따라 대왕(代王)인 한왕(韓王) 신(信)의 반란을 토벌하러 마읍(馬邑)에 가서 별도로 누번현(樓煩縣) 이북의 6현을 정복하고 대(代)의 좌장(左將, 좌상)과 흉노의 기장(騎將)을 무천현(武泉縣) 북쪽에서 죽였다. 그 뒤에 고조는 평성(平城)에서 흉노에게 포위당했다가 풀려났다.

관영은 고조를 따라 진희(陳豨, ?−前 196)의 반란을 토벌하며 공을 세웠다.

영포(英布)가 반역하자, 관영은 차기장군(車騎將軍)으로 먼저 출동하여 경포의 별장을 죽였고 반군 평정에 큰 공을 세웠다. 관영의 전공은 고조를 따라 2천 석 관리 2명을 생포하고, 별도로 16개 군진을 격파하였고 46개 성을 정복했으며 1후국, 2군, 52현을 평

---

155 오군(吳郡) − 郡名. 治所는 吳縣, 今 江蘇省 蘇州市. 項羽가 會稽郡을 나누어 吳郡을 설치했고 漢에서 이어오다가 武帝 때 폐지되었다.

156 會稽(회계) − 郡名. 會稽郡(會의 拼音은 kuài(快)이나 우리말에는 이를 사용하지 않는다), 治所는 吳縣(今 江蘇省 남단 蘇州市).

정하고 장군 2명, 상국 1인, 2천 석 관리 10명을 생포하였다.

○ 여씨 세력 제거와 문제(文帝) 옹립

관영이 경포의 반란을 진압하고 돌아오며 고조가 붕어하였고 (前 185), 관영은 열후로서 혜제와 고후를 섬겼다. 여태후가 죽자 (前 180), 여록(呂祿) 등이 반란을 계획했다. 제(齊)의 애왕(哀王)은 이를 알고 거병하여 서쪽으로 출발하였는데, 여록 등은 관영을 대장군으로 삼아 출정하여 진압하라 하였다. 관영은 강후, 주발, 그리고 진평(陳平)과 함께 문제(文帝)를 옹립하였다. 이에 문제는 관영에게 식읍 3천 호를 추가 지급하고 태위(太尉)에 임명하였다.

문제 즉위 3년(前 177)에, 강후 주발(絳侯 周勃)은 승상에서 물러나 자신의 봉국으로 갔고, 관영은 승상이 되면서 태위(太尉)의 직은 사임하였다. 이 해에 흉노가 북지군(北地郡)에 대거 침입하자, 문제는 승상 관영에게 기병 8만 5천을 거느리고 출정하여 흉노를 토벌케 하였다. 흉노가 물러가자, 제북왕(濟北王)이 반역을 했고, 관영은 명에 의거 원정군을 해산하였다.

그 다음 해에(前 176) 관영은 승상의 직위에서 죽었는데, 시호는 의후(懿侯)이다.

(3) 조참과 진평 외

1) 조참

○ 조참의 전공(戰功)

조참(曹參)

조참(曹參, ?-前 190)[157]은 패현 사람이다.

진나라 때에 형옥(刑獄)을 담당하는 소리(小吏)인 옥연(獄掾)이었는데, 소하는 주리(主吏)로, 두 사람은 거주하는 현(縣)의 우두머리 격인 현리(縣吏)였다.

고조가 패공이 되자, 조참은 중연(中涓, 시종하는 관리)으로 패공을 따라 전공이 많았다.

---

157 조참(曹參, ?-前 190)-漢 개국공신. 조참은 漢 6년(前 201)에 齊王의 相에 임명되었다. 前 193년에, 소하의 뒤를 이어 漢 승상이 되어 無爲의 정치를 구현하였다. '소규조수(蕭規曹隨)'成語의 주인공.

항우가 함양에 들어와 패공을 한왕(漢王)에 봉했다(前 206). 한왕은 조참을 건성후(建成侯)에 봉했다. 조참은 한왕을 따라 한중(漢中)에 들어갔고 승진하여 장군이 되었다. 한왕을 따라 3진(秦) 땅을 다시 평정하였다. 조참의 공은 모두 2국과 122개 현을 평정했으며 2명의 왕과 재상 3인, 장군 6명을 사로잡았다.

○ 무위(無爲)의 치(治)

효혜제(孝惠帝) 원년(前 194)에, 조참은 제후국 제(齊)의 승상에 임명되었다. 조참은 제(齊)의 승상으로 제(齊) 70개 성을 다스렸다. 천하가 안정되었고 제(齊) 도혜왕(悼惠王)은 나이가 어리기에 조참은 나라의 장로(長老)와 여러 식자(識者)들을 모두 불러 백성을 안정시킬 수 있는 방법을 물었다.

교서군(膠西郡)에 개공(蓋公, 성명 미상)이란 사람이 있는데, 황로(黃老, 도가)의 학설에 능통하다는[158] 말을 듣고, 조참은 사람을 보내 후한 예물로 초청하였다. 조참을 만난 개공은 치도(治道)의 요점으로 '청정(清靜)을 귀하게 여기면 백성은 저절로 안정된다.'[159] 는 뜻을 구체적으로 설명하였다.

조참은 이에 승상의 공식 거처인 정당(正堂)에 머물지 않고 개

---

158 善治黃老言 ─ 道家 학설을 전공하다. 黃은 黃帝, 黃帝는 道家의 시조로 추앙되었다.

159 蓋公의 말 ─ '我無爲, 而民自化. 我好靜, 而民自正. 我無事, 而民自富. 我無慾, 而民自樸.'《老子道德經》57장.

공과 함께 생활하였다. 조참의 치국은 도가(道家)의 학설을 적용하는 것으로 제(齊)의 승상 9년에, 제(齊)는 매우 안정되었고 현상(賢相)이라는 높은 명성을 누렸다.

○ 승상 소하의 뒤를 잇다

소하(蕭何)가 죽자, 조참은 소식을 듣고 사인(舍人)들에게 빨리 행장을 준비하라면서 말했다.

"내가 곧 상국(相國)으로 입조할 것이다."

과연 얼마 있지 않아 조정의 사자가 조참을 부르러 왔다.

조참은 떠나면서 그 후임 승상에게 말했다.

"제(齊)의 감옥과 시장을 살만한 곳으로 생각하고 조심하여 소란스럽게 하지 마시오."[160]

후임 승상이 물었다.

"치국(治國)에 그보다 중요한 일은 없습니까?"

조참이 말했다.

"그렇지 않소. 감옥과 시장은 누구나 수용해야 하는 것이니, 승상이 소란스럽게 한다면 악인은 어디서 살 수 있겠소? 그래서 내가 우선적으로 다루었소."[161]

---

160 齊의 감옥과 시장을 사람이 사는 곳으로 생각하다. 감옥과 시장이 모두 중요하다는 뜻.

161 정치는 선인과 악인 모두를 포용해야 한다. 나쁜 사람은 어디서 살겠는가? 간인(奸人)이라고 다 죽일 수는 없는 것이니, 그들이 살

○ 소하의 방침을 따르다

그전에 조참이 미천했을 때는 소하와 잘 지냈으나, 소하가 재상이 된 뒤로는 틈이 생겼다. 소하가 죽기 직전에 추천한 사람은 오직 조참뿐이었다.

조참이 소하에 이어 상국이 되자, 모든 일을 바꾸지 않고 하나같이 소하의 규정대로 따랐다. 군국(郡國)의 관리 중에서 나이가 많고 문사가 어눌하더라도 신중하고 후덕한 장자(長者)를 뽑아 승상부의 관리로 임명하였다. 관리로 언어와 문사가 각박하거나 명성이나 얻으려는 자는 번번이 배척하였다.

조참은 밤낮으로 술을 마셨다. 경(卿)이나 대부(大夫) 이하 관리나 빈객이 조참을 만나더라도 업무 이야기를 꺼내지 못했으니 찾아오는 모두가 말을 하고 싶어 했다.

다른 사람이 찾아오면 조참은 독한 술을 마시게 했고, 말을 하려 하면 다시 술을 마시게 하여 취하면 돌아가게 하면서 끝내 말을 못하게 했고 늘 그러하였다.

○ 방임 속에 태평

승상 관사 후원은 서리의 관사와 가까웠는데, 서리 관사에서는 날마다 음주하며 노래하고 떠들었다. 상국을 수행하는 관리가 싫어했지만 어찌할 수가 없자 조참을 청해 후원에 쉬게 하였다. 관

___
수 있는 곳은 감옥과 시장이라는 뜻.

리들이 취해 노래하며 떠드는 것을 듣고 그들을 불러 조사해주기를 바랐다. 그러나 조참은 반대로 술을 갖고 가서 자리를 마련해 같이 크게 노래하며 어울렸다. 조참은 남의 조그만 과오를 보면 숨기거나 덮었기에 승상부에서는 사안이 없었다.

○ 아들을 매질하다

조참의 아들 조줄(曹窋)은 중대부(中大夫)이었다. 혜제(惠帝)는 상국이 정사를 돌보지 않자 괴이하게 여기며 '내가 어리다고 무시하는 것은 아닌가?'라고 생각하였다.

그래서 조줄에게 말했다.

"경이 휴기를 얻거든 틈을 보아 조용히 부친에게 '고제(高帝)가 돌아가진 지가 얼마 안 되었고 폐하는 나이가 어린데 아버님은 상국으로서 날마다 술만 마시고 정사를 주청하는 일이 없으니 천하를 어찌하시렵니까?'라고 말하되, 내가 부탁했다는 말은 하지 마시오."

조줄은 세목(洗沐, 휴가일)[162]에 틈을 보아 자신의 뜻인 것처럼 부친에게 말했다.

조참은 화를 내며 조줄에게 2백 대를 매질하고 말했다.

"빨리 궁에 들어가거라. 천하의 일은 네가 말할 것이 아니다!"

---

162 세목(洗沐) - 휴목(休沐). 漢 관리는 5일에 하루씩 쉴 수 있었다(吏五日得一休沐).

다음 조회 때 혜제가 조참을 나무라며 말했다.

"왜 조줄에게 매질을 했소? 저번 일은 경에게 말하라고 내가 시킨 것이오."

조참은 관을 벗고 사죄하며 말했다.

"폐하께서 스스로 생각하실 때 뛰어난 무예가 고제(高帝)에 비해 어떻습니까?"

혜제가 말했다.

"짐이 어찌 선제(先帝)를 쳐다보기나 하겠습니까?"

조참이 물었다.

"폐하께서 볼 때 저와 소하는 누가 더 현명하다고 생각하십니까?"

혜제가 대답했다.

"경이 따라가지 못할 것 같소."

이에 조참이 말했다.

"폐하의 말씀이 맞습니다. 그리고 고황제와 소하가 천하를 평정하시면서 법령이 다 갖추어졌으니, 폐하께서는 팔짱을 끼고 계시며 저희들은 직분을 지켜 따르면서 실수만 안하면 되지 않겠습니까?"

혜제가 말했다.

"좋은 말씀이오. 상국도 그만 쉬십시오!"

조참은 상국으로 재직 3년 만에 죽었고(혜제 5년, 前 190), 시호는 의후(懿侯)이다.

백성들이 노래를 지어 불렀다.

「소하가 법을 만드니 하나처럼 일정했네. (蕭何爲法, 講若畫一)
조참이 뒤를 따르며 실수하지 않았다네. (曹參代之, 守而勿失)
청정한 정사 덕분에 백성은 편안하다네!」(載其淸靜, 民以寧壹)

○ 소하와 조참에 대한 《한서(漢書)》의 논찬(論贊)

「소하와 조참은 모두 진(秦)의 도필리(刀筆吏)[163]에서 출세하였
는데, 도필리 시절에는 평범하여 뛰어난 능력도 없었다. 한(漢)이
일어나면서 일월(日月)의 혜택을 받아 소하는 성실과 근신(勤愼)
으로 내정을 책임졌고, 조참과 한신은 함께 정벌에 나섰었다.

천하가 안정된 뒤에 백성들은 진(秦)의 악법에 고통을 받았었
기에 자연스럽게 다시 시작할 수 있었고, 두 사람이 한마음으로
천하를 안정시켰다. 회음후 한신과 구강왕 경포 등은 멸족당했지
만, 오직 소하와 조참만은 공명을 이루고 모든 신하 중 최고의 자
리에서 명성을 후세까지 이어왔고, 그 혜택이 후손에게 내려왔으
니 참으로 성대하도다.」

---

163 刀筆吏 − 하급 관리. 관리들은 목간이나 죽간에 쓴 글자를 지우
　　는 칼을 가지고 다녔다.

2) 진평

ㅇ 가난한 미남자

진평(陳平, ?−前 178)[164]은 양무현(陽武縣)[165] 호유향(戶牖鄉) 사람이다. 젊어 가난했지만 독서를 좋아했고, 황제(黃帝)와 노자(老子)의 학술(道家)을 공부하였다. 밭이 약간 있어 형인 진백(陳伯)과 함께 살았다. 형 백(伯)은 늘 농사일을 하면서도 진평이 여러 곳을 돌아다니며 배우게 해주었다.

진평은 키가 크고 잘

곡역후(曲逆侯) 진평(陳平)

---

[164] 진평(陳平, ?−前 178) − 처음에는 항우 진영에서 근무, 아부 범증에게 죄를 짓고 한왕 진영으로 도주했다. 한왕의 인정을 받아 여러 번 기계(奇計)로 한왕을 도왔다. '反間計', '離間計'가 그의 특기였다. 혜제 때 승상 역임. 고조−혜제−呂后−文帝를 섬겼다.

[165] 양무(陽武) − 縣名. 今 河南省 중동부 開封市 관할 蘭考縣(난고현).

생겼는데, 사람들이 가끔 "가난한데 무엇을 먹고 저렇게 살이 쪘을까?"라고 하였다.

그의 형수는 진평이 농사일을 하지 않는 것을 미워해서 "쌀겨나 먹고 살아야 하는데! 시동생이 저러니 없는 것만 못하다."라고 말했다.

진백이 이를 알고서는 아내를 쫓아버렸다.

　ㅇ 그가 끝까지 가난하겠나?

진평이 성인이 되어 장가를 들어야 하는데, 부자는 딸을 줄 사람이 없었고 가난한 집은 진평이 부끄럽게 여겼다. 얼마 있어, 호유향의 부자인 장부(張負)에게 손녀가 있었는데, 5번 결혼할 때마다 남편이 바로 죽어 누가 데려가려 하지 않았는데, 진평이 맞이하려 하였다.

마을에 큰 상사(喪事)가 있자, 진평은 집이 가난하기에 상가의 일을 맡아하는데, 일찍 가서 늦게 돌아가며 돕고 있었다. 장부는 진평을 상가에서 보고서 키가 큰 진평을 특별하게 보았고, 진평도 그것을 알고 일부러 늦게 돌아가곤 했다.

장부가 진평을 따라 집에 가보니 집은 성곽에 붙은 가난한 골목에 있고 헌 자리로 출입문을 가렸지만 문 밖엔 장자(長者)들의 수레 자국이 많이 있었다.

장부가 돌아와 아들에게 말했다.

"나는 손녀를 진평에게 주려고 한다."

그러자 아들이 말했다.

"진평은 가난한데도 제 일을 하지 않아 현의 모든 사람들이 그가 하는 짓을 비웃는데, 특히나 딸을 왜 그에게 줘야 합니까?"

이에 장부가 말했다.

"진평처럼 그렇게 잘생긴 사람이 끝까지 가난뱅이로 살겠느냐?"

그리고 마침내 손녀를 진평에게 주었다. 진평이 가난하기 때문에 돈을 임시로 빌려주어 예물을 갖추게 하였고, 잔치에 쓸 술과 고기값을 주어 아내를 데려가게 하였다.

장부는 그 손녀를 가르치며 말했다.

"가난한 집이라고 어른 모시기를 게을리하지 마라. 시아주버니를 아버지처럼 모시고 그 형수를 어머니처럼 모시어라."

진평은 장씨의 딸을 맞이한 뒤에 씀씀이가 넉넉해지자 날마다 더 멀리 다니며 교제할 수 있었다.

○ 공평한 분배

마을에서 토지신에 대한 제사 뒤에 진평이 제사 지낸 고기를 나누어주었는데 아주 공평하였다.

마을의 어른들이 말했다.

"잘하네! 진씨네 젊은이가! 잘 분배하네!"

진평도 말했다.

"아! 내가 천하를 주무를 수 있다면, 이 고기 나눠주듯 하리라!"

○ 한왕을 찾아가다

진승이 기의하고 왕이 된 뒤에 주불(周市)[166]을 시켜 위(魏) 지역을 공략한 다음, 위구[167]란 사람을 위왕에 봉했는데, 위구는 임제(臨濟)란 곳에서 진군(秦軍)과 서로 대치하고 있었다. 진평은 형백(伯)을 떠나 젊은이들과 함께 위왕 위구를 섬겼고, 태복(太僕, 거마를 담당하는 관리)이 되었다. 누군가가 진평을 위왕에게 무고하자 진평은 도망나왔다.

항우가 여러 지역을 토벌하며 황하에 이르자, 진평은 항우를 찾아가 의탁하였고, 항우를 따라 관중에 들어가 진(秦)을 격파하였으며 경(卿)에 해당하는 작위를 받았다. 항우는 동쪽으로 가서 팽성에 도읍했으며, 한왕(漢王)은 삼진(三秦)을 차지한 뒤 동쪽으로 진출하였다.

삼진(三秦) 중에서 은왕(殷王) 사마앙(司馬卬)[168]이 초(楚)에 반기

---

166 주불(周市, ?-前 208)-魏人. 陳勝(진승)이 기의한 이후에 주불은 魏地를 평정하고, 魏 왕족 魏咎(위구)를 위왕으로 세우고 자신은 魏相이 되었다. 市(무릎 가리개 불. 巾部 1획). 市(저자 시 巾部 2획)가 아님.

167 위구(魏咎, ?-前 208)-戰國時代 魏國 公子. 陳勝이 稱王 후, 魏咎를 魏王에 봉했다.

168 사마앙(司馬卬, ?-前 205). 본래 趙의 將軍. 項羽의 鉅鹿之戰(거록지전) 이후 항우를 따라 入關했었다. 나중에 漢王 劉邦에게 투항했다가 楚軍에 패해 죽었다.

를 들자, 항우는 진평을 신무군(信武君)에 봉하고 공격케 하니, 진평은 은왕의 투항을 받고 돌아왔다.

항우는 진평을 도위(都尉)에 임명하면서 황금 20일(溢, 400냥)을 하사하였다. 그러나 얼마 안 되어 한(漢)이 은(殷)을 공격하여 함락시켰다.

항우는 화가 나서 은(殷)의 반란을 평정했던 사람들을 죽이려 하였다. 진평은 죽을까 두려워서 항왕으로부터 받은 금(金)과 봉인(封印)을 사람을 시켜 항왕에게 돌려보내고 단신으로 칼만 차고 샛길을 찾아 도망하였다.

진평이 황하를 건너가는데, 사공은 미남 장부가 홀로 가는 것을 보고 도망치는 장수라 생각하면서 허리춤에 응당 보물이나 금옥(金玉)이 있을 것이라 생각하여 틈을 보아 진평을 죽이려고 하였다. 진평은 속으로 겁이 나서 바로 옷을 벗어버리고 알몸으로 같이 배를 저었다. 사공은 진평이 가진 것이 없음을 알고 그만두었다.

○ 도덕과 능력

진평은 마침내 한(漢)에 투항하였고, 한왕에게 불려 들어갔다. 이때 만석군(萬石君)인 석분(石奮)이 중연(中涓, 비서관)으로 진평의 명첩을 받았다.

진평 등 10명이 함께 들어가 한왕이 내리는 식사를 하였다.

한왕이 "이제 그만합시다. 돌아가 쉬시오."라고 말했다.

진평은 "신(臣)은 일이 있어 들어왔고, 또 말씀 드릴 일은 오늘을 넘길 수 없습니다."라고 말했다.

이에 한왕은 진평과 이야기를 나눈 뒤 좋아하며 말했다.

"그대는 초(楚)에서 무슨 벼슬이었나?"

"도위(都尉)이었습니다."

한왕은 그날 바로 진평을 도위에 임명하고 참승(參乘)으로 호군(護軍)의 업무를 부여했다.

그러자 여러 장수들이 떠들며 말했다.

"대왕(大王)은 어느 날 초(楚)에서 도망친 졸개를 능력이 어떤지도 모르고 바로 수레를 함께 타게 하고 우리 같은 상급자를 감독하게 하였다."

한왕은 이를 알고도 더욱 진평을 신임하면서 함께 동쪽으로 항왕을 정벌케 하였다.

강후(絳侯)인 주발(周勃)과 관영(灌嬰)도 간혹 진평을 참소하며 말했다.

"진평이 비록 미남자이지만 마치 관(冠)에 매단 옥처럼 그 속은 틀림없이 비었을 것입니다. 소문대로라면 진평은 집에 있을 때 형수와 사통하였으며 위왕(魏王)을 섬겼으나 수용되지 않자 도망해서 초(楚)에 갔다가 다시 한(漢)에 왔습니다. 지금 대왕께서는 그를 높은 자리에 올려 여러 장수를 감독케 하였습니다. 신이 알기로는, 진평은 장수를 거느리면서 돈을 많이 바친 자는 좋은 자리를, 적게 준 자는 나쁜 자리를 주었습니다. 진평은 언제든 배반할 난신이오니 폐하께서는 살펴보십시오."

한왕은 진평을 못 믿어 진평을 천거한 위무지(魏無知)를 꾸짖으며 물었다.

"그런 일이 있는가?"

위무지는 "있습니다."라고 대답했다.

한왕이 물었다.

"그렇다면 공(公)이 말한 현인은 왜 그 모양인가?"

이에 위무지가 말했다.

"신(臣)이 말한 것은 능력이고, 폐하가 묻고 계신 것은 행실입니다. 지금 미생(尾生)이나 효이(孝己)[169]와 같은 행실은 승패를 가르는 술수에 무익하거늘, 폐하는 그런 사람을 어디에 쓰겠습니까? 지금 초(楚)와 한(漢)이 서로 싸우기에 특이한 재주를 가진 사람을 추천하면서 그 재능이 정말 나라를 이롭게 할 수 있는 가를 생각하였습니다. 형수와 사통(私通)하고 뇌물을 받은 것을 그렇

---

169 미생(尾生)은 尾生之信.《莊子 盜跖(도척)》에 나오는 융통성 없는 사람의 우직한 신의. 처녀와 밤에 교량 아래서 만나기로 했는데, 나오지 않은 처녀를 기다리다가 냇물이 차올라도 떠나지 못하고 교각을 끌어안고 죽었다.

효이(孝己)는 은(殷)나라 高宗 武丁의 아들. 효도를 다했으나 모친이 일찍 죽은 뒤, 고종은 후처의 말에 현혹되어 아들을 방축해 죽게 했다.

게 의심해야 합니까?"

한왕이 진평을 불러 물었다.

"내가 듣기로, 선생은 위왕을 섬겼으나 뜻을 못 이루고 초(楚)를 섬기다가 떠나와서 지금 나를 따르고 있는데, 신의를 가진 사람은 그렇게 딴마음을 갖고 있는가?"

그러자 진평이 대답하였다.

"신(臣)이 위왕을 섬겼지만, 위왕은 신의 말을 채용하지 않았기에 위왕을 떠나 항왕(項王)을 섬겼습니다. 항왕은 타인을 믿지 않는데, 그가 믿는 사람들은 항씨 일족이 아니면 아내의 형제들이었으며 특별한 인재가 있어도 등용하지 못했습니다. 신은 초(楚)에 있으면서 한왕께서 사람을 잘 등용한다고 들었기에 대왕을 찾아왔습니다. 저는 맨몸으로 왔기에 돈을 받지 않으면 생활 밑천을 마련할 길이 없었습니다. 신의 계책이 정말 쓸만하다면 대왕께서 계책을 받아주십시오. 쓸만한 것이 없다면 대왕께서 주신 돈이 그대로 있으니 봉해서 나라에 보내고 저는 고향으로 돌아가겠습니다."

한왕은 진평에게 알았다고 말한 뒤, 더 많은 재물을 하사하고 진평을 호군중위에 임명하여 장수 모두를 감독케 하였다. 여러 장수들은 이후로 감히 말을 더하지 못했다.

○ 이간계(離間計)

그 뒤에, 초(楚)는 맹렬히 공격하여 한(漢)의 용도(甬道)[170]를 끊

고 한왕을 포위하였다. 한왕이 두려워 형양 서쪽의 땅을 나누어
주고 화해하려 했으나 초(楚)는 거부하였다.

한왕이 진평에게 말했다.

"천하 형세를 종잡을 수 없으니, 언제 안정이 되겠는가?"

이에 진평이 말했다.

"항왕은 사람을 공경하고 아껴주니 염치와 절개를 알고 예를
따지는 사람이 항우를 많이 따랐습니다. 그러나 논공행상을 할
때 항우는 몹시 인색하기에 무사들이 이 때문에 따라붙지 않습니
다. 지금 대왕께서는 오만하고 무례하기에 염치와 지조가 있는
문사들이 찾아오지 않지만 대왕께서는 부하들에게 식읍을 아주
후하게 주기에 부끄러운 것도 모르고 이득만을 좋아하고 염치없
는 자들이 한(漢)에 많이 왔습니다. 그러하니 양쪽의 단점을 버리
고 장점을 취하여 천하를 지휘하면 곧 안정될 것입니다. 그렇지
만 대왕께서는 천성적으로 사람을 업신여기는 분이니 염치와 절
개를 지키는 사람을 끌어모을 수는 없습니다. 초(楚)에서 분열시
킬만한 사람을 헤아려 본다면 저 항왕의 강골 신하인 아부(亞父)
범증과 종리매(鍾離昧), 용저(龍且), 주은(周殷)과 같은 불과 몇 사
람입니다. 대왕께서 수만 근의 금을 내실 수 있어 반간계를 써서
그쪽 군신을 이간질하여 서로 의심케 하면 항왕은 그 사람됨이
시기심이 많고 참언을 잘 믿기에 틀림없이 서로 죽일 것입니다.

---

170 용도(甬道) – 담으로 에워싼 군수물자 공급용 도로.

한(漢)은 그 틈에 군사를 일으켜 공격하면 틀림없이 초(楚)를 격파할 수 있습니다."

한왕은 옳다고 생각하며, 곧 4만 근의 돈을 진평에게 주며 마음대로 처분하게 하고 사용한 것을 묻지 않았다.

○ 이간계의 실제

진평은 많은 돈을 써서 초나라 군사를 상대로 반간계를 펴면서 소문을 내었는데, '종리매를 비롯한 여러 장수들은 항왕의 장수로 많은 공을 세웠지만, 끝내 땅을 나눠 제후에 봉해질 수 없기에 한(漢)과 한편이 되어 항씨(項氏) 일족을 멸망시키고 그 땅을 나누어 왕이 될 것이라.'고 하였다.

그러자 항왕은 예상대로 장수들을 의심하면서 사신을 보내왔다.

한(漢)에서는 항우의 사신에게 잘 차린 큰 잔칫상을 들여보냈다가 깜짝 놀란 척하며 말했다.

"아부(亞父, 범증)의 사자인줄 알았더니 바로 항왕의 사자이네!"

그러면서 다시 갖고 나간 뒤에 형편없는 채소 반찬 밥상으로 초(楚)의 사신을 대접했다. 사자가 돌아가 모든 것을 항왕에게 보고하자 예상대로 아부를 의심하기 시작했다. 범증이 형양성을 빨리 공격해야 한다고 건의했으나 항왕은 믿지 않고 범증의 건의를 따르지 않았다.

범증은 항왕이 자신을 의심한다는 사실을 알고 크게 화를 내며 말했다.

"천하 대사는 완전히 결판났으니 왕은 혼자 처리하시오! 이 몸은 고향에 돌아가겠습니다!"

범증은 귀향하여 팽성까지도 못가서 등창(악성 종기)으로 죽었다.

그 다음 해(한왕 4년, 前 203), 회음후 한신이 제(齊) 땅을 차지하고 자립하여 임시로 제왕(齊王)이 되겠다고 사자를 한왕에게 보내왔다. 한왕이 화를 내며 욕을 하자, 진평은 한왕의 발을 밟았다. 한왕도 눈치를 채고 제(齊)에서 온 사신을 후대하였고 장량을 보내 한신을 제왕으로 봉했다. 그리고 진평을 봉했으며, 한왕은 진평의 계책을 채용했고 마침내 초(楚)를 멸망시켰다.

○ 한신(韓信) 생포하기

한(漢) 6년(前 201), 어떤 이가 초왕(楚王) 한신(韓信)[171]이 반역을 꾸미고 있다는 글을 올렸다.

고조가 제장(諸將)에게 묻자, 장수들은 "빨리 발병(發兵)하여 어린 놈을 묻어버리십시오." 라고 말했다.

고조는 말이 없었다.

---

171 項羽를 죽이고(前 202년), 한왕은 신속하게 제왕(齊王) 한신(韓信)의 병권을 빼앗았다. 그리고 한신을 다시 楚王으로 봉해 下邳(하비)에 도읍케 하였다.

고조가 진평에게 묻자, 진평은 굳이 말을 아끼다가 물었다.

"장수들은 무어라 하였습니까?"

고조가 장수들의 뜻을 말해주었다.

진평이 물었다.

"한신이 배반한다는 글이 올랐다는 것을 아는 사람이 또 있습니까?"

"없다."

"한신은 알고 있습니까?"

"알지 못할 것이다."

진평이 물었다.

"폐하의 군사와 초병(楚兵)은 누가 더 강합니까?"

"저쪽보다 나은 것은 없다."

"폐하가 군사를 지휘해서 한신을 이길 수 있습니까?"

"그만 못할 것이다."

"지금 군사가 초(楚)보다 강하지도 않고 장수가 한신만 못한데, 거병하여 초(楚)를 공격한다면 저쪽에 싸움을 거는 것이니 혹 폐하에게 위험할 수도 있습니다."

"어떻게 해야 하는가?"라고 고조가 물었다.

이에 진평이 말했다.

"옛날에 천자는 순수(巡狩)¹⁷²를 하며 제후들을 불러 만났습니

---

172 순수(巡狩) - 巡은 行也. 狩 사냥 수. 守와 通.

다. 남쪽에 운몽(雲夢)[173]이라는 큰 호수가 있는데, 폐하께서는 일단 출발하시면서 거짓으로 운몽에 순수한다 하시며 제후들을 진현(陳縣)에 모이라고 하십시오. 진현은 초(楚)의 서쪽 경계이니 한신은 천자가 순수하러 출발했다는 소식을 들으면 반드시 교외에 나와 맞이하고 알현할 것이니, 폐하께서 한신을 사로잡으면 다만 역사(力士) 한 사람의 일입니다."

고조는 그 말을 옳다고 여겨 사자들을 보내 제후를 진(陳)에 모이게 하면서 "나는 남쪽 운몽을 순수할 것이다."라고 하였다.

그리고 고조는 출발하였다. 고조가 진(陳)에 도착하기 전에 예상대로 초왕(楚王) 한신은 중간에 나와 영접했다. 고조는 무사(武士)를 준비시켰다가 한신을 보자 즉시 체포해 포박하였다.

○ 근본을 잊지 않다

고조는 진(陳)에서 제후와 회동을 마쳤다. 낙양을 되돌아와 공신들과 부절을 나눠가지며 제후로 봉했는데, 진평을 호유후(戶牖侯)로 봉하고 대를 이어 끊지 않겠다고 하였다.

그러자 진평이 사양하며 말했다.

"이는 저의 공적이 아닙니다."

---

173 雲夢(운몽) – 湖北省 江漢 평원에 있는 중국 최대의 담수호(늪지대)였으나, 지금은 거의 육지화하였고 湖北省 남동부 洪湖市에 洪湖만 남아 옛 자취를 보여주고 있다.

그러자 고조가 물었다.

"내가 선생의 계책에 따라 전투에서 이겼고 적을 무찔렀는데, 그것이 공적이 아니라면 무엇인가?"

진평이 말했다.

"위무지(魏無知)가 없었다면 신(臣)이 어떻게 계책을 진언했겠습니까?"

고조가 말했다.

"그대야말로 근본을 잊지 않는 사람이다."

그리고 다시 위무지에게도 상을 내렸다.

ㅇ 여인에게 미인계를!

그 다음 해(한왕 7년, 前 200)에, 진평은 고조를 따라 대국(代國) 한왕(韓王) 신(信)[174]을 토벌하였다. 평성(平城)에서 흉노에 포위되어 7일간 먹을 수도 없었다.[175]

---

174 한왕 신(韓王 信, ?−前 196)−戰國 韓의 宗室로 劉邦에 의해 韓王으로 봉해졌는데, 漢을 배반하고 흉노에 투항했다. 한왕 信은 前 196년 漢軍과 싸우다가 전사했다. 《漢書》 33권, 〈魏豹田儋韓王信傳〉에 입전.

175 평성(平城, 今 山西省 북부의 大同市)의 백등산에서 포위되었는데, 이를 '平城之役'이라 한다. 한왕은 고립무원 상태에서 목숨이 오늘내일하는 정말 큰 위기였다. 여기서 진평의 '奇計'가 나와 고조를 구원한다. 진평은 흉노 선우의 정처에게 '美人圖'를 보내며 '漢 황제가 포위되었는데, 포위를 풀려고 이런 미인을 선우(單

고조는 진평의 기이한 계략을 써서 선우(單于)의 연지(閼氏)¹⁷⁶로 하여금 포위를 풀게 하였다. 고조는 위기에서 벗어났는데, 그 계략을 비밀로 하였기에 세상에서는 알지 못했다.

고조가 남으로 내려와 곡역현(曲逆縣)을 지날 때 그 성에 올라가옥들이 매우 장려한 것을 보고 말했다.

"정말 큰 고을이다. 내가 천하를 돌아다녔지만 낙양과 이곳뿐이로다."

그리고 어사대부를 돌아보며 물었다.

"곡역현의 호구가 얼마인가?"

어사대부가 대답하였다.

"예전 진(秦) 시절에는 3만여 호였으나 요즈음 병란을 자주 겪어 많이 도망하였기에 지금은 5천여 호 정도입니다."

이에 어사대부에게 명하여 진평을 곡역후(曲逆侯)로 봉하며, 곡역현 전체를 진평의 식읍으로 하고 이전의 식읍이었던 호유향은 빼라고 하였다.

于)에 보내려 한다.' 면서 많은 예물을 보내자, 선우의 正妻는 총애를 잃을까 걱정하여 선우에게 한왕을 풀어주라고 설득했다고 한다. 진실 여부를 떠나 이는 陳平만이 낼 수 있는 '奇計' 임은 틀림없다.

176 선우연지(單于閼氏) − 單于(선우)는 흉노의 왕. 그 부인을 閼氏(연지)라 호칭한다.

ㅇ 육출기계(六出奇計)

진평이 처음 한왕을 수행한 이후부터 천하를 평정할 때까지 늘 호군중위(護軍中尉)로 고조를 수행하며 장도(臧荼),[177] 진희(陳豨), 영포(英布)의 반란을 진압하였다. 모두 6번 기이한 계략을 내었고 그때마다 식읍이 늘었다. 진평의 기계(奇計) 중 어떤 것은 비밀이라서 세상에 알려지지 않았다.[178]

혜제(惠帝) 5년(前 190)에, 상국인 조참(曹參)이 죽자 안국후 왕릉(王陵)은 우승상, 진평은 좌승상이 되었다.

ㅇ 문제(文帝) 즉위

여태후가 많은 여씨들을 왕으로 봉할 때 진평은 겉으로 그를 따랐다. 여태후가 죽자(前 180),[179] 진평과 태위 주발은 함께 일

---

177 장도(臧荼, ?-前 202) - 燕王 韓廣의 부장, 項羽에 협력하여 燕王에 봉해졌다가 나중에 요동왕(遼東王) 한광을 치고 옛 燕國을 통일했다. 前 202에, 漢에 반기를 들었다가 패해 죽었다.

178 六出奇計 - 楚의 君臣을 이간시키고, 여인들을 형양성 동문으로 내보내 한왕을 탈출시켰고, 한신이 齊王이 되겠다고 했을 때 한왕의 발등을 밟아 암시를 주었으며, 운몽에 순수한다고 하여 한신을 생포하였고, 平城에서 흉노의 포위를 풀게 했으며, 진희와 경포의 반란을 진압한 奇計를 꼽는다.

179 여태후는 前 241년생(고조는 前 256년생)이다. 皇后(前 202-195)에 이어, 皇太后(前 195-180) 기간에 사실상 국정을 전담하였다.

을 꾸며 여씨들을 모두 죽이고 문제(文帝)를 옹립하였는데 진평이 계획을 주동하였다.

심이기는 좌승상을 사임하였고, 문제가 즉위하자 모두가 주발을 승상이라 생각하였다. 태위 주발은 직접 군사를 거느리고 여씨들을 제거하는 공이 많았다.

진평은 주발에게 우승상 자리를 양보하려고 병을 이유로 사임하려 했다.

문제는 즉위하고서 진평의 병을 이상히 여겨 물었다.

진평이 말했다.

"고조 때 주발의 공은 저만 못했습니다만, 이번에 여씨들을 제거하는데 저의 공은 주발만 못합니다. 저는 주발에게 승상 자리를 양보하고자 합니다."

이에 태위 주발을 우승상 제1위로 하고 진평을 좌승상에 임명하여 2위로 하였다. 문제는 진평에게 금전 천근을 하사하고 봉읍 3천 호를 더 보태주었다.

○ 진평의 죽음

효문제(孝文帝) 2년(前 178)에 진평이 죽자, 시호를 헌후(獻侯)라 했다. 작위가 아들에 이어 증손 진하(陳何)에 이어졌으나 진하는 남의 처를 빼앗은 죄로 기시(棄市)되었다.

그전에 진평이 말했다.

"나는 음모(陰謀)를 많이 썼는데, 이는 도가(道家)에서 금기하는 것이다. 내 세대에서 바로 망하더라도 그뿐이지만 끝내 다시 일어나지는 못할 것이니, 이는 나의 음모에 대한 재앙일 것이다."

○ 장량과 진평에 대한 반고의 논찬(論贊)

「장량(張良)의 지용(智勇)을 알고서는 체구가 장대하고 특별한 위엄이 있는 사람으로 생각했지만, 그 모습은 오히려 부녀자와 같았다고 한다. 그래서 공자께서도 '외모로 사람을 고른다면 자우(子羽) 같은 인물을 놓친다.'고 하였다. 학자들은 귀신에 대한 많은 의심을 갖고 있지만 장량에서 병서를 준 노인은 역시 기이할 뿐이다. 고조는 여러 번 곤경을 당했었고 그때마다 장량은 큰 역할을 하였으니, 어찌 하늘의 뜻이 아니라 하겠는가?

진평(陳平)의 큰 뜻은 마을 제사에서 볼 수 있었고, 어지러운 상황에서 초(楚)와 위(魏)나라를 헤매기도 했지만 마침내 한(漢)에 귀부하여 모신(謀臣)이 되었다. 여후(呂后) 시대에 일이 많았지만 진평은 끝까지 화를 면하면서 지혜롭게 생을 마칠 수 있었다.

왕릉(王陵)은 조정에서 논쟁을 하였지만 뒤에 두문불출한 것도 역시 그의 뜻이었다.

주발(周勃)은 포의 시절에 미천하고 평범한 사람이었지만 등용되어 천자를 보좌하면서 국가의 어려움을 바로잡았고 여씨들을 제거했으며 효문제를 옹립하였으니, 한(漢)의 이윤(伊尹)이고 주공(周公)이었다. 그러니 그의 공적이 성대하지 않은가?」

3) 왕릉

○ 왕릉 모친의 자결

왕릉(王陵, ?-前 180)은 패현 사람이다. 전부터 패현의 호족이었기에, 고조가 평민일 때부터 형으로 섬겼다. 고조가 패현에서 기의하고 함양에 입성할 때, 왕릉은 수천의 무리를 거느리고 남양군(南陽郡)에 머물면서 패공(沛公)을 따르려 하지 않았다. 한왕이 다시 관중(關中)에 진출하여 항우를 공격할 때, 왕릉은 병력을 거느리고 한(漢)에 귀부하였다.

항우는 왕릉의 모친을 군중에 잡아두고 있었는데, 왕릉의 사자가 왔을 때 동편 높은 자리에 왕릉의 모친을 앉혀놓고 왕릉을 오게 하라고 시켰다.

왕릉의 모친은 사자가 떠나갈 때 몰래 만나 울면서 말했다.

"이 늙은 사람을 위해 아들에게 한왕(漢王)을 잘 섬기라고 말해주시오. 한왕은 장자(長者)이시니, 이 어미 때문에 두 마음을 갖지 말라 말해주시오. 이 몸은 죽음으로 당신을 보내겠소."

그리고서는 스스로 칼로 찔러 죽었다.

항우는 화가 나서 왕릉 모친 시신을 삶아버렸다. 이후 왕릉은 한왕이 천하를 평정하고 죽을 때까지 변함이 없었다. 왕릉은 옹치(雍齒)와도 친했었는데, 고조가 옹치를 미워했고, 또 왕릉이 처음에 한왕을 따르려 하지 않았기 때문에 늦게야 피봉되어 안국후(安國侯)[180]가 되었다.

○ 충직(忠直)한 왕릉

왕릉은 사람이 꾸밈이 없고, 곧이곧대로 행동하며 직언을 잘했는데, 우승상이 되고 2년째에 혜제가 죽었다(前 188).

고후(高后)는 여러 여씨들을 왕을 삼고 싶어 왕릉에게 물었다.

이에 왕릉이 말했다.

"고조께서는 백마를 잡아 맹서하시면서(刑白馬而盟曰) '유씨가 아니면서 왕을 하려는 자는(非劉氏而王者), 천하가 함께 격파하자(天下共擊之).'고 하셨으니, 지금 여씨를 왕으로 봉하는 것은 약속에 어긋납니다."

태후는 기분이 좋지 않았다. 태후가 좌승상 진평과 강후(絳侯) 주발(周勃) 등에 묻자, 모두 동의하며 말했다.

"고조께서 천하를 차지하시고 자제를 왕으로 봉했는데, 지금은 태후께서 황제 일을 하시니 형제나 여씨들을 왕으로 봉하려 하신다면 안될 것은 없습니다."

태후는 기뻤다.

조회를 파하고, 왕릉이 진평과 주발을 비난하며 말했다.

"전에 고조와 피를 마시며 맹서를 할 때 그대들은 자리에 없었습니까? 지금 고조께서 돌아가시고 태후가 여주(女主)로 여씨들을 왕으로 삼으려 하는데, 당신들은 마음 내키는 대로 아부하며 맹약

---

180 安國－縣名. 今 河北省 중부 保定市 관할 安國市. '藥都' '天下 第一藥市'로 유명.

을 저버리는데, 무슨 면목으로 지하에서 고조를 뵐 것입니까?'

그러자 진평이 말했다.

"얼굴을 맞대고 비판하거나 조정에서 간쟁을 한다면 우리가 당신만 못합니다. 그러나 사직 보존과 유씨 후손들을 안정시키는 일은 당신 또한 우리만 못할 것입니다."

왕릉은 할 말이 없었다. 이에 여태후는 왕릉을 축출하려고 일부러 왕릉을 혜제의 태부(太傅)로 자리를 옮기게 하였는데, 실제는 재상의 권한을 뺏은 것이었다.

왕릉은 화가 나서 병을 핑계로 면직한 뒤에 두문불출하였고, 봄이나 가을에도 황제를 알현하지 않다가 십 년 뒤에 죽었다(前 180).

○ 부녀자의 말은?

왕릉이 사직하자, 여태후는 진평을 옮겨 우승상에 임명하고 벽양후인 심이기(審食其)[181]를 좌승상에 임명하였다.

심이기도 패현 사람이었다. 한왕(漢王)이 팽성 서쪽에서 대패할 때, 초(楚)에서는 태상황과 여후를 인질로 잡았는데, 심이기는

---

181 벽양후 심이기(辟陽侯 審食其, ?−前 177)−沛公은 부친 劉太公을 형 劉喜(仲)와 심이기가 보살피도록 하였다. 한왕 2년(前 205)에, 항우에 패한 한왕은 가족을 버리고 탈출했고 부친과 呂后는 항우의 포로가 되었는데, 심이기는 끝까지 여후를 모셨다. 심이기는 高祖 6년(前 201)에 辟陽侯(벽양후, 今 河北省 衡州市 관할 冀州市)에 봉해졌다.

사인(舍人)으로 여후(呂后)를 모셨다.

그 뒤 항적을 격파한 뒤, 심이기는 제후가 되어 여태후의 신임을 받았었는데 이제 승상이 되었고, 일반 정사는 담당하지 않고 궁중을 감독하였는데, 낭중령(郎中令)과 같아 공경과 백관이 모두 심이기를 통해 결재를 받았다.

여후의 동생 여수(呂須)는 진평이 고조를 위해 번쾌를 체포했었다고 생각하여 진평을 여러 번 참소하였다.

"승상이 되어서 업무는 하지 않고 날마다 좋은 술을 마시고 부녀자를 희롱합니다."

진평은 그런 말을 듣고 날마다 술을 더 마셨다. 여태후는 듣고서 속으로 기뻐하였다.

여태후는 여수를 대면하면서 진평에게 말했다.

"속담에 어린애와 부녀자의 말은 들을 것이 없다 하였는데, 생각해 보면 내가 승상을 대하는 것이 어떻든가요? 여수가 헐뜯는 말을 걱정하지 마십시오."

4) 주발

○ 주발의 전공(戰功)

주발(周勃)[182]은 패현(沛縣) 사람이다. 주발은 누에고치 섶을 짜

---

182 주발(周勃, ?- 前 169) - 고조는 주발을 '중하고, 글은 좀 부족하나(厚重少文) 대사를 맡길 수 있는 사람'으로 평가했다. 文帝 때

서 먹고 살면서, 상가(喪家)에서 퉁소를 불어 일을 도왔고 용감한 병사였으며 큰 활을 쏘았다.

고조가 패공으로 기병했을 때, 주발은 중연(中涓, 시종관)으로 패공을 따라 각지를 공략하였다. 패공은 때로는 항우와 또 어떤 때는 진(秦)의 군사와 싸웠는데, 무관(武關)[183]을 돌파하였고 함양에 들어가 진왕(秦王) 자영의 투항을 받았다.

주발의 전공을 총계(總計)해 보면, 고조를 따라 상국(相國) 1인, 승상(丞相) 2인, 장군과 2천 석 관리를 각 생포하거나 죽였으며 이외에 소소한 전공이 많았다.

ㅇ 여씨(呂氏) 제거와 문제(文帝) 옹립

주발은 질박하고 강직하며 후덕한 사람이었기에 고조는 큰일을 맡길 만하다고 생각하였다.

주발은 학문을 좋아하지 않았으니 매번 문사(文士)가 찾아오거나 이야기를 할 때면 동쪽을 보고 앉아 "나에게 할 말이나 빨리 하시오."라고 말했다.

그 투박하고 꾸밈없기가 이와 같았다.

주발이 연(燕)을 평정하고 돌아오자, 고조는 이미 붕어했었다. 주발은 열후(列侯)로 혜제를 섬겼는데, 혜제 6년에 태위의 관직을

———
右丞相을 역임했다.

183 武關(무관) – 今 陝西省 동남부 商洛市 商南縣의 관문.

설치하자 주발은 태위가 되었다. 태위가 되어 10년에 고후(高后, 呂后)가 죽었다. 여록(呂祿)은 조왕(趙王)으로 한(漢)의 상장군이었고, 여산(呂産)은 여왕(呂王)으로 상국이 되어 권력을 장악하고 유씨를 위기로 내몰았다. 주발과 승상 진평, 주허후 유장(朱虛侯 劉章)이 함께 여씨들을 주살하였다.

주발은 은밀히 계획을 세우며 생각하였다.

'소제(少帝)[184]와 제천왕(濟川王)과 회양왕(淮陽王), 그리고 항산왕(恒山王)은 모두 혜제의 아들이 아닌데, 여태후(呂太后)는 고의로 타인의 아들을 황자(皇子)로 꾸며 그 생모를 죽이고 후궁에서 실러 혜제의 아들로 삼아 후사를 잇게 하면서 여씨의 세력을 강화하였다. 이제 여씨들을 죽였지만 소제가 자라나 정치를 하게 되면 우리의 후손도 없을 것이니 제후 중에서 현명한 사람을 골라 세우는 것만 못하다.'

그리하여 고조의 아들인 대왕(代王)을 맞이해 옹립하니, 이가 효문황제(孝文皇帝)이다.

문제(文帝) 원년(前 179), 주발을 우승상(右丞相)에 임명했고 5

---

184 少帝 − 前 少帝 유공(劉恭)은 在位 前188 − 184. 유홍(劉弘, 前 184 − 180년 재위)을 後 少帝라 한다. 後少帝 劉弘, 濟川王(梁王) 劉太, 淮陽王 劉武, 恒山王 劉朝 등은 惠帝의 친생자가 아니라 하여 모두 제거되었다.

천 근의 금전을 하사했으며 식읍을 1만 호로 늘렸다.

열 달 뒤에 어떤 사람이 주발에게 말했다.

"당신은 여씨들을 제거하고 대왕(代王)을 옹립하여 그 위세가 천하에 진동하며 많은 상을 받았으며 높은 지위를 마음껏 누리고 있으니 곧 화가 닥칠 것입니다!"

주발은 그 말에 두려워하며 위태하다고 여겨 승상에서 사임하겠다고 요청하였다. 그러자 문제는 승낙했다. 일 년 뒤에 승상 진평이 죽자, 문제는 주발을 다시 재상에 임용했다.

10여 달 뒤에 문제가 말했다.

"예전에 나는 열후들을 불러 봉국으로 나가라 했지만 많은 열후가 가지 않고 있는데, 승상은 짐에게도 소중하지만 짐을 위해서 솔선해서 열후의 봉지로 나가주시오."

그래서 주발은 승상을 사임하고 봉국으로 나갔다.

ㅇ 승상의 임무는?

즉위 이후에 문제(文帝)는 국사(國事)에 더욱 밝았는데, 조회를 하면서 우승상 주발에게 물었다.

"천하에 1년에 재판을 받는 자가 얼마나 되는가?"

주발은 모른다고 사죄하였다.

문제가 다시 물었다.

"온 나라에 1년간 돈이나 곡식의 출납 숫자가 얼마나 되는가요?"

주발은 또 모른다고 사죄하였다. 등에 식은땀이 나서 부끄러워 바로 대면할 수가 없었다.

문제가 다시 좌승상 진평에게 물었다.

이에 진평이 말했다.

"각각 담당 관리가 있습니다."

문제가 물었다.

"담당이란 누구인가?"

진평이 대답했다.

"폐하께서 재판 건수를 알고 싶으시면 정위(廷尉)에게 물으셔야 합니다. 전곡(錢穀)에 관한 숫자는 치속내사[185]에게 물으셔야 합니다."

문제가 물었다.

"각각의 일에 담당자가 있다면 승상은 무슨 일을 담당합니까?"

진평이 사죄하며 말했다.

"죽을죄를 지었습니다. 폐하께서는 저의 둔재를 모르시고 저에게 재상의 중임을 맡게 하셨습니다. 재상이란 위로는 천자를 보좌하여 음양(陰陽)을 고르게 하고 사시(四時)를 순환케 하며, 아래로는 만물이 때맞춰 성장케 하고, 밖으로는 사이(四夷)와 제후들을 어루만지며 안으로는 백성들을 가까이 살펴주면서 경과 대부들로 하여금 직분을 충실히 수행토록 해야 합니다."

---

185 治粟內史(치속내사) – 전곡과 국가 재정을 담당하는 九卿의 하나.

문제는 옳은 말이라고 칭찬하였다.

주발은 크게 부끄러워하며 나오면서 진평을 나무랬다.

"좌승상은 평소에 그런 것을 왜 나에게 말해주지 않았소!"

진평이 웃으면서 말했다.

"승상께서는 그 자리에 계시면서 자기 임무도 모르셨습니까? 만약 폐하께서 장안의 도둑놈 숫자를 물으시면 또 어떻게 대답하려 하셨습니까?"

이에 강후는 자신의 능력이 진평보다 한참 못하다는 것을 깨달았다. 얼마 후, 주발이 우승상을 사임하자 진평이 홀로 승상을 맡았다.

○ 장군 주아부(周亞夫)

주발은 효문제 11년에 죽었고(前 169), 시호는 무후(武侯)라 하였다.

아들 주승지(周勝之)가 뒤를 이었다, 주승지는 공주를 아내로 맞이했으나 서로 화합하지 못하다가 살인죄에 걸려 죽었고, 나라는 없어졌다.

일 년 뒤에 주승지의 동생 주아부(周亞夫)[186]가 다시 제후가 되었다.

---

186 周亞夫(주아부, ?-前 143) - 주발(周勃)의 아들. 河內郡 太守. 경제 때 吳楚七國之亂(前 154)에서 漢軍을 지휘하여 3개월 만에 진압했다. 그러나 景帝의 미움을 받아 옥에 갇혀 굶어죽었다.

주아부가 하내군(河內郡) 태수로 있을 때, 허부(許負)[187]가 관상을 보고서 말했다.

"당신은 3년 뒤에는 제후가 되고, 다시 8년 뒤에는 장상(將相)으로 국정을 장악할 것이니, 지위가 높기로는 신하 중 최고일 것입니다. 그리고 다시 9년 뒤에 굶어 죽을 것입니다."

그러자 주아부가 웃으며 말했다.

"나의 형이 아버지의 뒤를 이어 제후가 되었으니 설령 죽더라도 아들이 뒤를 이을 것인데, 왜 내가 제후가 된다는 말을 하는가? 그러나 정말 노파 말대로 귀한 사람이라면 또 왜 굶어죽겠다고 하는가? 나에게 일러 주게나!"

노파는 주아부의 입을 가리키며 말했다.

"세로로 난 주름이 입에 들어갔으니, 이는 굶어죽을 상이요."

3년 뒤, 형인 강후 주승지가 죄를 짓고 처형당하자, 문제가 주발의 아들 중에서 똑똑한 사람을 고르려 하자, 모두가 주아부를 천거하여 주아부를 조후(條侯)[188]에 봉했다.

---

187 허부(許負) ─ 人名. 또는 許氏 성을 가진 노파. 負는 老夫人之稱. 楚漢 전쟁 시 魏王 위표(魏豹)의 妃인 박희(薄姬)의 관상을 보고 '天子를 낳을 相'이라 했고, 위왕 표가 이 말을 믿고 漢王에 대한 지원을 중단하고 楚와 강화하며 중립적인 태도를 취했다. 결국 박희는 나중에 漢王을 모셨고, 잉태하여 아들을 낳으니, 곧 文帝이다.

188 條(조) ─ 縣名. 수 河北省 衡水市(형수시) 관할의 景縣. 山東省과 연접.

○ 주아부의 세류영(細柳營)

문제(文帝) 후(後) 6년(前 158)[189]에 흉노가 대거 변경에 쳐들어
왔다. 종정(宗正)인 유례(劉禮)를 장군으로 삼아 패상(覇上)[190]에
주둔케 하고, 서려(徐厲) 장군은 극문(棘門)에 주둔케 하였으며, 하
내수(河內守)인 주아부를 장군으로 임명해서 세류(細柳, 지금의 섬
서성중남부 함양시 서남쪽)에 주둔케 하여 흉노에 대비했다.

문제가 직접 군사를 위문하려고 패상과 극문의 군영에 도착해
곧장 달려 들어갔고, 장군은 말에서 내려 맞이하고 전송하였다.
그리고 세류(細柳)의 군영으로 갔는데, 세류영에서는 군사와 관리

---

189 연호를 사용하기 전에 文帝는 재위 17년(前 163)을 後元 원년이
라 했다. 이것이 改元易號(개원역호)의 시작이다. 문제는 後元 7
년(前 157)에 죽었다. 다음 景帝는 元年(前 156), 中元(前 149),
後元(前 143)으로 3번 改元하고, 後元 3년(前 141)에 죽었다. 무
제 즉위 후, 6년을 주기로 하여 一元, 二元 … 五元이라 하였다.
五元 3년에, 담당자의 건의를 받아들여 一元을 建元(前 140 —
135), 二元을 元光(前 134 — 129), 三元을 元朔(前 128 — 123), 四
元을 元狩(원수, 前 122 — 117)라 하고, 五元의 연호는 미정이었다.
五元 4년에 寶鼎을 얻자, 五元을 元鼎(원정, 前 116 — 111)이라 하였
다. 곧 연호를 처음 사용한 것은 元鼎 3년(前 114년)이었다. 이어
元封(前 110 — 105년)까지는 6년 주기였으나 太初(前 104 — 101
년) 이후는 일정 주기가 없어졌다. 唐 高祖와 太宗은 재위 기간
하나의 연호를 사용했지만 一世一元의 제도가 확립된 것은 明代
였다.

190 패상(覇上) — 灞上(파상). 地名. 今 陝西省 西安市 동쪽 백록원(白
鹿原).

들이 갑옷을 입었고 병기는 잘 정비되었고 활과 쇠뇌를 힘껏 당기고 있었다. 천자 앞에 간 사람이 도착했으나 들어갈 수가 없었다.

앞에 간 사람이 "천자께서 곧 도착하신다."고 했지만, 군문(軍門) 도위는 "군영에서는 장군의 명령을 따르지 천자의 명을 듣지 않는다."고 말했다.

잠시 후, 천자가 도착했어도 들어가질 못했다. 그래서 천자가 부절을 가진 사자를 보내 장군에게 말하게 했다.

"내가 군(軍)을 위문하고자 한다."

그러자 주아부는 영문(營門)을 열라고 전달했다. 영문 장교가 황제의 기기(車騎)에 요청했다.

"장군의 명령으로 군영 안에서는 말을 달릴 수 없습니다."

그래서 천자의 수레도 고삐를 잡고 천천히 들어갔다.

군영 안에 이르자, 장군 주아부가 읍(揖)을 하며 말했다.

"갑옷을 입은 무사는 배례(拜禮)하지 않기에[191] 군례(軍禮)로 뵙겠습니다."

천자는 감동하여 엄숙한 표정으로 수레의 식(式, 軾)을 잡아 예를 표했고,[192] 관리에게 사례케 하며 말했다.

"황제는 장군에게 예를 표하며 위로한다."

천자는 예를 마치고 나갔다. 군문을 나온 뒤에야 여러 신하들

---

191 읍(揖)은 서서 취하는 拱手禮(공수례)이다. 拜禮는 엎드려 절하다.

192 엄숙한 표정으로 수레의 式(軾 식, 앞에 탄 주인의 손잡이)을 잡고 몸을 약간 굽혀 예를 표하다. 수레는 늘 서서 탄다.

도 모두 감탄하였다.

문제(文帝)가 말했다.

"아! 이 사람이 진정한 장군이로다! 앞에 갔던 패상과 극문은 어린아이 장난과 같았으니, 그 장수는 습격하여 생포할 수 있을 것이다. 주아부의 군영을 어찌 범할 수 있겠는가!"

그러면서 한참을 칭찬하였다. 한 달이 지나 삼군(三軍)은 모두 해산했다. 문제는 주아부를 중위(中尉)[193]로 승진시켰다.

○ 주아부의 최후

문제가 붕어하기 직전에 태자(太子, 유계, 경제)를 훈계하며 말했다.

"혹시 위급한 상황이라면 주아부에게 군사를 맡길 만하다."

문제가 죽은 뒤 주아부는 거기장군(車騎將軍)[194]이 되었다.

효경제(孝景帝, 재위 前 156 – 141) 3년(前 154)에 제후국 오(吳)와 초(楚)나라가 반란을 일으키자, 주아부를 중위(中尉)에서 태위(太尉)로 승진시켜 동쪽의 오와 초를 토벌케 하였다.

이에 주아부가 경제에게 요청했다.

"초병(楚兵)은 사납고 날쌔기에 직접 맞대결하기가 어렵습니다. 양국(梁國)을 적에 내주더라도 그들의 양도(糧道)를 끊어 바로

---

193 중위(中尉) – 경사(京師, 수도)의 치안을 담당. 9경(卿)의 하나.

194 거기장군(車騎將軍) – 大將軍 다음의 고위급 무신(武帝 이후).

제압하겠습니다."

경제는 이를 허락했다.

수비와 공격하기 총 3개월에 오(吳)와 초(楚)는 평정되었다. 이에 여러 장수들은 태위 주아부의 작전이 옳았다고 생각하였다.

주아부가 귀경하자 다시 태위관(太尉官)을 설치하였다. 그 뒤 5년에 주아부는 승상이 되었고 경제는 주아부를 매우 신임하였다. 경제가 율태자(栗太子)[195]를 폐할 때 주아부는 열심히 간쟁하였지만 뜻을 이루지 못했다. 경제는 이 때문에 주아부와 멀어졌다. 그리고 경제의 친동생인 양 효왕(梁 孝王)은 매년 봄, 천자를 알현하며 두태후와 함께 주아부를 헐뜯었다.

얼마 뒤에 주아부의 아들은 아버지를 위해 황실 기물을 제작하는 상방(尙方)의 장인(匠人)에게 갑옷과 방패 5백 벌을 부장품으로 사들였다. 그러면서 일을 시키며 품삯을 깎고도 돈을 주지 않았다. 장인은 황실용 물품을 몰래 사들인 것을 알고서 원한이 있어 관가에 주아부 아들을 고발했고, 사건은 주아부에게도 연루되었다.

고발한 것이 알려지자, 경제(景帝)는 주아부를 욕하며 말했다.

---

195 栗太子(율태자) ─ 율희(栗姬) 소생, 景帝의 장자. 名 유영(劉榮, ?─前 147).《한서》53권, 〈景十三王傳〉 참고. 景帝 前元 4년(前 153), 栗太子(율태자)를 책봉했다가 7년(前 150)에 율태자를 폐위하여 임강왕(臨江王)에 봉했는데 3년 만에 자살했다.

"나는 그를 등용 않을 것이다."

주아부는 정위(廷尉)에게 불려갔다.

정위가 따져 물었다.

"당신은 왜 반역을 했는가?"

주아부가 말했다.

"내가 사들인 기물은 모두 부장품인데, 어찌 반역이라 하는 가?"

그러자 옥리가 말했다.

"설령 당신이 살아 반역하지 않았다 하더라도 지하에서 반역 하려 했을 것이다."

옥리는 더욱 심하게 주아부를 다그쳤다. 그전에 옥리가 주아 부를 체포하려 했을 때 주아부는 자살하려 했으나 그의 부인이 말렸기에 죽지 못했고, 정위에게 불려간 뒤에 닷새 동안 음식을 먹지 못해 피를 토하고 죽었다. 그의 후국(侯國)은 없어졌다.

(4) 주창과 역이기 외

1) 주창

○ 어사대부 주창

주창(周昌, ?-前 192)[196]은 패현 사람이다. 그의 사촌 형 주가(周

---

196 주창은 정직, 강직한 성품이었다. 고조의 부탁으로 척부인 소생

苟)와 함께 진나라 때 사수군(泗水郡)의 속리(屬吏)이었다. 고조가 패현에서 기병하고서 사수군의 군수를 격파하자 주가와 주창은 하급 관리로 패공을 따랐는데 패공은 주창을 깃발 관리자로, 주가는 빈객으로 임명하였다. 두 사람은 패공을 따라 관중에 들어가 진(秦)의 군사를 격파하였다. 패공은 한왕이 되어 주창을 중위(中尉)[197]에 임명하였다.

한(漢) 3년(前 204), 초(楚)는 형양현(滎陽縣)에서 한왕(漢王)을 매우 급박하게 공격했고, 한왕은 성을 떠나면서 주가(周苛)에게 형양성을 수비하게 하였다. 초는 형양성을 격파하였고 주가를 장수로 삼으려 하였지만 주가는 항우에게 욕을 하며 말했다.

"낭신은 빨리 한왕에게 항복하시오! 그렇지 않으면 곧 포로가 될 것이요."

항우는 화가 나서 주가를 팽살하였다.

한왕은 이에 주창을 어사대부로 임명하였다. 주창은 언제나 한왕을 수행하며 항우의 군사를 격파하였다.

한(漢) 6년(前 201), 주창은 소하나 조참 등과 함께 제후에 봉해져 분음후(汾陰侯)[198]가 되었다.

의 趙王 여의(如意)를 보호했지만, 조왕은 결국 여태후에게 독살된다.

197 중위(中尉) − 수도의 치안을 담당하는 무관. 武帝 때 집금오(執金吾)로 개칭했다.

198 분음후(汾陰侯) − 汾陰은 縣名. 今 山西省 서남부 運城市 萬榮縣.

○ 고집 센 주창

주창은 사람됨이 고집이 세면서도 직언을 서슴지 않았는데 소하 조참 같은 사람도 주창만 못했다. 한번은 주창이 황제가 한가한 시간에 업무를 상주하러 들어갔더니 고조는 척부인(戚夫人)을 껴안고 있어서 주창은 돌아나왔다.

고조가 따라 나와 주창의 목에 올라타고 물었다.

"나는 어떤 주군(主君)인가?"

주창은 고조를 올려다보며 말했다.

"폐하는 꼭 걸주(桀紂, 폭군의 대명사)와 같은 주군입니다."

그러자 고조는 웃고 말았지만 속으로는 주창을 더욱 어려워하였다.

고조가 태자를 폐하고 척(戚)부인 소생의 여의(如意)를 태자로 삼으려 할 때, 대신들이 완강히 간쟁을 하여도 통하지 않았으며, 나중에 유후 장량(留侯 張良)의 방책으로 폐하려는 뜻을 겨우 바꾸었었다.

주창도 조정에서 강력하게 따지자 고조가 말을 해보라고 하였다.

주창은 평소에 말을 더듬었는데 크게 화난 모습으로 말했다.

"신(臣)이 말을 잘 못하지만 신은 마음속으로 그~ 그, 그것이 불가하다는 것을 압니다. 폐하께서 태자를 폐하려 하더라도 신은 기~, 기필코, 기필코 명을 따르지 않을 것입니다."

고조는 그 모습이 재미있어 실소하면서 조회를 파했다. 여후(呂后)가 동쪽 복도에서 엿듣고 있었는데 주창을 보고서는 무릎을 꿇고 사례하며 말했다.

"경이 아니었으면 태자를 거의 폐할 뻔했습니다."

고조는 주창을 제후국 조나라 승상으로 보내 척부인 소생의 조왕(趙王) 여의(如意)를 보호케 하였다.

○ 조왕(趙王) 여의(如意)의 죽음

고조가 죽자, 여태후는 사람을 보내 조왕(趙王)을 소환하였으나 조(趙)의 승상 주창은 '조왕이 병이 났다'며 보내지 않았다.

사자가 3번이나 다시 오자, 주창이 말했다.

"고제(高帝)께서 나에게 조왕을 맡기셨고 왕은 어리며 또 태후가 척부인에게 원한을 갖고 있어 조왕을 불러 함께 죽이려 한다고 들었소. 나로서는 조왕을 보낼 수도 없으며 조왕 또한 병중이라서 명을 따를 수 없소이다."

태후는 화를 내며 사람을 보내 조(趙) 승상을 소환하였다.

승상이 도착해 태후를 알현하자, 태후는 주창을 꾸짖으며 말했다.

"경은 내가 척씨에게 원한이 있다는 것을 모르오? 그리고도 조왕을 보내지 않다니!"

주창이 이미 불려왔기에 태후는 사람을 보내 조왕을 소환하였다. 조왕은 예상대로 도착했고 장안에 와서 한 달쯤 있다가 짐독

(鴆毒)으로 살해당했다.

주창은 병을 핑계로 조정에 나가지 않다가 3년 뒤에 죽었고, 시호는 도후(悼侯)이었다. 아들에 이어 손자 주의(周意)에 이어졌으나 죄를 지어 나라가 없어졌다.

2) 역이기

○ 고양 주도(高陽 酒徒)

역이기(酈食其)¹⁹⁹는 진류현(陳留縣)의 고양(高陽)²⁰⁰ 사람이다. 독서를 많이 했으나 집이 가난하여 실의 속에 의식을 해결하기도 어려웠다. 마을의 문지기였으나 관리나 현(縣)의 호걸 누구도 그를 쓰지 않았고 모두가 '미친 사람'이라고 했다.

진승(陳勝)과 항량(項梁) 등이 기의하고 여러 장수들이 각지를 공략하며 고양 땅을 지나간 자가 수십 명이었으나, 역이기는 그들이 모두 국량이 좁고 번잡한 예의나 따지며 잘난 척하는 사람으로 큰 도량의 말을 들으려 하지 않는 사람이라고 생각하며 스

---

199 역이기(酈食其, 前 268 - 204) - 별명이 고양주도(高陽酒徒), 漢王의 謀臣. 食易(yì jī, 이기)는 '배불리 먹는다'는 뜻. 食는 사람 이름이. 辟陽侯 심이기(審食其)도 같은 경우이다.

200 陳留 - 郡, 縣名. 今 河南省 동부 開封市. 高陽은 邑名, 今 河南省 開封市 관할 기현(杞縣).

스로 몸을 감추었다.

뒤에 패공이 진류(陳留) 근처를 지난다는 말을 들었는데, 마침 패공의 휘하에 역이기와 같은 마을의 기사(騎士)가 있었고, 패공은 가끔 고향에 현인이나 호걸이 있는가를 묻곤 하였다.

그 기사가 고향에 들르자, 역이기가 그를 만나 말했다.

"내가 알기에, 패공은 사람을 업신여기지만 큰 도략(韜略)이 있다고 하는데, 이런 사람이 내가 진짜로 따르고 싶은 사람이나 나를 미리 이야기하지는 말라. 만약 패공을 만나거든 '마을에 역생(酈生)이란 사람이 있는데, 나이는 60이고 키는 8척에, 남들이 모두 미친 사람이라고 하지만 자신은 미치지 않았다고 한다.' 라고만 말하라."

그러자 기사가 말했다.

"패공은 유생을 좋아하지 않아 유자의 관을 쓰고 오는 자가 있으면 그 관을 벗겨 거기에 오줌을 눕니다. 그리고 남과 이야기를 할 때 늘 욕을 합니다. 그러니 유생이라 말해서는 안 됩니다."

역이기는 "일단 말을 해보라."고 하였다.

기사는 틈을 보아 역이기가 주의한대로 말했다.

○ 패공을 만나다

패공은 고양(高陽)의 객사에서 사람을 보내 역이기를 오라고 하였다. 역이기가 도착하여 들어가 뵙자, 패공은 막 평상에 걸터앉아 두 여인을 시켜 발을 씻으면서 역이기를 만났다.

역이기는 들어가 크게 읍(揖)을 하고 절을 하지는 않으며 말했다.

"족하께서는 진나라를 도와 제후를 치려고 합니까? 아니면 제후를 통솔하여 진나라를 토벌하렵니까?"

패공이 욕을 하며 말했다.

"못난 놈! 천하가 오랫동안 진나라 때문에 고통을 받았기에 제후들이 서로 힘을 합쳐 진나라를 토벌하는데, 어찌 진나라를 돕는다고 하는가?"

이에 역이기가 말했다.

"무리를 모으고 의병을 통합하여 무도한 진을 꼭 없애려 한다면 걸터앉아 어른을 만나는 것이 아니요."

그러자 패공은 발을 씻다 말고 옷을 입고서 역이기를 맞아 상좌에 앉히며 사과하였다. 역이기가 이어 6국의 합종과 연횡의 시대 상황을 이야기하였다.

패공은 좋아하며 역이기에게 식사를 대접하며 물었다.

"어떤 계획을 갖고 있습니까?"

역이기가 말했다.

"족하께서 오합지졸로 기병하여 도망친 병졸을 모았지만 1만 명도 안 되는데, 이들을 거느리고 강한 진나라를 곧바로 공격한다면 이는 호랑이 입안을 더듬는 것과 같습니다. 여기 진류현은 천하 요충지로 사통오달하는 곳이며, 지금 성 안에는 많은 곡식을 비축해 두었는데 나는 현령을 알고 있습니다. 지금 사자로 들

어가서 족하에게 항복하라고 권하겠습니다. 만약 현령이 따르지
않아 족하께서 군사로 공격하면 저는 내응하겠습니다."

이에 역이기를 진류현에 들여보냈고 패공(沛公)은 군사를 거느
리고 가서 마침내 진류현을 항복시켰다. 그리고 역이기를 광야군
(廣野君)이라 불렀다.

○ 세객 역이기

역이기는 늘 세객(說客)으로 각 제후를 찾아다녔다.

한(漢) 3년 가을(前 204), 역이기가 한왕을 만나 말했다.

"신(臣)이 알기로는, 하늘이 하늘인 것을 아는 자는 왕업(王業)
을 이룰 수 있지만, 하늘이 하늘인 줄을 모르는(그 근본을 모른다
는 뜻) 자는 왕업을 이룰 수 없습니다. 왕자(王者)는 백성을 하늘
이라 생각하고, 백성은 먹는 것을 하늘로 생각합니다. 저 오창(敖
倉)은 오래 전부터 천하의 곡식이 모이는 곳인데 신은 그곳에 저
장된 곡식이 매우 많다고 들었습니다. 초(楚)는 형양을 차지하고
서도 오창을 굳건히 지키지 않고 병력을 거느려 동쪽으로 진출하
면서 약간의 군사를 나눠 성고(成皐)를 지키고 있으니, 이는 하늘
이 한(漢)을 돕는 것입니다. 신은 명을 받아 사신으로 가서 제왕
(齊王)을 설득하여 제(齊)를 한의 동쪽 번신(藩臣)으로 만들고자 합
니다."

그러자 한왕은 "좋소이다."라고 했다.

이에 한왕은 그 계책에 따라 다시 군량 저장 지역인 오창을 차지하였고 역이기를 보내 제왕(齊王)을 설득케 하였는데, 역이기가 제왕에게 물었다.

"왕께서는 천하가 누구 차지가 될지 아십니까?"

"모르겠습니다."

"누가 천하를 차지하느냐를 알면 제나라를 존속시켜 보유할 수 있으나, 천하가 누구의 것일지 일지 못하면 제나라를 지킬 수 없을 것입니다."

그러자 제왕이 물었다.

"천하는 누구의 것이 되겠습니까?"

역이기가 대답했다.

"천하는 한(漢)이 차지할 것입니다."

제왕이 다시 물었다.

"선생은 왜 그렇게 말합니까?"

"한왕(漢王)과 항왕(項王)은 온 힘을 다해 서쪽을 향해 진(秦)을 공격하면서 함양에 먼저 들어가는 자를 그 왕으로 한다고 약속하였지만 항우는 약속을 어기고 한왕에게 주지 않고 한중(漢中)의 왕으로 봉했습니다. 항왕은 의제(義帝)를 내쫓아 죽였고, 한왕은 촉한의 군사를 거느리고 일어나 3진을 격파하고 함곡관을 나와 의제는 어디 있는가를 항우에게 따졌으며 천하의 군사를 모으며 6국의 후예를 제후로 봉했습니다. 지금 상황에서는 나중에 복속하는 자는 먼저 망하게 될 것입니다. 왕께서 빨리 한왕에게 항복

한다면 제국(齊國)의 사직을 차지하고 또 보조할 수 있을 것입니다만, 한왕에게 항복하지 않는다면 망하는 것은 오래지 않을 것입니다."

제왕 전광(田廣)은 옳은 말이라 생각하여 역이기의 말에 따라 역하(歷下)의 수비 병력을 해산하고 역이기와 함께 날마다 술을 마음껏 마셨다.

ㅇ 역이기의 죽음

대장군 한신(韓信)은 역이기가 수레를 타고 다니며 유세하여 제(齊) 70여 성을 항복케 했다는 소식을 듣고서 밤에 평원진(平原津)을 건너가 제를 공격하였다. 제왕 전광(田廣)은 한(漢)의 군사가 공격한다는 말을 듣고 역이기가 자신을 이용했다고 생각하여 역이기를 팽살하고 군사를 거느려 도주하였다.

3) 육가

ㅇ 남월왕에게 유세하다

육가(陸賈)[201]는 초나라 사람이다. 빈객으로 고조의 천하 평정을 수행하였는데 구변(口辯)으로 이름이 있어 고조의 측근이 되어

---

201 육가(陸賈, 前 240 - 170) - 《新語》를 저술하여 漢代 儒學의 기초 마련한 사람이며 세객으로도 유명했다. 賈誼(가의), 董仲舒(동중서)에게 영향을 주었다. 陸生이라 호칭한다.

제후에게 자주 사신으로 나갔다.

그때는 중원이 겨우 안정이 될 때였는데, 위타(尉佗, 조타)[202]가 남월(南越)을 평정하고 그곳 왕이 되었다.

고조(高祖)는 위타에게 왕인(王印)을 하사하고 남월왕(南越王)에 봉하려고 육가를 사신으로 보냈다. 육가가 도착했을 때 위타는 상투를 틀고 다리를 뻗고 앉아 육가를 맞이했다. 육가는 여러 사례를 들어가며 위타를 설득하였다.

그러자 위타는 놀라 일어나 바로 앉으며 육가에게 사과하였다.

"만이(蠻夷)의 땅에 오래 살다 보니 예의를 몰랐습니다."

그리고서는 육가에게 물었다.

"나와 소하(蕭何), 조참(曹參), 한신(韓信)과는 누가 더 나은 것 같습니까?"

육가가 말했다.

"왕께서 더 나은 것 같습니다."

그러자 다시 물었다.

"나와 황제는 누가 더 낫습니까?"

육가가 말했다.

"황제께서는 풍패(豊沛)에서 기의하신 뒤에 잔악한 진(秦)을 토

---

202 尉佗(위타) ─ 본명 趙佗. 본래 秦의 장군으로 남월을 원정했는데, 秦이 망하자 눌러 앉아 왕을 자칭했다. 《漢書》 95권, 〈西南夷兩粤朝鮮傳〉에 立傳.

벌했고 강한 초(楚)를 치면서 천하를 이롭게 하고 해악을 제거하면서 오제(五帝)와 삼왕(三王)의 업적을 이어받아 천하를 통일하시어 중국을 다스리고 계십니다. 지금 군왕의 무리는 불과 수만 명이며 산과 바다를 낀 험한 땅은 한(漢)의 일개 군과 같거늘 어찌하여 한과 비교하려 합니까?'

위타가 큰 소리로 웃으며 말했다.

"내가 중국에서 흥기하지 못해서 여기서 왕을 합니다. 내가 중국에 살았더라면 왜 한(漢)만 못했겠습니까?"

그리고서는 육가를 크게 환대하며 몇 달간 술을 같이 마셨다. 육가는 위타에게 남월왕(南越王)을 제수하고 한(漢)에 대하여 칭신(稱臣)하겠다는 약조를 받았다. 육가가 돌아와 보고하니, 고조는 크게 기뻐하며 육가를 태중대부(太中大夫)에 임명하였다.

○《신어(新語)》를 저술하다

육가는 말하기 전에 언제나 《시경(詩經)》이나 《서경(書經)》의 글을 인용하였다.

고조는 육가에게 욕을 하며 말했다.

"네 아비는 말 위에서 천하를 얻었는데, 언제 《시》와 《서》를 배웠겠는가?"

육가가 말했다.

"마상(馬上)에서 천하를 차지했다 하여 무력으로 다스릴 수 있겠습니까? 그리고 탕왕(湯王)과 무왕(武王)도 무력으로 얻었지만 이룬 것을 인의(仁義)로 지켰으니 문무(文武)를 병용해야만 나라가 오래갈 수 있습니다. 옛날에 오왕(吳王) 부차(夫差)와 진(晉)의 지백(智伯)은 끝까지 무력에 의존하다가 망했고, 진나라에서는 형법에 의한 통치를 바꾸지 않았기에 결국 망했습니다. 지난 날, 진이 천하를 통일한 뒤 인의의 정치를 하고 선성(先聖)을 본받았다면 폐하가 어찌 천하를 얻고 또 소유할 수 있었겠습니까?'

고조는 불쾌했지만 부끄러운 기색으로 육가에게 일러 말했다.

"나를 위해 진나라가 왜 천하를 잃었고 내가 왜 차지할 수 있었는가를, 또 옛 나라의 성공과 실패한 일들을 한번 저술해 보시오."

육가는 모두 12편을 저술하였다. 매번 1편씩 상주할 때마다 고조는 칭찬을 안 한 적이 없었고 좌우 신하들은 만세를 불렀는데, 그 책을《신어(新語)》[203]라 하였다.

○ 편안한 노후

효혜제(孝惠帝) 때 여태후(呂太后)가 정사를 맡아 처리하면서 여씨 일족을 왕으로 봉하고 싶었으나 대신과 언변 있는 문사들 때문에 걱정을 하였다. 육가는 여후에게 간쟁할 수 없다는 것을 알고 병을 핑계로 사임하였다. 호치현(好畤縣)의 전지(田地)가 좋은

---

203 《新語(신어)》 — 陸賈의 저서. 崇王黜霸(숭왕출패)와 修身과 用人을 위한 儒家사상 강조. 《春秋》와《論語》의 문장을 많이 인용, 《漢書藝文志》에는 陸賈 23편이라 하였다. 상하 2권에 〈道基〉, 〈術事〉, 〈輔政〉 등 총 12편만 현존한다.

것을 알고 그곳에 집을 마련하였다.

육가에게 아들 다섯이 있었는데, 월(越)에서 받아온 전대 안에 있던 것을 천금을 받고 팔아 아들마다 2백 근 금전을 나눠주어 밑천으로 삼게 하였다.

육가는 늘 말 4마리가 끄는 안거(安車)를 타고, 가기(歌妓)와 악사와 시종 등 10여 명을 거느리면서 백금 어치가 되는 보검을 가지고 다니며 그 아들들에게 말했다.

"너희들과 약속하겠는데 너희들 집에 들를 때마다 너희들은 시종들과 말에게 먹을 것을 충분히 주어야 하고 열흘마다 다른 곳으로 갈 것이다. 내가 죽을 때 있던 집에서 보검과 수레와 말과 시종들을 가지도록 하여라. 1년에 다른 집에 손님으로 왕래도 할 것이니, 대체로 두 번 이상 들르지는 않을 것이니 신선한 어육을 준비하도록 할 것이며, 나도 오래 머물러 너희들을 힘들게 하지는 않을 것이다."

○ 여씨의 발호를 막다

여태후(呂太后) 때, 여씨를 왕에 봉했고 여씨들은 권력을 멋대로 행사하며 소제(少帝)를 누르고 유씨를 위태롭게 하였다. 우승상 진평은 이를 걱정했지만 힘으로 다툴 수도 없었고 화가 자신에게 미칠까 두려워했다. 진평은 늘 혼자 깊은 생각에 빠지곤 했다. 육가가 찾아가 상면을 청하지 않고 바로 들어가 앉아도 진평은 생각하느라고 육가가 온 줄도 몰랐다.

육가가 진평에게 말했다.

"무슨 생각이 그리 많습니까?"

진평이 말했다.

"선생께서 내가 무슨 생각을 하는지 맞춰보시오."

이에 육가가 말했다.

"족하는 우승상이며 식읍 3만 호의 제후로 더 바랄 것이 없는 최고 부귀를 누리고 있습니다. 그래도 걱정이 있다면 여씨 일족과 어린 황제에 대한 걱정일 것입니다."

그러자 진평이 말했다.

"맞습니다. 어찌해야 합니까?"

육가가 말했다.

"천하가 편안하면 승상의 뜻을 따르고, 천하가 불안정할 때는 대장군의 뜻을 따릅니다. 대장군과 승상이 화합하면 온 나라 사대부에 기꺼이 귀부하고, 사대부들이 귀부한다면 천하에 변고가 있어도 권력이 분열하지 않습니다. 통치권이 쪼개지지 않는 것이 사직을 안정케 하는 방책이며, 이는 두 분의 손에 달렸습니다. 내가 이런 이야기를 강후(絳侯, 주발)에게 말하고 싶지만 강후는 나와 농담을 하는 사이라서 내 말을 무시합니다. 왜 당신은 태위와 친하게 지내며 서로 뜻을 같이 하지 않습니까?"

그리고 진평에게 여씨들에 관한 몇 가지 방책도 말해주었다. 진평은 육가의 방책에 따라 곧 5백 금을 내어 강후의 장수를 축하했고 풍성한 음식을 차려 태위와 함께 마시며 즐겼는데 태위 또

한 그와 같이 답례하였다.

　우승상과 태위가 가깝게 맺어지자 여씨들의 계획은 많이 실패하였다. 이에 진평은 노비 100명과 거마 50승, 돈 5백 만을 육가의 음식비로 보내주었다. 육가는 그 돈으로 한(漢) 조정의 공경대부들과 교유하였고, 이를 바탕으로 육가의 명성은 더욱 높아졌다. 여씨들을 제거하고 효문제(孝文帝)를 옹립할 때 육가는 많은 힘을 보태었다.

　효문제가 즉위하고 남월(南越)에 사신을 보낼 때 승상 진평은 문제에게 말해 육가를 태중대부(太中大夫)로 임명해 조왕(越王) 위타(尉佗)에게 사신으로 보냈는데, 육가는 위타가 황제의 의장을 쓰고 황제라 칭하는 것을 못하게 하고, 보통 제후처럼 처신하게 해서 문제의 뜻대로 처리하였다. 육가는 천수를 누리고 죽었다.

4) 숙손통

○ 호구(虎口) 탈출

숙손통(叔孫通)[204]은 설현(薛縣)[205] 사람이다. 진나라에서 문학

---

204 숙손통(叔孫通) − 생졸년 미상, 秦始皇에서 漢 文帝까지 섬겼다. 叔孫은 복성. 숙손하(叔孫何)라고도 쓴다.

205 薛(설) − 縣名. 今 山東省(산동성) 남부 棗莊市(조장시) 관할의 滕州市(등주시).

(文學)으로 초빙되어 조명(詔命)을 대기하는 박사였다.[206]

몇 년 뒤, 진승(陳勝)이 기의하자(前 209), 2세 황제는 박사와 여러 유생을 불러놓고 물었다.

"초(楚)의 수졸이 진군(陳郡)을 차지했다는데, 공들은 어떻게 생각하는가?"

박사와 여러 유생 30여 명이 앞으로 나서며 말했다.

"신하나 백성에게 반역은 있을 수 없습니다. 그 죄는 절대로 사면 받지 못할 사형입니다. 폐하께서는 급히 군사를 내어 토벌해야 하시기 바랍니다."

2세는 노기를 띠고 얼굴색이 바뀌었다.

그러자 숙손통이 나와 말했다.

"여러 사람의 말은 모두 틀렸습니다. 지금 천하는 일가(一家)가 되었고 군현의 성곽을 허물었으며 병기를 녹여 두 번 다시 사용하지 않겠다는 뜻을 천하에 선포하였습니다. 그리고 현명하신 황제가 위에 계시고 아래로는 법령이 다 갖추어졌으며, 관리들은 저마다 맡은 일을 하고 있으며 사방이 바퀴살이 모이듯 하는데, 어디에 반역이 있겠습니까? 이는 다만 도둑의 무리로 마치 쥐와 강아지처럼 먹을 것을 훔치려는 것이니, 어찌 입에 올릴만한 것

---

206 대조(待詔) ─ 특수 관명. 詔(황제명령)에 따라 수시로 자문에 응하는 관직. 待詔黃門, 待詔殿中, 待詔保宮 … 등 여러 직명이 있다. 博士는 太常에 소속되어 교육이나 옛일에 대한 자문에 응하는 관리.

이겠습니까? 군의 태수나 군위(郡尉)가 체포를 명했을 것인데 무얼 걱정하십니까?"

2세는 좋아하며 여러 유생들 모두에게 물었는데, 혹은 반란이라 하고 혹은 도둑이라고 말했다. 그러자 2세 황제는 어사에게 말해 유생 중 반란이라고 말한 자들을 바른말을 하지 않은 죄로 옥리들에게 넘기라 하였다. 유생 중 도적이라 말한 자는 모두 내보냈다.

그리고 숙손통에게는 비단 20필과 옷 한 벌을 하사하고 박사(博士)에 임명하였다.

숙손통이 나와서 숙소로 돌아오자, 여러 유생들이 물었다.

"선생께서는 어찌 그리 말로 아부를 잘 하십니까?"

그러자 숙손통이 대답했다.

"공(公)들은 내가 거의 호구(虎口)를 벗어나지 못할 뻔했다는 것을 몰랐습니까?"

그리고서는 설현(薛縣)으로 도망했는데, 설현은 이미 초(楚)에 투항하였다.

○ 임기응변(臨機應變)

항량이 설현에 들어오자 숙손통은 항량을 수행했다. 항우가 정도(定陶)에서 패하자 숙손통은 회왕(懷王)[207]을 모셨다. 회왕이

───────
207 懷王(회왕) - 楚懷王의 손자(이름은 心)로 項梁(항량, ?-前 208)에

의제(義帝)가 되어 장사군(長沙郡)으로 옮겨가자 숙손통은 남아서 항우를 섬기다가 한(漢) 2년(前 205년)에 한왕(漢王)이 5제후를 거느리고[208] 팽성(彭城)을 점령하자 숙손통은 한왕에게 투항하였다.

숙손통은 유생의 복장을 했었는데, 한왕이 싫어하자 바로 옷을 고쳐 초나라 옷처럼 짧게 고쳐 입자,[209] 한왕이 좋아하였다.

숙손통이 한왕에 귀부하였는데 숙손통을 수행하는 제자가 100 여 명이었으나 관리로 추천받은 자가 없었고 전적으로 도적 무리였던 장사들만 추천되었다.

숙손통의 제자들이 말했다.

"우리가 선생을 섬기기 몇 년 만에 겨우 한에 투항했지만 지금껏 우리들을 관리로 추천하지 않고 전적으로 도둑들만 추천하는 까닭은 무엇입니까?"

그러자 숙손통이 말했다.

"한왕은 지금 화살과 돌을 맞으며 천하를 놓고 싸우고 있는데, 차라리 당신들이 싸울 수 있겠는가? 때문에 먼저 적장을 죽이고

의해 옹립되어 懷王이라 불리다가 항우가 義帝라 존칭하였으나 前 206년 암살당했다.

208 당시 한왕을 따라 같이 팽성에 입성한 제후는 常山王 張耳, 河南王 申陽, 韓王 鄭昌, 魏王 표(豹), 은왕(殷王) 사마앙(司馬卬)이었다.

209 짧은 옷은 유생의 옷 스타일이 아니었으나 숙손통은 한왕의 비위를 맞추기 위해 옷의 형태를 바꾼 것이다.

깃발을 빼앗을 수 있는 사람은 추천하는 것이요. 여러분들이 나를 믿고 기다려 준다면 나는 잊지 않을 것이요."

한왕은 숙손통을 박사에 임명하였다.

○ 새로운 의례 제정

한왕(漢王)이 천하를 차지하자 모든 제후들은 정도현에서 한왕을 황제로 높였는데, 숙손통은 그 의례와 호칭을 제정하였다. 고조는 진(秦)의 의례 규정을 다 버리고 간단히 만들라고 하였다. 여러 신하들은 술을 마시며 공적을 자랑하다가 취해서 함부로 떠들거나 칼로 기둥을 치기도 하였는데, 고조는 이를 싫어하였다.

숙손통은 고조가 그런 무례를 싫어하는 줄 알고서 고조에게 설명하였다.

"유생은 앞으로 나아가 얻지는 못하지만 이룬 것을 함께 지킬 수는 있습니다. 신(臣)이 노(魯)의 유생들을 데려다가 저의 제자들과 함께 조정의 의례를 제정하고자 합니다."

고조는 "어렵지 않겠는가?"라고 말했다.

그러자 숙손통이 말했다.

"오제(五帝)의 예악이 서로 달랐고 삼왕(三王)의 의례가 같지 않았습니다. 예(禮)는 시대와 인정에 따라 정한 규범이며 절차입니다. 그래서 하(夏)와 은(殷)과 주(周)의 예에서 서로 간에 없애거나 보탠 것을 알 수 있는 것입니다. 신은 여러 고례(古禮)를 참작하고 진(秦)의 의례를 혼합해서 정할 것입니다."

고조는 "한 번 만들어 보는데 쉽게 알 수 있도록 하고 내가 능히 할 수 있는 것으로 만들라."고 하였다.

이에 숙손통은 사람을 보내서 노(魯)에서 30여 명을 모집하였다.

노(魯)의 유생 2명이 함께 가지 않겠다면서 말했다.

"공이 섬긴 주군이 거의 열 명에 가깝고 매번 주군 인척의 면전에서 아부하였소. 지금 천하가 겨우 안정되었다지만 사자(死者)를 다 묻지도 못했고 다친 사람들도 회복이 안 되었는데, 이제는 예악을 일으키겠다고 합니다. 예악을 일으키려면 백 년간 덕을 쌓은 이후에나 가능합니다. 우리는 당신이 하려는 것을 차마 못 보겠소. 당신이 하는 일은 고례(古禮)에 맞지 않아 우리는 안 갈 것이오. 당신은 가더라도 우리를 욕보이지 마시오."

숙손통이 웃으면서 말했다.

"당신들은 진짜 비루한 유생이라서 시대의 변화를 알지 못하는 것이오."

마침내 초빙한 30인과 함께 서쪽으로 가서 황제의 근신(近臣)이나 학문이 있는 사람, 그리고 제자 100여 명 등이 함께 야외에서 줄을 긋고 표시를 하면서 예를 익혔다.

한 달 정도 연습을 한 뒤 숙손통이 말했다.

"황제께 한번 보여드릴 만하다."

고조는 의례 실행을 보고서 말했다.

"나도 이런 예를 할 만하다."

그리고 여러 신하들에게 연습을 하라 명령을 하고 10월에 조회를 거행키로 하였다.

○ 엄숙한 조회

한(漢) 7년(前 200), 장락궁(長樂宮)[210]이 완성되자, 10월에 조회를 하였다.

공신과 열후, 모든 장군과 군리(軍吏)들이 순차대로 서쪽에 줄을 지어 동쪽을 향하여 서있고, 문관은 승상 이하 모두가 동편에서 서쪽을 보고 정렬하였다. 대행령(大行令)이 명을 복창하는 구빈(九賓)을 세워놓아 상하로 의식 전차를 전달케 하였다. 그리고 황제의 연(輦)이 전각에서 나와 식장에 들어오자, 백관이 창을 잡고 경고를 복창하였고 제후의 왕 이하 봉록 6백 석 관리까지 순차적으로 나와서 황제에게 하례를 올렸다. 제후의 왕 이하 모두가 두려워하며 엄숙하게 경배하지 않는 이가 없었다.

의례를 마치고 모두 엎드렸고 법주(法酒)의 예를 행하였다. 황제를 모시는 백관 모두가 전각 아래 엎드린 채 고개를 들고 서열

---

210 長樂宮 – 長安城 동남쪽에 있어 '東宮'이라고도 한다. 둘레가 약 10km, 면적이 6km². 장안성 전면적의 약 1/6을 점유했다는 기록이 있다. 장안성 서남쪽에 蕭何의 계획대로 조성한 未央宮이 주로 황제가 거주하는 궁전이었고, 장락궁은 대개 황태후 거처로 이용되었다. 未央은 未盡(다함이 없다, '끝이 없다'는 의미).

에 따라 순차적으로 일어나 황제에게 축수를 하였다. 법주례 9번을 행한 뒤 알자(謁者)가 "파주(罷酒)"라고 외쳤다.

어사는 법도에 따라 의례에 따르지 않는 자를 보는 대로 데리고 나갔다. 조회를 모두 마치고 주연을 열었는데 감히 떠들거나 결례하는 자가 없었다.

그러자 고조가 말했다.

"나는 오늘에서야 황제가 고귀한 줄을 알았도다!"

그리고 숙손통을 봉상(奉常)[211]에 임명하고 금전 5백 근을 하사하였다.

숙손통이 이에 앞에 나가 말했다.

"여러 제자 유생들이 저를 따라다닌 지 오래되었으며 이번에 함께 의례를 집행하였사오니 폐하께서 이들에게 벼슬을 내려 주시기 바랍니다."

고조는 그들을 모두 낭관에 임명하였다. 숙손통이 돌아와 5백 금을 여러 사람들에게 나눠주었다.

여러 제자들이 기뻐하며 말했다.

"숙손(叔孫) 선생께서는 성인(聖人)이시니 당면한 세무(世務)를 잘 알고 계시다."

---

211 봉상(奉常) — 관직명. 종묘의례를 관장하는 九卿의 하나. 博士 선발과 관리, 업무도 담당하였다.

7. 여후와 혜제

(1) 효혜제

○ 인자하나 유약한 혜제

효혜황제(孝惠皇帝)[212]는 고조의 태자로, 모친은 여황후(呂皇后)이다. 혜제 나이 5세에 고조가 한왕(漢王)이 되었다. 한왕 2년(前 205)에 태자로 책립되었다.

한(漢) 12년(前 195) 4월, 고조가 붕어했다.

5월 병인일(丙寅日)에, 태자는 황제로 즉위하여 황후를 높여 황태후(皇太后)라 하였다.

백성에게 작위 1급을 하사하였다.[213]

---

212 孝惠皇帝 − 名은 盈(영), 前 210년생. 前 195년, 고조가 붕어하자 16세에 계위했다. 혜제 원년은 前 194년(丁未) − 前 188년 재위. 惠帝부터 시호에 '孝' 가 붙는 것은 '효자로 부친의 뜻을 잘 잇다 (孝子善繼父志)' 라는 뜻. 諡法에 '柔質慈民曰 惠' 라 하였다.

213 백성에게 작위를 1급씩 올려주다. 漢의 작위는 秦의 20등급 작위를 그대로 사용했다. 제일 낮은 1등급(公士)에서부터 8등급(公乘)까지는 일반 백성의 등급으로 공승 이상 올라갈 수 없다. 9등급 五大夫부터 18등급 대서장(大庶長)까지는 官吏의 등급으로 요역이 면제되었다. 19등급은 關內侯, 20등급 철후(徹侯, 列侯)는 작위이다.

원년(元年, 前 194), 겨울인 11월, 조왕(趙王) 여의(如意, 前 208－194)가 죽었다.[214]

백성이 죄를 지은 경우 작위를 30급을 사면 사형을 면할 수 있게 했다. 백성의 작위를 1호에 1급씩 하사했다.

3년 봄, 장안 주변 6백 리 안 남녀 14만 6천 명을 동원하여 장안에 축성하여 30일에 마쳤다.

4년(前 191) 겨울 10월, 임인(壬寅)일에 황후 장씨(張氏)[215]를 책립했다. 진나라에서 시행되었던 협서율(挾書律)[216]을 폐지하였다.

5년(前 190) 겨울 10월, 천둥이 쳤고 복숭아꽃이 피었으며, 대추가 열렸다.

봄 정월에, 다시 장안(長安) 6백 리 안의 남녀 14만 5천 명을 징발하여 장안성을 축성하고 30일 만에 해산했다. 9월, 장안성[217] 축성을 끝냈다. 백성에게 작위를 1호에 1급씩 하사했다.

---

214 척부인 소생의 趙 隱王(은왕) 如意(前 208－194)는 고조 9년에 책봉되었다. 趙王 4년 고조가 붕어하자(前 195), 呂太后는 조왕을 장안으로 불러 독살하였다.

215 皇后張氏 － 張敖(장오)와 혜제의 누나 노원공주의 딸. 장씨는 외삼촌과 결혼했다.

216 秦의 법률 '敢有挾書者族'의 조항을 폐지했다. 이때 挾(낄 협)은 藏(감추다)의 뜻. 族은 멸족시키다.

217 長安城 － 장안성은 높이 12m, 하부의 넓이 12－16m, 남북이 긴 장방형으로 주위 둘레가 총 25,700m라고 하며 두성(斗城)이라는 별칭도 보인다.

6년, 여자의 나이가 15세에서 30세까지 출가하지 않으면 5산(算)을 징수했다.[218]

7년(前 188) 봄 정월 신축일, 초하루 일식이 있었다. 하(夏) 5월 정묘일에 일식이 있었는데, 개기일식이었다. 8월 무인(戊寅)일, 황제가 미앙궁에서 붕어했다. 9월 신축일, 안릉(安陵)에 장례했다.

○ 척부인의 비극

고조는 혜제가 유약하여 자신을 닮지 않았다고 생각하였다. 혜제는 고조가 40대 중반에 얻은 아들이다. 그래서 태자를 폐하고 척(戚)부인 소생의 여의(如意)를 태자로 세우려 하였다. 그러나 장량의 계책에 의거 상산(商山)의 사호(四皓, 皓는 흴 호. 희다. 깨끗하다)를 모셔오고, 여러 신하의 반대가 있어 태자를 바꾸지는 못했다.

고조가 죽고(前 195) 혜제가 즉위하자, 여후는 황태후가 되었는데, 후비(后妃)나 궁녀의 옥사를 관장하는 영항령(永巷令)을 시켜 척부인(戚夫人)[219]을 죄수로 만들어 머리를 깎았고 칼을 씌웠

---

218 五算 － 1산(算)이 1인 1년 120전. 15세에게 30세까지를 5등분하여 노처녀 1인에 3년마다 1算씩 징수하는 인구증가책의 일환이다.

219 척부인(戚夫人, ?－前 194) － 今 山東省 서남부 菏澤市 定陶縣 출생. 漢王 4년부터 漢王을 시종했다. 아들을 낳자, 고조는 척부인 소생 여의(如意)를 조왕(趙王)으로 봉했고 태자로 삼으려 했다. 이 때문에 여후의 미움을 받아 모자가 모두 비극적 최후를 맞이했다. 척부인은 중국 북방 일부 지역에서는 廁神(측신, 화장실의 신)으로 숭배되고 있다.

으며 붉은 죄수 옷을 입혀 방아를 찧게 하였다.

척부인은 방아를 찧으며 노래를 불렀다.

「아들은 왕이나, 어미는 죄수라네.　　(子爲王, 母爲虜)

종일토록 방아를 찧나니,　　　　　　(終日舂薄幕)

죽어야만 같이 있겠네!　　　　　　　(常與死爲伍)

떨어져서 삼천리,　　　　　　　　　(相離三千里)

누굴시켜 네게 알려주겠나?」　　　　(當誰使告女)

태후가 이를 알고 화를 내며 말했다.

"너는 네 아들에게 의지하려 하는가?"

그리고서는 조왕(趙王)을 불러 죽이려 하였다. 사자(使者)가 세 번이나 갔으나 조상(趙相)인 주창(周昌)은 조왕을 보내지 않았다. 태후가 조상을 소환하자, 주창은 조상의 관직으로 장안에 왔다.

태후는 사자를 보내 다시 조왕을 소환했고 조왕이 장안에 왔다. 인자한 혜제는 태후의 분노를 알고 있었기에 직접 패상(覇上)에 나가서 조왕을 데리고 들어와 기거와 음식을 조왕과 같이 하였다.

몇 달 뒤, 혜제가 새벽에 사냥을 나가자 조왕은 일찍 일어나지 못했는데, 태후는 조왕이 홀로 있는 것을 알고 사람을 시켜 독약을 먹였다. 혜제가 돌아왔을 때 조왕은 죽어있었다.

여태후는 마침내 척부인의 수족을 자른 뒤, 눈을 파내고 귀를 멀게 하였으며, 약을 먹여 말을 못하게 하고 지하에 살게 하면서 '사람 돼지(인체人彘, 돼지 체)' 라고 불렀다.

몇 달 뒤에 혜제를 불러 인체(人彘)를 보게 했다.

혜제가 보고 물어 척부인인 줄 알고서는 통곡했고, 병이 나서 1년 이상 일어나지 못했다.

그리고 사자를 보내 태후에게 주청했다.

"이런 일은 사람이 할 짓이 아닙니다. 제가 태후의 아들이지만 이제는 다시 나라를 다스리지 못할 것입니다."

이후, 날마다 술을 마시거나 음락(淫樂)에 빠져 정사를 돌보지 않다가 재위 7년에 죽었다.

효혜제(孝惠帝)는 안으로는 친족을 친애하고 밖으로는 재상을 예우하였으며, 제(齊) 도혜왕(悼惠王)을 우대하고 조(趙) 은왕(隱王, 척부인 소생, 如意)을 총애하였으니 형제에 대한 은애와 공경이 도타웠다. 숙손통(叔孫通)이 간언을 올리면 두려워했으나 상국 조참(曹參)의 대답에는 기뻐하였으니, 가히 관대 인자한 주군이라 할 수 있다. 여태후에게 지덕(至德)을 훼손당하였으니 슬픈 일이다.

(2) 고조 황후 여씨(呂氏)

○ 귀인(貴人)의 상(相)

정장(亭長)인 유방(劉邦, 고조)이 휴가를 얻어 마을에 돌아갔었다. 아내 여씨(呂氏)는 남매를 뉘여놓고 밭일을 하는데, 어떤 노인이 지나가다가 물을 달라고 하자, 여후는 노인에게 물을 주었다.

노인은 여후를 본 다음에 말했다.

"부인은 천하의 귀인(貴人)입니다."

두 아이의 관상을 보게 하자, 남자아이를 보고서는 말했다.

"부인이 고귀한 것은 이 아들 때문입니다."

딸을 보고서도 모두 귀인이라고 하였다.

노인이 떠난 뒤, 고조가 마침 돌아오자, 여후는 이를 상세히 말했다.

"지나가는 사람이 우리 모자를 보고서는 모두 아주 귀인이라고 했습니다."

고조가 묻자 "멀리 못 갔습니다."라고 했다.

고조가 따라가 노인에게 물었다.

노인이 말했다.

"조금 전에 부인과 아이들은 모두 당신 때문이니, 당신의 상은 이루 말할 수 없이 고귀합니다."

이에 고조가 사례하며 말했다.

"정말 노인 말씀대로면 은덕을 잊지 않겠습니다."

나중에 제위에 올랐지만 끝내 노인의 거처를 알지 못했다.

○ 여씨 일족의 영화

고황후(高皇后) 여씨(呂氏)는 혜제를 낳았다. 고조(高祖)의 천하 평정을 도왔고, 고조를 따른 부친과 오빠 등 3인이 제후가 되었다. 혜제는 즉위하고서 여후를 태후로 높였다.

태후는 혜제의 누나인 노원공주(魯元公主)의 딸을 황후(皇后)로 책립했으나 아들이 없자, 후궁 미인 소생의 아들을 혜제의 아들이라 하여 태자로 정했다.

혜제(惠帝)가 붕어하자, 태자를 세워 황제라 하였으나(前 少帝) 나이가 어려 태후가 조회에 임하며 칭제(稱制)하였고 천하 죄인을 대사면하였다.

황태후 여씨는 소제〔少帝, 전 소제(前 少帝), 명(名) 공(恭), ?-前 184〕를 죽였고, 다시 혜제와 후궁의 소생인 유홍(劉弘, ?-前 180, 前 184-180년 재위)을 황제라 하였는데, 이를 후소제(後少帝)라 한다. 후소제 유홍, 양왕(梁王) 유태(劉太) 등은 혜제의 친생자가 아니라 하여 모두 제거되었다.

이어 태후 오빠(여택呂澤)의 아들인 여태(呂台), 여산(呂產), 여록(呂祿, 여석지呂釋之의 자子), 그리고 여태의 아들인 여통(呂通, 여후의 친정 조카) 4인을 왕에 봉했으며 다른 여씨 6인도 열후가 되었다.

○ 여씨 일족의 몰락

前 180년 가을인 7월, 황태후가 미앙궁(未央宮)에서 붕어했다.

상장군 여록(呂祿), 상국(相國) 여산(呂產)은 군권과 정권을 장악하고 있었는데, 자신이 고황제(高皇帝)와 공신 간의 약속을 어겼기에 대신과 제후에 의해 주살당할 것을 걱정하면서 작란(作亂)을 꾸미었다.

이때, 제(齊) 도혜왕(悼惠王)의 아들인 주허후(朱虛侯) 유장(劉章)은 장안에 있었는데, 여록의 딸이 아내였기에 그 음모를 알고, 바로 사람을 시켜 형인 제왕(齊王)에게 통보하여 군사를 일으켜 서쪽으로 진격하게 하였다. 유장은 태위인 주발(周勃), 승상인 진평(陳平)과 내응하며 여씨를 제거하려고 하였다.

주발은 여록이 장악하고 있던 군문에 들어가 북군(北軍)에게 명령했다.

"여씨에게 충성할 자는 우단(右袒, 옷을 벗어 오른쪽 어깨를 드러내다)하고, 유씨를 위하는 자는 좌단(左袒)을 하라."

군사는 모두 좌단하였다. 주발은 이에 북군을 통솔하였다.

신유일에 여록을 참수했고 여태후의 여동생 여수(呂嬃, 번쾌의 아내)를 때려 죽였다.

부서를 정해 여씨 남녀를 모두 잡았고 어른 아이나 남녀를 막론하고 모두 죽였다.

대신들은 함께 비밀리에 의논하여 소제(少帝)와 3명의 동생 모두 혜제의 아들이 아니라 하여 또 모두 죽였고 문제(文帝)를 받들어 모셨다.

효혜제(孝惠帝, 재위 前 194 – 188)와 고후(高后) 시대에(前 187 –

180)는 해내(海內)가 전쟁의 고통에서 벗어났고 군신이 모두 무위(無爲)의 정치를 원했기에 혜제는 팔짱을 끼었고, 고후가 여주(女主)로 정사를 재단했으나 궁궐 문밖을 벗어나지 않았으니, 천하는 태평했고 형벌을 거의 쓰지 않았으며 백성은 농사에 힘써 의식(衣食)이 넉넉하였다.

8. 문경지치 文景之治

(1) 효문제

○ 천운을 타고난 박희(薄姬)

고조(高祖)의 후궁인 박희(薄姬, 薄은 엷을 박, 성씨)는 효문제(孝文帝)의 모친이다. 생부는 오현(吳縣) 사람인데, 진(秦) 시절에 옛 위(魏) 종실 여인인 위온(魏媼, 媼 할미 온)과 통정하여 박희를 낳았다. 여러 제후들이 진(秦)에 반기를 들 때, 위표(魏豹)[220]는 자립하

---

220 위표(魏豹, ?-前 204)―본래 魏國의 公族, 秦末 농민 반란이 일어나면서 봉기한 六國 群雄의 한 사람. 위구(魏咎)의 아우. 위구가 패전 사망하자 형의 지위를 계승했다. 나중에 항우에 의해 西魏王에 봉해졌다. 반복(反服)이 무상했다. 뒷날 漢의 어사대부인 주가(周苛)에게 살해되었다. 위표의 아내가 박희(薄姬)였다.

여 왕이 되었고, 위온은 자신의 딸인 박희(薄姬)를 위왕(魏王)의 궁궐에 보냈다.

허부(許負)는 박희의 관상을 본 뒤 틀림없이 천자(天子)를 낳을 것이라고 말했다. 이때 항우는 한창 한왕(漢王)과 형양(滎陽)에서 세력을 다툴 때라서 천하 향배는 정해진 바가 없었다.

위표는 처음에 한과 협력하여 초(楚)를 공격하였지만, 허부의 말을 듣고 마음으로 기뻐하며 한을 배신하고 중립을 지키며 초와 강화하였다.

한왕의 사자 조참(曹參) 등이 위왕 위표를 사로잡은 뒤 그 영지를 위군(魏郡)으로 만들었고, 박희(薄姬)는 한의 직실(織室, 궁중에 필요한 옷을 만드는 곳)에 보내졌다.

위표는 이미 죽은 뒤였는데, 한왕이 직실에 들렀다가 박희를 보고 불러 후궁 처소에 보냈지만, 1년이 넘도록 가까이하지 않았다.

그전에 박희가 어렸을 때, 관부인(管夫人), 조자아(趙子兒)와 함께 친했는데 '먼저 높아지더라도 서로를 잊지 말자!'고 약속했었다.

얼마 뒤에 관부인과 조자아는 먼저 한왕(漢王, 고조)의 사랑을 받았다. 한왕 4년(前 203), 하남(河南) 성고(成皋)의 영대(靈臺)에 머물 때, 두 미인은 시중을 들면서 박희와의 예전 약속을 생각하며 웃었다.

한왕이 웃는 까닭을 묻자, 두 사람은 사실대로 이야기를 했다.

한왕은 마음속으로 박희를 불쌍하다 생각하며 그날 밤에 박희를 불러 사랑을 주려고 했다.

그러자 박희가 말했다.

"엊저녁 꿈에 제 가슴으로 용을 품었습니다."

그러자 한왕이 말했다.

"그 꿈은 높이 오를 징조이니 내가 네 뜻을 이뤄주겠다."

그러면서 사랑을 주어 임신시켰다. 그 해에 아들〔항(恒, 고조의 4子, 前 203 - 157)〕을 낳았고, 항이 8살이 되자 대왕(代王)에 봉해졌다. 박희는 아들을 낳은 뒤로는 가끔 고조에게 불려갔다.

고조가 죽은 뒤, 고조의 총애를 받은 후궁들은 척(戚)부인 편이었기에, 여태후는 분노하며 후궁들을 궁 밖(지방)으로 내보냈다. 그러나 박희는 가끔 불려갔었기에 아들(恒)을 따라 대국(代國)에 가서 대왕(代王)의 태후가 되었다. 태후 동생인 박소(薄昭, ?-前 170. 효문제의 외삼촌)도 함께 대국으로 갔다.

박태후 소생은 대왕이 되어 17년에 고후가 죽었다(前 180). 대신들이 후사를 의논할 때, 천성이 포악했던 여씨(呂氏)를 증오하면서 박씨(薄氏)가 어질고 착하다고 모두가 칭찬하면서 대왕을 황제〔효문(孝文帝, 재위 前 180 - 157)〕로 옹립하였는데, 박태후를 황태후로 모시었으며, 동생인 박소(薄昭)를 지후(軹侯)에 봉했다.

태후는 문제 사후 2년, 효경제 전원(前元) 2년(前 155)에 죽어 남릉(南陵)에 묻혔다. 여후를 장릉(長陵, 고조 능)에 합장하지 않은 예를 따라 따로 능을 썼는데 문제 능(패능覇陵) 가까운 곳에 썼다.

○ 효문제의 황후 – 두황후(竇皇后)

효문제(孝文帝)의
두황후(竇皇后, 竇 구
멍 두, 성씨)는 경제(景
帝)의 모친인데, 여태
후(呂太后) 때에 낭가
자(良家子)로 선발되
어 입궁하였다. 여태
후가 궁인들을 여러
왕가에 5명씩 보내주
었는데 두희(竇姬)도
보낼 사람 명단에 들
었다.

효문제(孝文帝, 漢)

두희는 본가가 청
하군〔淸河郡, 지금의
하북성 남부 형태시(邢台市) 관할의 청하현(淸河縣) 산동성 접경 지역〕이
기에 두희는 조(趙)나라에 가기를 원하면서 담당 환관에게 '나를
꼭 조(趙)에 가는 명단에 넣어 달라.'고 부탁하였다.

그러나 환관이 잊어버리고 대국(代國, 지금의 산서성 북부 지역)에
가는 명단에 올렸다. 명단은 그대로 결재가 났다.

떠날 때 두희(竇姬)는 울면서 그 환관을 원망하며 아니 가려 했지만 여럿이 권하자 마지못해 갔다. 대국에 도착하자, 대왕(代王, 뒷날 문제)은 오직 두희만을 총애하여 딸 표(嫖)를 낳았고, 혜제 7년(前 188)에 아들 계(啓, 뒷날 景帝)를 낳았다.

대왕의 왕후는 네 아들을 낳았는데, 대왕이 황제로 즉위하기 전에 왕후가 죽었고, 대왕이 제위에 오른 뒤로는 왕후 소생의 4남이 모두 죽었다.

문제가 즉위한 몇 달 뒤 공경들이 태자 책봉을 주청했고 두희가 난 아들이 가장 연장이어서 태자가 되었다. 두희는 황후가 되었고, 딸은 관도장공주(館陶長公主)[221]라 하였다. 그 다음 해 작은 아들 유씨를 대왕으로 봉했고 뒤에 양(梁)으로 옮겼는데, 이가 양효왕(梁 孝王)이다.

두(竇)황후의 친정 큰동생은 장군(長君)이다. 작은동생은 광국(廣國)으로 자(字)는 소군(少君)인데 나이 4~5세에 집이 가난하여 다른 사람에게 잡혀가 팔렸는데, 그 집에서는 어디에 있는지 몰

---

221 관도장공주(館陶長公主, ?-前 116) - 관도(館陶)는 현명. 今 河北省 남부 邯鄲市(한단시) 관할 館陶縣. 長公主는 맏이란 뜻. 文帝 때는 공주라 했다가 나중에 景帝 때부터 長公主, 武帝 때는 大長公主라 칭했다. 景帝의 친누나. 堂邑侯 진오(陳午)에게 출가했기에 堂邑長公主라고도 부른다. 武帝의 고모. 장공주 소생의 딸이 무제의 첫 번째 황후인 陳皇后이다.

랐다. 10여 집을 옮겨 다니다가 의양현(宜陽縣)에 와서 주인을 위해 산에 들어가 숯을 만들고 있었다.

저녁에 벼랑 아래에, 1백여 명이 누웠는데, 벼랑이 무너져 누워있던 사람 모두가 압살당했지만 두소군만은 혼자 빠져나와 살았다. 나중에 점을 쳐보니 제후가 된다고 하였다. 주인집을 따라 장안에 갔을 때, 황후가 새로 책봉되었는데, 본가가 관진현이고 성이 두씨라는 말을 들었다.

두광국이 집을 떠날 때 비록 어렸지만, 그 현과 성씨는 알고 있었기에, 또 누나와 뽕을 따다가 나무에서 떨어져 생긴 흉터를 증거로 글을 올려 자신에 대해 말했다.

황후가 문제에게 말해 불러 물었는데, 그 사연을 다 말하니 과연 그대로였다.

그리고 또 생각나는 것이 있는가 묻자 대답하였다.

"누나가 우리와 헤어져 서쪽으로 가려고 나와 전사(傳舍)에서 헤어질 때, 쌀뜨물을 얻어 내 머리를 감겨주었으며, 마치고서는 밥을 먹여주고 떠나갔습니다."

그러자 두황후는 동생을 붙잡고 통곡했고, 좌우 시녀들도 모두 슬피 울었다. 이어 하사품을 많이 주고 장안에 살게 하였다.

강후 주발과 관영(灌嬰) 장군 등이 말했다.

"우리들이 죽지 않으려면 명줄이 이 두 사람에게 달렸다. 이 두 사람 출신이 미천하여 스승을 골라 가르치지 않을 수 없으니, 다시 여씨(呂氏)를 본받는다면 큰일이로다."

그리고서는 행실이 바른 사람을 골라 같이 기거하게 하였다. 이후로 두장군(竇長君)과 두소군(竇少君)은 겸양 군자가 되어 부귀를 누리면서도, 남에게 교만하지 않았다.

두황후는 병이 나서 실명했다. 문제는 한단(邯鄲) 출신 신(慎)부인이나 윤희(尹姬)를 총애하였으나 모두 아들을 두지 못했다. 문제가 붕어하고 경제가 즉위하자, 두황후는 황태후가 되었고 두광국은 장무후(章武侯)가 되었다.

두태후는 황제(黃帝)와 노자(老子)의 학설을 좋아하였기에 경제(景帝)와 여러 두씨들은 《노자》를 읽고 그 학설을 존중하지 않을 수 없었다. 두태후는 경제가 죽은 6년 후에 죽었는데 총 46년을 황후 및 황태후로 재위하였으며, 무제 건원 6년에 붕어하였고 패릉(覇陵, 문제의 능)에 합장하였다.

○ 검소 인애(仁愛)의 효문제(孝文帝)

효문황제(孝文皇帝) 재위 23년(前 179 – 157)에, 궁궐과 원유(苑囿, 정원)와 거기(車騎)와 수레에 더 늘어난 것이 없었다. 불편한 제도는 바로 폐지하여 백성에게 도움을 주었다.

그전에 노천에 누대를 지으려고 장인(匠人)을 불러 계산을 물었더니, 황금 1백 근이 소요된다고 하였다.

이에 문제가 말했다.

"백금이면 보통 사람 10가(家)의 재산이다. 짐이 선제(先帝)의

궁실을 물려받은 것만으로도 늘 선제께 부끄러웠는데, 왜 누대를 더 지어야 하는가!'

문제는 검은 비단옷을 입었으며 총애하는 신부인의 옷도 땅에 끌리지 않았고, 휘장에 수를 놓지도 않는 돈후질박한 생활로 천하에 솔선하였다.

패릉(覇陵)을 조성하면서도 부장품으로 질그릇을 사용하였고, 금은 또는 구리나 주석으로 장식하지 않았으며, 산의 형세에 따랐고 봉분을 만들지도 않았다. 그래서 문제의 능은 끝까지 도굴당하지 않았다.

ㅇ 효문제의 명신(名臣) – 가의(賈誼)

가의(賈誼)[222]는 낙양 사람으로, 나이 18세에 시서(詩書)에 능통하고 글을 잘 지어 군(郡)에 소문이 났었다. 하남군수인 오공(吳公)은 가의가 수재라는 것을 알고 불러 문하에 두고 매우 아끼고 인정하였다.

문제가 즉위한 뒤에, 문제는 가의에게 박사(博士)[223]를 제수하였다.

---

222 賈誼(가의, 前 200–168) – 長沙王 太傅, 政論으로는 〈過秦論(과진론)〉, 〈論積貯疏(논적저소)〉, 〈論治安策(논치안책)〉이 유명하다. 辭賦로는 〈弔屈原賦(조굴원부)〉, 〈鵩鳥賦(복조부)〉, 〈惜誓(석서)〉 등이 잘 알려졌다.

223 博士 – 太常(奉常) 소속의 질록 6백 석 관직.

이때 가의는 20여 세로 가장 어린 박사였다. 매번 조령(詔令)을 의논하며 여러 노(老) 박사들이 대답을 못할 때, 가의는 모두 대답하였으며, 그 답변은 노 박사들의 말하려는 뜻에 맞았다.

여러 박사들은 모두 가의의 유능함을 인정하였다. 문제도 가의를 좋아하여 파격으로 승진시켜 일 년 남짓에 태중대부(太中大夫)[224]가 되었다.

가의는 한(漢)이 건국된 지 20여 년이 지났고 천하가 하나로 통합되었으니, 당연히 정삭(正朔)을 바꾸며 복색과 제도를 바꾸고 관직명을 새로 제정하며 예악을 일으켜야 한다고 생각하였다. 그리하여 그 의법(儀法)의 초안을 마련하였으니 복색은 황색을 숭상하고, 수는 5를 기본으로 하며 모든 관직명을 바꿔야 한다고 상주하였다. 그러나 문제는 아직 그럴만한 겨를이 없다고 미루었다. 그렇지만 여러 법령을 개정하고 열후가 책봉된 본국으로 돌아가게 한 주장은 모두 가의가 발의한 것이었다.

이에 문제는 가의를 공경의 지위에 임명하려고 논의케 하였다. 그러나 강후 주발(絳侯 周勃)과 관영(灌嬰), 풍경(馮敬) 같은 사람들이 모두 가의를 싫어하였고, 가의를 헐뜯는 말을 했다.

"낙양 사람은 나이도 어린 초학자인데도 오직 권력을 잡고 싶어서 여러 일에 분란만 일으킨다."

---

224 太中大夫 – 郎中令의 屬官. 議論을 담당. 질록 一千石.

그러자 문제도 나중에는 가의를 멀리하면서 가의의 건의를 채용하지 않았으며, 가의를 장사왕(長沙王)의 태부(太傅)[225]로 임명하였다.

가의가 폄직되어 가면서 마음이 편치 않았는데, 상수(湘水)[226]를 건너가면서 〈조굴원부(吊屈原賦)〉[227]를 지어 굴원(屈原)에게 조의를 표했다.

굴원은 초(楚)의 현신(賢臣)으로, 참소를 당해 방축되었고 〈이소(離騷)〉[228]를 지었는데, 그 마지막에 「끝이로다! 나라에 사람이 없어 나를 아는 이가 없도다.」라고 하였다.

가의는 굴원의 죽음을 애상하면서 자신을 그에게 비유하였다.

---

225 長沙王 태부(太傅) - 당시 장사국(長沙國, 今 湖南省 북동부)는 변방이었으며 無力한 異姓諸侯(吳芮의 후손인 吳著)의 태부가 된 것은 사실상 방축(放逐)당한 것이었다.

226 상수(湘水) - 湘江. 長江의 主要 支流의 하나. 湖南省 境內의 최대 강(850여 km). 지금은 중국에서 중금속으로 가장 심하게 오염된 강으로 알려졌다.

227 〈吊屈原賦〉 - 前漢의 서정부로는 賈誼의 〈吊屈原賦〉, 〈鵩鳥賦(복조부)〉가 있다.

228 굴원(屈原, 前 340-278)은 屈氏, 名은 平, 字는 原. 《離騷(이소)》의 離는 당하다. 騷는 근심, 걱정의 뜻. 《離騷》의 제일 마지막은 '亂曰, 已矣哉, 國無人莫我知兮, 又何懷乎故都? 旣莫足與爲美政兮, 吾將從彭咸之所居.' 로 끝난다. 굴원은 汨羅水(멱라수)에 투신 자살하였다.

1년 쯤 뒤에 문제는 가의를 생각하고 가의를 불렀다. 가의가 도착하여 알현하였는데, 문제는 마침 제사 지낸 고기를 받고 미앙궁 선실에 앉아있었다.

문제는 귀신에 관하여 생각한 바가 있어 귀신의 본질에 대하여 물었다. 가의는 귀신의 여러 가지 그럴만한 이치를 모두 말했다. 이야기는 한밤까지 계속되었고 문제는 가의 앞으로 다가 앉으며 들었다.

나중에 끝나고서 문제가 말했다.

"나는 가의를 오랫동안 만나지 못하면서 내가 가의보다 낫다고 생각했지만 오늘 보니 가의를 따라갈 수가 없도다."

그리고 문제는 가의를 양(梁) 회왕(懷王)의 태부(太傅)로 임명하였다. 회왕은 문제의 막내아들로 매우 사랑을 받았으며 학문을 좋아하였기에 가의로 하여금 보필하게 한 것인데, 회왕은 자주 정치의 득실에 대하여 물었다.

이 무렵, 흉노가 강하여 국경을 침범하였다. 천하가 겨우 안정되었지만 아직 제도가 정비되지 않았다. 제후 왕들은 참월하여 분수를 몰랐고 영토도 고제(古制)보다 넓었으며 회남왕(淮南王)과 제북왕(濟北王)은 모두 반역하다가 죽음을 당했다. 가의가 여러 번 정사에 관하여 상소한 〈치안책(治安策)〉은 이러한 폐단을 바로잡고 새 제도를 마련하려는 뜻이었다.

가의가 섬기는 양왕(梁王) 유승(劉勝)은 말에서 떨어져 죽었는데(문제文帝 11년, 前 169), 가의는 슬퍼하며 태부로서 직분을 다하지 못했다고 생각하여 오랫동안 통곡하다가 1년 뒤에 가의 또한 죽었다. 가의가 죽을 때 나이는 33세였다.

○ 문제의 총신-등통

등통(鄧通)은 촉군(蜀郡) 남안현(南安縣) 사람인데, 배를 잘 저어 황두랑(黃頭郎, 사공)이 되었다.

언젠가 문제가 꿈에 하늘에 올라가려 했지만 올라가지 못하고 있는데, 어떤 황두랑이 밀어주어 하늘에 올라갔다. 문제가 돌아보니 그 사공 엉덩이 쪽 허리 아래 윗옷이 터져 있었다. 꿈을 깨고서 점대(漸臺)에 가서 꿈속에서 처럼 밀어준 사공을 몰래 살펴보아 등통(鄧通)을 찾아냈는데, 옷의 뒤가 터진 것이 꿈에 본 것과 같았다. 불러 그 성명을 물어보니 성이 등(鄧)이고, 이름이 통(通)이었다.

등(鄧)은 쯒(오를 등)과 같기에, 문제는 매우 기뻐하며 그를 중히 여기고 아껴주었는데 날이 갈수록 더했다. 등통 역시 성실하고 신중하였으며 다른 사람과 사귀는 것도 좋아하지 않아 세목일(洗沐日, 휴가)에도 외출을 하지 않았다. 이에 문제는 등통에게 거만금을 10여 차례나 하사하였고 관직은 상대부(上大夫)가 되었다.

문제는 가끔 등통의 집에 가서 놀기도 하였는데, 등통은 특별한 재주도 없고 다른 사람을 천거하지도 않았으니 다만 행실을 조심하며 황제의 비위나 맞출 뿐이었다.

문제가 관상을 잘 보는 사람에게 등통을 보게 하였더니 "가난하여 굶어 죽을 것이라."고 하였다.

문제는 "내가 능통을 부자로 만들어 줄 수 있는데, 어찌 가난할 것이라 말하는가?"라고 했다. 그리고 촉군(蜀郡) 엄도(嚴道)에 있는 구리광산을 하사하여 등통이 주전(鑄錢)하게 해주었다. 등통이 주조한 돈이 천하에 유포되었으니 그처럼 부유하였다.

문제에게 악성 종기가 있어 등통이 늘 그 고름을 입으로 빨았다.

몸이 안 좋은 문제가 조용히 물었다.

"천하에 누가 나를 가장 아껴주겠는가?"

그러자 등통이 말했다.

"태자만큼 걱정하는 사람은 없을 것입니다."

태자가 들어와 문안을 올리자, 문제는 태자에게 종기 고름을 빨아내라고 하였다. 태자가 고름을 빨았지만 난처한 표정이었다. 나중에 등통이 문제의 고름을 빨았다는 것을 알고 태자는 부끄러웠지만, 이 때문에 마음으로 등통을 미워하였다.

문제가 붕어하고 경제(景帝)가 즉위하자(前 157), 등통은 면관되어 집에 머물렀다. 얼마 안 있어 누군가가 등통이 새외로 주전을 밀반출한다고 고발하여 관리를 시켜 조사하였더니 사실이어서 조사를 받고 모든 재산을 몰수하였는데, 등통의 집에서는 예전에 거만금을 빌려준 돈이 있었다.

관도장공주가 등통에게 빚을 갚으면 관리가 그때마다 몰수하여 비녀 하나도 몸에 지닐 수 없었다. 이에 장공주가 의식을 꾸어주는 것처럼 도와주었다. 결국은 일전도 소유할 수 없어 남의 집에서 객사했다. (《한서》 93권, 〈영행전(佞幸傳)〉)

(2) 효경제

○ 오초칠국의 난

효경황제(孝景皇帝, 名 啓, 재위 前 156－141)는 문제(文帝)의 태자인데, 모친은 두(竇)황후이다. 문제 후원(後元) 7년(前 157) 6월, 문제가 붕어했다. 태자가 제위에 올라 황태후 박씨(薄氏, 문제의 모친, 경제의 조모)를 태황태후(太皇太后)로, 문제의 두(竇)황후를 황태후로 높였다.

경제 전원(前元) 3년(前 154) 봄 정월, 오왕(吳王) 유비(劉濞), 교서왕(膠西王) 유앙(劉卬), 초왕(楚王) 유무(劉戊), 조왕(趙王) 유수(劉遂), 제남왕(濟南王) 유벽광(劉辟光), 치천왕(菑川王) 유현(劉賢), 교동왕(膠東王) 유웅거(劉雄渠) 등이 거병하며 반역했다(오초칠국의 난).

태위(太尉) 주아부(周亞夫)와 대장군 두영(竇嬰)을 파견하여 군
사를 거느려 토벌케 하였다. 어사대부 조조(晁錯, 鼌錯)를 참수하
여 7국에 사과했다.

2월 그믐에 일식이 있었다. 여러 장수가 7국을 격파하고 10여
만 명을 죽였다. 오왕(吳王) 유비를 추격하여 단도현(丹徒縣)에서
죽였다. 교서왕 유앙, 초왕 유무, 조왕 유수, 제남왕 유벽광, 치천
왕 유현, 교동왕 유웅거가 모두 자살했다.

 ○ 오초칠국난 – 조조의 삭번책(削藩策)

조조(鼌錯)[229]는 영천(潁川)[230] 사람이다. 신불해(申不害)와 상앙
(商鞅)의 형명학(刑名學)을 공부하였다. 그리하여 문학(文學)으로
태상장고(太常掌故)[231]가 되었다.

---

229 조조(鼌錯, 前 200－154. 鼌는 아침 조). 朝의 古字. 晁(아침 조)와 同.
錯는 둘 조('厝置의 厝 라는 註'에 따름. '錯雜(착잡)의 錯(착)으
로 읽을 수 있으나 따르지 않는다.'는《漢書補註》에 의거 '조조'
로 표기한다. 태자의 家事 담당하는 太子家令으로 근무하였기에
경제의 신임이 두터웠다. 〈삭번책(削藩策)〉을 주장하여 吳楚七國
의 亂의 원인을 제공하였다.《한서》49권, 〈원앙조조열전(爰盎鼌
錯傳)〉에 입전.《史記 袁盎鼌錯列傳》참고.

230 영천(潁川) － 군명. 今 河南省 중부 鄭州市 관할의 登封市 일원.

231 掌故(장고) － 옛 예악이나 제도의 典章에 대한 자문을 담당하는
직책. 업무에 따라 太常掌故, 太史掌故, 治禮掌故, 文學掌故 등으
로 구분한다. 질록 6백 석.

조조는 엄격하고 강직하며 각박한 사람이었다. 문제 재위 시에 세상에 《상서(尙書)》를 전공한 사람이 없고, 오직 제(齊)에 복생(伏生)이라는 진(秦)의 박사가 《상서》를 전공하였으나 나이 90세가 넘어 장안으로 부를 수가 없었다. 그래서 태상(太常)에게 조서를 내려 사람을 보내 배우도록 하였다. 태상은 조조를 보내 복생에게 가서 《상서》를 배우게 하였고, 조조는 돌아와 배운 것과 학설을 상서하였다. 조서에 의거 조조는 태자사인(太子舍人)을 역임하고 박사(博士)[232]가 되었다.

문제는 조조를 태자가령(太子家令)으로 임명하였다. 조조는 언변도 좋아 태자(뒷날 경제景帝)의 신임을 얻었고, 태자궁에서는 조조를 '지낭(智囊, 주머니 낭)' 이라고 불렀다.

조조는 문제에게 변방수비와 농업을 권장하는 두 가지 정책을 당장 시행해야 한다고 상소하였다. 문제는 조조의 건의대로 백성들을 모집하여 변새 지방에 이사하게 하였다.

그리고 조조는 제후의 영지(領地) 삭제와 법령을 고쳐야 하는 일 등 모두 30여 편을 건의하였다.

문제가 그런 건의를 다 채용하지는 않았지만 그 재능을 높이 평가하였다. 그 당시 태자는 조조의 계책이 옳다고 생각했지만

---

232 박사(博士) - 학술 담당. 황제의 자문에 응함. 武帝 때 오경박사를 둔 이후로는 경전도 전수(傳受)하였다.

원앙(爰盎)과 다른 공신들은 대부분 조조를 좋아하지 않았다.

ㅇ 우리 집안은 위태롭다

조조의 부친이 영천에서 올라와 조조에게 말했다.

"황제가 즉위한지 얼마 안 되어 어사대부로 정무를 수행하면서 제후의 영지를 삭감하여 남의 골육을 소원하게 한다고 원망이 많은데 어찌할 것인가?"

그러자 조조가 말했다.

"그렇습니다. 이렇게 하지 않으면 천자를 높이지 못하고 종묘가 불안해집니다."

그러자 부친이 말했다.

"유씨야 안정되겠지만 우리 조씨(鼂氏)는 위태로울 것이니, 나는 너를 두고 가겠다!"

나중에 조조의 부친이 약을 마시고 죽으면서 말했다.

"내 몸에 화가 닥치는 것을 차마 못 보겠노라."

ㅇ 오초7국의 난 발발

그 10여 일 후에 오(吳)와 초(楚) 7국이 함께 모반하면서 조조를 주살하겠다는 명분을 내세웠다. 경제와 조조는 군사 출동을 협의하면서 조조는 경제가 몸소 군사를 거느려 출동하고, 자신은 장안에 머물면서 수비하고자 하였다.

그때 두영이 원앙(爰盎)[233]에 대한 말을 하였고 경제가 원앙을 불렀는데, 경제는 마침 조조와 군량 조달을 협의하고 있었다.

경제가 원앙에게 물었다.

"공은 전에 오국(吳國)의 승상이었으니 오(吳)의 전록백(田祿伯)이란 사람을 아는가? 지금 오초(吳楚)가 반역했는데, 공의 생각은 어떠한가?"

원앙이 대답하였다.

"걱정하실 것 없으니 곧 격파될 것입니다."

경제가 말했다.

"오왕(吳王)은 산에 들어가 주전(鑄錢)을 하고 바닷물을 끓여 소금을 만들면서 천하의 호걸들을 모았고, 나이 많은 오왕이 거사하는데 그 계획이 완전하지 않다면 어찌 발병(發兵)을 하겠는가? 무슨 이유로 그들이 별일 없을 것이라 하는가?"

이에 원앙이 대답하였다.

"오나라에 구리나 소금의 이득은 있습니다만, 어찌 호걸들을 모아 동참케 했겠습니까? 진정 오나라가 호걸들을 모았다면 오왕을 보필하더라도 의(義)를 지켜 반역하지 않게 했을 것입니다. 오(吳)나라가 끌어모은 것은 모두 무뢰한 사람들과 망명하여 주전이나 하려던 간인(奸人)들이라서 반역을 권유한 것입니다."

그러자 조조가 말했다.

---

233 원앙(爰盎)—《史記 袁盎鼂錯列傳》에는 袁盎(원앙)으로 기록. 爰은 發語辭 원. 盎은 동이 앙.

"원앙의 대책이 좋을 것 같습니다."

경제가 "어떤 계책이 있는가?"라고 묻자, 원앙이 말했다.

"좌우를 물리쳐 주십시오."

경제가 좌우를 물러가게 하자 조조만 남았다.

이에 원앙이 말했다.

"제가 말씀드리고자 하는 것은 다른 신하가 알아서는 안 됩니다."

그러자 조조를 나가라 했다. 조조는 동쪽 측실로 빨리 걸어 나가면서 매우 한스러워했다.

그리고 경제가 묻자, 원앙이 대답하였다.

"오와 초가 서로 서신을 보내서 말하기를, 고조가 자제들을 왕으로 봉해 영지를 나누어주었는데 지금 적신(賊臣) 조조가 제후들을 멋대로 옮기거나 그 영지를 삭탈하고 있다면서 반란의 명분으로 서쪽으로 진격하여 함께 조조를 주살하고 옛 땅을 수복하면 끝내겠다고 하였습니다. 지금의 계책으로서는 단 한 가지이니 조조를 참수한 다음에 사신을 보내 오초(吳楚) 7국을 사면하면서 옛 영지를 회복시켜 준다면 군사의 칼에 피를 바르지 않고도 모두 끝날 것입니다."

그러자 경제는 말없이 한참을 있다가 말했다.

"실제 정황이 어떠한가를 살펴보고, 내가 천하에 양보해야 한다면 한 사람을 아까워하지는 않을 것이다."

이에 원앙이 말했다.

"어리석은 계책을 말씀드렸지만 폐하께서 계책을 숙고해 주시길 바랄 뿐입니다."

경제는 원앙을 봉상(奉常, 종묘 제사 담당)에 임명한 뒤 비밀리에 출장을 준비케 하였다.

○ 조조의 죽음

10여 일 후, 승상, 중위(中尉), 정위(廷尉) 등이 조조(鼂錯) 탄핵을 상주하며 말했다.

"오왕(吳王)이 반역 무도하여 종묘를 위태롭게 하니 마땅히 천하가 함께 주살해야 합니다. 이번에 조조는 토벌을 의논하면서 '수백 만의 군사를 신하 중 한 사람에게 맡기는 것은 신뢰할 수 없으니, 폐하께서 직접 군사를 거느리시는 것만 못하고 조조 자신은 남아 지키겠다.'고 하였습니다. 조조가 폐하의 성덕과 신의를 칭송하지 않고 여러 신하와 백성을 소원하게 하였고 성읍을 오(吳)에 줄 수 있다한 것은 신하의 근본을 망각한 대역무도한 일이니 조조는 마땅히 허리를 베어야 하며, 부모와 처자, 형제자매의 아이나 어른 막론하고 모두 기시(棄市)해야 합니다. 신(臣)들은 법대로 처리하기를 주청합니다."

제서(制書)에 "可"라 하였는데, 조조는 이를 전혀 모르고 있었다. 이어 중위(中尉)를 시켜 조조를 불러 거짓으로 조조를 태우고 시가를 순행하였다. 조조는 조복을 입은 채 동시(東市)에서 처형되었다.

조조(鼂錯)가 죽은 뒤, 알자복야(謁者僕射)인 등공(鄧公)은 교위(校尉)가 되어 오(吳)와 초(楚)를 토벌하는 장수였다. 돌아와 군사에 관해 보고하며 경제(景帝)를 알현하였다.

경제가 물었다.

"종군하던 곳에서 왔으니 조조가 죽었다는 소식을 듣고 반군이 군사를 해산했는가? 아니했는가?"

등공이 말했다.

"오(吳)가 반역한 것은 수십 년이었고 삭지하는 조처에 분노하여 조조를 주살하겠다는 명분이었지만 그 뜻은 조조에 있지 않았습니다. 그리고 신은 천하 사인(士人)들의 입에 재갈을 물려 언로가 막힐까 걱정이 됩니다."

"왜 그렇게 생각하는가?"

등공(鄧公)이 대답하였다.

"저 조조는 제후들이 강대해져서 통제가 불가능한 것을 걱정하여 삭지를 주장하며 황제를 높이려는 뜻이었고, 이는 만세(萬世)에 이로운 일이었습니다. 계획이 시행되려는데 갑자기 죽음을 당하였으니, 안으로는 충신들의 입을 막았고 밖으로는 제후들이 미워하는 사람을 죽여주었으니, 제 생각으로는 폐하께서 취하지 말았어야 했습니다."

그러자 경제는 크게 한숨을 쉬고 말했다.

"공의 말이 맞다. 나 역시 후회하고 있다!"

원앙(爰盎, ?-約 前 150)이 비록 학문을 좋아하지는 않았지만 상
황판단을 잘했으며 그 바탕은 어진 마음으로 분연히 대의를 따르
려 하였다. 문제가 즉위하면서 그 재능이 시류를 잘 탔었다. 그러
나 시대가 바뀌고 오왕(吳王)의 반란 대책으로 과감한 언변을 구
사하였지만 자신도 그것으로 끝이었다.

조조(鼂錯)는 나라를 멀리 내다본 방책을 꾸몄지만 자신이 당
할 줄은 예상 못했다. 그의 부친이 예견했지만 도랑에서 자살하
여 가문의 멸망을 막지 못하였으니, 조괄(趙括)의 모친이 아들을
지목하여 자기 종족을 지킨 것만도 못했다. 슬프도다! 조조가 끝
을 잘 보지는 못했지만 세상은 그 충성심을 애도하였다.

○ 오초칠국난(吳楚七國亂)의 주범(主犯) - 오왕(吳王) 유비(劉濞)

오왕 유비[234]는 고조 둘째 형의 아들이다. 고조는 형 유중(劉仲)
을 대왕(代王)으로 봉했다. 흉노가 대국(代國)을 공격하자 유중은
끝까지 방어하지 못하고 나라를 버리고 샛길로 낙양까지 도망해
왔는데, 천자는 법대로 처리할 수 없어 폐위하고, 합양후(合陽侯)
에 봉했다. 그 아들 유비(劉濞)를 패후(沛侯)로 봉했다.

영포(英布)가 반역하자(前 196), 고조는 군사를 거느리고 직접

---

234 오왕 비(吳王 濞) - 고조의 조카인 劉濞(유비, 前 215-154). 濞 물소
리 비. 고조의 둘째 형, 劉喜(유희, ?-前 193). 아무것도 모르는 순
박한 농부였다. 고조 7년(前 200), 代王에 봉해졌다. 惠帝 2년에
죽었다.

토벌하였다. 그때 유비는 20세 기장(騎將)으로 종군하여 영포의 반군을 토벌하였다. 형왕(荊王)인 유가(劉賈)는 영포에게 피살되고 후손이 없었다.

고조는 오(吳)의 회계(會稽) 땅은 사람들이 경박하고 사나워 다스릴만한 건장한 왕은 없고, 다른 아들들은 아직 어린 것을 걱정하여 패후(沛侯) 유비를 세워 오왕으로 삼아 3군 53성의 왕이 되게 하였다.

이미 봉하고 직인을 수여한 뒤에 고조가 유비를 불러 얼굴을 보고서는 말했다.

"네 생김새에 반골 상이 있구나."

고조는 마음속으로 후회하였으나 일은 이미 끝났기에 그의 등을 어루만지며 말했다.

"한(漢) 이후 50년에 동남(東南)에서 반란이 있을 거라는데, 어찌 네가 그러겠는가? 그렇지만 천하는 동성(同姓)으로 일가(一家)이니 조심하며 반할 생각을 하지 말라!"

유비는 머리를 숙이며 말했다.

"그럴 리 없습니다."

효혜제(孝惠帝)와 고후(高后) 시기에 이르러 천하가 비로소 안정되었고 군국(郡國)의 제후들은 각자 그 백성의 생활 안정에 힘썼다. 오(吳)의 장군(鄣郡)에는 구리 광산이 있어 온 나라의 도망자들을 불러들여 사적으로 주전을 했고, 동쪽에서는 바닷물을 끓여서 소금을 제조하여 세금을 부과하지 않고서도 국용(國用)이 풍족하였다.

　효문제(孝文帝) 재위 중에, 오태자(吳太子, 유비의 아들)가 장안에 와서 황제를 알현하였고, 황태자(뒷날 경제)와 함께 술을 마시며 쌍륙놀이를 하였다. 오(吳) 태자의 사부 또한 초인(楚人)이었는데 경박하고 사나웠으며 평소 교만하였다. 오(吳) 태자가 쌍륙에서 길을 다투면서 공손하지 못하자, 황태자가 쌍륙판을 오(吳)태자에게 던져 태자를 죽였다. 그리고 그 시신을 돌려보내 오(吳)에서 장례하게 하였다.
　그러자 오왕(吳王)이 화를 내며 말했다.
　"천하는 한 집안이거늘, 장안에서 죽었으니 장안에 묻어야지 꼭 여기 보내서 묻어야 하겠는가!'
　그리고는 다시 돌려보내어 장안에 묻었다. 오왕은 이로부터 조정을 원망하며 차츰 번신(藩臣)으로서의 예를 갖추지 않았으며 병을 핑계 대며 내조하지 않았다.
　장안에서는 그 아들 때문이라 생각하면서 실제로 병인가를 탐문하였으며, 이후 오(吳)의 사신이 올 때마다 곧바로 잡아두고 문책하며 죄를 물었다. 오왕은 두려웠고 음모는 더 많아졌다. 급기야 나중에는 가을에 내조하는 오(吳)의 사신을 문제가 다시 문책하였다.
　그러자 오(吳)의 사자가 아뢰었다.

"연못 물고기를 다 들여다본다고 좋은 것은 아닙니다. 지금 오왕이 처음엔 병이라고 거짓말을 했고 탄로난 뒤로 심히 문책을 당하였기에 더 문을 닫아버리며 폐하에게 죽게 될지 모른다고 두려워하여 그 궁리가 끝이 없습니다. 폐하께서 용서하시고 다시 전처럼 할 수 있게 해주시기 바랍니다."

이에 천자는 모든 것을 사면하고 오의 사자를 돌려보냈고 오왕에게는 안석과 지팡이를 보내주며 연로하여 내조(來朝)하지 않아도 좋다고 했다. 오(吳)는 죄가 사면되자 여러 궁리도 저절로 풀어졌다.

그러나 나라에 구리와 소금 산출이 많아 백성에게 세금을 부과하지 않았다. 병졸도 돈으로 대신할 수도 있었고 직접 이행하면 그에 해당하는 돈을 주었다. 세시(歲時)에는 뛰어난 인재를 위로하면서 마을에 상을 내렸고, 다른 군국에서 관리가 와서 도망한 자를 잡아가려 하면 도망자를 비호하면서 내주지 않았다. 이렇게 30여 년을 지내면서 그 백성들을 마음대로 부릴 수 있었다.

조조(鼂錯, 前 200-154)는 태자가령(太子家令)으로 황태자의 신임을 얻고 있었는데, 틈을 보아 오왕(吳王)의 과실은 (영지를) 삭감할 수 있다고 자주 말했다. 조조는 자주 글을 올려 문제가 관대하여 처벌을 하지 않았기에 오왕은 더욱 흉악해진다고 말했다.

경제가 즉위하자, 조조는 어사대부가 되어 경제에게 말했다.

"그전에 고조께서 처음 천하를 평정하고서는 형제도 많지 않고 여러 아들은 어리기에 일족을 많이 봉했습니다. 그래서 서얼인 도혜왕[235]을 제(齊) 72개 성의 왕으로 삼았고, 동생인 초 원왕(元王)은 초(楚) 40개 성의 왕으로 삼았고, 형의 아들(조카, 유비)을 오(吳)의 50여 성의 왕으로 하였습니다. 이 3명의 서얼을 봉한 것이 천하의 절반입니다. 지금 오왕은 전에 태자의 일로 틈이 벌어져 병을 핑계대고 내조하지 않으니 옛 법도대로면 응당 죽여야 합니다.

문제께서는 차마 그럴 수 없어 궤석과 지팡이까지 하사하였으니, 이는 큰 덕을 베푸신 것입니다. 오왕은 잘못을 고쳐 스스로 나아지지 않고 더욱 교만 방자하여 공공연히 산에서 구리를 캐어 돈을 주조하고 바닷물을 끓여 소금을 만들며 천하의 도망자들을 모아 역모를 꾀하고 있습니다. 지금 오(吳)의 영지를 삭감해도 반역할 것이고, 삭감하지 않아도 반역할 것입니다. 영지를 삭감한다면 반역은 빨리 일어나고, 피해는 작지만 삭감하지 않으면 반역은 늦게 일어나니 폐해는 클 것입니다."

경제(景帝) 3년 겨울에, 초왕(楚王)이 내조하자 조조는 초왕 유무(劉戊)가 지난해 박태후(薄太后)의 복상 기간에 상청(喪廳)에서 간음하였으니 죽여야 한다고 상서하였다.

---

235 도혜왕 유비(悼惠王 劉肥, 前 221－189)－高祖의 庶長子 劉肥(유비). 高祖 布衣 때 情婦 조씨(曺氏) 소생.

조서를 내려 사면하였지만 동해군(東海郡)을 삭감하였다. 그전 경제 2년에, 조왕(趙王)이 죄를 지어 그 영지 상산군(常山郡)을 삭감하였다. 교서왕(膠西王) 유앙(劉卬)은 작위를 팔아먹은 죄를 지었기에 6개 현을 삭감하였다.

한(漢)의 조정 신하들이 오(吳)의 영지 삭감을 논의하자, 오왕은 삭지(削地)가 끝이 없을 것이라 걱정하며 거사를 모의하려 했다. 제후 중에 일을 함께 꾸밀 자가 없다고 염려하다가 교서왕(膠西王)이 용감하고 싸우기를 좋아하여 제후 모두가 두려워하며 꺼린다는 것을 알고, 바로 중대부 응고(應高)를 사신으로 보내 말로 교서왕을 설득케 하였다.

제후국에서는 새로이 삭지가 진행되자 두려워 떨며 모두 조조를 원망하였다. 마침내 오(吳)의 회계와 예장 2군을 삭지한다는 문서가 도착하자마자 오왕은 먼저 기병(起兵)하면서 한(漢)의 관리 2천 석 이하를 모두 죽였다. 교서와 교동국, 그리고 치천과 제남국, 초와 조에서도 모두 반기를 들고 군사를 출동시켜 서쪽으로 향했다. 제왕(齊王)은 뒤에 뉘우치며 약속을 깨고 성을 지켰다. 제북왕(濟北王)은 파괴된 성을 수리하지 못했는데 그 낭중령(郎中令)이 왕을 막고 지켜 발병할 수 없었다. 교서왕(膠西王)과 교동왕(膠東王)은 수령이 되어 치천국(菑川國)과 제남국(濟南國)의 군사가 함께 제(齊)의 임치(臨菑)를 포위 공격하였다. 조왕(趙王) 유수(劉

遂)는 몰래 흉노에 사신을 보내 군사 동맹을 맺었다.

7국이 거병하자, 오왕은 그 사졸을 다 모아놓고 온 나라에 명을 내려 말했다.

"과인의 나이 62세지만 몸소 지휘할 것이다. 막내아들은 14살이지만 마찬가지로 사졸에 앞장설 것이다. 나이가 많더라도 나와 같은 나이, 어리지만 내 막내와 같은 나이라면 모두 나서도록 하라."

그리하여 20만 병력을 일으켰다. 남쪽으로 민(閩)과 동성(東越)에도 사신을 보냈고 그들도 군사를 보냈다.

ㅇ 문경지치(文景之治)의 의의(意義)

공자(孔子)는 "백성들은 3대를 거치면서 교화되었기에 바른 도를 실천할 수 있다."고 말했다.

이는 사실이다! 주말(周末)과 진대(秦代)의 폐단은 조밀한 법망과 준엄한 법 조문이 있었어도 간악한 짓을 막을 수가 없었다.

한(漢)이 건국되고서 번잡하고 가혹한 조문을 많이 없애면서 백성과 함께 휴식했었다.

효문제(孝文帝)는 여기에 공경과 검소를 보태었고, 효경제(孝景帝)는 문제의 원칙을 바꾸지 않고 그대로 따랐기에 건국 후 5, 60년에 풍속이 바뀌어 백성들은 순박해졌다.

주(周)에서는 성왕(成王)과 강왕(康王)의 성세(盛世)를, 한(漢)에서는 문제(文帝)와 경제(景帝) 시대를 말할 수 있으니, 훌륭하도다!

9. 전한 성세

(1) 효무제의 통치

○ 무제(武帝)의 즉위

효무황제(孝武皇帝, 재위 前 140–87)[236]는 경제의 중자(中子)로, 모친은 왕미인(王美人)[237]이었다. 나이 4세에 교동왕(膠東王)[238]에 책

---

236 孝武皇帝〔효무황제, 名 徹(철). 재위 前 140–87년. 16세 즉위, 54년 재위. 漢代 최장 재위(淸朝 康熙帝 이전에 最長 재위)〕─사치와 호사, 대규모 토목공사, 순행(巡幸), 제천(祭天), 대규모 원정, 서역(西域) 개척 등으로 국력을 소진했다. 또 인명 경시, 잔인포악한 군주로 '秦始漢武(진시한무)'로 병칭한다. 동시에 제도 개혁과 새로운 정책으로 황제권 강화 등 후세에 큰 영향을 남겼다. 漢武 치하에서는 유명 인재가 많아 漢代의 성세(盛世)라 하였으나 그것은 가진 것을 소모하는 과정이었다.

237 王美人─景帝의 두 번째 황후. 〈外戚傳〉(上), 孝景王皇后傳에 입전. 美人은 황후 이외의 후궁을 14등급으로 구분하였는데, 위에서부터 5번째 등급이 美人이다. 2천 석 관리와 동급 대우.

238 교동국(膠東國)─今 山東省 靑島市 동쪽 즉묵(卽墨, 수 平度市)이 도성. 경제 때 오초칠국난에 참여했다. 폐지와 설치가 자주 있었다.

립되었다. 7세에 황
태자가 되었으며 모
친은 황후가 되었다.

경제(景帝) 후원
(後元) 3년(前 141)
정월에, 경제가 붕어
했다. 태자가 황제
로 즉위하여 황태후
두씨(竇氏, 효무황제
의 조모. 경제의 생모.
효문황후 두씨)를 올
려 태황태후라 하였

효무제(孝武帝)

고, 황후를 황태후(효경황후孝景皇后 왕씨王氏)라 하였다.

3월, 황태후의 동모제(同母弟)인 전분(田蚡, 두더지 분)과 전승(田
勝)[239]이 모두 열후(列侯)가 되었다.

건원(建元) 원년(前 140년) 겨울 10월,[240] 조서(詔書)로 승상(丞

---

239 同母弟田蚡 – 同母異父라서 성이 王氏와 田氏이다. 田蚡(전분,
?-前 131)은 武帝의 외삼촌. 왕미인의 생모인 臧兒(장아)가 王仲
과 결혼하여 왕미인을 낳고, 田氏에게 개가하여 전분을 낳았다.
전분은 아주 못생긴 추남이었지만 文辭가 뛰어났다. 전분은 太
尉와 승상을 역임하였고 儒學을 존중하며 五經博士 제도를 마련
했다. 《漢書》 52권, 〈竇田灌韓傳〉에 立傳.

相), 어사, 열후, 중 2천 석, 2천 석 및[241] 제후국(諸侯國) 상(相)에게 현량(賢良), 방정(方正)하고 직언(直言), 극간(極諫)할 수 있는 인재를 천거하라고 하였다. 이에 승상 위관(衛綰)이 상주하였다.

"현량(賢良)을 천거하되 혹 신불해(申不害)나 상앙(商鞅), 한비 (韓非)나 소진(蘇秦)과 장의(張儀)의 학술을 전공한 자는 국정을 어지럽힐 것이니 모두 제외할 것을 주청합니다."

무제는 상주를 비준하였다.

봄 2월에, 천하의 죄수를 사면하면서, 백성에게 작위 1급을 하사하였다. 삼수전(三銖錢)[242]을 발행하였다.

---

240 建元 元年 – 前 140년. 무제 즉위 후, 6년을 주기로 하여 一元, 二元 … 五元이라 하였다. 五元 3년에 담당자의 건의를 받아들여 一元을 建元(前 140 – 135), 二元을 元光(前 134 – 129), 三元을 元朔(前 128 – 123), 四元을 元狩(원수, 前 122 – 117)라 하고, 五元의 연호는 미정이었다. 五元 4년(前 113)에, 寶鼎을 얻자 五元을 元鼎(원정, 前 116 – 111)이라 하였다. 곧 연호를 처음 사용한 것은 元鼎 3년(前 114년)이었다. 이어 元封(前 110 – 105년)까지는 6년 주기였으나 太初(前 104 – 101년) 이후는 일정 주기가 없어졌다.

241 中二千石, 二千石 – 중이천 석은 9卿의 질록. 二千石은 지방 군수 (태수)의 질록이었다. 漢代의 관리 녹봉은 곡식의 石(120斤)으로 정해졌지만 녹봉을 곡식으로 받지 않고 錢으로 받았다. 中二千石(월 180斛)은 매월 4萬錢을 받았다. 참고로, 二千石은 月 120斛, 二千石은 月 120斛, 比二千石은 月 100斛이었다.

242 行三銖錢 – 漢의 화폐는 半兩錢(이는 秦代 圓形方孔의 명칭을 그대로 사용했는데, 실제 무게는 4銖, 따라서 四銖錢이라 병칭)을 폐하고 三銖錢을 발행, 통용하다가 원수(元狩 5년, 前 118년)에

○ 무제(武帝) 재위 중 사건사고

원광(元光, 前 134-129년) 원년 겨울 11월, 처음으로 각 군국(郡國)에 효렴(孝廉)[243]한 인재를 1명씩 천거하라고 명했다. 위위(衛尉)인 이광(李廣)[244]은 효기장군(驍騎將軍)으로 운중군(雲中郡)에 주둔했다가 6개월 뒤에 해산하였다.

5월, 현량을 천거하라는 조서를 내렸다. 그러자 동중서(董仲舒)와 공손홍(公孫弘)[245] 등이 대책(對策)을 올렸다.

무제(武帝) 원광(元光) 3년(前 132) 봄, 황하의 물길을 바꿔, 돈

五銖錢(오수전, 명칭과 실제 무게 일치)을 발행 통용하였다. 오수전은 이후 隋代까지 여전히 사용되다가 唐 高祖 때 공식적으로 폐지되었다. 漢의 도량형으로 1兩은 15.5g, 1兩은 24銖. 1銖는 0.65g이었다. 오수전 표면에 '五銖' 二字가 양각되었다.

243 효렴(孝廉) - 孝는 善事父母하는 인재, 廉(염)은 淸廉하고 節操가 있는 인재. 孝와 廉 2개 영역임. 郡國에서는 孝 또는 廉으로 1인을 추천케 했다.

244 위위 이광(衛尉 李廣) - 위위(衛尉)는 군사를 지휘하여 황제의 궁궐 경비 담당. 9경의 하나. 질록 중이천 석. 당시 이광은 미앙궁의 衛尉로 9경의 반열은 아니었다. 李廣(?-前 119)은 흉노와 대소 70여 전투를 치룬 명장. 《漢書》54권, 〈李廣蘇建傳〉 입전. 《史記 李廣軍列傳》참고.

245 동중서(董仲舒)는 《漢書》56권, 〈董仲舒傳〉에 입전. 동중서가 대책을 올린 것은 건원 원년이었다. 공손홍(公孫弘, 前 200-121)은 옥리(獄吏)에서 출세. 武帝 時 御史大夫, 丞相 역임. 平津侯. 《漢書》58권, 〈公孫弘卜式兒寬傳〉에 입전되었다.

구현(頓丘縣)²⁴⁶의 동남방에서 발해(勃海)로 유입하게 했다. 황하가 복양현(濮陽縣)²⁴⁷에서 터져 16개 군에 범람했다. 10만 군졸을 동원하여 황하를 막았다.

원광 6년(前 129) 겨울, 처음으로 상인의 수레와 선박에 과세하였다.

봄에, 조거(漕渠)를 뚫어 위수(渭水)로 수운(水運)이 가능해졌다.

흉노가 상곡군(上谷郡)에 침입하여 이민(吏民)을 살육하고 약탈하였다. 거기장군(車騎將軍) 위청(衛靑)²⁴⁸을 파견하여 상곡군(上谷郡)에서 출동케 하였고, 기장군(騎將軍) 공손오(公孫敖)는 대군(代郡)에서, 효기장군(驍騎將軍) 이광(李廣)은 안문군(雁門郡)에서 출동케 하였다. 위청은 용성(龍城)에 진격하여 7백 명을 참수하거나 생포하였다. 이광과 공손오는 부대를 상실하고 귀환하였다.

---

246 頓丘(돈구) – 현명. 今 河南省 동북부 복양시(濮陽市) 관할의 淸豐縣. 단, 여기서 동해까지는 결코 가까운 거리가 아니다.

247 복양(濮陽) – 東郡에 속한 현명. 복양현의 瓠子口(호자구)란 곳에서 터졌다.

248 위청(衛靑, ?–前 106) – 흉노 정벌의 명장. 鄭季라는 下吏가 평양공주의 하녀인 衛媼(위온)과 사통하여 위청을 낳았고, 위청의 동복의 누나 위자부(衛子夫)가 武帝의 사랑을 받았는데, 위청은 모친의 衛氏 성을 이었다. 《漢書》 55권, 〈衛靑霍去病傳〉에 입전. 龍城은 흉노 선우가 祭天하는 곳. 今 內蒙古 鄂爾多斯市 동쪽의 准格爾旗 지역.

무제 원수(元狩, 前 122 - 117) 원년 겨울 10월, 옹현(雍縣)에 행차하여 오치(五畤)에 제사하였다. 백린(白麟)을 잡았다고 〈백린지가(白麟之歌)〉[249]를 지었다.

11월, 회남왕(淮南王) 안(安)[250]과 형산왕(衡山王) 사(賜)[251]가 모반하여 주살했다. 그 무리로 죽은 자가 수만 명이었다.

여름 4월, 황태자(皇太子)[252]를 책립했다.

---

249 백린(白麟) - 전설 중의 瑞獸(서수), 사슴의 몸에 소의 꼬리, 말의 발굽, 뿔은 하나, 뿔끝에 肉質이 있다고 하였다. 이런 짐승이 과연 존재할까? 〈白麟之歌〉 - 《漢書》〈禮樂志〉에 가사 수록. 가사는 "朝隴首, 覽西垠, 雷電寮, 獲白麟. 爰五止, 顯黃德, 圖匈虐, 熏鬻殛. ~"라서 〈朝隴首〉라고도 부른다.

250 淮南王 安(劉安, 前 179 - 122) - 淮南 厲王(여왕) 劉長의 아들. 고조의 손자. 문재가 뛰어났고 문객과 함께 《淮南子(原名, 鴻烈)》를 저술. 吳楚七國의 난에는 가담하지 않았다. 武帝도 학문을 좋아했기에 유안을 諸父(숙부)로 받들었고, 언변에 박식하고 文辭가 뛰어난 유안을 매우 존중하였다. 원수(元狩) 元年(前 122) 반란 계획이 드러나자 아들과 함께 자살했다. 그러나 민간에서는 得道하여 신선이 되었다고 믿었다.('一人得道, 雞犬升天'의 주인공) 두부를 최초로 만들었기에 지금도 두부 집에서는 신으로 모신다. 《漢書》 44권, 〈淮南衡山濟北王傳〉에 立傳.

251 형산왕(衡山王) 賜(劉賜, ? - 前 122) - 고조의 아우 유장(劉長)의 아들. 고조의 손자. 文帝 때 여강왕(廬江王)에 봉해졌다. 景帝 때 (前 153년)에 형산왕으로 옮겼다가 武帝 때 반역을 꾀하다가 자살했다.

252 皇太子 - 유거(劉據), 위(衛)황후 소생, 史稱 여태자(戾太子, 어그러질 려). 宣帝의 조부.

원수(元狩) 2년 봄 3월, 표기장군 곽거병(霍去病)[253]을 보내 농서군(隴西郡)에서 출병하여 적 8천여 명을 죽였다.

흉노가 안문군(雁門郡)에 침입하여 수백 명을 죽이거나 잡아갔다. 이에 위위(衛尉) 장건(張騫),[254] 낭중령(郎中令) 이광(李廣)을 우북평군(右北平郡)에서 출동시켰다. 이광은 흉노 3천여 명을 살상했지만 그 4천 군사를 잃고 홀로 생환하였고, 장건은 약속 기일에 늦었기에 모두 참수를 당해야 했으나 속전(贖錢)을 바치고 서인이 되었다.

원정(元鼎, 前 116 – 111) 2년(前 115) 11월, 어사대부 장탕(張湯)[255]이 죄를 짓고 자살했다.

원봉(元封) 3년 여름(前 108), 조선 백성이 그 왕 우거(右渠)[256]

---

253 곽거병(霍去病, 前 140 – 117) – 대장군 위청(衛青)의 누나인 衛少兒의 아들이다. 곽거병의 아버지 霍仲孺(곽중유)는 그전에 위소아와 사통하여 곽거병을 낳았다. 衛皇后가 존귀해지면서 곽거병은 皇后 언니의 아들로, 나이 18세에 侍中이 되었다. 騎射에 능했으며 두 번이나 대장군 위청을 따라 출정도 했었다. 곽거병의 異腹 동생이 유명한 곽광(霍光)이다. 55권, 《漢書》〈衛青霍去病傳〉에 立傳.

254 장건(張騫, 前 200 – 114) – 실크로드(絲路) 개척자. 騫 이지러질 건. 《漢書》61권, 〈張騫李廣利傳〉에 입전.

255 장탕(張湯, ? – 前 115) – 武帝 때 '天下事皆決湯' 이란 말이 유행할 정도로 武帝의 신임을 받았다. 《史記》에는 〈酷吏列傳(혹리열전)〉에 실렸다. 그 아들이 유명한 張安世. 《漢書》59권, 〈張湯傳〉에 父子가 立傳되었다.

를 죽이고 투항하였는데, 그 땅에 낙랑(樂浪), 임둔(臨屯), 현도(玄菟), 진번군(眞番郡)을 설치하였다.[257] 누선장군(樓船將軍)인 양복(楊僕)은 군사를 많이 잃어 면관(免官)하여 서인(庶人)이 되었고 좌장군 순체(荀彘)는 무공을 다툰 죄로 기시(棄市)되었다.

태초(太初) 4년(前 101) 봄, 이사(貳師)장군 이광리(李廣利)[258]가 대원왕(大宛王)을 죽이고, 한혈마(汗血馬)를 구해왔다. 무제는 〈서극천마지가(西極天馬之歌)〉를 지었다.

천황(天漢) 2년(前 99) 여름 5월, 이사장군(貳師將軍) 이광리(李廣利)는 3만 기병을 거느리고 酒泉郡에서 출동하여 흉노 우현왕

---

256 우거(右渠) ─ 위만(衛滿)의 손자. 衛滿朝鮮(위만조선)은 前 194─108년에 존속했다.

257 한 사군(漢 四郡, 樂浪, 臨屯, 玄菟, 眞番郡) ─ 樂浪郡의 치소는 朝鮮縣(今 平壤). 後漢 및 魏를 거쳐 서기 313년에야 소멸했다. 진번군과 임둔군은 함께 소멸했다(前 108─82년). 현도(玄菟, 호랑이 도, 새삼 토)는 고구려의 저항으로 제일 먼저 북쪽으로 이동해야만 했다.

258 이광리(李廣利, ?─前 88)는 武帝 寵姬 李夫人의 오빠. 貳師城(이사성)에 가서 좋은 말을 구해온다고 기약했기에 '이사장군'이라 불렸다. 前 104년 貳師장군이 되어 大宛(대원) 원정에 실패. 太初 3년 재원정하여 겨우 성공하여 海西侯에 피봉. 후에 흉노에 투항, 피살되었다. 《漢書》 61권, 〈張騫李廣利傳〉에 입전. 汗血馬(한혈마)는 대원국(大宛國)에서 나오는 天馬. 하루에 천리를 갈 수 있으며 돌을 밟으면 발자국이 남으며 앞발 어깻죽지에서 피처럼 붉은 땀을 흘린다고 하였다. 〈西極天馬之歌〉는 武帝가 지은 詩歌.

(右賢王)과 천산(天山)에서 싸워 적 1만여 명을 죽이거나 생포하였다. 기도위(騎都尉)인 이릉(李陵)[259]은 보병 5천 명을 거느리고 거연성(居延城) 북쪽에서 출진하여 선우(單于)와 싸워 1만여 명을 죽였다. 그러나 이릉은 패전하여 흉노에 투항하였다.

o 무고의 화

정화(征和, 延和) 2년 여름 4월, 큰 바람에 집이 날아가고 나무가 부러졌다. 윤달에, 제읍공주(諸邑公主)와 양석공주(陽石公主)가 모두 무고(巫蠱)와 관련되어 죽었다.

가을 7월, 안도후(按道侯) 한열(韓說), 사자(使者)인 강충(江充)[260]

---

259 騎都尉 이릉(李陵) — 《漢書》 54권, 〈李廣蘇建傳〉에 부전. 李廣의 손자. 李廣도 불운하여 뜻을 펴지 못하고 자살했으며, 손자인 李陵(이릉)도 용전했으나 패전하여 투항했다. 일족의 불명예와 滅門은 물론 武帝 분노의 불똥은 사마천(司馬遷)에게 튀어 宮刑의 치욕을 겪어야 했다. 이광의 不運은 武運에 家運까지 극성했던 위청(衛靑)과 비교되었다.

260 강충(江充) — 무제 때 무고의 화를 일으킨 장본인이다. 강충의 본명은 江齊(강제)로, 그의 여동생이 악기를 잘 연주하고 가무에 뛰어나 趙의 태자 劉丹(유단)에게 시집을 갔다. 강제는 趙 敬肅王(유팽조)의 신임을 받는 상객이 되었다. 강제는 자취를 감추고 도망하여 서쪽으로 關中(관중)으로 가서 이름을 江充으로 바꿨다. 武帝에 의해 신임을 얻고 무고행위를 조사한다고 위태자를 모함하였다. 나중에 무제에 의해 삼족이 멸족당했다. 《漢書》 45권, 〈蒯伍江息夫傳〉 입전.

등이 태자궁(太子宮)에서 무고의 증거를 파내었다.²⁶¹ 임오일(壬午日), 태자와 위황후(衛皇后)는 강충을 참살하기로 작정하고 부절로 발병한 뒤에 승상(丞相) 유굴리(劉屈氂)와 장안(長安)에서 크게 싸웠는데,²⁶² 죽은 자가 수만 명이었다. 경인일(庚寅日)에 태자는 도망했고, 위황후는 자살했다.

8월 신해일(辛亥日), 태자는 호현(湖縣)에서 자살하였다.

o 무제의 죽음과 평가

후원(後元) 2년(前 87) 2월, 주질(盩厔) 현의 오작궁(五柞宮)에 행차하였다. 을축일(乙丑日)에 황자 불릉(弗陵)²⁶³을 황태자로 책립하였다. 정묘일(丁卯日)에 무제는 오작궁에서 붕어하였고 빈궁(殯

---

261 강충은 胡人 巫女를 시켜 땅을 파서 偶人(우인)을 찾아내었다면서 무고한 사람을 체포했으며, 밤에 도깨비와 굿을 한 자리도 찾아내었다고 보고했다. 그때마다 사람을 잡아 조사하면서 달군 쇠와 형구로 고문하고 불로 지지며 강제로 자백하게 하였다. 백성들도 서로 무고했다며 거짓으로 고발하며, 관리들은 그때마다 大逆無道한 죄로 다스리니 연좌되어 죽은 자가 사건 전후로 수만 명이었다.

262 丞相劉屈氂大戰長安 — 무고의 화(巫蠱의 禍)는 형식상으로는 衛태자가 군사를 동원하여 江充(? — 前 91)을 제거하려고 했지만, 사건은 위태자가 군사를 일으켜 승상 유굴리의 군사와 싸운 것이 되었고 그 때문에 위태자는 반역자로 쫓기고 결국 자살한다.

263 황자 불릉(皇子 弗陵) — 구익부인(鉤弋夫人, 구익은 宮名)인 趙婕妤(조첩여) 소생의 劉弗陵. 8세에 즉위하였다(昭帝).

宮)을 미앙궁(未央宮) 전전(前殿)으로 옮겼다.

3월 갑신일(甲申日), 무릉(茂陵)²⁶⁴에서 장례했다.

반고(班固)《한서(漢書)》〈무제기(武帝紀)〉논찬(論贊):

「한(漢)은 역대의 모든 적폐를 물려받았지만 고조는 혼란을 안정시켜 정도(正道)를 확립하였고, 문제(文帝)와 경제(景帝)는 양민(養民)에 노력하였으나 고대 예악이나 문물제도를 갖추려는 노력은 많이 부족하였다. 효무제가 즉위하면서 탁월한 식견으로 잡가의 학설을 내쫓고《육경(六經)》의 지위를 확립하였다. 그리고 천하 안정을 도모할 인재를 찾고 뛰어난 준걸을 천거하게 하여 그들로 하여금 공적을 이룩하게 하였다. 태학을 일으켰으며 교사(郊祀)를 정비하였고 정삭(正朔)을 개정했으며, 역법(曆法)을 개정하고 음률(音律)의 표준을 정했으며, 시락(詩樂)을 지었고 봉선(封禪)제도를 확립하였으며, 여러 신에게 제사를 올리고 주(周)의 전통을 이어가면서 문장과 제도를 정비하였으니 그 빛나는 업적은 칭송할 만하였다.」

---

264 무릉(茂陵) – 무제가 建元 2년부터 조성하기 시작한 자신의 능. 밑변의 사방 길이 각 240m, 높이 46m. 정상 부분 길이 동서 30m, 남북 35m로 漢 제왕의 능묘 중 최대 규모. 능 주변에 전국의 부호를 이주시키면서 무릉현을 설치했다(이를 陵縣이라 한다).

(2) 효무제의 무장

1) 이광

○ 비장군(飛將軍) 이광(李廣)

이광(李廣)은 농서군(隴西郡) 성기현(成紀縣)[265] 사람이다. 그 선조는 이신(李信)인데 진(秦)에서 장군으로 연(燕)의 태자 단(丹)을 추격하여 체포한 사람이었다. 이광은 대대로 가문의 사법(射法)을 전수해왔다.

문제 14년(前 166), 흉노가 소관(蕭關)[266]에 대거 침입했는데, 이광은 양가(良家) 자제로 종군하여 흉노를 토벌하면서 뛰어난 사격으로 죽이거나 잡은 포로가 많아서 낭관(郎官)으로 무기상시(武騎常侍)가 되었다.

자주 천자를 따라 사냥에 나가 맹수와 싸워 죽였는데, 문제가 말했다.

"애석하구나! 이광이 시대를 잘못 타고 났으니! 지금이 고조(高祖)의 시대였다면 만호후(萬戶侯)로 어찌 만족한다 하겠는가!"

---

265 이광(李廣, ?-前 119)은 흉노와 대소 70여 전투를 치룬 명장.《史記 李廣軍列傳》참고. 농서(隴西)는 郡名. 治所는 적도현(狄道縣, 今 甘肅省 定西市 관할 臨洮縣). 성기(成紀)는 縣名. 今 甘肅省 定西市 通渭縣.

266 소관(蕭關) - 今 寧夏回族自治區 남부 固原市 남쪽의 관문.

경제(景帝)가 즉위하자(前 156), 이광은 기랑장(騎郎將)이 되었다. 오초7국의 난(前 154) 때 효기도위(驍騎都尉)로 태위 주아부(周亞夫)를 따라 창읍(昌邑) 부근에서 싸워 이름을 날렸다. 양왕(梁王)이 이광에게 장군인(將軍印)을 수여했기에 돌아와서는 상을 받지 못했다. 상곡군(上谷郡) 태수(太守)로 흉노와 자주 싸웠다.

무제(武帝)가 즉위하자, 측근들은 이광이 명장이라고 진언했다. 이로써 이광은 미앙궁 위위(未央宮 衛尉)가 되었다.

뒷날 이광은 위위(衛尉)에서 장군이 되어 안문군(雁門郡)에 출전하여 흉노와 싸웠다. 흉노는 군사가 많아 이광의 부대를 격파하고, 이광을 생포하였다.

흉노 선우는 평소에 이광이 유능하다는 것을 알고 "이광을 잡게 되면 꼭 산 채로 데려오라."고 명령했었다.

이광은 포위되었다가 탈출하여 돌아왔지만 패전의 책임을 물어 정리(廷吏)에게 넘겨졌다. 정위는 이광이 많은 군사를 잃었고 산 채로 포로로 잡혔기에 참수하여야 한다고 판결했는데, 이광은 속전(贖錢)을 내고 서인(庶人)으로 강등되었다.

얼마 뒤에, 이광은 우북평군의 태수로 임명이 되었다.

이광이 우북평군에 있는 동안에 흉노가 '한(漢)의 비장군(飛將軍)'이라 부르면서 피하여 몇 년 동안 국경을 침범하지 못했다.

○ 돌에 박힌 화살

이광이 사냥을 나가 풀 속의 돌을 호랑이인줄 알고 쏘았는데, 명중한 화살이 박혔는데 가서 확인하니 돌이었다. 다른 날 다시 쏘았으나 끝내 박히지 않았다.

이광이 머무는 군(郡)에 호랑이가 있다면 언제나 이광이 가서 활을 쏘았다. 우북평(右北平)에서 호랑이를 사냥할 때 호랑이가 덤벼 이광에게 상처를 입혔지만 이광은 호랑이를 사살했다.

무제 원삭(元朔) 6년(前 123), 이광은 다시 장군으로 대장군 위청(衛靑)을 따라 정양군(定襄郡)에 출정했다. 장수 중에 적을 죽이거나 포로로 잡아 후(侯)가 되는 기준에 들어 제후가 되는 자가 많았지만 이광의 군사는 공이 없었다. 그 3년 뒤 이광은 낭중령으로 4천 기병을 거느리고 우북평에 출정했고, 박망후(博望侯) 장건(張騫)은 1만여 기병을 거느리고 이광과 같이 진격했으나 길을 달리했다.

한법(漢法)에 의거 박망후 장건은 기일에 늦었기에 사형에 해당하였으나 속전(贖錢)을 바치고 서인이 되었다. 이광의 군사는 공과(功過)가 서로 비슷하여 상을 받지 못했다.

이광은 7개 군의 태수를 역임하며 전후 40여 년에 상이나 하사받은 돈을 바로 대장기 아래에서 나누어주었으며 사졸과 같은 음식을 먹었다. 집안에 여유분의 재산이 없었지만 끝내 재산에 관한 말을 하지 않았다.

이광은 키가 크고 팔이 길었으니, 그가 활을 잘 쏜 것은 역시 천성이었으며 자손이나 활쏘기를 배운 사람일지라도 따라가지 못했다. 이광은 말이 어눌하고 말수가 적었으며, 다른 사람과 함께 있어도 땅에 군진(軍陣)을 그리거나 얼마나 가깝고 멀리 쏘느냐에 따라 벌주를 마시는 등 오직 활쏘기를 하며 놀았다. 군사를 지휘하여 물이 모자란 곳에서 물을 찾게 되면 사졸들이 다 마시기 전에는 가까이 가지 않았고, 사졸들이 충분히 먹기 전에는 먹지 않았으며, 너그럽게 대하고 가혹하지 않았기에 사졸들은 이 때문에 기꺼이 이광에게 쓰이기를 바랐다.

이광은 관운이 없어 공을 세우지도 못했다. 결국 대장군과 회합 날짜를 맞추지 못했다 하여 문책을 당했다.

이광이 말했다.

"여러 교위(校尉)들은 잘못이 없고 내가 길을 잃었을 뿐이다."

막부로 돌아온 이광은 휘하 장수들에게 말했다.

"나는 어려서부터 흉노와 70여 차례 크고 작은 전투를 겪었는데, 이번에 대장군을 따라와 선우의 군사와 맞싸울 기회를 얻었지만, 대장군은 내 임무를 바꿔 멀리 돌아가게 하였고 거기다가 길까지 잃었으니, 어찌 하늘 뜻이 아니겠는가! 게다가 난 이미 60이 넘었고, 다시는 도필리(刀筆吏)의 앞에 나가 답변할 수 없다!"

그리고서는 칼을 꺼내 자신의 목을 찔렀다. 백성들은 이 소식을 듣고서 이광을 알거나 모르던 사람이나, 노인과 젊은이 모두가 눈물을 흘렸다.

2) 이릉

○ 이광의 손자

이릉(李陵)[267]의 자(字)는 소경(少卿)인데, 젊어서 시중(侍中)으로 건장궁감(建章宮監)이 되었다. 기사(騎射)에 능했고, 다른 사람을 우대했고, 하사(下士)에게도 겸양하여 그 이름에 칭송이 높았다.

무제(武帝)는 이릉에게 이광의 풍도(風度)가 있다고 생각하여 8백 기병을 거느리고 흉노 땅 2천 리까지 깊숙이 들어가 거연(居延) 호수를 지나 지형을 살피라 명했는데, 이릉은 흉노병을 만나지 못하고 돌아왔다.

이릉은 기도위(騎都尉)가 되어 용사 5천 명을 거느리고 주천군(酒泉郡)과 장액군(張掖郡)에서 궁수(弓手)를 교육하며 흉노에 대비하였다. 몇 년 뒤 한(漢)에서는 이사장군(貳師將軍, 이광리)을 보내 서역의 대원국(大宛國)을 토벌했는데, 이릉은 오교(五校)의 병력

---

267 李陵(이릉, ?−前 74)−李廣의 손자. 《史記 李廣軍列傳》보다 《漢書》의 기록이 매우 상세하다. 그의 경력과 전기(傳奇)는 후대 문학에도 영향을 주었다. 흉노 투항 후에 흉노 선우의 딸을 아내로 맞이했다. 隋 唐代에 북방 소수민족으로서 그 후손을 자처하는 흉노가 많았다.

(兵力)을 거느리고 후미를 수행하였다. 무제는 이릉을 장액군에 주둔케 하였다.

무제 천황(天漢) 2년(前 99), 이사(貳師)장군은 3만 기병을 거느리고 주천군을 떠나 천산 일대에서 흉노의 우현왕(右賢王, 부족장 급)을 토벌하였다. 무제는 이릉을 불러 이사장군의 군수품을 공급케 하려 했다.

이릉은 무제를 알현하며 머리를 숙여 자청했다.

"신(臣)이 거느리고 있는 병사는 모두 기재(奇材)이며 검객이어서 힘으로는 호랑이를 짓누르고 쏘면 명중하기에 일개 부대로 선우의 군사를 양분시켜 전적으로 이사장군을 공격하지 못하게 만들고자 합니다."

이에 무제가 말했다.

"장군은 남의 밑에 있기가 싫은가! 짐은 이미 군사를 많이 내어 장군에게 줄 기병이 없도다."

이릉이 대답했다.

"기병은 필요하지 않으며 신은 소수로 다수를 공격하듯 보병 5천으로 선우의 땅을 짓밟고 싶습니다."

무제는 이릉을 장하다 여겨 승낙하였다.

이릉은 보졸 5천 명을 거느리고 거연(居延)을 출발하여 북쪽으로 30일을 행군하여 흉노 땅에 머물면서, 지나온 곳의 산천과 지형을 그림으로 그려 휘하의 기병 장교를 시켜 돌아가 보고토록 하였다. 장교는 무제를 알현하면서 이릉이 군사를 거느리고 사력을 다하는 상황을 설명했고, 무제는 매우 기뻐하였다.

　　○ 이릉의 분전(奮戰)

　이릉이 흉노 땅의 준계산에 도착했을 때, 흉노 선우가 거느린 군사와 서로 만났는데 대략 3만 기병이 이릉의 군사를 포위했다. 흉노들은 한군(漢軍)이 적은 것을 보고 곧바로 전진하여 진지로 다가왔다.

　이릉은 육박전으로 공격한 다음에 한꺼번에 활을 쏘게 하자, 활 소리에 따라 적은 쓰러졌다. 흉노는 산 위로 달아났고 한군(漢軍)은 그들을 추격하여 수천 명을 죽였다. 선우는 크게 놀라 좌우 지역의 기병 8만여 기를 불러 이릉의 군사를 공격하였다. 이릉은 싸우다가 또 후퇴하면서 남쪽으로 며칠을 달려 산 계곡에 이르렀다. 연속되는 전투에 3번 상처를 입은 자는 수레 안에 있고, 2번 상처를 입은 자는 수레를 몰고, 한번 상처를 입은 자는 병기를 들고 싸우게 했다.

　이릉이 말했다.

　"우리의 사기가 조금 떨어졌지만 북소리에도 분기하지 않는 원인은 무엇인가? 군중에 여자가 있을 수 있는가?"

　전에 군사가 출발할 때 관동지역 도적 무리의 처자로 변방에 옮겨온 사람들이 병졸의 아내가 되어 수레 안에 숨어 있었다. 이릉은 그런 여인들을 찾아내어 모두 죽여버렸다. 다음 날 또 전투를 해서 3천여 명을 죽였다.

이때 이릉의 군대는 큰 위기에 처했고 흉노 기병은 많아지면서 하루에 수십 번을 싸웠는데, 다시 흉노 2천여 명을 살상했다. 흉노는 이기지 못할 것이라 생각하며 돌아가려 하는데, 마침 이릉 부대의 어느 소교(小校)가 교위(校尉)한테 모욕을 당하고서 도망쳐 흉노에 투항하고 상황을 모두 말했다.

"이릉의 군사는 뒤에 구원할 군사도 없으며 화살도 곧 떨어지려 하는데, 겨우 장군 이릉 휘하의 군사가 앞서 진격하며 황색과 백색으로 깃발을 만들었으니 정예기병을 동원하여 사격하면 격파할 수 있습니다."

한군은 남행하며 하루에 50만 개의 화살을 다 쏘자 바로 수레를 버렸다. 사졸들은 아직 3천여 명이 있었지만 맨손에 수레 굴대를 꺾어 손에 쥐었고 군리(軍吏)들은 짧은 칼을 쥐고 산 입구의 협곡으로 들어갔다. 선우는 후방을 차단하고 산비탈을 이용하여 돌을 굴리니 사졸들이 많이 죽고 전진할 수도 없었다.

밤이 되자 이릉은 간편한 옷을 입고 혼자 나가며 좌우에게 "나를 따라오지 말라! 장부가 혼자 선우만 잡으면 된다!"라고 말렸다.

얼마 후 이릉은 돌아와 크게 한숨을 쉬며 말했다.

"패전하였으니 죽어야 한다!"

이릉은 정기를 다 부러뜨리고 보물은 땅에 묻게 한 뒤에, 탄식하며 말했다.

"화살 수십 개만 더 있어도 탈출할 수 있을 것이다. 이제 무기도 없어 다시 싸울 수도 없으니 날이 밝으면 앉아 결박을 받아야 한다. 각자 새나 짐승처럼 흩어지더라도 탈출하여 천자에게 보고할 사람은 있어야 한다."

각 군사들에게 말린 밥 2되와 얼음 한 조각씩을 가지고 탈출하여 한 곳에서 서로 기다려 만나기로 기약하였다. 이릉과 한연년이 각자 말에 올라타니 수행하는 장사가 10여 명이었다. 흉노의 기병 수천 명이 추격해 왔다. 한연년은 전사했다.

이릉은 "천자를 뵐 면목이 없도다!"라고 말하고 투항하였다. 흩어져 탈출하여 성채에 이른 군인은 4백여 명이었다.

ㅇ 사마천의 이릉 변호

이릉이 패전한 곳은 변새에서 백여 리 떨어진 곳이었고, 변새에서는 이를 조정에 보고하였다. 무제는 이릉이 결사 분전할 것을 기대했고, 이릉의 모친과 부인을 데려다가 관상가에게 보라 하니 그 얼굴에 죽은 기색이 없다고 하였다. 나중에 이릉이 투항했다는 소식이 전해지자 무제는 크게 화를 내었다.

여러 신하들은 이릉의 죄가 크다고 말했다.

무제가 이를 태사령(太史令) 사마천(司馬遷)[268]에게 묻자, 사마

---

268 太史令은 九卿의 하나인 太常의 屬官. 天文 曆法 관장. 상서(祥

천은 힘써 이릉을 변호하였다.

"이릉은 부모에 효도하며 사인(士人)에게 신의가 있고 늘 자신을 돌보지 않고 국난을 위해 몸 바치려 하였습니다. 그는 평소에 국사(國士)의 풍모를 가진 사람입니다. 지금 한 번의 실패를 두고 자신과 처자만을 살리려 하는 신하들이 뒤를 이어 그 죄를 키워 말하는 것은 정말 가슴 아픈 일입니다. 게다가 이릉은 5천 명도 안 되는 보병을 거느리고 적진 깊숙이 들어가 수만의 군사와 맞부딪쳤고 사상자를 구원할 틈도 없이 흉노는 전 부족을 다 동원하여 포위 공격을 해왔습니다. 천리에 걸쳐 전투를 계속하여 화살은 떨어지고 길도 막히자 군사들은 빈 활을 당겨야 했고 창칼을 무릅쓰고 북쪽을 향해 적과 함께 죽을 작정으로 싸우면서 사람으로서 사력을 다하였으니, 비록 예전의 명장이라도 이보다 더 하진 못할 것입니다. 몸은 비록 패전하여 잡혔다지만 그의 전과는 천하에 드러낼 만합니다. 그가 죽지 않은 것은 적당한 때를 만나 한(漢)에 보답하려 생각했기 때문입니다."

무제는 사마천이 황당한 주장으로 이릉을 위해 유세한다고 생각하여 사마천을 궁형(宮刑)에 처했다.

ㅇ 억울한 이릉

얼마 후 무제는 이릉을 구원하지 않은 것을 후회하며 말했다.

瑞)와 재이(災異) 기록, 史書 편수 담당. 사마천(司馬遷, 前 145(135)－86)은 《漢書》 62권, 〈司馬遷傳〉에 입전.

"이릉이 변경을 출발할 때에 강노도위〔强弩都尉, 노박덕(路博德)〕에게 이릉을 구원하라고 명령해야 했었다. 미리 조서를 내렸기 때문에 노장이 간사한 꾀를 내었을 것이다."

그리고서는 사자를 보내 이릉의 탈출한 부하들을 위로케 하였다.

이릉이 흉노에 일 년 남짓 머물렀을 때, 무제는 인우장군(因杅將軍) 공손오(公孫敖)에게 군사를 거느리고 흉노 땅에 깊숙이 들어가 이릉을 구출하라고 보냈다. 공손오의 군사는 아무런 성과도 없이 돌아와 보고했다.

"포로를 잡았는데, 포로의 말에 이릉이 선우의 군사에게 한군(漢軍)에 대비하는 전술을 가르친다 하여 아무런 성과가 없었습니다."

무제는 보고를 받고 이릉 일족을 멸하라 하니 모친과 (동생), 아내가 모두 처형되었다. 농서군(隴西郡)의 사대부들은 이씨(李氏)와 교제한 것을 부끄럽게 생각했다.

그 후에 한(漢)에서 보낸 사자가 흉노에 갔을 때, 이릉이 사자에게 말했다.

"나는 한(漢)을 위하여 보졸 5천을 데리고 흉노를 휘저었다가 구원병이 없어 패전했을 뿐인데, 내가 한(漢)에 무슨 잘못을 했다고 내 집안을 몰살했는가?"

이에 사자가 말했다.

"한(漢)에서는 이소경(李少卿, 이릉)이 흉노에 전술을 가르친다고 들었습니다."

그러자 이릉이 말했다.

"그것은 이서(李緒)이지 내가 아니오."

이서는 본래 한(漢)에서 군(郡)의 새외(塞外) 도위로 있을 때 흉노가 공격하자 이서는 투항했고, 선우는 이서를 빈객으로 우대하여 늘 이릉보다 상석에 앉았다.

이릉은 이서 때문에 가족이 처형당한 것을 애통하게 여겨 사람을 시켜 이서를 죽여버렸다. 선우는 이릉을 장하다 여겨 딸을 이릉에게 시집보냈다.

이릉은 흉도 땅에서 20여 년을 살다가 소제(昭帝) 원평(元平) 원년(前 74)에 병사했다.

3) 소무

○ 부친 소건(蘇建)

소건(蘇建, 생졸년 미상)은 두릉현(杜陵縣) 사람이다. 교위(校尉)로 대장군 위청(衛靑)을 따라 흉노를 정벌하여 평릉후(平陵侯)에 봉해졌다.

뒷날, 위위(衛尉)로 유격장군(游擊將軍)이 되어 대장군 위청을 따라 삭방군에 출정했다. 1년 뒤 우장군(右將軍)으로 다시 대장군을 따라 출전했는데, 조신(趙信)이란 자가 흉노로 망명하며 부대를 다 잃어 참수되어야 했으나 속전을 내고 서인이 되었다. 뒤에 대군(代郡) 태수가 되었다가 관직에 있는 동안 죽었다.

소건에게 아들 셋이 있었는데, 둘째 아들 소무(蘇武)가 가장 잘 알려졌다.

○ 사신으로 간 소무

소무(蘇武)[269]의 자(字)는 자경(子卿)으로, 젊어서 부친의 관직으로,[270] 형제가 함께 낭관이 되었다가 점차 승진하여 이중구감(栘中廐監)[271]이 되었다.

그 무렵 한(漢)은 흉노 토벌을 계속하면서 자주 사자를 보내 서로 염탐하였는데, 흉노는 한(漢)의 사절을 전후 10여 차례 보낸 사신을 억류했다. 흉노의 사절이 오면 한(漢)에서도 마찬가지로 그에 상응하게 억류하였다.

무제(武帝) 천한(天漢) 원년(前 100), 흉노의 차제후선우(且鞮侯單于)가 막 즉위하고 한(漢)의 공격을 두려워하여 "한(漢)의 천자

---

269 소무(蘇武, ?−前 60, 字 子卿)−武帝 때, 中郎將으로 흉노에 사신으로 갔다가 억류(前 100년)되었다. 온갖 난관을 이기고 지조를 지키다가 19년이 지나 昭帝 始元 6년(前 81) 봄에 장안으로 돌아왔다.

270 二千石 이상 관리의 자제는 낭관에 임용될 수 있었다. 이를 任子라 하였다. 일종의 蔭敍(음서) 제도이다.

271 栘中廐監(이중구감)−관직명. 말, 사냥 매, 사냥개, 馬具를 관리하는 栘園(이원)의 감독관. 栘는 산 앵두나무(唐棣) 체. 마구간 이름이. 廐 마구간 구.

소무(蘇武)

는 나의 연장자 항렬이다."라고 말하였다. 그러면서 억류했던 한(漢)의 사절을 모두 돌려보냈다.

무제는 그 의리를 가상히 여겨 소무(蘇武)를 중랑장으로 삼고 지절을 내려 사신으로서 한(漢)에 억류되어 있던 흉노의 사절을 많은 예물과 함께 보내어 그 선의에 답례하였다.

소무는 부중랑장(副中郎將) 장승(張勝) 및 임시 관원 상혜(常惠) 등 모집한 척후병 백여 명과 함께 출발했다. 흉노에 도착하여 선우에게 예물을 주었다. 그러나 선우는 더욱 교만했고, 한(漢)의 기대와 달랐다.

사자를 보내 소무 등을 전송하려 할 때, 마침 흉노에서 내분과 같은 모반 사건이 일어났다. 사건에 아무런 상관이 없는 소무 일행이 휘말려 들었다.

흉노의 선우는 화를 내며 여러 귀족들의 회의를 소집하였고,

한(漢)의 사자를 죽이려고 했다.

선우는 아랫사람에게 소무를 불러 심문하게 하였다.

소무는 상혜 등에게 말했다.

"절의를 버리고 천자의 명을 더럽히고서 살아남은들, 무슨 면목으로 한(漢)에 돌아가겠는가!"

그리고서는 차고 있던 칼을 풀러 자기 목을 찔렀다. 선우의 신하는 놀라 소무를 안고 달려가 의원을 불렀다. 의원은 땅을 파 구덩이를 만들고, 숯불을 넣고 그 위에 소무를 눕히고 등에 뜸을 떠서 피를 빼냈다. 소무는 한나절이나 기절했다가 다시 숨을 쉬었다. 상혜 등이 울면서 수레에 싣고 숙소로 돌아왔다. 선우는 소무의 절개를 장하게 여겨 조석으로 사람을 보내 소무를 위문했다.

○ 소무의 지조(志操)

소무가 점차 회복되자, 선우는 사람을 보내 소무를 설득케 하였다.

"한(漢)의 사절의 일행인 장승(張勝)이 선우의 근신을 죽이려 모의하였으니 마땅히 죽여야 하나 선우를 흠모하여 투항하는 자는 죄를 사면해 준다."

그리고 칼을 들어 내려치려 하자, 장승은 투항했다.

이에 위율이 소무에게 말했다.

"부사(副使)가 죄를 지었으니 당연히 연좌된다."

소무가 말했다.

"처음부터 모의도 없었고 또 친속도 아닌데, 왜 연좌한다고 하는가?"

다시 칼을 들어 내리칠 흉내를 냈으나 소무는 움직이지도 않았다.

그러자 위율이 말했다.

"소군(蘇君)! 나는 전에 한(漢)을 등지고 흉노에 귀부하여 다행히 대은을 입어 왕이라 일컬어지고 수만의 무리를 거느리고 말과 가축이 산에 가득할 정도로 부귀를 누리고 있소. 당신이 오늘 투항하면 내일 나처럼 될 것이요. 공연히 죽은 몸으로 초야를 기름지게 한들 누가 알아주겠소!"

그래도 소무가 불응하자, 위율이 말했다.

"당신이 나를 통해 투항하면 나와 형제가 되지만, 내 말을 따르지 않으면 뒤에 나를 다시 만나려 한들 만날 수나 있겠소?"

소무가 위율을 욕하며 말했다.

"너는 남의 신하로 은의를 지키지 않고 주군과 친척을 배반하고 만이(蠻夷) 땅의 흉노에게 투항하였거늘, 왜 너를 다시 만나보겠는가? 그리고 선우가 너를 신임하여 다른 사람의 사생을 판결하게 했는데, 평상심을 바르게 갖지 않고 오히려 두 주군을 싸우게 만드니 망할 일이 눈에 보인다. 나는 분명히 투항하지 않을 것이며, 나를 죽여 두 나라가 서로 싸우게 되면 흉노의 재앙은 나를 죽이는데서 시작된다는 것을 너는 알아야 한다."

위율은 소무(蘇武)를 끝내 협박할 수 없다는 것을 알고 선우에게 보고하였다. 선우는 더욱더 소무를 굴복시키려고 소무를 커다란 구덩이에 집어넣고 전혀 음식을 주지 않았다.

소무는 눈이 내리자, 누운 채로 눈과 전모(氈毛)를 같이 씹어 삼켜 며칠이 지나도 죽지 않았다. 흉노는 신이라 생각하고 소무를 북해〔北海, 바이칼호, 패가이호(貝加爾湖)〕의 사람이 없는 곳에서 숫양을 방목하게 했고, 숫양이 새끼를 낳으면 돌려보내겠다고 하였다. 그의 부하였던 상혜(常惠) 등과 헤어졌고 그들을 다른 곳으로 보냈다.

소무가 북해 근처에 머무는 동안, 흉노는 음식을 주지 않아 소무는 들쥐의 구멍을 파서 풀씨를 꺼내먹었다. 한(漢)의 지절(持節)을 들고 양을 길렀고 눕거나 서거나 지절을 들고 다녀 지절의 장식이 다 떨어졌다. 5, 6년이 지나자 소무는 사냥 나온 선우의 동생인 어간왕(於軒王)에게 그물과 주살 끈을 만들어 주었고 궁노(弓弩)를 바로잡아주었다. 어간왕은 소무를 아껴 옷과 음식을 공급해주었다. 3년이 지나며 어간왕이 병이 들자, 소무에게 말과 가축, 저장 그릇과 둥근 천막집을 주었다. 그러나 어간왕이 죽자 사람들이 모든 것을 뺏어갔다. 그해 겨울, 소무는 다시 곤경에 빠졌다.

○ 소무와 이릉의 상봉

전에, 소무와 이릉(李陵)은 함께 시중(侍中)이 되었으며, 소무가 흉노의 사신으로 온 다음 해에 이릉은 항복했지만, 이릉은 소무를 구할 수 없었다.

　오랜 시간이 지나 선우는 이릉을 북해에 보내 소무를 위해 술자리를 베풀어 즐기게 했는데, 이때 이릉이 소무에게 말했다.

　"선우는 나와 그대(蘇武)가 평소 가까웠다는 것을 알고 일부러 나를 시켜 그대를 설득하라고 했지만, 편한 마음으로 얘기하고 싶소. 끝까지 한(漢)으로 돌아갈 수 없는데, 사람도 없는 이곳에서 공연히 고생만 하니 누구에게 신의를 보여주겠소? 내가 올 때에 대부인(大夫人, 소무의 모친)께서 돌아가시자 나는 운구를 따라 양릉(陽陵, 景帝의 능)에 갔었소. 그대의 부인은 젊기에 이미 개가했다고 들었소. 그대의 여동생 두 사람은 두 딸과 아들 하나를 두었지만 어제 다시 십여 년이 지났으니 살았는지 죽었는가를 알 수도 없소. 인생이란 아침이슬 같거늘, 어찌 이리 오래 스스로 고생을 하시는가! 나도 처음에 투항했을 때 마음이 허전하여 미칠 것 같았고, 한(漢)을 버렸고 그 때문에 노모가 보궁(保宮)에 잡혀 있다는 것을 생각하면 정말 괴로웠으나 그대는 투항하지 않았으니 나보다야 더 하겠소? 게다가 이제는 폐하 나이도 많고 법령(法令)도 늘 같은 것이 아니며 대신으로 죄도 없는데 멸족당한 자가 수십 명으로 앞날의 안위를 알 수도 없는데, 그대는 아직도 누구를 위한단 말이오? 내 생각에 따라준다면 더 말할 것이 없소."

　그러자 소무가 말했다.

　"우리 부자(父子)는 공덕도 없이 모두 폐하 덕분에 벼슬을 했고 장수의 반열에서 제후까지 올랐으며, 형제가 천자의 근신으로 늘 충성을 다하려 했소이다. 지금이라도 내 몸을 바쳐 충성할 수 있다면 도끼나 끓는 물에 죽더라도 기꺼이 받아들일 것이오. 신하가 주군을 모시기는 자식이 부친을 섬기기와 같은 것이오. 자식이 부친을 위하여 죽는다면 무슨 한이 있겠소? 더 이상 다시 말하지 마시오.”

이릉과 소무는 술을 마시며 며칠을 보내며 다시 말했다.

“그대는 내 말을 한번 따라주오”

그러자 소무가 말했다.

“나는 내가 오래 전에 죽었다고 생각하고 있소이다! 흉노 왕이 꼭 나를 굴복시키고 싶다면 오늘 이 자리를 끝내고 여기서 죽어주겠소!”

이릉은 소무의 충성심을 느껴 크게 탄식하며 말했다.

“아! 의사(義士)로다! 나와 위율(衛律)의 죄는 하늘까지 닿았도다.”

그리고 눈물을 흘려 옷소매를 적시며 소무와 헤어졌다.

이릉은 자신이 직접 소무에게 줄 수가 없어 그 아내를 시켜 소무에게 소와 양 수십 마리를 보내주었다.

그 뒤로 이릉은 다시 북해(北海)로 가서 소무에게 전했다.

“흉노 변경 초소에서 운중군(雲中郡)의 포로를 잡았는데 태수(太守) 이하 관리들이 모두 흰옷을 입고 천자가 붕어했다고 말했답니다.”

소무는 그 소식을 듣고 남쪽을 향해 통곡하다가 피를 토했으며 여러 달 동안 아침저녁으로 곡을 하며 슬퍼했다.

　ㅇ 소무의 귀국

　몇 달 뒤 소제(昭帝)가 즉위하였다(前 86). 몇 년 뒤 흉노와 한(漢)은 화친했다. 한(漢)에서 소무를 보내달라고 하자, 흉노는 소무가 죽었다고 거짓말을 했다.

　뒤에 한(漢)의 사절이 다시 흉노에 왔을 때, 상혜(常惠)는 그 수비 병사와 함께 있다가 밤에 한의 사절을 만나 지난 일을 모두 말했다. 그러면서 사절에게 천자가 상림원(上林苑)에서 기러기를 한 마리 잡았는데, 기러기 발에 비단 헝겊이 묶여있고 거기에 소무 등이 북쪽 호숫가에 산다고 쓰여있다고 선우에게 말하라고 했다.

　사자가 크게 좋아하며 상혜의 말대로 선우에게 따졌다. 선우는 측근을 둘러보고 놀라며 한(漢)의 사절에게 사과하였다.

　"소무 등은 사실 살아 있습니다."

　나중에 이릉은 술자리를 마련해 소무에게 축하하며 말했다.

　"이제 그대는 돌아갈 것이고 흉노에서도 이름을 날렸고 한나라에 큰 공을 세웠으니, 비록 옛날에 역사에 실리고 초상화로 그려진 인물일지라도 어찌 그대보다 더 나을 수 있겠소! 나는 무능했고 겁쟁이었지만, 설령 한(漢)에서 나의 죄과를 용서하고 노모를 살려준다 하여도 투항했던 큰 치욕이 마음속에 쌓여있기에 이런 치욕을 씻을 수 있는 기회, 곧 옛 조말(趙沫)이 가읍(柯邑)의 회맹에서 보였던[272] 그런 기회가 오기를 내가 오래전부터 잊지 않고 기다렸소이다. 그러나 내 일가가 다 멸족되었고 세상의 치욕을 당했으니, 내가 무엇을 돌아보겠소! 이제는 끝이요! 그대는 내 마음을 알 것이요. 이방에 있던 사람으로 이번 이별은 영영 이별일 것이요."

이릉은 일어나 춤을 추며 노래했다.

"만리를 가로질러 사막을 건넜네. 천자의 장수되어 흉노와 분전했네. 길은 막혔고 활도 칼도 부러졌도다. 군사는 죽었고 명예도 떨어졌도다. 노모도 죽었으니 보은하고 싶은들 어디를 가겠는가!"

이릉은 울며 눈물을 흘렸고 소무와 작별했다. 선우는 소무의 부하 관속을 모았는데, 이미 투항했거나 죽어서 겨우 9명이 소무를 따라 돌아왔다.

○ 소무의 말년

소무는 소제(昭帝) 시원(始元) 6년(前 81) 봄에, 장안에 도착했다. 조명(詔命)에 의거 대뢰(太牢)를 올려 무제의 원묘(園廟)를 배알하고 전속국(典屬國, 관직명)에 임명되었는데, 녹봉은 중2천 석

---

272 柯邑(가읍)에서의 會盟에서 조말(趙沫)의 義擧. 춘추시대 魯의 장군 조말은 齊와 싸워 삼전삼패 하였다. 齊와 魯 양국이 柯邑에서 회맹하며 齊가 魯의 영토를 요구하자, 조말이 칼을 들고 올라가 齊의 영토 요구를 철회시켰다.

이고 금전 2백만, 공전 2경(頃), 집 한 채를 받았다. 상혜(常惠)와 서성(徐聖), 조종근(趙終根)은 모두 중랑(中郎)이 되었고 비단 각 2백 필을 하사받았다. 나머지 6인은 연로하여 귀가했고 1인당 돈 10만 전과 죽을 때까지 부세와 요역이 면제되었다.

상혜(常惠)[273]는 나중에 우장군(右將軍)이 되어 열후에 봉해졌다. 소무는 흉노에 총 19년간 억류되었는데 젊어 출국했지만 돌아올 때는 수염과 머리가 모두 백발이었다.

몇 년 뒤 소제가 붕어하자(前 74), 소무는 이전의 2천 석 관리의 자격으로 선제(宣帝)[274]를 옹립하는데 참여했고 관내후(關內侯)의 작위와 식읍 3백 호를 받았다. 얼마 후 위장군(衛將軍) 장안세(張安世)가 소무를 옛 사정에 밝고 사절로 나가 국가의 체면을 잃지 않았으며 선제(先帝)의 유언도 있다면서 소무를 천거하였다. 선제(宣帝)는 즉시 소무를 불러 관직을 높여주었고, 자주 불러 알현했으며 다시 우조(右曹) 전속국(典屬國)에 임명되었다. 소무는 굳은 절개가 확실한 노신으로 알려졌으며 초하루와 보름만 입조했고 제주(祭酒)로 불리면서 큰 우대와 신임을 받았다.

---

273 상혜(常惠, ?−前 46)−蘇武의 副使. 19년 억류 후 귀국. 宣帝 시 右將軍.《漢書》70권,〈傅常鄭甘陳段傳〉에 입전.

274 宣帝(선제, 原名 劉病已, 즉위 후에 詢으로 개명. 재위 前 74−48)−武帝의 曾孫, 戾太子 劉據의 長孫, 史皇孫 劉進의 長子. 그 생애가 소설처럼 기구하나 前漢의 중흥을 이룩한 영명한 군주였다.

소무가 상으로 받은 재물은 모두 형제와 친우들에게 나누어주었기에 집안에 여분의 재물이 없었다. (선제) 황후의 부친인 평은후(平恩侯) 허광한(許廣漢), 선제의 외삼촌인 평창후(平昌侯)와 낙창후(樂昌侯), 그리고 승상인 위상(魏相), 어사대부인 병길(丙吉) 등이 모두 소무를 공경하고 높였다.

소무가 나이는 많고 아들은 예전에 법으로 죽었기에, 선제는 이를 가엽게 여겨 측근들에게 물었다.

"소무가 흉노에 오래 있으면서 아들을 두지 않았겠는가?"

소무는 평은후를 통해 아뢰게 하였다.

"전에 흉노를 떠나올 때, 흉노족 부인이 아들 통국(通國)을 낳았고 요즈음에 소식을 전해왔는데 나라에서 사자를 통해 돈이나 비단을 치루고 데려오고자 합니다."

이에 선제가 승낙했다. 그 뒤에 소통국(蘇通國)이 사절을 따라 귀국하자 선제는 낭관에 임명했다. 그리고 소무 동생의 아들을 우조(右曹)에 임명하였다. 소무는 나이 80여 세에 선제 신작(神爵) 2년(前 60)에 병졸(病卒)했다.

○ 《한서(漢書) 이광소건전(李廣蘇建傳)》의 논찬

「이광(李廣) 장군은 마치 시골 사람처럼 조심스러웠고 말도 잘하지 못했는데, 그가 죽었을 때 그를 잘 알거나 모르는 천하 사람 모두가 눈물을 흘릴 정도로 그의 진심이 사대부들에게 성의와 믿음을 주었다. 속언에 '도리(桃李)가 말이 없어도 그 아래 저절로 길이 만들어진다.'[275] 하였으니, 이는 비록 짧은 말이지만 많은 것을 깨우쳐주고 있다.

하여튼 3대에 걸친 장수의 가문은 도가(道家)에서 꺼리는 것이지만 이광에서부터 이릉(李陵)까지 결국은 그 일족이 망했으니 슬플 뿐이다!

공자가 말한 '지사(志士)와 인인(仁人)은 살신(殺身)하여 성인(成仁)하고 살려고 인(仁)을 버리지 않는다.'[276]는 말과 '사방에 사신으로 나가 군명(君命)을 욕되게 하지 않는다.'[277]는 말은 소무(蘇武)에게 적합한 말이다.」

4) 장건

○ 실크로드 개척자

장건(張騫)[278]은 한중군(漢中郡) 사람으로, 무제(武帝) 건원(建元) 연간에(前 140 – 135) 낭관(郎官)이 되었다. 그때 투항한 흉노인이

---

275 도리불언(桃李不言), 하자성혜(下自成蹊) – 훌륭한 인품을 지녔으면 사람이 절로 모여든다는 의미. 成蹊(성혜)는 길이 만들어진다. 복숭아꽃이나 그 열매를 보려고 사람들이 모여 저절로 길이 생기다. '實至名歸'와 같은 의미이다.

276 志士仁人, 有殺身以成仁, 無求生以害仁' –《論語 衛靈公》.

277 「使於四方, 不辱君命」 –《論語 子路》.

278 張騫(장건, ?–前 114) – 字 子文. '絲綢之路(비단길, 簡稱 絲路)' 개척자. 박망후(博望侯). 騫은 이지러질 건. 허물.《史記 大宛列

'흉노가 월지(月氏)[279] 왕을 죽여 그 두개골로 술잔을 만들었고 월지인들은 도주하며 흉노를 같이 공격할 사람이 없다고 한탄하였다.' 라고 말했다.

한(漢)은 그때 흉노를 공격하려고 했었는데, 이 말을 듣고 월지에 사신을 보내려 했지만, 흉노의 땅을 지나야 하기에 사자가 될 만한 사람을 구하였다. 장건은 낭관으로 응모하여 월지국에 가는 사자가 되었는데, 노비 출신인 감보(甘父)란 사람과 함께 농서군(隴西郡)[280]에서 출발하였다.

흉노 땅을 지나가다 흉노에 잡혔고, 흉노의 선우(單于)에게 보내졌다.

선우(單于)가 말했다.

"월지(月氏)는 우리 땅 북쪽에 있는데, 한(漢)에서는 왜 사신을 보내려 하는가? 우리가 월(越)에 사신을 보낸다면 한(漢)에서는 우리 말을 들어주겠는가?'

흉노는 장건을 10여 년 억류하면서 여인을 얻게 하여 아들을

傳》 참고.

279 月氏(ròuzhī 월지, 氏音 支) − 今 甘肅省 난주(蘭州), 돈황(敦煌) 일대에 살던 종족. 흉노의 공격으로 이리하(伊犁河) 서쪽으로 이주한 사람들은 大月氏라 하고, 기련산(祁連山) 일대에서 羌族(강족)과 잡거한 사람들은 小月氏로 구분한다.

280 隴西(농서) − 郡名. 치소는 적도(狄道, 今 甘肅省 定西市 臨洮縣, 蘭州市와 경계). 장건이 농서군에서 출발한 것은 建元 3년(前 138)이었다.

낳았지만, 장건은 한(漢)의 지절(持節)을 보관하고 있었다.

○ 장건의 귀국

흉노의 서쪽에 머물다가 장건은 그 무리와 함께 월지 땅을 향해 도망해서 서쪽으로 10여 일을 달려가 대원(大宛)[281]에 도착하였다. 대원국에서는 한(漢)이 부자 나라인 것을 알고 통교하고 싶어도 통하지 못했기에 장건 일행을 만나 기뻐하며 어디로 가는가를 물었다.

이에 장건이 말했다.

"한(漢)의 사신으로 월지를 찾아가는데 흉노에 잡혀 있다가 이제 도망을 나왔는데, 국왕께서는 사람을 시켜 나를 안내해 보내주기 바랍니다. 정말로 그렇게만 해준다면 한(漢)으로 돌아가 이루 다 말할 수 없을 만큼 재물을 왕에게 보내주겠습니다."

대원에서는 그렇게 생각하고 장건을 보내주며 길 안내자와 통역을 내주어 강거국(康居國)[282]으로 갔다. 강거(康居)에서는 일행을 대월지(大月氏)로 보내주었다. 대월지의 왕은 이미 흉노에 의

---

281 대원(大宛) ─ 서역(西域)의 국명. 宛은 나라 이름 원, 굽을 완. 영어로는 Ferghana. 國都는 貴山城. 한혈마(汗血馬)의 산지. 무제 때 복속, 宣帝 이후 서역도호부에 속했다. 영역은 지금의 중앙아시아의 키르기스스탄(吉爾吉斯斯坦)에 해당.

282 강거(康居) ─ 중앙아시아의 유목 민족. 영어로는 Sogdiana. 大宛(대원)의 서북에 있던 나라. 大月氏의 북쪽. 烏孫의 서쪽, 奄蔡(엄채)의 東쪽, 정령(丁零)의 南쪽 지역에 거주.

해 살해되었기에 그 부인이 왕이 되어 통치하고 있었다.

그들은 이미 대하(大夏)[283]를 복속시켜 다스리고 있었는데, 땅은 비옥하고 외적의 침입도 거의 없어 안락한 생활을 즐기고 있었다. 그리고 한(漢)과는 너무 멀기도 하고 흉노에 대한 복수심도 없었다. 장건은 월지족을 따라 대하(大夏)에도 갔지만 끝내 월지에 간 목적을 이루지는 못했다.

장건은 1년여를 머물다가 돌아오면서 남산(南山)[284]을 따라 강족(羌族) 지역으로 귀국하다가 다시 흉노에게 잡혔다. 1년 남짓 억류되었는데 선우가 죽어 그들 국내가 혼란해지자 장건은 흉노족 아내, 일행이었던 감보와 함께 한(漢)으로 돌아왔다. 장건은 태중대부(太中大夫)에 임명되었고, 감보는 봉사군(奉使君)이 되었다.

장건은 사람됨이 힘이 강하고 관대하며 신용이 있어 만이(蠻夷)들이 좋아하였다. 당읍부(堂邑父)는 흉노족으로 활을 잘 쏘았고 굶주릴 때는 짐승이나 새를 사냥하여 식사를 대신해 주었다. 전에 장건이 출발할 때 백여 명이었으나 13년이 지나 겨우 두 사람만 돌아왔다.

---

283 大夏(대하) ─ 중앙아시아의 나라 이름. 영어로는 Bactria(巴克特里亞). 지금의 아프가니스탄 북부 일대.

284 南山 ─ 신강성(新疆省) 남부의 카라코룸(喀喇昆侖) 산맥.

○ 장건 이후 서역과의 교역

장건은 교위(校尉)가 되어 대장군 위청(衛靑)을 따라 흉노를 토벌하였는데 수초(水草)가 있는 곳을 알아 한군(漢軍)이 어려움을 겪지 않았기에 장건은 박망후(博望侯)에 봉해졌다. 이 해는 무제 원삭(元朔) 6년(前 123)이었다.

무제는 장건에게 대하(大夏) 등에 관하여 자주 물었다. 장건은 작위를 잃었지만 물음에 대답하였다.

무제는 장건을 중랑장에 임명하였고 군사 3백 명에 각각 말 2필과 수만 마리 소와 양, 수천에서 거만에 해당하는 금과 비단에 지절을 가진 부사 여러 명을 거느리고 가다가 상황에 따라 이웃 나라에 보내게 하였다. 장건이 오손에 이르러 예물을 주고 황제의 뜻을 전했지만 그들을 우리편으로 만들지는 못했다.

장건은 바로 부사를 나누어 대원(大宛), 강거(康居), 월지(月氏), 대하(大夏)에 보냈다. 오손(烏孫)에서는 안내자와 통역을 장건에게 보내주었으며, 오손의 사자 수십 명과 말 수십 필을 내주었다. 그들도 사절을 보내 회사(回謝)하면서 한(漢)이 광대한 나라임을 알게 되었다.

○ 교역의 부작용

장건은 돌아와 대행령(大行令)[285]이 되었다. 일 년 뒤, 장건이 죽

---

285 대행령(大行令) – 관직명. 외빈 접대. 소수 민족에 관한 업무. 무

었다. 그 후 1년 뒤, 대하(大夏) 등에 보냈던 부사들이 그 나라 사람들과 함께 돌아왔고 이후로 서북의 나라들이 한(漢)과 왕래하였다. 장건이 처음 통교를 시작했기에 이후에 나가는 사신은 모두 박망후 장건을 칭하며 보증을 해야 외국에서 믿어주었다. 그 후 오손은 마침내 한(漢)과 통혼했다.

그전에 무제가 《역경(易經)》으로 점을 치니, '신마(神馬)가 서북에서 온다.'고 하였다. 오손에서 보내온 좋은 말을 받고서는 이름을 '천마(天馬)'라 하였다. 뒤에 대원(大宛)에서 온 한혈마(汗血馬)가 더 힘이 좋아서 오손의 말을 '서극마(西極馬)'라 부르고, 대원의 말을 '천마(天馬)'라고 하였다.

천자는 대원의 말을 좋아하였기에 오가는 사자들이 길에 서로 이어졌으며, 사신 한 패가 큰 경우는 수백 명 작은 규모도 백여 명이었고, 갖고 가는 것은 대개 장건 때와 비슷하였다. 그 후로 왕래가 잦아지면서 점차 줄어들었다. 한(漢)에서는 대개 1년에 많을 때는 10여 차례, 아니면 5, 6차례 사절을 보냈고, 먼 곳은 8, 9년 가까운 곳은 몇 년이 지나 돌아왔다.

장건이 외국과의 길을 열어 존귀해진 이후로 그의 관리들은 다투어 상서(上書)하여 외국의 기이한 사정과 이해관계를 논하며 사

제 태초 원년(전 104)에 大鴻臚(대홍려)로 명칭이 변경되었다.

신이 되고자 하였다. 무제(武帝)는 외국이 너무 멀고 가려는 사람들이 없기에 그들 말을 듣고서 부절을 주고 관리의 출신을 불문하고 백성들을 모집해서 내보내어 길을 넓히려 하였다.

돌아온 자 중에서는 폐물을 훔치거나 사자로서 천자(天子)의 뜻을 저버리는 자들이 없을 수 없었는데, 천자는 그들이 버릇이 되었다고 생각하여 사안에 따라 중죄로 다스리거나 격노하여 배상케 하거나 다시 사신으로 나가게 하였다. 그러한 사절의 사단(事端)은 무궁했기에 아무렇지도 않게 법을 어겼다.

그런 사졸(吏卒)들은 매번 외국의 산물을 반복적으로 칭송하였으니 크게 부풀리는 자는 부절을 주었고, 작게 부풀리는 자는 부사(副使)로 내보내니 제멋내로 큰소리치고 행실이 나쁜 자들이 다투어 서로 경쟁하며 본받았다.

그 사자들은 나라 관물(官物)을 빼돌리거나 싸게 처분하여 사리(私利)를 채우려 하였다. 외국 또한 한(漢)의 사자가 제각각 하는 말이 실제와 일치하지 않는 것에 싫증이 나고 한병(漢兵)도 너무 멀어 공격해올 수 없다는 것을 헤아려서 음식물 공급을 끊어 한(漢)의 사절들을 괴롭혔다. 한(漢)의 사절은 궁핍해져서 서로를 탓하면서 서로를 공격하기에 이르렀다.

○ 이사성(貳師城)의 좋은 말

한사(漢使)의 왕래가 많아지면서, 젊어서부터 수행한 자는 무제(武帝)에게 쓸만한 계책을 솔선해서 건의했는데, 대원국의 이사성(貳師城)에 좋은 말이 있는데 숨겨두고 한(漢)의 사자에게는 보여주지 않는다고 말했다.

무제는 대원의 말을 좋아하였는데 그 말을 듣고서 마음이 내키어 장사(長史)인 차령(車令) 등을 시켜 천금(千金)과 금마(金馬)를 가지고 가서 대원의 왕에게 이사성의 좋은 말을 가져오게 시켰다.

대원국에서는 한(漢)의 물자가 풍부하다며 서로 모의하였다.

"한(漢)은 우리와 멀리 있고 염택(鹽澤)에서 여러 번 패사(敗死)했으며 북쪽 길로 가면 흉노를 만나고, 남쪽 길로 가면 물과 풀이 없으며 또 중간에 마을이 없어 굶어죽는 자가 많을 것이다. 한(漢)의 사절은 수백 명이 떼를 지어 오지만 늘 식량이 부족하여 죽는 자가 그 과반이니, 이들이 어찌 대군을 보낼 수 있겠는가? 그리고 이사성의 말은 대원(大宛)의 보물이다."

그러면서 한사(漢使)에게 보여주려고 하지 않았다. 한사는 화를 내며 갖고 온 예물을 몽둥이로 부수고 떠나갔다.

대원의 귀족들도 화를 내며 말했다.

"한사가 우리를 아주 무시했도다!"

한(漢)의 사절이 떠나가자, 그들의 동쪽 울성(鬱成, 地名)의 왕에게 길을 막고 공격케 하니 한(漢)의 사절을 죽이고 그 재물을 탈취하였다.

보고를 받은 무제는 대노했다.

그간 대원에 다녀왔던 요정한(姚定漢) 등이 말했다.

"대원의 군세는 약해서 사실 한병(漢兵) 3천 명 정도가 강한 쇠뇌를 쏘아대면 대원을 격파할 수 있습니다."

무제는 전에 사신으로 다녀온 착야후(浞野侯) 조파노(趙破奴)가 누란(樓蘭)을 공격하며 7백 명 기사를 선발로 보내 누란왕을 사로잡았었기에 요정한의 말을 그대로 믿고서, 총애하는 이부인(李夫人)의 동생(李廣利)을 제후로 봉하고자 곧 장군으로 등용, 대원국을 정벌케 하였다.

5) 이광리

ㅇ 이사장군의 2차 원정

이광리(李廣利)[286]의 여동생인 이부인이 무제의 총애를 받아 창읍(昌邑) 애왕〔哀王, 유박(劉髆)〕[287]을 낳았다. 태초 원년(前 104)에, 이광리는 이사장군(貳師將軍)이 되어 속국(屬國)의 기병 6천 및 군

---

286 이광리(李廣利, ?- 前 88) - 武帝 총희(寵姬) 李夫人의 오빠이며, 무제의 총신인 이연년(李延年)의 형. 太初 원년(前 104), 이사(貳師) 장군이 되어 大宛國(대원국)을 원정하였으나 실패하였다. 太初 3년(前 102)에 다시 원정하여 겨우 성공했고, 海西侯에 피봉되었다. 후에 흉노에 투항했지만 거기서 살해당했다. 이사성(貳師城)은 지금의 신장위구르자치주 중서부 국경 밖 키르기스스탄(吉爾吉斯坦)의 남부 Osh市(奧什)에 해당.

287 창읍애왕(昌邑哀王) - 武帝와 李夫人의 아들, 유박(劉髆, 재위 前 97-88). 유박의 아들인 유하(劉賀)가 昭帝 사후에 황제로 등극했으나 재위 27일 만에 폐출되었다.

국(郡國)의 불량소년 수만 명을 거느리고 출정하였는데, 서역의 이사성(貳師城)에 가서 좋은 말을 구해온다고 기약했기에 '이사 장군'이라 불렀다.

한(漢)이 대원을 정벌하러 출병했었으나 대원 같은 소국을 굴복시키지 못하였으니, 대하(大夏)[288] 같은 나라들은 점차 한(漢)을 경시할 것이고, 대원의 좋은 말은 앞으로 들어오지 않을 것이며, 오손(烏孫) 같은 곳에서도 한(漢)의 사절을 무시하고 괴롭힐 것이니 외국의 웃음거리가 될 것이라고 무제는 생각하였다.

이에 대원 정벌이 불필요하다고 주장하는 신하들의 죄를 따져 처리하게 하였다. 죄수를 용서하여 외적을 막는데 동원하였고 악행 소년과 국경 군현의 기병을 징발하면서 준비하여 일 년 뒤에 6만 명을 돈황(敦煌)에서 출병시켰는데 짐을 지고 따라가는 노역자는 계산하지 않았다.

소 10만 마리, 말 3만 필과 노새, 낙타 수만 마리가 식량을 운반하고 병기와 활도 모두 다 준비되었다. 온 나라가 소란한 가운데 대원 정벌을 위한 지원이 이루어지며 교위(校尉) 50여 명이 출정하였다.

대원의 성중(城中)에는 우물이 없어 성 밖 강물을 길어다 사용

---

288 大夏 – 古 왕국명. 巴克特里亞(Bactria), 중앙아시아(今 아프가니스탄 북부)에 해당.

했는데, 이번에 (한漢이 침공한다는 소식에) 물을 성 안의 물구덩이(水空)를 파고 끌어들여 사용하였다. (한군漢軍은) 수비 군졸 18만 명을 주천군(酒泉郡)과 장액군(張掖郡) 북쪽의 거연현(居延縣)[289]과 휴도현(休屠縣)에 배치하여 주천군을 방어하게 하였다. 그리고 온 나라의 칠과적(七科適)[290]을 동원하여 이사장군의 군사에게 건량(乾糧)을 운반하게 하였으며 수레를 끄는 인부들이 돈황까지 이어졌다.

또 말을 잘 볼 줄 아는 2인을 집마교위(執馬校尉)와 구마교위(驅馬校尉)에 임명하여 대원을 점령했을 때 좋은 말을 고르도록 준비하였다.

○ 2차 원정 결과

귀환한 원정군으로 옥문관(玉門關)에 들어온 자는 1만여 명이었고 말 1천여 필이었다. 2차 원정에서 군량이 부족하지도 않았고 전사자가 많지도 않았지만 장군이나 군리들이 탐욕으로 사졸

---

289 居延 − 縣名. 今 內蒙古 阿拉善盟 관할의 額濟納旗의 동남. 중국의 酒泉衛星發射中心이 여기에 있다.

290 칠과적(七科謫) − 정규 양민의 군대가 부족할 때, 변방에 동원되는 7종 부류의 백성. 죄를 지은 관리, 도망친 죄인, 빚을 지고 팔려왔다가 데릴사위가 된 사람〔贅婿(췌서)〕, 현재의 상인(商人), 예전에 상인 호적에 이름이 올랐던 사람, 부모가 상인 호적에 올랐던 사람, 조부모가 상인 호적에 올랐던 사람.

을 아끼지도 않았고 침탈하여 이런 저런 사유로 죽은 자가 많았기 때문이었다.

무제가 조서를 내렸다.

「흉노가 해악을 저지른 지 오래였고, 지금은 비록 사막 북쪽으로 도주하였으나 다른 나라들과 모의하여 함께 대월지로 보내는 사절을 가로막고 우리 장수들을 죽였었다. 이사장군 이광리(李廣利)는 그들의 죄악을 징벌하여 대원을 원정하여 승리하였다. 신령스런 하늘의 도움을 받아 황하와 곤륜산을 거슬러 올라갔고, 사막을 건너 멀리 서해(西海)에 닿았으며, 산에 눈이 쌓이지 않아 우리 사대부들이 직접 진격하여 왕이나 우두머리들을 사로잡았으며 진기한 사물들을 궁궐에 다 보내주었다. 이에 이광리를 식읍 8천 호에 해서후(海西侯)에 봉한다.」

그리고 여러 부장들의 관직을 높여주고 상금을 하사했다. 군관리(軍官吏)로 구경(九卿)에 오른 자가 3인이었고, 제후의 상(相)이나 군수 또는 2천 석이 된 자가 100여 명이었으며, 1천 석 이하 관직을 받은 자가 1천여 명이었다. 용감히 싸운 자들의 관직은 바라던 것 이상이었으며 칠과적자(七科適者)로 용감한 자는 그 노역을 면제받았다. 사졸들에게 하사한 돈이 4만 전이나 되었다. 대원의 2차례 원정은 모두 4년이나 걸려 끝났다.

그 11년 후, 정화(征和) 3년(前 90) 이사장군은 다시 7만 기병을 거느리고 오원군(五原郡)에서 출정하여 흉노를 공격하며 질거수(郅居水)를 건넜다. 이광리는 병패(兵敗)하여 흉노에 투항하였다가 선우에게 피살되었다.

6) 위청

○ 모친 성을 따른 위청

위청(衛靑, ?—前 106)의 자(字)는 중경(仲卿)이다. 그 부친은 정계(鄭季)로 하동군(河東郡) 평양현(平陽縣)[291] 사람인데, 현리(縣吏)로 평양후의 집의 급사 일을 했다. 조참(曹參)의 증손인 평양후(平陽侯) 조수(曹壽)는 무제의 누나인 양신장공주(陽信長公主)와 결혼했다.

정계는 평양후의 하녀인 위온(衛媼)과 사통하여 위청을 낳았다. 위청의 동복형(同腹兄)인 위장군(衛長君)과 이부동복(異父同腹)의 누나 위자부(衛子夫)[292]가 있었는데, 위자부는 평양공주의 집에서 무제의 사랑을 받았는데, 그런 연고로 위청은 위씨(衛氏) 성을 이었다.

위온의 장녀가 위군유(衛君孺)이고, 차녀가 위소아(衛少兒)[293]이

---

291 平陽은 縣名. 今 山西省 중남부 임분시(臨汾市).

292 衛子夫. 衛靑의 異父同腹의 누나. 평양공주 집의 歌妓. 武帝의 2번째 황후, 戾太子의 生母. 諸邑公主, 石邑公主, 衛長公主의 生母. 곽거병의 이모. 宣帝의 曾祖母이다.

며, 그 막내가 위자부(衛子夫)이었다. 위자부의 남동생들도 모두 위씨(衛氏) 성을 사용했다.[294]

위청은 어려서 평양후(平陽侯)의 가인(家人)으로 살다가 젊어서 부친에게 갔는데, 부친은 위청에게 양을 키우게 했다. 적모(嫡母, 正室)의 아들들은 모두 위청을 노비로 취급했고 형제의 숫자에도 넣지 않았다.

위청이 장년이 되어 제후가의 기병(騎兵)으로 평양공주를 모셨다. 무제 건원 2년 봄, 위청의 누나인 위자부(衛子夫)가 입궁하여 무제의 총애를 받았다.

무제의 진황후(陳皇后)는 경제(景帝)의 대장공주(大長公主)의 딸인데, 아들이 없고 시샘이 많았다. 대장공주는 위자부가 총애를 받아 임신을 했다는 소식을 듣고 질투하면서 사람을 시켜 위청을 잡으려고 하였다.

위청은 그때 건장궁(建章宮)에서 일하면서 이름도 없었다. 대장공주는 위청을 잡아두었다가 죽이려 했다. 위청의 벗인 기랑(騎郎) 공손오(公孫敖)[295]가 장사들과 대장공주 집에 가서 위청을

---

293 위소아(衛少兒) ─ 위청의 異父同母의 누나. 곽중유(霍仲孺)와 결혼하여 곽거병(霍去病)을 낳음.

294 모성(冒姓) ─ 남의 성을 사칭하다. 양자, 데릴사위, 生母의 개가 등으로 남의 성을 갖다.

빼왔기에 위청은 죽음을 면했다.

무제가 이를 알고서 위청을 불러 건장궁감(建章宮監)에 임명하고 시중(侍中)으로 삼았다. 동복(同腹)의 형제가 귀한 자리에 오르면서 하사품이 불과 며칠 간에 천금이나 되었다.

위청의 동복 누나인 위군유(衛君孺)는 태복(太僕) 공손하(公孫賀)의 처가 되었다. 작은누나인 위소아는 원래 진장(陳掌, 진평의 증손)과 사통하였고 무제는 진장을 불러 벼슬을 내렸다. 이리하여 공손오도 더욱 현달(顯達)하였다. 위자부는 황제의 부인이 되었고, 위청은 태중대부(太中大夫)가 되었다.

○ 흉노 정벌의 명장

무제 원광(元光) 6년(前 129), 위청은 거기장군(車騎將軍)이 되어 흉노를 정벌하려고 상곡군(上谷郡)²⁹⁶에서 출병하였고, 공손하는 거기장군으로 운중군(雲中郡)에서 출병했으며, 태중대부인 공손오(公孫敖)는 기장군(騎將軍)으로 대군(代郡)에서 출병하였으며, 위위(衛尉)인 이광(李廣)은 효기장군(驍騎將軍)으로 안문군(雁門郡)²⁹⁷에

---

295 공손오(公孫敖) - 衛青의 交友. 장군으로 부침이 많았다.《漢書》
25권.〈衛青霍去病傳〉에 부전(附傳)되었다.

296 上谷 - 郡名. 치소는 저양현(沮陽縣, 今 河北省 북부 張家口市 관할 懷來縣).

297 안문(雁門) - 군명. 치소는 善無縣(今 山西省 북부 朔州市 관할의 右玉縣).

서 출병하였는데, 각 군은 기병 1만 명씩이었다.

위청은 흉노 땅 농성〔籠城, 용성(龍城)〕²⁹⁸을 점거하고 적 수백 명을 참수했다. 기장군(騎將軍) 공손오는 7천 기병을 상실했으며, 위위(衛尉)인 이광은 적에게 생포되었다가 탈출하여 돌아왔는데, 모두 참수되어야 하지만 속전을 내고 서인이 되었다. 공손하 또한 공을 세우지 못했다.

오직 위청에게만 관내후의 작위를 내렸다. 이후 흉노는 빈번히 변경을 침범하였다.

무제 원삭(元朔) 원년(前 128) 봄, 위부인(衛夫人)이 아들을 낳자²⁹⁹ 황후로 책봉되었다. 그해 가을 위청은 기병 3만을 거느리고 안문군에서 출병하였다.

다음 해에도 위청은 다시 운중군에서 출병하여 서쪽으로 고궐(高闕) 요새를 거쳐 농서(隴西)까지 진격하며 적 수천 명을 생포하거나 죽였고 가축 백여 만 마리를 노획했으며 흉노 부족장급 왕들을 축출하였다. 그리고 하남(河南) 지역을 차지하고 삭방군(朔方郡)을 설치하였다. 무제는 식읍 3,800호를 하사하고 위청을 장평후(長平侯)로 삼았다. 위청의 교위(校尉)였던 소건(蘇建, 소무의

---

298 농성(籠城, 龍城)─흉노 선우가 祭天하던 곳. 今 內蒙古 鄂爾多斯 市 동쪽의 准格爾旗 지역.

299 유거(劉據)─뒷날 위태자(衛太子) 또는 여태자(戾太子, 戾 어그러질 려)로 불렀다. 戾는 시호. 《漢書》 63권, 〈武五子傳〉에 立傳.

父)은 평릉후(平陵侯)가 되었다.

그 뒤로 흉노는 해마다 대군(代郡), 안문(雁門), 정양(定襄), 상군(上郡), 삭방군(朔方郡) 지역에 침입하여 사람을 죽였고 노략질이 매우 많았다.

무제 원삭(元朔) 5년(前 124) 봄, 위청은 기병 3만을 거느리고 출병하여 대승하여 회군하였다. 요새에 이르자 천자(天子)는 사자에게 대장군 인수를 보내어 바로 군중에서 위청을 대장군으로 봉하니, 모든 장수들이 군사를 거느리고 예속하여 대장군의 관호를 들고 귀환하였다. 그리고 위청의 어린 아들들도 제후에 봉해졌다.

그해 가을, 흉노가 대군(代郡)에 침입하여 도위를 살해했다.

다음 해 봄(元朔 6년, 前 123), 대장군 위청은 정양군(定襄郡)에서 출병하여 흉노족 1만여 명을 죽이거나 포로로 잡았다 보냈다.

이 해에 곽거병(霍去病)이 처음으로 제후가 되었다.

7) 곽거병

○ 이모(姨母)가 무제의 위황후

곽거병(霍去病, 前 140－117)은 대장군 위청의 누나인 위소아(衛少兒)의 아들이다. 그 아버지 곽중유(霍仲孺)는 전에 위소아와 사통하여 곽거병을 낳았다.

위황후(衛皇后, 위자부)가 존귀해지면서 위소아는 다시 개가하였다.

곽거병은 황후 언니의 아들로, 나이 18세에 시중이 되었다. 기사(騎射)에 능했으며 두 번이나 대장군 위청을 따라 출전했다. 대장군은 조서를 받고 곽거병에게 장사(壯士)를 주고 교위(校尉)에 임명하였다.

○ 곽거병의 흉노 원정 – 화려한 전과(戰果)

곽거병은 날쌔고 용감한 기병 8백 명을 거느리고 바로 대군에서 수백 리나 떨어진 곳에서 전과를 올려 참수하거나 포로로 잡은 숫자가 손실보다 많았다. 이에 무제가 곽거병을 관군후(冠軍侯)에 봉했다.

곽거병이 제후가 된 3년째인 원수(元狩) 2년(전 121) 봄에, 표기장군(票騎將軍)이 되어 1만 기병을 거느리고 농서군에서 출병하여 공을 세워 식읍을 더 받았다.

이후 곽거병의 전공은 모두 기록할 수 없을 정도로 많아, 상세한 서술은 생략한다.

대장군 위청은 모두 7차례 흉노를 원정하면서 참수했거나 잡은 포로가 5만여 명이었다. 선우와는 1번 싸웠고 하남의 땅을 차지하여 삭방군(朔方郡)을 설치하였다. 여러 번 식읍을 보태어 모두 16,300호에 3명의 아들이 제후로 받은 각각 1,300호를 합한다면 총계 20,200호나 되었다.

○ 곽거병의 인품

곽거병은 사람이 말수가 적고 감정을 드러내지 않았으며, 기개가 있고 과감하였다. 무제가 그에게 손자(孫子)와 오자(吳子)의 병법을 가르치라고 하자, 곽거병이 말했다.

"방략(方略)을 어떻게 쓰느냐가 문제이지, 옛 병법을 배울 필요는 없습니다."

무제가 그를 위해 좋은 저택을 마련해 놓고 가보라고 하였으나 곽거병은 "흉노를 없애지도 못했는데 집을 꾸밀 수가 없습니다." 라고 말했다.

이 때문에 무제는 그를 더욱 중히 여기고 신임하였다. 그러나 곽거병은 젊어 시중이 되었고 높은 자리에 오른 뒤로는 사졸을 돌보지 않았다.

그가 출정하면 무제가 태관(太官, 궁중 요리 담당관)을 보내 수십 수레의 음식을 보냈는데, 귀환할 때 짐수레에 남은 곡식과 고기가 있어 버리기도 했지만 굶주린 사졸들도 많았다. 변경 밖에서 식량이 부족해 혹 제 발로 서지도 못하는 사졸이 있어도 곽거병은 땅을 파게 하여 축국(蹴鞠)을 즐겼다.

위청은 인자하고 사람을 좋아하며 겸양하고 유순하여 황제의 환심을 샀지만 천하에 그를 칭송하는 사람이 없었다.

○ 곽거병의 죽음

곽거병이 원수(元狩) 4년에, 흉노를 정벌한 이후 3년째인 원수

6년(前 117)에 24세의 한창 나이에 죽었다. 무제는 곽거병의 죽음을 애도하며 속국의 군사를 징발하여 장안에서 무릉(茂陵, 무제의 공사 중인 능묘)까지 도열하게 했고, 무덤은 기련산(祁連山)과 비슷하게 만들었다. 시호(諡號)는 무예와 영토 확장을 의미하는 경환후(景桓侯)라고 하였다.

아들 곽선(霍嬗)이 계승했다. 곽선의 자(字)는 자후(子侯)이었는데, 무제는 곽선을 아끼고 총애하면서 성인이 되면 장군으로 삼으려 했다. 곽선은 봉거도위(奉車都尉)로 무제를 따라 태산(泰山)에 봉선(封禪)하고 돌아와 죽었다. 아들이 없어 나라를 없앴다.

(3) 효무제의 문신

1) 동중서

○ 3년간 정원도 바라보지 않다

동중서(董仲舒, 前 179 – 104)[300]는 광천현(廣川縣)[301] 사람이다. 젊어서 《춘추(春秋)》를 전공했고, 경제 때 박사가 되었다. 휘장을

---

[300] 동중서(董仲舒, 前 179 – 104) – 《春秋公羊傳》을 전공한 유학자로 今文經의 大師였으며, 공자의 12세손인 魯國의 孔安國(생졸년 미상)과 나란한 명성을 누렸다. 사마천(司馬遷)의 經學 사상에도 영향을 주었다. 한 무제는 공안국을 5경 박사에 등용하였다.

[301] 廣川縣 – 신도국(信都國)의 縣名. 今 河北省 동남 衡水市(형수시) 관할 棗強縣(조강현).

치고 책을 읽고 강학하였는데, 제자들은 들어온 순차에 의거 서로를 가르쳤기에 동중서의 얼굴을 보지 못한 제자도 있었다.

동중서는 3년 동안 뜰을 바라보지 않을[三年不窺園(삼년불규원)] 정도로 정진하였다. 거취와 표정과 행동이 예(禮)가 아니면 행하지 않았기에 나라의 모든 학사들이 모두 스승으로 받들었다.

무제가 즉위한 이후(前 140), 그간 현량문학지사(賢良文學之士)를 수백 명 등용하였는데 동중서는 현량대책(賢良對策)으로 천거되었다.

○ 독존유술(獨尊儒術) 파출백가(罷黜百家)

이에 동중서는 〈현량대책(賢良對策)(一)〉을 올렸다. 동중서는 대책을 3차례 올렸고, 동중서가 주장했다.

「육예(六藝, 육경)이나 공자의 가르침에 속하지 않는 것은 그 학문을 단절시켜 유학과 함께 나아가지 않게 해야 합니다.」

곧 「백가(百家)를 내쫓고[罷黜百家(파출백가)] 육경(六經)만을 교화의 근본으로 삼아야 한다[表章六經(표장육경)].」고 강조하였다. 동시에 백성에게 덕정(德政)을 먼저 베풀고, 형벌은 다음에 시행하여야 한다(前德而後刑)고 강조하였다.

○ 동중서의 재이론(災異論)

동중서는 치국하면서, 《춘추》에 기록된 재이(災異)의 변고를 음양의 혼란 때문이라고 생각하였기에, 비가 오게 하려면 양기를 막고 음기를 북돋았으며, 장마를 그치게 하려면 그 반대로 행했다. 강도국(江都國)에서 시행했으나 원하는 대로 되지 않았다.

중간에 강도국 상국을 그만두고 조정의 중대부가 되었다. 이보다 앞서 요동군의 고조 묘당과 장릉(長陵) 고원(高園)의 전각에서 화재가 있었는데, 동중서는 집에서 그 의의를 추론하여 초고가 아직 완성되지도 않았는데, 주보언(主父偃)은 동중서를 엿보다가 몰래 읽고서 미워하여 그 원고를 훔쳐다가 상주하였다. 무제가 여러 유생을 불러 보게 하였는데, 동중서의 제자 여보서(呂步舒)는 스승의 저서인 줄도 모르고 아주 어리석은 짓이라고 말했다. 이에 동중서를 범죄를 조사하는 정리(廷吏)에게 보냈고 사형판결이 났지만 무제가 조서를 내려 사면하였는데, 이후로 동중서는 재이(災異)에 대하여 다시는 말하지 않았다.

○ 제후국의 상국(相國)

동중서는 청렴하고 정직한 사람이었다. 그때는 바야흐로 사방의 이민족을 정벌할 때였다.

공손홍(公孫弘)도 《춘추》를 전공하였는데, 동중서만 못했지만 공손홍은 세상의 추세에 따라 권력을 잡아 공경의 자리에 올랐다. 동중서는 공손홍을 세상에 아부하는 사람으로 여겼고, 공손홍은 동중서를 질시했다.

교서왕(膠西王)은 무제(武帝)의 형이었는데 매우 방종하였고, 2천 석 관리들을 여러 번 죽였다. 그러자 공손홍은 무제에게 "오직 동중서만이 교서왕의 상국(相國)이 될 수 있습니다."고 건의했다.

교서왕은 동중서가 대유(大儒)임을 알고 잘 대우하였다. 동중서는 오래 있으면 죄를 짓게 될까 걱정하여 병을 핑계로 면직하였다.

동중서는 두 나라에서 상국으로 교만한 왕을 섬겼지만 바른 몸가짐으로 아랫사람을 통솔했고 자주 상소하여 간쟁했으며 나라 백성을 교화하면서 사는 곳에서 치국하였다. 관직을 사임하고 돌아와 지내면서 재물에는 관심을 두지 않고 오로지 학문 연구와 저술에만 열중하였다.

동중서가 집에 기거하는 동안 조정에 큰 논의가 있으면 사자나 정위(廷尉)인 장탕(張湯)을 동중서의 집에 보내 의견을 묻게 하였는데, 그의 대책은 언제나 법도를 밝히는 것이었다.

무제가 처음 즉위한 이후로, 위기후(魏其侯)나 무안후(武安侯) 등이 상국이 되어 유학을 융성케 하였다. 동중서가 대책을 올려 공자의 학문을 높이고 백가(百家)의 주장을 억제하고 물리쳤다. 학교를 세우고 각 군현에서 무재(茂材)나 효렴(孝廉)을 추천한 것은 대개 동중서가 발의하였다.

○ 동중서의 저술

동중서는 늙어 집에서 죽었고 집은 무릉현으로 이사했으며, 그 아들과 손자는 학문으로 대관에 올랐다.

동중서의 저술은 거의 경전의 뜻을 밝히는 것과 상소했던 조교 (條敎) 등 모두 123편이다.

《춘추》 기사의 득실(得失)을 말한 《문거(聞擧)》, 《옥배(玉杯)》, 《번로(蕃露)》, 《청명(淸明)》, 《죽림(竹林)》 같은 저서가 모두 수십 편, 10여만 자로 모두 후세에 전해온다. 그 당시에 조정에서 시행 해야할 것도 모아 책으로 엮었다.

뒷날 유향(劉向)이 말했다.

"동중서는 왕자(王者)를 보좌할 인재로 비록 이윤(伊尹)이나 여 상(呂尙)도 더 나은 것이 없으며, 관중(管仲)이나 안자(晏子) 같은 사람은 패자를 도운 사람으로 동중서에 미치지 못한다."

유향의 아들 유흠(劉歆)이 말했다.

"이윤과 여상은 거의 성인(聖人)의 짝이 될 만한데 왕자를 얻지 못했다면 존재할 수 없었다. 예전에 안연(顔淵)이 죽자, 공자는 '아! 하늘이 나를 버렸다.'[302] 하였으니, 이 말은 오직 안자에게 만 해당하고 재아(宰我), 자공(子贛), 자유(子游), 자하(子夏) 등은 여 기에 속한다고 할 수 없다. 동중서는 진(秦)이 학문을 말살하여 《육경(六經)》이 흩어진 뒤 한(漢)에서 휘장을 치고 발분하였고 마 음을 가다듬어 학업을 성취하여 후학자로 하여금 하나의 계통을 갖게 하였으며, 모든 유학자의 으뜸이 되었다. 그러나 동중서의

---

302 원문 顔淵死. 子曰, "噫! 天喪予! 天喪予!"(《論語 先進》)

사우(師友)와 학문 연원(淵源)을 고찰한다면, 자유나 자하에 미치지 못하며 관중과 안자가 따라올 수 없고 이윤과 여상이 나은 것이 없다는 것은 지나친 말이다.”

2) 사마상여

○ 한부(漢賦)의 성인(聖人)

사마상여(司馬相如, 前 179?−118)[303]의 자(字)는 장경(長卿)으로, 촉군(蜀郡) 성도현(成都縣) 사람이다. 젊어 독서를 좋아했고 검술(劍術)을 익혔는데, 그의 부모는 상여를 견자(犬子, 강아지, 兒名)라고 불렀다. 상여는 학문을 마치며 전국시대 조나라 인상여(藺相如)[304]의 사람됨을 좋아하여 상여(相如)로 이름을 바꾸었다.

재물을 바치고 낭관이 되어 경제(景帝)를 모셔 무기상시(武騎常侍)가 되었으나 별로 좋아하지는 않았다. 그 무렵 경제는 사부(辭賦)[305]를 좋아하지 않았는데, 마침 양 효왕〔梁 孝王, 경제의 친제

---

303 사마상여(司馬相如) − 漢賦의 代表作家, ‘賦聖’이라는 칭송도 있다. 탁문군(卓文君)과의 私奔(사분)은 널리 알려진 이야기이다. 《漢書 藝文志》에 사마상여의 賦 29편명이 올랐는데, 잘 알려진 것으로는 〈子虛賦〉, 〈上林賦〉, 〈大人賦〉, 〈哀秦二世賦〉 등이 있다. 《史記 司馬相如列傳》 참고.

304 인상여(藺相如) − 戰國時代 趙人, 義而勇人. 완벽귀조(完璧歸趙)의 주인공. 廉頗(염파)장군과의 문경지교(刎頸之交)로 유명. 《史記 廉頗藺相如列傳》 참고.

(親弟)〕[306]이 내조할
때 유세하는 문객
으로 제인(齊人) 추
양(鄒陽), 회음(淮陰)
사람 매승(枚乘), 오
군(吳郡)의 엄기(嚴
忌)[307] 등이 따라왔
는데, 상여는 그들
을 만난 뒤 좋아하
면서 스스로 병이
라 사직하고서 그
들을 따라 양(梁)에
가서 제후를 따라

사마상여(司馬相如)의 아내 탁문군(卓文君)

---

305 사부(詞賦) ─ 楚辭와 漢賦의 합성어. 일반적으로 문학이라는 뜻
　　으로 쓰임.

306 梁 孝王 ─ 景帝의 同腹 아우.《漢書》47권,〈文三王傳〉참고.

307 鄒陽(추양), 淮陰 枚乘(매승), 吳 嚴忌(莊忌) ─ 梁 孝王의 식객. 추
　　양과 매승은《漢書》51권,〈賈鄒枚路傳〉에 입전. 추양(鄒陽, ?─前
　　120)은 문장가. 縱橫家로 분류됨. 景帝 때, 吳王 유비(劉濞)가 반
　　역할 조짐을 보이자〈上吳王書〉를 올려 간했으나 듣지 않자 梁
　　孝王 劉武를 찾아갔다. 그러나 참언으로 하옥되자〈獄中上梁王
　　書〉를 올려 자기 변호를 했다. 이는 전형적인 전국시대 문장의
　　辯士 風格으로 유명하다.《史記 魯仲連鄒陽列傳》참고. 嚴忌(엄

다니는 유사(游士)들과 함께 기거하면서 몇 년 동안에 상여는
〈자허부(子虛賦)〉[308]를 지었다.

양 효왕(梁 孝王)이 죽자, 상여는 귀향하였으나 집이 가난해서
할 만한 일이 없었다. 사마상여는 평소에 임공(臨邛)[309] 현령 왕길
(王吉)과 친했는데, 현령이 말했다.

"당신은 오랫동안 관직에 있었지만 뜻을 못 펴고 지쳤으니 나
에게 오십시오."

그래서 상여는 현에 있는 도정(都亭)[310]에 머물렀고, 현령은 거

　기)는 본명 장기(莊忌), 前漢 문장가. 枚乘(매승, ?-前 140)의 字 叔,
　　淮陰人(今 江蘇省 淮安市). 梁 孝王의 빈객으로 소위 양원(梁園)
　　에 형성된 문학가 그룹의 대표적 인물. 그의 문장으로 〈梁王菀
　　園賦(양왕토원부)〉와 〈七發〉이 가장 유명하다.

308 〈子虛賦(자허부)〉-사마상여의 賦名. 賦는 漢代에 유행한 文學
　　형식으로 〈楚辭〉에서 발전하여 시가와 산문(散文)의 특성을 합한
　　형태라 할 수 있다. 漢賦는 사조(辭藻)가 화려하고 筆勢가 힘차다
　　지만, 대개 내용은 공허하고 글자와 뜻이 어려워 이해하기가 쉽
　　지 않다. 사마상여 이후에 後漢 반고(班固)의 〈兩都賦〉, 장형(張
　　衡)의 〈二京賦〉, 조식(曹植)의 〈洛神賦(낙신부)〉, 西晉 육기(陸機)의
　　〈文賦〉, 좌사(左思)의 〈三都賦〉가 유명하고, 東晉 도연명(陶淵明)
　　의 〈歸去來辭(귀거래사)〉도 賦의 명편이며, 唐 두목(杜牧)의 〈阿房
　　宮賦(아방궁부)〉, 宋 구양수(歐陽脩)의 〈秋聲賦〉, 소식(蘇軾)의 〈赤
　　壁賦(적벽부)〉도 모두 賦의 명작이다.

309 臨邛(임공)-縣名. 今 四川省 成都市 관할의 邛崍市(공래시). 성도
　　시에서 60여 km.

짓으로 공경하는 척하며 날마다 상여를 방문하였다. 상여는 처음에 현령을 만나주었지만 뒤에는 병을 핑계 대며 사람을 보내 왕길의 방문을 사양했지만 왕길은 더 조심하며 상여를 찾았다.

○ 탁문군(卓文君)을 만나다

임공현(臨邛縣)[311]에는 부자가 많았는데, 탁왕손(卓王孫)은 하인이 800명이었고, 정정(程鄭)[312] 또한 역시 수백 명의 하인을 거느렸는데 두 사람이 말했다.

"현령에게 귀한 문객이 있다는데, 술과 음식을 준비해 현령과 함께 초대합시다."

현령이 도착하였고 탁씨의 손님이 백여 명이었는데 한낮이 되자, 사마상여를 초청했지만 상여는 몸이 아파 갈 수 없다고 하였다.

임공 현령은 먼저 식사를 할 수 없어 직접 상여를 영접하러 가자, 상여는 부득이 억지로 참석했고, 좌중은 상여의 풍채를 보고

---

310 都亭 — 여기서는 임공현의 治所에 있는 客館. 본뜻은 현 외곽에 있는 亭의 건물. 秦・漢代에는 10리마다 1정을 설치하고 병역을 마친 사람으로 亭長을 두어 도둑 체포와 郡 都尉의 업무 보조 또는 民事의 소송(訴訟), 입증(立證) 같은 일을 담당하게 하였다.

311 임공현(臨邛縣) — 今 四川省 成都市 관할 邛崍市(공래시).

312 정정(程鄭) — 탁왕손만큼 큰 부자는 아니었다. 《漢書》 91권, 〈貨殖傳〉에 立傳.

놀랐다.

술이 어지간히 돌자 현령은 거문고를 앞으로 밀어 놓으며 말했다.

"제가 듣기론, 장경(長卿, 사마상여의 字)께서 거문고를 잘 타신다니 한번 즐겨보십시오."

상여는 사양하다가 한두 곡을 연주하였다.

이때 탁왕손에게는 과부가 된 지 얼마 안 된 문군(文君)이란 딸이 있었는데, 탁문군이 음률을 즐겼기에 상여는 현령과 서로 존중하는 체하면서 거문고를 타며 탁문군의 마음을 흔들었다. 상여가 가끔 말이나 수레를 타면 매우 온화하고 한가한 멋이 있었다.

가끔 탁왕손의 집에서 술을 마시며 거문고를 타면, 탁문군은 창틈으로 엿보면서 마음으로 좋아하고 음률을 즐기면서 짝이 될 수 없을까를 걱정하였다.

잔치가 끝나자 상여는 시종을 시켜 탁문군의 시녀에게 선물을 보내며 은근한 뜻을 전하게 하였다. 탁문군은 밤에 집을 나와 상여에게 왔고, 상여는 문군을 데리고 서둘러 성도(成都)로 돌아왔다.

상여의 집에는 사방의 벽만 겨우 남아 있었다.

탁왕손은 크게 화를 내며 말했다.

"딸년이 못났기에 차마 죽일 수야 없지만 한 푼도 주지 않을 것이다."

다른 사람이 탁왕손에게 권했지만 왕손은 듣지 않았다.

탁문군도 살다 보니 슬퍼서 상여에게 말했다.

"일단 임공으로 함께 가면 이웃 형제들에게 빌리더라도 충분히 살 수 있는데, 왜 여기서 이 고생을 합니까!"

상여는 함께 임공으로 돌아와 수레와 말을 모두 팔아 술집을 사서 문군에게 술을 팔게 하였다. 상여는 짧은 바지를 입고 일꾼들과 함께 일하면서 길거리에서 그릇도 씻었다. 탁왕손은 창피해서 두문불출했다.

형제와 여러 사람이 돌아가며 탁왕손에게 말했다.

"자식이라야 1남 2녀뿐이고 돈이 부족한 것도 아닙니다. 지금 문군은 이미 사마상여에게 몸을 맡겼고, 상여는 유학(游學)에 지쳤고 또 가난하더라도 그 사람의 재주는 믿을만합니다. 게다가 현령의 문객인데 이렇게 욕보게 할 수는 없습니다."

탁왕손은 부득이 탁문군에게 노비 100명과 돈 일백만, 그리고 시집갈 때의 옷과 이불과 재물을 나누어주었다. 탁문군과 상여는 성도로 돌아와 토지와 집을 사들여 부자가 되었다.

○ 유명해진 사마상여

얼마 뒤에, 촉인(蜀人) 양득의(楊得意)가 구감(狗監, 사냥개 사육 담당)이 되어 무제(武帝)를 모시었다.

무제는 〈자허부(子虛賦)〉를 읽고 칭찬하며 말했다.

"짐(朕)은 어찌 이 사람과 같은 때 살지 못했는가!"

그러자 득의가 말했다.

"신(臣)의 고향 사람 사마상여가 이 부(賦)를 자신이 지었다고 말했습니다."

무제는 놀라면서 사마상여를 불러 물었다.

상여가 말했다.

"그렇습니다. 그러나 이는 제후의 일을 쓴 것이라서 볼 것이 없으니 천자의 사냥을 읊은 부를 지어보겠습니다."

무제는 상서(尙書)에게 붓과 목간을 주게 하였다. 상여의 '자허(子虛)'는 '빈말'이란 뜻으로 초(楚)를 묘사하였고, '오유선생(烏有先生)'이란 '어디에 이런 일이 있는가?'라는 뜻으로 제(齊)를 비난하였으며 '무시공(亡是公)'이란 '이런 사람은 없다'는 뜻인데, 천자의 대의(大義)를 밝히었다. 그리하여 이 세 사람의 말로 천자와 제후의 원유(苑囿, 놀이동산, 사냥)를 상상케 하고 끝에 가서 절검(節儉)을 말하여, 이를 통해 풍간(風諫)하려는 뜻이었다. 이 글이 천자에게 상주되자 천자는 매우 기뻐하였다.

그리고 사마상여의 〈천자유렵부(天子游獵賦)〉가 상주되자 천자는 사마상여를 낭관으로 삼았다.

사마상여가 낭관이 된 몇 년 뒤, 마침 당몽(唐蒙)[313]이 사자로 야

---

313 당몽(唐蒙) – 漢 武帝 때 番陽令(파양령)이었다가 建元 6년(前 135)에 郎中將이 되어 군졸 1,000명을 거느리고 夜郎國(야랑국)에 들어가 漢 국위를 선양했다.

랑국(夜郎國)과 북중(僰中)³¹⁴과 교통하려고 파군(巴郡)과 촉군(蜀郡)의 이졸(吏卒) 1천 명을 징발하고, 군(郡)에서는 군수품을 운반할 1만여 명을 동원했는데 당몽은 군사를 지휘하면서 법 규정에 따라 백성 우두머리를 주살하자 파촉의 백성들이 매우 놀라고 두려워하였다. 무제가 이를 알고 사마상여를 보내 당몽을 견책하면서 파촉의 백성들에게, 이는 황제의 뜻이 아니라고 고유(告諭)하게 하였다. 이에 사마상여는 〈유파초격(諭巴蜀檄)〉을 지어 널리 알렸다.

○ 사마상여 부(賦)의 뜻

사마천(司馬遷)이 말했다.

「《춘추》는 보이는 것을 추론하여 은미한 곳에 이르렀고, 《역경(易經)》은 은미한 것을 근본으로 하여 뚜렷한 곳으로 나아갔다. 〈대아(大雅)〉의 시는 왕공대인(王公大人)을 노래했지만 성덕(盛德)이 백성에게 미쳤고, 〈소아(小雅)〉의 시는 보통 백성인 시인의 득실로 당시 정치의 득실을 원망하여 상류층에 영향을 주었다. 이들이 말한 것이 비록 다르지만 모두 추구한 덕(德)은 하나이다. 사마상여는 공허한 언사와 쓸데없는 말이 많지만 귀착하고자 한 것은 절검(節儉)이니, 이 역시 《시경(詩經)》의 풍간(風諫)과 무엇이

---

314 야랑(夜郎)은 西南夷의 나라 이름. 今 貴州省 서북부와 雲南省, 四川省 일부에 거주. 북중(僰中, 오랑캐 북)은 西南部의 소수민족. 《漢書》 65권, 〈西南夷兩粤朝鮮傳〉에 나온다.

다르겠는가?」

양웅(揚雄)³¹⁵도 말했다.

「사마상여의 화려한 부(賦)는 백 개를 권하면서 풍간하는 것은
하나이니, 마치 음란한 정(鄭)과 위(衛)나라의 음악을 다 연주하고
끝에 아악을 연주한 것이라고 하였으니 좀 지나치지 않았는가!」

3) 복식

○ 목양(牧羊)으로 재산을 늘리다

복식(卜式)³¹⁶은 하남현(河南縣) 사람으로, 농사와 목축이 생업
이었다. 어린 동생이 있었는데, 동생이 성인이 되자 분가하면서
기르던 양 백여 마리만 갖고 땅이나 집과 재물은 모두 동생에게
주었다.

복식이 입산하여 목양(牧羊)하기 10여 년, 양은 1천여 마리로
늘었고 전택을 매입하였다. 동생이 재산을 잃을 때마다 복식은
동생에게 몇 번 재산을 그냥 나눠주었다.

---

315 양웅(揚雄, 前 53－18)－楊雄으로도 표기. 哲學家로《法言》,《太
玄》,《方言》등을 저술. 사부(辭賦) 작가로 유명.《漢書》87권,〈揚
雄傳(上,下)〉에 입전.

316 복식(卜式)－《養豬羊法(양저양법. 豬는 돼지 저)》이라는 저서가 있
었다는데 失傳되었다.

○ 순수한 헌납

그 무렵 한(漢)은 흉노와 전쟁을 했는데, 복식은 상서하여 가산(家産)의 절반을 군사비용으로 바치겠다고 말했다.

무제가 사자를 보내 복식에게 물었다.

"관직을 원하는가?"

"어려서부터 양을 키워 관직생활을 모르니 바라지 않습니다."

"집안에 원한이 있어 그 사정을 말하고 싶은가?"

"저는 다른 사람과 다투지도 않았으며, 마을의 가난한 사람에게 돈을 빌려주었고 나쁜 자를 가르쳤기에 마을에서 사람들이 모두 나를 따르는데 무엇 원한이 있겠습니까?"

"그렇다면 당신은 무얼 바라는가?"

"천자께서 흉노를 토벌하시는데 현명하다면 절의를 위해 목숨을 바쳐야 하고, 재산이 있다면 응당 재물을 내어야만 흉노를 무찌를 수 있다고 저는 생각합니다."

사자가 이를 보고하였다. 무제가 복식이 한 말을 승상 공손홍에게 물었다.

공손홍이 말했다.

"이는 보통 사람의 인정이 아닙니다. 법을 따르지 않는 사람까지 물들어서 법을 어지럽힐 수 없으니 폐하께서는 허락하지 마십시오."

무제는 복식에게 답변하지 않았고 몇 년 동안 그대로 두었다.

복식은 돌아와 다시 농사와 목축을 했다.

몇 년 뒤에 마침 흉노 혼야왕(渾邪王)의 무리가 투항해 왔는데 나라에서는 비용 지출이 많아 창고가 비었고 빈민들이 대거 몰려 들며 나라에서 구제해주길 바랬으나 구제할 재물이 없었다.

복식은 다시 20만 전을 가지고 가서 하남태수에게 바쳐 빈민을 구제케 하였다.

하남군에서 빈민을 구제한 부자들 명단을 보고하였는데, 무제는 복식의 이름을 알아보고서 말했다.

"바로 이 사람이 전에 재산의 절반을 군사비에 보태려 했었다."

그리고서는 복식에게 요역 인부 400명 분의 돈을 상금으로 하사했는데, 복식은 그 돈도 모두 나라에 기부하였다. 이 무렵 부호들은 경쟁적으로 재산을 숨겼다. 그러나 오직 복식만이 더 많은 재물을 바치려 했다.

결국 무제는 복식이 후덕한 사람이라 생각하고 복식을 불러 중랑관(中郞官)에 임명했고, 좌서장(左庶長)[317]의 작위와 경지 10경(頃)을 하사하고 천하에 널리 알려 높이며, 백성을 깨우치게 했다.

---

317 좌서장(左庶長) – 한의 20작위 중 10등급 작위의 명칭. 관리 신분으로 대우 받을 수 있는 백성의 작위.

○ 관직을 맡은 복식

처음에 복식은 관직을 바라지 않았다.

이에 무제가 말했다.

"상림원에 있는 양을 기르도록 하라."

복식은 낭관이 된 뒤였지만 무명옷에 짚신을 신고 양을 길렀
다. 1년 남짓에 양들은 살이 찌고 잘 번식했다. 무제가 그곳을 지
나다가 복식을 칭찬했다.

복식이 말했다.

"비단 양(羊)뿐이 아니라 백성 다스리는 것도 마찬가지입니다.
규칙적으로 살게 하면서 병든 자를 바로 제거하여 무리를 망치지
못하게 하면 됩니다."

무제는 그 말을 기특하게 여기면서 치민(治民)도 잘하는가 보
고 싶었다. 복식을 구지(緱氏) 현령에 임명했는데 구지현 백성들
이 칭송했고, 성고(成皐) 현령[318]으로 전근시켰는데 조운(漕運) 실
적이 최고였다. 무제는 복식을 질박하고 충성스럽다고 생각하여
제왕(齊王)의 태부(太傅)로 임명했다가 제국(齊國)의 상(相)[319]에 임
명하였다.

---

318 구지(緱氏)는 縣名. 今 河南省 偃師市 동남. 緱는 칼자루 감을 구.
   氏는 나라 이름 지. 성고(成皐)는 縣名. 今 河南省 중부 鄭州市 관
   할 滎陽市(형양시) 서북.
319 相－侯國의 相은 郡의 太守와 동급이었다.

무제 원정(元鼎, 前 116-111) 연간에, 복식은 부름을 받아 석경(石慶)의 후임으로 어사대부(御史大夫)가 되었다. 복식이 재직하는 동안 군국(郡國)에서는 염철(鹽鐵)의 전매와 선박에 대한 조세가 불편하니 폐지해야 한다고[320] 말했다.

무제는 이 때문에 복식을 좋아하지 않았다. 다음 해 봉선(封禪)을 앞두었고, 또 복식이 예악에 대해 밝지 못하기에 폄직되어 태자태부가 되었고 예관(兒寬)[321]이 대신하였다. 복식은 천수를 누리고 죽었다.

4) 장탕

○ 하급 관리 장탕

장탕(張湯, ?-前 115)[322]은 두릉현(杜陵縣)[323] 사람이다. 부친은

---

320 염철의 전매와 상인 소유의 수레와 배에 대한 과세 정책.《漢書》24권,〈食貨志〉참조.

321 예관(兒寬, ?-前 103) — 兒는 성씨 예. 아이 아. 倪(어린애 예)와 通. 武帝 太初 원년(前 104) 사마천과 함께〈태초력(太初曆)〉을 제정, 시행케 했다. 저서로《예관(兒寬)》9편이 있다.《漢書》〈公孫弘卜式兒寬傳 (공손홍복식예관전)〉에 입전.

322 장탕(張湯, ?-前 115) — 한때 '天下事皆決湯'이란 말이 유행할 정도로 武帝의 신임을 받았다.《史記》에는〈酷吏列傳(혹리열전)〉에 실렸다.

323 두릉(杜陵) — 漢 宣帝와 王皇后의 陵園. 今 陝西省 西安市 동남.

장안승〔長安丞, 장안현령의 부직(副職)〕이었는데, 외출하며 어린 장탕에게 집을 보게 하였다.

돌아오니 쥐가 고기를 훔쳐갔기에 화가 나서 장탕을 때려주었다. 장탕은 쥐구멍을 파서 쥐를 잡고 남은 고기를 꺼낸 뒤, 쥐의 죄를 따지며 문초를 했고, 자백한 내용에 심문한 내용의 판결문과 남은 고기를 부친에게 올리고 문서를 다 갖춘 뒤에 쥐를 책형(磔刑)에 처했다. 그런 모습을 보고 올린 문서를 읽어보니 아주 노련한 옥리의 글과 같아서 크게 놀라면서 법률을 배우게 시켰다.

부친이 죽은 뒤에 장탕은 장안현의 관리가 되었다. 전승(田勝)이란 사람이 9경의 한 사람일 때 장안현에 죄수로 갇혀있었는데, 장탕은 정성을 다해 전승을 모셨다.

전승이 출옥하여 제후에 봉해졌고 장탕과 아주 가까이 지내면서 여러 귀인들에게 소개시켜 주었다. 장탕은 내사(內史)[324]가 되었다가 영성(甯成)[325]의 보좌관이 되었는데, 업무에 막힘이 없어 승상부에 추천하였고, 무릉위(茂陵尉)로 발탁되어 무릉(茂陵)[326] 내부 공사를 감독하였다.

○ 순조로운 승진

무안후(武安侯) 전분(田蚡)[327]이 승상이 되자, 장탕을 불러 보좌

---

324 內史 − 侯國의 民政 담당관.

325 영성(甯成) − 人名. 혹리로 유명했던 사람.

326 무릉(茂陵) − 무릉은 武帝의 능. 前漢 황능 중 최대.

관으로 삼았다가 시어사(侍御史)에 천거하였다. 진황후(陳皇后)의 무고(巫蠱) 옥사를 치죄하며[328] 그 무리들을 끝까지 캐내니 무제는 유능하다 하여 태중대부(太史大夫)에 임명하였다.

장탕은 조우(趙禹)와 함께 여러 율령을 함께 제정하면서 법을 엄격하게 고쳤으며 재직 중인 관리들도 구속하였다. 얼마 뒤, 조우는 소부(少府)[329]의 경(卿)이 되었고, 장탕은 정위(廷尉)가 되어 두 사람은 아주 가까웠는데 장탕은 조우를 형으로 섬겼다. 조우는 근무하며 남의 간섭을 받지 않으려 했고, 장탕은 작은 지혜를 굴려 남을 제어하려 하였다.

하급 관리 때부터 투기를 즐겨 장안의 부자 상인들과 개인적으로 사귀었다. 구경(九卿)[330]의 반열에서 천하의 명사나 대부들과 사귀었는데 내심으로 맞지 않더라도 겉으로는 벗이라고 말하였다.

---

327 武安侯 田蚡(전분, ?−前 131) − 蚡 두더지 분. 景帝의 처남. 武帝의 舅舅(외삼촌). 추남이었지만 문사(文辭)에 뛰어났다. 《漢書》52권, 〈竇田灌韓傳(두전관한전)〉에 입전.

328 陳皇后巫蠱獄 − 武帝의 陳황후는 元光 5년(前 130)에 일어난 '巫蠱(무고)의 禍'에 의거 폐위되었다. 《漢書》67권, 〈外戚傳(외척전)〉 참고.

329 少府 − 九卿의 하나. 황실의 비용 조달 및 필요 물품 공급하는 부서.

330 九卿 − 太常(奉常), 光祿勳, 衛尉, 太僕, 廷尉, 大鴻臚, 宗正, 大司農, 少府.

○ 상황에 따른 적용과 판결

이 무렵 무제는 유가(儒家) 학설을 좋아하였기에 장탕은 큰 옥
사(獄事)를 판결하면서 경전의 뜻에 의거하고자 박사(博士)의 제
자(弟子)[331]를 데려다가 《상서》와 《춘추》를 배웠고 그들을 자신의
속관으로 임명하여 의옥(疑獄)을 평정하게 하였다.

의옥의 평결 안을 상주할 때는 먼저 무제에게 그 연원을 구분
해서 설명한 뒤에 무제의 뜻에 맞춰 정위(廷尉)의 선례를 기록해
가지고 들어가 무제의 영명(英明)한 조치를 칭송하였다.

상주한 일이 만일 재가 되지 않는다면, 장탕은 상황에 따라 사
죄하고 무제의 뜻대로 따르면서 꼭 정위정(廷尉正)이나 정위감(廷
尉監), 또는 연사(掾史) 중에서 현명한 자의 이름을 대면서 "이는
사실 저의 생각이지만, 앞서 그가 저에게 지적했지만 제가 따르
지 않아 이렇게 잘못되었습니다."라고 말했기에, 장탕의 잘못은
언제나 용서되었다.

---

331 박사제자(博士弟子) ─ 박사(博士)는 경학(經學)을 교수하는 관직명.
奉常(太常) 소속, 秩 6백 석. 질록은 낮지만 직위는 존귀(秩卑而職
尊). 博士弟子는 박사로부터 교육을 받는 太學生. 박사 1인은 제
자를 50인까지 둘 수 있었다. 제자는 18세 이상자로 각 군국에서
추천받은 자 중에서 太常이 선발하였다. 박사제자에게는 각종 부
세나 신역(身役)을 면제했다. 박사제자 중 적임자를 건발하여 문
학장고(文學掌故)의 결원을 충원했고 우수자는 郎中에 임명되었
다. 무제 때 공손홍(公孫弘)의 건의에 의하여 박사를 두고 제자를
선발 교육시켰는데, 계속 인원이 증가하여 최대 3천 명에 달했다.

혹시 상주한대로 재가를 받아 무제가 칭찬하면, 장탕은 "신(臣)은 이렇게 결재가 올라올 줄 몰랐는데 속관 아무개가 한 일입니다."라고 말하면서 이렇게 속관을 천거하거나 능력을 칭송 또는 과오를 용서받게 해주었다.

죄를 평결하면서 무제가 처벌할 의도가 있다면 속관 중에서 각박한 사람에게 사건을 배정하였고, 만약 무제가 용서할 뜻이 있으면 가볍게 평결하는 자에게 맡기었다.

치죄할 사람이 세력가이면 기어이 법조문을 농간해서라도 죄에 얽어매었지만 평민이나 힘없는 사람이라면 법대로 처리한다고 말하면서도 무제에게 상신하였다. 그러면 자주 장탕의 뜻대로 풀려나기도 했다.

○ 능란한 처세

장탕이 비록 고관이었지만 그 사생활은 엄격했는데 손님에게 음식을 접대하거나 친우의 자제로 관리가 된 사람, 또는 가난한 집안 형제들에 대해서는 아주 후하게 도와주었으며 여러 고관을 찾아 문안(問安)해야 한다면 춥고 더운 것을 따지지 않았다.

이 때문에 장탕이 각박하게 법을 따지고 시기하며 공평하게 처리하지 않았어도 좋은 칭송을 들을 수 있었다. 아주 각박한 많은 하급 관리들이 그를 위해 일했고 유학자들도 이용하였다. 그래서 승상 공손홍(公孫弘)도 자주 장탕의 능력을 칭찬하였다.

장탕은 회남왕(淮南王)과 형산왕(衡山王), 강도왕(江都王)의 반란을 치죄하면서 그 근본을 철저하게 밝혀내었다.

엄조(嚴助)와 오피(伍被)[332]에 대하여 무제는 석방하고 싶었지만 장탕은 이를 따지며 말했다.

"오피(伍被)는 본래 모반을 꾸몄으며, 엄조는 신임을 얻어 왕궁에 출입한 복심(腹心)의 신하로 다른 제후와 이처럼 은밀한 왕래를 했는데, 죽이지 않는다면 뒤에라도 다른 이를 다스릴 수 없습니다."

무제는 그 판결에 동의하였다.

장탕은 판결하면서 교묘하게 대신들을 타격하여 자신의 공적으로 만들었는데, 이와 유사한 일이 많았다. 이로써 장탕은 더욱 신임을 받아 어사대부로 승진하였다(원수元狩 2년, 前 121).

○ 천하사(天下事)를 결정

그 무렵, 흉노의 혼야왕(渾邪王) 등이 투항했고 한(漢)은 대거 군사를 일으켜 흉노를 토벌했으며, 산동[333] 지역의 수해와 가뭄으로 빈민이 흘러들어와 나라에서 구제해주길 원했지만 나라의 재정도 바닥이 났었다.

장탕은 무제의 뜻에 따라 백금전(白金錢)과 오수전(五銖錢)의 주

---

332 엄조(嚴助) - 《漢書》 64권, 〈嚴朱吾丘主父徐嚴終王賈傳〉에 입전.
오피(伍被) - 《漢書》 45권, 〈蒯伍江息夫傳〉에 입전.

333 山東 - 보통 崤山(효산)의 동쪽. 함곡관의 동쪽. 今 山東省이 아님.

조를 주청했고,[334] 천하의 염철(鹽鐵)을 전매하게 하였다. 부유한 상인이나 대상인을 억누르고 고민령(告緡令)[335]을 시행하면서 부호와 세력가를 제거하였고 법령을 교묘하게 적용하여 죄에 얽어매면서 법의 집행을 도왔다.

장탕은 매 조회마다 나라의 재용(財用)을 논의했고 해가 저물도록 천자가 망식(忘食)할 때도 있었다. 승상은 그저 자리만 지켰고 천자는 모든 국사를 장탕과 결정하였다.

백성은 살기가 불안하여 소동이 일어났고, 나라에서 시도한 정책은 실익을 거두지 못했고 간리(奸吏)들이 이득을 가로챘으며, 장탕은 더 엄격한 법 집행을 주장하였다.

---

334 백금전(白金錢)은 백금폐(白金幣). 무제 元狩 4년(前 119) 제조 유통. 은에 주석을 합금하여 제조. 白金은 보통 銀을 지칭. 金에는 黃金, 白金(銀), 赤金(銅)의 3종류. 오수전(五銖錢)은 무제 元狩 5년(前 118)에 제조 유통시킨 화폐. 국가의 공식 화폐였으나 주조권(鑄造權)은 각 郡國에도 있었다. 원정(元鼎) 4년(前 113)에 가서야 漢 上林三官(그래서 三官錢이라는 이름으로 불리기도 한다)에서만 발행권을 갖게 되었다. 漢에서부터 隋(수) 때까지 통용되다가 당 건국 후 공식적으로 폐기되었다. 《漢書》〈食貨志〉 참고.

335 고민령(告緡令) – 張湯, 상홍양(桑弘羊) 등이 추진한 억상(抑商) 정책의 하나. 원수(元狩) 4년(前 119)에 상인들의 재산에 과세하자, 상인들이 재산을 감추고 정직하게 신고하지 않았다. 이에 원정(元鼎) 3년(前 114)에, 무제는 고민령을 발동하여 상인의 숨긴 재산을 신고하면 발각된 재산의 절반을 신고자에게 포상했다. 緡은 돈 꿰미 민.

이에 공경 이하 서민에 이르기까지 모두 장탕을 지목하였다. 장탕이 병이 걸렸을 때 무제가 직접 문병을 했는데, 장탕에 대한 총애가 이 정도였다.

○ 장탕의 자살

장탕의 빈객인 전갑(田甲)은 비록 장사치였지만 현량한 지조를 가진 사람으로, 장탕이 하급 관리였을 때부터 금전거래를 했다. 장탕이 고관이 되었어도 전갑은 장탕의 품행이나 의리를 꾸짖을 정도로 열사(烈士)의 풍모가 있었다.

장탕은 어사대부 7년에 패망하였다. 그 전말은 너무 복잡하여 여기서는 생략한다.

장탕은 무제에게 글을 올려 사직하며 말했다.

"저는 아주 작은 공적도 없이 도필리에서 출세하였는데, 폐하께서 저를 삼공(三公)의 자리까지 끌어주셨지만 업무를 감당할 수가 없었습니다. 그렇지만 이 장탕을 모함한 자는 3인의 장사(長史)입니다."

그리고서 장탕은 자살했다.

장탕이 죽었을 때, 그의 가산은 겨우 금전 5백에 불과하였는데, 그동안 녹봉이나 하사물 등이 남은 것이 없었다.

그의 형제나 여러 자식들이 장탕을 후장(厚葬)하려 했으나 그 모친이 말했다.

"아들은 천자의 대신(大臣)으로 악언(惡言)을 덮어쓰고 죽었는데, 어찌 후장하겠느냐!"

소가 끄는 수레에 실려나갔는데 관은 있었지만 곽(槨, 덧 널)은 없었다.

무제가 이 사실을 알고 말했다.

"이런 모친이 아니라면 이런 아들을 낳지 못했을 것이다."

이어 철저하게 조사하여 장탕을 모함한 3인의 장사(長史)를 처형하자, 승상 엄청적(嚴青翟)은 자살했다. 무제는 장탕을 애석하게 여겨 다시 그 아들 장안세(張安世)를 승진케 하였다.

○ 현신(賢臣) 장안세(張安世)

장탕의 아들 장안세(張安世)[336]는 젊어서 부친(張湯)의 보증으로 낭관이 되었다. 글씨를 잘 써서 상서(尙書) 업무를 담당하면서 직분을 다하며 휴목일(休沐日)에도 쉬지 않았다.

무제(武帝)가 하동(河東)에 행차하였을 때, 서책 3상자를 잃어버려 황제가 물어도 아무도 대답을 못했는데, 오직 장안세만이 글을 외우고 있었다. 뒤에 서책을 찾아 대조해 보니 하나도 누락된 글자가 없었다.

---

336 張安世(?－前 62)－張湯의 아들. 武帝, 昭帝, 宣帝 時代의 군권을 장악했던 정치가. 武帝 때 尙書令, 昭帝 때 右將軍, 宣帝 때 大司馬衛將軍領尙書事를 역임했다. 관직생활이 청렴하기로 널리 알려졌다.

무제가 그 재능을 기특하게 여겨 상서령(尙書令)에 발탁했다가
광록대부(光祿大夫)로 승진시켰다.

소제(昭帝, 재위 前 86 – 74)가 즉위하고 대장군 곽광(霍光)[337]이
정권을 장악하였을 때, 장안세(張安世)는 행실이 돈독하여 곽광이
매우 중시하였다.

마침 좌장군 상관걸(上官桀) 부자와 어사대부 상홍양(桑弘羊)[338]
등이 연왕(燕王)과 개주(蓋主, 악읍공주)의 모반에 걸려 주살되자,
곽광은 조정에 구신(舊臣)이 없다 하여 장안세를 우장군(右將軍)
겸 광록훈(光祿勳)에 임명하고 자신은 그 부책임자가 되겠다고 아
뢰었다. 얼마 뒤 천자(天子, 소제)가 조서를 내려 장안세를 부평후
(富平侯)에 봉했다.

5) 동방삭

○ 동방삭의 자기소개서

동방삭(東方朔)[339]의 자(字)는 만천(曼倩)이고, 평원군(平原郡) 염

---

337 곽광(霍光, ? – 前68) – 곽거병(霍去病)의 이복동생. 《漢書霍光金日
磾傳》에 입전.

338 상관걸(上官桀), 상홍양(桑弘羊) – 상관걸(? – 前 80)의 손녀 上官
氏가 昭帝의 황후였다. 상홍양(桑弘羊, 前 152 – 80)은 무제 때 재정
전문가. 염철의 전매를 주장, 관철했다.

339 東方朔(동방삭, 前 154 – 93) – 東方은 복성. 朔은 초하루 삭. 字는

동방삭(東方朔)

차현(厭次縣)³⁴⁰ 사람이다. 무제는 즉위하면서 천하에 방정(方正), 현량(賢良), 문학(文學), 재력(材力, 무신)의 인재를 구하면서 일반적인 절차에 구애받지 말고 천거하라고 하였다. 이에 사방의 사인(士人)들이 상서하여 정치의 득실을 논하면서 스스로 재학을 자랑하는 자가 수천 명이었는데, 그중 채용이 불가한 자는 상서가 들어오자마자 바로 돌려보냈다.

이때 동방삭이 장안에 와서 상서하였다.

만천(曼倩, 曼 끝 만. 당기다. 倩은 예쁠 천). 고위 관리, 辭賦 作家. 《史記 滑稽列傳(골계열전)》에 수록. 《漢書》에는 단독 입전했다.
340 平原－郡名. 치소는, 今 山東省 德州市 관할의 平原縣. 厭次(염차)는 縣名. 今 山東省 북부 德州市 관할 陵縣(능현).

「신(臣) 동방삭은 어려서 부모를 잃고 형수의 손에 컸습니다. 13살에 학문을 시작하여 3년 뒤에는 문사(文史)에 두루 통했습니다. 15세에 검술을 익혔고, 16세에《시경》과《서경》등 22만 자를 암송하였습니다. 19세에 손오(孫吳)의 병법을 익혀 전진(戰陣)의 원리와 전진과 후퇴의 방법 등 역시 22만 자를 외웠기에 신(臣) 동방삭은 모두 44만 자를 외우고 있습니다. 그리고 늘 자로(子路)의 말씀을 따르고 있습니다. 신(臣) 동박삭은 22세이며, 신장은 9자 3치이며,[341] 눈은 구슬을 매단 듯하고, 치아는 조개처럼 가지런하며, 맹분(孟賁)처럼 용감하고, 경기(慶忌)[342]처럼 민첩하며, 포숙(鮑叔)처럼 염치를 알고, 미생(尾生)[343]처럼 신의를 지키는 사람이기에, 저는 천자의 대신이 되어야 합니다. 신(臣) 동방삭은 죽음을 무릅쓰고 재배하며 아룁니다.」

동방삭의 글은 오만불손하며 한껏 자신을 칭찬했는데도, 무제는 특별하다고 생각하여 대조공거(待詔公車)[344]에 임명했으나 봉

---

341 長九尺 — 漢代의 1척은 약 23cm이었다.

342 孟賁(맹분)은 고대의 勇士. 慶忌(경기)는 화살을 피할 정도로 민첩했다는 춘추시대 吳의 왕자.

343 미생(尾生)—《孟子》에 나오는 가공인물. 오지 않는 처녀와의 약속 장소를 떠나지 않다가 물에 빠져 죽었다.

344 대조공거(待詔公車)—관직명. 待詔는 황제의 명령을 대기한다는 뜻. 公車는 관서 이름. 위위(衛尉)의 속관인 公車司馬令의 근무처. 궁중 司馬門을 경비하면서 황제의 부름을 받아 대기하거나

록은 박했고 천자를 알현하지도 못했다.

○ 관직 높이기

얼마 후, 동방삭은 마굿간 난쟁이들에게 거짓말을 하였다.

"주상께서 너희들은 나라에 아무 도움이 되지 않는다고 생각하시는데, 농사를 지어도 다른 사람만큼 힘도 없고, 벼슬을 시키려 해도 백성을 다스리지도 못하며, 군사를 따라가 적과 싸울 때 군대 일도 못하니, 나라에 쓸모가 없는데도 다만 의복이나 먹을 것만 축내기에 너희들을 다 죽이려 하신다."

난쟁이들은 크게 겁을 먹고 엉엉 울었다.

그러자 동방삭이 말했다.

"주상께서 지나가실 때 머리를 박으며 용서를 빌어라."

얼마 뒤 주상이 지나가신다는 말을 듣고 난쟁이들이 모두 울면서 머리를 조아렸다.

무제가 "무슨 일이냐?"고 묻자, 대답하였다.

"동방삭의 말에 폐하께서 우리를 다 죽이려 하신다고 말했습니다."

무제는 동방삭이 잔꾀가 많다는 것을 생각하면서 동방삭을 불러 물었다.

상서하려는 吏民을 접대하는 직책. 동방삭은 관리의 신분을 얻었지만 구체적인 직함이나 할 일이 없었다.

"왜 난쟁이들을 겁주었는가?"

그러자 동방삭이 대답했다.

"신(臣) 동방삭은 살아서도 말하지만 죽어서도 말을 할 것입니다. 난쟁이 키는 3자 남짓인데, 봉록은 곡식 한 자루, 돈으로 240전입니다. 저는 키가 9자가 넘는데도 봉록은 곡식 한 자루와 돈 240전입니다. 난쟁이는 배가 터져 죽을 지경이고 저는 굶어죽을 지경입니다. 저의 말을 채용할만하다 생각하시면 대우를 달리해 주시고, 등용 안하시려면 돌아가게 하여 장안의 곡식이나 축내지 않게 해주십시오."

무제는 크게 웃으면서 대조금마문(待詔金馬門)[345]에 임명하고 점차 가까이했다.

○ 동방삭의 유머

얼마 후, 복날에 수행 관원에게 고기를 하사하였다.

태관승(太官丞)이 늦게 나오자, 동방삭은 혼자 칼로 고기를 자르면서 동료들에게 말했다.

"복날(伏日)에는 당연히 일찍 돌아가야 하니 먼저 받아 갑니다."

그리고는 고기를 가지고 나갔다. 태관은 이를 무제에게 보고했다.

---

345 待詔金馬門 ― 대조(待詔)의 한 가지. 金馬門은 미앙궁의 북문.

다음 날, 동방삭이 입시하자 주상이 말했다.

"어제 고기를 하사했지만 명을 기다리지 않고 칼로 잘라갔다는데, 왜 그랬는가?"

동방삭은 관을 벗고 사죄하였다.

이에 주상이 말했다.

"선생은 일어나 자책하라!"

그러자 동방삭이 재배하며 말했다.

"동방삭아, 동방삭아! 명을 기다리지 않고 하사품을 받아갔으니, 어찌 그리 무례한가! 칼을 뽑아 고기를 잘랐으니 장하지 않은가! 잘라도 많지 않았으니, 이 또한 얼마나 청렴한가! 돌아가 아내에게 주었으니, 이 얼마나 인자한 일인가!"

그러자 주상이 웃으며 말했다.

"선생에게 자책하라 했더니 되레 제 칭찬을 하였네!"

그리고는 다시 술 한 섬과 고기 백 근을 하사하며 아내에게 주라고 하였다.

○ 동방삭의 문장

동방삭이 비록 우스갯소리를 잘하였지만, 때로는 천자의 안색을 살펴 직언으로 간쟁(諫爭)하였고, 무제는 자주 받아들였다. 공경으로 재직하는 동안에 동방삭은 언제나 당당하였으며 뜻을 굽히지 않았다.

무제는 뛰어난 인재를 초빙했고 그 국량과 능력을 따져 등용하되 혹 잃을까 걱정하였다. 동방삭은 태중대부에 올랐다가 나중에는 늘 낭관에 머물렀으며, 매고(枚皐)[346]와 함께 황제의 측근에서 농지거리나 조롱의 대상이었다.

얼마 뒤에 동방삭은 상서하여 농전(農戰)과 강국의 계책을 서술하고 아울러 자신이 대관이 되지 못한 것을 호소하면서 등용해 주길 희망했다. 그 글은 옛날 상앙(商鞅)과 한비자(韓非子)의 글을 빌려온 것으로 뜻이 터무니없이 크면서 농담과 같은 내용도 있었으며, 끝내 중용되지 못했다.

동방삭은 객인이 자신을 힐난하는 뜻의 〈답객난(答客難)〉이란 글을 지어 등용되었지만 낮은 지위에 머무는 자신을 위로하였다. 또 〈비유선생지론(非有先生之論)〉[347]을 지었다.

---

346 매고(枚皐) ─ 枚乘(매승)의 서자. 매승이 梁에 있을 때, 매고의 어머니를 첩으로 맞이하였다. 매승이 귀향할 때, 매고의 모친이 매승을 따라가려 하지 않자, 매승은 화를 내며 매고에게 수천 전의 돈을 나누어주고 모친과 함께 살게 하였다. 매고는 죄에 걸려 가산이 몰수되었다. 매고는 나중에 사면을 받았고, 북궐에 가서 상서하여 자신이 매승의 아들이라고 말했다. 무제는 크게 기뻐하였고, 매고는 불려가 알현하고 조서를 받아 전각에서 賦를 지었다. 무제가 조서를 내려 매고에게 平樂館을 賦로 읊게 하였는데, 무제가 이를 칭찬하였다. 매고는 經學에는 밝지 않았고 우스갯소리를 하는 광대나 악인과 비슷하였으며, 賦를 지어 장난질이나 하여 귀인들이 경시하면서 東方朔(동방삭)과 비슷한 대접을 받았으며 고관에 오르지 못했다.

동방삭의 글은 이 2편이 가장 우수하다. 그 나머지 〈봉태산(封泰山)〉, 〈책화씨벽(責和氏璧)〉 및 〈황태자생매(皇太子生禖)〉, 〈병풍(屛風)〉, 〈전상백주(殿上柏柱)〉, 〈평락관부렵(平樂觀賦獵)〉이나 8언과 7언시 상·하편, 그리고 〈종공손홍차거(從公孫弘借車)〉 등이 있는데, 유향(劉向)이 기록한 동방삭의 글은 모두가 사실이었다.

(4) 소제(昭帝)

1) 무고(巫蠱)의 화(禍)

ㅇ 위황후와 여태자

효무황제(孝武皇帝)의 위황후(衛皇后)[348]는 여태자(戾太子)를 출산하였다. 그리고 조첩여(趙婕妤)[349]는 효소제(孝昭帝)를, 이부인(李夫人)[350]은 창읍(昌邑) 애왕(哀王) 유박(劉髆)을 낳았다. 이들은

---

347 〈非有先生論〉─동방삭이 治道의 대략을 논한 글.《文選》51권에 수록.

348 위황후(衛皇后, ?─前 91)─字 子夫. 武帝의 2번째 皇后. 景帝의 平陽公主 집의 가노(歌奴)였다. 입궁하여 生男〔戾太子, 名, 유거(劉據)〕하고 夫人에서 황후에 책립되었다. 장군 위청(衛靑)의 異父 누나이며, 곽거병(霍去病)의 이모이다. 뒷날 宣帝의 증조모(曾祖母)인데, '무고의 화' 때 자살하였다. 戾太子의 戾는 어그러질 여(려). 戾는 諡號(시호).

349 조첩여(趙婕妤)─鉤弋夫人(구익부인). 첩여(婕妤)는 후궁의 官名. 倢伃(첩여) 同.

무제 말년과 소제(昭帝), 그리고 선제(宣帝)와 모두 깊은 관련이 있어 소제와 선제의 즉위와 재위 이전에 설명해야 한다. 이와 연관한 《한서》 63권, 〈무오자전(武五子傳)〉이 있다.

여태자(戾太子) 유거(劉據)[351]는 무제, 원수(元狩) 원년 7세(前 122)에 황태자로 책립되었다. 무제는 나이 29세에야 위(衛)황후한테 황태자를 얻어 매우 기뻐했다. 생전에 모친 성을 따라 위태자라 불렸는데, 태자가 소년이 되자 《공양춘추(公羊春秋)》와 《곡량춘추(穀梁春秋)》를 배웠다.

관례를 치루고 태자비를 맞이하자, 무제는 태자를 위해 박망원(博望苑)이라는 궁궐을 지어주고 빈객(賓客)과 교류하며 좋아하는 일을 하게 하자, 많은 이단자(異端者)들이 태자 주위에 모여들었

---

350 이부인(李夫人) – 노래하는 광대(樂倡) 출신. 묘려(妙麗)한 외모에 善歌舞하여 무제의 총애를 받았다. 무제의 총애를 받은 이연년(李延年)과 장군 이광리(李廣利)의 형제였다.

351 戾太子 據(거, 前 128 – 91) – 원수(元狩) 元年(前 122)에 태자로 책봉. 생전에는 모친 성을 따라 위태자(衛太子)라 호칭했다. 여태자(戾太子, 어긋날 여, 려)는 선제 즉위 후에 올린 시호이다. 시법(諡法)에 '不悔前過曰 戾'라 하였다. 위태자는 강충(江充)과 韓說(한열) 등에 의해 황제를 무고했다는 모함을 받자, 군사를 동원하여 강충 일당을 살해하였는데 거기서 그쳤어야 했다. 그러나 승상 유굴리(劉屈氂)의 군사와 충돌하여 수만 명 사상자를 내고 도망해 숨었다가 자살하였다. 이 때문에 선제(宣帝, 여태자의 손자)는 부득이 조부에게 '前過를 뉘우치지 않았다.'는 시호를 올려야만 했다.

다. 원정(元鼎) 4년(前 113)에, 양제(良娣, 태자 비빈의 호칭)[352] 사씨(史氏)에게서 아들을 얻었는데, 이를 사황손(史皇孫)이라 불렀다.

○ 주범(主犯) 강충(江充)

무제(武帝) 말년에 위황후에 대한 총애가 식었고, 강충(江充)[353]이 무제의 신임을 얻으며 권력을 잡았는데, 강충은 태자와 위황후와 사이가 좋지 않아 무제가 죽으면 태자에게 주살당할 것을 두려워했다.

마침 무고(巫蠱)[354] 사건이 일어나자, 강충은 이를 이용하여 흉계를 꾸몄다. 이때 무제는 고령으로 마음속에 의심이 많았고, 좌우에서 무고에 의해 저주를 한다고 생각하며 소문을 끝까지 캐려

---

352 양제(良娣) - 太子 媵妾(잉첩)의 호칭. 妃, 良娣, 孺子의 三等級이 있었다.

353 江充(강충, ?-前 91) - '巫蠱之禍(무고지화)'를 일으킨 장본인. 강충은 본래 趙國 한단(邯鄲) 사람으로, 본명은 강제(江齊)였다. 그의 여동생이 趙國의 태자 유단(劉丹)에게 시집을 갔는데, 나중에 유단을 同腹(동복)의 누나 및 왕의 후궁과 간통했다고 고발하여 결국 유단을 자살케 하였다. 趙國에서 도망친 강제는 장안에 와서 江充으로 이름을 바꾸고, 키 크고 잘생긴 외모 덕분에 무제의 신임을 얻었다. 강충은 여태자에게 피살되었고, 武帝에 의해 강충의 삼족은 멸족당했다. 《漢書》 45권, 〈蒯伍江息夫傳(괴오강식부전)〉에 입전되었다.

354 무고(巫蠱) - 어떤 저주나 행위 또는 물건을 이용하여 남에게 화를 줄 수 있다고 믿는 행위. 蠱는 독 고. 벌레. 惡氣.

고 하였다.

그러다 보니, 승상인 공손하(公孫賀) 부자와 위황후 소생의 양석(陽石), 제읍(諸邑) 공주와 황후 동생 위청(衛靑)의 아들 등이 모두 주살되었다.

강충은 무고(巫蠱) 행위의 조사를 주관하면서 무제의 뜻을 알았기에, 궁중에 무고의 기운이 끼어들어 조정까지 들어갔다고 공언하면서 어좌(御座) 아래 땅을 파기도 하였다.

나중에 강충은 태자 궁궐에서 무고를 찾는다면서 땅을 파 오동나무 인형[355]을 캐내었다.

이때 무제는 병이 나서 감천궁(甘泉宮)에서 피서 중이었고, 황후와 태자만 남아 있었다.

태자가 태자 소부(少傅)인 석덕(石德)을 불러 이에 관하여 묻자, 석덕은 사부로서 주살당할 것을 두려워하며 태자에게 말했다.

"이전 승상의 부자(父子)와 공주 두 분과 위항(衛伉)이 모두 무고에 연좌되었는데, 이번에 무녀가 땅을 파 증거물을 얻었다 하니, 무녀가 몰래 묻었는지 알 수는 없지만, 만약 사실이라면 해명할 길이 없으니, 부절을 사칭하여 강충 등을 잡아 가두고 거짓을 끝까지 캐내야 합니다. 게다가 지금 폐하는 병으로 감천궁에 계

---

355 桐木人 – 오동나무로 만든 인형. 사실 이는 江充이 몰래 흉노인 무녀(巫女)를 사주하여 묻게 시킨 것이었다.

시면서 황후와 태자께서 보내는 사람이 문안을 여쭙고자 해도 허락을 안 하신다니, 주상의 존망(存亡)을 알 수도 없는데, 간신은 이처럼 날뛰니, 태자께서는 진 황자(秦 皇子) 부소(扶蘇)의 일을 생각 안 하실 수 있겠습니까?'

태자는 조급하여 석덕의 말에 따랐다.

○ 위태자의 종말

무제 정화(征和) 2년(前 91) 7월 임오일, 태자는 빈객을 사자로 보내 강충 등을 체포하게 하였다. 강충의 하수인이던 어사 장공(張公)은 부상을 당한 채 도망쳐 감천궁으로 돌아갔다. 태자는 황후(皇后)에게 아뢴 다음, 장락궁(長樂宮)의 위사(衛士)들을 동원하여 백관들에게 강충이 모반하였다고 말했다. 이어 강충을 참수하여 내보이면서 흉노족 출신 무녀(巫女)를 상림원(上林苑)에서 태워 죽였다. 이어 빈객을 나누어 군사를 거느리고 승상 유굴리(劉屈氂) 등과 싸웠다. 장안성이 소란해지면서 태자가 모반한 것이라고 알려지자, 백성들은 태자를 편들지 않았다. 태자는 패전하고 도망쳤는데 잡히지는 않았다.

무제는 크게 분노했고 신하들은 두려워 떨며 아무 대책도 없었다. 관군에 쫓긴 위태자는 도망하여 동쪽으로 나가 호현(湖縣)의 한 마을에 숨었다. 태자가 아는 사람이 호현에 사는데, 부유하다는 말을 듣고 사람을 보내 그를 불렀기에 소재가 발각되었다. 관리들이 태자를 잡으려고 포위하자, 태자는 탈출할 수 없다는 것을 알고 문을 걸어 잠그고 목을 매었다. 황손들도 모두 시해를 당했다.

태자는 3남을 두었는데, 태자가 죽으면서 모두 같은 시기에 해를 입었다. 태자의 모친 위후(衛后)와 태자비 사양제(史良娣)는 장안성(長安城) 남쪽에 묻혔다. 사황손(史皇孫)[356]과 황손의 비(妃)인 왕부인(王夫人)과 두 황손은 태자를 따라갔었는데, 죽어 태자와 함께 호현(湖縣)에 나란히 묻혔다.

위태자에게 손자 한 사람이 살아남았으니, 곧 사황손(史皇孫, 유진劉進)과 왕부인의 아들로 나이 18세에 존위에 올랐는데, 이가 효선제(孝宣帝)이다.

---

356 사황손(史皇孫) ─ 戾太子와 사량제(史良娣) 사이에서 난 아들. 이름은 유진(劉進), 유진은 武帝의 손자이다. 이 유진의 아들이니, 위태자에게는 손자이고, 武帝에게는 증손이니, 위태자 유거(劉據)의 長孫이고, 史皇孫 유진(劉進)의 長子로, 原名은 유병이(劉病已), 즉위 후에 詢(순)으로 개명하였다. 곧 선제(宣帝)이다. 재위 前 74─48년.

2) 소제의 즉위

○ 조첩여 – 소제를 출산하다

무제의 구익(鉤弋)[357] 조첩여(趙倢伃)는 소제(昭帝)의 모친으로 하간군(河間郡)[358]에 살고 있었다. 무제가 순수하면서 하간군을 지나가는데, 망기(望氣)[359]하는 자가 이곳에 기녀(奇女)가 있다고 말했고, 천자는 곧 사자를 보내 데려오게 하였다. 불려왔는데 여인은 두 손 모두 주먹을 쥐고 있었는데, 무제가 직접 펴려고 하자 손이 즉시 펴졌다.

이 때문에 총애를 받는데 권부인(拳夫人, 주먹 권)이라고 불렀다.

권부인(拳夫人)은 입궁하여 첩여가 되어 구익궁(鉤弋宮)에 거처하였다. 무제의 큰 총애가 있어 태시(太始) 3년에 소제를 낳았는데 구익자(鉤弋子)라고 불렀다.

구익자가 임신 14개월에 태어나자, 무제가 말했다.

"예전에 요(堯)가 14개월에 태어났다고 들었는데, 이번에 구익자가 그러하다."

---

357 구익(鉤弋) – 궁궐 이름. 鉤 갈고리 구. 弋 주살 익.

358 하간군(河間郡) – 군명. 치소는 樂成縣, 今 河北省 동남쪽의 滄州市 獻縣(헌현).

359 망기(望氣) – 雲氣를 보고 길흉을 점치기.

그리고서는 그 궁궐 문을 '요모문(堯母門)'이라고 불렀다.

뒷날 위태자(衛太子)가 죽었고, 연왕(燕王) 단(旦)과 광릉왕(廣陵王) 서(胥)도 잘못이 많았으며. 총희 왕부인의 아들 제(齊) 회왕(懷王)과 이부인의 아들인 창읍 애왕(哀王) 모두 일찍 죽었다.

구익자는 나이 5, 6세였으나 신체가 장대하고 아는 것이 많아 무제는 늘 '나를 닮았다'고 하였는데, 그 출생이 보통과 달라 매우 기특하게 여기며 사랑하여 후사로 세우고 싶었으나 아직 나이가 어리고 그 모친이 젊어 여주(女主)가 전횡하며 나라를 흔들까 걱정하여 오랫동안 유예하였다.

나중에 조첩여가 무제를 모시고 감천궁에 행차하였는데 잘못이 있어 견책을 받자, 걱정 끝에 죽어 운양현에 장례했다.

뒷날 무제가 병이 나자, 구익부인이 출산한 아들 유불릉(劉弗陵)을 황태자로 삼았다.

○ 무제의 태자 책봉

무제 정화(征和) 2년(前 91), 위태자는 강충(江充) 때문에 이미 죽었고, 연왕 유단(劉旦), 광릉왕 유서(劉胥)는 모두 잘못이 많았다. 이때 무제는 연로했고 총희(寵姬) 구익부인(鉤弋夫人) 조첩여(趙婕仔)가 낳은 아들을 마음속으로 후사로 생각하여 대신들에게 명하여 보필토록 하였다. 여러 신하를 살펴보아도 오직 곽광만이 중임을 지고 사직을 부탁할 수 있었다.

무제는 곽광을 대사마 대장군[360]에, 김일제[361]를 거기장군(車騎將軍)에, 그리고 태복(太僕)인 상관걸(上官桀)을 좌장군(左將軍)에, 군량 공급 담당 수속도위(授粟都尉)인 상홍양(桑弘羊)[362]을 어사대부(御史大夫)로 임명한 뒤 어린 주군을 보필하라는 유조를 받게 하였다.

다음 날 무제는 붕어했고(後元二年 – 前 87), 태자가 제위를 이으니, 이가 효소황제(孝昭皇帝, 재위 前 87 – 74)이다. 소제는 나이가 8세라서 모든 정사를 대사마인 곽광이 처리하였다.

ㅇ 소제의 정치

효무제(孝武帝) 때에 밖으로는 사이(四夷)를 물리치고 안으로는 법도를 고쳤지만, 백성은 지치고 피폐했으며 정치에 온갖 불법을 막지는 못했다.

무제가 붕어하고 소제(昭帝)가 처음 즉위하였으나 정치를 담당하지 않고 정사는 모두 대장군 곽광이 전담하였다. 차천추(車千

---

360 大司馬는 加官. 太尉를 폐하고 大司馬란 加官을 설치. 大將軍과 連稱. 軍政大權을 장악한 최고 실권자. 승상보다 상위직이다.

361 김일제(金日磾) – 투항한 흉노 休屠王(휴저왕)의 태자. 귀항한 이후 무제의 신임이 두터웠다.

362 상홍양(桑弘羊, 前 152 – 80) – 武帝 때 재정 전문가. 鹽, 鐵, 酒 전매를 주장. 후에 균수법(均輸法), 평준법(平準法)을 실시했다. 상관걸(上官桀)의 모반에 연루되어 피살되었다.

秋)³⁶³는 승상 지위에 있었지만 근신하고 중후한 덕이 있었다.

사치와 무리한 원정의 뒤끝이라서 천하가 텅 비었기에 곽광은 전례에 따라 다스릴 뿐 다시 고치지는 않았다. 시원(始元, 前 86－81)과 원봉(元鳳) 연간에(前 80－75) 흉노가 투항하였고, 백성은 점차 부유해졌으며 현량문학(賢良文學)을 등용하고, 백성이 고통을 겪는 바를 물었는데, 이에 염철(鹽鐵) 정책³⁶⁴에 대한 의논이 시작되었다.

---

363 車千秋(本姓은 田氏. ?－前 77)－차천추는 고조의 묘소를 지키는 낭관이었다. 衛太子(戾太子)가 江充에게 참소를 당해 敗死했었는데, 얼마 후 차천추는 태자의 원한을 풀어주어야 한다고 긴급 상서를 올렸다. 이 무렵, 무제는 태자의 죽음을 크게 뉘우치고 있었기에 차천추를 불러 만났다. 차천추는 키가 8척이 넘고 몸이 매우 장대하였다. 무제가 차천추를 만나보고 기뻐하며 말했다. "부자지간의 일은 남이 이야기하기가 어려운데, 公 혼자만이 옳지 않았다고 확실하게 말했다. 이는 고조 묘당의 신령이 공을 시켜 나에게 일러준 것이려니 공은 응당 나를 보좌하여야 할 것이다." 그리고 그 자리에서 차천추를 大鴻臚(대홍려)에 임명하였다. 몇 달 뒤 승상이 되었다(前 89). 차천추는 별다른 재능이나 학식, 또는 문벌이나 공로도 없이 다만 말 한마디로 주상을 깨우쳐 준 것뿐이었고, 몇 달 만에 승상이 되고 제후가 되었다. 차천추는 사람이 돈후하면서도 지혜로웠고 직분을 잘 수행하여 이전이나 이후의 여러 승상보다 뛰어났다.

364 무제 때 桑弘羊(상홍양)이 상인들의 염철 판매권을 박탈하여 국가 재정수입을 늘렸지만 온갖 폐단이 많았다. 시원 6년에, 현량문학의 인재를 모아 공개 토론을 하였는데, 여기서 토론된 내용을 모아 선제 때 환관(桓寬)은 《鹽鐵論(염철론)》을 편찬하였다.

소제가 재위하는 동안, 나라에 큰일이 없어 백성의 살림은 점차 충실해졌다.

○ 소제의 붕어

원평 원년(前 74) 4월 계미일, 소제는 미앙궁(未央宮)에서 붕어했다. 평릉(平陵)에 장례했다.

○ 창읍왕 유하(劉賀)

창읍 애왕(哀王) 유박(劉髆, ?–前 87)은 무제 5자(子)로 이부인 소생인데, 천황 4년(前 97)에 창읍왕(昌邑王)에 책립되었다. 창읍국은 산양군(山陽郡)을 개명한 후국(侯國)으로, 그 치소는 창읍현〔昌邑縣, 지금의 산동성(山東省) 서남부 하택시(菏澤市) 관할의 거야현(鉅野縣)〕이었다.

창읍 애왕 유박이 죽자, 아들 유하(劉賀, 前 92–59)가 5살에 창읍왕이 되었고, 19세인 前 74년에 소제(昭帝)가 붕어하자, 곽광(霍光) 등에 의해 황제에 옹립되어 27일간 재위하였다. 재위 중에 계속되는 이상 행동으로, 곽광 등에 의거 축출되었다.

선제(宣帝)는 前 63년에 유하를 해혼후(海昏侯)에 봉했는데, 유하는 그 4년 뒤에 죽었다.

(5) 선제의 중흥

○ 기구(崎嶇)한 운명

무제의 태자(太子)인 유거(劉據, 前 128-91)는 생전에 모친(위황후衛皇后, 위자부衛子夫)의 성을 따라 위태자(衛太子)라 호칭했다. 여태자(戾太子)는 선제가 즉위 후에 조부(祖父)에게 올린 시호이다. 시법(諡法)에 '이전의 과오를 뉘우치지 못하면, 여(戾, 不悔前過曰, 어긋날 려)'라 하였다. 위태자는 강충(江充) 등에 의해 황제를 무고했다는 모함을 받자, 군사를 동원하여 강충 일당을 살해하였는데, 거기서 그쳤어야 했다.

그러나 승상 유굴리(劉屈氂)의 군사와 충돌하여 수

한 선제(漢 宣帝)

만 명 사상자를 내고 도망해 숨었다가 자살하였다(무고의 화, 前 91).

이에 선제는 부득이 할아버지에게 '전과(前過)를 뉘우치지 않았다.'는 시호를 올려야만 했다.

위태자의 후궁인 사량제(史良娣, 史가 성씨)는 선제의 조모이다. 양제(良娣)는 태자 잉첩(媵妾 시집보낼 잉)의 호칭이다. 태자가 거느릴 수 있는 여인은 비(妃), 양제(良娣), 유자(孺子)의 3등급이 있었다. 위태자와 사량제의 아들이 유진(劉進)인데, 사씨가 낳은 무제의 손자라는 뜻으로 모친 성을 따라 사황손(史皇孫)이라 호칭하였다.〔초명(初名) 병이(病已)〕

이 유진(劉進)이 부인 왕씨〔王氏, 이름 왕옹수(王翁須)〕 여인한테서 얻은 아들은 이름이 병이(病已)였는데, 태어나 불과 서너 달에 무고의 화를 당했고, 모친 왕씨가 유진과 함께 죽었기 때문에 옥중에서 여자 죄수의 젖을 얻어먹고 자랐으며, 5살이 될 때까지 옥중에서 여죄수의 손에 성장하였다. 무제 후원(後元) 2년(前 87)에 사면을 받아 출옥하여 조모의 친정에서 자랐고, 성인이 되어 소제의 뒤를 이어 황제로 즉위하였다(孝宣皇帝, 재위 前 74−49).

선제는 그 생애가 소설처럼 기구하였지만, 전한(前漢)의 중흥을 이룩한 영명한 군주였다.

○ 병길(邴吉)의 보살핌

황증손(皇曾孫, 무제의 증손)은 그때 강보에 쌓인 어린애로 군저

옥(郡邸獄)에 갇혀 있었다. 병길(丙吉, 邴吉)³⁶⁵은 정위감(廷尉監)으로 군저에서 무고에 관련된 자를 조사하고 있었는데, 황증손이 아무런 죄도 없는데도, 갇힌 것을 불쌍히 여겨 여자 죄수 2명의 형구를 벗겨주어 교대로 젖을 먹여 키우게 하였고 사재로 황증손의 의식을 대주며 돌보는 큰 은혜를 베풀었다.

무고(巫蠱) 사건은 몇 년이 지나도 해결되지 않았다. 후원(後元) 2년(前 87)에 이르러 무제는 노환으로 별궁에 머물렀는데, 망기자(望氣者)가 장안의 옥중에 천자의 기운이 있다고 보고하자, 무제는 사자를 보내 죄의 경중을 막론하고 모든 죄수를 죽이라 하였다.

내자령(內者令)인 곽양(郭穰)이란 사람이 밤에 군저옥에 왔는데, 병길이 문을 막고 못 들어오게 하면서 말했다.

"황증손(皇曾孫)이 계시다. 무고한 다른 사람이 죽는 것도 불가

---

365 병길(丙吉, ?−前 55)의 字는 少卿으로 魯國 사람이다. 기린각(麒麟閣)에 초상화가 그려진 宣帝 11공신의 한 사람으로, 前 59−55년 승상을 역임하였다. 병길은 律令을 공부하고 魯의 옥리가 되었다. 장기 근속하면서 점차 승진하여 정위우감(廷尉右監)이 되었다. 武帝 말기에, 무고의 사건이 일어나자 병길은 명을 받아 따라 무고사건과 관련한 郡 관사의 감옥을 관장하였다. 그때 宣帝는 태어난 지 몇 달 되지 않은 황증손(皇曾孫)으로 衛太子 사건으로 갇혔는데 병길이 보고 가련히 여겼다. 또 마음속으로 태자가 반역의 뜻이 없다는 것을 알고 무고한 증손을 더욱 애처롭게 생각하여 부지런하고 후덕한 여자 죄수를 골라 황증손을 키우게 하며 넓고 깨끗한 곳에 머물게 하였다.

한데, 하물며 친(親) 증손을 죽일 수 있는가!'

서로 맞서며 날이 밝을 때까지 들어가지 못하자, 곽양이 돌아가 보고하며 병길을 고발하였다.

무제 또한 뉘우치며 말했다.

"하늘이 시킨 일이로다."

나중에(前 87) 대사면을 받자, 병길은 5살 된 황증손을 실어다가 조모인 사량제(史良娣)의 친정에 보내주었다. 이는《한서》〈병길전(丙吉傳)〉과 〈외척전(外戚傳)〉에 실려 있다.

소제는 종정(宗正)에게 황증손 유병이(劉病已)³⁶⁶를 종실 명부에 올리게 하였다. 황증손 유병이는 성인이 되어 폭실(暴室)의 색부(嗇夫)인 허광한(許廣漢)³⁶⁷의 딸과 결혼하였다. 황증손은 허광한 형제와 외조모인 사씨(史氏)에 의지해 살았다.

---

366 유병이(劉病已) ─ 宣帝의 원명은 '病已', 병이 나았다는 뜻. 申棄疾(신기질), 霍去病(곽거병)도 앓지 말고 건강하라는 뜻이 들어 있다. 酈食其(역이기)나 審食其(심이기)의 '食其' 는 '배부르다' 의 뜻이니, 굶지 말고 부자로 살라는 소원이 들어있고, 杜延年(두연년)이나 田延年, 嚴延年, 韓延壽(한연수), 任千秋(임천추), 陳萬年(진만년), 劉彭祖(유팽조) 등은 장수(長壽)의 염원이 담긴 이름이다.

367 허광한(許廣漢) ─ 暴室(폭실)은 직물을 염색하는 곳. 嗇夫(색부)는 잡부, 하급관리. 許廣漢(허광한)은 창읍왕의 낭관이었는데 무제를 수행하여 甘泉宮에 갔을 때, 착오로 다른 낭관의 말안장을 자신의 말에 얹었다가 발각되었는데, 형리는 황제를 수행하며 도둑질을 하였다고 사형에 처해져야 했지만 궁형(宮刑)을 받았다.

증손은 두현(杜縣)과 호현(鄠縣) 일대에 즐겨 놀았다. 세시에는 종정(宗正)을 따라 봄가을로 입조하였는데, 그 경우에 장안(長安) 상관리(尙冠里)에 머물렀다. 온몸과 발에도 털이 많았고 누워 있을 때는 몸에서 빛이 났다. 증손이 떡을 사면 떡장수는 그날따라 많이 팔았는데, 황증손도 이를 이상하다고 생각하였다.

○ 선제의 즉위

소제(昭帝) 원평 원년(前 74) 4월, 소제가 붕어했으나 후사가 없었다. 대장군 곽광(霍光)은 황후에게 주청하여 창읍왕(昌邑王)인 유하(劉賀)를 옹립하였다.

6월 병인일(丙寅日)에, 창읍왕은 황제의 새수(璽綬)를 받았고 황후를 황태후로 높였다. 계사일(癸巳日)에, 곽광은 창읍왕 유하(劉賀)가 음란하다며 폐출을 주청하였다.

곽광은 종정(宗正) 유덕(劉德)을 보내 황증손의 마을 상관리(尙冠里)에 가서 목욕을 시키고 어사부에서 가져온 의관을 착용케 하였다. 태복(太僕)은 수레에 황증손을 태워 종정부(宗正府)에 들어가 재계(齋戒)하게 하였다.

경신일에, 미앙궁에 들어가 황태후(皇太后)를 알현하고 양무후(陽武侯)에 책봉되었다. 곧이어 군신(群臣)이 국새와 인수를 받들어 올렸고, 제위(帝位)에 즉위하고 고조묘(高祖廟)에 참배하였다.

○ 선제의 정치

본시(本始, 前 73－70) 원년 봄 정월, 군국의 이민(吏民) 중에서 자산이 1백만 전 이상인 자를 골라 소제의 능인 평릉(平陵)에 이주시켰다. 지절을 가진 사자를 각 군국에 보내 2천 석 관리에게 민정을 잘 살피고 덕정으로 교화하라는 조명(詔命)을 전달케 했다.

대장군 곽광이 귀정(歸政)할 것을 간청하였으나, 선제는 겸양으로 정사를 위임하였다.

선제 본시 3년(前 71) 봄 정월 계해일, 황후 허씨(許氏)가 붕어했다.[368]

지절(地節) 2년(前 68) 봄 3월 경오일, 대사마 대장군 곽광이 죽었다.

지절 4년(前 66) 가을 7월, 곽광의 아들 대사마 곽우(霍禹)가 모반했다.

황룡(黃龍) 원년(前 49) 봄 정월, 감천궁(甘泉宮)에 행차하여 태치(泰畤)에서 제천하였다.

겨울 12월 갑술일, 선제는 미앙궁에서 붕어하였다.

---

368 곽광의 아내가 막내딸을 황후로 보내려고 女醫를 매수해 독살했고, 곽광은 나중에 알고서도 그냥 덮어버렸다. 곽광의 딸은 황후가 되었고, 곽광이 죽은 뒤에야 선제는 사실을 알았다.

효선제의 치국은 신상필벌(信賞必罰)이며 명분과 실질을 종합적으로 고찰하여 시행하였다. 따라서 정사(政事)나 문학과 법리(法理)의 인재를 막론하고 모두가 그 직무에 정통하였으며 기술자(工匠)나 산업분야에서도 원제(元帝)나 성제(成帝) 때 사람이 따라갈 수 없을 정도였으니, 모든 관리가 그 직무를 성실히 수행했고 백성은 생업에 안주했다. 선제는 탁월한 공적으로 조종(祖宗)의 공덕을 더욱 빛나게 했으며, 대업을 마련하여 후사에게 물려주었으니 가히 중흥을 이루었으며, 그 은덕은 은(殷)의 고종(高宗), 서주(西周)의 선왕(宣王)과 나란하다고 말할 수 있다.

○ 승상의 관심사

승상 병길이 행차하며 길을 치웠는데, 패싸움을 하여 죽고 다친 자가 길에 널렸지만, 병길이 지나가면서도 묻지 않자, 승상부 속관들은 이상하다고 생각하였다.

병길이 더 가다가 소를 끌고 오는 사람을 보았는데, 소가 혀를 내놓고 헐떡거리자 멈춰서 말을 탄 관리를 시켜 "소를 몰고 몇 리 길을 왔는가?"라고 묻게 하였다.

속관은 승상이 앞뒷일을 잘못 물었다고 생각했다.

나중에 어떤 사람이 이를 비판하자, 병길이 말했다.

"백성들이 서로 싸워 죽고 다친 것은 장안 현령이나 경조윤(京兆尹)이 직분상 금지시키고 체포할 일이며, 연말에 승상은 그 치적을 평가하여 상벌을 상주하면 될 일입니다. 승상은 소소한 일을 하지 않기에 길에서 물어야 할 일이 아니었습니다. 지금 봄철에 동방의 신(神)이 나올 때라서 크게 더울 때가 아닌데, 소가 가까운 길을 왔어도 더위 때문에 헐떡거린다면, 이는 절기가 이상한 것이니 혹시 재해가 있을지 걱정할 일입니다. 삼공(三公)은 직분상 음양의 조화를 걱정하기 때문에 물었던 것입니다.”

승상부의 속관들은 병길이 정사의 큰 틀을 알고 있다고 생각하였다.

(6) 전한 시대의 학문

1) 공안국

공자(孔子) 옛집에서 나온 고문(古文)의 《상서》[369]를 공안국은 금문자(今文字)로 해석하였고,[370] 이로써 그 가학(家學)인 《상서》의 없던 부분 10여 편을 채웠는데, 이때부터 《상서》 내용은 더욱 많아졌다. 그러나 무제 때 무고(巫蠱)의 화(禍)를 당하여 학관(學

---

369 古文《尙書》－古文은 秦 이전의 서체〔과두문자(蝌蚪文字)〕로 쓰인 문자. 古文《尙書》는 《尙書古文經》. 무제 때, 魯 恭王 劉余(유여, 景帝의 아들)가 공자의 옛집을 헐다가 발견한 《尙書》이다.

370 魯 恭王이 찾아낸 《고문상서》를 공안국이 今文으로 교정하고 정리하였는데, 伏生(복생)이 전한 것보다 16편이 더 많았고 사마천도 이를 읽었다. 참고로, 淸代의 《十三經注疏(십삼경주소)》의 《尙書》는 금문, 고문의 합편으로 총 58편이다.

官)에 들어가지는 못했다.[371]

공안국은 간대부(諫大夫)[372]로 그 학문을 도위조(都尉朝)에게 전수하였는데, 사마천도 마찬가지로 공안국으로부터 고문을 배웠다.

사마천은 그의 글에 〈요전(堯典)〉, 〈우공(禹貢)〉, 〈홍범(洪範)〉, 〈미자(微子)〉, 〈금등(金縢)〉의 여러 편을 수록하면서 고문의 학설을 많이 채용하였다.

도위조는 그 학문을 교동국(膠東國)의 용생(庸生)에게 전수하였다. 용생은 청하군(淸河郡)의 호상(胡常, 字 少子)에게 전수했는데, 호상은《곡량춘추(穀梁春秋)》[373]에 밝아 박사(博士)로 자사(刺史)가 되었으며, 또《좌씨전(左氏傳)》을 전수받았다.

호상은 괵현(虢縣)의 서오(徐敖)에게 전수하였다. 서오는 우부풍(右扶風) 관리로《모시(毛詩)》[374]를 전수받아 왕황(王璜)과 평릉

---

371 武帝 天漢 이후에 孔安國이《尙書古文經》을 조정에 바쳤으나 갑자기 巫蠱(무고)의 禍(화)가 일어나 (前 91년) 太學에 학관을 설치하지 못했다. 곧 박사가 교육하는 정식 과목이 되지 못했다.

372 安國爲諫大夫－孔安國은 伏生으로부터 今文《尙書》를, 申培公에게《詩經》을 배우고 武帝 때 五經博士가 되었다. 간대부－광록훈의 속관. 정사에 관한 의론 담당. 질록 比8백 석.

373 《穀梁春秋》－魯 穀梁赤의 저작. 春秋三傳의 하나. 미언대의(微言大義)에 관한 추측이 많아《左氏傳》과 많이 다르다.

374 《毛詩》－魯國 모형(毛亨) 學派의《詩經》.《詩經》은《齊詩》,《魯詩》,《韓詩》,《毛詩》의 四家로 구분되었는데, 지금은 오직《毛詩》만 전해오고 있다.《詩經》은, 곧《毛詩》이다.

현의 도운〔塗惲, 字 자진(子眞)〕에 전수해 주었으며 도운은 하남군(河南郡) 상흥〔桑欽, 字 군장(君長)〕에게 전수했다.

왕망 때에는 모든 학파가 갖추어졌다.

유흠(劉歆)은 국사(國師)가 되었고, 왕황과 도운 등은 모두 고관이 되었다.

2) 사마천

○ 부친의 유언

태사공(太史公, 사마담)은 천문 역법을 담당했기에 백성을 다스리지 않았다. 아들을 낳았는데, 이름은 천(遷)이었다. 사마천[375]은 용문산(龍門山)[376] 아래에서 태어났고, 거기서 농사와 목축을 하였다. 10세에 고문을 외웠다. 20세에 남쪽으로 장강과 회수 지역을 유람하였다.

---

375 사마천(司馬遷, ?─前 86)─字 子長, 사마천의 출생 연도에 대해서는 前 145년 說과 前 135년 說이 있다. 부친 司馬談은 前 110년에 죽었고, 사마천이 이릉(李陵)을 변호하다 宮刑의 치욕을 당한 것이 天漢 2년(前 99)이었다. 사마천은 武帝가 죽은 다음 해 자살했다.

376 龍門─龍門山. 今 山西省과 경계를 이루는 황하의 서쪽, 陝西省 중동부 韓城市 동북에 있는 산. 당시 행정구역으로는 左馮翊(좌풍익) 夏陽縣.

사마천(司馬遷)
출처《만소당화전(晚笑堂畵傳)》

이 해(원봉 원년, 前 110)에 천자(天子, 무제)는 한(漢) 왕조에서
처음으로 봉선(封禪)[377]을 행했는데, 태사공(太史公)은 주남(周南,
낙양)[378]에 머물며 참여할 수 없어 발분하여 죽으려 했다. 그때 아

---

377 봉선(封禪) — 封은 흙을 쌓아 단을 만들고서(累土爲壇) 天神에게
　　제사하고, 天神의 공덕에 보답하는 범국가적 행사.

378 당시 武帝는 儒生이 封禪의 禮에 참여하는 것을 금지시키고 方
　　士(術士)들이 封禪을 보조하고 진행케 하였다. 사마담의 입장에
　　서는 天文을 담당하는 자신이 당연히 국가적 행사를 주관하여야
　　하는데 참여하지 못하니 분통이 터질 노릇이었다.

들 사마천이 돌아왔고, 사마천은 부친을 하수(河水)와 낙수(雒水) 사이에서 뵈었다.

태사공은 사마천의 손을 잡고 눈물을 흘리며 말했다.

"너의 조상은 주실(周室)의 태사령(太史令)이었다. 그러니까 일찍이 순(舜)과 하(夏) 때부터 공명(功名)을 이룩했고 천문 역법의 일을 담당했었다. 후세에 중도에 쇠퇴했지만 내 세대에서 단절될 수 있겠느냐? 네가 다시 태사가 된다면 우리 조상의 가업을 잇는 것이다. 지금 천자께서는 천년의 대통(大統)을 이어 태산(泰山)에서 봉(封)을 했는데 내가 수행할 수 없었으니, 이는 운명일 것이다. 운명일 것이야! 내가 죽으면 너는 꼭 태사가 되어야 한다. 태사가 되거든 내가 저술하려던 것을 잊지 말아야 한다. 그리고 대효(大孝)란 사친(事親)에서 시작하여 사군(事君)으로 이어지고 입신(立身)으로 끝이 나는데, 후세에 이름을 남기고 부모 명성을 알리는 것이 바로 가장 큰 효도이다. 천하 사람들이 주공(周公)을 칭송하는 것은 그분이 문왕과 무왕의 덕을 칭송하고 〈주남(周南)〉과 〈소남(召南)〉에서 노래한 덕을 널리 알렸으며, 태왕(太王)과 왕계(王季)의 이상을 실천하여 먼 조상인 공유(公劉)는 물론 후직(后稷)까지 높였기 때문이다. 주(周) 유왕(幽王)과 여왕(厲王) 이후로 왕도(王道)는 무너지고 예악(禮樂)은 쇠퇴하였다. 공자께서는 옛 제도를 보완하고 사라진 것을 일으키면서 《시》와 《서》를 논하고 《춘추》를 저술하셨으니, 이후 학자들은 지금껏 이를 법도로 본받고 있다. 기린이 잡힌 이래로 400여 년 동안에[379] 제후들은 서로 경쟁하였고 역사 기록은 버려진 채 단절되었다.[380] 이제 한(漢)이 건국되었고 이후로 해내(海內)가 통일되어 명주현군(明主賢君)과 충신의사(忠臣義士)들이 있었는데, 나는 태사가 되어 이를 논찬(論纂)하여 기록하지 못하여 천하의 문장(文章)을 단절케 하였으니, 나는 몹시 두렵기만 하니, 너는 이를 마음에 새겨두어라!'

사마천은 고개를 숙이고 눈물을 흘리며 말했다.

"소자(小子)가 불민(不敏)하오나 아버님께서 차례대로 기록한 옛 기록을 모두 편찬하여 빠트리지 않겠습니다."

선친이 작고하고 3년에, 사마천은 태사령(太史令)[381]이 되어 석실과 금궤[382]의 역사 기록을 간추려 엮었다.

그로부터 5년인 태초 원년 11월 초하루 동지에 천력〔天曆, 태초력(太初曆)〕이 처음 시행되었고, 명당(明堂)을 세웠으며 각종 제사가 새 역법에 의거 기록되었다.

---

379 獲麟以來四百有余歲 – 魯 哀公 14년(전 481)에 서쪽에서 사냥하다가 기린을 잡았는데, 孔子의 《春秋》는 여기서 끝난다. 그리고 그이후 사마담이 죽는 해까지 400년(정확하게는 372년)이 지났다.

380 史記放絶 –《춘추》이후 역사 기록이 끊겼다. 《춘추》이후 400년의 역사기록을 남겨야 한다는 사명을 유언으로 남겼다.

381 太史令 – 九卿의 하나인 太常의 속관.

382 석실금궤(石室金鑕) – 서적을 보관하는 곳. 鑕(궤짝 궤)는 匱와 通.

태사공(太史公, 사마천 자칭)은 생각하였다.

선친께서 말씀하시었다.

"주공(周公)이 죽은 지 5백 년에 공자(孔子)가 출생하였고, 공자에서 지금까지 5백 년이니,[383] 능력자가 공자의 이런 전통을 계승하여 《역전(易傳), 주역》의 뜻을 밝히고 《춘추》의 뜻을 서술하며 《시》와 《서》, 《예》와 《악》의 근본을 말할 사람이 있을 것이다."

그 뜻은 아마 여기에 있었을 것이다.[384] 그러니 내가 어찌 미룰 수 있겠는가!

○ 사마천의 분발

10년이 지나 이릉(李陵)의 화를 당하여 죄수로 갇혔다.

이에 크게 탄식하며 말했다.

"이는 나의 허물이로다! 몸은 망가져 쓸 수가 없다."

그리고 물러나 깊이 생각하며 말했다.

"저 《시경》과 《서경》의 깊은 뜻을 가진 간단한 말은 큰 의지를 이루려는 뜻일 것이다."

마침내 도당(陶唐, 堯) 시대부터 무제에 이르러 절필하였는데, 황제부터 시작하였다.

---

383 至於今五百歲 – 孔子 별세(前 479) 이후 武帝 元封 원년(前 110)까지는 370년이었다. 대략 어림수로 말했을 것이다.

384 선친의 말씀은 《春秋》와 같은 저술을 남기라는 뜻이었다.

사마천은 궁형을 받은 뒤에 중서령(中書令)이 되어 무제의 신임을 받으며 직무를 수행하였다. 우인(友人)인 익주자사(益州刺史) 임안(任安)이 사마천에게 옛 예에 따라 현신(賢臣)을 천거하라는 뜻으로(곧 자신을 추천해달라는) 서신을 보내왔었다.

사마천은 이에 답신을 보냈다.

○ 〈보임소경서(報任少卿書)〉

이 〈보임소경서(報任少卿書)〉는 사마천이 그의 벗인, 당시 옥중에 있는 임소경〔任少卿, 성임(姓任) 명안(名安), 字는 소경(少卿)〕의 서신에 대한 답장이다. 이는 무제 정화(征和) 2년(前 91)에 작성한 것으로 알려졌다. 이 서신에는 사마천이 《사기(史記)》를 편찬하지 않을 수 없었던 이유와 저술 목적, 그리고 울분 속에 집필하지 않을 수 없었던 비참한 심경, 그리고 경과와 희망사항을 피력하고 있다.

사마천과 《사기》를 이해하는데 가장 적절한 문장이라서, 보통 서신으로서는 상당히 길고 긴 장문이지만, 그 서신의 중요 부분을 우리말로 옮겨 수록했다.〔필자의 《원문 완역 한서(漢書)》(전 15권). 명문당, 2016－2018 참고〕

이 서신 글은 《한서 사마천전(漢書 司馬遷傳)》에 수록되었다.

이 서신에서 사마천은 말했다.

「사람은 틀림없이 한번 죽지만(人固有一死), 그 죽음이 태산보다 무거울 수도 있고(死有重於泰山), 혹은 기러기 털보다도 가벼울 수 있다(或輕於鴻毛).」는 비장한 말을 남겼다.

이 글은 남조(南朝) 양(梁) 소명태자(昭明太子)의 《문선(文選)》에도 실려 있다.

○ 사마천의 죽음과 외손(外孫)

사마천이 언제 죽었는지 알 수 없다. 사마천의 딸은 양창(楊敞)과 결혼했고, 양창은 소제(昭帝)와 선제(宣帝)를 섬겼으며, 승상을 역임했다.

양창의 작은 아들 평통후(平通侯) 양운(楊惲, ? ㅡ前 54)은 사마천의 외손이다. 양운은 선제 신작(神爵) 원년(前 61)에 곽광(霍光) 아들의 모반을 고발하여 평통후에 봉해졌다.

양운은 외조부의 저술을 요약하여 널리 유포시켰다. 양운은 나중에 다른 관료들과 불화하고 사치한 생활을 하다가 처형되었다. 《한서》 66권, 〈공손류전왕양채진정전(公孫劉田王楊蔡陳鄭傳)〉에 양창(楊敞)을 입전(立傳)했고, 양운(楊惲)을 부전(附傳)했다.

○ 반고(班固)의 논찬

〈사마천전(司馬遷傳)〉에 대한 반고의 논찬(論贊)은 아래와 같다.

「자고(自古)로, 문자가 만들어진 이후로 사관(史官)이 있었으니 그 서적은 매우 많다. 공자가 서적을 편찬하면서 요(堯)에서 시작하여 아래로는 진(秦)의 목공(穆公)에 이르렀다. 요순 이전에 대해서는 비록 유문(遺文)이 있지만 그 말이 경전과 일치하지 않으니, 황제(黃帝)와 전욱(顓頊)의 사적은 밝힐 수가 없다고 말한다.

공자는 노(魯)의 역사기록을 바탕으로 《춘추(春秋)》를 지었고, 좌구명(左丘明)은 그 본사(本事)를 논집(論輯)하여 《춘추》의 전(傳)을 지었으며, 또 같거나 다른 내용으로 《국어(國語)》를 편찬하였다. 또 《세본(世本)》이 있는데, 이는 황제 이래 춘추 시기에 이르는 제왕(帝王)과 공후(公侯)와 경대부(卿大夫)의 조상 연원을 수록하였다.

춘추시대 이후로 7국이 서로 다투다가 진(秦)이 제후들을 통일하였고 《전국책(戰國策)》이 나왔다. 한(漢)이 건국되고 진을 멸망시키고 천하를 평정할 시기에 《초한춘추(楚漢春秋)》가 있었다. 그래서 사마천은 《좌씨전(左氏傳)》과 《국어(國語)》의 내용을 근거로 《세본》과 《전국책》의 자료를 보태고, 《초한춘추》의 내용과 그 이후의 기록을 서술하여 무제의 천한(天漢) 연간까지 서술하였다.

그 서술에서 진(秦)과 한(漢)은 상세하다. 경전에서 재료를 모으고 백가(百家)의 사적을 분산 서술하였기에 소략한 부분이 매우 많고 어떤 것은 서로 다르기도 하다. 그렇지만 그가 섭렵한 내용이 매우 넓고 많으며 경전을 두루 관통하고 고금의 상하 수천 년을 함께 아울렀으니, 이는 사마천의 근면(勤勉)일 것이다.

또 그 시비가 자못 성인(聖人)과 다르기도 하니, 대도(大道)를 논하면서 황노(黃老) 사상을 앞세우고 육경(六經)을 뒤로 하였으며 유협(遊俠)을 서술하면서 산림처사(山林處士)를 뒤로 하고 간웅(奸雄)을 내세웠고, 화식(貨殖)을 서술하면서 세리(勢利)를 숭상하고 빈천을 수치로 생각한 것도 그 폐단이라 할 수 있다.

　그러나 유향(劉向)과 양웅(揚雄)은 여러 책을 두루 열람한 학자로 두 사람 다 사마천을 '양사지재(良史之材)' 라 칭송하면서, 그가 일을 바르게 계획하여 처리하였고, 달변이지만 화려하지 않으며, 질박하지만 속(俗)되지 않고도 그 문장이 곧고 기록은 건실하며, 공허한 아름다움이 없고 악(惡)을 감추지 않았기에 '사실적 기록(實錄)' 이라고 칭송하였다.

　오호라! 사마천은 박식과 견문으로도 자신을 보전하지 못하고 극형을 받아야 했으며 어둠 속에서 발분하였으니 그 책은 신뢰할 수 있다.

　그 연유를 따지며 스스로 슬퍼하였으니《시경 소아(詩經 小雅》의 항백(巷伯, 서주 왕실의 관직 이름) 맹자(孟子)와 같은 사람이었다. 그리고 〈대아(大雅)〉의 '밝은 지혜를 가졌으니 자신을 잘 지킬 수 있으리라.' 는 구절은 정말 힘든 일이다!」

3) 양웅

○ 호학, 청정, 소탈한 성격

　양웅(揚雄)[385]의 자(字)는 자운(子雲)으로, 촉군 성도현(成都縣)

사람이다. 그의 선조는
주(周)의 백교(伯僑)라
고 하는데, 지손으로
처음에 진(晉)나라의
양(揚) 땅을 채지(采地)
로 받았고 그 땅을 성
씨로 삼았다. 초(楚)와
한(漢)이 흥기할 때 양
씨는 장강(長江)을 거슬
러 올라 파군(巴郡) 강
주(江州)에 자리잡았다.

양웅(揚雄)

양웅은 어려서부터
호학하였으나 문장을 분석하기보다는 뜻만 통하면 되었고 많은
책을 보아 읽지 않은 것이 없었다. 사람됨이 소략하면서도 초탈
하였고, 말을 더듬어 언사가 유창하지 못했기에 말없이 깊이 생
각에 잠겼으며, 청정무위하면서 욕심이 없고 부귀에 급급하지 않
았으며, 빈천을 서글피 여기지도 않으면서 행실을 닦고 교제하여
당세에 이름을 얻으려 하지도 않았다. 가산이라야 십금(十金)이
되지 않았지만 또 부족하여 비축한 것이 없어도 마음이 편했다.

---

385 揚雄(양웅, 前 53 − 서기 18) − 前漢 말기의 문인, 철학자.

스스로 생각해서 성인의 글이 아니라면 좋아하지 않았고, 내키지 않으면 부귀한 사람일지라도 섬기려 하지 않았다. 다만 젊어서부터 사부(辭賦)를 좋아하였다.

ㅇ 굴원의 문장을 좋아하다

이에 앞서 촉(蜀)에 사마상여(司馬相如)가 살았는데, 그가 지은 부(賦)는 매우 뜻이 크고 아름다우며 전아하면서도 웅심(雄心)에 장려(壯麗)하였기에, 양웅은 부를 지을 때마다 늘 모방하며 법식(法式)으로 삼았다.

그러면서 굴원(屈原)의 문장은 사마상여보다 나으나 초(楚)에서 받아들여지지 않아 〈이소(離騷)〉를 짓고 스스로 강물에 투신하여 죽은 것을 괴이하게 생각하여 그 글에 슬퍼하며 읽을 때마다 눈물을 흘리지 않은 적이 없었다.

양웅은 군자가 때를 만나면 자기 뜻을 펴지만, 때를 만나지 못했다면 잠룡처럼 칩거하면 되며, 때를 만나고 못하고는 명(命)인데, 하필 투신까지 해야 하는가? 라고 생각했다.

그리하여 글을 지으며 가끔 〈이소〉의 글을 모방하나 그 뜻의 반대로 글을 지어 민산(岷山)에서부터 강물에 던지며 굴원을 조문하며, 이름을 〈반이소(反離騷)〉라 하였다.

ㅇ 양웅의 벼슬길

양웅이 자서에서 말했다.

처음에 양웅은 나이 40여 세에 촉에서 경사(京師)에 왔는데, 양웅과 왕망이나 유흠(劉歆)은 같은 지위에 있었다. 애제(哀帝) 즉위 초에는 동현(董賢)과 동관(同官)이었다. 성제(成帝), 애제(哀帝), 평제(平帝) 연간에, 왕망과 동현은 모두 삼공(三公)의 지위에 올라 그 권세가 황제를 능가할 정도라서 천거된 사람으로 발탁되지 않은 사람이 없었지만, 양웅은 3세에 걸쳐 관직이 승진하질 못했다.

왕망이 찬위(纂位)한 뒤에 부명(符命)으로 왕망의 공덕을 칭송하여 작위를 받은 자가 수없이 많았지만, 오직 양웅만은 제후가 되지 못하고 근속 연도가 많은 노인으로 대부 반열에 머물렀으니, 그가 세리(勢利)를 초월하여 안분한 것이 이와 같았다.

○ 양웅의 명문(名文) 작품

양웅은 진실로 호고(好古)하고 낙도(樂道)하며 문장으로 후세에 이름을 남기려 하였는데, 경(經)으로는 《역경(易經)》보다 더 중요한 것이 없다고 생각하여 《태현(太玄)》을 저술하였고, 성인의 말씀을 전한 것으로는 《논어(論語)》보다 더한 것이 없기에 《법언(法言)》을 저술하였으며, 자서(字書)로는 《창힐(倉頡)》보다 나은 것이 없다 하여 《훈찬(訓纂)》을 지었고, 잠언으로는 〈우잠(虞箴)〉보다 나은 것이 없다 하여 〈주잠(州箴)〉[386]을 지었으며, 부(賦)는 〈이소(離騷)〉보다 나은 것이 없기에 반의(反意)로 그 뜻을 넓혔고, 문학

---

386 주잠(州箴)－9주의 잠언. 잠(箴)은 문체의 일종.

으로는 사마상여보다 더 나은 사람이 없다고 생각하여 4편의 부를 지었으니, 모두가 그 근본을 짐작할 수 있고 근본을 바탕으로 크게 넓혔다고 볼 수 있다.

o 양웅의 죽음

양웅은 병으로 면직되었다가 다시 부름을 받아 대부가 되었다. 집은 가난하고 술을 즐겼으나 찾아오는 사람은 드물었다. 때로 호사가들이 술과 안주를 가지고 와서 배웠는데, 거록군의 후파(侯芭)는 늘 양웅과 함께 기거하며 《태현(太玄)》과 《법언(法言)》을 전수받았다.

유흠도 와서 이를 읽어보고 양웅에게 말했다.

"공연히 고생을 하였소! 지금 학문하는 사람들은 아직 《역(易)》에도 밝지 못하거늘, 어찌 《현(玄)》을 공부하겠습니까? 내 생각으로는 후인들이 항아리 뚜껑으로 쓸 것 같아 걱정입니다."

양웅은 웃으며 대답하지 않았다. 양웅은 나이 71세인 천봉(天鳳) 5년에 죽었다. 지금 양웅의 《법언(法言)》은 크게 유행하였으나 《태현》은 끝내 유행하지 못했다.

그래도 양웅의 저서는 모두 남아 있다.

10. 전한의 쇠망

(1) 원제

ㅇ 원제의 즉위

효원황제〔孝元皇帝, 이름은 석(奭), 前 48–33년 재위〕는 선제(宣帝)의 태자이다. 모친은 공애허황후〔恭哀許皇后, 이름은 평군(平君)〕로 선제가 평민일 때 민간에서 출생하였다.

2세에, 선제가 즉위하였다. 8세에, 태자가 되었다.

성인이 되어 인자하고 유학을 좋아하였다. 태자는 선제가 등용하는 신하에 형리 출신이 많고 형명(刑名)으로 신하를 통제하며, 양운(楊惲),[387] 개관요(蓋寬饒) 같은 대신이 비방하는 말을 했다 하여 주살당하는 것을 보고 시연(侍宴)할 때 조용히 건의하였다.

---

[387] 平通侯 양운(楊惲) ─ 사마천의 사위인 양창(楊敞, 승상 역임)의 二子, 곧 사마천의 外孫. 외조부 사마천의 《史記》를 처음으로 세상에 알렸다. 곽광의 아들 곽우(霍禹) 등이 모반을 꾀했을 때, 양운은 이를 알고 시중 金安上에게 알렸고 宣帝에게 나아가 사실을 설명했다. 양운은 平通侯가 되었다가 中郞將으로 승진하였다. 남에게 베풀 줄도 알았지만, 교만한 일면이 있어 결국 남의 미움을 받았다. 宣帝 (五鳳) 2년(前 56) 12월, 平通侯 楊惲(양운)은 앞서 光祿勳(광록훈)일 때 죄를 지어 파면되어 서인이 되었다. 양운이 뉘우치지 않고 원망하였기에 大逆無道하여 요참(腰斬)형에 처했다.

"폐하의 형벌 적용은 너무 각박하시니, 마땅히 유생을 등용하셔야 합니다."

그러자 선제는 화를 내었다.

선제는 태자를 바꾸려는 생각도 있었지만, 젊어서 처가인 허씨(許氏)에 의지했었고, 부자가 미천한 자리에서 기신(起身)하였기에 끝내 허씨와 태자를 버리지는 않았다.

○ 원제의 치적

초원(初元) 2년(前 47) 여름 4월 정사(丁巳), 황태자[388]를 책립했다.

경령(竟寧) 원년(前 33) 봄 정월, 흉노 호한야선우(乎韓邪單于)가 내조(來朝)하였다.

이에 조서를 내려 말했다.

"흉노 질지선우(郅支單于)는 예의를 배반하였기에 이미 죄에 따라 처형되었고, 호한야선우는 은덕을 잊지 않고 한(漢)의 예의를 사모하며 다시 조하의 예(朝賀之禮)를 갖추고 우리 변방을 지키면서 그 후손까지 번영하기를 바라고 있으니, 변방에서 전쟁은 영원히 없을 것이다. 이에 경녕(竟寧)으로 개원하며 선우(單于)에

---

388 皇太子 — 名 오(鰲, 준마 오, 前 51 – 前 7), 뒷날 成帝로 즉위, 재위 前 32 – 前 7년). 元帝의 長子, 母親 왕정군(王政君). 원제의 황후 왕정군(王政君)은 전한 말의 역사에 큰 영향을 끼쳤다. 어찌보면, 왕망(王莽)의 찬탈을 도와준 셈이었다.

게 대조액정(待詔掖庭)[389]인 왕장(王檣)[390]을 하사하여 그의 연지
(閼氏)[391]로 삼게 하겠다."

황태자[392]가 관례를 치렀다.

경녕(竟寧) 원년, 5월 임진일, 원제가 미앙궁에서 붕어하였다
(26세에 즉위, 16년 재위). 가을 7월 병술일에 위릉(渭陵)에 장례
했다.

원제(元帝)는 재예(材藝)가 뛰어나고 촉리(屬吏)의 문서에도 밝
았으며, 금슬(琴瑟)을 타고 통소(洞簫)를 불었으며 직접 작곡을 하

---

389 郡國에서 황제에게 헌녀(獻女)했을 경우, 황제가 불러 보기 전에
掖庭(액정)에서 대기하게 된다. 그래서 대조액정(待詔掖庭)이라
했다.

390 王檣(왕장) ─ 후궁 여인의 성명, 보통 왕소군(王昭君, 前 51 ─ 前 15)
으로 널리 알려졌다. 王昭君(왕소군)은 古代四大美人의 한 사람.
흉노와의 화친책으로 흉노에 보내졌다. 흉노에서는寧胡閼氏(영
호연지)라고 불렀는데, 아들 伊屠智牙師(이도지아사)를 낳았고, 이
도지아사는 뒷날 右日逐王(우일축왕)이 되었다. 王昭君을 데려간
호한야선우는 재위 28년인 成帝 建始 2년(前 31년)에 죽었다. 아
들 復株絫若鞮單于(복주루약제선우)가 즉위하였는데, 그들 관습에
따라 왕소군은 복주루약제선우의 차지가 되었다. 왕소군은 딸
둘을 낳았는데, 장녀인 云(운)은 須卜居次(수복거차), 작은 딸은 當
于居次(당우거차)라 하였다. 居次는 공주란 뜻이다. 「화공(畫工)을
기시(棄市)했다」는 이야기가 전한다.

391 閼氏(연지, yānzhī) ─ 흉노 선우 正妻의 칭호.

392 皇太子 ─ 王皇后 소생, 名 오(鰲, 준마 오). 成帝 재위 前 32 ─ 7년.

여 노래로 불렀는데 음절이 절도에 맞아 아주 오묘하였다.

원제는 젊어 유학을 좋아하였기에 즉위하면서 유생을 불러 등용하고 정사를 위임하였으며 공우(貢禹), 설광덕(薛光德), 위현성(韋玄成), 광형(匡衡) 등이 교대로 재상이 되었다. 원제는 문법에 집착하며 우유부단한 일면도 있어 효선제(孝宣帝)의 대업이 쇠퇴하기 시작하였다. 그러나 신하에게 관대하고 국량이 넓었으며, 공경 검소하였으며, 명령을 하더라도 부드럽고 고아(高雅)하여 고인(古人)의 유풍이 있었다.

(2) 성제

○ 성제(成帝)의 즉위

효성황제〔孝成皇帝, 名 오(驁). 재위 前 32 - 前 7년〕는 원제(元帝)의 태자이다. 시법(諡法)에 '안민립정왈 성(安民立政曰 成)' 이라 하였다.

성제(成帝)의 모친은 왕황후(王皇后, 왕정군)[393]이다. 성제는 태자궁(太子宮) 갑관(甲觀)에서 출생하였는데, 대를 이을 적황손(嫡皇孫)이었다. 그래서 조부인 선제(宣帝)가 귀여워하며 태손(太孫)이라 부르면서 늘 좌우에 두었다. 3세 때 선제가 붕어하고 원제가 즉위하자 태자가 되었다.

---

393 왕황후 — 名 王政君. 98권, 〈元后傳〉에 단독 입전. 여기에 王氏 일족의 융성과 왕망의 집권 과정을 상술했다.

장성하여 경서를 즐겨 읽었고 성품이 관대하면서도 근신(勤愼)하였다. 한때 계궁(桂宮)이란 곳에 거처하였는데, 원제가 급히 부르자 태자는 용루문(龍樓門)을 나섰으나 황제 전용도로인 치도(馳道)를 가로지를 수가 없어 서쪽으로 직성문(直城門)까지 가서 치도가 끝나는 곳에서 건너 다시 올라와 들어왔다.

원제가 늦은 것을 책망하며 그 까닭을 묻자 사실대로 대답하였다. 원제는 크게 기뻐하며 명령을 내려 태자는 치도를 횡단할 수 있게 하였다고 한다.

그 뒤로, 태자는 술을 좋아하고 잔치와 풍악을 즐겼기에 원제는 태자가 치국의 자질이 안 된다고 생각하였다. 그러면서 정도(定陶) 공왕(恭王)은 재주가 많은데다가 모친 부소의(傅昭儀)를 총애하게 되어 원제는 늘 공왕(恭王)을 후사로 삼고 싶었다. 그러나 시중(侍中)인 사단(史丹)이 태자 일가를 감싸주며 강력히 보필했고, 원제 역시 선제(先帝, 宣帝)가 특별히 태자를 아꼈기에 폐위할 수가 없었다.

원제 경녕(竟寧) 원년(前 33) 5월, 원제가 붕어했다. 6월 기미(己未), 태자가 황제로 즉위하였고 고조 묘당을 참배하였다. 황태후를 태황태후(太皇太后)로, 황후를 황태후로 높였다. 큰 외숙인 시중 위위(衛尉) 양평후(陽平侯)인 왕봉(王鳳)[394]을 대사마대장군(大

---

394 王鳳 - 元舅는 큰 외삼촌. 王鳳(? - 前 22)은 성제 모친 王황후의

司馬大將軍) 영상서사(領尙書事)에 임명했다.

7월, 천하의 죄인을 사면했다.

○ 성제의 죽음

성제 수화(綏化) 2년(前 7) 정월, 감천궁에 행차하여 태치에서 제천하였다.

2월 임자일, 승상 적방진(翟方進)[395]이 죽었다.

3월 병술일, 성제는 미앙궁에서 붕어했다(재위 26년, 終年 45세).

4월 기묘일, 연릉(延陵)에 장례했다.

반표(班彪)의 논찬(論贊) : 신(臣, 반표)의 고모가 후궁에 뽑혀 첩여(婕妤)[396]가 되었기에 부자와 형제가 궁중의 근신(近臣)이 되었

오빠. 字 孝卿, 魏郡 元城縣(今, 河北省邯鄲市 관할의 大名縣. 河北省 남단) 출신. 왕봉(王鳳)의 부친인 왕금(王禁)은 주색을 좋아하며 후처를 많이 거느려 모두 4녀 8남을 두었다. 元帝의 황후인 政君(정군)은 둘째 딸. 장남 王鳳, 다음은 王曼(왕만), 王譚(왕담), 王崇(왕숭), 王商(왕상), 王立(왕립), 王根(왕근), 王逢時(왕봉시)인데, 왕봉과 왕숭 두 사람만 元后 王政君과 同母였다.

395 丞相 적방진(翟方進) — 어사대부와 승상을 역임. 성제의 문책에 자살. 적방진이 자살하고 한 달여 뒤에 성제도 갑자기 죽었다. 왕망이 칭제하자, 적방진의 아들 翟義(적의)가 기병하여 왕망에 대항하였다.

는데, 신(臣)에게 자주 말하였습니다.

"성제(成帝)께서는 항상 단정한 용의로 수레에 오르면 반듯이 서서 두리번거리지 않고 가벼이 빨리 말하지도 않았으며 손가락 질을 하지도 않았습니다. 조회에 임하여 묵묵히 존엄을 지켜 신(神)과 같았으니, 가히 위엄을 갖춘 천자의 의표였습니다!"

성제는 고금의 경전을 널리 읽었고 직언의 건의를 수용하였다. 공경은 직무를 잘 수행하였고 상주와 의론은 문채가 났다. 승평(承平)의 성세(盛世)를 맞아 상하가 화목하였다.

그렇지만 성제는 주색에 탐닉하였고 조씨 자매가 궁내를 어지럽히고 외척은 정사를 마음대로 휘둘렀으니 그런 이야기를 하다 보면 탄식만 나올 뿐이었다.

건시(建始, 성제의 첫 연호, 前 32 – 29) 이래로 왕씨가 국권을 장악하였고, 애제(哀帝)와 평제(平帝)의 단명에 이어 왕망이 찬위하였으니 왕씨들의 위세와 영화는 그 유래가 매우 오래되었다고 말할 수 있다.

---

396 臣은 반표(班彪). 반표의 고모는 班婕妤(前 48 – 서기 2년) – 名 不詳, 班況(반황)의 딸, 班彪(반표)의 고모, 班固, 班超, 班昭 형제 의 祖姑(대고모, 왕고모). 倢伃(첩여, 婕妤)가 되어 아들을 낳았으나 몇 달 뒤에 아들을 잃었다. 반첩여는 《詩經》을 외우고, 황제를 뵙 거나 상소할 때 예전의 의례를 본받았다. 나중에 성제의 총애가 식었고 조비연의 질투가 심해지자, 반첩여는 성제의 모후 元太 后을 모신다며 東宮으로 옮겨갔다.

○ 조비연(趙飛燕) - 장중무(掌中舞)

조비연(趙飛燕)
성제(成帝)의 황후. '장중무(掌中舞)' 의 주인공.

성제(成帝)의 조 황후(趙皇后)는 본 래 장안에 사는 노 비의 딸이었다. 처 음 태어났을 때 부 모가 거두지 않았 는데, 3일이 지나 도 죽지 않자 그때 서야 거두어 길렀 다. 다 자라서 양 아공주(陽阿公主) 의 집에 맡겨져 가 무를 배웠는데, 비 연(飛燕)³⁹⁷이라고 불렀다.

성제가 어느 날 미행을 나갔다가 양아공주의 집에

397 조비연(趙飛燕, 前45 - 前 1년) - 成帝의 2번째 황후. 哀帝 때 황태 후. 能歌善舞, 소위 장중무(掌中舞)했다는 설화가 있다.

들려 놀았는데, 성제는 비연을 보고 좋아하여 궁으로 불러들여 크게 총애하였다. 조비연의 여동생도 이어서 불러 둘 다 첩여가 되었는데, 후궁 중에서 총애를 독차지하였다.

허(許)황후가 폐위되자, 성제는 조첩여를 책립하려고 했다. 그러나 황태후는 조첩여의 출신이 너무 미천하여 어렵다고 하였다. 황태후 언니의 아들인 순우장(淳于長)은 그때 시중이었는데, 여러 번 왕래하며 말을 전달하여 태후의 지침을 받아내자, 성제는 바로 조첩여의 부친을 성양후(成陽侯)에 봉했다. 한 달 뒤에 조첩여를 황후로 책봉하였다.

조비연이 성제의 황후로 책립된 뒤로는 총애가 좀 식었으나, 조비연의 동생은 전적으로 총애를 받아 소의(昭儀)가 되었다. 조소의는 소양전(昭陽殿)에 기거했는데, 후궁의 거처로 이렇게 화려한 예가 없었다. 황후와 그 동생이 10여 년간 총애를 독점하였으나 모두 자식을 낳지 못했다.

다음 해(前 7년) 봄에, 성제가 붕어했다. 성제는 평소에 건강했고 병도 없었다. 그때 초(楚) 사왕(思王) 유연(劉衍), 양왕(梁王) 유립(劉立)이 입조하여 다음 날 아침 떠나기로 되어 있어 성제는 (미앙궁의) 백호전(白虎殿)에서 술을 같이 마시고서 잠자리에 들었다. 또 좌장군(左將軍) 공광(孔光)을 승상에 임명하려고 제후의 직인을 만들고 글도 지어 놓았다. 밤에는 평소와 같았는데 새벽에 일어나 바지를 입으려다가 옷을 입지 못하고 말도 하지 못했는데, 낮에 누각의 시계로 10각(刻)에 붕어했다.

민간에서는 조소의의 잘못이라고 말을 했는데, 황태후는 대사마 왕망과 승상, 대사공(어사대부)에게 조서를 내려 "황제의 갑작스런 죽음에 대해 백성들이 많은 말을 하며 괴이하게 여기고 있다. 액정령 보(輔) 등 후궁의 여러 측근들이나 시중을 들던 가까운 사람들을 어사대부, 승상, 정위 등이 황제의 기거와 발병 상황을 함께 조사토록 하라."라고 지시했다.

그러자 조소의는 자살하였다.

애제(哀帝)가 태자가 될 때 조태후(趙飛燕)의 도움이 컸었다. 부태후(傅太后)도 조태후(趙太后)의 도움을 받았으며, 조태후 역시 성심으로 부태후를 대접하였기에 성제 모후(王太后)와 왕씨 일족은 모두 이를 원망하였다.

애제가 붕어하고, 이런 뜻을 왕망이 아뢰자 왕태후가 담당자에게 조서를 내렸다.

"전 황태후와 조소의는 황제를 가까이 모시면서 자매가 총애와 잠자리를 독점하며 나라에 해악을 끼칠 모의를 했고, 후사를 모두 죽여 종묘를 위태롭게 하여 하늘과 조상에 몹쓸 짓을 하였으며 백성의 어머니로서의 도리를 지키지 못했다. 이에 황태후를 효성황후로 폄하하고 북궁에 옮겨 거처케 하라. 그 한 달 뒤에 다시 조서를 내려 효성황후를 폐하여 서인이 되게 하니 옛집으로 돌아가게 하라."

그날 조비연은 자살했다. 황후가 된 지 16년에 죽었다.

이전에 어린아이들이 노래를 불렀다.

"제비야, 제비야, 매끈한 꼬리로다. 자주 장공자(張公子)와 마주 보네.

궁궐 문고리 틀에 제비가 들어 황손을 쪼아댔네.

황손이 죽으니 제비는 화살을 쪼았다네."

(3) 애제와 평제

1) 애제

○ 즉위와 죽음

효애황제〔孝哀皇帝, 유흔(劉欣). 재위 前 6-前 1〕[398]는 원제(元帝) 의 서손(庶孫)으로 정도공왕(定陶恭王)의 아들이다. 모친은 정희 (丁姬)이다. 나이 3세에 부친의 뒤를 이어 왕이 되었고, 성장하면 서 문사(文辭)와 법률을 좋아하였다.

성제(成帝) 원연(元延) 4년(前 9)에 입조했는데, 왕의 태부(太傅) 와 상(相)과 중위(中尉)[399]가 모두 수행하였다. 그때 성제의 소제

---

398 孝哀皇帝 - 名 欣(흔), 재위 前 6-前 1년. 諡法에 '恭仁短折曰 哀'. 定陶恭王은 劉康, 元帝와 傅昭儀의 子. 定陶國 치소는, 今 山東省 菏澤市 관할의 定陶縣.

애제 단수지호(斷袖之好)
애제(哀帝)는 잠든 동현
(董賢)을 깨우지 않으려
고, 자신의 옷 소매를 자
르게 했다. 진홍수(陳洪
綬)의 박문엽자(博古葉
子, 1651).

(少弟)인 중산효왕(中山孝王)[400]도 같이 입조했는데, 다만 태부만
따라왔다.

성제가 이상히 여겨서 묻자, 정도왕이 대답했다.

---

399 傅는 제후국 태부. 相은 제후국 관리 감독. 中尉는 제후국의 군
사와 치안 유지.

400 중산효왕(中山孝王) — 元帝와 풍소의(馮昭儀) 소생.

"율령(律令)에 제후(諸侯) 왕이 입조할 때 제후국 2천 석 관리가 수행하게 되었습니다. 태부와 상(相)과 중위(中尉)는 모두 나라의 2천 석 관원이기에 수행케 했습니다."

성제가《시》를 외워보라고 하자 잘 외웠고 대의(大義)도 설명하였다. 성제는 정도왕이 똑똑하다며 자주 그 재능을 칭찬하였다.

정도왕의 조모인 부태후(傅太后)도 왕을 따라 입조했는데, 은밀하게 성제가 총애하는 조소의(趙昭儀, 조비연의 동생)와 성제의 외숙인 표기장군(票騎將軍) 곡양후(曲陽侯) 왕근(王根)에게 뇌물을 제공하였다.

조소의와 왕근은 성제가 아들이 없기에 미리 관계를 맺어 뒷날에 대비하고자 두 사람 모두 몇 번씩 정도왕을 칭송하며 성제에게 후사로 정할 것을 권유하였다.

성제 또한 정도왕의 재능을 인정하고 관례(冠禮)를 올린 뒤에 돌아가게 했는데, 정도왕은 그때 17세였다.

다음 해, 사람을 보내 지절을 가지고 가서 정도왕을 불러다가 황태자로 책립하였다.

수화(綏和) 2년(前 7년) 3월, 성제가 붕어했다. 4월 병오일, 태자가 제위에 올라 고조(高祖) 묘당에 참배하였다. 황태후를 높여 태황태후(太皇太后), 황후(趙皇后, 조비연)를 황태후로 하였다. 천하 죄인을 사면했다.

원수(元壽) 2년(前 1) 5월, 삼공관(三公官)의 직분을 개정하였다. 대사마 위장군(衛將軍) 동현(董賢)이 대사마가 되었고, 승상 공광(孔光)을 대사도(大司徒)에, 어사대부 팽선(彭宣)을 대사공(大司空)에 임명하며 장평후(長平侯)에 봉했다. 사직(司直)과 사예(司隷)의 직무를 개정하고 사구(司寇) 직(職)을 신설했으나 확정하지는 못했다.

6월 무오일, 애제가 미앙궁(未央宮)에서 붕어했다.

가을 9월 임인일, 의릉(義陵)에 장례했다.

효애제(孝哀帝)는 번왕(藩王)에서 태자가 되었는데, 문사(文辭)에 박학(博學)하고 총명하여 어려서부터 좋은 평판이 있었다. 효성제(孝成帝) 때 작록을 수여하는 권한이 황실에서 떠났고 권력이 외척에게 넘어간 것을 보았기에, 조회에서 여러 번 대신을 주살하면서 군주 권한을 키워 무제나 선제를 본받으려 했다.

평소 성격이 풍류나 여색을 좋아하지 않았고 가끔 맨손 겨루기나 활쏘기를 구경하였다. 즉위 뒤, 사지 마비가 왔고 말년에 더욱 심하여 재위가 길지 않았으니 애절할 뿐이다!

○ 애제의 동성애

동현〔董賢, 字는 성경(聖卿)〕[401]은 운양현(雲陽縣)[402] 사람이다. 부

---

401 동현(董賢, 前 23 – 前 1) – 哀帝의 同性愛 파트너. 관직이 大司馬에 이르렀다. 《漢書》93권, 〈佞幸傳(영행전)〉에 입전되었다. 佞은 아

친 동공(董恭)은 어사가 되어 동현을 태자사인이 되게 하였다. 애제가 즉위하자 동현은 태자관을 따라 낭관(郎官)이 되었다.

2년 뒤에 동현은 전각 아래에서 시각을 알려주는 일을 했는데, 잘생긴 외모에 얼굴에 늘 웃음기가 있고, 그 의표와 외모가 멋져 애제가 멀리서 알아보았다.

그리고 가까이 불러 이야기를 나누고 황문랑을 제수하였는데, 이때부터 동현을 총애하였다. 동현의 부친이 운중후(雲中侯)인 것을 알고 당일로 불러 패릉(霸陵) 현령을 제수했다가 광록대부로 승진시켰다.

동현에 대한 총애는 날로 심하여 부마도위(駙馬都尉)[403] 겸 시중(侍中)에 임명하여 출행하면 참승(驂乘)을 하고 들어와서는 좌우에서 모셨는데, 한 달도 안되는 기간에 하사한 물건이 거만(巨萬)에 달하였고 그 총애가 조정을 뒤흔들었다.

○ 단수지호(斷袖之好)

한번은 동현이 낮잠을 자며 애제의 소매를 베고 잠이 들었는데, 애제가 일어나려 했으나 동현은 아직 자고 있어 동현을 깨우지 않으려고 옷소매를 자르고 일어났다.[404] 그에 대한 은총과 사

첨할 영. 幸 다행 행. 기뻐하다. 총애하다.

402 운양(雲陽) - 현명. 今 陝西省 咸陽市 관할의 淳化縣 서북.

403 부마도위(駙馬都尉) - 황제의 거마를 관리. 황제 측근의 보직.

404 단수지호(斷袖之好)란 成語가 있다. 袖 소매 수.

랑이 이 정도였다.

동현 또한 그 천성이 온유하고 비위를 잘 맞추는 성격이라 아첨으로 지위를 공고히 하였다. 매번 세목일(洗沐日, 휴가)에도 외출하지 않고 늘 궁중에서 애제의 의약을 보살폈다. 애제는 동현을 보낼 수 없어 조명(詔命)으로 동현의 아내를 데려다가 동현의 임시 거처에 머물게 하였는데, 이로써 다른 관리들의 아내도 관사에 머물 수 있었다.

○ 일족의 영화

또 동현의 여동생을 불러 소의(昭儀)로 삼았는데 지위가 황후 다음이었고, 그 거처를 황후의 초방(椒房, 황후의 침전)과 비슷하게 하였다. 동소의와 동현과 동현의 처가 아침에서 저녁까지 애제의 좌우에서 시중을 들었다. 소의와 동현의 처에게 하사하는 재물도 천만으로 세어야만 했다.

동현의 부친을 소부(少府)로 승진시켰고 관내후의 작위와 식읍을 하사하였으며 다시 위위(衛尉)에 임명하였다. 또 동현의 장인(丈人)을 장작대장(將作大匠)에 임명하였고, 동현의 처남은 집금오가 되었다.

황궁에 들어오는 여러 물건 중 좋은 것은 동현의 집에 있었고 수레나 의복 등도 그와 비슷하였다. 그리고 동원(東園)[405]에서 제

---

405 동원(東園) – 황궁에 필요한 기물을 제조하는 少府 소속 관청.

조한 관곽(棺槨)이나 구슬 옷이나 구슬 상자 등도 미리 동현에게 하사하여 없는 것이 없었다.

또 장작대장에게 명하여 동현을 위한 무덤을 의릉(義陵, 애제 생전에 축조한 능) 곁에 축조하게 하면서 내부에는 편방을 짓고 단단한 송백 목재를 쌓아 올렸으며, 외부에는 길을 만들고 몇 리에 걸친 담을 두르고 궐문과 정면에 쌓은 담 등이 아주 화려하였다.

○ 22세에 대사마(大司馬)

애제는 동현을 제후로 봉하고 싶었으나 그럴만한 이유가 없었다. 결국 나중에 동현을 대사마 위장군(衛將軍)에 임명하였다.

이때 동현의 나이 22세였으니, 삼공(三公)의 자리에 올랐으면서도 여전히 급사중(給事中)으로 상서(尙書)를 겸하였기에 백관(百官)은 동현을 통하여 국사를 상주하였다. 동현의 부친 동공(董恭)은 공경의 자리에 있을 수가 없어 광록대부(光祿大夫)로 전근하였는데, 질록은 중 2천 석이었다.

다음 해에 흉노의 선우(單于)가 입조하였는데 연석에서 동현이 군신(群臣)의 앞에 있었다. 선우가 동현이 젊은 것을 이상히 여겨 묻자, 애제가 통역에게 말하게 하였다.

"대사마가 연소한 것은 대현(大賢)이 제자리를 얻은 것이요."

선우는 일어나 한(漢)의 현신 등용을 하례하였다.

그 뒤에 애제가 연회를 벌렸는데, 동현 부자와 친족과 왕굉 형제인 시중과 중상시도 모두 곁에 있었다.

애제는 술기운이 오르자 조용히 동현을 바라보고 미소를 지으며 말했다.

"내가 요(堯)임금을 본떠 순(舜)에게 선양한다면 어떻겠는가?"

그러자 왕굉이 나서며 말했다.

"천하는 바로 고황제(高皇帝)의 천하이지 폐하의 천하가 아닙니다. 폐하께서는 종묘를 계승하시어 자손에게 전하여 무궁히 이어가야 합니다. 천하 통치는 막중한 일이오며 천자에게 농담은 있을 수 없습니다!"

애제는 말이 없었지만 불쾌하였고 좌우 모두가 두려웠다. 이어 왕굉을 내보내었는데, 왕굉은 이후로 연회에서 다시는 시중하지 못했다.

○ 동현의 몰락

동현의 저택이 새로 완성되어 튼튼한 공사였는데도 바깥 대문이 까닭 없이 저절로 무너져 동현은 크게 걱정하였다. 그 몇 달 뒤 애제가 붕어하였다. 태황태후(太皇太后, 성제의 왕황후)는 대사마 동현을 불러 동상(東廂)에서 만나 상사(喪事)의 준비에 대해 물었다. 동현은 내우(內憂)로 대답도 못하다가 관을 벗고 사죄하였다.

이에 태후가 말했다.

"신도후(新都侯) 왕망(王莽)은 전에 대사마로 선제의 운구를 모신 경험이 있고 전례에 밝으니, 내가 왕망에게 명하여 군(君)을 돕도록 하겠소."

이에 동현은 돈수하며 사례하였다. 태황태후는 사자를 보내 왕망을 불렀다. 왕망이 들어왔고, 왕망은 태후의 지시에 의거 상서(尙書)로 하여금 동현이 황제의 병환 중에 의약을 챙기지 않았다고 탄핵하며, 동현의 궁중 대사마 집무실 출입을 금지시켰다.

동현은 그런 줄도 모르고 궁궐에 도착했다가 관을 벗고 사죄하였다. 왕망은 알자(謁者)를 시켜 황태후의 조서로 궐문 앞에 가서 동현을 문책하였다.

"얼마 전부터 음양이 순조롭지 못하고 여러 재해가 한꺼번에 닥쳐 백성이 그 피해를 당했도다. 대저 삼공이란 정족(鼎足)으로 보필하는 자리이거늘, 고안후(高安侯) 동현은 사리를 알지도 못하면서 대사마가 되었으며 민심에 부합하지 못하고 외적을 막거나 변방을 편하게 하지도 못했다. 이에 대사마의 인수를 회수하고 파직하니 집에 돌아가기 바란다."

동현과 그 아내는 당일에 자살하였고, 집안에서는 서둘러 밤에 장례를 치렀다. 왕망은 거짓으로 죽었는가를 의심했고, 담당자는 동현의 관을 발굴하겠다고 주청하여 옥에 가져와서 검시하였다.

동현의 부친과 동생 동관신의 가속들은 먼 남쪽 합포군(合浦郡)[406]으로 이주시켰고, 그 모친은 옛 고향인 거록군으로 옮겨갔

---

406 合浦 — 今 廣西壯族自治區 北海市 관할의 合浦縣. 廣東省과 경계.

다. 장안의 하층 백성들이 동현의 집을 보고 통곡하며 모든 재물을 훔쳐갔다. 나라에서는 동씨의 재산을 팔았는데 모두 43억 전이었다. 동현은 관을 꺼내 나신으로 검시한 뒤에 감옥의 마당에 묻었다.

2) 평제

○ 평제 즉위

효평황제[孝平皇帝 − 이름은 衎 즐길 간, 재위 서기 1년−5년. 시법(諡法)에 '布綱治紀曰 平']는 원제(元帝)의 서손(庶孫)으로, 중산효왕[中山孝王, 이름은 홍(興)][407]의 아들이다. 모친은 위희(衛姬)이었다. 나이 3세에 효왕(孝王)의 뒤를 이어 왕이 되었다.

원수(元壽) 2년(서기 前 1) 6월, 애제(哀帝)가 붕어하자 태황태후(太皇太后)[408]가 조서를 내려 말했다.

"대사마 동현(董賢)은 나이가 어려 중신(衆臣)의 마음에 합일하지 못하니 인수를 반납하고 직임에서 물러나도록 하라."

동현은 그날로 자살하였다.

신도후 왕망(王莽)[409]을 대사마에 임명하여 상서사(尙書事)를

---

407 中山孝王 − 元帝와 풍소의(馮昭儀) 소생. 名은 興.

408 太皇太后 − 元帝의 王皇后(名 政君, 前 71 − 서기 13년).

409 新都侯 왕망(王莽, 前 45 − 서기 23년) − 漢朝를 찬탈하여 '新' 건국. 서기 8 − 23년 재위. 中國 傳統歷史學의 忠君 이념에서 볼 때 일

겸임하게 하였다.

가을 7월, 거기장군 왕순(王舜)과 대홍려(大鴻臚) 좌함(左咸)을 보내 지절을 가지고 가서 중산왕(中山王)을 영입케 하였다. 황태후인 조씨(趙氏)를 효성황후(孝成皇后)[410]로 강등하여 북궁(北宮)에 퇴거하게 하였고, 애제황후 부씨(傅氏)를 계궁(桂宮)에 퇴거하게 하였다. 공향후(孔鄕侯) 부안(傅晏),[411] 소부(少府) 동공(董恭) 등은 모두 관작을 빼앗아 합포현(合浦縣)으로 이주시켰다.

9월에, 중산왕이 황제에 즉위하고 고조 묘당에 참배하고서 천하 죄인을 사면하였다.

○ 왕망의 득세

평제의 나이가 9세라서 태황태후가 임조(臨朝)하고 대사마 왕망이 권력을 장악하자, 백관(百官)은 모두 왕망의 명령에 따랐다.

평제는 원시(元始) 3년(서기 3년) 봄, 조서로 유사(有司)가 황제를 위해 안황공(安漢公) 왕망의 딸에게 납채(納采)[412]의 예를 행하

　　반적으로 '위군자(僞君子)'이며, '역신(逆臣)' 또는 '영사지재(佞邪之材)'라는 평가를 받는다. 莽은 풀 우거질 망.

410 趙氏爲孝成皇后 — 趙飛燕, 北宮은 發后 居所. 未央宮 밖, 장안성 내.

411 공향후 부안(孔鄕侯 傅晏) — 哀帝 祖母인 元帝 부소의(傅昭儀)의 일족.

412 납채(納采) — 결혼 六禮(納采, 問名, 納吉, 納徵, 請期, 親迎)의 하나. 신랑 댁에서 신부 댁에 求婚 禮物 보내기.

게 하였다.

이는 《한서 왕망전》에 기록했다.

여름, 안황공 왕망은 차복(車服) 제도를 상주하였는데 관리와 백성이 양생(養生)과 송종(送終), 가취(嫁娶), 노비, 전택, 기계의 물품까지 규정하였다. 관직(官稷)과 학관(學官)을 건립하였는데, 군국(郡國)에서는 학(學), 현(縣)이나 도(道), 읍(邑)이나 후국(侯國)은 교(校)라 하였다. 교(校)와 학(學)에는 경사(經師) 1인을 두었다. 향(鄕)의 학교는 상(庠), 마을에서는 서(序)라고 하였는데, 서(序)와 상(庠)에는 《효경(孝經)》을 교육하는 스승 1인을 두었다.

안황공의 세자인 우(宇)와 평제(平帝)의 외가 사람 위씨(衛氏)의 모의가 발각되었다.[413] 왕우는 하옥되었다가 자살하였고 위씨들은 주살되었다.

원시(元始) 4년(갑자년, 서기 4년) 봄 정월, 교사(郊祀)[414]에서

---

413 왕망은 平帝를 옹립했지만 哀帝와 같은 외척의 발호를 염려하여 평제의 모후와 外家 위씨(衛氏)들을 장안에 들어오지 못하게 하였다. 왕망의 장남 王宇(왕우)는 왕망이 위씨를 격리시키는 것이 옳지 않으며, 나중에 평제가 성인이 되었을 때 미움을 받을 것이라고 걱정하였다. 이에 왕우는 정상적인 건의가 안 통하니 왕망을 놀라게 하려고 손위 처남인 呂寬(여관)을 시켜 돼지 피를 가지고 새벽에 왕망의 집 대문에 뿌리게 하였지만 발각되었다. 왕망이 아들 왕우를 옥에 가두자, 왕우는 약을 먹고 자살하였다. 〈外戚傳〉(下)와 〈王莽傳〉 참고.

414 郊祀 — 하늘에 대한 제사. 교사에 고조를 같이 제사하여 天과 同

고조를 하늘과 함께 제사하였다. 종묘 제사에서 효문제를 상제 (上帝)와 같이 제사하였다.

여름, 황후가 고조 묘당에 참배하였다. 안한공의 호칭을 재형 (宰衡)[415]으로 높였다. 안한공의 태부인(太夫人, 모친)을 공현군(功顯君)이라 하였다. 아들 왕안(王安), 왕림(王臨)이 모두 열후(列侯)가 되었다.

겨울, 강풍에 장안성 동문(東門)의 기와가 모두 날아갔다.

○ 평제의 죽음

겨울 12월 병오일(丙午日), 평제가 미앙궁에서 붕어했다.[416] 천하에 사면령을 내렸다.

유사(有司)가 의논하여 말했다.

"예(禮)에 신(臣)은 주군이 미성년으로 죽게 할 수 없다고 하였습니다. 황제의 나이가 14세이니, 예로 염을 하며 관례를 올려야 합니다."

格으로 모셨다.

415 재형(宰衡) — 왕망의 공식 호칭. 西周의 周公은 太宰(태재), 殷의 伊尹(이윤)은 阿衡(아형)이라 불렀는데, 왕망은 두 칭호를 합쳐 재형이라 하였으니, 자신의 공적이 이윤과 주공보다 훌륭하다는 뜻이고 제후의 왕보다 높다는 뜻이다.

416 帝崩於未央宮 — 9살에 즉위, 14세 終生. 왕망의 독살설이 널리 퍼졌었다. 翟義(적의)는 왕망에 반기를 들며 왕망이 平帝를 독살했다고 하였다. 《漢書》84권, 〈翟方進傳(적방진전)〉참고.

상주(上奏)는 가하다고 하였다. 평제는 강릉(康陵)에 묻혔다.

○ 유자(孺子) 영(嬰)

평제(平帝)가 병이 나자, 왕망은 책서를 지어 태치(泰時)에 나아가서 각종 옥을 들고 자신의 수명으로 대신하겠다고 평제의 수명 연장을 빌었다. 책서를 넣고 쇠줄로 봉하여 전전(前殿)에 보관하고서 여러 공경에게 말하지 말라고 하였다.

12월에 평제가 붕어하자, 천하에 대사면령을 내렸다. 그리고서는 선제의 현손(玄孫) 중에서 가장 어린 광척후(廣戚侯)의 2살 된 아들 유영(劉嬰)을 후사로 결정하고서는 관상을 보아 가장 길(吉)한 상이라고 이유를 대었다.

평제가 붕어하자, 왕망은 유자(孺子) 영(嬰)을 제위(帝位)에 올리고, 어린 황제가 친정을 할 수 없어 대신으로서 황제의 자리에 나아가 업무를 처리한다는 뜻으로 거섭(居攝)이라 하였다. 이는 왕망 자신에 대한 지칭이면서 유자 영의 연호처럼 쓰였다.
평제가 죽으면서 한(漢)의 공식 황제는 단절되었다.

II. 신新의 흥망

(1) 유자 영

○ 왕망의 섭정 - 거섭(居攝)

신조(新朝, 존속, 서기 9-23년)는 신망(新莽)으로도 표기하며 왕망이 건국하고, 왕망 재위 중에 멸망하였다. 도읍은 장안성인데, 상안(常安)으로 개칭하였다.

서한(西漢) 말년, 백성들은 권문세족의 억압과 착취에 너무 오랫동안 고생했다. 백성들은 이미 널리 퍼진 참위설(讖緯說)을 신봉하면서 새로운 왕조의 탄생(改朝換代)을 기대하는 풍조였다. 왕망은 한(漢) 왕실의 외척(원제의 황후, 왕정군의 친정) 출신으로 성제(成帝) 이후 점차 세력을 확대하였다.

왕망은 평제(平帝) 재위 중에, 전권을 행하며 자신의 작위를 안한공(安漢公)이라 칭하면서 새왕조 개창을 위한 준비를 거의 마쳤다.

서기 5년 평제가 죽자, 왕망은 선제(宣帝)의 현손인 2살짜리 유영(劉嬰)을 황제로 옹립하며, 유자 영(孺子 嬰)이라 호칭하였다.

왕망이 유영을 선택한 이유는 '두상(頭相)이 잘생겨서'였다. 그러면서 자신은 황제의 대리자로서 섭정한다는 뜻으로, 거섭(居

왕망(王莽)
신조(新朝), 서기 8−23년 재위

攝)이라 자칭하였다.

거섭(居攝) 원년(서기 6년) 정월에, 왕망은 남교(南郊)에서 상제(上帝)를 제사했고, 동교(東郊)에서 춘신(春神)을 제사했으며, 명당(明堂)에서 대사례(大射禮)를 거행하였다

3월 기축일, 선제(宣帝)의 현손 유영(劉嬰)을 황태자로 책립하고 유자(孺子)라 호칭하였다.

5월 갑진일, 태왕태후(원제의 왕황후, 왕망의 고모)는 조서로 왕망이 태후를 알현할 때 '가황제(假皇帝)'라 자칭할 수 있게 하였다.

왕망은 여러 부절(符節)이나 상서(祥瑞)를 조작하여 여론을 조작하였다.

마침내 서기 8년 12월 초하루(9년 1월 10일), 왕망은 제위에 오르면서 국호를 신(新), 연호를 시건국(始建國, 약칭, 建國)으로 정했고, 12월을 세수(歲首)로 정했다.

왕망은 유자(孺子)에게 책서를 내려 명했다.

"아! 너 영(嬰)아, 예전에 하늘은 너의 태조를 도왔지만, 나라가 12대에 걸쳐 210년을 지나니 바뀌는 순서가 나에게 왔도다. 너를 정안공(定安公)에 책봉하나니, 영원히 신조(新朝)의 국빈 일지어라. 아! 하늘의 뜻에 따라 너의 자리에서 내 명을 거역하지 말라."

이로써 서한(西漢, 전한)은 역사에서 사라졌다.

○ 왕망의 생김새

왕망은 생김새가 큰 입에 아래 턱이 짧으며, 툭 튀어 나온 눈망울에 눈동자가 붉으며 굵으나 쉰 목소리였다. 키는 7척 5촌(약 173cm)였는데, 두꺼운 신발을 신고 높은 관을 즐겨 썼으며, 꼬불꼬불한 털을 옷에 넣고 가슴을 내밀어 고개를 들어보거나 좌우를 내려보았다.

이때 잡기(雜技)로 황문대조(黃門待詔)로 있던 자에게 어떤 사람이 왕망의 모습을 묻자, 그 대조가 말했다.

"왕망은 부엉이 눈에 호랑이 입, 그리고 승냥이 목소리를 갖고 있어 사람을 잡아먹을 수도 있지만, 사람에게 잡아먹힐 수 있는 사람이라고 말합니다."

물었던 사람이 그런 말을 밀고하자, 왕망은 그 황문대조를 죽이고 밀고자를 제후에 봉했다. 왕망은 이후로는 운모 병풍으로 얼굴을 가렸기에 측근이 아니면 얼굴을 볼 수 없었다.

○ 왕망의 개혁 실패

왕망은 즉위 이후 모든 제도를 주례(周禮)에 근거를 두고 바꿨다.

관직명, 행정구역, 군현의 이름, 화폐제도 등 이름이 붙어있는 모든 것을 바꿨다. 특히 행정구역 명칭이 자주 바뀌어 관리들도 혼동하는 착오가 많았다고 한다. 왕망의 이러한 제도 개혁을 「탁고개제(托古改制)」라고 하였다.

관제 개혁 외에 새로운 토지제도인 왕전제(王田制)를 추진하였고, 노비의 매매를 금지시켰다. 이러한 제도 개혁은 정치나 사회, 경제상의 여러 문제를 해결하기 위한 개혁이 아니라 자신의 권위를 내세우기 위한 개혁이었다. 그리고 개혁 내용이 너무 번잡하며, 명칭도 조변석개(朝變夕改)에 조령모개(朝令暮改)하여, 결국 혼란만을 초래하였다. 결국 이런 개혁은 왕망의 몰락과 함께 깨끗하게 사라졌다.

○ 국정혼란

그리고 왕망의 재위 중에는 특히 천재지변이 많았다. 또 인재의 등용이 부당하였고, 국정의 모든 일을 왕망 자신이 전부 다 해결해야만 했다. 결국 왕망의 국정은 파탄에 이르렀다.

왕망은 전에 업무를 직접 전담하면서 한의 정권을 잡을 수 있었기에, 그 많은 업무를 몸소 처리하였고 담당자들은 일을 지시받은 그대로만 처리하였다.

여러 보물의 소유와 국고, 또 전곡(錢穀)의 관리는 모두 환관이 담당하였으며, 관리들이 올리는 봉서(封書)는 측근의 환관이 열어 보도록 하여 상서(尙書)도 알 수가 없었다.

그가 신하들을 못 믿는 정도가 이와 같았다.

또 제도 바꾸는 것을 좋아했고 정령이 번잡하게 많아 업무 담당자가 종전의 일에 대해 질문하면 앞뒤가 서로 달라서 모든 일이 혼돈 속에 명확하지 못했다.

왕망은 늘 등불을 밝히고 날이 밝을 때까지 처리해도 감당하질 못했다. 상서(尙書)는 이 때문에 업무를 미뤄놓았으며 상서(上書)를 한 뒤에 답신을 기다리는 자는 해가 지나도 돌아갈 수가 없었으며, 군과 현에서 갇혀 있는 자는 사면을 받은 뒤에야 풀려나올 수 있었고 방위하는 수졸들은 3년이 넘어도 교대하지 못했다.

○ 적미(赤眉)와 녹림군(綠林軍)의 봉기

신조(新朝) 말기의 농민 반란세력으로는, 적미군(赤眉軍)과 녹림군(綠林軍)의 세력의 강했다.

천봉(天鳳) 5년(서기 18년)에, 적미(赤眉) 무리인 역자도(力子都)와 번숭(樊崇) 등은 기근 때문에 무리를 지어 낭야군에서 일어나 각지를 돌아다니며 노략질을 하였는데, 그 무리가 1만여 명을 헤아렸다. 이들은 눈썹에 붉은 칠을 하여(赤眉) 자신을 구별하였다. 이들은 대부분 읽을 줄 모르는 문맹이었다. 이들은 지역에 따라 무리를 지었고, 무리에는 삼로(三老), 종사(從事), 졸사(卒事) 등이 있어 무리를 통솔하였다. 이들은 산동(山東)의 태산(泰山)을 중심으로 세력을 확대하였다.

왕망은 진압할 관군을 파견하였는데, 진압에 나선 관군들의 행패와 착취와 노략질은 적미의 무리보다 몇 배 더 심하였다.

그래서 백성들 사이에서 「차라리 적미군을 만날지언정(寧逢赤眉), 관군 태사(太師)를 만나지 말라(不逢太師)」라고 말했다.

적미 무리와 왕망의 관군은 성창의 전투(成昌之戰)를 벌렸고, 관군이 대패하면서 적미군의 세력은 청주(青州), 서주(徐州), 예주(予州), 연주(兗州) 등 지금의 산동성(山東省), 하남성(河南省) 및 강소성(江蘇省) 북부지역으로 확산되었다.

녹림군의 시작은 서기 17년, 형주(荊州) 북부에서 발생한 기근에 왕광(王匡), 왕봉(王鳳) 등이 굶주린 백성을 모아 신시(新市, 지금의 호북성의 지명)의 녹림산(錄林山)에서 봉기한 것이 그 시작이다. 왕망의 형주 관군은 녹림군에게 대패한 뒤에, 왕망은 근처 여러 지방의 관군을 동원하였으나 진압하지 못했다.

이들은 하강병(下江兵), 신시병(新市兵) 평림병(平林兵) 등 여러 갈래로 나뉘에 지방을 휩쓸었다. 녹림 연합군은 서기 23년 2월에, 왕망의 군사를 남향의 전투(藍鄕之戰)에서 격파한 뒤에 유현(劉玄)을 경시장군(更始將軍)으로 내세웠고 유현을 경시제(更始帝), 그리고 유현의 내세운 한을 현한(玄漢)이라 칭한다.

○ 왕망의 최후

지황(地皇) 4년(서기 23년) 10월, 무신일 초하루, 한군은 왕망의 도성에 입성했다. 장한(張邯)은 성문을 순찰하다가 한의 군사를 만나 피살되었다. 왕읍(王邑), 왕림(王林), 왕순(王巡) 등은 각각 장병을 거느리고 북궐에서 저항하였다.

한의 군사로 왕망을 잡아 제후가 될 욕심으로 힘써 싸우는 자가 7백여 명이나 되었다. 마침 해가 지자, 관부나 저택에서는 모두 숨거나 도망쳤다.

2일 기유일에, 성 안의 젊은이 두 사람이 왕망 궁궐 작실문(作室門)에 방화했고, 경법전(敬法殿)의 대문을 도끼로 부수며 소리 질렀다.

"반적 왕망은 왜 항복하지 않는가?"

화재가 액정(掖庭)의 평제(平帝)의 황후가 거처하는 승명전(承明殿)까지 번졌다.

왕망은 화재를 피해 선실(宣室) 전전(前殿)으로 옮겼으나 불은 곧 거기에도 번졌다.

궁인과 부녀자는 '어떡해!' 하며 울부짖었다.

그때 왕망은 황제 복색에 국새와 인불을 차고 비수(匕首)를 들고 있었다.

왕망은 시간에 맞춰 북두칠성 자리에 옮겨 앉으면서 말했다.

"하늘이 나에게 덕행을 주셨거늘, 한(漢)의 군사가 나를 어찌하겠는가!"

왕망은 혼란 속에 때맞춰 먹지 못해 기운이 없고 지쳐있었다.

3일, 아침이 밝자 여러 신하들은 왕망을 부축하여 전전(前殿) 남쪽 후추향이 나는 계단을 내려와 서쪽 백호문으로 나갔다. 화(和) 신공(新公) 왕읍(王揖)이 문 밖에 준비한 수레에 왕망이 타자, 점대(漸臺, 연못 가운데 누가)로 들어가 연못으로 저을 마고자 했다.

왕망은 그때까지도 공경과 대부, 시중과 황문랑 등 1천여 명의 수행원이 있었다.

군사들이 미앙궁에 들어와 "반적 왕망은 어디 있는가?"라고 소리치자, 어떤 미인이 방에서 나와 "점대에 있습니다."라고 말했다.

여러 군사가 추격하여 수백 겹으로 점대를 포위했다. 점대 위에서 활과 쇠뇌를 쏘아댔는데 나중에 점점 줄어들었다. 화살이 다하여 더 이상 쏘지 못하자 단병(短兵)으로 접전하였다. 왕읍 부자는 전사했고, 왕망은 방 안으로 피신했다.

오후 새참을 먹을 시각에 여러 군사가 점대에 들이닥쳤다. 왕읍, 조박(趙博) 등 왕망의 신하들은 모두 점대에서 죽었다.

상인 두오(杜吳)는 왕망을 죽이고 그 인수를 손에 쥐었다.[417] 교위(校尉)인 동해군 사람 공빈취(公賓就)는 그전에 대행치례(大行治禮)를 역임했었는데, 두오를 보고 "그 인수 주인은 어디에 있는가?"라고 물었다.

두오가 "방 안 서쪽 모퉁이 사이에 있다."고 대답하였다. 공빈취는 왕망을 알아보고 목을 잘랐다. 군졸이 모여들어 왕망 육신을 찢어가는데 수족과 피부와 껍질과 뼈까지 셀 수 없이 찢겨졌으며, 군졸이 서로 차지하려 싸우다가 죽은 자가 수십 명이었다.

공빈취는 왕망의 머리를 갖다가 왕헌(王憲)에게 바쳤다.

왕헌은 한(漢) 대장군이라고 자칭했고, 성 안의 군사 수십 만이 그에게 소속되었는데, 왕헌은 동궁(東宮)에 머물면서 왕망의 후궁을 아내로 삼았고 그 수레를 타고 다녔다.

6일 계축(癸丑)일에, 이송(李松)[418]과 등엽(鄧曄)이 장안에 들어왔다. 왕헌은 획득한 국새와 인수를 즉각 바치지 않았으며, 여러 궁녀를 차지하고 천자의 깃발을 사용하였기에 왕헌을 잡아 죽였다.

---

417 商人 두오(杜吳) ─ 혼란 틈에 궁에 들어가 싸운 상인이었다. 왕망을 본 적이 없기에 인수만 차지했을 것이다. 다른 기록에는 두우(杜虞)라고도 기록했는데, 吳와 虞의 발음이 같기 때문이다.

418 이송(李松, ?─서기 25) ─ 荊州 南陽郡 宛縣(今 河南省 서남 南陽市) 출신, 漢朝 更始帝 政權의 武將, 東漢 建國功臣 이통(李通)의 從弟.

전거(傳車)를 이용하여 왕망의 수급(首級)을 경시제에게 보내 완성(宛城)에 그 수급을 매달아 놓았는데, 많은 백성이 돌을 던졌고 어떤 자는 그 혀를 잘라다 먹었다.

제**3**부

후한의 흥망

〈後漢 興亡〉

※《후한서(後漢書)》

○《삼사(三史)》

오경(五經)과 함께 삼사(三史)는 문인학자의 기본 교양이며 필독서였기에 늘 오경삼사(五經三史)라 불렸다.

삼사(三史)는 사마천(司馬遷)의 《사기(史記)》, 반고(班固)의 《한서(漢書)》, 범엽(范曄)의 《후한서(後漢書)》를 지칭하며, 간략히 마반범(馬班范)이라고 칭한다. 이에 《사기》, 《한서》, 《후한서》는 중국과 한국, 일본에서 사학(史學)의 정수로 인정되며 사학도라면 누구나 삼사를 읽었고 연구에 활용하였다.

이후 위(魏), 촉(蜀), 오(吳) 삼국시대에도 삼사라는 명칭이 사용되었는데, 이때는 《사기》와 《한서》, 후한(後漢)의 유진(劉珍) 등이 편술한 《동관한기(東觀漢記)》를 지칭하였다.

당(唐) 이후 《동관한기》는 실전(失傳)되었고, 대신 남조(南朝)의 송〔宋, 유송(劉宋), 존속, 420－479〕나라 범엽(范曄)의 《후한서》가 널리 알려지면서 《삼사(三史)》로 확정되었다. 여기에 서진(西晉) 진

수(陳壽)의 정사(正史)《삼국지(三國志)》가 보태어져《사사(四史)》라고 통칭한다.

○《후한서(後漢書)》

《후한서》는 후한(동한)[419]의 역사를 기록한 기전체 사서로, 시기적으로는 서기 25년(후한 광무제 유수劉秀 건원 원년)에서부터 한(漢) 헌제(獻帝, 재위 189 – 220)까지 196년의 역사를 다루고 있다.

《후한서》는 본기(本紀) 10권, 열전 80권, 지(志) 30권(사마표司馬彪 속작續作)으로 총 120권이다. 본기와 열전 중에서 분량이 많은 것은 상, 하로 분권되어 90권으로 늘어나 실제로는 100권이며, 여

---

419 지금 중국에서는 일반적으로 前漢을 西漢, 後漢을 東漢이라 호칭한다. 이는 五代의 後漢(건국자 劉知遠, 947 – 951 존속)과의 혼동을 피하려는 뜻이다. 삼국의 魏와 北朝의 北魏가 있었고, 북위가 西魏와 東魏로 분열되었다. 晋(西晉)에는 東晋, 그리고 五代의 後晋이 있고, 唐(李唐, 618 – 907)에는 五代 後唐(923 – 937)이 있으며, 南朝의 宋(劉宋, 420 – 479 존속) 이후에 趙匡胤(조광윤)이 건국한 宋(北宋)과 뒤를 이은 南宋이 있다. 이처럼 국명에 東西나 南北 또는 前後나 건국자 姓을 이용하여 왕조를 구분했다. 사실 漢代에는 前, 後漢을 구분하지 않고 연속된 하나의 왕조로 인식했고, 또 그것이 당연했다. 다만 光武帝 이후를 언급할 때는 '中興 以後'라 표현했다. 이 漢의 역사를 기록한 書名이 분명히《漢書》와《後漢書》이며, 또 우리나라 고등학교에서 前, 後漢으로 교육하기에 역자는 前 · 後漢으로 표기했다.

기에 8지(志) 30권을 합하면 130권의 대작이다.

《후한서》 본기와 열전의 작자는 남조(南朝) 유송〔劉宋, 420-479년 존속, 건국자 유유(劉裕)〕의 범엽(范曄, 398-445, 12월에 사망, 서기로는 446년)이다.

범엽이 살았던 시대는 후한 멸망 200여 년이 지난 때라서 그간 후한의 역사를 기록한 많은 저술이 있었다. 《수서(隋書) 경적지(經籍志)》에는 후한 유진(劉珍) 등이 편찬한 관찬(官撰) 사서(史書)인 《동관한기(東觀漢記)》[420] 외에도 여러 책이 있었다.

---

420 漢代에 《東觀記 / 東觀漢記 / 漢記》로도 불렸는데, 모두 143권이다. 기전체로 후한 光武帝에서 靈帝까지 역사를 서술한 官撰(관찬)의 當代史이다. 이는 후한 明帝 때 처음 편찬된 이후 章帝, 安帝, 桓帝, 靈帝, 獻帝까지 계속되었는데(내용상 靈帝로 끝), 本紀, 列傳, 表, 載記 등으로 구분 편찬하였고, 각각의 기전에 서문이 있다. 이는 각 황제대의 기거주(起居注, 각 황제의 언행에 관한 기록), 국가 문서나 당안(檔案, 이민족과 왕래한 문서), 공신의 업적, 前人의 구문구사(舊聞舊事), 私人의 저작물 등을 망라한 후한 사료의 총집이라 할 수 있다. 이는 劉珍(유진) 등이 東觀에 설치한 修史館에서 편찬했다 하여 《東觀記》라는 이름이 붙었다. 三國 이후 《史記》, 《漢書》와 함께 三史라 합칭하였으나 唐代 이후 范曄의 《後漢書》가 《東觀漢記》를 대신하게 된다.

劉珍(유진, ?-126?)은 一名 劉寶, 字 秋孫. 安帝 永初年間(107-113)에 五經博士로 東觀校書로 근무했다. 《建武以來名臣傳》과 《東觀漢記》 22편을 편찬하였고, 侍中, 越騎校尉 및 延光4년(125)에 宗正을 역임했다. 그의 《釋名(석명)》 30편은 文字學의 중요 저술로 알려졌는데, 현존하는 《釋名》은 아닌 것으로 알려졌다. 劉

범엽은 이러한 여러 기록에 만족할 수 없어 자신이 《동관한기》
의 내용을 골격으로 삼아 여러 저서의 내용을 취사선택하고 보완
하였으며, 범엽은 '사실 기록으로 의논을 시작하여 1대의 득실을
바로 평가하고자(欲因事就卷內發論, 以正一代得失)' 그때까지
전해지던 각종 사료를 종합하여 《후한서》를 저술하였다. 그리하
여 본기 10권과 열전 80권(상·하 분권分卷을 합산하면 100권)을
완성하였다.

범엽은 문재(文才)가 뛰어나고 사학적(史學的) 소양이 깊어 그
가 편찬한 《후한서》는 문장이 유려(流麗)하고, 서사(敍事)가 간명,
다양하며, 결구(結構)가 엄밀하면서 중복이나 소략한 부분이 거의
없었다. 때문에 그의 저술이 널리 알려지고 읽혀지면서 후한의
역사서 중 다른 저술들은 점점 도태되었다.

지금 전해오는 《후한서》의 기전(紀傳) 부분은 당(唐) 장회태자
(章懷太子) 이현(李賢)⁴²¹의 주석이다.

珍은 80권, 〈文苑列傳〉(上)에 입전, 주석 참고 바람. 後漢의 순
열(荀悅)이 찬한 《漢紀》는 이와 별개의 책이다.

421 이현(李賢, 654-684, 字 明允)은 高宗의 六子, 武則天의 二子. 高宗
上元 2년(675)에 황태자가 되었다. 이현은 張大安, 劉納言 등과
함께 범엽의 후한서를 주석했는데, 영륭(永隆) 원년(680)에 폐위
되어 서인이 되었고 張大安 등도 강직(降職)되거나 유배되었다.
684년에 武后가 집정하면서 핍박 속에 자살하였다. 예종(睿宗)이
즉위하고(710) 추시(追諡)하여 장회태자(章懷太子)라 하였다.

1. 광무제의 개국과 통치

(1) 경시제와 유분자

○ 유현(劉玄) - 경시제

유현(劉玄, ?-서기 25)의 자(字)는 성공(聖公)으로, 후한 광무제 유수(劉秀)의 삼종형이다.

전한 경제(景帝)의 아들로, 장사왕(長沙王)이었던 유발(劉發)의 아들이 용릉(舂陵) 절후(節侯)인 유매(劉買)이다. 이 유매의 현손(玄孫)이 유수(劉秀, 광무제)이다. 이 유매의 또 다른 현손이 성시제인 유현[劉玄, 자(字)는 성공(聖公), 남양군 채양현인(蔡陽縣人)]이다.

유수와 유현은 같은 항렬로 삼종형제[三從兄弟, 동고조(同高祖) 8촌]이다. 유현은 황제에 올라 연호를 경시(更始)라 했기에 보통 경시제라 칭하며, 서기 23-25년 재위했다. 이를 역사에서는 현한(玄漢)이라 통칭한다

왕망의 지황(地皇) 4년(서기 23년) 정월, 왕망의 군사를 크게 격파하였는데 성공(聖公)을 경시장군(更始將軍)이라 불렀다. 그 무리가 많았지만 통일된 체제가 없어서 여러 장수들이 함께 의논하여 경시(更始)를 천자로 옹립키로 하였다.

2월 신사일, 육수(淯水)의 강 언덕 모래밭에 단을 쌓고 병기를 진열하고 모두 모였다. 경시장군이 제위에 올라 남면하고 서서

여러 신하의 하례를 받았다.

경시제는 평소에도 나약했는데, 부끄러워 등에 땀이 흐를 정도였고, 손을 들고도 말을 하지 못했다. 이어 온 나라에 죄수를 사면하고 건원(建元)하여 경시(更始) 원년이라 하였다.

경시제는 유백승〔劉伯升, 광무제의 장형(長兄)〕[422]의 위명(威名)을 투기하여 결국 죽여버렸다. 장안(長安)에서는 백성이 거병하며 왕망의 미앙궁(未央宮)을 공격하였다.

10월, 동해군(東海郡) 사람 공빈취(公賓就)는 (미앙궁) 점대(漸臺)에서 왕망의 목을 잘랐는데, 왕망의 새수(璽綬)를 회수하여 그 수급과 함께 (도읍) 완성(宛城)에 보냈다.

경시제는 그때 정전에서 왕망의 수급을 받고서 기뻐하며 왕망의 수급을 저잣거리에 매달았다.

10월, 경시제는 드디어 북으로 진출하여 낙양(洛陽)에 도읍하였다.

경시 2년(서기 24) 2월, 경시제는 낙양을 떠나 서쪽으로 향했다.

그전에 왕망이 패망할 때, 미앙궁만이 불에 탔을 뿐이지 나머

---

422 劉伯升〔劉縯(유연)〕 — 광무제의 큰형. 왕망 말기에 완성(宛城)을 탈취했고, 劉秀는 곤양지전(昆陽之戰)으로 왕망 군에 큰 타격을 입히자 형제의 명성은 날로 높아졌다. 更始帝는 이를 꺼려 유백승이 명령에 따르지 않았다는 구실로 처형하였다. 光武帝 즉위 후, 유백승을 齊 무왕으로 추존했다.

지 궁궐 건물은 부서진 것 하나도 없었다. 수천 명의 궁녀도 후정(後庭)에 그대로 있었고, 대창(大倉), 무고(武庫), 관부(官府), 저자도 예전 그대로였다. 경시제는 장안에 도착한 뒤, 장락궁(長樂宮)에 거처하였는데, 전전(前殿)에 오르면 낭리(郞吏)들이 뜰에 줄을 지어 서있었다.

경시제는 수줍어 고개를 숙인 채 자리를 만지작거리면서 바로 쳐다보지도 못했다.

○ 경시제의 타락과 종말

경시제는 조맹(趙萌)의 딸을 부인으로 삼아 총애하면서 정사를 조맹에게 위임하고 밤낮으로 후정에서 희인과 술을 마셨다. 많은 신하가 정사를 상주하려면 그때마다 취해서 상주하지 못했는데, 어쩔 수 없는 경우에는 시중을 시켜 휘장 뒤에 앉아 대답하게 하였다. 여러 장수들은 경시제의 목소리가 아닌 것을 알고, 모두가 원망하면서 "(천하를 차지할) 승부를 아직 알 수 없는데, 어찌 이처럼 방종할 수 있겠나?"라고 말했다.

경시제의 한씨부인(韓氏夫人)은 특히 술을 좋아하여 늘 경시제와 함께 술을 마셨는데, 환관이 정사를 상주하려면 그때마다 화를 내면서 "황제가 나와 이제 막 술을 마시는데, 꼭 이런 때 일을 가지고 오는가!"라고 말하면서 일어나 책상을 부수었다.

조맹은 권력을 쥐고 자기 마음대로 위세를 부렸다. 조맹이 방종하다고 상주하는 낭관이 있으면 경시제는 화를 내며 칼을 뽑아 휘둘렀다. 이로부터 감히 다시 말하는 자가 없었다. 조맹은 시중(侍中) 한 사람에게 원한이 있어 그 시중을 잡아다 참수하였는데, 경시제가 살려주라고 말해도 따르지 않았다.

경시제가 관직이나 작위를 수여하는 자는 모두가 소인이나 장사꾼, 때로는 조리사나 주방장이었는데 이들은 수놓은 비단 웃옷, 비단 바지, 짧은 웃옷, 헐렁한 옷을 입고 다니며 길에서도 욕설을 해대었다.

장안 사람들은 이를 두고 말했다.

'부엌에서 밥을 지으면 중랑장(中郞將), 양(羊)의 위장을 익히면 기도위(騎都尉)라네. 양두(羊頭)를 삶아 올리면 관내후가 된다네.'

결국 관중 지역의 민심이 경시제를 떠났고 사방에서 원성과 반역이 일어났다. 여러 장수는 출정하면서 제각각 주(州)의 목(牧)이나 군 태수를 임명했는데 주(州)와 군(郡)의 명령이 서로 달라 백성은 어찌할 바를 몰랐다.

12월에, 적미(赤眉)의 무리가 서쪽으로 진출하여 관중(關中)에 진입했다.

경시 3년(서기 25, 광무제 건무 원년) 3월, 경시제는 이송(李松)을 보내 적미군(赤眉軍)과 싸우게 하였는데, 이송 등이 대패하면서 군사를 버리고 도주하여 3만여 명이 죽었다.

적미군이 유분자(劉盆子)[423]를 황제로 옹립하자, 경시제는 이송

---

423 유분자(劉盆子) - 漢의 宗室, 赤眉軍에 의해 천자로 옹립. 서기 25 - 27년 재위. 연호는 건세(建世).

(李松) 등을 시켜 적미군을 막게 하였다.

그러나 9월, 적미군이 장안에 입성했다.

경시제는 유공(劉恭)을 보내 투항을 요청하였고, 적미군에서는 그 장수를 보내 경시제를 데려오게 하였다.

10월, 경시제는 웃통을 벗고 장락궁(長樂宮)에서 국새와 인수를 유분자(劉盆子)에게 헌상하였다.

장안 주변 삼보(三輔)의 백성들은 적미군의 포학에 고통받으며 모두가 경시제를 가엽게 생각하였다. 이에 유분자의 부하 장군 중, 그래도 경시제를 보호해주던 사록(謝祿)은 부하 병졸을 시켜 경시와 함께 교외에 나가 말을 돌보게 하면서 경시를 목매어 죽이라고 시켰다. 유공(劉恭)은 밤에 경시제 시신을 수습해 묻어 주었다.

뒷날 광무제(光武帝)는 소식을 듣고 마음 아파했다. 대사도 등우(鄧禹)를 시켜 패릉(覇陵)에 배장(陪葬)케 하였다.

○ 유분자 – 목동에서 황제로

경시 3년(서기 25) 정월, 모든 적미(赤眉)들이 홍농군(弘農郡)에 모여들어 경시제의 여러 장수를 격파하면서 적미 무리는 큰 집단이 되었다.

이에 1만 명을 1영(營)으로 나누어 모두 30개 군영을 설치하였는데, 각 군영에는 삼로(三老)와 종사(從事) 각 1명씩을 두었다. 적미는 진격하여 화음현(華陰縣)에 들어갔다.

6월에, 드디어 유분자(劉盆子)를 황제로 옹립하고 연호를 건세 (建世) 원년으로 정했다.

그전에 유분자는 적미 무리에 잡혀 있으면서 하급 장교의 부하로 소를 먹이는 일을 하였다. 적미 무리의 번숭이 황제를 옹립하려할 때, 군중(軍中)에서 한 종실의 후손 70여 명을 찾아내었는데 유분자와 유무, 그리고 서안후(西安侯)인 유효(劉孝)란 사람이 있었다.

이에 번숭 등이 의논하면서 말했다.

"우리가 알기로는, 옛날 천자는 군사를 지휘할 때 상장군(上將軍)이라고 불렸다."

그리고 대쪽을 신표로 하여 '상장군(上將軍)'이라고 써서 글자를 쓰지 않은 다른 두 개의 대쪽과 함께 상자 속에 넣고서, 정현(鄭縣)의 북쪽에 제단을 마련하고 제사를 지냈다. 모든 삼로와 종사가 전부 계단 아래 모였고, 유분자 등 3인이 줄 지어 가운데 섰다가 나이순으로 상자에서 대쪽을 하나씩 꺼냈다.

유분자는 나이가 가장 어려 맨 나중에 상장군이라 쓴 대쪽을 뽑았다.

이에 여러 장수들이 신하를 칭하면서 절을 올렸다. 유분자는 그때 15살이었는데, 흐트러진 머리에 맨발로 해진 옷을 입은 채 얼굴이 빨개져 땀을 흘리면서 여러 사람이 절을 하는 것을 보고 겁이 나서 울려고 하였다.

유분자는 그 대쪽을 이빨로 꺾어버리고 다시 전에 섬기던 하급 장교를 찾아가 의지했다. 그는 유분자에게 붉은 상의와 정수리 부분이 뚫린 붉은 건과 직선 무늬 신발을 만들어 주었고 유분자는 수레나 큰 말을 탔는데, 진흙이 튀는 것을 막는 붉은 장니(障泥)에 붉은 가림막을 두른 수레를 타고 다니면서도 여전히 소를 기르는 아이들과 함께 놀았다.

○ 유분자의 투항

광무제 건무(建武) 3년(서기 27) 정월, 광무제가 직접 장수를 거느리고 의양현(宜陽縣)에 행차하여 대군으로 적미의 도주로에서 기다렸다.

적미 무리는 갑자기 광무제의 대군을 만나 크게 놀라 어찌할 줄을 몰랐다가, 곧 유공(劉恭)을 보내 투항하였다. 유분자의 신하 30여 명이 모두 웃통을 벗고 투항하였다. 유분자는 그동안 갖고 있던 전국(傳國)의 국새(國璽)와 인수, 그리고 경시제의 7척 보검을 바쳤다. 적미 무리의 병기와 갑옷을 쌓았더니 웅이산(熊耳山)만큼 높았다.

광무제가 적미 무리에게 말했다.

"여러분들은 무도한 짓을 많이 하였나니 지나가는 곳마다 노약자를 죽였으며, 사직단에 오줌을 누고, 우물이나 부엌을 더럽혔다. 그래도 3가지 잘한 점이 있으니, 성읍(城邑)을 격파하고 천하를 돌아다니면서도 본 고향에서 데리고 온 처자를 바꾸지 않은 것은 첫 번째 잘한 일이다. 주군(主君)을 옹립하면서 종실에서 고른 것이 2번째 잘한 일이다. 다른 도적 무리들은 주군을 옹립한 뒤에 다급하면 주군의 머리를 잘라들고 자신의 공적으로 삼아 투항하나 그대들만큼은 온전히 짐에게 투항하였으니, 이것이 세 번째 잘한 일이다."

그리고 처자와 함께 낙양(洛陽)에 살게 하면서 모두에게 집 한 채와 땅 2경(頃)을 하사하였다.

(2) 광무제 – 후한 건국

○ 광무제의 출생

광무제(光武帝)의 황고(皇考, 考는 돌아가신 아버지)인 남돈군〔南頓 君, 유흠(劉欽)〕은 그전에 제양(濟陽) 현령이었다. (애제哀帝) 건평 (建平) 원년 12월 갑자일(甲子日) 밤에, 제양현의 관사에서 광무제가 출생할 때 적광(赤光)이 방안을 밝게 비추었다. 유흠은 이상히 여기며 복자(卜者)인 왕장(王長)에게 점을 쳐보라고 하였다.

왕장은 좌우를 물리치고 말했다.

"이 징조가 얼마나 대길(大吉)한가는 이루 다 말할 수가 없습니다."

이 해에 제양현에 가화(嘉禾)가 자랐는데 본줄기 하나에 이삭 줄기가 아홉이나 되었기에 아들을 수(秀)라고 이름 지었다.

○ 광무제의 세계(世系)

세조(世祖)[424] 광무황제(光武皇帝)[425]의 휘(諱)[426]는 수(秀)이고
자(字)는 문숙(文叔)인데, 남양군(南陽郡) 채양현(蔡陽縣) 사람이며,
한고조의 9세손으로 선대는 경제(景帝) 아들인 장사국(長沙國) 정
왕(定王) 유발(劉發)에서 시작되었다.

---

[424] 世祖는 묘호(廟號). 후한 明帝는 현종(顯宗), 章帝는 숙종(肅宗)이
다. 和帝(孝和皇帝)는 사후에 穆宗(목종)으로 묘호를 올렸다가 뒤
에 삭제하였고, 이후 다른 황제의 묘호는 있었지만 헌제(獻帝) 때
공식적으로 취소하였다. 묘호를 정함에 특별한 공이 있으면 祖,
德이 뛰어나면 宗이라 하는데, 光武帝는 漢朝 中興을 이루었기
에 世祖라 하였다. 시법(諡法)에 '능소전업왈(能紹前業曰, 이을 소)
光, 극정화란왈(克定禍亂曰) 武'라 하였다.

[425] 光武帝 유수(劉秀)는 서기 前 6년 12월에 출생하였고(양력으로
계산하면 前 5년 1월 15일생), 왕망 地皇 3년(서기 22년, 28세)에
起兵한 뒤, 서기 25년(31세)에 호현(鄗縣, 今 河北省 서남부 石家莊市
관할 高邑縣)에서 즉위하고, 연호를 建武, 國號를 漢(史稱 東漢, 後
漢)으로 정했다. 32년을 재위하고, 建武中元 2년(57년, 63세)에
낙양에서 죽었고, 시호는 光武, 묘호는 世祖. 능묘는 原陵이다.

[426] 諱秀 – 諱는 꺼릴 휘, 名諱. 君主나 尊長의 本名을 발음하거나 그
글자를 사용할 수 없었다. 이를 어기면 不敬罪에 저촉된다. 漢高
祖 劉邦을 諱하여 相邦을 '相國'이라 하였고, 漢文帝 劉恆(유항)
을 諱하여 '姮娥(항아, 달 속에 산다는 선녀)'를 '상아(嫦娥)'로 고쳤
다. 漢 武帝 유철(劉徹)을 휘하여 '徹侯'를 '通侯'로, 宣帝 유순
(劉詢)을 휘하여 '荀卿(순경, 荀子)'을 '孫卿'라 했다. 또 光武帝
劉秀를 諱하여 후한에서는 '秀才'를 '무재(茂才)'로, 後漢 明帝
유장(劉莊)을 휘하여 성씨 莊을 '嚴'으로 고쳐 표기하였다.

후한(後漢) 광무제(光武帝, 재위 서기 25−57년)의 황후 음려화(陰麗華)

　유발은 용릉(春陵) 절후(節侯)인 유매(劉買)를 낳았고, 부친은 남
돈(南頓) 현령인 유흠(劉欽)[427]이었다. 광무(光武)가 9세에 부친을
잃자, 숙부인 유량(劉良)이 양육하였다.

---

427 유흠(劉欽)−유흠은 3남 3녀를 낳았다. 광무제는 3남이다. 맏아
　　들 劉縯(유연, 字, 伯升)은 왕망 말기에 거병했다가 경시제의 손에
　　죽었다. 둘째 아들 仲(중)과 둘째 딸 元(원)은 劉縯(유연)이 처음
　　거병하고 싸워 패전하는 와중에 죽었다. 范曄(범엽)은 光武帝 劉
　　秀의 이름을 바로 표기할 수 없어 光武로 표기하였는데, 光武는
　　이름(名)이 아닌 시호이다. 世祖는 묘호(廟號)이고, 광무제의 연
　　호는 건무(建武)이다.

광무(光武)는 신장이 7척 3촌이었고 멋진 수염과 눈썹, 큰 입에 콧마루가 우뚝하고 이마 뼈가 둥글게 튀어나왔다.

천성적으로 농사일에 부지런했지만, 형인 유백승〔劉伯升, 유연(劉縯)〕은 협객을 좋아하고 문객을 잘 접대했는데, 광무가 농사일에 전념하자 늘 고조의 작은 형에 비교하며 비웃었다. 광무는 왕망이 재위하던 천봉(天鳳) 연간(서기 14－19년)에, 장안에 가서 《상서(尙書)》를 배워 그 뜻을 대략 깨우쳤다.

○ 유수(劉秀)의 기병(起兵)

왕망 신조(新朝) 말기에, 세상은 해마다 재해(災害)에 황충(蝗蟲)이 발생했고 노석뼤가 들끓었다.

지황(地皇) 3년(서기 22), 남양군에 흉년이 들었고 대가(大家)의 문객들도 소소한 도적떼가 되는 자가 많았다.

광무는 관리 횡포를 피해 신야현〔新野縣, 지금의 하남성(河南省) 서남부 남양시(南陽市)〕에서 머물렀는데, 완성(宛城) 사람 이통(李通) 등은 도참서(圖讖書)를 가지고 광무에게 말했다.

"유씨(劉氏)는 다시 흥기할 것이며 이씨(李氏)가 보필할 것입니다."

처음엔 광무도 찬동할 수 없었지만 조용히 생각해 보니 형(유백승劉伯升)은 평소에 불량한 자들과 교제했으니 필연 거병할 것이고, 거기다 왕망의 패망 조짐이 이미 나타났으며, 천하는 혼란에 빠져들었다고 생각하여 마침내 결심하고서 바로 병기와 활 등을 사들였다.

지황 3년(서기 22) 10월에, 광무는 이통(李通),[428] 그리고 이통의 종제(從弟)인 이일(李軼) 등과 함께 남양현(南陽郡) 완현(宛縣)에서 기병하니, 그때 나이 28세였다.

○ 미인 음려화(陰麗花)

광열음황후(光烈陰皇后)[429]의 휘(諱)는 여화(麗華)로, 남양군 신야현 사람이다. 그전에 광무제〔光武帝, 유수(劉秀)〕가 신야현에 같을 때 음려화의 미모를 알고 마음으로 좋아했었다. 나중에 장안에 가서는 집금오(執金吾) 거기병(車騎兵)의 멋진 모습을 보고서는 감탄하였다.

"벼슬을 한다면 꼭 집금오가 되어야 하고, 아내를 얻는다면 응당 음려화를 얻어야 한다."

경시(更始) 원년(서기 23) 6월, 마침내 음려화를 완현(宛縣)에서 맞이하였는데, 그때 음려화는 19세였다.

광무제가 즉위한 뒤, 음씨는 귀인(貴人)이 되었다. 광무제는 음

---

428 이통(李通, ?−42) − 字는 次元, 後漢 개국 공신. 본래 商人 출신. 뒷날 光武의 여동생(劉伯姬, 寧平長公主)과 결혼. 從弟 李軼(이일), 李松 등이 함께 光武帝를 보필. 15권, 〈李王鄧來列傳〉에 입전. 軼은 앞지를 일. 갈마들 질.

429 光烈陰皇后 − 광무제의 음황후. 시법에 '執德遵業曰 烈'이라 하였다. 陰麗華(음려화, 서기 5−64년, 재위 41−57년)는 明帝 등 아들 5명 출산. 중국 역사에서 미모로 칭송을 듣는 여인이다.

귀인의 품성이 우아하고 관인(寬仁)하기에 황후의 존위로 높이려 하였으나 음귀인은 곽귀인(郭貴人)이 아들을 낳았기에 나중에 감당할 수 없다고 완강히 사양해서 결국 곽귀인이 황후가 되었다.

건무 4년(서기 28년)에, 음귀인은 광무제의 팽총(彭寵) 원정에 따라갔다가 현종(顯宗, 명제)을 원씨현(元氏縣)에서 출산하였다.[430]

○ 광무제의 즉위

기병 이후 유수는 각지를 돌며, 적미군이나 경시제의 무장들을 격파하였다.

건무 원년(25년) 봄 정월, 평릉현(平陵縣) 사람 방망(方望)이 평제(平帝)의 뒤를 이었던 유사(孺子) 유영(劉嬰)을 천자로 옹립하자, 경시제는 승상 이송(李松)을 시켜 방망을 죽여버렸다.

광무는 북상하여 하북 원씨현(元氏縣)에서 여러 무리를 격파하고 북평(北平)까지 추격하여 연파하였다. 또 순수(順水)의 북쪽에서 싸웠는데 승세를 타고 가볍게 진격하다가 도리어 적에게 패배하였다.

광무의 군사는 다시 진격하여 안차현(安次縣)에 집결했다가, 다시 싸워 적을 격파하며 적 3천여 명을 죽였다. 적도가 어양군(漁陽郡)에 들어가자, 광무는 12장군을 거느리고 추격케 하여 적도를

---

430 元氏縣은, 수 河北省 남서부 石家莊市 관할 현 이름. 명제는 永平 5년(서기 62년)에 원씨현 백성의 田賦를 6년간 면제시켰었다.

대파, 없애버렸다.

이에 여러 장수들은 광무에게 존호(尊號)를 올려야 한다는 논의를 하였다.

먼저 마무(馬武)가 나서서 말했다.

"지금 천하는 무주(無主)입니다. 성인(聖人)이 출현하여 혼란한 시대에 흥기하여 중니(仲尼, 공자) 같은 인재를 승상으로, 또 손자(孫子, 손무)를 장수로 삼는다 하여도 일을 제대로 하기 어려울 것입니다. 엎지른 물은 담을 수 없으며 후회하여도 어쩔 수 없습니다. 대왕(大王)께서 겸양의 마음만 고집하신다면 (한漢의) 종묘사직을 어찌 하겠습니까! 응당, 우선 계현(薊縣)에 돌아가 존위에 오르신 뒤에 정벌을 논의해야 합니다. 지금 천하가 무주(無主)이니, 누구의 적을 누가 토벌해야 합니까?"

그러자 광무가 놀라며 말했다.

"장군은 어찌 이런 말을 하는가? 참수할 수도 있다!"

그러자 마무가 말했다.

"여러 장수도 같은 생각입니다."

4월, 공손술(公孫述)[431]이 천자를 자칭했다.

---

431 公孫述(공손술, ?−36년) − 公孫은 복성. 字 子陽, 益州(巴蜀) 일원을 차지하고 天子라 자칭. 國號 成家. 建武 12년, 장수 吳漢(오한)의 공격을 받아 멸망. 《後漢書》 13권, 〈隗囂公孫述列傳(외효공손술열전)〉에 입전.

광무는 계현(薊縣)을 떠나 범양(范陽)에 들려 전사한 관리와 사졸의 장례를 치루라 명했다. 중산군(中山郡)에 이르자, 여러 장수들이 다시 제위에 오를 것을 상주하였다.

그러나 광무는 이번에도 받아들이지 않았다.

행군이 호현(鄗縣)에 도착했을 때, 옛날 장안에서 광무와 함께 공부했던 벗인 강화(彊華)가 관중(關中)에서 〈적복부(赤伏符)〉를 가지고 왔는데, 거기에는 '유수(劉秀)가 발병(發兵)하여 부도(不道)한 자를 없애니, 사방 종족이 모여 용과 같이 원야(原野)에서 싸우나 47(228년)[432]만에 화덕(火德)의 운수가 되리라.' 라고 하였다.

이에 여러 신하기 다시 상주하였다.

광무는 이에 유사(有司)에게 명하여 호현의 남쪽에 제천(祭天)할 단을 쌓고 준비하라고 명했다.

6월 기미일, 유수(劉秀)는 황제에 자리에 올랐다.[433] 연기를 피워 하늘에 알리고 육종(六宗)에 제물을 바쳤으며, 산천의 여러 신

---

432 四七(228년) – 한 고조가 한왕인 전 206년부터 광무가 기의한 서기 23년까지는 228년으로 四七의 뜻과 일치한다고 풀이하였다. 고조는 火德으로 건국했으니 光武도 火德을 계승해야 한다는 뜻이다.

433 서기 25년, 당시 光武帝 劉秀는 31세였다. 고조 劉邦은 前 206년 漢王, 前 202년 황제로 즉위하여 7년 재위하고 前 195년에 죽었다.

(神)에게 망제(望祭)를 지냈다.

이에 건무(建武)로 건원하였다. 천하의 죄인을 모두 사면하였으며, 호현(鄗縣)[434]을 고읍현(高邑縣)이라 하였다.

○ 광무제 즉위 초

8월, 광무제는 사직에 제사했다. 고조(高祖)와 태종[太宗, 문제(文帝)의 묘호], 세종[世宗, 무제(武帝)의 묘호]을 회궁[懷宮, 회현(懷縣)의 궁궐]에 모셨다.

9월, 적미군(赤眉軍)이 장안성(長安城)에 침입하자, 경시제(更始帝)는 피난했다. 신미일에 조서를 내렸다.

「경시제가 패배하여 장안성을 버리고 도주하였고 그 처자가 옷도 제대로 못 입은 채 길에 유랑한다니, 짐은 이를 심히 가엾게 생각한다. 이에 경시제를 회양왕(淮陽王)에 봉한다. 관리나 백성 중에 감히 해치는 자가 있다면 대역죄로 다스리겠다.」

밀현(密縣)의 옛 현령이었던 탁무(卓茂)를 태부(太傅)로 삼았다.[435]

---

434 호현 – 常山郡의 縣名. 光武帝가 高邑縣으로 개명. 今 河北省 서남부 石家莊市 관할 高邑縣.

435 탁무(卓茂, ?–서기 28년)는 광무제 同鄕의 학자. 광무제 즉위 때 늙어 이미 은퇴했었다. 태부(太傅)는 三公보다 상위직. 황제의 자문 담당. 상설직은 아니었다. 광무제는 卓茂(탁무)를 찾아 자문을 구하고 태부에 임용했으나, 광무 4년에 죽자 후임을 임명하지 않

겨울 10월, 광무제는 낙양(洛陽)에 입성하여 남궁(南宮)에 머물며 낙양을 국도로 정했다.[436] 잠팽(岑彭)을 파견하여 형주(荊州) 일대의 여러 반적을 소탕케 했다.

12월, 적미군이 경시제를 살해했고, 외효(隗囂)는 농우(隴右) 일대를 점거했다.[437]

(건무) 2년(서기 26), 이에 박사(博士)[438] 정공(丁恭)이 말했다.

"고대 제왕(帝王)이 제후(諸侯)를 봉하더라도 그 땅 둘레가 1백

───────

았다. 이후로 황제가 새로 즉위하면 태부를 두어 녹상서사(錄尙書事)를 겸임시켰다가 죽으면 다른 사람을 임명하지 않았다. 여기서는 太子太傅(질록 中二千石이나 太常보다 하위식)가 아님. 德義로 제후 왕을 보좌하는 제후국의 태부는 질록 2천 석의 영광된 직위였다.

436 낙양은 前漢(전한) 시대에도 副都로 관아와 궁궐이 정비되어 있었다.

437 외효(隗囂, ?-33)는 왕망 말기, 今 甘肅省 동부 일대에 웅거했던 세력. 隗 험할 외, 성씨. 囂 떠드는 소리 효. 《後漢書》13권, 〈隗囂公孫述列傳〉에 입전. 농우(隴右)는 지역 명칭. 隴山(농산, 今 陝西省 서부와 甘肅省 경계를 이루는 산맥)의 서쪽 지역이란 뜻. 고대에는 西를 右라고 하였다. 今 甘肅省 今 陝西省 寶雞市 관할 隴縣 서북 서남부 일대 후한에서 농현(隴縣)은 天水郡(漢陽郡)의 현명. 涼州刺史府의 치소. 今 甘肅省 天水市 관할 張家川 回族自治縣.

438 博士－太常의 속관, 掌通古今, 질록 比 6백 석, 정원 無. 많을 때는 수십 명에 달했다. 武帝 建元 5년 처음 《五經》博士를 설치했다. 弟子員(太學生)에게 교육 실시. 박사 1인이 곧 교육기관이었다.

리를 넘지 않았기에 제후를 봉하는 것이 나라에 이득이 되었고, 법률도 똑같았으며 줄기를 강하게 하고 가지를 약하게 한 것은 치국의 방략이었습니다. 지금 제후를 봉하면서 4개 현을 준 것은 법제에 맞지 않습니다."

고묘(高廟)를 지었고, 낙양에 사직(社稷)[439]을 세웠으며, 처음으로 화덕(火德)을 바로 세웠고 색은 적색을 숭상했다.

이달에, 적미군이 서경(西京, 장안)의 궁실을 불태우고 황릉을 발굴했고 관중(關中) 지역을 노략질했다. 대사도(大司徒) 등우(鄧禹)[440]는 장안에 들어가 사도부의 연리(掾吏)를 보내 황제 11분의 신주를 모셔다가 낙양의 고묘(高廟)에 모셨다.

(건무) 3년(서기 27) 병오일에, 적미의 군신(君臣)이 등을 맞대 결박한 채로 고황제(高皇帝, 고조)의 국새와 인끈을 바치자,[441] 조

---

439 정궁의 좌측에 종묘, 우측에 사직단을 세웠다. 사직은 방형의 기단으로 건물이 없고 담장과 출입문만 세웠다. 社는 토지신을 제사하고, 稷(직)은 5곡의 신을 제사했다.

440 鄧禹(등우, 서기 2-58) - 南陽 新野人. 광무제와 가까웠고, 광무제가 소하(蕭何)처럼 믿을 수 있는 사람이라고 생각했다. 後漢 개국에 크게 기여하였으며 '雲臺二十八將'의 첫째. 등우의 아들이 등훈(鄧訓), 등훈의 딸이 和帝의 황후인 鄧綏(등수)였다.

441 高皇帝는 高祖. 璽綬(새수)는 印綬(국새와 그 끈). 漢 원년(서기 206년) 10월에, 패공(沛公)은 霸上(패상)에서 秦王子 嬰(영)이 바친

서로 성문교위(城門校尉)가 이들을 처리하게 하였다.

건무 5년(서기 29) 겨울 10월, 광무제는 돌아오는 길에 노(魯)에 행차하였고 대사공을 시켜 공자(孔子)를 제사케 했다. 처음으로 태학(太學)[442]을 설립했다. 어가가 환궁했다가 태학에 행차하여 등급에 따라 박사제자(博士弟子)[443]를 시상했다.

秦황제의 새수를 받았다. 이는 秦始皇이 천하를 평정한 뒤 藍田山의 玉에 승상 이사(李斯)가 '受命於天, 旣壽永昌' 이라고 새겨 傳國의 국새로 사용했었다.

왕망이 찬위한 뒤, 元帝의 王皇后가 보관 중인 漢 국새를 달라고 협박하자, 황후가 던져줄 때 새(璽)의 한 모서리가 깨졌다. 왕망이 패망한 뒤 李松이 宛縣의 更始帝에게 바쳤고, 更始가 패망한 뒤 赤眉의 손에 들어갔는데 광무제가 이번에 이를 넘겨받았다. 皇帝의 國璽는 모두 6종으로 '皇帝之璽', '皇帝信璽', '天子行璽', '天子之璽', '天子信璽' 라는 글자를 새겼다는 주석도 있다.

[442] 太學 – 大學. 漢 武帝 때(前 124) 처음 설치. 五經博士를 두고 교육. 洛陽의 太學은 開陽門 밖, 去宮 8里에 위치. 박사의 선임과 그 학식이나 근무를 감독 평가하는 직책은 太常(종묘 제사 담당)이다. 後漢에서는 五經 분야별로 14명의 박사(〈易〉 4人, 〈尙書〉 3人, 〈詩〉 3人, 〈禮〉 2人, 〈春秋〉 2人)를 두었다. 博士祭酒(前漢에서는 博士僕射)가 박사의 先任으로 代表格. 질록 六百石. 다른 박사는 질록 比六百石(前漢에서는 4百 石, 宣帝 때 6백 석으로 늘렸다). 박사는 弟子의 교육을 담당하고 나라에 疑事가 있을 경우, 황제나 三公九卿의 자문에 응대하였다. 靈帝 때 蔡邕(채옹) 등이 경문을 새긴 《石經》46개를 세웠다(熹平石經).

[443] 博士弟子 – 太學生, 太學의 학생. 박사는 제자를 50명까지 둘 수 있었으나 나중에는 점차 늘어 前漢에서는 최고 3천 명에 달했으

건무 6년(서기 30) 2월, 대사마 오한(吳漢)[444]이 구현(朐縣)을 점령하니 산동지역이 모두 평정되었다. 모든 장수가 낙양으로 돌아와 잔치를 벌이고 시상하였다.

3월, 공손술(公孫述)이 장졸을 보내 남군(南郡) 지역을 노략질했다.

여름 4월 병자일(丙子日), 광무제는 장안에 행차하여 처음으로 고조 묘당을 배알하고, 이어 11릉에 제사를 지냈다. 호아대장군(虎牙大將軍) 개연(蓋延) 등 7명의 장군을 보내 공손술을 토벌케 하였다.

○ 지방 세력 토벌

후한이 건국되었지만 후한의 새 정권에 반대하는 지방 할거세력은 여전히 막강하며 그들의 세력범위를 늘려가려고 획책하였다.

후한에 가장 큰 적대세력은 공손술(?–36년)이었다. 공손술은 후한이 건국되는 서기 24년에 성도에서 즉위, 익주〔益州, 파촉(巴蜀)〕 일원을 차지하고 천자라 자칭하면서 국호(國號)를 성가(成家)라 하였다. 건무 12년(서기 36년), 부상을 입은 다음 병사하자, 평정되었다.

왕망의 신하였던 외효(隗囂)는 농우(隴右) 일대를 차지하고 버

며, 後漢에는 3만 명에 달했다. 太學生은 모든 身役이 면제되었다.

444 吳漢(오한, ?–44)–光武帝의 功臣, 雲臺二十八將의 제2위. 광무제의 인정을 받으며 大司馬로 군권을 행사하였다.

티다가 후한 광무제의 원정으로 평정되었다가 다시 배반했고, 공손술에 의탁했다가 서기 33년에 병사했다.

그 외 팽총(彭寵), 유영(劉永), 두융(竇融) 등의 세력을 평정하였다. 광무제는 반한 세력과 싸우면서 동시에 흉노와도 전쟁을 계속하였는데, 건무 16년(서기 40)에야 겸병 전쟁을 끝내고 전국을 통일하였다.

○ 광무제의 붕어

건무(建武) 중원(中元) 2년(서기 57) 2월 무술일, 광무제가 남궁(南宮)의 전전(前殿)에서 붕어하니, 나이는 62세였다.

광무제가 소서를 남겨 발했다.

「짐(朕)은 백성을 이롭게 하지 못했으니 모든 장례를 효문황제(孝文皇帝)의 제도에 따르며 간략하게 마치도록 힘쓰라. 자사나 태수와 현령들이 근무지 성곽을 떠나지 말 것이며 관리를 출장 보내거나 문서를 보내지 않도록 하라.」

그전에, 광무제는 오랜 기간의 전쟁에 질렸고, 또 천하가 고갈되고 지쳤다는 것을 알기에 태평한 세상에 짐을 벗고 쉬고 싶어 했다. 농서(隴西)와 촉군(蜀郡)의 반란이 평정된 이후로는 위급한 상황이 아니라면 군사에 관한 말을 하지 않았다.

황태자가 군사에 관한 일을 물었을 때, 광무제가 말했다.

"옛날 위(衛)나라 영공(靈公)이 군진(軍陣)에 대해 물었을 때, 공자께서는 대답하지 않으셨나니 이런 일은 네가 알 바가 아니다."

광무제가 매일 정사를 시작하면 해가 기울어야 그만두었다. 늘 공경(公卿)과 낭관(郞官), 장수와 함께 정사를 논의하다가 밤이 깊어야 잠자리에 들었다. 황태자는 광무제가 부지런히 정사를 살피고 쉬지 않는 것을 보고 걱정하였다.

그러자 광무제가 말했다.

"나는 내 할 일을 즐기기에 피곤하지 않도다."

광무제 자신이 대업(大業)을 성취하였지만 늘 조심하며 일을 감당 못할 듯 신중하였고, 정사의 요체를 잘 알아 신중히 정사를 총람하면서, 때에 맞춰 알맞게 힘썼기에 정사에 잘못이 없었다. 또 공신(功臣)을 물리치고 문리(文吏)를 등용하였으며, 병기를 거두고 군용(軍用)의 우마(牛馬)를 백성에게 나눠주었으니, 비록 그 치국의 방도가 옛 성현과 똑같지는 않더라도, 이 또한 전쟁을 멈추게 한 무덕(武德)일 것이다.

(3) 후한의 통치

○ 군국제(郡國制) 답습

광무제는 건국 이후 왕망이 개편한 모든 제도를 폐지하고, 전한(西漢)의 제도를 복원하였다. 그러면서 황제권을 강화하는 여러 정책을 추진하였다.

광무제는 개국 공신 무장들을 각국의 왕에 봉하였는데, 제후왕의 통치 영역은 서한에 비하여 훨씬 작았으며, 직접 봉지에 나가 생활하며 통치하도록 조치하였다.

중앙 관제는 삼공(三公)을 두었지만 그 권한을 대폭 축소하면서 삼공을 황제의 자문기구 정도로 약화시켰다. 새로운 황제가 즉위하면 태부(太傅)를 모셔 황제의 자문을 담당케 하였으나 임명된 태부가 죽으면 후임을 임명하지 않았다.

태부 아래의 삼공은 대사도(大司徒), 대사공(大司空, 이전의 어사대부), 대사마(大司馬)인데, 이는 전한 말기 성제(成帝) 때의 명칭이었다. 이 삼공은 병렬적 지위였고, 이전의 상국이나 승상보다 권한도 나뉘어 축소되었다.

추흔이 건국되고, 건무 27년에는 그 직명에서 '大'를 없애어 사도, 사공으로 불렀고, 대사마는 태위(太尉)로 불렀다.

그러면서 직무도 크게 바뀌었다. 사도(司徒)는 백성에 관련한 직무로 교화(教化), 민사, 교사[郊祀, 산천(山川)에 국가의 제사]에 관련한 업무를 담당하였다. 사공(司空)은 수토(水土)에 관련한 업무로, 궁궐, 성읍의 축조, 구혁[溝洫, 수로(水路), 수리(水利)사업]에 관련한 업무를 총괄하였다. 태위는 군사와 무관에 관련한 업무를 담당하였다.

그러면서 삼공은 관하 9위[九衛, 책임자 9경(九卿)]의 업무를 분장하였는데, 태위는 태상(太常), 위위(衛尉), 광록훈(光祿勳)의 업무를 지휘하였다. 사도는 종정(宗正), 태복(太僕), 대홍려(大鴻臚)의 직무를, 그리고 사공은 정위(廷尉), 소부(小府), 대사농(大司農)의 업무를 분담하였지만, 실제로는 보고나 받을 뿐, 구체적 업무가 없었다.

정작 조정(朝政)의 대권은 상서대(尙書臺)에 있었다. 이 상서(尙書)는 무제 때는 황제의 시종근신(侍從近臣)으로 환관이 담당하는 직무였고 중서(中書)로 통칭되었다. 그러다가 성제 때에는 5인의 상서가 업무를 분장하여 황제에게 보고하고 지시를 받아 전달하였다. 그러면서 국정의 가장 중요한 부서로 발전하였고, 후한에 들어와서는 상서대로 불리면서 황제에 대한 시위(侍衛)와 황제의 지시를 직접 받아 수행하는 기구로 변모하면서 명칭도 중대(中臺)로 통용되었다. 이 상서대의 우두머리를 상서령(尙書令)이라 하였고, 그 부직(副職)은 상서복야(尙書僕射)라 하였다.

○ 지방행정조직

후한의 지방행정구역은 기본적으로 광무제 재위 중에 확정되었는데, 전한의 지방행정조직을 근간으로 약간 가감이 있었다. 광무제 재위 중에는 전한에 비교하여 10개 군국과 현, 읍, 도, 후국 등은 400여 개가 줄었으나 점차 회복하고 늘어나 순제(順帝) 때에는 105군국에 현(縣), 읍(邑), 도(道), 후국(侯國) 등 1,180개 정도의 행정구역이 존재했다.

〈군국지(郡國志)〉에 의하면, 순제 때 호구 수는 9,698,630호, 인구는 49,150,220명이었다.

기본적으로 군국이 행정의 중추이고, 그 아래로 현(縣), 읍(邑), 도(道)의 하급 기관이 있고, 이를 자사부(刺史部)에서 감독하는 체계였다.

※ 13 자사부(刺史府)

후한(後漢) 13개 주의 장(長)인 자사(刺史)는 백성을 통치하지 않고 지방 행정을 감독하는 감독기구였다. 자사는 군국의 관리를 파면할 권한이 있었고 고정된 치소도 있었기에 태수나 상(相)보다 실질적인 상위직이었다.

그러다가 황건적의 난 이후 영제(靈帝) 중평(中平) 5년(188년)에, 주(州)의 자사를 목(牧)으로 개칭하면서 군정(軍政) 대권(大權)을 부여하였다. 결국 이는 지방분권과 함께 삼국(三國) 분립의 기본 여건을 만들어 주었다.

※ 군(郡), 왕국(王國)

군(郡)의 태수(太守) 1인은 중앙에서 임명했는데, 지방행정의 실질적 권한과 책임을 부여하였다. 질록 2천 석, 승(丞) 1인을 두었다〔변방의 군(郡)에는 승(丞)대신 장사(長史)〕. 태수는 치민(治民)과 인재 천거, 결송검간(決訟檢奸, 사법)의 업무까지 수행하였다.

봄에, 소속 현을 시찰 농상(農桑)을 권장하고 빈민 구휼하고, 추동(秋冬)에는 제 현의 죄수를 재판 법을 집행. 연말에 상계(上計)를 통해 치적을 보고하였다. 효렴(孝廉)의 인재를 천거하였는데, 20만 이상 군에서는 1인을 천거했다.

군(郡)의 군사와 치안을 담당하는 도위(都尉) 1인을 두었다. 후한 건무 6년(서기 30), 각 군의 도위를 폐지하고 태수가 겸직케 했다가 군내 반란 등 유사시에는 도위를 설치, 진압하면 폐지하였다. 변방 군에는 도위(都尉)와 속국도위(屬國都尉, 질록, 比2천 석. 죠 1인)를 설치했는데, 변방 군의 속국은 한족(漢族)과 이민족의 혼합 거주지로 속국도위가 그 행정을 담당했다.

안제(安帝) 때 강족(羌族)이 내침하자, 삼보(三輔)에 능원(陵園)을 보호할 목적으로 우부풍 도위(右扶風 都尉)와 경조 호아도위(京兆 虎牙都尉)를 설치했었다. 군의 속리로 공조사(功曹史)가 군의 행정 실무를 관장했고, 오관연(五官掾)을 두어 업무 분장하였다. 속현(屬縣)을 감독하기 위해 독우(督郵)를 수시로 파견했다.

국(國)은 황자(皇子)를 왕으로 봉하여 모토(茅土)와 함께 식읍으로 받은 군(郡). 국(國)에는 사직을 세웠다. 매국(每國)에는 부(傅) 1인을 두었는데, 국왕 보필 인도하며 왕의 예절을 권장하는 사부였다. 왕은 부(傅)를 신하로 대우할 수 없었다(不臣). 상(相) 1인이 있어, 치국(治國)의 실무를 담당했는데 중앙에서 임명하여 파견했으며, 질록은 2천 석이었다.

장사(長史)는 군승(郡丞)과 같았다. 중위(中尉) 1인은 왕국의 군사 관련 업무와 치안 유지 담당했고, 질록 비2천 석이었다. 왕국은 황자의 봉읍으로 군과 규모가 거의 동급이다. 이 경우 제후왕에게는 행정의 권한이 없고 제후국의 경제적 특권을 향유하였다. 제후국의 행정은 상(相, 태수와 동급, 중앙에서 임명)이 담당하였다.

왕국의 세수(稅收)는 중앙에 보내지 않았다.

※ 현(縣), 후국(侯國), 읍(邑), 도(道)

군국(郡國)의 하부 행정조직인 현(縣), 후국(侯國), 읍(邑), 도(道)는 병렬로 존재하였다.

큰 현(縣, 1만 호 이상)에는 현령(縣令, 질록 1천 석 – 6백 석), 작은 현(縣, 1만 호 미만)은 현장(縣長, 질록 4백 석 – 3백 석)을 두었다. 직무는 치민(治民), 현선(顯善)과 권의(勸義), 금간(禁奸)과 징악(懲惡, 형벌), 재판과 도적 체포, 빈민 구호. 부직(副職)은 승(丞), 문서 관리, 창고 감옥 등을 관리 운영했다. 현위(縣尉)는 군사 및 치안 유지를 담당. 대현(大縣)은 2명을 임명할 수 있었다.

현후(縣侯)의 봉지(封地)도 국(國)이라 하였는데, 예를 들어 여주(予州)자사부 관할 여남군(汝南郡)의 신양국(新陽國)이 후국(侯國)의 행정관을 역시 상(相)이라 호칭했고 현령(縣令), 현장(縣長)과 동급이었다.

읍(邑)은 황제 소생의 공주(皇女로 ○○公主로 봉을 받은 경우)의 식읍이다.(例 여주 영천군 무양읍). 도(道)는 만이(蠻夷, 소수민족)의 거주 지역으로 예를 들면 양주 농서군(凉州 隴西郡) 적도(狄道)와 같다.

이는 현 중국의 ○○족 ○○자치현과 같다. 현(縣)에 만이(蠻夷)가 많이 거주하면 도(道)이고, 공주(公主)의 식읍이나 탕목읍(湯沐邑)은 읍(邑)이라 호칭했다.

향(鄕)의 향장(鄕長)은 질록 1백 석, 삼로(三老)는 교화를 담당했다. 효자(孝子)나 순손(順孫), 정녀(貞女)나 의부(義婦)를 표창 상신하고 선행을 권장. 유요(游徼)는 치안 순찰, 도둑 체포에 협조하며, 향장을 보좌하고 부세의 공평을 기하도록 노력했다.

정(亭)에 정장(亭長)을 두어 현위(縣尉)의 업무 보좌, 도적 체포에 협력케 했다. 자연 취락인 리(里, 1백 호 내외)에는 이괴(里魁)를 두었고, 민호(民戶)에 십오제(什伍制)를 적용했는데, 십주(什主), 오주(伍主)를 임명하여 선악(善惡)을 상고(相告)토록 권장하였다.

2. 후한의 황제

(1) 현종 효명황제

○ 명제(明帝)의 선정(善政)

현종(顯宗) 효명황제(孝明皇帝)[445]의 휘(諱)는 장(莊)으로 광무제

---

445 顯宗孝明皇帝諱莊 − 서기 28 − 75년. 재위 57 − 75년, 儒學을 존중, 부세 감면하여 천하가 평안. 흉노를 격파하고 班超를 보내 서역을 경영. 顯宗은 廟號, 시호는 孝明. 謚法에 '照臨四方日明'이라 했다. 前漢 孝惠帝부터 황제 시호에 '孝'가 붙는 것은 '孝子로 부친의 뜻을 잘 계승하다(孝子善繼父志).' 라는 뜻이다.

한(漢) 명제(明帝)

의 4자(子)이다. 모친은 음(陰) 황후[446]이다. 명제는 태어날 때부터 사각턱으로, 10세에 《춘추(春秋)》에 능통하여 광무제도 특이하게 여겼다.

건무 15년에, 동해공(東海公)에 봉해졌다가 17년에 작위가 올라 동해왕(東海王)이 되었고, 19년에 황태자에 책립되었다. 박사 환영(桓榮)[447]을 사사(師事)하였고 학문은 《상서(尙書)》에 통하였다.

건무 중원 2년 2월 무술일에 황제로 즉위하니, 나이는 30세이

---

446 광렬음황후[光烈陰皇后, 음려화(陰麗華). 서기 5-64년] — 光武帝의 2任 皇后, 미모가 뛰어났기에 광무제도 일찍이 '벼슬을 한다면 집금오(執金吾)를 해야 하고, 결혼을 한다면 응당 음려화를 얻어야 한다.'고 말했다. 《後漢書 本紀》10권, 〈皇后紀〉(上)에 입전.

447 환영(桓榮, 생졸년 미상) — 家貧하여 읍을 긴 노동으로 의식을 해결하며 好讀, 15년간 쉬지 않고 면학했다는 사람. 태자소부(太子少傅) 역임.

었다. 황후를 황태후로 높였다. 3월 정묘일(丁卯日), 광무황제(光武皇帝)를 원릉(原陵)에 장례했다. 유사(有司)가 광무제를 묘호를 세조(世祖)로 존칭하기를 주청하였다.

명제(明帝) 영평(永平) 18년(서기 75) 가을 8월 임자일, 황제는 동궁(東宮)의 전전(前殿)에서 붕어했다. 춘추는 48세에, 유조(遺詔)로 황릉에 침전과 묘당을 짓지 말라고 하였다. 황제는 앞서 수릉(壽陵)을 장만하면서 제서(制書)로 봉분을 만들지 말라고 하였다. 그리고 사후에 평지를 쓸고 제사하되 물 한 잔에 건포와 말린 식량이면 좋다고 하였다. 사후 100일이 지나 4계절에 따라 제사를 올리더라도 이졸(吏卒) 몇 사람이 봉분 자리를 깨끗이 쓸되 길을 새로 내지 말라고 하였다. 나중에 그런 공사를 하려는 자는 멋대로 종묘의 일을 논한 것이니 법대로 처결하라고 했다.

황제는 건무 연간의 제도를 잘 지켜 어긋나는 일이 없었다. 그래서 후궁(後宮)의 친정에서 열후(列侯)에 봉해지거나 정사에 관여할 수 없었다. 광무제의 딸인 관도공주(館陶公主)가 아들을 낭관에 임용해 달라고 하였으나 허락하지 않으면서 대신 1천만 전을 하사하였다.

그리고 여러 신하에게 말했다.

"낭관(郎官)은 임지에 가면 백리의 땅을 다스려야 하는데, 꼭 그 사람이 아니라면 백성이 고통을 당하기 때문에 허락할 수 없었다.”

그런고로 관리들은 직분을 잘 수행했고, 백성은 편안히 생업에
종사했고, 멀고 가까운 모든 지역이 열복하였으며 호구가 크게
늘어났다.

○ 명덕마황후(明德馬皇后)

명덕마황후(明德馬皇后)의 이름은 알려지지 않았는데,[448] 복파
장군(伏波將軍) 마원(馬援)[449]의 막내딸이다. 어려서 부모를 여의
었다. 오빠인 객경(客卿, 마원의 막내아들)은 영특했으나 일찍 죽자,
마황후의 모친 인씨(藺氏) 부인은 슬픔이 병이 되어 정신이 어지
러웠다〔慌惚(황홀)〕. 마황후는 그때 나이 10세에 집안 일을 처리
하고 하인을 거느리면서 집안 안팎의 일을 묻고 아뢰는 것이 어
른과도 같았다.

어린 날의 마황후는 오래된 병이 있어 모친이 이를 두고 점을
쳤는데, 점쟁이가 말했다.

“이 여아는 비록 병을 타고났지만 아주 귀할 것이니, 그 고귀
한 정도는 이루 다 말할 수 없습니다.”

---

448 시법(諡法)에 ‘忠和純淑曰 德’ 이라 하였다. 明帝의 황후 馬氏(재
　　위 60－75년). 서기 79년 붕어. 이름이 전해지지 않았다.

449 伏波將軍 마원(馬援, 前 14－서기 49)－복파장군(伏波將軍), 세칭
　　‘馬伏波’. 고사성어 ‘화호불성반류견(畵虎不成反類犬)’, ‘노당익
　　장(老當益壯)’ 의 주인공.

뒷날 관상가를 불러 여러 관상을 보게 했더니, 마황후를 보고는 크게 놀라며 말했다.

"나는 필히 이분 앞에서 칭신(稱臣)해야 합니다. 그러나 고귀하지만 자식이 적을 것이니, 만약 남의 자식을 키워도 친자식보다 나을 것입니다."

그전에 마원(馬援)은 군사를 거느리고 만이(蠻夷)를 정벌하다가 진중(陣中)에서 죽었는데, 그 부장(部將)들이 이를 계기로 상관 마원을 참소하였고, 이 때문에 가문은 더욱 세력을 잃었으며, 거기에 여러 차례 권귀(權貴)들에게 침탈당했다.

뒷날 마황후의 사촌 오빠인 마엄(馬嚴)은 울분을 이기지 못하고, 태부인(太夫人, 마황후의 조모)에게 아뢰어 두씨(竇氏) 집안과의 혼약을 파하고 마원의 딸을 궁중에 보냈다.

그래서 마씨 딸은 13살에 태자궁에 뽑혀 들어갔다. 음(陰)황후를 받들면서 비빈의 예법을 잘 따라 아래위 모두의 인정을 받았다. 마침내 특별한 총애를 받으면서 늘 후당(後堂)에서 생활하였다.

명제(明帝)가 즉위하자, 마씨(馬氏)는 귀인이 되었다. 이 무렵 마씨 전모(前母) 언니의 딸 가씨(賈氏)도 역시 궁에 뽑혀 들어와 숙종[肅宗, 장제(章帝)]을 출산하였다.

명제는 마귀인(馬貴人)에게 아들이 없으니 대신 양육하라며, 명제가 말했다.

"사람이 직접 출산하지 않았어도, 다만 정성으로 양육하지 못할까 걱정해야 한다."

마귀인은 이에 온 정성으로 장제(章帝)를 양육하였는데, 애쓰고 걱정하는 것이 친생자보다 더했다. 장제 또한 천성이 효순돈후(孝順敦厚)하였고, 감은(感恩)의 본성을 타고났기에 모자(母子)가 자애하여 시종 작은 틈새도 없었다.

영평(永平) 3년 봄, 담당 관리가 황후를 책봉해야 한다고 주청하였지만 명제는 아무 말도 하지 않았다.

이에 황태후[皇太后, 명제의 모친. 광무제 황후 음씨(陰氏)]가 말했다.

"마귀인의 품덕(品德)은 후궁에서 제일이니, 바로 이 사람입니다."

마침내 마귀인은 명제의 황후로 책립되었다.

마황후는 숙종, 건초(建初) 4년(서기 79) 6월에 붕어했다.

(2) 숙종 효장황제

○ 마(馬)황후의 양육

숙종 효장황제(肅宗 孝章皇帝)[450]의 휘(諱, 이름)는 달(炟, 불이 일

---

450 숙종 효장황제(肅宗孝章皇帝)는 諱炟, 재위 75 − 88년. 年號는 建
    初(76 − 84년) − 元和(84 − 87年) − 章和(87 − 88년). 炟은 불붙일

어날 달)이고, 현종(顯宗, 明帝)의 5번째 아들이다. 모친은 가귀인(賈貴人)이다.[451] 영평(永平) 3년에, 황태자로 책립되었다. 어려서부터 너그러웠으며 유학을 좋아하였기에 명제는 태자의 기량을 중시했다.

명제 영평 18년 8월 임자일(壬子日)에 황제로 즉위했는데, 나이는 19세였다. 마황후(馬皇后)를 높여 황태후(皇太后)라 하였다. 임술일(즉위 10일 후)에 효명황제(孝明皇帝)를 현절릉에 장례했다.

겨울 10월 정미일(丁未日), 나라의 죄수를 모두 사면하였다.

○ 백호관(白虎觀)의 경서 토론

장제 건초(建初) 4년(서기 79), 태상(太常), 장군(將軍), 대부(大夫)와 박사(博士), 의랑(議郞)과 낭관(郞官) 및 모든 박사의 제자, 그리고 유생이 백호관(白虎觀)에 회동(會同)하여 《오경(五經)》 내용의 동이(同異)에 대한 토론을 하였는데, 오관중랑장(五官中郞將)인 위응(魏應)이 황제의 뜻을 받아 문제를 제기하고, 시중(侍中)인 순우공(淳于恭)이 (토론과 결정된 내용을) 상주하면 황제가 친히 제

달. 章帝는 정사에 근면했고 農桑을 장려하며 요역을 경감하였고, 與民休息하여 경제적 번영을 이룩했으며 班超의 西域 경영에 성공하여 부친 明帝와 함께 '明章之治'라 불리는 後漢의 盛世를 이룩했다. 그러나 외척을 방임하여 뒷날 외척과 환관 발호의 단서를 열었다. 장제는 草書에 아주 뛰어났었는데, 그의 초서를 특별히 '章草'라고 칭한다.

451 생모는 賈貴人이나 明帝의 馬皇后가 사실상 양육하였다.

서(制書)를 내려 결정하였는데, 이는 효선황제(孝宣皇帝)의 감로(甘露, 前 53 – 50년) 연간의 석거각(石渠閣)의 전례를 따른 것이었으며《백호의주(白虎議奏)》를 저술하였다.[452]

○ 장제의 죽음

장제(章帝) 장화(章和) 2년(서기 88) 봄 2월 임진일에, 황제가 붕어했는데, 나이는 33세였다.[453] 유조(遺詔)로 침전과 묘당을 짓지 말고 모든 것을 선제(先帝, 명제)의 법제(法制)와 같게 하라고 하였다.

뒷날 위 문제〔魏 文帝, 조비(曹丕), 조조(曹操)의 아들, 재위 220 –

---

452 武帝의 파출백가 독존유술(罷黜百家 獨尊儒術) 이후 儒學은 통치사상으로 확실한 지위를 확보하고 그만한 교육활동이 이루어진다. 그러나 경전의 내용과 풀이가 제각각 달라서 宣帝는 당시 유명한 학자를 미앙궁의 북쪽 石渠閣(석거각)에 모아 五經의 異同을 논하게 했고 宣帝가 참여하여 최종 판결을 지었다. 이 논의에 참여한 유학자로는 소망지(蕭望之), 劉向, 위현성(韋玄成), 설광덕(薛光德), 시수(施讎), 양구림(梁丘臨), 장산부(張山拊) 등으로 그 논의 내용을《석거론(石渠論)》105편으로 엮었다고 했으나 지금은 실전되었다.
《白虎議奏》 – 白虎觀에서 토론하고 황제가 결재한 내용을《백호의주(白虎議奏)》라 하였다. 토론의 모든 것을 반고(班固, 32 – 92년)가 다시 종합한 것이《白虎通德論》이다.《白虎通德論》은《白虎通義》또는《白虎通》으로도 불린다. 全 4권.

453 19세 즉위. 在位 75 – 88년. 年號는 建初(76 – 83년) → 元和(84 – 86年) → 章和(87 – 88년).

226]는 '명제(明帝)는 명찰(明察) 엄격하였고, 장제(章帝)는 후덕하였다.' 라고 말했었다. 장제는 평소에 백성들이 명제의 엄격한 정사(政事)에 질린 것을 알고 있어 모든 일을 관대하고 온후하게 처리하였다.

장제는 신하 진총(陳寵)이 올린 논의[454]에 감동하여 참혹한 형벌 조항을 폐지하였다. 백성에 대한 깊은 은정이 있어 태아 양육을 위하여 곡식을 지급하는 법을 시행하였다.[455] 양모(養母)인 명덕태후(明德太后)를 받들어 정성으로 효도하였다. 큰 도시를 분할하여 가까운 황친을 분봉하였다. 백성의 요역을 공평히 했고 부세(賦稅)도 줄여 백성이 그 혜택을 입었다. 또 충서(忠恕)를 바탕으로 삼았고 예악(禮樂)을 정치에 도입하였다. 그래서 제후들은 모두 화합하였고 겸양의 미덕을 보였다.

그러하니 장제(章帝)를 후덕한 장자(長者)라고 평한 말이 옳지 않은가! 재위 13년에, 군국(郡國)에서 올린 상서(祥瑞)의 길조가 도서에 기록되어 말한 것이 수백에서 1천에 가까웠다. 아! 참으로 아름답도다!

---

454 진총은 당시 尙書로 참혹한 형벌의 사례 50여 조를 폐지해야 한다고 상서하였다.

455 元和 2년(서기 85), 임신한 여인에게 태양곡(胎養穀)을 지급하는 詔令을 내렸다.

○ 반초의 서역(西域) 경영

장제(章帝) 건초(建初) 3년(서기 78년) 4월 윤달, 서역의 가사마
(假司馬)[456]인 반초(班超)[457]가 서역의 고묵국(姑墨國)[458]을 공격하
여 대파하였다.

후한에서는 명제(明帝) 영평(永平) 17년(서기 74)에 서역도호(西
域都護)로 진목(陳睦)을 처음 파견하였으나 다음 해 언기국(焉耆國)
과 구자국(龜玆國)이 서역도호를 포위 공격하여 진목과 한군(漢軍)
을 몰살시켰다. 서기 91년, 반초가 서역을 평정하자 반초를 서역
도호로 임명하였고, 반초는 구자국 영역 내 타건성〔它乾城, 지금의
신강(新疆) 고차(庫車) 부근〕에 도호부를 설립 주둔하였다.

화제(和帝) 영원(永元) 6년(94) 7월, 서역도호인 반초가 언기(焉
耆)와 위리국(尉犁國)을 대파하고 그 왕을 죽였다. 이로써 서역이
모두 항복하였고 인질을 보낸 나라가 50여 국이었다.

---

456 西域假司馬는 서역 주둔 軍 司馬의 副職. 장군은 휘하에 校尉(比
二千石) 1인과 司馬(比千石) 1인을 두는데, 교위를 두지 않을 경
우 假司馬를 둘 수 있었다.

457 반초(班超, 32－102년) － 史學家 班彪(班彪)의 子,《漢書》편찬자
반고(班固)의 아우. 三人을 '三班'이라 合稱. 반소(班昭, 45?－117
년?)의 오빠. 투필종융(投筆從戎)하여 後漢 名將이 되었다. '불입
호혈, 언득호자(不入虎穴, 焉得虎子)' 故事의 주인공.

458 姑墨(고묵)은 서역의 국명. 姑默, 亟墨으로도 표기. 今 新疆省 서
부의 阿克蘇市 일대.《漢書 西域傳》에 왕도는 南城(남성), 장안에
서 8,150리, 인구 24,500명으로 기록되었다.

반초는 102년까지 서역도호로 근무했는데, 서기 97년에 감영(甘英)을 로마제국(羅馬帝國)에 사신으로 보냈다. 반초 이후 서역도호 임상(任尚, 102 - 106)과 단희(段禧, 106 - 107)에 이르러 서역여러 나라와 구자국(龜茲國)이 반기를 들자 '거리가 너무 멀어 지키기 어렵다' 하여 서역도호(西域都護)를 폐지하였다. 이에 서역여러 나라는 다시 북흉노의 차지가 되었다.

(3) 효화제

○ 황태후 임조칭제(臨朝稱制)

효화황제(孝和皇帝)의 휘(諱)는 조(肇, 시작할 조)[459]이고, 숙종의 제 4자이다. 생모는 양귀인(梁貴人)으로 두황후(竇皇后)의 참소를 받아 근심하다가 죽었는데, 두황후는 황제를 양육하며 자신의 아들로 여겼다. 장제 건초(建初) 7년(82), 황태자에 책립되었다.

장화(章和) 2년 2월 임진일, 제 4자 조(肇)가 황제로 즉위하니, 나이 10살이었다. 두황후를 황태후로 높였고, 황태후가 임조(臨朝)하였다.[460]

---

459 孝和皇帝諱肇 - 和帝. 肇는 시작할 조, 꾀하다. 재위 서기 88 - 105년. 연호, 永元(89 - 104). 元興 105년.

460 임조칭제(臨朝稱制) - 태후가 국정을 代理(攝行)하다. 臨은 '높은 곳에서 내려다본다' 는 뜻이 있다. 어린 황제가 즉위했을 경우 황태후나 태황태후가 황제를 대신하여 정사를 행하는 것을 임조칭

○ 화제(和帝)의 인정(仁政)

화제 영원(永元) 13년(101) 봄 정월 정축일(丁丑日), 황제는 남궁(南宮)의 동관(東觀)[461]에 행차하여 서책을 구경하고 서적을 열람한 뒤에 학식과 기예에 뛰어난 문사를 널리 모집하여 충원하였다.

11월, 안식국(安息國)에서 사절을 보내 사자(獅子)를, 조지국(條枝國, 條支國)에서는 타조를 바쳤다.[462]

제(臨朝稱制)라 한다. 稱制는 천자의 직권(職權)을 행사한다는 뜻으로, 前漢 呂太后의 정치는 가장 전형적인 臨朝稱制였다. 後漢에서는 두태후(竇太后)를 비롯한 6번의 臨朝稱制가 있었다. 臨朝는 '臨前殿하여 朝君臣하다' 의 뜻, 황후는 東向으로 어린 주군은 西向으로 앉으며 신하가 올리는 문서는 2부를 작성하여 양쪽에 올린다. 황제가 태자에게 정사를 대리케 하는 것은 감국(監國)이라 하고, 다른 남성 高官이 정사를 맡아 대리하는 것은 섭정(攝政)이라 한다.

461 동관(東觀)—洛陽 南宮의 장서각, 觀은 누각 관, 道敎의 사원. 書林은 많은 서적. 術藝之士는 術藝之士, 의학, 천문, 점술 등에 관한 術士. 동관에서 대를 이어 편찬한 後漢代 역사를 《東觀記》로도 불렸는데, 모두 143권이다. 기전체로 후한 光武帝에서 영제(靈帝)까지 역사를 서술한 官撰(관찬)의 當代史이다. 이는 후한 明帝 때 처음 편찬된 이후 章帝, 安帝, 桓帝, 靈帝, 獻帝 때까지 계속되었는데 本紀, 列傳, 表, 載記 등으로 구분 편찬하였고 각각의 기전에 서문이 있다. 이는 각 황제대의 起居注(황제의 언행에 관한 기록), 국가 문서나 檔案(당안, 이민족과 왕래한 문서), 공신의 업적, 前人의 舊聞, 私的 저작물 등을 망라한 후한 사료의 총집이라 할 수 있다. 이는 劉珍(유진) 등이 東觀에 설치한 修史館에서 편찬했다하여《東觀記》라는 이름이 붙었다. 실전되어 전하지 않는다.

원흥(元興) 원년(서기 105) 겨울 12월 신미일(辛未日), 황제가 붕어하였는데, 나이는 27세였다. 황자(皇子) 륭(隆)이 황태자가 되었다. 온 나라의 환과고독(鰥寡孤獨)과 폐질자, 살기가 어려운 빈민에게는 곡식을 각각 3곡(斛)씩 하사하였다.

두헌(竇憲)이 죽은 이후 황제는 친히 정사를 처리하였다. 재해나 이변이 있을 때마다, 곧 공경을 불러 물으며 정치의 득실을 모두 다 말하게 하였다. 황제 재위 중 상서로운 조짐이 81회나 나타났지만 스스로 박덕하다며 모두 억제하며 소문을 내지 않았다. 그전에 남해군(南海郡)에서 용안(龍眼)과 여지(荔支)를 헌상하였는데, 이를 위해 10리에 역(驛)을, 5리에 참(站)을 설치하고 험한 길을 달려 헌상하니 죽는 자가 길에 널렸었다. 그때 그 실상을 진술하는 상소가 있었다. 이에 황제가 다시는 받지 말라는 조서를 내렸다.

범엽(范曄)의 사론(史論) : 광무제의 중흥(中興) 이후로 영원(永元) 연간에 이르기까지 비록 성쇠의 변화가 많았지만 각 방면에서 여러 종족이 공존하며 소란하지 않았기에 평민 백성은 해마다

---

462 安息國은 지금 이란(伊朗) 북동부에 존재했던 나라. 영어로는 Parthia(파르티아). 왕도는 番兜城(번두성)인데 장안에서 11,600리 떨어져 있다. 서역도호부에 복속하지 않았다. 안식국의 동쪽은 大月氏(대월지)이다. 師子는 獅子. 條枝(조지, 《漢書 西域傳》에는 條支)는 안식국의 속국, 중동 伊拉克(이라크, Iraq) 지역의 국가. 大爵(대작)은 새 이름. 머리를 들면 8, 9尺이고 그 알이 항아리만큼 크다고 하였다. 駝鳥(타조), 《漢書 西域傳》는 '大鳥'로 기록되었다.

늘어났고 영역은 대대로 넓어졌다. 군사가 국경 밖에 출동하니 사막 북쪽 땅이 비었고, 서역도호가 서쪽에 진출하면서 4만 리 떨어진 곳에서도 통역이 들어왔다.

○ 효상황제(孝殤皇帝) - 출생 100일

효상황제(孝殤皇帝)[463]의 휘(諱)는 융(隆)으로, 화제(和帝)의 작은 아들이다.

원흥(元興) 원년(서기 105) 12월, 신미일 밤에 황제로 즉위했는데, 그때 태어난 지 100여 일이었다. 화제의 황후를 높여 황태후라 하였고, 황태후가 임조청정(臨朝聽政)하였다.

연평(延平) 원년(서기 106년) 8월 신해일, 황제가 붕어했다. 계축일, 숭덕 전전(前殿)에 빈소를 마련했다.

나이는 두 살이었다.

---

463 효상황제(孝殤皇帝, 105-106년 8월, 재위 8개월) - 和帝에게 많은 아들이 태어났으나 대부분 요절하였다. 和帝는 환관과 외척이 皇子를 해친다고 생각하여 민간에 보내 양육케 하였다. 元興 元年 12月(陰)에 화제가 붕어하자, 鄧(등) 皇后는 長子 劉勝(유승)에게 고질병이 있다 하여 민간에서 양육 중인 劉隆(유륭, 출생 후 겨우 100일)을 궁으로 데려와 즉위시키고 劉勝(유승)은 平原王에 봉했다. 殤帝(상제, 短折不成曰 殤. 殤은 일찍 죽을 상)는 중국 역사상 가장 어린 황제에, 가장 단명한 황제로 기록되었다.

(4) 효안제

ㅇ 계속되는 황제의 단명

효안황제(孝安皇帝)의 휘(諱, 이름)[464]는 호(祜, 복 호)로, 숙종(肅宗, 장제)의 손자이다. 부친은 청하효왕(淸河孝王)인 경(慶)이고, 모친은 좌희(左姬)이다. 황제는 (청하왕의) 사저에 있을 때부터 여러 번 신광(神光)이 방을 비췄으며, 또 붉은 뱀이 평상(平床) 사이에 똬리를 틀기도 했다. 나이 10세에 《사서(史書)》[465]를 즐겨 읽어, 화제(和帝)도 칭찬을 하며 자주 궁으로 불러 만나보았다.

안제 연광(延光) 4년(서기 125) 3월 무오일 초하루, 일식(日食)이 있었다.

경신일, 완현(宛縣)에 행차했지만 황제는 병이 났다.

정묘일, 남양군(南陽郡) 섭현(葉縣)에 와서 황제는 승여(乘輿) 안에서 붕어하였는데, 나이는 32세였다(13살에 즉위하여 19년 재위).

---

464 孝安皇帝諱祜 − 恭宗은 廟號. 뒤에 철폐, 사용 안함. 孝安皇帝 諱는 호(祜, 복 호, 福也). 孝安皇帝는 공식 諡號(시호), 서기 94년생, 在位 20년(107−125). 연호, 永初(107−113) → 元初(114−119) → 永寧(120) → 建光(121) → 延光(122−124).

465 《史書》− 周 宣王의 太史인 주(籒)가 지었다는 책으로 55篇이라는 주석이 있다.

황제의 붕어를 비밀로 하여 알리지 않고 행재소에서의 식사와 기거 문안을 전과 같이 하였다. (3일 뒤인) 경오일에, 환궁하였다. 다음 날인 신미일 저녁에, 발상(發喪)하였다.

○ 소제(少帝) – 재위 6개월

안제의 황후〔皇后, 염황후(閻皇后)〕를 황태후로 높였다. 염태후가 임조(臨朝)하면서 태후의 오빠인 대홍려(大鴻臚) 염현(閻顯)을 거기장군(車騎將軍)으로 삼고 궁중에서 방책을 결정하여 장제(章帝)의 손자인 제북(濟北) 혜왕(惠王) 수(壽)의 아들인 북향후(北鄉侯) 의(懿)를 옹립하였다.

을유일, 북향후(北鄉侯)가 황제(皇帝)로 즉위하였다.

연광(延光) 4년(서기 125) 겨울 10월 신해일, 소제(少帝)가 죽었다(재위 6개월).

범엽(范曄)의 사론(史論) : 효안제(孝安帝)가 비록 존엄의 칭호로 자리를 누렸지만 국권은 등(鄧)태후가 장악했고, 반찬을 줄이고 의복 사치를 금하며 정치 도리는 알고 있었다.

그렇지만 정령(政令)이 안방에서 나오면서 위엄이 먼 곳에 미치지 못하였으니, 이로부터 통치의 바탕이 흔들려 결국 기강의 해이로 귀결되었다.

나중에 금전에 따라 관직을 수여하고 백성을 옮기는 것으로 적의 공격을 피했으며, 하늘이 내리는 재해를 삼공의 허물로 돌렸

다. 지혜로운 여인이라 말했지만 역시 '집안을 기울게 했을 뿐'
이다.

(5) 효순제

○ 환관이 옹립한 황제

효순황제(孝順皇帝)[466]의 휘(諱)는 보(保)이며 안제(安帝)의 아들
이다. 모친은 이씨(李氏)이나 염(閻)황후에 의해 독살당했다. (안
제) 영녕(永寧) 원년(120)에 황태자로 책립되었다.

안제 연광(延光) 3년(124), 안제의 유모인 왕성(王聖), 대장추(大
長秋)인 강경(江京), 중상시(中常侍)인 번풍(樊豊) 등이 태자의 유모
인 왕남(王男), 주감〔廚監, 식관령(食官令)〕인 병길(邴吉)을 모함하여
죽였는데, 태자는 이를 자주 탄식하였다. 왕성 등은 뒷날의 화가
두려워 번풍, 강경과 함께 태자를 모함하였고, 태자는 이에 연좌
되어 폐위되어 제음왕(濟陰王)이 되었다.

다음 해(125년) 3월, 안제가 붕어하고 북향후〔北鄕侯, 유의(劉
懿)〕가 즉위했는데(少帝), 제음왕은 폐출되었기에 빈전(殯殿)에 가
서 부친의 관인 재궁(梓宮)을 친림할 수도 없어 슬피 통곡하며 식

---

466 孝順皇帝 — 유보(劉保). 諡法(시법)에 '慈和徧服曰 順'이라 하였
다. 재위 125 – 144년. 연호는 永建(126 – 131) → 양가(陽嘉, 132 –
135) → 永和(136 – 141) → 漢安(142 – 143) → 建康(144년).

음을 전폐하니, 내외 많은 신하가 애통해하지 않는 자가 없었다.

소제〔少帝, 유의(劉懿)〕가 재위 6개월에 죽자, 거기장군 염현(閻顯)과 강경(江京), 그리고 중상시 유안(劉安), 진달(陳達) 등이 태후에게 아뢰고 비밀로 하여 발상하지도 않고, 다시 다른 제후왕의 아들을 불러 옹립하려고 궁문을 닫고 군사를 배치하여 단속하였다.

환관(宦官)인 왕강(王康), 손정(孫程) 등 19명이 궁정정변을 일으켜 11세의 유보(劉保)를 옹립하였다. 환관 19명은 모두 제후에 봉해졌다. 온화하고 유약한 순제의 즉위는 환관의 작품이며 이후 환관과 외척은 정사에 깊이 관여한다.

○ 순제의 죽음

순제 건강(建康) 원년(서기 144) 8월 경오일, 황제가 전전(前殿)의 옥당에서 붕어하였는데, 나이는 30세였다. 유조(遺詔)로 침전과 묘당을 짓지 말고 평상복으로 염을 하되 주옥이나 옥기(玉器) 등을 부장하지 말라고 하였다.

범엽(范曄)의 사론(史論) : 고대의 제왕 중에는 유폐나 방축을 당했다가 돌아와 제위에 오른 경우가 있었고, 그런 제왕은 전날의 역경을 거울삼아 바로잡거나 어려웠던 처지를 잘 알고 밖으로 밀렸을 때의 걱정을 잊지 않았기에 중흥의 치적을 이룰 수 있었다. 순제(順帝) 재위 중의 정사를 본다면 전혀 그리하지 않았다.

어찌 그리도 이전의 나쁜 것을 많이 본받았는가?

○ 효충제(孝沖帝)

효충황제(孝沖皇帝)[467]의 이름은 병(炳, 밝을 병)으로 순제의 아들이다.

건강(建康) 원년(서기 144), 황태자로 책립되었다가 그해 8월 경오일(庚午日) 황제로 즉위하였는데, 나이는 2세였다. 충제 영희(永熹) 원년 봄 정월에 죽었는데, 나이는 3세였다(재위 5개월).

○ 효질제(孝質帝)

효질황제(孝質皇帝)의 휘(諱)는 찬(纘,이을 찬)으로, 숙종(肅宗, 장제)의 현손(玄孫)이다.

충제(沖帝)가 병이 나자, 대장군 양기(梁冀)[468]는 황제를 불러 낙양의 도정(都亭)에 오게 하였다. 충제(沖帝)가 붕어하자, 황태후(皇太后, 순제 양태후)는 양기와 함께 궁 안에서 방책을 정한 뒤에, 병신일에, 양기를 보내 부절을 갖고 가서 왕이 타는 수레로 남궁

---

467 충제 유병(沖帝 劉炳) - 재위 144년 9월 - 145년 2월. 약 5개월.

468 양기(梁冀) - 대장군 梁商의 아들 梁冀는 順帝의 順烈 梁皇后의 친정오빠로, 順帝 永和 6년(141)에 대장군이 되었다. 충제(沖帝), 質帝, 환제(桓帝)를 옹립했다. 그 가문에 侯 7명, 皇后 3명, 貴人 6명, 대장군 2명, 그 외 卿, 將, 尹, 校尉가 57명이었다고 하니, 그 세력과 횡포를 짐작할 수 있다. 34권, 〈梁統列傳〉에 立傳.

(南宮)에 영입하였다. 정사일, 건평후(建平侯)에 책봉한 뒤에 그날로 황제로 즉위하니, 나이는 8세였다.

본초(本初) 원년(서기 146)[469] 윤 6월 갑신일, 대장군 양기(梁冀)가 비밀리에 짐독으로 시해하여, 황제가 전전(前殿)의 옥당에서 붕어했는데, 나이는 9세였다(재위 16개월).

(6) 효환제

ㅇ 양기의 횡포

효환황제(孝桓皇帝)의 이름은 지(志)[470]이며, 장제(章帝)의 증손이다. 부친 익(翼)이 죽자 작위를 세습하였다. 질제 원년, 양(梁)태후는 황제를 징소(徵召)하여 태후의 여동생과 결혼시키려고 하였다.

마침 질제가 붕어하자, 양태후는 오빠인 대장군 양기(梁冀)와 함께 궁중에서 방책을 결정한 뒤에 6월 윤달에 양기에게 부절을

---

469 本初 元年 − 質帝의 연호, 서기 146년.

470 孝桓皇帝(효환황제) − 孝桓皇帝諱志의 桓은 푯말 환, 굳셀 환. 빛 나다. 諡法에 '克敵服遠曰 桓.' 재위 146−167년, 延熹(연희) 2년 (159)에, 환관의 힘을 빌려 외척 梁氏 일당을 제거. 환관의 부패에 따른 太學生의 개혁 요구에 桓帝가 태학생을 배척한 '黨錮之禍 (당고의 화)'를 야기. 死後 묘호가 '威宗(위종)'이었지만 獻帝 初平 원년에 '功德이 없다'하여 章帝 이후 황제의 묘호를 삭제하였다.

갖고 가서 황자(皇子)가 사용하는 푸른 덮개의 수레에 태워 남궁(南宮)으로 모시게 하여 당일에 제위에 오르게 하니, 그때 15세였다. 양태후는 여전히 임조, 청정하였다.

환제 연희(延熹) 2년(서기 159), 가을 7월 병오일에, 황후 양씨가 붕어했다. 을축일, 의헌황후, 양씨(梁氏)를 의릉(懿陵)에 장례했다. 대장군 양기(梁冀)가 반란을 모의하였다.

8월 정축일, 황제가 전전(前殿)에 와서 조서로 사예교위 장표를 시켜 군사를 거느리고 양기의 저택을 포위하여 대장군 인수를 회수하게 하자 양기와 처는 모두 자살하였다.

○ 당고(黨錮)의 화(禍) (서기 166)

환제 연희(延熹) 9년(서기 166) 9월, 대진국(大秦國)[471] 왕이 사신을 보내 토산물을 헌상했다.

겨울 12월, 사예교위(司隷校尉)[472]인 이응(李膺) 등 200여 명이

---

471 大秦國 − 유럽 Rome제국(羅馬 帝國). 로마의 동방 영토. 大秦國, 海西國으로도 표기. 和帝 永元 9년(97)에 서역도호 반초(班超)가 甘英을 파견했었다. 延熹 9년 기사의 주석에는 당시 대진국왕을 安敦(안돈, 安敦寧 畢尤, Antoninus Pius, 재위 138−161 재위)이라 하였지만, 실제는 Marcus Aurelius(마르쿠스 아우렐리우스, 유명한 스토아 철학자, 哲人皇帝)가 재위 중이었다.

472 사예교위(司隷校尉) − 질록은 比二千石. 武帝 때 처음 설치, 百官과 京師 近郡의 犯法者를 처리하였다. 전한 말에 폐지되었다가 후한 建武 연간에 다시 설치. 京畿 지역의 감찰 담당하였는데,

환관의 무고(誣告)에 의해 당인(黨人)[473]으로 지목되어 모두 하옥되었다.

환제 영강(永康) 원년(서기 167) 12월 정축일, 황제가 덕양(德陽) 전전(前殿)에서 붕어하였다. 시년(時年) 36세였다.

전사[前史, 동관기(東觀記)]에는 환제가 음악을 좋아했고, 거문고와 생황 연주에 뛰어났다고 칭송하였다. 아름다운 숲을 꾸미고 화려한 궁전을 지었으며, 화려한 휘장을 설치하였으며 부처나 노자에게 제사하였다. 양기(梁冀)를 주살하고 분노의 위엄을 보이자, 온 천하는 백성도 함께 휴식할 수 있으리라고 기대했었다. 그러나 사악한 5명 환관은 학정을 계속했고 그 폐해는 사방에 넘쳐 흘렀다.

都官從事, 郡國從事 등 많은 속관으로 거느렸다. 司隷校尉部는 치소는 河南 洛陽縣이고 河南尹, 河內郡, 河東郡, 弘農郡, 경조윤(京兆尹), 좌풍익(左馮翊), 우부풍(右扶風)을 감찰하여 다른 12자사보다 막강하였다.

473 당고(黨錮)의 화(禍)-《후한서》 67권, 〈黨錮列傳〉 참고. 당시 黨人으로 지목된 劉淑(유숙), 李膺(이응), 杜密(두밀), 劉佑(유우) 등을 따로 입전하였다. 朋黨之人으로 지목된 사람의 門生, 故吏, 父子, 兄弟는 現職에서 배제하고(免官) 신규로 임용될 수 없는 禁錮(금고)에 처했다.

3. 후한의 쇠망

(1) 효영제

○ 환관의 발호

효영황제(孝靈皇帝)[474]의 이름은 굉(宏)으로, 숙종(肅宗)의 현손
(玄孫)이다. 조부(祖父)부터 대대로 해독정후(解瀆亭侯)[475]였다. 모
친은 동부인(董夫人)이었다. 환제가 붕어하고 아들이 없자, 황태
후(皇太后, 두씨)와 (태후의) 부친 성문교위(城門校尉) 두무(竇武)는
궁중에서 방책을 결정한 뒤, 유숙(劉儵)에게 부절을 주어 좌우 우
림군(羽林軍)을 거느리고 하간국(河間國)[476]에 가서 황제를 맞이하

---

474 靈皇 – 後漢 12대 皇帝(재위 168 – 189년, 22년), 章帝(肅宗)의 玄
孫, 桓帝의 당질(堂侄). 황제의 주색 탐닉과 황음무도, 환관(宦官)
과 외척의 세력 싸움과 부패 무능, 연속되는 천재지변, 張讓(장
양) 등 十常侍의 발호. 결국 張角의 黃巾賊의 亂이 시작된다. 桓帝
靈帝의 재위 기간은 後漢의 암흑기였으니 제갈량(諸葛亮)도 그의
〈出師表〉에서 '탄식통한어환영(嘆息痛恨於桓靈)'이라고 말했다.
諡法(시법)에 '亂而不損曰 靈'이라 하였다. 연호는 建寧(168 –
172) → 희평(熹平, 173 – 178) → 光和(179 – 184) → 中平(185 –
189)이었다.

475 解瀆亭侯 – 解瀆亭은, 今 河北省 保定市 관할 安國市. 安國市는
'天下第一藥市'로 알려졌다.

476 하간국(河間國) – 領縣은 12개. 冀州 소속 河間國의 治所는 樂成

게 시켰다.

영제 건녕(建寧) 원년(서기 168) 봄 정월 임오일, 성문교위(城門
校尉)[477]인 두무(竇武)가 대장군[478]이 되었다. 기해일, 황제가 하문
정(夏門亭)에 도착하자, 두무(竇武)를 보내 부절을 갖고 가서 왕이
타는 수레로 궁궐에 영입케 하였다.

경자일에, 황제로 즉위하니, 나이는 12세였다. 건녕(建寧)으로
개원하였다.

9월 신해일(辛亥日), 중상시(中常侍)인 조절(曹節)이 위조한 조서
(교조矯詔)로 태부(太傅)인 진번(陳蕃), 대장군인 두무(竇武)와 상서
령 윤훈(尹勳), 시중인 유유(劉瑜), 둔기교위(屯騎校尉)인 풍술(馮述)
을 주살하고[479] 그들 일족을 모두 죽였다. 황태후는 남궁(南宮)으
로 옮겨 살게 했다.

縣. 今 河北省 남동부의 滄州市 관할 獻縣(헌현).

477 城門校尉 — 낙양성 12개 성문의 수비 군사를 지휘, 질록 比二千
石. 속관으로는 城門司馬(1인, 千石), 門候(각 성문 1인 질록 6백
석)를 두었다. 낙양 성문 중 正南門인 平城門과 北宮門은 위위(衛
尉)의 소관이었다.

478 大將軍의 다음이 驃騎將軍(표기장군), 그 다음 車騎將軍, 그 다음
衛將軍(위장군)은 정치 상황에 따라 조금씩 달라지지만 三公과
동급 등 그 외 전쟁 수행에 따라 前, 後, 左, 右將軍도 있었다.

479 나라의 太傅, 大將軍, 尚書令, 侍中, 屯騎校尉(둔기교위) 등을 죽였
으니, 이는 거의 쿠데타 수준이었다.

영제는 '장상시(張常侍, 장양(張讓))는 나의 아버지(파파爸爸)이고, 조상시(조충趙忠)는 나의 어머니(마마媽媽)'라고 말할 정도로 환관을 존중, 총애하였다.

《후한서(後漢書)》 78권, 〈환자열전(宦者列傳)〉에는 정중(鄭衆), 채륜(蔡倫), 손정(孫程), 조등(曹騰), 선초(單超), 후람(侯覽), 조절(曹節), 여강(呂强), 장양(張讓) 등을 입전하였다.

《삼국연의(三國演義)》에 등장하는 '십상시(十常侍)'는 장양, 단규(段珪), 조충(趙忠), 봉서(封諝), 조절(曹節), 후람(侯覽), 건석(蹇碩), 정광(程曠), 하운(夏惲), 곽승(郭勝)이다.

사실 명문대가에서 정상적인 교육을 받고 성장했어도 악인은 있다. 가난했기에 아니면 죄를 지어 부형을 받아 환관이 되었다면, 그들 중에 어찌 악인이 없겠는가?

남자로서 성적 결함은 열등의식을 넘어 치욕인데, 그런 치욕으로 한평생을 사는 환관이 권력과 재물에 집착한다 하여 비난할 필요는 없다. 다만 어느 정도에서 자신을 제약하지 못했기에 욕을 먹어야 한다.

후한에서 환관의 폐해가 심했던 시기에는 틀림없이 용렬한 황제가 재위했다. 특히 영제(靈帝)가 우매하였기에 환관은 전성기를 누렸다.

영제는 가끔 영안궁(永安宮) 망루에 올랐는데, 환관들은 자신의 저택을 황제가 바라볼 것이 두려워 중대부(中大人)인 상단(尙但)을 시켜 말하게 하였다.

"천자(天子)는 등고(登高)할 수 없으니 등고하면 백성이 줄어들고 흩어지게 됩니다."

영제는 이후로 다시는 누각이나 정자에 올라가지 않았다. 이처럼 〈환자열전(宦者列傳)〉에 나타난 영제는 우매했다. 영제는 직접 매관매직을 했고, 그런 금전과 비단 마필을 개인의 재산처럼 치부(致富)하였다.

황제이기 전에 그냥 보통 인간이라도 이리 우매할 수 있겠는가? 그러나 환관 중에는 천재에 가까운 채륜(蔡倫)도 있었고, 여강(呂强) 같은 강직한 환관도 있었다.

○ 공개적인 매관매직(賣官賣職)

광화(光和) 원년〔元年, 영제(靈帝)의 3번째 연호. 서기 178-183년〕, 이 해에, 선비족이 주천군(酒泉郡)을 침략했다. 처음으로 서저(西邸, 西園)에서 매관(賣官)[480]을 시작하였는데, 관내후(關內侯)로부터 호분위(虎賁衛)와 우림위(羽林衛)까지 금액에 차이가 있었다.

(황제도) 비밀리에 좌우의 측근을 통하여 공경(公卿)의 직위를

---

480 西邸賣官 - 西邸(서저)는 낙양 중앙 관서의 하나(西園으로 표기도 한다). 賣官이 주 업무. 또 다른 기록에 의하면, 질록 2천 석 관직은 2천만 전, 4백 석 관직은 4백만 전에 매관하였는데 西苑(西園)에 큰 창고를 짓고 돈을 쌓아두었다.

매관하였는데, 공(公)은 1천만 전, 경(卿)의 직위는 5백만 전이었다.

○ 교현(橋玄)과 조조(曹操)

교현(橋玄, 110 − 183)의 자(字)는 공조(公祖)로, 양국(梁國) 수양현(睢陽縣) 사람이다.

교현은 영제 초에 조정의 부름을 받아 하남윤(河南尹)이 되었다가 영제(靈帝) 건녕(建寧) 3년(서기 170)에, 사공(司空)으로 승진하였다가 최고위직 사도(司徒)에 올랐다.

교현은 평소에 남양태수(南陽太守)인 진구(陳球)와 사이가 안 좋았지만, 삼공의 지위에 오르자 진구를 천거하여 사법(司法)을 담당하는 정위(廷尉)가 되게 하였다.

교현은 영제(靈帝) 광화(光和) 6년(서기 183)에 죽었는데, 그때 74세였다. 교현은 강직하고 성급하며 체면을 따지지 않았지만 아랫사람에게는 겸손하였으며 자제나 종친으로 고관에 오른 자가 없었다. 교현이 죽을 때 농토 같은 자산이 없었고 장례 치를 비용도 없어 당시 사람들이 칭송하였다.

그전에 조조(曹操)[481]가 낮은 관직에 있을 때 알아주는 사람이

---

481 曹操(조조, 155 − 220) − 字 맹덕(孟德), 小名 吉利, 小字 阿瞞(아만), 沛國 초현〔譙縣, 今 安徽省 서북부 박주시(亳州市)〕 출신. 조조의 직위는 漢 丞相, 작위는 魏王, 사후에 시호 武王. 아들 조비(曹丕)가 稱帝한 후 武皇帝, 묘호(廟號) 太祖로 추존. 조조는 身長 七尺에 세

없었다.

　조조가 문안 차 교현을 찾아갔는데, 교현이 만나보고서는 특이하다 생각하며 조조에게 말했다.

　"지금 천하가 한창 어지러운데, 백성을 안정시킬 사람은 아마 그대일 것이오!"

　조조는 자신을 알아준 은공에 늘 감사하였다. 뒷날 교현의 묘소를 지나가다가 옛일을 갑자기 떠올리고 슬퍼하며 제사를 지냈다.

　조조는 스스로 제문을 지었다.

　「옛 태위(太尉) 교공(橋公)은 훌륭한 인덕(仁德)에 고상한 행실로 모두를 사랑하고 포용하셨습니다. 나라는 공의 명철한 훈계를 생각하고 사인(士人)은 크신 가르침을 그립니다. 지하에 잠드신 혼령이시니, 성심으로 마음을 모으나니, 아름다우며 아득하도다. 조조가 젊은 나이에 댁으로 찾아 만나뵐 때 우매한 사람인데도 공(公)께서는 만나주셨습니다. 저의 영광이 갈수록 커지는 것은 모두 공(公)의 장려에 힘입었습니다. 마치 공자께서 자공(子貢)에게 안연(顔淵)만은 못하다면서 격려해 주신 것처럼, 또 이생(李生)이 가복(賈復)을 '국기(國器)'라 칭찬한 것 같았습니다. 사인(士人)은 지기(知己)를 위해 죽을 수 있으니, 이를 가슴에 품고 잊지 않

─────
　　안장염(細眼長髥, 구렛나루 염)인데 《三國演義》에 처음 등장할 때는 騎都尉였다.

았습니다. 그리고 이어 조용히 맹서의 말씀을 드렸습니다.

'돌아가신 뒤라도 가는 길에 들릴 수 있는데도 한잔 술과 닭 한 마리로 잔을 올리지 않는다면 수레를 타고 3보를 가서 복통이 나더라도 원망하지 않겠습니다.'

비록 즉석에서 웃으려고 한 말이었지만 진심으로 친애하지 않았다면, 어찌 이런 말씀을 드릴 수 있었겠습니까? 지난 옛일을 생각하고 돌아보니 슬프기만 합니다. 지금 명을 받아 동쪽 원정길에 향리(鄉里)에 잠시 주둔하고 북쪽으로 사시던 곳을 바라보니 마음은 능묘에 와있습니다. 이에 보잘 것 없는 안주에 술을 올리오니 공께서는 흠향하소서!」

조조(曹操, 155 – 220)의 자(字)는 맹덕〔孟德, 소명(小名) 길리(吉利), 소자(小字) 아만(阿瞞)〕으로, 패국(沛國) 초현〔譙縣, 지금의 안휘성(安徽省) 서북부 박주시(亳州市)〕 출신이다. 조조는 《삼국연의》에서 사실상의 주인공이다. 유비(劉備)나 제갈량(諸葛亮), 손권(孫權)의 행적은 거의 조조와 관련이 있다고 볼 수 있다.

여남(汝南)의 허소(許劭)란 사람은 관상을 잘 보기로 유명했는데, 조조를 처음 보고서는 아무 말도 하지 않았다.

이에 조조가 채근하자, 허소가 말했다.

"당신은 치세(治世)에는 능신(能臣)이나 난세(亂世)에는 간웅(奸雄)이다."

그 말에 조조는 크게 기뻐했다고 한다.

○ 영제의 방탕

영제 영화(光和) 4년(서기 181), 이 해에, 황제는 후궁(後宮)에 긴 점포를 짓고 여러 궁녀를 시켜 물건을 팔게 시켰는데 서로 물건을 훔치고 싸우기도 했다. 황제도 상인 옷을 입었고 술을 마시며 즐기었다. 또 서쪽 정원에서 개를 데리고 놀면서 개에게 진현관(進賢冠)을 씌우고 인수를 개 허리에 매어 끌고 다녔다. 또 나귀 4마리를 몰면서 황제가 친히 고삐를 잡고 달리거나 이리저리 돌아다녔는데 낙양 사람들도 이런 놀이를 본받았다.

○ 황건적의 봉기

영제(靈帝) 중평(中平) 원년(서기 184) 봄 2월,[482] 거록군(鉅鹿郡)[483]의 장각(張角)[484]은 '황천(黃天)'이라 자칭하며, 그 무리 36

---

482 中平元年 — 靈帝의 4번째, 마지막 연호. 서기 184–188년. 서기 184년은 새로운 六十甲子의 시작, 甲子년이었다. 春二月 — 봄철, 정월에 瘟疫(온역, 염병, 장질부사, 장티푸스)이 유행, 거기에 춘궁기와 겹쳐 언제든 불만이 쌓이기 쉬운 계절이었다.

483 거록(鉅鹿) — 冀州의 군명. 治所는 영도현(鄽陶縣), 今 河北省 남부 邢臺市 부근 寧晉縣.

484 장각(張角, ?–184년) — 太平道의 종교지도자. 장각은 본래 낙방한 秀才였는데 入山 採藥(채약)하다가 남화노선(南華老仙)이라는 老人을 만나 동굴 안에 들어가 天書 3권을 받았고 그를 읽어 도통

방⁴⁸⁵을 거느렸는데, 모두 황건(黃巾)을 머리에 쓰고 같은 날에 반역하며 반란을 일으켰다. 안평국(安平國)과 감릉국(甘陵國) 백성은 각각 그 왕을 잡고 장각에 호응하였다.

3월 무신일, 하남윤(河南尹)인 하진(何進)⁴⁸⁶이 대장군이 되어 군권을 장악하였다.

임자일, 온 나라의 모든 당인(黨人)을 사면하고 강제 이주한 모든 사람을 돌아가게 하였으나 장각만은 사면하지 않았다.

북중랑장 노식(盧植)⁴⁸⁷을 파견해 장각을 토벌케 하였고, 좌중랑장 황보숭(皇甫嵩), 우중랑장 주준(朱儁)에게 영천군(潁川郡)의 황건적을 토벌케 하였다.

했다고 하였다. 장각은 '蒼天已死, 黃天當立. 歲在甲子, 天下大吉' 할 것이라 선동하였다. 中平 원년(서기 184)에, 장각은 그 동생 張寶(장보), 張梁(장량)과 함께 신도를 거느리고 봉기하니, 이를 역사에서는 '황건적의 난(黃巾之亂)'이라 하였다.

485 부수(部帥)는 部의 우두머리(帥). 大方은 1만여 명, 小方은 6, 7천 명이었고 각 우두머리〔渠帥(거수)〕를 장군이라 불렀다. 三十六方을 '三十六萬'으로 표기한 판본도 있다.

486 何進(하진, ?-189) — 南陽 완현(宛縣) 출신, 본래 가축을 잡는 도호(屠戶) 출신, 이복 여동생이 입궁하여 靈帝의 황후가 되었다. 大將軍으로 녹상서사(錄尙書事) 겸임했다. 환관 세력을 꺾겠다고 董卓(동탁)을 불러들인 장본인. 십상시(十常侍)에게 피살되었다.

487 盧植(노식, ?-192) — 涿郡 涿縣 사람. 後漢 末 政治家, 장군, 經學者. 公孫瓚, 劉備 등이 노식의 문하생이었다.

○ 영제의 죽음

(중평中平) 6년(서기 189) 여름 4월 병오일(丙午日) 초하루, 일식(日食)이 있었다.

병진일, 황제가 남궁(南宮)의 가덕전(嘉德殿)에서 붕어하였는데, 나이는 34세였다.

무오일, 황자인 변(辯)[488]이 황제로 즉위했는데, 나이는 17세였다.

황후를 황태후로 올렸고 태후가 임조(臨朝)하였다. 나라 안 죄수를 사면하고 광희(光熹)로 개원(改元)하였다.

○ 동탁(董卓)의 득세 – 소제(少帝) 폐위

영제가 죽는 중화(中平) 6년(서기 189년)에, 소제 즉위 광희(光熹) 원년 가을 7월, 발해왕 협(協)을 옮겨 진류왕(陳留王)으로 봉했다.

8월 무진일, 중상시 장양(張讓)과 단규(段珪) 등이 대장군 하진(何進)을 살해하자, 이에 호분중랑장(虎賁中郎將)인 원술(袁術)[489]

---

488 皇子辯－辨(변)은 靈帝와 皇后 何氏의 嫡長子. 少帝라 통칭, 弘農 懷王(회왕)으로 강등되었다가 죽임을 당했다.

489 원술(袁術, ?–199)－字 公路, 後漢末, 三國 初期의 軍閥. 袁紹(원소)의 사촌 아우. 亂世에 稱帝했다가 반년을 못 견디고 피를 토하고 죽었다. 흉포하기가 董卓(동탁) 못지않았다. 《後漢書》75권, 〈劉焉袁術呂布列傳〉에 立傳.

이 낙양의 궁궐을 불사르며 환관을 공격하였다.

경오일, 장양과 단규 등은 소제(少帝)와 진류왕(劉協, 뒷날 헌제)을 협박하여 북궁(北宮)으로 피신하였다.

신미일, 사예교위(司隷校尉)인 원소(袁紹)[490]가 군사를 동원하여 여러 환관을 직위를 막론하고 모두 죽여버렸다.

이에 장양과 단규 등은 다시 소제와 진류왕을 겁박하여 소평진(小平津)이란 곳으로 도주하였는데, 상서(尙書) 노식(盧植)은 장양과 단규 등을 추격하여 여러 사람을 죽였으며 나머지는 황하에 던져 죽였다.

황제와 진류왕 협(協)은 밤중에 반딧불을 따라 몇 리를 걸어갔다가 민가(民家)의 휘장 없는 수레를 얻어 함께 타고 왔다. 신미일에 환궁했다. 황제는 나라의 죄수를 사면하고 광희(光熹)를 소령(昭寧)으로 개원하였다.

병주목(幷州牧)인 동탁(董卓)[491]이 집금오(執金吾)인 정원(丁

---

490 사예교위 원소(司隷校尉 袁紹) ― 원소(袁紹, 153-202, 字 本初)는 後漢末 割據勢力의 하나. 전성기에 기주(冀州), 유주(幽州), 병주(幷州), 靑州 등을 장악. 한때 가장 강성했으나 관도의 싸움(官渡之戰)에서 조조(曹操)에게 패배 후 곧 울분으로 사망. 사람이 우유과단(優柔寡斷, 적을 과)하고 외관내기(外寬內忌)한 작은 그릇이었다.《後漢書》74권,〈袁紹劉表列傳〉立傳.

491 동탁(董卓, 141-192년) ― 涼州 농서(隴西) 임조(臨洮)人. 後漢 말 涼州 軍閥(군벌)이며 權臣, 포악한 행위로 역사상 가장 부정적 평가를 받는 인물.《後漢書》72권,〈董卓列傳〉에 입전.

原)[492]을 살해했다. 동탁은 스스로 사공(司空)이 되었다.

9월 갑술일(甲戌日), 동탁은 황제를 폐위하여(廢 少帝) 홍농왕
(弘農王)으로 봉했다.[493]

(2) 효헌제─마지막 황제

효헌황제(孝獻皇帝)[494]의 이름은 협(協)으로 영제의 작은 아들이
다. 모친은 왕미인(王美人)인데, 하황후(何皇后)에게 살해되었다.

중평(中平) 6년(189) 4월, 소제(少帝)가 즉위하면서 이복동생인

---

492 정원(丁原, ?─189)─동탁(董卓)의 꾐에 빠진 여포(呂布)가 살해했
다.

493 廢帝爲弘農王─弘農王은 劉辯. 皇子 辯(변), 少帝, 弘農王 등으
로 표기. 재위가 中平 6년(서기 189년 4월~8월). 在位가 해를 넘
기지 못했기에 정통 황제로 인정하지 않는다. 재위 중 정권은 母
親 何太后와 大將軍 何進의 수중에 있었지만, 외척세력이 환관
집단 십상시(十常侍)와의 세력 경쟁에서 밀렸다. 결국 少帝는 서
북 군벌인 동탁(董卓)에 의해 폐위되어 弘農王이 되었다가 동탁
의 협박을 받아 자살했다.

494 孝獻皇帝諱協─名 協(협), 後漢 최후 황제. 재위 189─220년. 諡
法에 '聰明叡智曰獻' 이라 했다. 220년 魏 曹丕(조비, 曹操의 아들)
에게 선양. 劉協은 山陽公에 봉해졌다. 선양한 다음 해 헌제가
피살되었다는 소문에 劉備는 獻帝에게 孝愍(효민)皇帝라는 시호
를 올리고 漢室의 계승을 자처하여 蜀漢을 건립했다. 유협은 魏
靑龍 2년(234)에 향년 54세로 죽었고, 孝獻皇帝라는 시호는 魏에
서 올린 시호이다.

협(協)을 발해왕에 봉했다가 진류왕(陳留王)으로 옮겨 봉했다.

9월 갑술일, 황제로 즉위하였는데, 나이는 9세이었다. 황태후 (何氏)를 영안궁(永安宮)에 옮겨 거주케 하였다. 나라의 죄수를 사면하였다.

병자일, 동탁이 황태후 하씨(何氏)를 살해했다.

을유일, 대위(太尉) 유우(劉虞)를 대사마에 임명하였다. 동탁(董卓)이 스스로 대위가 되자, 부월(鈇鉞, 도끼)과 호분(虎賁, 호위 부대)을 내려주었다.

11월 계유일, 동탁은 스스로 상국(相國)이 되었다.

12월, 조서로 광희(光熹), 소령(昭寧), 영한(永漢)의 연호 3개를 모두 폐지하고 중평(中平) 6년으로 환원하였다.

○ 동탁의 죽음

헌제 초평(初平) 3년(서기 192), 원술은 장수 손견(孫堅)

한(漢) 헌제(獻帝)

을 보내 유표(劉表)[495]를 양양(襄陽)에서 공격했는데, 손견은 전사했다.

여름 4월 신사일(辛巳日), 동탁(董卓)을 주살하고 그 삼족을 다 죽였다. 사도(司徒) 왕윤(王允)[496]이 녹상서사(錄尙書事)가 되어 조정의 정치를 총괄하였다. 동군(東郡) 태수인 조조(曹操)가 황건적을 동평국 수장현(壽張縣)에서 대파하여 투항케 했다.

○ 건안(建安) 시대 – 조조의 득세

건안(建安) 원년(서기 196) 봄 정월 계유일(癸酉日), 황제는 하동군(河東郡) 안읍현(安邑縣)에서 상제(上帝)에게 교사(郊祀)를 올리

---

495 유표(劉表, 142–208, 字 景升) – 前漢 魯 恭王 劉余의 후손, 劉表 신장 八尺余, 온후 장대한 儒者의 풍모였으나 우유부단했다. 荊楚지역을 웅유한 군벌로 荊州刺史이며 鎭南將軍의 직함을 갖고 있었으며 당고(黨錮) 名士의 한 사람이었다.

496 司徒는 전한의 승상. 王允은 董卓을 죽였지만 名士 蔡邕(채옹)도 죽여 민심을 잃었다. 동탁 잔당에게 왕윤은 피살, 關中이 대혼란에 빠짐. 왕윤은 66권, 〈陳王列傳〉에 입전.《三國演義》에서 王允은 초선(貂蟬)의 義父, 초선은 呂布와 董卓의 反目을 유발, 呂布가 동탁을 살해. 초선은 소설 속의 가공인물. 그러나 36計 중 美人計와 연환계(連環計)의 대표적 사례이다.
동탁의 부장이었던 이각(李傕), 곽사(郭汜), 번조(樊稠), 장제(張濟). 李傕(이각)은 동탁이 피살된 뒤, 謀士 가후(賈詡, 147–223)의 방책에 따라 동료 곽사, 장제 등과 합작, 長安에 진출하여 獻帝를 협박하여 4년간 정치를 독단했다. 이각 일당은 내분으로 약해진 뒤에 조조에게 패망했다. 뒤에 가후는 曹操의 참모로 활약했다.

고 온 나라의 죄수를 사면하고 건안(建安)[497]으로 개원하였다.

　진동장군(鎭東將軍)인 조조(曹操)는 스스로 사예교위(司隷校尉)가 되어 상서사(尙書事)를 총괄하였다.

　경신일에, 영천군(潁川郡) 허현〔許縣, 허도(許都), 지금의 하남성(河南省) 허창시〕으로 천도했다. 헌제는 조조의 군영에 머물렀다

　겨울 11월, 조조는 스스로 사공(司空)이 되었고 거기장군의 업무를 대행하였는데 이로써 백관을 총괄하며 보고를 받았다.

　○ 헌목조황후(獻穆曹皇后)

　헌목조황후(獻穆曹皇后)[498]의 이름은 절(節)인데, 위공(魏公) 조조의 둘째 딸이다.

　건안(建安) 18년, 조조는 자신의 세 딸 조헌(曹憲), 조절(曹節), 조화(曹華)를 헌제의 부인으로 보냈고, 정혼의 예로 검은색, 분홍색 비단 5만 필을 예물로 받았다. 나이가 어린 셋째 딸은 집에서 나이가 찰 때까지 기다리게 하였다.

　건안 19년, 모두 귀인(貴人)이 되었다. 헌제의 복황후(伏皇后)가 시해당하자, 그 다음 해(건안 20년, 215년)에 조절(曹節)을 황후로 책립했다.

---

497 건안(建安) − 헌제 3번째, 마지막 연호. 서기 196 − 219년. 후한은 220년 3월에 건강(建康)으로 改元하고 10월에 망했다.

498 獻穆曹皇后諱節 − 獻帝의 두 번째 황후. 曹操의 딸, 曹丕의 여동생. 시법에 '布德執義曰 穆' 이라 했다.

위(魏)가 한(漢)의 선양을 받은 뒤(220) 사자를 보내 황후의 새수(璽綬)를 돌려받으려 하자, 조황후는 화를 내며 내주지 않았다.

이러하길 여러 번에 황후는 사자를 불러 들어오게 한 뒤에, 친히 여러 번 꾸짖고 나서, 황후의 새수를 처마 아래로 집어던지고 울면서 눈물을 줄줄 흘리며 말했다.

"하늘도 너희를 돕지 않을 것이다!"

그 좌우 모두가 바로 바라보는 사람이 없었다. 황후 재위 6년이었다.

위(魏)가 건국된 뒤에 조(曹)황후는 산양공부인(山陽公夫人)이 되었다. 그 이후 41년 되는 위(魏) 원제(元帝) 경원(景元) 원년(260)에 죽어, 헌제(獻帝)의 능인 선릉(禪陵)에 합장하였는데, 거복(車服)이나 의례가 모두 한(漢)의 제도에 따랐다.

○ 군벌의 항쟁 – 삼국 분열의 시작

한(漢) 헌제가 허현(許縣, 許都)에 머물면서, 이후 한(漢)은 곧 조조의 조정이 되었다. 이후 조조(曹操), 유비(劉備), 손권(孫權)의 상호항쟁은, 곧 한의 멸망과 삼국 분립으로 이어진다. 건안(建安) 이후의 정치는 본권 말미의 부록 연표를 보면 확실하다.

건안 이후 역사 전개는 본《중국 역대사화》시리즈의 3권,《삼국사화(三國史話)》에서 다루고자 한다.

○ 한(漢)의 멸망

헌제(獻帝) 건안 25년(서기 220) 봄 정월 경자일(庚子日), 위왕(魏王) 조조(曹操)[499]가 죽었다.

아들 비(丕)[500]가 위왕(魏王)의 작위를 세습하였다.

2월, 정미일 초하루에, 일식이 있었다.

3월, 연강(延康)으로 개원하였다.

겨울 10월 을묘일, 황제가 양위하였고 위왕 조비(曹丕)는 천자를 칭했다.

헌제를 산양공(山陽公)[501]으로 받들었는데 식읍은 1만 호에, 지위는 모든 제후 왕보다 높았으며 업무를 상주할 때 칭신(稱臣)하지 않고, 조서를 받을 때 배례(拜禮)를 하지 않아도 되었으며, 천자의 거복(車服)에 천지에 교사(郊祀)를 지낼 수 있으며, 종묘(宗廟) 제사와 조제(祖祭), 납제(臘祭)를 모두 한(漢)의 법제대로 행하게 하였으며, 산양현(山陽縣)의 탁록성(濁鹿城)[502]에 도읍케 하였

---

499 조조 − 時年 66세. 《三國演義》에는 72개의 疑塚(의총)을 만들어 자신이 묻힌 곳을 알지 못하게 하라고 유언하였다.

500 曹丕(조비, 187 − 226년, 재위 220 − 226) − 丕는 클 비. 조비의 魏를 曹魏라 통칭. 조비는 어려서부터 문학을 좋아했고 시인으로 유명, 《典論》을 저술. 그중에 〈論文〉은 문학비평을 체계화한 글로 유명. '蓋文章, 經國之大業, 不朽之盛事(文章의 經國의 大業이며 不朽의 큰일이다)' 라 하여 文學의 역사적 價値와 중요성을 인정하였다.

501 山陽은 현명. 今 河南省 북부 焦作市(초작시) 동남.

다. 왕에 봉해졌던 4명의 황자(皇子)는 모두 열후로 강등되었다.

다음 해(서기 221), 유비(劉備)는 촉(蜀)에서 칭제하였고, 손권(孫權)도 오(吳)에서 스스로 왕이 되어서 이에 천하는 결국 삼분(三分)되었다.[503]

○ 헌제의 후손

위(魏) 명제(明帝) 청룡(青龍) 2년(서기 234)[504] 3월 경인일, 산양공〔山陽公, 헌제(獻帝), 유협(劉協)〕이 죽었다. 선양 이후 죽을 때까지 14년이었고 나이는 54세였는데, 시호는 효헌황제(孝獻皇帝)였다.

8월 임신일, 한(漢) 천자의 의례대로 선릉(禪陵)에 장례했고, 원읍(園邑)과 영(令)과 승(丞)을 두었다.

헌제의 태자가 일찍 죽어서 손자인 강(康)이 재위 51년인, 진(晉) 무제(武帝) 태강(太康) 6년(285)[505]에 죽었다. 아들 근(瑾)이 재

---

502 탁록성(濁鹿城) — 일명 濁城. 獻帝의 능(禪陵)도 이곳에 있다.

503 劉備稱帝於蜀 — 서기 221년, 漢中王 劉備가 漢을 계승, 蜀漢이라 구분. 연호 章武. 孫權亦自王於吳 — 손권은 229년에 공식적으로 칭제하였다.

504 魏青龍二年 — 서기 234년. 青龍(233 - 237년)은 魏 明帝〔曹叡(조예), 在位 226 - 239〕의 연호.

505 太康六年 — 서기 285년, 太康은 西晉 武帝(在位 266 - 290年)의 연호(280 - 289). 太康十年은 서기 289년.

위 4년, 태강 10년(289)에 죽었다. 그 아들 추(秋)가 재위 20년, 진(晋) 회제(懷帝) 영가(永嘉)[506] 연간에, 흉노에게 피살되어 나라가 없어졌다.

---

506 영가(永嘉)－西晋 회제(懷帝)의 연호 307－313년.

후한 인물 열전

〈後漢人物 列傳〉

1. 개국공신

○ 운대(雲臺) 28장(將)

후한(東漢)의 건국 및 통일 과정에서(저기 22년 ~ 37년) 공을 세운, 전공(戰功)이 뚜렷한 28명의 장수를 광무제가 선발하였다(단, 종실은 제외). 광무제 다음 명제(明帝)는 이들의 초상을 그려 낙양 남궁(南宮)의 운대각(雲臺閣)에 보관하면서 왕상(王常), 이통(李通), 두융(竇融), 탁무(卓茂) 등 4명의 공신을 추가하였다. 그러나 명제도 자신의 장인(마馬황후의 부친) 마원(馬援)은 끝까지 넣지 않았다.

이들은 후한의 개국공신으로 뒷날 세가문벌(世家門閥)로 특혜를 누렸다.

이 운대 28장 중 특별한 몇 사람을 설명하였다.

(1) 이통

○ 광무제의 매제

이통(李通)[507]의 자(字)는 차원(次元)으로, 남양군(南陽郡) 완현(宛縣) 사람이다. 대대로 부호로 유명한 집안이었다.

왕망 말기에 백성의 고통과 원성이 많았는데, 이통은 평소에 부친이 말하는 '유씨(劉氏)가 다시 흥성할 때 이씨(李氏)가 보좌할 것이다.' 라는 참언을 늘 기억하고 있었다. 이통은 집안이 부유하고 마을에서도 제일이었기에 왕망의 관직을 사직하고 돌아왔다.

농민 봉기군인 하강군(下江軍)과 신시병(新市兵)이 거병하자(왕망 지황 3년, 서기 22년) 남양군도 소란해졌는데, 이통(李通)의 사촌 동생인 이일(李軼)[508] 역시 평소에 일 벌리기를 좋아하여 두 사람이 의논하였다.

"지금 사방이 요란해져 신(新)나라는 곧 망할 것이고, 한(漢)이

---

507 李通(?-42)-字 次元, 後漢 개국공신. 光武帝 劉秀의 막내 여동생(劉伯姬, 寧平長公主)과 결혼했다.

508 이일(李軼, ?-25)-光武, 李通과 함께 거병했다. 이일은 경시제의 五威中郎將으로 전공을 세워 무음왕(舞陰王)이 되었다. 이일은 전부터 광무의 長兄 유연(劉縯, 伯升)과 私感이 있어 更始帝에게 유연의 처단을 적극 권했다. 뒷날 광무제는 朱鮪(주유)를 이용하여 이일을 죽여버렸다.

틀림없이 다시 일어날 것입니다. 남양군의 종실 중에서는 오직 유백승[劉伯升, 유연(劉縯)]과 유수(劉秀) 형제만이 인애를 베풀고 백성을 포용하니 큰일을 함께 할 수 있습니다."

그러자 이통도 웃으며 "내 뜻도 그렇다."라고 말했다.

그때 광무[光武, 유수(劉秀)]는 관리를 피해 완현에 머물고 있었는데, 이통이 알고서 바로 이일을 보내 광무를 데려오게 하였다. 광무는 그전부터 이통이 군자다운 명사(名士)라 생각하며 만나고 싶었던 사람이라 따라가서 이통을 만났다.

함께 만나 오랜 시간 이야기하며 서로 손을 잡고 크게 기뻐하였다. 이에 이통은 참서의 글에 대하여 이야기했는데, 광무는 처음 듣는 말이라서 자신과는 관련이 없다고 생각했다.

그때 이통의 부친 이수(李守)는 장안에 있었는데, 광무는 이통을 찬찬히 살펴보며 말했다.

"만약 이렇게 된다면 종경사[宗卿師, 이수(李守) 직명(職名)]께서는 어찌하실 것 같습니까?"

이통은 "이미 내가 헤아리고 있습니다."라고 말하면서 계획을 모두 말해주었다. 광무는 이통의 의도를 다 이해하고 서로 약조를 맺고 봉기할 계획을 확정하였다.

그때 한(漢)의 군사들도 대거 결집했었다. 이통은 광무 및 이일과 극양(棘陽)에서 만나 마침내 남양군의 왕망 관군을 격파하고 왕망의 관리들을 죽였다.

이통은 광무의 여동생 백희(伯姬)와 혼인하는데, 백희는 영평장공주(寧平長公主)이다.

광무제(光武帝)는 즉위하고서 이통을 불러 위위(衛尉)[509]에 임명하였다. 건무 2년, 이통을 고시후(固始侯)에 봉하고 대사농(大司農)[510]에 임명하였다.

광무제는 사방을 정벌하러 다니면서 늘 이통에게 경사(京師, 낙양)를 지키며 백성을 안정시키고 궁궐을 수리하며 학궁(學宮)을 짓게 하였다.

건무 5년 봄, 이통은 전장군(前將軍)이 되었다.

그 무렵 천하가 거의 평정되자, 이통은 영예와 황제의 은총에서 벗어나려고 병을 핑계로 퇴직을 주청하였다. 광무제가 이를 공경(公卿)과 여러 신하들에게 의논한 뒤, 조서를 내려 이통은 치료에 힘쓰면서 때에 따라 정무를 돌보게 하였다. 그해 여름 대사

---

509 衛尉 - 九卿의 하나. 궁궐을 수비하는 군사의 지휘관. 질록 中二千石. 속관으로 丞(1인, 比千石)과 南宮 南屯司馬 등 궁궐 각문에 司馬가 있고, 公車司馬令, 衛士令 외에 속관이 많았다. 前漢의 長樂宮, 建章宮, 甘泉宮의 衛尉는 해당 궁궐의 수비를 담당하나 상설직은 아니었다.

510 大司農 - 국가의 곡물과 재화, 국가재정 담당. 질록 中二千石. 屬官으로 太倉令, 均輸令, 平準令, 都內令, 籍田令의 5슈과 그 아래 丞을 두었다. 郡國의 모든 창고에 農監, 都水長 등 65명의 長과 丞이 있었다. 그 외에도 駿粟都尉(수속도위)라는 軍官이 있었으나 상설직은 아니었다.

공(大司空)으로 승진시켰다.

ㅇ 겸양, 공손한 인품

이통은 포의(布衣)였지만 대의를 제창하였고, 광무제를 도와 대업을 성취케 하였으며, 또 영평공주(寧平公主)와의 결혼으로 광무제가 특별히 친애하고 존중하였다. 그리고 성품도 겸양에 공손하였으며 늘 권세를 피하려 하였다.

평소에 소갈증(당뇨병)이 있어, 재상이 되었지만 병을 이유로 정사를 돌보지 않으려고 해마다 은퇴하려 했으나, 광무제는 그럴 때마다 더욱 총애하며 신임하였다. 광무제가 이통에게 직함을 가지고 본가에서 병을 치료케 하였어도 이통은 거듭거듭 고사하였다. 2년이 지나서야 대사공(大司空) 사직을 허락하고 특진(特進)에 봉조청(奉朝請)으로 임명하였다.[511]

건무 18년(서기 42년)에 이통이 죽었는데, 시호는 공후(恭侯)였다. 광무제와 황후가 친히 조문하고 장례 행렬을 전송했다.

---

511 特進奉朝請 — 官位名. 奉朝請이 특진보다 상위, 特進은 列侯나 侯王, 공덕이 혁혁하거나 공로가 큰 원로 신하에게 내려주는 官位. 三公과 봉조청의 아래. 황제가 내리는 은총의 하나. 제후가 봄에 입조하여 황제를 알현하는 것을 朝, 가을에는 請이라 한다. 三公이나 外戚, 皇室(劉氏)이나 제후로 朝나 請에 참여할 수 있는 사람을 奉朝請이라 한다. 官職이 아니라서 정원도 없다.

(2) 등우

○ 광무제의 후배 동학(同學)

등우(鄧禹, 서기 2-58)의 자(字)는 중화(仲華)인데, 남양군(南陽郡) 신야현(新野縣) 사람이다. 13세에 《시경》을 외웠고 장안(長安)에서 학업을 계속했다. 그때 광무(光武, 유수) 역시 장안에 유학하였는데, 등우가 나이는 어리지만 광무를 보고 보통 사람이 아니라 생각하여 서로 가까이 지냈다.

한병(漢兵)이 홍기하고, 경시제(更始帝)가 즉위 뒤에 많은 사람이 등우를 천거하였지만, 등우는 경시제를 따르지 않았다. 등우는 광무가 하북(河北)을 평정하고 있다는 소식을 듣고 즉시 황하를 건너 위군(魏郡) 업현(鄴縣)[512]에서 광무를 만났다.

광무는 등우를 만나 매우 기뻐하며 말했다.

"나는 작위와 관직을 수여할 권한이 있는데, 그대가 먼 데서 온 것은 벼슬하려는 뜻이 아닌가?"

그러자 등우가 말했다.

"원하지 않습니다."

"그렇다면 무엇을 원하는가?"

"다만 명공(明公)께서 위망(威望)과 은덕을 천하에 널리 펴시는 데 조그만 도움이 되어 뒷날 청사에 이름을 남기고 싶습니다."

---

512 鄴縣(업현) - 今 河北省 남부 한단시(邯鄲市) 관할 임장현(臨漳縣).

이에 광무는 웃었고 등우와 함께 자며 한담을 나누었다. 등우가 건의하였다.

"경시제가 비록 관서(關西)에 도읍했다지만 아직 효산(崤山) 동쪽(山東)은 안정되지 않았으며, 적미의 무리는 수만 명 떼 지어 다니며, 삼보(三輔)[513] 지역을 호령하면서 무리를 모으고 있습니다. 경시는 아직 좌절을 겪지는 않았지만, 스스로 결단하지 못하고, 여러 장수들도 평범한 사람으로 출세하였기에 재물에만 뜻이 있으며, 다투듯 힘자랑을 하고 조석으로 제멋대로 행동할 뿐, 성실하고 지혜롭거나 깊은 생각이나 원대한 지모도 없으며, 주군을 높이거나 백성을 편안케 하려는 뜻을 가진 자들이 아닙니다. 지금 천하가 분열되고 무너졌기에 그 형세를 예상할 수 있습니다. 명공(名公)께서 비록 경시제를 위해 번진을 평정하는 공을 세웠지만 끝에 가서는 아무 성공도 얻지 못할 것입니다. 지금 취할 수 있는 방책으로는 영웅을 불러 모으고 민심 안정에 힘써 고조(高

---

513 삼보(三輔) − 前漢 長安과 그 주변의 행정관이면서 그의 관할 지역을 지칭한다. 京兆尹(경조윤, 長安과 藍田縣 등 今 西安市 동남 지역), 右扶風(우부풍, 長安의 서쪽), 左馮翊(좌풍익, 장안성의 북쪽)을 지칭한다. 후한의 수도 낙양 지역의 행정책임자는 河南尹이었다. 三輔와 三河, 弘農郡은 司隷校尉部(사예교위부) 관할이었다. 前漢 초기에는 秦의 故地인 關中을 삼진(三秦)이라 통칭하였다. 項羽는 漢王 劉邦의 關中 진출을 봉쇄하려고 雍王(옹왕)인 章邯(장한), 塞王(새왕)인 司馬欣(사마흔), 翟王(적왕)인 董翳(동예)를 봉했는데, 이를 三秦이라 하였다. 三秦은 지금 陝西省의 별칭으로도 쓰인다.

祖)와 같은 대업을 이루고 백성을 구제해야 합니다."

광무는 크게 흡족하여, 좌우 측근에게 등우를 등장군으로 부르게 하였다. 그리고 늘 군중(軍中)에 머물게 하면서 함께 여러 방책을 결정하였다.

광무는 등우를 보내 각지에서 용감한 군사를 모집케 하여 수천 명을 모집하자, 등우가 직접 통솔하게 하자 등우는 별도로 상산군(常山郡)의 악양(樂陽)을 공격 점령하였다.

광무가 지도를 펴놓고 등우에게 가리키며 물었다.

"천하의 군국(郡國)이 이와 같은데, 이제 처음으로 그 하나를 차지하였다. 그대가 전에 내가 천하를 도모하여도 나의 능력이 부족할 지도 모른다고 하였는데, 왜 그러한가?"

이에 등우가 말했다.

"지금 천하가 혼란하여 명철한 군주를 기다리는 백성 마음은 마치 어린아이가 어머니를 기다리는 것과 같습니다. 옛 천하를 차지한 자는 덕이 많고 적으냐에 달렸지 차지한 땅의 크기가 아니었습니다."

이에 광무가 기뻐하였다.

그때 등우가 천거하는 장수는 거개가 업무의 적임자들이었기에 광무는 등우가 사람을 볼 줄 안다고 생각하였다. 나중에 광무는 북주(北州) 일대를 대략 평정하였다.

○ 등우의 전공(戰功)

광무는 적미들이 틀림없이 장안성(長安城)을 격파할 것을 예상하고 그 틈을 타 관중을 병합하려 했지만, 자신이 산동(山東)을 정벌 중이라서 누구에게 맡겨야 할지 걱정하다가 등우가 침착하면서도 큰 도량을 갖고 있기에 등우에게 서쪽을 경략할 책무를 부여키로 결심하였다.

이에 등우를 전장군(前將軍)에 임명하며 부절을 내리었고, 휘하의 정병 2만 명을 나눠 등우가 거느리고 서쪽 관중에 들어가게 하였으며, 등우가 스스로 편장이나 참모 또 데리고 갈 장수를 선발토록 하였다.

등우는 한흠(韓歆)을 군사(軍師)로 삼고, 여러 장수들을 거느리고 서쪽으로 진군하였다.

건무(建武) 원년[514] 정월, 등우는 하동군(河東郡)으로 진격하려 했는데, 하동군 도위가 관문을 방어하여 열 수가 없자 등우는 10일간 공격, 격파한 다음에 치중(輜重) 1천여 대를 노획하였다.

6월에, 광무제는 호현(鄗縣)에서 즉위하였는데 부절을 가진 사자를 보내 등우에게 대사도(大司徒)를 제수하였다. 그때 등우는 24세였다.

---

514 建武元年 – 서기 25년, 광무제는 31세였다.

경시제의 군사들이 등우의 진격을 저지하자 등우는 적을 격파하여 패주시켰고, 적미군은 마침내 장안에 입성하였다.

이때 삼보(三輔) 지역은 연이어 점령당하였고 적미 무리가 지나가면서 살인과 방화를 저지르자 백성은 누구에 의지할지 알지 못했다.

건무 2년(서기 26), 등우는 장안에 입성하여 곤명지(昆明池)[515]에 주둔한 뒤에 장졸과 큰 잔치를 했다. 그리고 여러 장수와 함께 재계하고 길일을 택해 고조 묘당에 배례하고 제사한 뒤에 (전한 前漢) 11황제의 신주를 거두어 사자를 시켜 낙양으로 보냈고, 이어 각 원릉을 돌며 관리와 사졸을 두어 능묘를 지키게 하였다.

○ 광무제의 태부(太傅)

(건무) 13년, 천하가 평정되자, 여러 공신들에게 식읍을 늘려주었는데, 등우는 고밀후(高密侯)로 4개 현을 식읍으로 받았다.

등우는 문재(文才)가 뛰어났고 행실이 돈독, 순수하였으며 모친에게 효도를 다하였다. 천하가 안정되자 명예와 권세를 멀리하였다. 아들 13명이 모두 재주가 있어 직분을 다했다. 집안을 엄히

---

515 곤명지(昆明池)─武帝 때 굴착한 주위가 40리인 인공호수, 장안성 서남 灃水(풍수)와 潏水(휼수) 사이에 위치. 水軍 조련과 長安의 水源 부족을 보충하려는 의도였다고 한다. 宋代 이후 고갈되어 메워졌다.

다스리며 자식 교육을 잘했기에 후세 사람들의 본보기가 되었다.

중원(中元) 원년(서기 56)에, 다시 사도(司徒)의 직무를 수행하며 황제의 동방 순수(巡狩)와 태산(泰山)에서 봉선(封禪)을 수행했다.

명제(明帝)가 즉위하자, 등우가 선제(先帝)의 제1공신이기에 태부(太傅)⁵¹⁶를 제수하고 황제를 알현하면서 동향으로 앉게 하였으며 극히 존중하였다.

명제 즉위 1년 남짓에 등우가 병석에 누웠다. 황제는 직접 자주 문병하면서 아들 두 명을 낭관으로 등용하였다. 영평(永平) 원년(서기 58)에 나이 57세로 죽었고, 시호는 원후(元侯)였다.

(3) 오한

○ 말(馬) 상인

오한(吳漢)⁵¹⁷의 자(字)는 자안(子顔)인데, 남양군(南陽郡) 완현

---

516 태부(太傅) - 太師, 太保와 함께 上公이라 하여 三公보다 상위직이나 후한에서는 太傅만 두었다. 태부는 황제의 자문을 담당하며 朝政에 참여하지만 상설직은 아니었다. 광무제는 卓茂(탁무)를 찾아 자문을 구하고 태부에 임용했으나 광무 4년 그가 죽자 후임을 임명하지 않았다. 이후로 황제가 새로 즉위하면 태부를 두어 녹상서사(錄尙書事)를 겸임케 하다가 죽으면 다른 사람을 임명하지 않았다.

517 오한(吳漢, ?-44) - 光武帝의 功臣. 운대 28장의 제2위.

(宛縣) 사람이다. 가빈(家貧)하여 현(縣)에서 정장(亭長)으로 일했다. 왕망 말기에 오한의 식객이 법을 어기자, 본적지에서 어양군(漁陽郡)[518]으로 도망했으나 돈이 궁해서 말(馬)을 판매하며 연(燕)과 계(薊)[519] 일대를 왕래했는데 가는 곳마다 호걸과 교제하고 인연을 맺었다.

경시제가 즉위하고(서기 23), 한홍(韓鴻)을 보내 하북(河北)을 경략케 하였는데, 한홍이 오한을 만나보고 좋아하면서 경시의 이름으로 현령에 임명하였다.

그 무렵, 북주(北州) 일대가 소란하고 유언비어가 돌았다. 오한은 평소에 광무가 장자(長者)라는 소문을 듣고 있었기에 혼자서라도 귀부할 생각을 하였다. 오한은 상곡군(上谷郡)의 여러 장수와 함께 남쪽으로 진격하였고, 거록군(鉅鹿郡)에서 광무를 만났으며, 오한은 편장군(偏將軍)[520]이 되었다. 그리고 한단(邯鄲)을 차지하자, 오한은 제후의 칭호를 받았다.

---

518 漁陽은 유주(幽州)의 군명. 治所는 漁陽縣, 今 北京市 동북부 밀운구(密雲區).

519 燕, 薊(계) − 지금의 北京과 天津市 일대.

520 偏將軍 − 後漢의 武官 중 지휘관으로는 將軍 − 中郎將 − 校尉의 三級이 있는데, 編將軍은 將軍 중 지위가 낮은 직명. 질록 二千石, 郡 太守에 상응하는 지위였다.

○ 혁혁한 무공(武功)

오한은 사람이 질박 온후하지만 학식은 많지 않아서 잠깐의 대화로는 자기 뜻을 다 표현하지 못했다. 광무가 만나본 이후로 오한을 신뢰하여 언제나 가까이 두었다.

광무가 유주(幽州) 일대에서 군사를 동원하려고 등우를 불러 누구를 보낼만한가를 물었다.

이에 등우가 말했다.

"그간 여러 번 오한과 이야기를 했는데, 그 사람은 용감하면서도 지모가 있어 다른 장수들 중에 그를 따라갈 자가 없습니다."

그러자 즉시 오한을 대장군에 임명하고 부절을 주어 북쪽으로 올라가 10개 군에서 돌격 기병을 모집하게 하였다.

오한은 바로 20여기 병을 거느리고 먼저 무종현(無終縣)[521]으로 갔다. 오한은 즉시 군사를 지휘하여 경시제의 장군을 잡아죽이고 그 군사를 빼앗았다.

그러자 북주 일대가 놀라며 여러 성읍에서 바람에 쏠리듯 복종하지 않는 곳이 없었다. 결국 오한은 각 군에서 군사를 동원하여 이끌고 남으로 내려와 광무를 청양현(淸陽縣)에서 만났다.

여러 장수들은 돌아오는 오한의 군사와 마필이 아주 많은 것을 보고, 모두가 "군사를 다른 장수에게 나누어 주려는가?"라고 말

---

521 무종(無終) – 右北平郡의 현명. 今 天津市 북부 薊州區(계주구, 薊縣) 부근.

했다.

오한이 본부에 도착하여 병적 명부를 올리자, 장수들은 나눠달라고 요청하였다.

광무는 북쪽으로 여러 도적 무리를 토벌하였는데, 오한은 늘 돌기(突騎) 5천을 거느리고 선봉이 되었으며 여러 번 성을 선등하고 적진을 무너트렸다. 하북(河北)이 평정되자, 오한과 여러 장수들은 도서(圖書, 예언서)를 받들어 광무를 제위에 옹립하였다. 광무제가 즉위하자, 오한은 대사마를 제수 받고 무양후(舞陽侯)에 봉해졌다.

건무 2년 봄, 오한은 지방 반군을 업현(鄴縣) 동쪽에서 대파하였는데, 투항한 자가 10여만 명이었다.

다시 오한은 남양군(南陽郡)에 진격하여 완현(宛縣) 등 여러 성을 공격하여 모두 점령하였다.

(건무) 11년 봄, 정남대장군(征南大將軍) 잠팽(岑彭) 등이 공손술을 정벌하였다. 잠팽이 촉(蜀)의 형문(荊門)을 격파하고 군사를 몰아 장강(長江)의 관문을 통과할 때, 오한은 이릉(夷陵)에 주둔하고 있다가 작은 노가 있는 전선(戰船)에 남양군의 군사 및 형 집행을 연기하고 동원한 군사 3만여 명을 거느리고 장강을 거슬러 올라갔다. 그 무렵 잠팽은 촉의 자객에게 피살되자, 오한은 잠팽의 군사까지 지휘하였다.

○ 공손술을 평정하다

건무 12년(서기 36) 봄, 오한은 공손술의 군사와 싸워 적을 대파하고 마침내 무양(武陽)을 포위하였다. 공손술은 사위 사흥(史興)에게 5천 군사를 거느리고 가 구원케 하였다. 오한은 사흥을 맞아 격파하였다.

이후로 오한과 공손술은 황도(黃都)와 성도(成都) 사이에서 8번을 싸웠는데, 8번을 이겼고 마침내 오한의 군사는 성도(成都) 성문 안으로 진입하였다. 공손술은 직접 수만 병력을 거느리고 성(城, 內城)을 나와 크게 싸웠고, 오한(吳漢)은 부장을 시켜 수만 명의 정병을 거느리고 공격하였다. 공손술의 군사가 패주하자, 오한은 적진을 헤치고 들어가 공손술을 찔러 그날 죽게 했다. 다음 날 성을 함락한 뒤 공손술의 수급을 잘라 낙양으로 보냈다.

다음 해 정월, 오한은 군사를 정돈하여 장강을 따라 내려왔다. 완현에 이르자 황제의 명으로 오한에게 고향에 들러 성묘하라면서 곡식 2만 곡(斛)을 하사하였다.

○ 오한의 죽음

건무 20년(서기 45년), 오한(吳漢)의 병이 위독했다. 광무제가 친히 위문하며 하고 싶은 말을 물었다.

오한이 대답하였다.

"신(臣)은 어리석고 아는 것이 없습니다만, 폐하께서 나라의 모든 죄수를 사면하지 마시길 바랄 뿐입니다."

오한이 죽자 조서를 내려 애도하게 하였고, 시호는 충후(忠侯)였다. 북군(北軍)의 오교(五校)와 병거(輕車, 兵車), 개사(介士, 甲士)를 동원하여 장례를 치렀는데, 전한(前漢)의 대장군 곽광(霍光)의 전례를 따랐다. 아들인 애후(哀侯) 오성(吳成)이 뒤를 이었으나 노비에게 살해당했다.

오한(吳漢)은 광무제 중흥(中興, 건무) 이후로 늘 상공(上公)의 지위를 누렸고 죽을 때까지 광무제가 의지했고 신임했는데, 이는 진실로 바탕이 질박 진실하면서도 노력했기 때문일 것이다.

공자께서도 '강직 과감하며 질박하고 말수가 느리면 인(仁)의 바탕이 갖추어진 것'[522]이라 하였는데, 이것이 어찌 오한에게만 해당하겠는가!'

예전에 진평(陳平)은 지혜가 넘쳤지만 의심을 받았고, 주발(周勃)은 바탕이 충직하였기에 신임을 받았다. 대개 인의(仁義)란 지혜가 부족하더라도 그런 바탕을 품을 수 있기에 지자(智者)의 지혜가 넘친다 하여도 의심이 가고, 질박한 자는 지혜가 부족하나 그래도 신임을 받을 수 있는 것이다.

---

522 剛毅木訥近仁 ─ 강(剛)은 剛直, 의(毅)는 결단성 있음. 木은 朴, 質朴, 눌(訥)은 말수가 적고 말에 무게가 있음. 이 정도가 되면 仁을 실천할 바탕이 갖추어졌다는 뜻. 仁은 바탕만으로 완성되는 것은 아니다. 《論語 子路》의 구절.

(4) 두융

ㅇ 왕망의 신하

두융(竇融)[523]은 우부풍(右扶風) 평릉현(平陵縣) 사람이다. 두융이 어려서 부친이 죽었다.

왕망 거섭(居攝) 연간에, 장군의 사마(司馬, 참모)로 동군(東郡)의 반적인 적의(翟義)를 격파하고 돌아오면서 괴리현(槐里縣)을 공격했는데, 두융은 군공(軍功)으로 작위를 받았다.

두융은 장안에 살면서 귀족과 교제하며 향리의 호걸과 연결되어 임협(任俠)으로 명성이 있었는데, 모친과 형을 모시고 어린 동생을 보살피며 행실을 바로 하고 의리를 지켰다.

한병(漢兵)이 봉기하자 두융은 다시 왕망 편에 섰으나 한병이 군사를 몰아 관중(關中)에 들어오자 왕망의 군사를 이끌고 주둔했다. 왕망이 패망하자, 두융은 군사를 이끌고 경시제의 대사마에게 투항하였는데, 두융은 거록태수(鉅鹿太守)에 천거되었다.

ㅇ 하서군 지역을 장악

두융은 거록 태수를 사양하고, 하서(河西) 지역 관직을 요청하였다. 두융은 장액속국도위(張掖屬國都尉)[524]가 되었다. 두융은 크

---

523 두융(竇融, 前 16−서기 62) − 章帝 竇皇后의 증조부. 竇 구멍 두. 성씨.

524 속국도위 − 변방군에 살고 있는 소수민족을 중앙의 典屬國에서

게 좋아하며 가족을 거느리고 서쪽으로 이주하였다. 장액속국에
가서는 지역 유지와 친교를 맺고 강족을 회유하여 크게 환심을
얻으니 하서(河西) 일대가 기꺼이 두융에게 귀부하였다.

경시제가 패망하자, 두융은 지역 유력 인사들에게 말했다.

"지금 천하 정세가 혼란하여 어떻게 귀결될지 모릅니다. 하서
지역은 흉노나 강족(羌族) 사이에 깊이 끼여 있어 만약 서로 동심
협력하지 않는다면 우리를 지킬 수 없습니다. 응당 한 사람을 대
장군으로 추대하여 5개 군 모두를 보존하면서 시국 변화를 두고
보아야 할 것입니다."

서로 협의가 이루어지자, 모두가 두융을 하서오군대장군(河西
五郡大將軍) 직무 대행으로 추대하였다. 이에 두융은 장액속국에
서 전처럼 도위 직책을 수행하며 5군을 돌며 감찰하였다.

하서 지역은 민속이 질박하였고 두융 등의 정치 역시 관용, 온
화하였기에 상하가 서로 친화하며 평온 속에 부유하였다. 병마(兵
馬)를 정비하고 활쏘기를 연습하며 봉수(烽燧)의 경비체계를 잘 갖
춰 강족이나 흉노가 침범하면 두융은 언제나 즉시 다른 군을 도왔
는데 마치 맹약에 따르듯 적을 격파하였다. 그 뒤로 흉노는 두융
이 두려워 침입이 점점 뜸해졌고 영역 내의 강족도 두려워 복속하

관리했는데, 무제 때 屬國都尉(질록 比二千石)를 설치하여 투항
한 이민족에 대한 행정을 맡겼다. 속국도위는 일부 현을 직접 통
치했는데 권한은 군의 태수와 같았다.

였으며 안정군(安定郡), 북지군(北地郡), 상군(上郡) 등에서 유민들이 전쟁과 기아를 피해 끊임없이 5군 지역으로 이주하였다.

ㅇ 광무제를 섬기다

각 군의 태수는 각자 나름대로 추종자가 있어 같이 동조하거나 또는 의견을 달리하였다. 두융은 조심하면서도 치밀하게 생각하여, 외효나 공손술이 아닌 마침내 동방 세력을 따르기로 결정하였다.

건무 5년(서기 29년) 여름, 두융은 장사(長史) 유균(劉鈞)을 보내 서신과 군마(軍馬)를 광무제에게 헌상하였다.

이에 광무제는 크게 기뻐하면서, 그러면서 두융을 양주목〔涼州牧, 양주자사(涼州刺史)〕에 임명하였다.

두융은 형제가 작위를 받았다.

농서와 촉군 지역이 평정되자, 조서로 두융과 오군(五郡)의 태수가 경사(京師)에 올라와 업무를 보고하라 하였는데, 관속과 빈객이 동행하니 수레가 1천여 량에, 말과 소, 양떼가 들을 덮었다.

두융은 낙양 성문에 이르러 양주목(涼州牧)과 장액속국(張掖屬國) 도위와 안풍후(安豐侯)의 인수를 반환하자, 광무제는 조서로 사자를 보내 안풍후의 인수는 되돌려 주었다. 황제를 알현하면서 두융은 제후의 자리에서 하사품과 여러 은총을 받았는데, 하사품이 너무 많아 경사가 놀랄 정도였다.

몇 달 뒤에 두융은 기주목〔冀州牧, 기주자사(冀州刺史)〕에 임용되었다가 10일 만에 다시 대사공으로 승진하였다. 두융은 자신이 노신(老臣)은 아니지만 일단 입조해서는 공신(功臣)보다 상위에 섰으며, 매번 황제의 부름을 받아 알현할 때는 용모와 말씨가 아주 겸양, 공손하였기에 황제는 이 때문에도 두융을 더욱 친근하게 후대하였다.

○ 가문의 융성

두융은 건무 21년, 두융은 특진(特進)이 되었다.

건무 23년(서기 52), 두융은 위위(衛尉)의 직무 대행이 되었는데 특진은 전과 같았으며, 거기에 장작대장(將作大匠)을 겸임하였다. 동생인 두우(竇友)는 성문교위(城門校尉)가 되었는데, 형제가 나란히 금군(禁軍)을 지휘했다.

두융이 또 은퇴를 청원할 때마다 광무제는 금전이나 비단을 하사하였고, 아니면 태관(太官)을 보내 특별한 음식을 하사하였다. 두우가 죽자, 광무제는 늙고 쇠약한 두융을 안타깝게 여겨 중상시나 중알자(中謁者)를 집에 보내 술이나 식사를 강권하다시피 했다.

두융의 장남 두목(竇穆)은 내황(內黃)공주와 결혼하였는데, 두우(竇友)의 후임으로 성문교위(城門校尉)가 되었다. 두목의 아들 두훈(竇勳)은 동해공왕(東海恭王) 유강(劉彊)의 딸 비양(沘陽)공주와 결혼했으며, 두우의 아들 두고(竇固) 또한 광무제의 딸 열양(涅陽)공주와 결혼하였다.

명제(明帝) 즉위 후, 두융 사촌 형의 아들 두림(竇林)은 호강교위(護羌校尉)가 되었으니, 두씨 집안에서 1공(公)과 2명의 열후, 3명의 공주(公主)와 4명의 2천 석 고관이 모두 같은 때에 나왔다. 할아버지(竇融)에서 손자까지 관부(官府)와 저택이 낙양에 서로 이어졌으며 노비는 수천 명이었는데, 황제의 친척이나 공신 중에 이에 견줄만한 사람이 없었다.

두융은 처음에 호협으로 명성을 얻었고 혼란한 시절을 만나 갑자기 하늘이 내린 기회를 잡았다. 그리하여 매미가 껍질을 벗듯 존귀한 왕후(王侯)가 되어 끝내 경상(卿相)의 지위를 가슴에 품었으니, 이는 공을 세워 권세를 잡은 사람이었다.

그 작위가 오를 데까지 올랐어도 조심하고 두려워하며 감당하지 못할 듯 겸양하였으니, 이런 지혜를 어떻게 보아야 하는가?

이런 사람들의 풍도(風度)를 살펴보면, 경국(經國)의 방책에 대해서는 언급할만한 것이 없지만 기회를 보아 진퇴의 뜻을 표하는 것은 정말 칭찬할 만하다.〈범엽의 사론(史論)〉

(5) 마원

○ 마복군(馬服君)의 후손

마원(馬援)[525]의 자(字)는 문연(文淵)으로, 우부풍(右扶風) 무릉현

(茂陵縣) 사람이다. 그 선조인 조사(趙奢)는 전국시대 조(趙)의 장군으로 작호(爵號)가 마복군(馬服君)[526]이었기에 그 자손들은 마(馬)를 성씨로 하였다.

무제(武帝) 때 2천 석 관리로 한단(邯鄲)에서 무릉현으로 이사하였다. 증조부인 마통(馬通)은 공을 세워 중합후(重合侯)가 되었으나 형 마하라(馬何羅)의 반역에 연관되어 처형되었기에 제세(再世, 마원의 조부와 부친)에는 고위직에 오르지 못했다. 마원의 세 형인 마황(馬況), 마여(馬余), 마원(馬員)은 모두 재능이 좋아 왕망(王莽) 시대에 모두 2천 석[527] 고관이 되었다.

○ 대기만성(大器晩成)

마원(馬援)은 12살에 부친을 여의었으나 젊어서도 큰 뜻을 품어 여러 형들이 기특하게 여겼다. 일찍이 《제경(齊經, 齊詩)》을 배

---

525 馬援(前 14 − 서기 49) − 後漢 유명 장군, 光武帝 때 伏波將軍, 보통 馬伏波로 통칭. 마원의 딸이 明帝의 馬皇后(? − 79), 章帝의 養母. 明帝 때 名臣列將 28인의 초상화를 雲臺에 그릴 때 마원은 외척이라 하여 28將에 들어가지 않았다. 나중에 다른 3인과 함께 추가되었다. '화호불성반류구(畫虎不成反類狗)'의 명언을 남긴 사람. 三國 時 馬騰(마등), 馬超(마초)는 馬援의 후손이다.

526 馬服君 − 馬服은 말을 잘 다룬다는 뜻. 馬服君이라서 馬를 성씨로 정했다.

527 二千石 − 漢 太守의 질록. 태수의 별칭. 중앙의 질록 二千石은 경(卿)에 해당.

웠는데, 학문에 전념할 마음이 없어 큰형 마황(馬況)을 떠나 변방에 가서 목축을 하고 싶었다.

그러자 마황이 말했다.

"너는 재주가 뛰어나니 대기만성(大器晚成)해야 한다. 본래 양공(良工)은 다듬지 않은 그대로를 보여주지 않나니, 일단은 네가 하고 싶은 대로 하라."

그러나 마침 형이 죽어 1년을 복상하면서 묘소를 떠나지 않았으며, 형수를 공경하여 의관을 바로하지 않고서는 형수 집에 들어가지 않았다.

뒷날 마원은 군(郡)의 독우(督郵)가 되어 죄수를 사명부(司命府)로 호송하였는데, 죄수가 중죄를 지었지만 불쌍히 여겨 죄수를 풀어주고 마원은 북지군(北地郡)[528]으로 도주하였다. 나중에 사면을 받았지만 그대로 북지군에 머물며 목축을 하였는데, 식객 중에 그를 따르는 자가 많았으며 나중에는 수백 가호(家戶)를 고용하였다.

○ 노당익장(老當益壯)

마원은 농우군(隴右郡)과 한중군(漢中郡) 일대를 돌아다녔는데, 늘 그의 빈객들에게 말했다.

"장부(丈夫)가 뜻을 세웠다면 곤궁하더라도 더욱 굳세어야 하

---

528 北地郡 — 치소는 富平縣, 今 寧夏回族自治區 북부, 黃河 東岸의 吳忠市.

며(窮當益堅), 늙더라도 더욱 당당해야 한다(老當益壯)." [529]

그가 가는 곳마다 농사와 목축에 힘써 소나 말, 양이 수천 마리나 되었고 곡식이 수만 곡(斛)을 비축하였다.

이에 탄식하며 말했다.

"재산을 늘렸다면 그것을 베풀 줄 알아야 하나니, 그렇지 않다면 수전노(守錢奴) [530]가 될 뿐이다."

그리고는 그 재산을 형제나 지인들에게 모두 나눠주었고, 자신은 양가죽 웃옷이나 가죽 바지를 입고 살았다.

○ 공손술은 우물 안 개구리

이때, 공손술(公孫述) [531]이 촉군(蜀郡)에서 칭제하자, 외효는 마원을 보내 만나보게 하였다. 마원은 예전에 공손술과 한 마을에 살아 서로 친했는데, 마원이 도착하자 손을 맞잡고 예전처럼 기뻐하였다.

공손술은 층계에 위병을 많이 세워놓고 마원을 영입했으며, 많

---

529 窮當益堅, 老當益壯 ─ 보통 '老益壯'은 많이 쓰나 신체 건강을 의미하는 말이 아니고 의지의 실천을 강조하는 말이다. '窮當益堅'의 窮은 貧窮. 堅은 굳을 견.

530 수전노(守錢虜, 守錢奴) ─ 虜는 포로, 죄수, 천한 사람을 멸시하는 호칭.

531 公孫述(공손술, ?─36년) ─ 字는 子陽, 公孫은 복성. 益州(巴蜀) 일원을 차지하고 天子라 자칭, 國號는 成家. 建武 12년(서기 36) 멸망.

은 깃발을 늘어놓고, 길을 치운 뒤에 수레에 올라 많은 관원을 모아 엄숙한 의례를 갖추고 마원에게 작위와 대장군 직위를 하사하려 했다.

마원과 동행한 빈객들이 모두 기꺼이 남으려 하자, 마원이 말했다.

"천하의 자웅(雌雄)이 아직 미정인데, 공손술은 열심히 인재를 영입하여 성패를 시도하지도 않고 오히려 겉모습만 꾸미고 있으니 마치 목우(木偶, 나무 인형)와 같은 형상이다. 그런 사람이 어찌 천하의 인재를 끌어모을 수 있겠는가!"

그리고서 인사하고 돌아와서 위효에게 말했다.

"공손술은 우물 안 개구리와 같고[532] 망령되게 제 잘난 줄만 알고 있으니 한마음으로 동방(東方, 광무제)에 귀부하는 것만 못할 것이요."

○ 광무제에 충성하다

건무 4년 겨울, 외효는 마원을 낙양에 보내 세조(世祖)에 서신을 올렸다. 마원이 도착하자, 세조는 선덕전(宣德殿)에서 인견했다.

세조가 웃으면서 말했다.

"경(卿)은 두 황제 사이를 오갔는데, 지금 경을 만나니 몹시 부끄럽소."

---

532 정저와(井底蛙) − 井底蛙는 우물 안 개구리. 蛙는 개구리 와.

이에 마원이 고개를 숙여 사례하며 말했다.

"지금 세상에는 주군만 신하를 선택하지 않고 신하도 주군을 골라서 섬깁니다. 신(臣)은 공손술과 동향이라서 어려서부터 가까웠습니다. 제가 앞서 공손술에게 갔을 때, 공손술은 계단에 병졸을 많이 세워놓고서 저를 들어오게 하였습니다. 제가 먼 곳에서 왔는데, 폐하께서는 자객이나 나쁜 사람인 줄도 모르면서 어찌 이처럼 태연히 만나주십니까?"

그러자 광무제가 또 웃으며 말했다.

"경은 자객이 아니라 내가 보기에는 세객(說客)인 것 같소."

마원이 말했다.

"천하에 반복이 무상하고 이름이나 낚으려는 자들은 이루 다 셀 수도 없습니다. 지금 폐하를 뵈오니 도량이 무척 넓고 커서 꼭 고조와 같으니, 제왕은 타고 나는 것 같습니다."

광무제도 마원을 크게 칭찬하였다. 마원은 광무제를 수행하여 각지를 돌아보고 낙양에 돌아오자, 광무제는 마원을 대조(待詔)에 임명하였다.

마원은 가족을 거느리고 낙양으로 돌아왔다. 낙양에서 몇 달 동안, 마원은 아무런 직분이 없었다.

마원은 삼보(三輔) 지역의 토지가 넓고 기름지며, 또 자신의 식객이 너무 많기에 상서하여 장안(長安) 상림원(上林苑)에서 둔전(屯田)하겠다고 청원하였는데, 광무제는 이를 허락하였다.

○ 반적 외효를 토벌

건무 8년(서기 32), 광무제는 친히 서쪽으로 외효를 원정하여
우부풍(右扶風)의 칠현(漆縣)에 도착하였는데, 여러 장수들은 왕사
(王師)의 존엄으로 험지에 깊이 들어가는 것은 옳지 못하다 했고,
여러 계책은 유예미결이었다.

그때 마원을 불렀는데 마원이 밤에 도착하자, 광무제는 크게
기뻐하며 불러서 그간 논의한 여러 가지를 확정하였다.

마원은 외효의 장수들이 토붕와해(土崩瓦解)할 상황이라면서
군사가 진격한다면 필히 격파할 것이라고 말했다. 또 황제 앞에
서 쌀알 무더기로 산과 계곡을 만들면서 어디 군사들이 진격하고
왕래할 길의 지형과 사정을 확실하게 설명하였다.

그러자 광무제가 말했다.

"적이 내 눈에 다 들어있다."

날이 밝자 군사를 고평현까지 진격했고, 외효의 군사는 완전히
붕괴되었다.

○ 오수전(五銖錢) 사용 건의

그전에 마원은 농서(隴西)에 근무하며 상서하여 옛날처럼 오수
전(五銖錢)[533]의 주조가 이롭다고 상서했었다. 이 문제가 삼공부

---

533 오수전(五銖錢) – 武帝(元狩 5년, 前 118년) 때 五銖錢을 처음 발
행, 통용했다. 왕망 때 폐지. 後漢에서 다시 통용. 화폐의 무게에

(三公府)에 이첩되었는데, 삼공부에서는 발행할 수 없다고 상주하여 안건은 폐지되었다.

이에 마원이 돌아와서는 삼공부로부터 예전에 상주한 문건을 얻어서 불가한 이유 10여 조에 대하여 조목별로 풀이하고 요건을 갖춰 다시 상주하였다. 광무제가 허락했고 온 백성이 그 이득을 보았다.

마원은 피부가 곱고 수염과 머리카락, 눈썹을 그린 듯 아름다웠다. 한가한 때 황제와 대화하면 특히 옛일을 잘 설명하였다. 삼보 지역의 어른들과 이야기를 나눌 때면 마을의 젊은이까지 모두 와서 경청하였다. 황태자나 왕들이 황제를 모시고 이야기를 들으면서 귀를 기울여 지루해하는 자가 없었다. 특히 군사 책략에 대한 이야기를 잘해서 광무제는 늘 "복파(伏波)장군의 논병(論兵)은 내 마음에 딱 맞는다."라고 말했고, 마원이 하고자 하는 일은 모두 채택되었다.

○ 교지의 반란 정벌

그리고 교지군(交阯郡)[534]의 여인인 징측(徵側)과 그 여동생 징

따른 이름(1兩은 15.5g, 1兩은 24銖(수), 1銖는 0.65g), 五銖錢(표면에 '五銖' 二字가 양각)은 隋代(수대)까지 통용되다가 唐 高祖 때 공식적으로 폐지되었다.

534 교지(交阯) - 교지는 郡名 겸 刺史部 이름. 交趾(交州)刺史部 治

이(徵貳)가 반란을 일으켜(서기 40) 교지군을 공격 함락시키자, 이에 구진(九眞), 일남(日南), 합포군(合浦郡)의 만이들까지 모두 호응하여 오령산맥(五嶺山脈) 남쪽의 60여 성을 차지하고서 자립하여 왕이 되었다.

이에 조서를 내려 마원을 복파장군(伏波將軍)으로 임명하였고, 부낙후(扶樂侯)인 유륭(劉隆)을 부직(副職)으로, 누선장군〔樓船將軍, 수군(水軍) 지휘관〕등을 거느리고 남쪽으로 가서 교지군을 공격케 하였다. 마원의 군사가 합포군(合浦郡)에 왔을 때 부장이 병으로 죽자, 조서로 마원이 그 군사도 지휘하게 하였다. 마원은 연해를 따라 또 산을 깎아 1천 리 길을 만들었다.

건무 18년(서기 42) 봄, 군사가 낭박(浪泊)이란 곳에 도착하여 적도와 싸워 격파하고 수천 명을 죽였으며 1만여 명이 투항하였다. 마원은 징측을 금계(禁谿)란 곳까지 추격하여 여러 번 패퇴시키자 적은 마침내 흩어졌다. 그 다음 해 정월, 징측과 징이를 참수하여 그 수급을 낙양으로 보냈다(서기 43). 이에 광무제는 마원을 신식후(新息侯)에 봉하였는데, 식읍은 3천 호였다. 마원은 바로 소를 잡고 술을 걸러 군사를 위로하는 잔치를 하였다.

所는 交趾郡 龍編縣. 今 越南國 河內(하노이)市 동쪽 北寧省 北寧市. 南海郡, 蒼梧郡, 鬱林郡, 合浦郡, 交趾郡, 九眞郡, 日南郡 등 7郡을 관할. 日南郡은 後漢 영역 중 최남단. 今 베트남 중부지역에 해당.

○ 명마(名馬) 모형

건무 20년 가을(서기 44), 마원은 군사를 정돈하여 낙양으로 회군하였는데, 군리(軍吏) 중에 장기(瘴氣, 열대의 풍토병)와 전염병으로 죽은 자가 10에 4, 5명이었다. 광무제는 마원에게 병거(兵車) 1량을 하사하였고 조회에서 위치는 9경의 다음이었다.

마원은 말 타기를 좋아하였고 명마(名馬)를 잘 감별하였는데, 교지군에서 구리를 녹여 마식(馬式, 말의 모형)을 만들었는데 돌아와 광무제에 바쳤다.

마원은 그 표문(表文)에서 말했다.

「하늘을 날아가려면 용(龍)만한 것이 없고, 땅 위를 가려면 말보다 나은 것이 없습니다. 말은 군사의 기본이며 나라에 아주 중요합니다. 태평한 시기에는 존비의 서열을 구별할 수 있고 변란이 일어나면 원근의 난관을 해결할 수 있습니다. 옛날에 기기(騏驥, 천리마의 이름)는 하루에 1천 리를 달릴 수 있었는데, 백락〔伯樂, 원명(原名) 손양(孫陽)〕[535]은 확실하게 알아보고 의심치 않았습니다. 근

---

535 백락(伯樂, 대략 前 680 - 610년) - 原名은 손양(孫陽), 춘추시대 郜國(고국, 今 山東省 菏澤市 부근) 사람. 秦의 伯樂將軍이 되었다. 伯樂은 원래 星宿의 이름. 天馬를 관리하는 별. '使驥不得伯樂, 安得千里之足'이라는 구절도 있다. 唐 韓愈(한유)의 名句 '世有伯樂, 然後有千里馬'로 유명. 여기에는 회재불우(懷才不遇)의 탄식이 있으니, 곧 '伯樂(賢君)은 不常有나 千里馬(賢才)는 언제나 있다.'는 의미로 통용된다.

세에 서하군(西河郡) 사람 자여(子輿) 역시 상마(相馬)에 뛰어났었습니다. 자여는 비법을 서하군(西河郡)의 의장유(儀長孺)에게 전수하였고, 의장유는 이를 무릉현(茂陵縣)의 정군도(丁君都)에게, 또 정군도는 비법을 천수군(天水郡) 성기현(成紀縣)의 양자아(楊子阿)에게 전해주었습니다. 신(臣) 원(援)은 일찍이 양자아를 스승으로 모시고 말의 골격을 보는 법을 배웠습니다. 이를 실제에서 적용하니 매번 확실한 효험이 있었습니다. 신(臣)의 우견이지만 전문(傳聞)은 친견(親見)만 못하고, 모습을 보는 것은 형체를 살피는 것만 못합니다. 지금 살아 있는 말의 형체를 살펴본다 하여도 말의 골격을 볼 수도 없고 또 그 형상을 후세에 전할 수도 없습니다. 효무황제(孝武皇帝) 때 말을 잘 감별한 동문경(東門京)은 구리를 녹여 말의 형상을 만들어 바쳤는데, 조서로 이를 노반문(魯班門) 밖에 세우게 하였는데 그래서 노반문을 금마문(金馬門)으로 이름을 바꾸었습니다. 저는 서하군 의장유(儀長孺)의 비법에 따른 굴레(기鞿)를 만들었고, 중백씨(中帛氏)에 의한 말의 구치(口齒)를, 그리고 사씨(謝氏)의 이론에 의거 말의 입술과 갈기를, 그리고 무릉현 정군도(丁君都)의 설명대로 몸체를 만들어, 여러 전문가의 골상법(骨相法)을 본떴습니다.」

그 말 모형의 높이는 3척 5촌, 둘레는 4척 5촌이었는데, 조령(詔令)에 의거 선덕전(宣德殿) 마당에 세워놓고 이름을 명마식(名馬式)이라 하였다.

○ 호랑이를 그리다가 …

그전에 마원 형의 아들인 마엄(馬嚴)과 마돈(馬敦)은 둘 다 비판을 좋아하며 경박한 협객들과 어울렸다. 마원은 교지(交阯) 지역 원정 중에 조카들을 훈계하는 편지를 보냈다.

「내가 바라는 것은, 너희들이 남의 잘못을 들으면 마치 부모 이름을 들은 것처럼 듣기만 하고 말하지는 말라는 것이다. 남의 장단점 비판을 좋아하고 망령되게 지금의 정치에 시비하는 것을 내가 가장 싫어하나니, 차라리 죽을지언정 내 자손이 이런 짓을 한다는 말을 듣고 싶지 않다.

용백고(龍伯高)는 성실 근신하여 입으로는 남에 대한 합당한 말도 하지 않으며, 겸손하고 절약하며 청렴한 공직생활에 위엄을 지켜 내가 애지중지하니 너희들이 본받았으면 좋겠다.

두계량(杜季良)은 의협심이 있으며 다른 사람의 걱정을 걱정해 주고 남과 같이 즐기며 청탁이나 경중에 잘못이 없었기에 부모가 죽자, 여러 군에서 문상객이 모두 모일 정도라서 나도 애지중지하나 너희가 본받기를 원하지 않는다.

용백고를 본받다가 그렇게 되지 못하면 그래도 점잖은 사람이 될 것이니, 이는 고니를 만들다가 잘못되면 오리와 비슷한 것과 같다.[536] 그러나 두계량을 본받다가 그렇지 못하면 천하에 경박

---

[536] 刻鵠不成尙類鶩者也 - 鵠은 고니 곡. 尙은 오히려 상. 그래도. 類는 닮다. 鶩은 집오리 목.

한 자가 될 것이니, 이는 마치 호랑이를 그리다가 잘못 그리면 개가 되는 것과 같다(所謂畵虎不成, 反類狗者也).[537]

지금까지 두계량의 앞날을 잘 모르겠지만 여러 군의 장수들은 일단 부임하면 이를 갈고 있으며 주나 군에서는 이러한 두계량을 위에 보고하니, 나는 두계량을 늘 한심하다 생각하기에 너희가 본받기를 원치 않는다.」

○ 억울한 모함

그전에 마원이 교지(交阯)에 있으면서 의이(薏苡, 율무)의 열매가 몸을 가볍게 하고 욕구를 없애주며, 장기(瘴氣, 열대 풍토병)를 막아준다 하여 늘 복용했었다.[538]

남방 율무 열매는 대형이라서 마원은 심어 키우려고 군사가 돌아올 때 수레 하나에 싣고 왔다.

그때 사람들은 남방의 진기한 특산물이라 생각하였고 권귀(權貴)가 모두 갖고 싶어 했다. 그러나 그때는 마원이 황제의 신임을 받고 있어 달라고 하는 사람이 없었다.

마원이 죽은 뒤에 상소하여 마원이 싣고 온 것은 모두 명주(明珠)[539]이며 무늬 있는 무소뿔이라고 참소하는 자가 있었다. 비록

---

537 所謂畵虎不成, 反類狗者也 – 호랑이를 그렸는데 제대로 못 그려 오히려 개와 같게 되었다.

538 常餌薏苡實 – 餌는 먹을 이. 먹이. 薏苡(의이)는 율무. 薏는 율무 의. 苡는 질경이 이. 율무.

마무(馬武)나 어릉후(於陵侯) 후욱(侯昱) 등이 그 실상을 문서로 올렸어도 광무제는 더욱 화를 내었다.

마원이 전장에 나아가 싸우다가 병사했고, 마원의 군사 지휘권은 광무제의 사위인 양송이 물려받아 행사하였다. 그런데 양송은 이미 이전부터 마원에 대한 사감(私感)이 있어 마원을 광무제에게 무고하였고, 광무제는 마원의 모든 작위를 박탈하였다.

마원의 처와 자식은 겁이 나서 선영(先塋)에 장례를 치르지도 못하고 겨우 성곽 서편에 몇 마지기 땅을 사서 초장(草葬)을 치렀다. 빈객이나 아는 친지 누구도 감히 문상하지 못했다.

마원의 처자와 조카는 감옥에서 새끼줄에 묶인 채 궐문에 나아가 죄를 받았다. 광무제가 양송(梁松, 광무제의 사위)이 상소한 글을 보여주자, 그때서야 마원이 뒤집어 쓴 혐의를 알고서, 글을 올려 원통함을 하소연하였다. 그리고는 겨우 장례를 마칠 수 있었다.

○ 마원의 딸

명제(明帝) 영평(永平) 초에, 마원의 딸이 황후가 되었는데(明德馬皇后), 명제는 건무 연간의 명신(名臣)과 열장(列將) 28명의 초

---

539 의이명주(薏苡明珠) ─ 질경이를 좋은 구슬이라고 하다. 터무니없는 모함. 薏苡之謗(의이지방)도 같은 뜻.

상화를 그려 남궁(南宮)의 운대각(雲臺閣)에 보관케 하였다.

그런데 마원은 황후의 생부(生父)라 하여 운대 28장에 포함되지 않았다.

동평왕(東平王)이 초상화를 보고서 명제에게 "왜 복파장군(伏波將軍)의 초상화는 그리게 하지 않았습니까?" 하고 물었다.

그러나 명제는 다만 웃기만 하고 대답하지 않았다.

영평(永平) 17년(서기 74)에, 마원 부인이 죽자 분묘를 만들고 사당을 지었다.

(장제章帝) 건초(建初) 3년, 숙종은 오관중랑장(五官中郎將)을 시켜 공신을 추가로 책봉케 하였는데, 마원을 충성후(忠成侯)라고 하였다. 마원에게는 4명의 아들이 있었다.

○ 자신을 볼 줄 아는 지혜

마원은 다른 사람에게 재앙(화禍)을 조심하라 훈계하였는데, 이는 마원의 지혜였지만, 자신은 참소의 틈바구니에서 벗어나지 못했다.

공명(功名)을 이룬 사람에게는 언제나 질시(嫉視)와 참소가 따르지 않는가? 내가 사리(私利)를 생각하지 않는다면, 내가 하는 일은 충직하면서도 지혜로운 행동일 것이다. 그리고 자신이 불의를 생각하지 않기에 대의(大義)의 결단은 틀림없이 엄격하다. 내가 옳다 하여 남이 나를 질시하지 않겠는가?

그래서 주변의 사물을 보는 지혜로 자신의 문제를 통찰하고 자신의 정황을 바로볼 수 있다면, 그것이 바로 총명한 지혜일 것이다. 그리고 다른 사람에게도 그렇게 베풀어야 한다. 그것이 바로 관용(寬容, 恕)일 것이다.

마원의 일생은 모범이고 성공적이었지만, 그의 종말은 비극이었다.

2. 후한의 선현先賢

후한의 정치를 이끄는 기본은 유학(儒學)이었다. 후한에서는 경전의 자구해석에 치중하는 훈고학(訓詁學)이 발달하였다. 《후한서》에는 〈유림열전(儒林列傳)〉이 있어 유학자의 면면을 알 수 있다. 후한에서는 역사학과 과학도 발전하였으며 의학 발전도 괄목할만했다.

(1) 후한(後漢)의 유학(儒學) 발달

광무제(光武帝) 건무 5년(서기 29), 태학(太學)을 중건하였는데, 고대 전장(典章)의 법식에 의거, 예기(禮器)와 무자(舞者)의 병기(兵器)를 갖춰 줄을 짓게 하고, 방령(方領)의 옷을 착용하고 법도에 따라 걸음걸이를 익힌 유생들이 서서히 줄을 지어 들어왔다.

광무제 중원 원년(서기 56), 삼옹(三雍)을 처음 건립했다.

명제(明帝) 즉위(서기 58) 이후에 친히 그 예(禮)를 행했다.

천자는 처음으로 통천관(通天冠)을 쓰고, 일월성신(日月星辰)이 그려진 옷을 입었으며, 법물(法物)을 모두 완비한 어가를 타고, 청도(淸道)의 의식(儀式)을 갖추었으며, 명당(明堂)에 좌정하여 여러 신하와 제후의 조하(朝賀)를 받았고, 영대(靈臺)에 올라 천상(天上)의 운기(雲氣)를 관망하였으며, 벽옹(辟雍)에서는 웃통을 벗은 자가 희생(犧牲)의 고기를 잘라 삼로(三老)와 오경(五更)에게 받들어 공양하였다.

향사례(饗射禮)를 마치고 황제는 정좌하여 여러 유생에게 강학(講學)하였고, 모든 유생은 경전(經典)을 들고 앞에 나와서 의문이 있는 내용을 질문하였으며, 관대(冠帶)를 갖춘 진신(縉紳)들은 벽옹으로 들어가는 교량 밖을 에워쌌는데, 백성 수만 명이 이를 구경하였다.

그 뒤에 또 공신의 자손, 4성(四姓)의 외척 자손을 위하여 별도로 학교를 세우고, 재학(才學)이 우수한 자를 골라 수업을 진행하였다.

그리하여 황제를 숙위하는 기문(期門)이나 우림(羽林)의 기사(騎士)일지라도 모두 《효경(孝經)》의 장구(章句)에 통하였으며, 흉노도 그 자제를 보내 입학시켰다.

장제(章帝) 건초(建初, 서기 76−83년) 연간에, 모든 유생을 백호관(白虎觀)에 모아서, 경전의 동이(同異)를 상고하게 하여 몇 달 뒤에 끝냈다(건초 4년, 서기 79년). 장제는 친림(親臨)하여 황제의 신분으로 경전을 확정하였다.

이는 선재(宣帝)의 석거각(石渠閣)의 전례와 같았으며, 사신(史臣, 반고)에게 명하여《백호통의(白虎通義)》를 저술하게 하였다. 또 재능이 뛰어난 자를 모아《고문상서(古文尙書)》와《모시(毛詩)》, 그리고《곡량춘추(穀梁春秋)》와《좌씨춘추(左氏春秋)》를 배우게 하였는데, 비록 학관(學官)을 두지는 않았지만 수준이 높은 자를 뽑아 강랑(講郞)에 임명하였고, 황제 측근 부서에 근무하게 시켰으니, 이는 흩어진 학자들을 모으고 각 학파의 학술을 광범위하게 보전시키려는 뜻이었다.

화제(和帝)도 자주 장서각(藏書閣)인 동관(東觀)에 행차하여 보관 중인 서책을 열람하였다. 장덕(章德) 두황후(竇皇后)가 칭제하는 기간에 학자들은 많이 게을러졌다.

안제(安帝)가 정치하면서 학문이 깊지 못했는데, 박사들은 좌석에 기대앉아서 강의를 하지 않았고, 문도들도 태만하여 흩어졌으며, 학사(學舍)는 무너지고 황폐하여 목동이나 나무하는 아이들이 거기서 땔나무를 베었다.

순제(順帝)는 학자의 진언(進言)을 받아들여 다시 학사를 수리하면서 240여 채에 1,850개의 방을 신축하였다. 명경(明經)으로 천거된 자 중에서 하급에 속하는 자는 박사의 제자로 배우게 하였고, 갑과(甲科) 을과(乙科)의 정원을 10명씩 더 늘렸으며, 각 군국(郡國)의 나이 많은 유생에게 모두 낭관(郎官)과 사인(舍人)을 제수하였다.

이때부터 유학이 다시 성하여 태학생이 3만 명에 이르렀다. 그러나 유자(儒者) 장구(章句) 연구는 점점 소략하고 부화(浮華)한 풍조가 널리 퍼지면서 유자(儒者)의 학풍은 점차 쇠퇴하였다.

그러다가 환제, 영제 때, 당인(黨人)이라 하여 유생을 주살하자, 고명(高名)한 유생들이 많이 연관되어 흩어졌고 결국 분쟁으로 이어졌으며, 서로를 고발하기에 이르렀고 은밀히 뇌물을 주어 난대(蘭臺) 경전의 문자를 자기 학파의 내용으로 고쳐 쓰는 일도 일어났다.

영제 희평(熹平) 4년(175), 여러 유생에게 조서를 내려《오경(五經)》의 문자를 확정하고 이를 석비(石碑)에 새기게 하였는데(희평석경熹平石經), 이는 고문(古文)과 전서(篆書), 예서(隸書)의 3예(禮) 서법(書法)으로 쓰여 서로 참고 확인케 하였는데, 석경을 태학(太學)의 정문 앞에 건립하여, 천하 사람 모두가 이를 표준으로 삼게 하였다.

그전에, 광무제가 낙양에 돌아와 정도(定都)할 때, 경전(經典)과 도록(圖錄), 비서(秘書)를 수레 2천여 대에 싣고 왔었는데 그 이후로 이전보다 3배 가량 늘었다.

동탁이 장안으로 이도(移都)할 때, 이민(吏民)이 소요하면서 벽옹(辟雍), 동관(東觀), 난대(蘭臺), 석실(石室), 부궁(北宮)의 선명전

(宣明殿), 홍도궁(鴻都宮) 등 여러 곳에 보관 중이던 경전이나 책서 (策書)나 문장이 모두 흩어져 버렸는데, 그중에서 비단에 쓰인 도 서로 큰 것은 이어서 수레의 덮개로, 작은 것은 오려서 주머니를 만들었다.

왕윤(王允)이 수합하여 장안으로 싣고 간 것은 수레 70여 대였 지만 길이 험하고 멀어서 그 절반은 버려졌다. 뒷날 이각(李傕)의 장안(長安) 분탕질에 한꺼번에 불에 타 모두가 사라졌다.

(2) 후한 삼현

1) 왕충 -《논형(論衡)》

왕충(王充)[540]의 자(字)는 중임(仲任)으로, 회계군(會稽郡) 상우현

---

540 왕충(王充, 27 – 97년) – 유학자로서 《譏俗節義》, 《政務》, 《養性》, 《論衡》 등 많은 저술이 있었으나 다만 《논형(論衡)》만 전한다. 후 한의 儒家 사상은 官學으로서 독점적 지위가 확보되었기에 춘추 전국시대와 달리 유학에 참위설이 뒤섞이게 되는데, 그 확실한 물증이 章帝 때 班固가 편집한 《白虎通義》이다. 왕충은 《논형》 에서 그러한 신비주의적 讖緯說(참위설)에 일침을 가했다. 衡은 저울 형. 곧 天平이니 《논형》의 저술 목적은 '미혹을 깨달아 虛 實을 확실하게 알기를 바라는 뜻' 이라고 말할 수 있다. 《논형》이 저술된 뒤에 《논형》의 가치를 처음 인정한 사람은 뒷날 회계태 수였던 王朗(왕랑)인데, 왕랑은 《논형》을 許縣(許都)으로 갖고 가 널리 알렸다고 한다.

(上虞縣) 사람으로, 그 선조가 위군(魏郡) 원성현(元城縣)에서 이사하였다. 왕충은 어려서 부친을 여의었는데 향리에서 효자로 알려졌다.

뒷날 낙양에 올라와 태학(太學)에서 수업하면서 우부풍(右扶風)의 반표(班彪)에게 사사(師事)하였다. 왕충은 널리 배우기를 좋아했고 장구(章句)를 고집하지 않았다.

집이 가난하여 서책을 살 수 없어 늘 낙양의 저자에 나가 팔려는 책을 읽었는데, 한번 보면 바로 외웠기에 당시 유행하는 백가(百家)의 학설에 두루 통하였다. 뒤에 향리로 돌아와 은거하며 문도를 교육하였다. 군(郡)에 출사하여 공조(功曹)가 되었지만 여러 번 간쟁하였으나 의견이 맞지 않아 그만두었다.

왕충은 논설을 좋아하였는데, 처음 시작할 때는 궤변과 같으나 논쟁을 마칠 때에는 늘 합리적 근거를 제시하였다. 왕유는 속유(俗儒)가 문장 자구에만 집착하여(守文) 많은 진실을 놓치게 된다고 생각하여 폐문(閉門)하고, 깊이 사색하고, 경조(慶吊)의 예(禮)도 행하지 않았으며, 창문이나 벽에 도필(刀筆)을 준비해 놓고, 《논형(論衡)》 85편 20여만 자를 저술하여 사물의 동이(同異)를 해석하고 시속(時俗)에 관한 여러 의문을 바로잡았다.

왕충은 나이 70에 의지와 근력이 약해지자 《양성서(養性書)》 16편을 저술하면서 기욕(嗜欲) 절제와 심신수양으로 본성을 지켰다. 화제(和帝) 영원(永元) 연간에, 병으로 집에서 죽었다.

2) 왕부-《잠부론(潛夫論)》

왕부(王符)[541]의 자(字)는 절신(節信)으로, 안정군(安定郡) 임경현
(臨涇縣) 사람이다. 젊어 호학(好學)하였고 큰 뜻을 품었으며 마융
(馬融),[542] 두장(竇章),[543] 장형(張衡),[544] 최원(崔瑗)[545] 등과 벗으로
친했다. 안정군(安定郡)의 시속에 서얼(庶孽, 孽은 비천한 첩의 자식
얼)을 천시하였는데, 왕부는 외가가 없다 하여 향인(鄕人)에게 천
대받았다.

---

541 왕부(王符, 83-170)-《잠부론(潛夫論)》은 王充의《論衡》만큼 유명
한 저술이다. 潛夫는 은사(隱士). 현실 비판의 뜻이 강하다.

542 마융(馬融, 79-166)-伏波將軍 馬援(마원)의 侄孫, 馬嚴의 아들.
經學家.《周易》,《尙書》,《毛詩》,《論語》,《老子》,《淮南子》,《離
騷》,《列女傳》등을 주석. 鄭玄, 盧植(노식)은 마융의 門生이었다.
《後漢書》60권,〈馬融列傳〉에 立傳.

543 두장(竇章)-順帝 초에 두장의 딸은 12살이었지만, 글을 지을 줄
알아 재능과 미모로 궁중에 뽑혀 들어갔는데 총애를 받아 뒷날
(順帝의) 梁皇后와 함께 貴人이 되었다.《後漢書》23권,〈竇融列
傳〉에 立傳.

544 장형(張衡, 78-139)-天文學者, 數學者, 科學家이며 發明家, 그리
고 文學者로 太史令, 侍中, 尙書 역임. 그의 일생과 성취는 정말
특별하여 水力으로 움직이는 혼천의(渾天儀)를 발명했고, 지동의
(地動儀, 지진계)와 지남차(指南車, 나침반)를 만들었으며,〈二京賦〉
로 문명을 떨쳐 '漢賦四大家'의 한 사람이다.《後漢書》59권,〈張
衡列傳〉에 立傳.

545 최원(崔瑗, 77-142)-字는 子玉, 후한의 명필, 書法家.《後漢書》
52권,〈최인열전(崔駰列傳)〉에 입전.

화제(和帝)와 안제(安帝) 이후에 세상 사람들은 출사(出仕)에 힘쓰면서 현직에 있는 사람이 서로를 끌어주며 천거하였는데, 왕부는 홀로 확고한 지조를 갖고 세속에 어울리지 않았으며 이 때문에 끝내 승진하지 못했다.

그 뜻에 불만이 쌓이고 쌓여 은거하며 30여 권의 저서를 통해 당시의 득실을 비판하였는데, 왕부는 이름을 날리려는 뜻이 없어 《잠부론(潛夫論)》이라 이름 지었다. 왕부는 당시의 폐단과 시속을 비판하였으니, 이를 통해 당시의 물정을 알 수 있다.

3) 중장통 ─《창언(昌言)》

중장통(仲長統)[546]의 자(字)는 공리(公理)로, 산양현(山陽郡) 고평국(高平國) 사람이다. 젊어 호학하였고 많은 책을 두루 섭렵하여 문사(文辭)가 풍부하였다. 나이 20세에 청주(靑州), 서주(徐州), 병주(幷州), 기주(冀州) 일대에 유학하면서 사귄 많은 사람들이 중장통을 특별다고 생각하였다.

병주자사인 고간(高幹)은 원소(袁紹)의 생질이었다. 평소에 고귀한 신분에 유명하였는데 사방의 유세객을 초치하였고, 많은 사람들이 그를 따랐다. 중장통이 고간을 찾아가자, 고간은 잘 대우하면서 시사(時事)에 관하여 물었다.

---

546 중장통(仲長統, 180 − 220) ─ 政論客으로 유명. 仲長은 복성. 《昌言》을 남김. '昌言'은 '當言'.

중장통이 고간에게 말했다.

"군(君)은 웅지(雄志)를 가졌지만 웅재(雄才)가 없고, 호사(好士)하지만 사람 고를 줄 모르는데, 이를 깊이 명심해야 할 것입니다."

그러나 고간은 평소 자부심이 많아 받아들이지 않았고 중장통은 떠나갔다.

얼마 뒤, 고간은 병주(幷州)에서 반기를 들었고 결국 패망하였다. 병주와 기주(冀州) 일대의 사인(士人)들은 중장통이 사람을 볼 줄 안다고 생각하였다.

중장통은 천성적으로 뜻이 크고 재주가 많았는데, 과감하게 직언하며 소절(小節)에 얽매이지 않았고, 침묵과 다언(多言)이 무상하여 시인(時人) 중에 혹 광생(狂生)이라고 생각하는 사람도 있었다. 주군(州郡)에서 부름을 받아도 병을 핑계로 나아가지 않았다.

중장통은 제왕을 찾아다니며 유세하는 사람들은 입신양명을 바라지만 명성을 늘 누릴 수도 없으며, 잠시면 사라지는 인생이기에 원하는 마음 그대로, 청결하고 널찍한 땅을 골라 평생의 뜻을 즐겨야 한다며 자신의 뜻을 서술했다.

(3) 마융과 채옹

1) 마융

마융(馬融)[547]의 자(字)는 계장(季長)인데, 우부풍(右扶風) 무릉현

(茂陵縣)⁵⁴⁸ 사람으로, 장작대장(將作大匠)인 마엄(馬嚴)의 아들이다. 사람이 준수한 외모의 말솜씨가 좋았으며 재주가 많았다.

그전에 경조 사람 지순(摯恂)이 남산에 은거하면서 유학을 교수하고 벼슬에 응하지 않아 관중 땅에 명성이 높았는데, 마융이 그를 따라 학문을 배워 여러 경전에 박통하였다. 지순은 마융의 재주를 기특히 여기며 딸을 마융에게 아내로 주었다.

안제(安帝) 영초(永初) 2년(서기 108)에, 대장군 등즐(鄧騭)이 마융을 등용하려 불렀으나 마융은 응하지 않았고, 양주(涼州)의 무도군(武都郡)과 한양군(漢陽郡) 일대에 객거하고 있었다.

그러나 강속(羌族)이 크게 봉기하여 변방을 노략질하자 곡물가격이 폭등하면서 관서(關西) 일대에 굶어죽은 시신이 널려있었다. 마융도 기아에 허덕이게 되자 후회하고 탄식하다가 등즐의 부름에 응했다.

---

547 馬融(마융, 79-166. 字는 季長) - 右扶風 茂陵縣 출신. 今 陝西省 咸陽市 관할 興平市. 伏波將軍 마원(馬援)의 질손(姪孫), 後漢 經學(訓詁學)者. 1천여 제자 중 정현(鄭玄)과 노식(盧植)이 유명. 마융은 미색을 좋아했다고 한다. 여인들 앞에 붉은 휘장을 치고 강학했다 하여 '강장교수(絳帳敎授, 絳은 붉을 강. 진홍)'라는 칭호로도 불렸다.

548 무릉현(茂陵縣) - 茂陵은 武帝의 능. 현명. 漢 황능 중 규모가 가장 크다. 漢 황제는 재위 중 자신의 능묘를 축조하면서 능 주변에 지방의 부호(富豪)를 이주시켰다. 그런 현을 능현(陵縣)이라 하고 능현의 관리와 운영은 太常의 업무 소관이었다. 今 陝西省 咸陽市 관할 興平市 소재.

영초(永初) 4년, 마융은 교서랑중(校書郎中)이 되어 동관(東觀)에서 궁중 도서 교정을 주관하였다.

○ 박학다식한 통유(通儒)

마융은 환제(桓帝) 때 남군(南郡) 태수가 되었다. 이어 의랑(議郎)에 제수되어 또다시 동관(東觀)에서 저술에 종사하다가 병으로 사직하였다.

두융은 재능이 많고 박학하여 세상에 통유(通儒)라 일컬어졌는데, 그에게 가르침을 받는 학생이 언제나 1천여 명이나 되었다. 탁군(涿郡)의 노식(盧植), 북해군(北海郡)의 정현(鄭玄)은 모두 그의 문도였다.

마융은 금(琴)을 잘 연주하였고 피리도 잘 불었으며, 인생 철리를 깨달아 천성에 따라 즐기고 살면서 유생의 절조(節操)에 구애받지 않았다. 거처나 기물과 복식에 사치와 장식이 많았다. 늘 높은 당상에 앉아 강론하면서 좌석 가운데 휘장을 치고, 앞에는 문도를 앉히고 휘장 뒤에 악사(樂師) 여인들을 앉게 하였으며, 제자들은 위계에 따라 후생을 지도하게 하였는데 마융의 거소에 들어와 본 제자가 거의 없었다고 한다.

일찍이 《좌씨춘추(左氏春秋)》를 교육할 때 가규(賈逵)와 정중(鄭衆)의 주석을 읽어보고 말했다.

"가군(賈君)의 주석은 정이불박(精而不博)하고 정군(鄭君)은 박이부정(博而不精)하다. 이미 정심(精深)하고 광박(廣博)하니, 내가

무엇을 더 보태겠는가!'

그리고서 마융은 다만 《삼국이동설(三國異同說)》만을 저술하였다. 마융은 《효경(孝經)》, 《논어(論語)》, 《시(詩)》, 《역(易)》, 《삼례(三禮)》, 《상서(尙書)》, 《열녀전(列女傳)》, 《노자(老子)》, 《회남자(淮南子)》, 《이소(離騷)》에 주석을 달았으며, 그가 지은 부(賦)와 송(頌) 등 21편이 전한다.

마융은 나이 88세인 환제(桓帝) 연희(延熹) 9년(서기 166)에 집에서 죽었다. 유언으로 박장(薄葬)케 하였다.

2) 채옹

채옹(蔡邕)[549]의 자(字)는 백개(伯喈)로, 진류군(陳留郡) 어현(圉縣) 사람이다. 부친 채릉(蔡稜)도 청백한 행실을 지켰고, 시호는 정정공(貞定公)이었다.

○ 효자 채옹

채옹은 천성이 매우 효성스러웠으니 모친이 3년 동안 늘 여러 병을 앓았는데, 채옹은 추위와 더위가 바뀌는 계절이 아니고서는

---

549 蔡邕(채옹, 133 - 192년, 邕은 화할 옹. 喈은 새소리 개) − 음률에 정통했고 박학했다. 名筆로 비백서(飛白書)의 창시자이다. 後漢의 유명한 才女 채염(蔡琰, 文姬, 177? - 249?, 음악가이며 여류 시인)의 父이다. 채옹은 뒷날 옥사했다. 蔡琰(채염)은 84권, 〈列女傳〉에 입전. 그녀의 〈비분(悲憤)〉 詩가 전한다.

옷을 벗을 겨를이 없었으며 70여 일이나 잠을 자질 못했다. 모친이 죽자, 무덤 곁에 오두막을 짓고 예법에 따라 복상하였다.

그러는 동안 산토끼가 길들여졌는지 집 옆에 와서 놀았으며 나무에 연리지(連理枝)가 자라자, 원근의 많은 사람들이 기이하게 생각하며 묘에 와서 구경하였다. 숙부와 사촌 형제들과 동거하면서 3세에 걸쳐 재산을 분할하지 않아 향당에서 그 의리를 칭송하였다. 젊어서 박학하였으며 태부(太傅) 호광(胡廣)에게 사사(師事)하였다. 사장(辭章), 수술(數術), 천문(天文)을 좋아하였고 음률에도 정통하였다.

환제 때, 중상시 서광(徐璜), 좌관(左悺) 등 오위(五侯)가 권력을 농단하면서 채옹이 금(琴)을 잘 연주한다는 말을 듣고 환제에게 알렸다. 환제는 진류군 태수에게 채옹을 보내라고 독촉하였다. 채옹은 부득이 언사현(偃師縣)까지 왔다가 병을 핑계로 되돌아갔다. 채옹은 한거하며 고(古) 전적(典籍)을 완상하면서 세속인과는 교제하지 않았다.

채옹은 동방삭(東方朔)의 〈객난(客難)〉 및 양웅(楊雄), 반고(班固), 최인(崔駰) 같은 사람들이 가상인물과의 대화로 자신의 의지를 서술한 것을 본받아, 여러 학자의 품평을 참고하여 옳은 것을 옳다 하고 잘못된 일은 바로잡아 〈석회(釋誨)〉를 지어 자신을 엄히 훈계하였다.

○ 희평석경(熹平石經)

영제 건녕(建寧) 3년(서기 170), 채옹은 사도 교현(橋玄)의 부름을 받았는데, 교현이 매우 공손하게 상대했었다. 채옹은 하평(河平) 현장(縣長)에 임명되었다 다시 조정에 들어와 낭중(郎中)이 되었다가 동관(東觀)에서 서적을 교정하였다. 의랑(議郞)으로 승진하였다.

채옹은 여러 경전이 성인의 시대에서 오래 지났기에 문자에 오류가 많고 그 때문에 속유(俗儒)의 억지 해석으로 후학(後學)을 오도한다고 생각하여, 영제(靈帝) 희평(熹平) 4년(서기 175)에 몇몇 학자와 함께《육경(六經)》의 문자를 바로잡겠다고 상주하였는데, 이를 영제가 수락하였다. 그래서 채옹은 직접 비석에 글을 써서 석공을 시켜 글자를 새겨 붉은색 칠을 한 뒤 태학의 정문 밖에 세웠다(熹平石經).

이에 후학들이 모두 정문(正文)을 배울 수 있었다. 석경이 처음 세워지자, 이를 구경하러 오는 사람과 모사(模寫)하러 오는 수레가 하루에도 1천여 량(輛)이 모여들어 거리를 메웠다.

환관의 혐오 속에 채옹은 결국 죽음을 면할 수 없다고 생각하여 장강 하류로 도망하여 오(吳) 땅 회계군(會稽郡) 지역으로 멀리 숨었다. 채옹은 양씨(羊氏)란 사람에 의지하면서 오(吳)에서 12년을 살았다.

○ 채옹의 죽음

중평(中平) 6년(서기 189), 영제(靈帝)가 붕어하였고 동탁(董卓)은 사공(司空)이 되었는데, 채옹의 높은 명성을 듣고 불렀다. 채옹은 병을 핑계로 응하지 않았다.

그러자 동탁이 대노하며 욕을 하였다.

"내 권력은 사람을 멸족시킬 수도 있는데, 채옹이 아직도 오만무례하다면 오래 살지 못할 것이다."

그러면서 주군(州郡)을 심하게 재촉하여 채옹을 부르게 하자, 채옹은 부득이 낙양에 가서 제주(祭酒)에 임명되었는데, 동탁은 채옹을 매우 존경하며 받들었다.

초평 원년(서기 190)에, 헌제의 장안 천도를 수행하였다.

동탁이 피살될 때(서기 192), 채옹은 사도(司徒) 왕윤(王允)과 함께 앉아있었는데, 자신도 모르게 동탁의 죽음을 탄식하며 안색이 변하였다. 그러자 왕윤은 화를 내며 동탁과 함께 반역을 했다고 채옹을 질책하였다.

정위는 즉시 채옹을 체포하여 치죄했다. 채옹은 사죄하면서 얼굴에 자자(刺字)하고 발을 자르더라도 한사(漢史)를 완성하겠다고 애걸하였다.

그러나 채옹은 결국 옥중에서 죽었다. 왕윤은 후회하면서 사형을 중지케 하였지만 늦었다. 채옹은 그때 61세였다. 유생으로 눈물을 흘리지 않는 자가 없었다.

북해군(北海郡)의 정현(鄭玄)은 소식을 듣고 탄식하였다.

"한세(漢世)의 사적을 누가 바로 집필할 수 있겠나!"

채옹이 지은 시(詩), 부(賦), 비(碑), 뇌문(誄文), 명(銘), 잠(箴) 및 〈독단(獨斷)〉, 〈권학(勸學)〉, 〈석회(釋誨)〉, 〈여훈(女訓)〉 등 총 104편의 문장이 후세에 전한다.

o 채옹의 딸 채염(蔡琰)

「하늘에 눈이 있거늘, 나의 떠돌이 삶을 왜 못보시나요?

(爲天有眼兮何不見我獨漂流)

영험하신 신령께서는, 나를 왜 하늘 끝 북쪽 사막에 버리셨나요?

(爲神有靈兮, 何事處我天南海北頭)

내가 하늘을 버리지 않았거늘, 하늘은 왜 나의 짝을 바꾸시나요?

(我不負天兮, 天何使我殊配儔)

내가 신령을 등지지 않았거늘, 신령께선 왜 나를 사막에 버리셨나요?

(我不負神兮, 神何殛我越荒洲)

이에 8번째 곡을 지어 운율이 맞나 살펴봅니다.

(制茲八拍兮, 御擬排懮)

곡이 이뤄졌지만, 내 마음은 왜 근심뿐인가요?」

(何知曲成兮, 心轉愁)

이 악부시(樂府詩, 고금곡古琴曲)는 후한 말기, 채옹의 딸인 채염(蔡琰, 자字는 문희文姬)이 지은 호가십팔박〔胡茄十八拍 / 胡歌十八拍, 간칭 〈호가(胡笳)〉〕의 8번째 곡이다. 여기 해(海)는 바닷물이 아니라 육해(陸海), 곧 사막지대이다.

진류군(陳留郡) 동사(董祀)의 처는, 같은 군(郡) 채옹의 딸로 이름은 염(琰)이고, 자(字)는 문희(文姬)였다. 박학하고 재주와 말솜씨가 좋았으며 특히 음률(音律)에 뛰어났다.

채염은 처음에 하동군(河東郡) 위중도(衛仲道)와 결혼하였다. 그러나 남편이 죽고 아들이 없어 친정으로 돌아왔다.

헌제(獻帝) 홍평(興平) 연간(194 - 195)에 천하가 크게 혼란하자, 문희는 흉노 기병에게 사로잡혀 남흉노의 좌현왕(左賢王)에 시집을 가서 흉노 땅에 12년을 살며 두 아들을 낳았다. 조조(曹操)는 평소에 채옹과 친했는데, 채옹이 후사가 없는 것을 안쓰럽게 여겨 사자를 보내 금과 옥으로 문희의 몸값을 치루고 데려와서 다시 동사(董祀)에게 시집을 보냈다.

남편 동사는 둔전도위(屯田都尉)였는데 법을 어겨 사형으로 판결 받자, 문희는 조조(曹操)를 찾아가 청원하였다.

그때 여러 공경 명사와 먼 데서 온 사자나 역관이 모두 자리했는데, 조조가 빈객에게 말했다.

"채옹(蔡邕)의 딸이 밖에 와있는데, 오늘 여러분이 볼 수 있을 것이요."

문희는 흐트러진 머리에 맨발로 들어와 고개를 숙이고 용서를 빌었는데, 음성이 청아하고 언사가 매우 처절하여 모두가 마음 아파하며 감동하였다.

조조가 물었다.

"참으로 안 되었지만, 이미 판결이 났는데 어찌하겠는가?"

이에 무희가 말했다.

"명공(明公)에게 말이 1만 필이 있고 훌륭한 무사들이 아주 많은데, 어찌 발을 다친 사람에게 말 한 마리를 풀어주지 못하고, 죽어갈 사람 하나를 살려주려 하지 않으십니까?"

조조는 그 말에 감동하여 동사의 죄를 사면하였다. 그때 날씨가 추웠기에 문희에게 두건과 버선에 신발을 하사하였다.

그리고 조조가 물었다.

"내가 알기로는, 부인의 친정집에는 산처럼 많은 책이 있었는데, 그중 얼마나 기억하고 있는가?"

이에 문희가 말했다.

"옛날 선친께서 4천 권 정도의 책을 물려주셨지만 혼란 속에 떠돌다 보니 지금 남아 있는 것이 없습니다. 지금 외울 수 있는 것은 겨우 4백여 편에 불과합니다."

조조가 말했다.

"지금 바로 관리 10명을 부인에게 보내 필사하게 하겠소."

문희가 말했다.

"남녀의 구별이 있어 예법에 직접 주고받을 수 없다 하였습니다. 지필을 얻을 수 있다면 해서 또는 초서로 명을 받들겠습니다."

나중에 필사한 서적을 보내왔는데 문장에 틀린 곳이 없었다.

뒷날, 채염은 그동안 겪은 난리를 생각하며 비분(悲憤)에 젖어 시 2장을 지었는데,《후한서 열녀전(列女傳)》에 실려있다.

(4) 정현

○ "나의 학문이 동쪽으로 간다"

정현〔鄭玄, 127－200년, 자(字) 강성(康成)〕은 북해군 고밀현(高密縣)[550] 사람이다. 정현은 젊어 향(鄕)의 색부(嗇夫)[551]였는데, 휴가일에는 늘 학관(學官)에 나갔고 색부의 일을 즐겨하지 않았기에 부친이 여러 번 화를 내었지만 금할 수 없었다.

결국 낙양의 태학에 가서 수업을 받았는데, 경조인(京兆人) 제오원선(第五元先, 第五는 복성)을 사부로 모시고,《경씨역(京氏易)》,《공양춘추(公羊春秋)》,《삼통력(三統曆)》,[552]《구장산술(九章算術)》[553]

---

550 高密－현명. 今 山東省 동부 濰坊市(유방시) 관할 高密市.

551 색부(嗇夫, 嗇은 아낄 색)－청송(聽訟)과 부세(賦稅) 징수 등 지방관의 보조 역할을 담당하는 향직(鄕職). 색부 외에 鄕에는 교화를 담당하는 三老, 순찰과 도적 체포를 담당하는 유요(游徼)가 있었다.

552《三統曆》－漢 武帝 太初元年(前 104년)에 唐都(당도), 落下閎(낙하굉), 司馬遷(사마천) 등이 과거 역법을 보완 시행한 역법이 太初

등에 능통하였다.

또 동군(東郡)의 장공조(張恭祖)로부터 《주관(周官)》,《예기(禮記)》,《좌씨춘추(左氏春秋)》,《한시(韓詩)》,《고문상서(古文尙書)》등을 배웠다. 정현은 산동(山東)에서 더 배울 사람이 없다 하여 서쪽으로 관중에 들어가서 탁군(涿郡)의 노식(盧植)과 함께 우부풍(右扶風)의 마융(馬融, 79－166)을 스승으로 섬겼다.

마융(馬融)의 문도는 4백여 명이나 되었고, 그중 승당(升堂)⁵⁵⁴급에 드는 자가 50여 명이었다. 마융은 평소에 교만, 고귀하였는데, 정현은 그 문하에서 3년 간 마융을 만날 수도 없어 많이 배운 제자가 정현에게 학문을 전수하였다. 그래도 정현은 밤낮으로 외우며 게으름을 피우지 않았다.

마침 마융이 모든 제자를 모아놓고 도참(圖讖)과 위서(緯書)를 토론케 하였는데, 정현이 계산에 우수한 것을 보고 정현을 누각

曆인데, 成帝 말년에 劉歆(유흠)이 다시 정정 보완하여 三統曆이라 개칭. 太初曆은 1년을 365와 385/1539日로 산정하였다.

553 《구장산술(九章算術)》－수학책. 前漢의 장창(張蒼), 경수창(耿壽昌) 등이 정리 보완한 책인데, 後漢代에 체계가 확정된 것으로 알려졌다. 九章은 方田章, 粟米章, 衰分章, 少廣章, 商功章, 均輸章, 盈不足章, 方程章, 勾股章 등이다.

554 승당(升堂)－학문이나 기예(技藝)의 大義에 통달한 자. 升堂은 학문이 高明正大의 경지에 도달하다. 입실〔入室, 오묘정밀(奧妙精密)의 단계〕 이전의 단계.

에 따로 불러 만났고, 정현은 기회에 그간의 의문을 질문하였고, 질문을 다 마친 뒤에 돌아가겠다고 사직 인사를 하였다.

이에 마융은 한숨을 쉬며 제자들에게 말했다.

"정현(鄭玄)이 지금 떠나간다니, 나의 학문이 동쪽에 전해질 것이다(吾道東矣)."

정현은 유학(遊學)한 지 10여 년만에 향리로 돌아왔다.

○ 정현이 내 방에 들어와~

그러나 집이 가난하여 동래군(東萊郡)[555]에 가서 다른 사람의 농토를 빌려 경작하였는데, 정현을 따르는 문도가 이미 수백에서 천 명 가까이 되었다. 당고(黨錮)의 화(禍)가 일어나자,[556] 정현은 동군(同郡)의 손숭(孫嵩) 등 40여 명이 모두 금고(禁錮)를 당했는데, 정현은 은거하면서 경서 연구에만 전념하고 두문불출하였다.

그때 동평국(東平國) 임성현(任城縣)의 하휴(何休, 129－182)[557]는

---

555 東萊－동래는 청주자사부의 군명. 치소는 黃縣, 今 山東省 烟台市 관할 龍口市. 동래군은, 今 山東省 烟台, 威海市 일대.

556 1차 '黨錮의 禍'는 桓帝 말기인 연희(延熹) 9년(166), 2차는 영제 초년인 168년에 일어났다. 붕당지인(朋黨之人)으로 지목된 사람의 門生, 故吏, 父子, 兄弟는 現職에서 배제하고(免官) 신규 임용도 할 수 없는 금고(禁錮)에 처했다. 《後漢書》67권, 〈黨錮列傳〉참고.

557 하휴(何休, 129－182년)－진번(陳蕃)의 막료로 있었는데, 진번이 黨錮를 당하자 하휴도 당고에 묶여 귀향하였다. 《後漢書》79권, 〈儒

《춘추공양전(春秋公羊傳)》의 학문만을 좋아하며 《공양묵수(公羊墨守)》, 《좌씨고황(左氏膏肓)》, 《곡량폐질(穀梁廢疾)》[558]을 저술하였다. 이에 정현은 '발묵수(發《墨守》), 침고황(鍼《膏肓》), 기폐질(起《廢疾》)'을 저술하였다.

하휴가 이를 읽고, 탄식하였다.

"강성(康成, 정현鄭玄)이 내 방에 들어와 나의 창을 가지고 나를 공격하였다!"

예전에 후한의 중흥 이후에 범승(範升), 진원(陳元), 이육(李育), 가규(賈逵)[559] 같은 사람들이 고문경학(古文經學)과 금문경학(今文經學)을 논쟁하였는데, 그 이후로 마융(馬融)이 북지군(北地郡) 태수 유괴(劉瑰)에 답변을 보내고, 정현(鄭玄)이 하휴(何休)에 맞서 논쟁하면서 경전의 대의는 더욱 심오해지면서 이로써 고학(古學)이 더욱 우세하였다.

林列傳〉(下)에 立傳.

558 《公羊墨守》 - 《春秋公羊傳》의 의리는 심원하여 墨翟(묵적)의 守城과 같다는 뜻. 《左氏膏肓》 - 《左氏傳》의 폐단은 너무 심각하여 도저히 고칠 수 없는 병이 膏肓(고황)에 들었다는 뜻. 《穀梁廢疾》 - 《穀梁傳》은 나쁜 질병을 앓는 폐질자와 같다는 뜻.

559 가규(賈逵, 서기 30 - 101년) - 가의(賈誼)의 후손. 洛陽 賈氏, 經學者, 천문학자. 《後漢書》 36권, 〈鄭范陳賈張列傳〉에 立傳.

○ 황건적도 탄복

동탁(董卓)⁵⁶⁰이 장안으로 천도한 뒤 공경(公卿)들은 정현을 조왕(趙王) 유건(劉乾)의 상(相)으로 천거하였지만 길이 막혀서 가지 못했다. 마침 황건(黃巾) 무리가 청주자사부 지역을 휩쓸자 정현은 서주(徐州)로 피난하였는데, 서주목(徐州牧)인 도겸(陶謙)은 사우(師友)의 예(禮)로 정현을 맞이하였다.

건안 원년(서기 196), 서주에서 고밀현(高密縣)으로 돌아왔는데, 도중에 황건적(黃巾賊) 수만 명을 만났는데 황건적들은 정현을 보자 모두 절을 올리며 서로 고밀현 지역에는 들어가지 않겠다고 다짐하였다.

정현은 신장 8척에 술 1곡(斛)을 마시며, 수려한 이목에 용의가 온유하고 위엄이 있었다. 원소의 빈객에 뛰어난 호걸이 많았고 모두 재능과 변설에 능했는데, 정현을 만난 유생들은 모두가 박학을 인정하면서 경쟁적으로 특별한 문제를 정현에게 질문하였다. 정현은 차례대로 답변을 하였는데, 모든 질문자가 생소하면서도 생각하지도 못한 내용을 듣자 탄복하지 않는 자가 없었다.

---

560 동탁(董卓, 141–192년) – 涼州 隴西 臨洮人. 後漢 말 涼州 軍閥(군벌)이며 權臣, 포악한 행위로 역사상 가장 부정적 평가를 받는 인물. 獻帝 初平 원년(서기 190) 春 2월에, 洛陽을 불태우고 자신의 근거지에 가까운 長安으로 천도하였다. 72권, 〈董卓列傳〉에 입전.

○ 관운(官運)과 무관

　영제(靈帝)[561] 말기에, 당인(黨人)에 대한 금고가 풀리자 대장군 하진(何進)[562]은 소문을 듣고 정현(鄭玄)을 초빙했다. 주군(州郡)에는 하진의 세력을 따르는 친척이 있어 감히 뜻을 어길 수 없다며 정현을 협박하여 부득이 갈 수 밖에 없었다. 하진은 정현의 안석과 지팡이를 준비하였고 상당한 예우를 갖췄다. 정현은 조복(朝服)을 받지 않고 보통 문인의 복장으로 알현했다. 정현은 하루 저녁을 자고 도망치듯 떠나왔다.

　그때 나이가 60이었고, 먼 곳에서 찾아와 배우는 자가 수천 명이었다. 나중에 정현은 시중(侍中)에 임명되었지만 부친상을 당해 부임하지 못했다.

　북해군 상(相)인 공융(孔融)[563]은 정현을 아주 존경하며 급히 서

---

561 영제(靈帝) ─ 後漢 12대 皇帝(재위 168-189년), 章帝(肅宗)의 玄孫, 桓帝의 堂姪. 주색 탐닉과 황음무도, 宦官과 외척의 세력 싸움과 부패 무능, 연속되는 천재지변, 張讓(장양) 등 十常侍의 발호. 張角의 黃巾賊의 亂이 시작(184년) 등 모두 靈帝 재위 중이었다.

562 하진(何進, ?-189) ─ 南陽 宛縣의 가축을 잡는 도호(屠戶) 출신, 이복 여동생이 입궁하여 영제의 황후가 되었다. 대장군으로 錄尙書事 겸임. 환관 세력을 꺾겠다고 동탁을 불러들인 장본인. 十常侍에게 피살. 河南尹은 국도 낙양의 행정을 담당. 《後漢書》69권, 〈竇何列傳〉에 입전.

563 공융(孔融, 153-208) ─ 孔子의 12세손. 《後漢書》70권, 〈鄭孔荀列傳〉立傳.

둘러 찾아와 고밀현에 정현을 위한 특별한 향(鄕, 사향士鄕)[564]을 설치하겠다는 말을 했다.

그때 대장군 원소(袁紹)[565]는 기주(冀州)의 군사를 총관하며 사자를 보내 정현을 부르고 빈객을 크게 모아 잔치를 벌였는데, 정현이 가장 늦게 도착했어도 정현을 상석으로 안내하였다.

원소는 정현을 무재(茂才)로 천거하면서 표문을 올려 좌우시랑에 임명하였지만 부임하지 않았다. 공거령(公車令)도 대사농에 임명하려고 징소(徵召)하며 안거(安車) 한 대를 보내며 정현이 지나는 곳의 현령이 정현을 영접하게 하였다. 그러나 정현은 병 때문에 근무 않고 집으로 돌아왔다.

ㅇ 정현의 죽음

헌제 건안 5년(서기 200) 봄, 꿈에 공자가 정현에게 '일어나라, 일어나! 금년이 진(辰, 용)의 해이고, 내년은 사(巳, 뱀)이다.' 라고 말했다. 꿈을 깨고 생각하니 (진辰, 사년巳年에 현인賢人이 탄식한

---

564 '士鄕' − 齊의 管仲이 桓公을 섬길 때 鄕 21개를 신설하였는데, 그중 15개가 유명 학자를 기념하기 위한 마을(士鄕)이었다.

565 원소(袁紹, 153−202) − 本初, 후한 말 할거 세력의 하나. 전성기에 冀州, 幽州, 幷州, 靑州 등을 장악. 한때 가장 강성했으나 官渡(관도)의 싸움에서 조조(曹操)에게 패배 후 곧 울분으로 죽었다. 74권, 〈袁紹劉表列傳〉에 立傳.

제4부 후한 인물 열전 *589*

다는) 참서와 합치되니 수명이 다할 것이라 생각하였다.

그때 원소와 조조는 관도(官度, 官渡)에서 서로 대치하고 있었는데, 원소는 아들 담(譚)을 보내 정현에게 군중(軍中)에 머물라고 핍박하여 부득이 앓으면서 (위군魏郡의) 원성현(元城縣)까지 갔으나 병이 위독하여 더 가지 못했는데, 그해 6월에 죽으니 74세였다.

정현은 박장(薄葬)하라고 유언하였다. 군수(郡守) 이하 그간 수업을 받은 자로 상복을 입고 장례에 참여한 자가 1천여 명이었다.

문인(門人)들은 함께 정현이 제자들과 5경(經)에 관하여 문답한 내용을 《논어(論語)》처럼 《정지(鄭誌)》 8편으로 편찬하였다. 정현은 《주역(周易)》, 《상서(尙書)》, 《모시(毛詩)》, 《의례(儀禮)》, 《예기(禮記)》, 《논어(論語)》, 《효경(孝經)》, 《상서대전(尙書大傳)》, 《건상력(乾象歷)》에 주석을 달았고, 또 《천문칠정론(天文七政論)》, 《노례체협의(魯禮禘祫義)》, 《육예론(六藝論)》, 《모시보(毛詩譜)》 등 총 100만여 자의 저술을 남겼다.

○ 순유(純儒) 정현

정현(鄭玄)은 문사(文辭)와 훈고(訓詁)에 치중하였기에 학식이 광박(廣博)한 사람은 설명이 너무 번잡하다고 비판하였다. 그러나 경전에 관한 넓고도 상세한 지식으로 순유(純儒)라는 칭송을 들었고, 제(齊)와 노(魯) 일대에서는 종사(宗師)가 되었다.

정현의 유일한 아들인 익은(益恩)은 공융(孔融)이 북해군 태수일 적에 효렴으로 천거하였는데 공융이 황건적에게 포위되자 익은은 마융을 구하다가 전사하였다. 익은에게 유복자가 있었는데, 정현은 손자의 손금이 자신과 비슷하다고 이름을 소동(小同)이라 지었다.

(5) 삼반(三班)─《한서(漢書)》 저술

1) 반표

반표(班彪, 서기 3─54년, 彪는 무늬 표. 범)의 자(字)는 숙피(叔皮)로, 우부풍(右扶風) 안릉현(安陵縣) 사람이다. 조부 반황(班況)은 성제(成帝) 때 월기교위(越騎校尉)였다. 부친은 애제(哀帝) 때 태수(太守)를 역임했다.

반표의 천성은 침착 안온하며 호고적(好古的)이었다. 나이 20여 세에 경시제가 패망하고 장안 부근 삼보(三輔) 일대가 크게 혼란했다. 그때 외효(隗囂)는 천수군(天水郡)을 차지하고 있었는데, 반표는 그쪽으로 피난을 갔기에 외효와 만났다.

외효가 반표에게 물었다.

"옛날 주(周)가 망하자, 전국시대의 다툼으로 천하가 분열되었다가 여러 세대를 거친 뒤에 안정되었습니다. 생각해 본다면, 합종연횡의 형세가 지금 다시 일어나겠습니까? 장차 왕조의 교체

나 발흥이 어떤 한 사람에게 있을 것 같습니까?'

이에 반표가 대답하였다.

"주(周)의 흥륭과 쇠퇴는 한(漢)과 다릅니다. 한(漢)은 진(秦)의 제도를 계승하여 군현제도를 채택하였고, 주군(主君)이 모든 권위를 장악하였으며 신하(제후)는 백 년의 권력도 가지지 못했습니다. 그런데 성제(成帝) 때 외가에서 권력을 장악했고, 애제(哀帝), 평제(平帝)의 재위가 짧고 나라의 승통(承統)이 3번이나 단절되었기에 왕망이 정치를 독단하다가 제위를 탈취할 수 있었습니다. 이런 위기는 위에서 일어났지만 그 피해는 백성에 미치지 않았기에 왕망이 재위에 오른 뒤에도 천하 백성은 (한漢을) 애타게 기다리며 탄식하지 않는 자가 없었습니다. 지금 여러 곳에서 주(州)나 성(城)을 차지한 호걸들은 전국시대 7국과 같은 세력을 가진 자가 아무도 없으며, 백성은 신음하면서 한실(漢室)의 덕을 사모하고 있다는 사실을 누구나 다 알고 있습니다."

반표는 이미 외효의 말을 싫어하였고, 또 당시 힘든 상황에 느낀 바가 있어 〈왕명론(王命論)〉을 저술하여 한(漢)은 요(堯)의 덕을 계승하였고, 왕자(王者)의 흥망은 거짓이나 무력으로만 얻지 못한다는 것을 외효에게 깨우치려 했으나 외효가 끝내 깨닫지 못하자, 반표는 하서(河西) 지역으로 피신하였다.

하서대장군(河西大將軍)인 두융(竇融)은 반표를 종사(從事)에 임명하고 특별한 대우를 하였는데, 반표를 사우(師友)의 도(道)로 대접하였다. 반표는 이에 두융을 위하여 방책을 계획하고 한(漢)을 섬기게 하면서 서하군의 병마를 총괄하여 외효를 막게 하였다.

두융이 광무제의 부름을 받아 낙양에 들어가자, 광무제가 물었다.

"먼저 올린 상주문은 누가 도와주었는가?"

"모두 종사(從事)인 반표가 지은 것입니다."

광무제는 평소 반표의 재능을 들어 알고 있었기에 불러 만나본 뒤에, 사예교위가 무재(茂才)로 반표를 천거하자 하비군(下邳郡) 서현(徐縣) 현령에 임명하였으나 병으로 사직하였다. 그 뒤에도 삼공부의 부름에 응했지만 곧 사직하였다.

○《사기(史記)》의 속편

반표는 재능이 뛰어나고 저술을 좋아하여 역사저술에 전념하였다. 무제(武帝) 때 사마천(司馬遷)이 《사기(史記)》를 저술하였지만 (무제) 태초 이후로는 서술이 없고, 이후 호사자(好事者)들이 여러 번 당시 정사(政事)를 모아 기록하였지만 비속한 내용이 많아 《사기》의 뒤를 이을 수 없다고 생각하였다.

반표는 이에 《사기》에서 누락한 부분을 채집하고 《사기》와 다른 내용을 보완하여 그 이후 열전 수십 편을 저술하여 《사기》와 대조하면서 득실을 논하였다. 그리고 《한서(漢書)》의 집필을 시작했지만, 완성은 아들에게 맡겨야만 했다.

반표는 사리에 통달하고 상등의 재능을 가진 유생으로 혼란과 위기 상황에서도 그 행실이 인도(仁道)를 위배하지 않았으며, 언행(言行)은 정도(正道)를 잃지 않았고, 관직도 급히 상승하지 않았으며, 지조를 지켜 남을 배신하지도 않았고, 문재(文才)를 펼쳐 국가 전적(典籍)을 편찬하였으며, 낮은 관직을 번민하지도 않았다. 반표는 끝까지 평담청정(平淡淸靜)의 도를 지켰다.

2) 반고

○ 명제(明帝)의 인정을 받다

반고(班固, 32-92)의 자(字)는 맹견(孟堅)이다. 나이 9세에 글을 짓고 시부(詩賦)를 외웠으며, 성인이 되어 전적과 구류백가(九流百家)의 책을 읽고 깊이 연구하지 않은 책이 없었다.

반고는 학문에서 일정한 스승이 없었으며 구절의 뜻보다는 대의를 탐색하였다. 천성이 관대 온화하여 모두를 포용하면서도 뛰어난 재능으로 자신이 최고라 생각하지 않았기에 유생 모두가 반고를 흠모하였다.[566]

반고는 부친이 죽어서(서기 54) 향리로 돌아왔다. 반고는 아버지가 이어 쓴 전사(前史)가 상세하지 못한 것을 보고 마음을 모아

---

[566] 班固가 13살 때, 왕충(王充)이 班固를 만난 뒤, 반고의 등을 두드리며 "이 아이는 틀림없이 漢의 國事를 기록할 것이요." 라고 말했다고 한다.

孟堅漢書二十餘年 始成當世甚重其高才者真不覬補述新宗

謂其文瞻而事詳 又稿其序事 不激詭不抑抗瞻而不穢詳而有

體使讀之者亹亹而不厭云

반고화상(班固畫像)

연찬하여 그 일을 마무리하려고 생각했다.

　그러나 얼마 뒤에 어떤 사람이 명제(明帝)에게 반고가 몰래 국사(國史)를 개작하는 사람이라고 상서하자, 소재 군수 우부풍(右扶風)에게 조서를 내려 체포하여 경조윤(京兆尹)의 감옥에 가두게 하고 집에 있는 책을 모두 압수하게 하였다.

　반고의 동생 반초(班超, 서기 32－102년)[567]는 반고가 군(郡, 우부풍)에서 고문을 받으며 스스로는 해명이 되지 않을 것 같아 낙양 궁궐에 가서 상서했고, 황제를 만나 반고가 저술하는 뜻을 설명

---

567 반초(班超, 서기 32－102년)－字 仲升, 班固의 弟(쌍둥이로 추정), 父 班彪와 함께 '三班'이라 통칭. '투필종융(投筆從戎)'한 後漢 名將이다.

하였고 우부풍에서도 상서하였다. 명제는 아주 특별하게 생각하여 반고를 교서부(校書部)로 불러 난대영사(蘭臺令史)[568]를 제수하였다.

반고는 난대영사로 〈세조본기(世祖本紀) / 광무제 본기〉를 완성하였다. 반고는 낭관으로 승진하여 궁중의 여러 비서(秘書)를 교감(校勘)하였다. 반고는 또 여러 공신(功臣)과 평림(平林), 신시(新市), 공손술(公孫述) 등에 관한 열전과 재기(載記) 28편을 상주하였다. 명제는 이에 반고로 하여금 전에 저술한 책을 완성하게 하였다.

○ 아버지의 유작(遺作) – 《한서(漢書)》

반고는 한(漢)은 요제(堯帝)의 천운(天運)을 이어 제업을 성취하였다고 생각하였는데, 무제(武帝)[569]에 이르러 사신(史臣, 사마천)이 그 공덕을 서술하면서 사적으로 〈본기(本紀)〉를 지었기에 한(漢)을 백왕(百王)의 끝에 진(秦)과 항우의 줄에 끼어 넣었으며 (무제) 태초 이후는 기록이 없기에 앞선 여러 기록을 찾고 들은 바를 엮어서 《한서(漢書)》를 지었다.

《한서》는 고조에서 시작하여 효평제(孝平帝)와 왕망의 죽음까

---

568 난대영사(蘭臺令史) – 난대(蘭臺)는 漢代 궁중의 장서각, 어사중승(御使中丞)이 관리한다. 난대영사는 질록 6백 석.
569 惠帝 다음 呂后를 代數에 넣어 武帝가 6세이다.

지 12세 230년간[570]의 행사를 종합하고《오경(五經)》의 뜻에 바탕을 두었으며, 상하가 융합 관통하였고, 기(紀), 표(表), 지(志), 전(傳) 총 100편이다.[571]

반고는 명제 영평 연간에, 처음 명(命)을 받고 20년을 전심전력하여 장제(章帝) 건초(建初) 연간에 완성하였다.[572] 당시 사람들은《한서》를 매우 소중히 여겼으며 학자라면 누구나 이 책을 읽었다.

○〈양도부(兩都賦)〉

반고는 낭관이 된 이후에, 황제의 측근이 되었다. 그때 낙양에 궁궐을 짓고 준설공사를 하며 성곽을 수선하자, 관중(關中) 땅의 기로(耆老)들은 낙양의 공사보다는 오히려 조정이 서쪽 장안으로 옮겨오기를 희망하였다.

반고는 전세(前世)의 사마상여(司馬相如), 오구수왕(吾丘壽王), 동방삭(東方朔) 같은 사람들이 사부(辭賦)를 지었지만 결국은 풍권(諷勸)의 그친 것을 보고 느낀 바 있어 〈양도부(兩都賦)〉를 지어 올렸는데, 거기서 낙양(洛邑)의 여러 시설의 아름다움을 찬양하여 서

---

570 十有二世는 高祖, 惠, 呂后, 文, 景, 武, 昭, 宣, 元, 成, 哀, 平帝의 12代. 二百三十年은 왕망의 치세를 포함한 230년이다.

571《漢書》는 12紀, 8表, 10志, 70列傳, 合 100편이다.

572 반고는 和帝 永元 4년(서기 92)에 61세로 옥사했다. 이때까지《漢書》의 八表와 〈天文志〉가 미완이었고, 이는 여동생 반소(班昭)에 의해 완성된다.

도(西都)에서 온 빈객(賓客, 가상인물)의 부화한 의론을 비판하였다.

○ 반고(班固)의 죽음

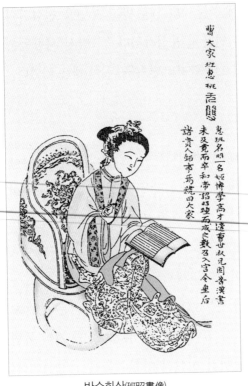

반소화상(班昭畫像)

반고는 뒷날 모친 상을 당해 사직하였다. 화제(和帝) 영원(永元) 초기에, 대장군 두헌(竇憲, ?-92)은 흉노를 원정하였는데, 반고는 중호군(中護軍)으로 두헌의 참모가 되었다. 뒤에 두헌이 패망하였는데, 반고는 그 이전에 죄를 범해 파직되었다가, 다른 사건에 연루되어 옥 사하였다.

반고가 완성하지 못한 《한서》는 반고의 여동생 반소(班昭)에 의해 완성된다.

반고와 반초(班超)의 여동생 반소〔班昭 45?-117?, 일명 희(姬), 자(字)는 혜의(惠姬)〕는 우부풍 사람 조수(曹壽)와 결혼하였다. 반고가 《한서》를 완성하지 못하고 옥사하자, 화제는 반소에게 《한서》의 완성을 명했다. 반소는 부풍인(扶風人) 마속(馬續)과 함께 《한서》의 〈팔표(八表)〉와 〈천문지(天文志)〉를 완성하였다. 후한의 명유(名儒)인 마융(馬融, 서기 79-166)은 반소의 지도를 받으며 《한서》를 배웠다.

반소는 《후한서 열녀전》에 입전되었다.

○ 사마천과 반고

「사마천(司馬遷)과 반고 부자의 사서(史書) 저술은 그 대의가 찬란하고 분명하다. 논자들은 두 사람이 모두 양사(良史)의 재능을 가졌다 하였다.

사마천의 문장은 정직하고 서술은 핵심을 잘 파악하였으며 반고의 문장은 풍부하면서도 상세하다. 반고의 사실 기록은 칭송이 지나치거나 시류에 휩쓸리지 않았으며, 풍부하나 잡되지 않고 상세하면서도 조리가 있으며, 사람들이 읽고 읽어도 질리지 않기에 그의 명성은 당연하다고 볼 수 있다.

반표와 반고는 사마천의 시비가 성인의 관점과 다르다고 비판하였다. 그리하여 사마천이 평론에서 도덕을 지킨 죽음을 배척하고 정직한 행위를 부정적으로 보거나 살신성인의 미덕을 서술하지 않은 것은 인의를 경시하고 절의를 지킨 사람을 낮게 평가한 것이라고 비판하였다.

반고는 사마천이 넓은 견문에도 불구하고 자신의 지혜로 극형

〔極刑, 부형(腐刑), 궁형(宮刑)〕을 면하지 못한 것을 슬퍼하였다. 그렇지만 반고도 형을 받아 옥사하였으니 그 지혜는 사마천과 비슷하면서도 역시 자신을 지키지 못했다.」 범엽《후한서 반표열전(班彪列傳)》사론(史論).

3) 반초

○ 장사의 뜻을 어찌 알라!

반초(班超)[573]의 자(字)는 중승(仲升)으로, 우부풍 사람이며 반표(班彪)의 작은 아들이다. 사람됨이 큰 뜻을 품고 있어 세절(細節)에 마음을 쓰지 않았다. 그렇지만 내심으로는 효도하며 근신하였고 집안에서 늘 힘든 일을 하면서도 부끄럽게 생각하지 않았다. 구변도 좋았고, 여러 경전을 대충 섭렵하였다.

명제(明帝) 영평(永平) 5년(서기 62), 형인 반고가 부름을 받아 낙양에 교서랑(校書郎)이 되자 반초와 모친도 반고를 따라 낙양으로 왔다. 집안이 가난하여 관청에서 대필하는 품앗이로 모친을 공양하였다.

오랫동안 힘든 일을 해왔는데, 한번은 붓을 놓고 탄식하며 말했다.

---

573 반초(班超, 32~102년)－讀書人이 군여(軍旅)에 투신하는 '투필종 융(投筆從戎)' 어원. 《후한서 班梁列傳》에 입전. 父 班彪(반표)와 兄 班固와 함께 三班이라 통칭.

"대장부가 특별한 지략이 없다면 차라리 부개자(傅介子)[574]나 장건(張騫)[575]을 본받아 이역에서 공을 세워 봉후가 되어야 하거늘, 어찌 이리 오랫동안 붓과 벼루와 씨름을 해야겠는가?(安能久事筆研間乎?)"

그러자 좌우에서 모두가 반초를 보고 웃었다.

이에 반초가 말했다.

"어린애들이 어찌 장사의 큰 뜻을 알겠는가!(小子安知壯士志哉!)"[576]

그 뒤에 반초는 길을 걷다가 관상가를 만났는데, 관상가가 말했다.

"어르신께서는 포의의 서생이나, 만 리 밖에 나가면 제후가 될

---

574 부개자(傅介子, ?-前 65년) - 昭帝 때 西域의 龜茲(구자), 樓蘭(누란)이 匈奴와 연합하여 한의 관리를 죽인 사건이 있었는데, 부개자가 사자로 나가서 누란왕을 잡아 복수를 하여 義陽侯에 봉해졌다. 《漢書》70권, 〈傅常鄭甘陳段傳〉에 입전.

575 장건(張騫, 前 164-114년) - 武帝의 명을 받아 서역에 파견되었고, 흉노에 잡혀 고생을 하면서 13년 만에 돌아와 서역의 사정을 중국에 전했다. 絲綢之路(실크로드)의 개척. 博望侯에 봉해졌다. 《漢書》61권, 〈張騫李廣利傳〉에 입전.

576 秦 말기, 陳勝이 農家의 傭工(고공, 품팔이꾼)으로 일하다 쉬면서 "나중에 부귀하더라도 서로 잊지는 말자."라고 말했다. 다른 사람들이 비웃자, 진승은 "아! 참새가 어찌 큰 기러기의 뜻을 알겠는가!(燕雀安知鴻鵠之志哉!)라고 탄식하였다.

것입니다."

반초가 그럴만한 이유가 뭐냐고 묻자, 관상가는 말했다.

"당신은 제비의 턱에 호랑이의 목입니다. 날아다니거나 고기를 먹을 것이니 만 리 밖에 나갈 제후의 인상입니다."

얼마 뒤에 명제가 반고에게 물었다.

"경의 동생은 어디에 있는가?"

이에 반고가 대답했다.

"관청에서 필경(筆耕)을 하며 품삯으로 모친을 봉양하고 있습니다."

명제가 곧 반초에게 난대영사(蘭臺令史)를 제수하였지만 뒷날 일을 잘못하여 면직되었다.

○ 호랑이 굴에 들어가지 않는다면(不入虎穴, ~)

명제 영평(永平) 16년(서기 73), 봉거도위(奉車都尉)인 두고(竇固)[577]는 흉노를 원정 공격하였는데, 반초를 부사마(副司馬)에 임

---

[577] 두고(竇固, 1世紀 - 88년) - 右扶風 平陵縣人, 두융(竇融)의 조카. 光武帝의 열양(涅陽) 公主와 결혼했다. 명제 永平 15年(72年) 奉車都尉가 되어 양주(涼州)에 주둔하였다. 다음 해(73年) 酒泉에서 출병하였는데, 반초(班超)를 가사마(假司馬)로 임명하여 흉노를 원정하여 크게 승리하였고, 반초를 서역에 파견하여 서역의 여러 나라를 漢에 귀부케 하였다.

명했으며, 반초는 군사를 거느리고 서역에 나가 다수의 적을 죽이고 귀환하였다. 두고는 반초가 능력이 있다고 생각하여 종사(從事)인 곽순(郭恂)과 함께 서역(西域)에 사신으로 보냈다.

반초가 선선국(鄯善國)에 도착하였는데, 선선왕인 광(廣)은 반초를 맞아 공손한 예를 잘 갖추다가 뒤에 갑자기 소원하고 게을리하였다.

반초는 군리(軍吏)와 병사 36명과 같이 술을 마시다가 술이 거나하자, 격앙하여 말했다.

"여러분은 지금 나와 함께 이역에서 큰 공을 세워 부귀를 얻으려 한다. 지금 흉노 사자가 여기 온 지 며칠이 지났고 왕은 예의를 갖추다가 우리를 무시하고 있는데, 만약 선선국에서 우리를 잡아 흉노에 보내면 우리 육신은 이리 떼의 밥이 될 것인데, 어찌하겠는가?"

모든 관속이 말했다.

"지금 존망의 위기니 사마(司馬)와 생사를 같이 하겠습니다."

이에 반초가 말했다.

"호랑이 굴에 들어가지 않으면 그 새끼를 잡을 수 없다(不入虎穴, 不得虎子). 지금 우리가 방책을 세워 밤에 흉노를 공격하면 우리가 얼마인지를 몰라 틀림없이 겁을 먹을 것이고 모두 다 없앨 수 있다. 흉노를 다 죽인다면 선선(鄯善)은 기가 죽을 것이고 우리 일은 성공할 수 있다."

"길흉을 오늘 결판내야 한다. 종사는 문필을 담당하는 속리(俗

吏)로 이런 말을 들으면 틀림없이 두려워 떨며 누설될 것이니, 죽어도 성공 못할 것이니 사나이가 할 일이 아니다."

여러 사람은 "옳소."라고 말했다.

반초가 속관들과 함께 흉노 사신을 잡아 죽였다.

○ 서역에서 31년

반초는 서역에 31년을 머물렀다. 화제 영원(永元) 14년(서기 102) 8월에, 낙양에 도착하여 사성교위(射聲校尉)에 임명되었다. 반초는 평소에 가슴과 옆구리에 병이 있었는데, 낙양에 와서 병이 더욱 심해졌다.

화제는 환관을 보내 문병하며 의약을 하사하였다. 반초는 그 9월에 죽었는데, 나이 71세였다. 조정에서는 크게 안타까워하면서 사자를 보내 조문하고 제사를 도왔는데 하사품이 매우 많았다. 아들 반웅(班雄)이 작위를 계승하였다.

그전에 반초가 돌아오라는 부름을 받자, 무기교위(戊己校尉) 임상(任尙)이 서역도호가 되었다. 임상은 반초와 교대하였다.

임상이 반초에게 물었다.

"군후(君侯)께서는 국외에 30여 년을 계셨는데, 저는 군후의 후임자로 임무는 중하고 사려가 깊지 못해 두려울 뿐이니 군후께서 저를 가르쳐 주십시오."

이에 반초가 말했다.

"나야 나이만 먹고 지혜도 다하였지만 임군(任君)이야 높은 직무를 여러 번 담당하였으니, 이 반초가 어찌 따라갈 수 있겠소! 꼭, 부득이 어리석은 생각을 말해보겠소. 국경 밖에서 일하는 군리나 군졸은 본래 효자순손(孝子順孫)이 아니고 대부분이 죄를 지어 변방에 쫓겨난 사람들이요. 거기다가 만이(蠻夷)는 새나 짐승 같은 심성이라 더불어 살기 어려운 사람들이요. 지금 당신의 성격이 매우 엄격하고 성급한데, 본래 물이 맑으면 대어(大魚)가 없는 것처럼 정사가 너무 가혹하면 아랫사람과 화합하기 어렵소. 응당 좀 더 너그럽고 편하게 대하며 작은 잘못에 관용을 베풀고 큰 권한만 행사토록 하시오."

반초가 돌아간 뒤로 임상은 가까운 사람에게 말했다.

"나는 반고에게 당연히 기책(奇策)이 있을 줄 알았는데, 지금 말한 것은 아주 평범한 말이었소."

임상은 몇 년 뒤, 서역의 반란을 당해 업무상 실책으로 소환 당하였으니 반초가 훈계한 그대로였다.

(6) 장형

○ 후한 최고의 천재

장형(張衡)[578]의 자(字)는 평자(平子)로, 남양군 서악현(西鄂縣)

---

[578] 장형(張衡, 78−139년) −후한의 天文學者, 地理學者, 數學者, 發明家, 文學家. 太史令, 侍中, 尚書 역임. 수력으로 움직이는 渾天儀

사람이다. 대대로 명문대성(名門大姓)이었다. 조부 장감(張堪)은 촉군(蜀郡) 태수였다.

장형은 젊어서도 글을 잘 지었고, 삼보(三輔) 일대에 유학하였고 이어 낙양에 가서 태학을 둘러보았는데,《오경(五經)》에 박통하였고 육예(六藝)에도 능했다. 세상의 누구보다도 재주가 뛰어났지만, 교만하거나 남을 무시하지 않았다. 늘 조용하고 침착하였으며 속인과의 교제를 좋아하지 않았다.

화제 영원(永元) 연간(서기 89 - 104)에, 효렴(孝廉)으로 천거되었지만 응하지 않았으며 삼공부의 초빙에도 취임하지 않았다. 그때는 태평한 시절이 오래 계속되면서 왕후 이하로 사치하지 않는 사람이 없었다.

장형은 반고(班固)의 〈양도부(兩都賦)〉[579]를 모방하여 〈이경부(二京賦)〉를 지어 풍간(諷諫)하였다. 장형은 정밀한 사고와 문사

발명, 지진의 심도와 진앙을 추적할 수 있는 지동의(地動儀, 지진계), 지남거(指南車)를 발명하였다. 2,500개의 성좌가 들어있는 星圖를 제작하였다. 〈二京賦〉와 〈歸田賦〉, 〈思玄賦〉를 지었기에 '漢賦四大家(司馬相如, 揚雄, 班固, 張衡)'의 한 사람이다. 七言古詩의 형체의 시가를 창작하였다.

579 班固 〈兩都賦〉 - 長安과 洛陽의 지세와 궁궐, 정치와 國勢와 人文을 묘사. 漢賦의 秀作이다. 張衡의 〈二京賦〉, 左思의 〈三都賦〉에 영향. 40권 〈班彪列傳〉의 下 〈班固傳〉에 全文 수록. 필자의 《후한서 전 10권 / 明文堂》 번역 참고. 장형의 〈二京賦〉는 7,700字 대작이다.

(文辭)를 다듬느라고 10년 만에 완성하였는데 문장이 길어 여기에는 수록하지 않았다.

○ 장형의 업적(1)

장형은 정교한 장치를 잘 만들었을 뿐더러 천문(天文), 음양(陰陽), 역산(曆算)도 깊이 연구하였다. 장형은 늘 양웅(揚雄)의 《태현경(太玄經)》[580]을 탐독하였는데, 최원(崔瑗)[581]에게 서신을 보내며 말했다.

「내가 《태현경》을 읽을 때마다, 비로소 양자운(揚子雲, 양웅)의 극묘한 도수(道數)를 알 수 있으니, 이는 《오경》과 비슷한 것이나 단순한 해설서가 아니라 나로 하여금 음양(陰陽)에 관한 많은 논란을 생각하게 합니다. 한(漢)이 천하를 차지한 2백 년 이래 가장 훌륭한 책입니다. 그리고도 또 2백 년이 지나면 (漢은) 끝이 날까요? 이 책에서 말한 도수(道數)는 틀림없이 (양웅) 1세에 걸쳐 일어났으니 아마 항구불변의 도리일 것입니다. 한(漢) 4백 년 이후

---

580 양웅(揚雄, 前 53 − 서기 18)의 《太玄經》 − 양웅이 《老子道德經》을 본떠 지은 책. 5千餘 字에 傳 12篇. 양웅이 말한 玄은 天이며 道이다. 이를 宓羲氏〔伏羲(복희)〕는 '易', 老子는 '道', 孔子는 '元', 揚雄은 '玄'이라고 칭했다.

581 崔瑗(최원) − 崔駰(최인)의 子. 최원은 세속의 지위를 아니 탐해 영욕에서 자유로웠는데 〈七蘇〉라는 명문을 남겼다. 52권, 〈崔駰列傳〉에 立傳.

에는 현(玄)의 도(道)가 크게 흥기할 것입니다.」

안제(安帝)는 평소에 장형이 술학(術學, 산학算學)에 뛰어나다는 것을 알고 있어, 공거령(公車令)이 특별히 초빙하여 낭중(郎中)을 제수하였는데, 장형은 두 번 승진하여 태사령(太史令)[582]이 되었다.

장형은 음양학을 깊이 연구하였고, 천체운행의 미묘한 규칙을 탐구하여 혼천의(渾天儀)를 제작하였으며, 《영헌(靈憲)》, 《산망론(筭罔論)》[583]을 저술하였는데, 서술이 아주 상세하고 명확하였다. 순제(順帝) 초에 전직하여 다시 태사령이 되었다.

장형은 당세의 고관을 부러워하지 않았으며 몇 년을 근속하고도 담당 직무를 바꾸지 않았다. 태사령은 직분을 떠났다가 5년이 지나 다시 태사령이 되었는데, 객인의 질문을 상정하여 그에 답하는 〈응간(應間)〉[584]을 지어 자신의 의지를 서술하였다.

---

582 太史令 – 太常의 속관, 질록 6百石. 천문, 역법, 점술, 擇日도 모두 태사령의 소관이었다.

583 《靈憲》은 천체운행에 관한 연구서. 《산망론(筭罔論)》은 천지를 망라하는 算術이란 뜻의 수학책.

584 〈응간(應間)〉 – 間은 사이 간. 빈틈, 떨어지다, 비방하다, 헐뜯다. 여기서는 다른 사람의 비난에 답한다는 뜻. 장형이 5년 만에 다시 태사령이 되자, 진취적이지 못하다는 타인의 비난에 자신은 출세 지향적이 아니며 마음의 균형을 잡아 지조를 고치지 않는다는 자신의 심지를 표현한 글.

○ 장형의 업적(2) – 지진계

순제(順帝) 양가(陽嘉) 원년(서기 132), 장형은 지동의(地動儀, 지진계地震計)를 제조하였다.

이 지진계는 가장 좋은 구리를 녹여 제조하였는데, 원의 지름이 8척이며 뚜껑은 솟아오른 형태이고, 전체적인 모양은 술 항아리와 비슷하였으며, 전각 문자와 산과 거북이, 새와 짐승의 모습으로 장식하였다. 속에는 큰 기둥이 있고 옆에는 8갈래의 칸을 나누었는데 바람의 힘으로 기관이 작동하였다. 밖에 있는 8마리의 용머리에는 구리 구슬을 담고 있으며, 그 아래에는 두꺼비가 입을 벌리고 받게 되었다.

그 톱니를 정교하게 만들어 원통 안에 장치하였고 뚜껑도 딱 맞아서 틈새가 없었다. 만약 땅이 움직이면(지진이 나면) 통이 용을 흔들어서 용의 머리에서 구리 구슬을 뱉고 두꺼비가 받게 되었다. 그 구르는 소리가 크게 들리기에 관찰하는 자가 알 수 있었다. 용 한 마리가 움직이면 다른 7마리는 움직이지 않아 그 방향을 찾아보면 지진이 일어난 곳을 알 수 있었다. 여러 번 실제와 대조하여도 마치 귀신처럼 들어맞았다.

여러 전적에 지진이 기록된 이래로 이런 전례가 없었다. 한 번은 용 한 마리가 작동하였지만 땅이 흔들리는 것을 느끼지 못했는데, 낙양의 학자들은 그 징험이 없는 것을 이상하게 생각하였다. 그 며칠 뒤 역마가 도착하였는데, 과연 지진이 농서(隴西)에서 있었다. 이후로는 사관(史官)이 지진 장소를 기록하였다.

ㅇ 장형의 〈사현부(思玄賦)〉

장형은 뒤에 승진하여 시중(侍中)이 되었는데, 순제는 장형을 궁전 안으로 불러 측근에 대한 평판을 묻기도 하였다. 한번은 장형에게 천하에 가장 미워하는 자가 누구냐고 묻기도 하였다.

환관은 장형이 자신들을 비판할까 걱정이 되어 모두가 눈짓을 하였고, 장형은 거짓으로 대답한 뒤에 나왔다.

환관들은 결국 자신들에게 좋지 않을 것이라 생각하여 장형을 모함하였다. 장형은 늘 자신의 안전을 생각하였고, 길흉은 상호 의존하며 은미한 징조를 밝게 이해하기 어렵다고 생각하여 〈사현부(思玄賦)〉를 지었고 그 글에 자신의 뜻을 기탁하였다.

ㅇ 장형에 대한 평가

(순제) 영화(永和) 초에 하간국(河間國) 상(相)이 되었다. 재직 3년에 은퇴를 상서하자, 조정에 들어가 상서(尙書)를 제수 받았다. 나이 62세인 영화 4년(서기 139)에 죽었다.

장형은 《주관훈고(周官訓誥)》를 저술하였는데, 최원(崔瑗)은 다른 어떤 유생도 이의가 없을 것이라고 말했다. 장형의 저술은 시(詩), 부(賦), 명(銘), 칠언(七言), 〈영헌(靈憲)〉, 〈응간(應閒)〉, 〈칠변(七辯)〉, 〈순고(巡誥)〉, 〈현도(懸圖)〉 등 모두 32편이다.

최원(崔瑗)이 장형을 칭송하였다.

"술수(術數)는 천지에 다 통했고 그 제작은 신(神)의 조화와 같았다."

이는 사실을 그대로 말한 것이리라! 그의 추론 범위는 음양의 양의(兩義)를 다 포함하였고, 천지의 변화가 모두 그 안에 들어있으며 생각을 기계로 다 작동하게 하였으니 누구도 그의 지혜를 따라갈 수 없었다. 그러하기에 그의 사고는 아주 심원하고 정밀했으며 인류 최고의 기술이었음을 알 수 있다.

예부터 '도덕의 완성을 상등으로 치고, 기예(技藝)의 완성은 그보다 낮다.'고 하였다. 장형의 사고와 사상이 어찌 기예에만 한정하였는가? 그의 뛰어난 기예가 어찌 도덕을 손상하겠나![585]

---

585 도덕의 완성과 기예의 완성은 동일한 위업이라는 뜻이다. 서기 2세기에 지진이 일어난 위치와 강도를 알 수 있는 그의 地動儀는 역자의 생각으로도 감탄을 금할 수 없다. 그의 과학과 천문, 문학과 역사 등 다방면에 걸친 해박한 지식과 기술은 르네상스 시대의 천재만큼 빛났다고 말할 수 있다.

3. 기억할만한 사람들

(1) 송홍의 조강지처

○ 광무제의 신하

송홍(宋弘)[586]은 경조 장안현(京兆 長安縣) 사람이었다. 부친 송상(宋尙)은 애제(哀帝)의 총신인 동현(董賢)[587]의 편이 되지 않고 뜻을 어겨 형벌을 받았다. 송홍은 어려서부터 온순하였는데, 애제(哀帝)와 평제(平帝) 때 시중(侍中)이 되었고 왕망 때에도 요직에 근무했다.

적미 무리가 장안을 차지하고(경시 3년, 건무 원년) 사자를 보내 송홍을 불렀는데 핍박으로 어쩔 수 없이 따라가다가 위수(渭水)의 교량에 이르자 강물로 뛰어내렸고, 식구들이 구해내자 죽은 체하여 적미 무리에서 벗어날 수 있었다.

광무제는 즉위하고서 송홍을 불러 태중대부에 임명하였다. 건

---

[586] 宋弘(송홍, 前 1世紀?－서기 40年代?)－'빈천지지불가망(貧賤之知不可忘), 조강지처불하당(糟糠之妻不下堂)'의 지조(志操)로 기억해야 할 사람.

[587] 동현(董賢, 前 23－前 1)－哀帝의 총신(寵臣). 23살에 軍政의 최고 책임자인 大司馬였으니 총애의 정도와 출세가 상식 밖이었다. 애제의 동성애 파트너로 알려졌다. 애제가 붕어한 그날 자살했다.《漢書 佞幸傳》에 입전.

무 2년, 대사공이 되었고 작위를 받았다. 식읍의 전조(田租)와 녹봉은 일가에 나눠주어 집안에 남은 자산이 없었으며 청렴한 행실로 칭송을 들었다. 송홍은 선평후(宣平侯)에 옮겨 봉해졌다.

○ 송홍의 인재 천거

광무제가 송홍에게 여러 분야에 박통한 인재를 묻자, 송홍은 패국(沛國)의 환담(桓譚)이 재학(才學)이 뛰어나고 견문이 넓어 거의 (전한의) 양웅(揚雄)과 유향(劉向) 부자와 같다면서 바로 추천하였다. 이에 광무제가 환담을 불러 의랑(議郞)에 임명하고 급사중(給事中)의 가관(加官)을 내렸다.

광무제는 술자리에 늘 환담을 불러 탄금(彈琴)하게 시켰고, 환담의 연주를 좋아했다. 송홍이 이를 알고 싫어하면서 천거를 후회하였는데, 환담이 어전에서 물러나오기를 기다렸다가 대사공의 관아에서 관복을 입은 채 사람을 보내 환담을 불렀다.

환담이 들어오자, 송홍은 자리에 앉히지도 않고 질책하였다.

"내가 자네를 천거했던 것은 바른 도덕으로 나라 정사를 보필하라는 뜻이었는데, 지금 자네는 정성(鄭聲)으로 〈아(雅)〉, 〈송(頌)〉의 정악(正樂)을 어지럽히니 충직한 사람이 아니다. 자네가 스스로 고치겠는가? 아니면 내가 자네를 법대로 처리해야겠는가?"

환담은 고개를 숙여 사죄하였고, 송홍은 한참 뒤에야 환담을 돌려보냈다.

그 뒤에 모든 신하가 모여 잔치를 하는데 광무제가 환담에게 탄금하라 하자, 환담은 송홍을 한번 바라보다가 연주를 틀려버렸다.

광무제가 이상히 여겨 물었다. 이에 송홍이 관을 벗고 사죄하며 있었던 일을 아뢰었다.

광무제는 안색을 바꿔 사과하고 송홍에게 관을 착용하라 하였고, 이후에는 환담에게 급사중의 임무를 시키지 않았다. 송홍은 현사(賢士)를 많이 천거하였는데, 좌풍익(左馮翊) 사람 환량(桓梁) 등 30여 명이나 되었고 나중에 공경(公卿)에 이른 자가 많았다.

○ 고생을 같이한 아내는 ~

그 무렵 광무제의 큰누나인 호양공주(湖陽公主)[588]가 혼자되었는데, 광무제는 누나와 함께 신하들을 이야기하며 공주의 의중을 타진하였다.

호양공주가 말했다.

"송홍의 위용(威容)과 덕행을 따라올 만한 사람이 없는 것 같습니다."

---

588 湖陽公主 – 본래 황후 소생의 공주 중 연장자를 長公主라 하였으나 황제의 자매 모두를 長公主라 통칭하며 맏이인 경우 大長公主라 칭했다. 광무제의 큰누나인 黃(황)은 湖陽長公主라 했는데, 騎都尉 胡珍(호진)과 결혼했었다. 貴易交는 벼슬이 높아지면 교우를 바꾸다.

광무제는 "한번 알아보겠습니다."라고 했다.

뒷날 송홍을 불러 만나면서 공주를 병풍 뒤에 앉아 있게 한 뒤에 송홍에게 물었다.

"속언에 벼슬이 높아지면 교우를 바꾸고(諺言貴易交), 부자가 되면 아내를 바꾼다는데, 이것이 인정(人情)이 아닌가?(富易妻, 人情乎?)"

그러자 송홍이 말했다.

"제가 알기로, 빈천할 때 지우(知友)는 잊을 수 없고〔貧賤之知 不可忘(빈천지지불가망)〕, 고생을 같이 한 아내와는 헤어질 수 없다〔糟糠之妻不下堂(조강지처불하당)〕고 하였습니다."[589]

이에 광무제가 누나에게 말했다.

"일이 잘 되지 않았습니다."

송홍은 5년 동안 재임하였는데 근거도 없이 한 지방관을 탄핵했다는 죄로 면직되어 귀향했다. 그 몇 년 뒤 죽었는데, 아들이 없어 나라(侯國)를 없앴다.

---

589 조강지처(糟糠之妻) - 고생을 같이한 아내. 糟는 술지게미 조. 糠은 쌀겨 강. 벼의 껍질을 왕겨라 한다. 왕겨를 벗긴 다음 더 곱게 찧는데 그때 나오는 것이 쌀겨이다. 술지게미와 쌀겨는 가축의 사료이다. 그걸 먹으며 고생했던 아내. 不下堂은 집에서 내보낼 수 없다.

대체로 식견이 뛰어난 사람은 목전의 이득에 뜻을 두지 않고, 도덕심이 깊은 사람의 공적과 영향이 원대한 것은 아마도 지사(志士)와 인인(仁人)이 인간의 근본 도리에 뜻을 두기 때문일 것이다. 군자가 이러한 성취는 참으로 고귀한 것이고, 뜻이 설령 실패하더라도 역시 얻는 것이 있을 것이다.

(2) 곽급

곽급(郭伋)의 자(字)는 세후(細侯)로, 우부풍의 무릉현(茂陵縣) 사람이다. 부친 범(梵)은 촉군 태수였다. 곽급은 어려서부터 큰 뜻을 품고 있었는데, 경시제가 제위한 뒤, 삼보 지역은 병화를 당해 백성은 크게 불안해했고, 지방 세력자들은 각지서 군사를 거느리고 성에 웅거하면서 경시제에 먼저 투항하는 자가 없었다.

경시제는 평소에 곽급의 명성을 알고 있어 곽급을 좌풍익(左馮翊)에 임명하여 백성을 안정시키게 하였다. 광무제가 즉위하자, 곽급을 옹주목(雍州牧, 옹주자사)에 임용했다가 다시 상서령에 임명하였고 곽급의 충간(忠諫)을 여러 번 받아들였다.

○ 어린아이들과 약속을 지키다

광무제 건무 11년(서기 35), 삭방자사부를 폐지하여 병주(幷州)자사부에 합쳤다. 일부 반적들이 남아있어 광무제는 곽급을 차출하여 병주자사에 임명하였다.

곽급은 전에 병주 관내에 재직하면서 평소에 은덕을 베풀었는데, 이때 병주 관내에 부임하는 도중에 노인이나 어린아이까지 모두 길에 나와 환영하였다.

곽급은 가는 곳마다 백성의 고충을 묻고 노인을 찾아뵙고 유능한 인재를 초빙하였으며, 노인에게 안석과 지팡이를 하사하였고 조석으로 정사에 대한 의견을 물었다.

곽급이 관내를 순시하다가 서하군 미직현(美稷縣)에 들어갔는데, 어린아이 백수십 명이 각자 죽마를 타고 길가에 나와 절을 올렸다.

곽급이 물었다.

"어린 분들이 어찌 이리 먼 곳까지 나왔는가?"

"사군(使君)께서 오신다는 말을 듣고 기뻐서 나와 뵈었습니다."

곽급은 감사의 뜻을 표했다.

곽급이 업무를 마치자, 아이들이 다시 성곽 밖까지 나와 전송하면서 물었다.

"사군께서는 며칠날 되돌아가십니까?"

곽급은 별가종사(別駕從事)에게 날짜를 따져 알려주게 하였다. 각 부 순시를 마치고 돌아가는 길에 그 기일보다 하루 먼저 미직현에 들어가게 되자, 곽급은 아이들과의 약속을 지켜 교외의 정(亭)에서 하룻밤을 지내고서 기일에 맞춰 미직현에 들어갔다.

뒷날 곽급이 노환으로 퇴임을 신청하자, 건무 22년(서기 46)

곽급을 중앙으로 불러 태중대부(太中大夫)에 임명하고 주택 1채를 하사했으며 휘장, 금전, 곡식을 하사하였다. 곽급은 모두를 친족과 구족(九族)에게 나눠줘 남은 것이 없었다.

그 다음 해 죽었는데, 86세였다. 황제가 친히 조문하였고 묘지 쓸 땅을 하사하였다.

(3) 채륜

○ 환관으로 근무

채륜(蔡倫)[590]의 자(字)는 경중(敬仲)으로, 계양군(桂陽郡) 사람이다. 명제(明帝) 영평(永平) 말에 처음 궁궐에서 일했고, 장제(章帝) 건초(建初) 연간(서기 76-83)에 소황문(小黃門)[591]이 되었다.

화제(和帝)가 즉위(서기 89년)하면서 중상시(中常侍)가 되어 정사에 참여하였다. 채륜은 재주와 학문이 뛰어났고 성심을 다하고

---

590 蔡倫(채륜, 63-121년, 字 敬仲) – 제지술은 중국 3대 발명의 하나인데, 채륜이 최초로 발명하였다고(서기 105) 알려졌다. 최근 연구에 의하면, 이보다 앞서 前漢 말에 赫蹏(혁제)란 사람이 殘絲(잔사)를 이용하여 박소지(薄小紙)를 제작하였다 하니, 채륜 이전에 초보적 단계의 종이가 사용되었으며, 최근 고고학적 발굴에 의하면 채륜 이전에 이미 종이가 사용된 사실이 증명되어 최초의 발명자라는 주장은 수정되었다. 신채식《동양사 개론》, 漢代의 학술과 과학기술. 三英社, 2018.

591 小黃門 – 질록, 6百 石. 내외의 연락 담당.

근신하였으며, 황제에게도 바른말을 자주 올리고 득실을 따지며 보필하였다.

채륜은 매번 휴목일(休沐日)에는 언제나 대문을 닫고 손님도 사절하며 논밭에서 직접 농사일을 하였다. 뒷날 상방령(尙方令)[592]의 직무도 겸임하였다.

화제 영원(永元) 9년(서기 97), 도검이나 여러 기구의 제작을 감독하였는데, 정밀, 양호하고 견고하지 않은 것이 없어 후대에 모두 이를 모방하였다.

○ 종이 제작

예로부터 모든 서적은 죽간(竹簡)으로 만들었는데, 비단으로 만든 서책은 지(紙)라고 불렀다. 비단(縑, 합사 비단 겸)은 비싸고, 죽간은 무거워서 모두가 불편하였다.

채륜은 새로운 것을 만들 생각을 했고 나무껍질과 삼(大麻) 및 헝겊, 어망(漁網) 등으로 종이를 제조하였다. 원흥 원년(서기 105, 화제가 붕어한 해)에 이를 상주하였고 화제는 효능을 칭찬하였으며, 이후로 종이를 사용하지 않는 사람이 없었으니 세상 사람들은 이를 '채후지(蔡侯紙)'[593]라고 불렀다.

---

592 尙方令 - 少府의 속관, 궁중의 각종 생활용구 공급 담당 부서의 長. 질록 6백 석.

593 紙(지) - 본래는 평평하고 매끄럽다는 뜻(砥, 숫돌 지). 糸에 氏가 본 글자. 실 부스러기라는 뜻. 紙는 通用字.

○ 채륜의 자살

안제(安帝) 원초(元初) 원년(서기 114), 등태후(鄧太后)는 채륜이 오랫동안 봉직하였다 하여 채륜을 용정후(龍亭侯)에 봉했는데, 식읍은 3백 호였다. 뒤에 장락궁 태복(太僕)이 되었다.

원초 4년, 황제는 경전(經傳)의 문장에 틀린 것이 많다 하여 박식한 유생인 알자(謁者) 유진(劉珍)과 박사인 양사(良史, 인명)가 동관(東觀)에서 각 여러 경전을 교정케 하였는데, 이를 채륜이 주관하였다.

채륜은 그전에 두(竇)황후의 지시에 따라 안제(安帝)의 조모인 송귀인(宋貴人)을 모함했던 일이 있었다. 두태후가 붕어하고 안제가 만기(萬機)를 친람하자, 채륜에게 정위(廷尉)에게 가서 조사를 받으라고 명령했다.

채륜은 겪게 될 모욕을 부끄럽게 생각하여, 목욕하고 의관을 바로 착용한 뒤에 약을 마시고 죽었다. 《후한서 환자열전(宦者列傳)》

○ 참고 : 후한의 환관

광무제 중흥 초기에 환관(宦官) 직무에 모두 내시를 등용하였고 다른 사인(士人)을 쓰지 않았다. 명제 영평 연간에, 처음으로 징원을 책정하였는데 중상시(中常侍)는 4명, 소황문(小黃門)은 10명이었다.

화제(和帝)는 어린 나이에 즉위하였고, 두헌(竇憲) 형제가 권력을 총람하였는데, 황제는 내외의 신료와 직접 접촉하지 않았고 같이 생활하는 자는 오직 환관뿐이었다.

그래서 환관 정중(鄭衆)이 궁중에서 정사를 이끌었고 결국 대악(大惡, 두헌)을 제거했으며, 이어 봉토를 받아 제후가 되었고 궁중의 경상(卿相)에 지위에 올랐는데, 이때부터 환간이 크게 융성하기 시작했다.

명제 이후, 상제(殤帝) 연평(延平, 서기 106년)에 이르기까지 환관의 임무는 점점 늘었고 그 인원도 차츰 증가하여 중상시는 10인, 소황문은 20명이 되었고, 경(卿)의 직무를 대행하기에 이르렀다.

등후(鄧后, 화희등황후和熹鄧皇后)가 상제와 안제 때, 여주(女主)로 임정하면서 국정업무가 많고도 중요했으며, 조신(朝臣)의 국정 논의가 후궁 내부에 들어가 진행될 수 없고, 칭제(稱制)와 명령이 궁문 밖을 벗어날 수 없어, 부득불 환관에게 국가의 운명을 맡기지 않을 수 없었다. 작위 수여가 환관의 손에 있었고, 환관의 입에 조정의 명령이 들어 있었으니, 후궁에 왕래할 수 있는 액정(掖庭)과 영항(永巷)에 일하는 환관이 아니고서는 태후의 권력을 전달받을 수가 없었다.

그 후 환관 손정(孫程)이 순제(順帝)를 옹립하는 공을 세웠고, 조등(曹騰)은 환제 옹립에 참여하였으며, 이어 오후(五侯)의 합모(合謀)로 양기(梁冀)를 처형하였는데 그 처리가 공정하여 황제의 절대적인 신임을 얻었고, 조정 내외 모두가 이들에 복종하며 상하가 숨을 죽였다. 어떤 자는 이윤(伊尹)이나 곽광(霍光)에 비교되는 공적이라 칭찬하면서, 과거 어느 공적에도 손색이 없으며, 혹은 장량(張良), 진평(陳平)의 책모가 재현되었다고 하였다.

당시 충성을 다하는 공경이 있었지만 끝내 배척되었다.

이들 환관의 일거일동에 산천이 움직였고 그들의 숨소리에 서리와 이슬이 바뀌었다. 이들 환관에게 아부하면 3족(族)이 영광을 누렸지만, 곧은 뜻으로 뜻을 거스르면 삼족오종(三族五宗)이 멸족되었다. 이로써 한(漢)의 국가기강은 크게 혼란해졌다.

환관은 고관(高冠)을 쓰고 징검을 찼으며, 허리에 붉은 띠를 매고 황금 인수를 품었다. 제후가 되고 호부(虎符)를 받고서 남면(南面)하여 신하를 거느린 자를 열(十) 단위로 세어야 했다. 환관들의 업무 부서와 저택이 경사와 지방에 바둑돌처럼 즐비하였고, (환관의) 자제(子弟)나 일족(一族)이 주군(州郡) 지방관의 절반을 차지하였다.

환관이 소유하는 남방의 금이나 화씨벽(和氏璧) 같은 보물, 흰 비단과 안개처럼 엷은 주름 비단이 집안에 가득 쌓였고, 미녀와 시녀, 가수, 무녀들이 비단 장식한 방을 채웠다.

화려한 장식을 한 사냥개와 말이 있고, 흙담과 정원수를 비단으로 감아주었다. 이 모두가 백성을 수탈한 것이나 이들은 경쟁하듯 사치하며 욕구를 채웠다.

환관들은 현명한 인재를 모함하고 박해하였으며 자기 당인(黨

人)을 심었다. 그들은 서로를 이끌어주면서 권귀(權貴)나 강자에
매달려 부형(腐刑)을 받고 내시가 되어 출세하려 했다. 같은 잘못
은 서로 구제하였기에 그 무리는 번창하였고 나라를 좀먹고 망치
는 일은 이루 다 기록할 수도 없었다.

천하가 환관의 폐단을 한탄하였고, 지사(志士)는 숨어버렸으
며, 도적 무리는 그런 틈을 타서 산림에서 웅거하며 중원(中原)을
뒤흔들었다. 충량한 인재가 울분을 품고 때로는 분발하였지만,
말을 하자마자 바로 재앙은 따라왔고, 둘러보는 사이에 처자식은
도륙을 당하였다. 당인(黨人)이라 하여 인재들을 잡아 고문하고,
연관된 사람들을 무고로 잡아들였다. 선사(善士)로 칭송을 듣는
많은 사람들이 모두 재앙이나 극심한 해악을 당했다.

두무(竇武)와 하진(何進)처럼 지위가 높은 외척들이 세상의 원
성에 힘입고 여러 영웅의 세력을 모아서 환관을 처단하려 했지만
의심하고 미루며 결단하지 못하여 모두 참패하였다.

그러나 이런 상황은 결국 환관 세력의 극점(極点)이었다. 비록
원소(袁紹)가 환관을 급습하여 남김없이 제거하였지만 폭력은 새
로운 환란을 불러왔으니, 이를 어떻다 말해야 하는가!

조등(曹騰)은 당시 권력을 쥔 양기(梁冀)를 설득하여 결국 어리
석고 나약한 황제(桓帝, 환제)를 옹립하였다. 조조(曹操) 역시 그것
을 답습하여 결국 한(漢)의 제위를 탈취하였다. 이는 '그대가(君

이렇게 시작하였으니 틀림없이 그처럼 끝이 난다' 는 말이 있었으니,[594] 참으로 맞는 말이었다.

(4) 조자

ㅇ 효도의 본질

공자가 말했다.

"부친 존경보다 더 큰 효도가 없다."[595]

공자의 제자 자로(子路)가 말했다.

"가난에 가슴이 아픕니다! 살아서는 제대로 봉양하지도 못하고, 돌아가서도 제대로 장례를 치르지 못했습니다."

이에 공자가 말했다.

"콩잎을 먹고 맹물을 마셔도 효도할 수 있다."

봉양을 잘 하나 행실이 나쁘다면 효도를 망치는 것이고, 바른 행실에 합당한 봉록을 받는다면 바른 봉양이다. 맹물이나 콩잎 같은 가난한 봉양을 부끄럽게 생각하기에, 녹봉을 얻어 부모를 봉양하려 한다면, 이는 부끄러운 재물로 부모를 봉양하는 것과

---

594 前漢 後漢 모두 환관을 중용하였으니, 결국 환관으로 나라가 망했다는 뜻.

595 夫孝莫大於嚴父 ─ 嚴은 공경하다, 존경하다, 두려워하다. 아버지. 엄격할 엄.

같다. 성심을 가지고 바른 행실로, 효심을 바탕으로 많은 봉록을 받아 봉양한다면, 이는 대의(大義)의 부모 봉양이라 할 수 있다

○ 가난한 조자의 효행

조자(趙咨, 물을 자, 탄식하다)는 동군(東郡) 연현(燕縣) 사람이다. 부친은 박사(博士)였다. 조자는 어려서 부친을 여의었으나 효행이 있어 주군(州郡)에서 불러 효렴(孝廉)으로 천거하였으나 모두 응하지 않았다.

환제 연희(延熹) 원년(서기 158)에, 대사농(大司農) 진기(陳奇)가 조자를 지극한 효행과 덕행을 실천하는 인재로 천거하여, 부친에 이어 박사가 되었다. 나중에 돈황(敦煌) 태수가 되었다. 병으로 사직한 뒤 향리로 돌아와 자식들을 거느리고 농사를 지으며 모친을 봉양하였다.

언젠가는 밤에 도적이 조자의 집을 털려고 하자, 조자는 노모가 놀라지 않게 대문에 나가 도적을 맞이하고, 음식을 준비하여 식사 대접을 한 뒤에 사과하였다.

"80세 노모가 편찮으시어 잘 봉양해야 하나 집이 가난해 조석으로 비축한 양식도 부족하여 옷이든 양식이든 드릴 것이 거의 없습니다."

그러면서 아내와 자식, 아니면 무엇이든 가져가라고 하였다. 그러자 도적들은 모두 부끄러워하며 무릎을 꿇고 말했다.

"현인을 겁박하는 죽을죄를 지었습니다."

말을 마치고 도적이 뛰어나가자, 조자는 따라가며 물건을 주려고 하였으나 따라갈 수가 없었다. 조자는 이로써 이름이 더 알려졌다.

조자는 다시 부름을 받아 동해국(東海國) 상(相)에 제수되었다. 부임하는 길에 형양현(滎陽縣)을 지나가야 하는데, 형양 현령은 돈황 사람으로 조자가 예전에 효렴으로 천거한 사람이었다. 조호는 조자가 지나가는 길에서 만나려 기다렸지만, 조자는 유숙하지 않고 직행하였다.

○ 효자의 유언

조자는 재직 중 청렴결백하였고, 근무 일수에 따라 녹봉을 받으니 토호(土豪) 무리도 조자의 검약을 두려워하였다.

재직 3년에, 병이 심해 면직을 원했지만 조정에서는 의랑(議郞)을 제수하였고, 조자는 낙양서 투병하였다.

조자는 임종 전에 속관에게 간단히 염(殮)을 하고 작은 관에 황토를 깔아 시신이 빨리 썩어 흙이 되게 하고, 자식이 이를 어기면 엄히 문책하라고 당부하였다.

(5) 허신

허신(許愼, 서기 58?－146?)은 여남군(汝南郡) 소릉현(召陵縣) 사람

이다.

본성이 순박돈독(淳樸敦篤)하고, 젊어 여러 경전을 널리 배웠으며, 마융(馬融)도 늘 허신을 존경하였기에 당시 사람들이 '《오경(五經)》에는 허신 만한 사람이 없다.'고 하였다.

나중에 여남군의 공조(功曹)로 재직했고 효렴(孝廉)으로 천거 받았으며, 패국(沛國)의 현장(縣長)이 되었다가 뒷날 집에서 죽었다.

그전에 허신은《오경》의 전수하는 해설과 평가가 서로 다른 것을 보고, 이에《오경이의(五經異義)》를 저술했고, 또《설문해자(說文解字)》[596] 14편을 저술하였는데, 모두 지금까지 전해온다.《후한서 유림열전》

(6) 혹리 왕길

왕길(王吉)은 진류군(陳留郡) 준의현(浚儀縣) 사람으로, 환관인 중상시(中常侍) 왕보(王甫)의 양자(養子)였다. 왕보는《후한서 환자전(宦者傳)》에 입전되었다.

---

[596]《설문해자(說文解字)》 - 간칭《說文》, 中國 現存 最古의 字典. 540개 部首에 9,353字를 설명하였다. 서기 100年(和帝 永元 12년)경에 저술을 시작하여 安帝 建光 원년(서기 121년)에 완성한 것으로 추정한다. 목록 1편과 正文 14편으로 구성. 원본은 전해오지 않으나 漢의 여러 저서에 인용되었고, 北宋에서 徐鉉(서현)이 옹희(雍熙) 3년(986)에 간행된 판본이 현존한다.

왕길은 젊어 여러 경전을 통독했고 명성을 좋아하였지만 성격은 잔인하였다. 부친 왕보가 황제의 총애를 받으며 권력을 쥐자, 왕길은 나이 20세에 패국상(沛國相)이 되었다.

정사(政事)에 밝았고 의옥(疑獄)을 명확하게 파악하여 결단하며 숨겨진 범죄도 잘 밝혀내었다. 관리들에게 악인이나 부호들의 범죄를 밝혀내라고 하면 일반적으로 주육을 얻어먹는 것보다 약간 심한 부정을, 그것도 10여 년이나 지난 일을 적어 올렸다.

그러나 왕길은 전적으로 사나운 관리만을 골라서 불법을 캐내었다. 만약 자식을 낳았으나 기르지 않고 죽이면 그 부모를 즉각 잠수한 뒤에 가시나무와 흙을 함께 묻어버렸다. 살인자는 수레에 매달아 찢어 죽이고 그 죄목을 써 붙여 각 현을 돌며 사람들이 보게 하였다. 여름철에 시신이 부패하면 새끼줄로 그 시신을 매어 군내를 다 돌아야만 그치니 보는 자가 두려워 떨었다. 재직 5년에 1만여 명을 죽였다. 그 외에 잔혹 참다한 방법은 이루 다 말할 수가 없었다. 군민이 두려워 떨며 자신의 안전을 믿을 수가 없었다. 그러나 왕길은 양아버지인 왕보가 탄핵될 때 잡혀 들어가 낙양의 옥에서 죽었다. 《후한서 혹리열전(酷吏列傳)》[597]

〈酷吏列傳〉—《史記》와 《漢書》에도 〈혹리열전〉이 있다. 《漢書》에는 郅都(질도), 甯成(영성) ~王溫舒, ~田延年과 嚴延年, 尹賞 등 13명을 입전했다. 대신 〈循吏傳〉에는 6명이 입전되었다. 그만큼 前漢 시대에 혹리가 많았다는 반증이다. 酷은 독할 혹. 잔인하다.

중국역대사화_ 진한

(7) 비장방

○ 시장 감독관

비장방(費長房)이란 자는 여남군(汝南郡) 사람이다. 본래 시장 감독관이었다.

시장에 어떤 노인이 약을 팔고 있었는데, 점포 구석에 호리병 하나를 걸어두었는데, 시장이 파하면 노인은 뛰어 호리병에 들어 갔다. 시장 사람들은 아무도 보지 못했지만, 오직 비장방은 누각 에서 보고서는 이상히 여기면서 노인을 찾아가 재배하고 술과 포 (脯, 안주)를 대접하였다.

노인은 자신이 신선(神仙)임을 비장방이 알고 있다고 생각하여 비장방에게 말했다.

"자네가 내일 다시 오도록 하게."

비장방은 다음 날 다시 노인을 찾아갔고, 노인은 비장방과 함 께 호리병 속으로 들어갔다. 호리병 안은 옥당(玉堂)처럼 엄숙하 면서도 장려하였고, 좋은 술과 맛있는 안주가 그 안에 가득하여 함께 마신 다음에 나왔다. 노인은 다른 사람에게 말하지 말라고 약속하였다.

노인은 뒷날 망루로 찾아와 비장방에게 말했다.

"나는 신선이었는데 실수로 견책 당했는데, 이제 기간이 끝나 돌아가야 하는데, 자네는 나를 따라갈 수 있겠는가? 이 누각 아래 술이 조금 있는데 그대와 함께 나누고 이별하려 하네."

비장방이 사람을 시켜 가져오게 하였으나 들지 못하자, 다시 10여 명을 시켜 들게 하였으나 그래도 들 수 없었다. 노인이 들고서는 웃으면서 누각을 내려가 한 손가락으로 들고 올라왔다.

그 그릇은 1되 가량이었으나 두 사람이 종일 마셔도 끝이 없었다.

○ 죽은 비장방

비장방은 구도(求道)하고 싶었지만 집사람이 걱정되었다. 노인은 푸른 대나무를 잘라 비장방의 신장에 맞춰 잘라주면서 집 뒤쪽에 걸어누라고 하였다.

집안 식구들이 보니 바로 비장방이 형상인데, 목을 매어 죽었다며 어른 아이 모두 놀라 울부짖으며 염을 하고 장례를 치렀다. 비장방이 그 옆에 서있어도 아무도 보는 사람이 없었다.

이에 비장방은 노인을 따라 깊은 산속으로 들어갔는데, 호랑이 무리 속에 가시덤불을 지나 혼자 있게 되었지만 비장방은 두려워하지 않았다. 또 빈방에 누웠는데 썩은 새끼줄에 일만 근의 큰 바위가 가슴 위에 매달려 있고 많은 뱀들이 모여 새끼줄을 물어뜯어 금방 끊어지려 해도 비장방은 자리를 옮기지 않았다.

이에 노인이 와서 비장방을 껴안고 말했다.

"자네는 가르칠만 하도다."

그러면서 다시 인분을 먹으라고 하였는데, 인분에는 온갖 벌레들이 있고 썩은 냄새가 지독하여 비장방은 밀어버리고 말았다.

이에 노인이 말했다.

"자네는 거의 득도할 뻔했지만 끝내 이루지 못했으니 어찌 하겠나!"

○ 살아 돌아온 비장방

비장방이 인사하고 떠나려 하자, 노인은 청죽(靑竹)을 하나 내주면서 말했다.

"이것을 타면 가고 싶은 데로 갈 수 있다. 도착하면 이것을 갈 대숲에 버려라."

그리고 부적을 하나 주면서 말했다.

"이 부적은 지상의 귀신을 주재할 수 있다."

비장방은 대나무 막대를 타고 순식간에 돌아왔고, 겨우 열흘쯤 지났을 것이라 생각하였는데 이미 10년이 지났었다. 비장방이 대막대기를 비탈에 던지고 뒤돌아보니 그것은 용(龍)이었다. 가인(家人)들은 비장방이 죽은 지 오래되었기에 믿지 않았다.

비장방이 말했다.

"옛날에 묻은 것은 대나무 막대이다."

이에 무덤을 파내 관을 열어보니 대나무 지팡이가 그대로 있었다. 비장방은 사람들의 여러 가지 병을 고쳐주고 온갖 잡귀를 매질하거나 토지신[598]을 불러 일을 시켰다. 가끔은 다른 자리에 앉

---

598 社公 − 토지신 사당의 남자 토지신. 마을의 토지신 사당은 늙은

아 혼자 성을 내거나 분노하였는데, 사람이 그 까닭을 물으면 "내가 잡귀들 중 법을 어긴 자를 꾸짖었다."고 말했다.

○ 귀신을 다스리는 비장방

언젠가는 비장방이 다른 사람과 함께 길을 가다가 한 서생을 만났는데, 그는 황건(黃巾) 갖옷을 입고 안장이 없는 말을 타고 오다가 말에서 내려 고개를 숙이자 비장방이 말했다.

"다른 말을 타거라, 너의 사죄(死罪)를 용서하겠다."

일행이 까닭을 묻자, 비장방이 말했다.

"저것은 삵쾡이인데,[599] 토지신의 말을 훔친 것이요."

또 언젠가는 손님과 같이 앉았다가 사람을 보내 (남양군) 완현(宛縣)에 가서 절인 생선을 사오게 시켰는데 금방 돌아와 밥반찬으로 먹었다. 때로는 하루 사이에도 그를 보았다는 사람이 천 리 밖 곳곳에 있었다.

뒷날 비장방은 부적을 잃어버렸고 여러 귀신들에게 맞아 죽었다.

부부 형상의 토지신을 모셨다. 중국인의 土俗神 중 가장 급수가 낮은 신이 마을의 토지신이다.

599 狸는 삵 리. 고양이과 동물. 호랑이보다는 훨씬 몸집이 작으나 고양이보다는 뚜렷하게 크다.

(8) 원외처 마씨

여남군(汝南郡) 원외(袁隗)⁶⁰⁰의 처(妻) 마륜(馬倫)은 마융(馬融)의 딸이다.

마융의 가문이 대대로 융성하였기에 혼수품이 매우 많았다.

처음에 성례(成禮)한 뒤에 원외가 마륜에게 물었다.

"부인은 집안일을 할 뿐이거늘, 어찌 이리 보배와 화려한 물건이 많습니까?"

이에 마륜이 대답하였다.

"모친께서 내리는 사랑이니 명을 거역할 수 없었습니다."

이에 원외가 또 물었다.

"아우가 형보다 먼저 혼례하면 세상 사람들이 비웃는데, 지금 언니가 아직 미혼이니, 먼저 출가한 것이 온당합니까?"

이에 마륜이 말했다.

"제 언니는 고상한 행실이 아주 뛰어나서 아직 좋은 짝을 만나지 못했으며, 나는 언니에 비해 비루하고 천박하기에 먼저 혼사를 치룬 것입니다."

원외가 또 물었다.

"남군(南郡) 태수이신 장인은 학문이 뛰어나고 도행(道行)도 깊으시며 문사(文辭)의 대종(大宗)이신데, 재임 중에 재물 때문에 명

---

600 원외(袁隗) - 원소(袁紹)의 숙부.

성이 많이 손상된 것은 무슨 까닭입니까?"

이에 마륜이 말했다.

"공자는 대성(大聖)이셨지만 무숙(武叔)의 모함을 면하지 못했고, 자로(子路)는 지현(至賢)인데도 공백료(公伯寮)의 험담을 들어야만 했습니다. 아버님께서 그런 모함을 받은 것은 본래 그런 것입니다."

원외는 마륜을 꺾을 수 없어 침묵하였고, 휘장 밖에서 엿듣던 사람이 오히려 원외를 불쌍히 여겼다. 원외가 그 당시 황제의 신임을 받아 출세하였지만, 마륜 역시 유명하였다. 마륜은 나이 60을 넘겨 죽었다. 《후한서 열녀선》[601]

---

601 〈列女傳〉－列은 多數者란 의미. 列은 烈의 가차(假借). 列女는 烈女와 同. 剛貞하면서도 有節한 여인. 貞烈婦女의 전기. 《後漢書》에서 최초로 입전. 이후 《晉書》, 《宋書》, 《新唐書》, 《元史》, 《明史》 등에도 〈列女傳〉이 있다. 《後漢書》 이전에 前漢 劉向의 〈列女傳〉(全 七卷)이 있었다.

{부록}

1. 진대연표(秦代年表)

紀前	帝位	年數	主要 事件
246	秦王 政	元年	秦王 政 立. 여불위(呂不韋) 相國.
238		9	秦王 政 親政.
236		11	呂不韋 蜀에 유배. 자살.
230		17	秦 滅韓(멸한).
228		19	秦 滅趙.
225		22	秦 滅魏.
223		24	秦 滅楚.
222		25	秦 滅燕.
221	始 皇帝 嬴政(영정)	26	秦 滅齊, 6국 통일, 稱 始皇帝.
220		27	치도(馳道) 설치. 燕, 齊, 吳, 楚 直結.
219		28	郡縣 순수(巡狩). 泰山 봉선(封禪).
218		29	
217		30	
216		31	백성 私田 所有 허용.
215		32	北伐 흉노(匈奴).
214		33	南越정벌, 桂林, 海南, 象郡 설치. 長城 축조.
213		34	분서령(焚書令) 시행.
212		35	아방궁(阿房宮) 건축. 여산릉(驪山陵) 축조 시작. 유생을 갱살(坑殺).
211		36	
210		37	시황제 병사, 二世 황제 호해(胡亥) 계위.
209	秦 二世 胡亥(호해)	元	진승(陳勝)오광(吳廣)起義. 陳勝 自立 국호 장초(張楚), 유방(劉邦), 항우(項羽) 起兵.
208		2	吳廣,陳勝 피살. 항량(項梁) 초회왕손(楚懷王孫)을 옹립.
207		3	항우 秦軍 主力을 격파. 二世 자살.
206	漢王 劉邦(유방)	元	유방 關中 진입. 秦 멸망, 劉邦 漢王 즉위.

2. 한대연표(漢代年表)

(1) 서한〔西漢, 전한(前漢)〕

前	帝位	年號	年數	主要 事件
206			元	漢王 咸陽 진입. 秦 멸망. 항우는 咸陽을 도륙. 항우 自立 '西楚覇王(서초패왕)'—제후왕을 分封. 유방—漢王. 승상은 소하(蕭何). 韓信은 大將.
205			2	楚漢 大戰(彭城). 한신은 魏地를 평정.
204			3	한신—破趙.
203			4	한신 평정 齊地. 楚漢 전하양분〔홍구(鴻溝)〕.
202	高祖 劉邦 (유방)		5	楚漢 해하(垓下)大戰. 항우(項羽) 멸망. 高祖 帝位 즉위(洛陽).
201			6	동성제후 책봉. 楚王 韓信 회음후(淮陰侯)로 강등.
200			7	高祖 흉노에 포위(平城). 長安에 천도.
199			8	
198			9	漢 흉노 和親.
197			10	陳豨(진희)의 모반.
196			11	韓信 처형, 회남왕 英布 反. 조타(趙佗)를 남월왕에 책봉.
195			12	高祖 붕어(崩御). 太子 유영(劉盈) 계위(15세).
194	惠帝 劉盈 (유영)		元	趙 은왕(隱王) 如意 死, 長安 築城, 蕭何 死亡.
193			2	
192			3	長安 축성 완공.
191			4	
190			5	

189			6	
188			7	
187	甲寅		元	呂后 臨朝 稱帝. 呂氏를 왕에 책봉.
186	乙卯		2	
185	丙辰	高后	3	
184	丁巳	呂雉	4	前少帝 劉弘(惠帝의 子) 재위(~180년).
183	戊午	(여치)	5	
182	己未		6	
181	庚申		7	
180	辛酉		8	呂后 病死. 주발과 陳平이 呂氏 제거.
179			元	代王 유항(劉恒, 高祖 4子, 母 薄姬) 계위.
178			2	
177			3	濟北王 劉興居 기병 반란. 兵敗 자살.
176			4	
175			5	
174			6	淮南王유장(劉長) 모반. 가의(賈誼) 治安策을 올림.
173		前元	7	
172	文帝		8	
171	劉恒		9	
170	(유항)		10	
169			11	조조(晁錯)−흉노 방어책 건의.
168			12	
167			13	
166			14	
165			15	
164			16	
163			元	
162			2	
161			3	
160		後元	4	
159			5	
158			6	
157			7	文帝 붕어, 황태자 劉啓 즉위(景帝).

156		元		
155		2		
154		3	吳楚七國의 난.
153		4	
152	前元	5	
151		6	
150		7	
149	景帝	元	
148	劉啓	2	
147	(유계)	中元	3	
146		4	
145		5	
144		6	
143		元	
142	後元	2	
141		3	景帝 붕어. 태자 유철(劉徹) 계위.
140		元	始建 年號. 중국 年號 紀元의 시작. 동중서(董仲舒) 파출백가(罷黜百家) 독존유술(獨尊儒術) 건의 (140).
139		2	
138	建元	3	장건(張騫) 西域 出使.
137		4	
136		5	五經博士制 설치.
135	武帝	6	
134	劉徹	元	각 郡國에서 효렴(孝廉) 인재 천거.
133	(유철)	2	匈奴 유인책(誘引策) 실패(馬邑)−失和.
132	元光	3	
131		4	
130		5	司馬相如 등 서남이 회유−漢朝에 귀부.
129		6	
128	元朔	元	
127	(원삭)	2	위청(衛青) 흉노 격파, 朔方郡 설치. 추은령(推恩令) 시행.

126		3	
125		4	
124		5	
123		6	
122		元	淮南王 劉安 모반 실패 자살.
121		2	곽거병(霍去病) 흉노 원정. -흉노 혼야왕(渾邪王) 항한(降漢).
120	元狩 (원수)	3	
119		4	장건 2차 서역出使. 염철(鹽鐵) 전매제 실시.
118		5	
117		6	
116		元	
115		2	장건 귀국-서역과 교통로 열림.
114		3	
113	元鼎 (원정)	4	군국의 주전(鑄錢) 금지-上林苑에서만 오수전(五銖錢) 독점 주조.
112		5	감천(甘泉)에 태일사(泰一祀) 건립, 제사.
111	武帝 劉徹 (유철)	6	남월 원정-南海郡 등 9郡 설치.
110		元	북방 및 동해 순수(巡狩), 泰山 封禪. 균수(均輪), 평준관(平準官) 설치.
109		2	益州郡 설치.
108	元封 (원봉)	3	漢軍-누란(樓蘭), 거사(車師) 격파.
107		4	
106		5	13자사부(刺史府) 설치. 郡國 순시.
105		6	
104		元	太初曆 반포 시행.
103	太初	2	司馬遷《史記》저술.
102		3	漢軍 大宛國 격파.
101		4	漢軍 서역 윤대(輪臺)에 둔전(屯田).
100		元	소무(蘇武) 出使 匈奴.
99	天漢	2	이광리(李廣利) 흉노원정. 이광(李廣) 패전 투항. 사마천은 이광 옹호하다 宮刑을 당함.

98		3	
97		4	
96		太始	元	
95			2	
94			3	
93			4	
92		征和 (延和)	元	
91			2	巫蠱(무고)의 禍. 태자 유거(劉據) 兵敗, 자살.
90			3	
89			4	
88		後元	元	
87			2	武帝 病死. 소제(昭帝, 劉弗陵) 즉위.
86	昭帝 劉弗陵 (유불릉)	始元 (시원)	元	
85			2	
84			3	
83			4	
82			5	
81			6	鹽鐵 회의 소집. 소무(蘇武) 흉노 억류 19년 만에 귀국.
80		元鳳 (원봉)	元年	
79			2	
78			3	
77			4	
76			5	
75			6	
74		元平	元年	소제 붕어. 곽광은 昌邑王 유하(劉賀)를 옹립 후 폐위. 선제〔宣帝, 유병이(劉病已)〕 즉위.
73	宣帝 劉詢 (유순)	本始	元	
72			2	漢과 오손(烏孫) 연합 흉노 공격.
71			3	
70			4	

69		地節	元	
68			2	
67			3	
66			4	곽우(霍禹) 모반 발각. 곽씨 멸족. 상관걸(上官傑) 제거.
65		元康	元	
64			2	
63			3	
62			4	
61	宣帝 劉詢 (유순)	神爵 (신작)	元	조충국(趙充國)—서강(西羌)을 원정.
60			2	흉노 일축왕(日逐王) 투항. 서역도호부(西域都護府) 설치.
59			3	
58			4	
57		五鳳 (오봉)	元	
56			2	흉노 5선우(單于)—내분.
55			3	
54			4	변방 郡에 상평창(常平倉) 설치.
53		甘露 (감로)	元	흉노, 호한야선우(呼韓邪單于) 歸附, 칭신 (稱臣).
52			2	
51			3	석거각(石渠閣) 經書 토론.
50			4	
49		黃龍	元	흉노 선우(單于) 入朝. 선제 붕어. 태자 유석(劉奭) 즉위(元帝).
48	元帝 劉奭 (유석)	初元	元	무기교위(戊己校尉) 설치. 서역(西域) 둔전.
47			2	석현(石顯) 전권(專權). 前將軍 소만지(蕭望之) 핍박 받아 자살.
46			3	주애군(珠崖郡) 지역 반란—폐군(廢郡).
45			4	
44			5	염철관(鹽鐵官) 폐지.
43		永光	元	
42			2	풍봉세(馮奉世) 등 서강족(西羌族) 격파.

41			3	염철관 부활.
40			4	
39	元帝 劉奭 (유석)		5	
38		建昭 (건소)	元	
37			2	
36			3	서역도호 감연수(甘延壽), 질지선우(郅支單于) 사살. 포로 다수 획득.
35			4	
34			5	
33		竟寧 (경영)	元	흉노선우 入朝. 왕소군(王昭君) 출새(出塞). 원제 붕어. 태자 유오(劉驁) 즉위(成帝).
32	成帝 劉驁 (유오)	建始 (선시)	元	성제 큰 외삼촌인 왕봉(王鳳)을 大司馬에 임명. 王氏 전권(專權) 시작. 석현(石顯) 파직.
31			2	
30			3	
29			4	중서환관(中書宦官)제도 폐지.
28		河平	元	
27			2	
26			3	광록대부 유향(劉向)－群書 校正.
25			4	
24		陽朔 (양삭)	元	
23			2	
22			3	
21			4	
20		鴻嘉 (홍가)	元	
19			2	
18			3	廣漢郡에서 정궁(鄭窮) 起義.
17			4	
16		永始	元	5년간 진행돼 창릉(昌陵) 工事 중단.
15			2	
14			3	
13			4	

12		元延	元	
11		(원연)	2	
10	成帝		3	
9	劉鰲		4	
8	(유오)	綏和	元	三公(大司空, 大司馬, 丞相) 등 개칭. 官府 설치.
7		(수화)	2	成帝 붕어, 정도왕 유흔이 계위(哀帝). 유흠(劉歆)《七略(칠략)》 저술.
6		建平	元	
5	哀帝	太初	元	
4	劉欣	建平	3	
3	(유흔)		4	
2		元壽	元	
前1		(원수)	2	哀帝 붕어. 平帝 즉위.
西紀 1			元	太皇太后 왕정군(王政君) 臨朝. 왕망(王莽)은 大司馬로 전권(專權).
2	平帝	元始	2	
3	劉衎		3	
4	(유간)		4	
5			5	평제 붕어. 宣帝의 현손 유영(劉嬰) 즉위. 號 유자(孺子).
6	孺子	居攝	元	왕망은 거섭(居攝)-가황제(假皇帝)라 호칭.
7	(유자)	(거섭)	2	翟義(적의) 거병.
8			3	왕망 칭제. 建立 新朝.

(2) 신조(新朝)

前	帝位	年號	年數	主要 事件
8	王莽	居攝	3	왕망 즉위. 新朝 開創.
9	(왕망)	始建國	元	왕망 복고개제(復古改制) 시작.
10			2	

11		居攝 始建國	3	
12			4	
13			5	
14		天鳳 (천봉)	元	
15			2	농민 起義 빈발. 五原郡, 代郡 백성 봉기.
16	王莽 (왕망)		3	
17			4	각지에서
18			5	낭야군 백성 번숭(樊崇, 후칭 赤眉軍) 起義.
19			6	
20		地皇	元	거록(鉅鹿)人 마적(馬適) 討王莽 擧兵, 失敗.
21			2	
22			3	關東 대기근, 적미병(赤眉兵), 新市兵 등 擧兵. 漢 宗室 유수(劉秀) 起兵.
23			4	녹림군(綠林軍)이 유현(劉玄)을 옹립. 경시(更始)로 개원. 곤양(昆陽) 大戰. 경시제 入關. 왕망 피살−新朝 멸망.

(3) 현한(玄漢)

前	帝位	年號	年數	主要 事件
23			元	劉玄(更始帝) 칭제.
24	劉玄 (유현)	更始 (경시)	2	유수(劉秀) −行大司馬事, 河北平定. 세력 확장. −劉秀, 邯鄲진격 殺王郞, 遣鄧禹 入關.
25			3	更始帝 至 長安, 적미군(赤眉軍) 長安 入城. 劉秀 稱帝. 後漢 건국.

(4) 후한(後漢)

西紀	帝位	年號	年數	主要 事件
25년			元年	공손술(公孫述) 成都에서 칭제(稱帝). 등우(鄧禹) 更始兵 대파 河東 평정. 劉秀 황제로 즉위, 건원 建武, 光武帝. 적미군은 유분자(劉盆子)를 황제로 옹립. 적미군 長安 입성. 光武帝 洛陽 入城, 定都. 적미군에게 경시제 피살.
26			2	光武帝, 魏郡, 清河, 東郡 평정. 곽귀인(郭貴人) 皇后 책립, 劉彊, 皇太子. 노비의 還家 허용. 三輔지역 대기근.
27			3	팽총(彭寵), 張步 등 稱王하며 할거.
28			4	공손술 삼보(三輔) 지역 공격.
29			5	팽총 사망, 今 北京 일대 歸漢. 두융(竇融) 漢에 귀의 후, 西地 평정.
30	光武帝 (世祖)	建武 (건무)	6	오한(吳漢)은 강회(江淮) 및 今 山東省 일대 평정. 외효(隗囂)가 농우(隴右) 지역에서 反漢. 北地,上郡,安定郡 지역 漢에 평정.
31			7	五原, 삭방(朔方), 雲中郡 지역 歸漢.
32			8	광무제 외효를 친정(親征).
33			9	외효-病死. 子 외순(隗純) 계승, 反漢.
34			10	오한(吳漢)이 흉노 격파. 농우(隴右)지역 평정.
35			11	광무제 노비 처형을 법률로 금함. 마원(馬援) 등-여러 강족(羌族)을 격파.
36			12	공손술 부상으로 病死. 각지 할거세력 완전 평정. 통일 이룩.
37			13	功臣 諸侯 개편 작업 종료.
38			14	孔子 후손 공지(孔志)를 포성후(褒成侯)에 봉함.

39		15	흉노 침입 격화, 변방주민 內郡 이주.
40		16	교지군(交趾郡)의 징칙(徵側), 징이(徵貳) 起兵-漢郡 점령.
41		17	곽(郭)황후 폐위, 光烈陰皇后 책립.
42		18	사흠(史歆) 成都에서 反漢, 평정.
43		19	伏破將軍 마원(馬援), 交趾郡 평정.
44		20	吳漢 病死, 흉노 대거 침입.
45		21	흉노, 오환(烏桓), 鮮卑族 代郡 침략.
46		22	흉노 대 기근, 오환에 격파, 이동.
47	光武帝 (世祖)	23	匈奴 일축왕(日逐王) 比(비)가 內附.
48	建武 (건무)	24	남흉노 호한야선우(呼韓邪單于)즉위, 稱臣.
49		25	마원, 무릉(武陵) 만이(蠻夷)토벌, 陣中病死.
50		26	南單于 西河郡에 移居, 흉노 雜居.
51		27	三公府-司徒, 司空, 大司馬 개칭.
52		28	북흉노 화친 요구, 광무제 허용.
53		29	天下 男子에게 二級씩 작위 하사.
54		30	鮮卑(선비)의 족장이 귀부하여 朝賀.
55		31	北匈奴遣使奉獻.
56	建武 中元	元	泰山에서 封禪.
57		2	倭使入朝, 光武帝 病死(2월), 明帝 즉위.
58		元	마무(馬武) 등 출병, 燒當羌 大破.
59		2	벽옹(璧雍)에서 大射禮, 養老禮 시행.
60		3	마황후(馬皇后) 책립.
61		4	藉田(적전)을 親耕하다.
62		5	元氏縣의 田租와 更賦 6년간 면제.
63		6	魯國에 행차, 제후왕의 알현을 받음.
64	明帝	永平 7	皇太后 陰氏(光烈陰皇后) 붕어.
65		8	明帝, 蔡愔(채음)을 서역 파견, 求佛經.
66		9	채음 귀국, 洛陽 白馬寺 건립.
67		10	南陽郡에 기서 장릉(章陵)에 행차.
68		11	패왕(沛王) 劉輔(유보) 등 입조.
69		12	天下安平, 연속 풍년, 百姓殷富. 黃河 대규모 제방 수축.

70			13	楚王 유영(劉英), 모반탄로, 대규모 獄事.
71			14	楚王인 劉英(유영) 자살.
72			15	孔子 舊宅에서 공자를 제사.
73			16	寶固(두고) 등 파견, 북흉노 대원정. 班超를 西域에 파견, 서역과 통교. 淮陽王 延(연) 모반, 관련자 처형.
74			17	西域都護府, 戊己校尉 설치.
75			18	北匈奴,焉耆國 등 서역도호 살해. 明帝 病死(8월), 태자 즉위(章帝).
76	章帝	建初	元	段彭(단팽), 북흉노 격파, 흉노 도주.
77			2	伊吾廬(이오려) 둔병 철수, 북흉노가 차지.
78			3	반초 서역병력 통솔, 북흉노 격파. 貴人寶氏가 皇后가 되었다.
79			4	유생을 白虎觀에 모아 五經 異同을 논의 －班固《白虎通義》저술.
80			5	반초－疏勒國(소륵국) 격파.
81			6	大司農 鄧彪(등표)를 太尉에 임명.
82			7	皇太子 경(慶)폐위, 皇子 肇(조), 皇太子 책봉.
83			8	北흉노 稽留斯 등 3만여 명 歸漢.
84		元和	元	班超(반초), 疎勒,于闐 동원, 莎車격파.
85			2	四分曆 시행. 임산부에 胎養穀 지급.
86			3	西域長史 班超(반초)가 疏勒王 죽임.
87		章和	元	鮮卑 북흉노 대파. 북흉노 28만 投降. 반초 위세가 서역에 진동.
88			2	章帝 붕어, 和帝 즉위, 寶太后 臨朝.
89	和帝	永元	元	寶憲, 북흉노 대파, 燕然山 刻石記功. 두헌 대장군이 됨, 寶氏 발호.
90			2	반초 大月氏(대월지) 격파.
91			3	漢軍, 북흉노 격파, 單于 멀리 도주. 서역도호부, 騎都尉, 戊己校尉 재설치, 반초를 서역도호 임명.

92	和帝	永元	4	두헌의 대장군 인수 회수, 환관의 정치 개입 시작, 竇憲 자살, 竇氏餘黨 체포, 班固 옥사.
93			5	선비족 점차 강성.
94			6	班超—서역 50여 국 완전 평정.
95			7	4월, 일식. 9월, 京師에 지진.
96			8	남흉노 배반, 2만여 명 강제 이주.
97			9	班超가 甘英을 大秦國에 파견—安息國 도착, 귀환.
98			10	5월, 京師에 큰 홍수, 10월에 홍수.
99			11	천하 대사면.
100			12	서역 蒙奇(몽기), 兜勒(두륵) 2국 귀부.
101			13	安息國과 通好, 獅子와 大鳥 보냄.
102			14	반초가 낙양에 귀환(8월), 9월 永眠. 廢 陰皇后, 鄧황후(鄧綏) 책립.
103			15	南陽郡 巡狩, 章陵 行次.
104			16	北匈奴 稱臣 入朝.
105		元興	元	高句麗 요동 침략. 和帝 죽음(12월).
106	殤帝	延平	元	殤帝 병사. 安帝 즉위, 鄧太后 臨朝.
107	安帝	永初	元	西域都護 및 伊吾, 柳中 屯兵 폐지. 서역과 관계 단절.
108			2	홍수 등 재해 연속, 농민 반항 격심.
109			3	京師, 幷州, 涼州 대기근, 人相食.
110			4	青州 張伯路 등 농민 봉기.
111			5	先零(선련) 羌族, 河東, 河內郡 침략.
112			6	蝗蟲 폐해. 大旱.
113			7	侯霸(후패) 등 선련 羌族 격파.
114		元初	元	羌族이 武都, 漢中, 巴郡 등 침략.
115			2	水利工事 진행. 외적 침입 번다.
116			3	任尙이 선련 羌族 격파, 隴右 평정.
117			4	곳곳서 羌族과 전쟁 계속.
118			5	羌族 토벌에 242억전 소모. 任尙이 戰果 허위 보고, 처형됨.
119			6	선비족 침입.

120		永寧	元	班勇-西域副校尉, 敦煌(돈황) 주둔.
121		建光	元	鄧太后 붕어. 安帝 親政.
122			元	夫餘王 遣使朝貢. 高句麗 요동 침입.
123		延光	2	班勇 西域長史로 柳中에 주둔.
124			3	班勇 西域 각국 정벌, 서역 再 通交.
125	少帝	無	4개월	安帝 붕어. 少帝 즉위, 사망(연호 無). 中常侍 孫程 등 정변, 順帝 즉위.
126			元	班勇, 서역 각국 및 북흉노 격파.
127			2	班勇과 敦煌軍 協力 焉耆國 등 평정.
128	順帝	永建	3	鮮卑族, 漁陽郡에 침입.
129			4	황제 冠禮, 백성에 賜爵. 吳郡 신설.
130			5	疏勒(소륵), 大宛, 莎車國 入貢.
131		永建	6	서역 伊吾屯田 再開.
132			元	順烈梁皇后 册立.
133		陽嘉	2	張衡(장형) 候風地動儀, 渾天儀 제작.
134		(양가)	3	護羌校尉 馬續 羌族 격파.
135			4	梁商 大將軍이 되다.
136			元	武陵郡 蠻夷 등 각지서 노략질.
137			2	象林郡 蠻夷 등 각지서 지방관 살해.
138	順帝	永和	3	九眞太守 祝良 蠻夷 무마, 嶺南復平.
139			4	護羌校尉 馬賢 燒當羌 대파.
140			5	南匈奴 배반 각지서 노략질.
141			6	대장군 梁商 병사, 子 梁冀 대장군.
142		漢安	元	남흉노 九龍吾斯, 并州 각지 노략질.
143			2	中郎將 馬寔, 九龍吾斯를 공격 살해.
144		建康	元	順帝 崩, 太子 炳 즉위, 梁太后 臨朝.
145	沖帝 (충제)	永熹 (영희)	元	沖帝 死, 質帝 즉위.
146	質帝 (질제)	本初	元	대장군 양기(梁冀), 質帝 독살. 환제(桓帝) 영입.
147			元	양기(梁冀)가 太尉 李固, 杜喬 獄死시킴.
148	桓帝 환제	建和	2	皇帝加元服(관례를 행하다. 17세).
149			3	名儒 荀淑(순숙, 李固의 스승) 卒.
150		和平	元	梁太后 桓帝에게 還政. 太后 붕어.

151	元嘉	元	任城國, 梁國 대기근, 人相食.
152	(원가)	2	西域長史가 于闐國人에게 피살.
153	永興	元	冀州 등 자연재해 극심.
154		2	지방 각지서 造反 계속.
155	永壽	元	司隷, 기주 대기근, 人相食.
156	(영수)	2	公孫擧 등 농민 봉기, 공손거 사망.
157		3	九眞郡 농민 봉기.
158	延熹	元	南匈奴 反旗, 烏桓과 鮮卑 入寇.
159	(연희)	2	梁皇后 崩御, 梁冀 자살, 일족 몰락.
160		3	환관 발호, 外賊 入寇. 농민 봉기.
161		4	전염병 크게 유행. 諸 羌族 入寇.
162		5	長沙, 零陵, 豫章郡 농민 봉기.
163		6	桂陽郡, 南海郡 농민 봉기.
164	延熹	7	黃瓊(황경) 病死. 6, 7천 名士 운집.
165		8	李膺(이응), 다수의 환관을 주살.
166		9	司隷, 豫州 災害에 기근. 黨錮의 獄(禍) 야기. 名士 다수 투옥.
167	永康	元	黨錮 名士 出獄, 歸家, 終身 禁錮. 桓帝 崩, 靈帝 옹립, 竇太后 臨朝청정.
168	建寧	元	竇武 대장군, 陳蕃 太傅. 환관 曹節 등 政變, 환관 實權 장악.
169		2	曹節, 2차 黨錮의 獄 유발.
170		3	大鴻臚 橋玄(교현), 司空이 되다.
171		4	황제 冠禮, 大赦 天下.
172	熹平	元	竇太后 病死. 太學生 수천 명 구금.
173		2	선비족이 幽州와 幷州를 침략.
174		3	曹操(조조), 洛陽 北部都尉가 됨.
175		4	五經石刻(熹平石經)을 太學 정문에 세우다.
176		5	黨人 門生, 父子를 모두 免官, 禁錮.
177		6	鮮卑族을 토벌했으나 大敗.
178	光和	元	西邸(西園) 설치, 공개적 賣官 시작.
179		2	환관 王甫가 弄權, 체포 처형됨.
180		3	선비족이 幽州와 幷州에 침입.

181	靈帝 (영제)	中平	4	靈帝 방탕, 遊戲 無度.
182			5	2월, 전염병이 크게 돌았다.
183			6	張角 黃巾 謀議-'蒼天已死, 黃天當立, 歲在甲子, 天下大吉'이라 선동.
184			元	황건 봉기 폭발, 7州 28郡 同時 봉기. 何進, 盧植, 皇甫嵩 등 진압에 나섬.
185			2	황건 잔당 黑山賊의 노략질 계속.
186			3	黃巾主力 진압, 靑州, 徐州 잔당 준동.
187			4	韓遂, 馬騰이 三輔 공략. 長沙태수 孫堅, 長沙 농민봉기 진압.
188			5	靑, 徐州 황건적 재봉기.
189	少帝 獻帝 (헌제)	光熹 昭寧 永漢 中平	6	靈帝 崩, 少帝(劉辨) 즉위, 何太后 청정. 中常侍 張讓이 何進을 살해. 袁紹는 환관 2천 명 살해. 董卓 낙양 진입. 少帝 폐위, 劉協(獻帝)를 옹립. 동탁 自任相國.
190	獻帝 (헌제)	初平	元	關東에서 袁紹 중심 董卓 토벌군 성립. 동탁은 獻帝 협박 장안 천도.
191			2	孫堅 동탁군 격파하고 낙양 입성. 曹操 東郡에서 黑山部 격파. 袁紹 冀州 차지, 劉備 平原相.
192			3	孫堅 荊州劉表 공격 중 黃祖에게 피살. 동탁, 王允과 呂布의 계략 의거 피살. 동탁 部將 李傕(이각), 郭汜(곽사) 등 장안 도륙. 曹操 兗州 차지, 靑州兵을 조직 통솔.
193			4	袁術은 淮南 점유. 조조는 徐州 陶謙을 공격, 백성 수만 명 살해.
194		興平	元	呂布 연주 공격, 조조 패퇴. 조조와 呂布, 濮陽에서 전투. 劉備 代徐州牧.
195			2	조조 定陶에서 여포 격파. 여포는 유비에게 의탁. 이각, 곽사가 獻帝 위협, 헌제는 安邑縣 피신. 孫堅의 아들 손책(孫策) 강동을 차지.

196		元	여포는 徐州 차지, 獻帝 낙양 도착. 曹操는 헌제를 許都로 영입. 孫策은 會稽郡 차지. 조조 권력 독점. 여포는 유비 공격, 유비 조조에 의탁.
197		2	袁術 淮南 壽春에서 稱帝. 袁紹는 冀, 靑, 幷州 장악. 조조는 원술 격파
198		3	동탁 잔당 완전 몰락. 조조는 여포 격파 처형, 徐州 차지. 諸葛亮은 南陽 隆中에 은거, 劉表 荊州 8郡 차지.
199		4	원소는 公孫瓚 공격 살해, 幽州 차지. 袁術 사망. 袁紹와 조조 黎陽 격전. 劉備는 徐州 점령, 자립.
200		5	동승의 조조 살해 계획 누설 피살. 조조는 서주 공격, 유비는 원소에 의탁. 관우는 조조에 일시 투항. 관우가 袁紹의 대장 顏良을 죽임.
201	獻帝	建安 6	孫策 피살, 弟 孫權 繼位 자립. 조조 官渡大戰에서 원소 대파. 劉備는 유표에 의탁.
202		7	袁紹 病死. 子 袁譚, 袁尙 爭權. 曹操는 원담, 원상 격파. 흉노 격파.
203		8	원담 원상 내분, 원상이 원담 격파. 孫權은 黃祖의 水軍을 격파.
204		9	조조 邯鄲 차지. 袁尙 격파, 冀州 차지.
205		10	조조는 원담 살해. 원상 烏桓 도주.
206		11	조조 冀, 靑, 幽, 幷州 차지, 북방 통일.
207		12	조조는 白狼山에서 烏桓을 대파. 원상은 요동태수 公孫康에게 의지. 공손강이 원상을 죽임. 유비 三顧草廬, 諸葛亮은 三分天下의 隆中對策을 건의, 유비의 軍師가 됨.
208		13	조조 自任 丞相. 형주 유표 사망, 조조는 형주 유종을 격파. 제갈량은 동오 손권과 結好, 周瑜魯肅은 항전을 주장. 赤壁大戰에서 東吳의 승리.

209		14	曹操 屯田, 周瑜 대파 曹操 江陵兵, 不久 病死.
210		15	조조 인재 모음. 銅雀臺 건립.
211		16	조조 장남 曹丕 副丞相. 조조는 韓遂와 馬超 격파. 益州郡 太守 劉章영입 劉備.
212		17	조조는 夏候淵을 시켜 馬超 격파. 孫權 秣陵 石頭城(今 南京市) 축조, 建業 改稱하고 移居.
213	獻帝	18	조조 손권 공격. '生子當如孫仲謀(孫權)' 라 탄식하고 철군.
214	建安	19	劉備 自領 益州牧. 曹操 공격 손권, 無益而撤軍. 조조 헌제 伏皇后 시해.
215		20	조조 漢中郡 張魯 공격, 장로 투항.
216		21	조조 魏王이 됨.
217		22	조조 손권 濡須口에서 격전. 呂蒙이 대파 曹軍, 魯肅 病死 呂蒙 대체.
218		23	劉備 入 漢中, 諸葛亮 守成都. 劉備, 夏候淵이 漢中 陰平關서 대치.
219		24	유비와 황충이 한중군 탈취. 유비 자칭 漢中王. 關羽 曹仁을 대파. 조 조 七軍을 水葬. 呂蒙, 陸遜(육손) 荊州 급 습, 關羽 敗死.
220	延康 黃初	元	曹操 사망(1월) 曹丕 승계. 曹丕는 廢 獻帝 稱 魏帝. 黃初 원년. 조비 洛陽 천도.

[참고]

西紀	帝位	年號	年數	主要 事件
221	昭烈帝	章武	元	劉備 成都 즉위, 史稱 蜀漢.
222	孫權	黃武	元	孫權 자립 吳王, 曹丕 남침에 항거.
223	後主	建興	元	劉備 白帝城에서 病死. 劉禪 계위.
226	文帝	黃初	7	曹丕 病死, 曹叡(조예, 明帝) 즉위.
229	大帝	黃龍	元	孫權 자립 황제, 改元 黃龍. 吳 大帝.
227	後主	建興	5	제갈량(諸葛亮), (前 出師表).
234			12	제갈량, 오장원(五丈原) 病死.
263		景輝 (경휘)	6	後主 出降, 蜀漢 멸망.
265	元帝	咸熙 (함희)	2	사마염(司馬炎) 즉위(晋 武帝). 魏 元帝 선위(禪位).
280	孫皓 (손호)	天紀	4	晋 누예(杜預), 攻吳, 손호(孫皓) 請降. 吳亡. '鼎足三分已成夢 三分天下歸一統.'

3. 전한(前漢) 관직(官職)

○ 加官(가관) – 加官은 황제가 총애하는 신하에게 본 관직 외에 추가로 다른 업무를 담당할 수 있는 권한을 수여한 직함이다. 시중(侍中), 左右曹(좌우조, 諸曹), 제리(諸吏), 산기(散騎), 中常侍 給事中 등이 모두 가관(加官)이다. 열후(列侯), 장군(將軍), 卿大夫, 都尉, 尙書, 太醫, 太官令에서 낭중(郞中)에 이르는 관직이라면 가관(加官)을 받을 수 있었다. 가관(加官)은 정원이 없고, 가관은 내조관(內朝官)에 한했고 정사의 논의에 참여할 수 있으며 권한도 강대하였다. 侍中과 中常侍는 禁中에 출입할 수 있고, 諸曹는 尙書事를 담당하고, 諸吏는 위법자를 적발 탄핵할 수 있으며 散騎는 황제의 수레를 호위한다. 給事中도 加官으로 '給事禁中'의 뜻. 將軍, 列卿, 大夫, 博士, 議郞이 이 가관을 받아 황제의 顧問에 應對할 수 있다.

○ 京兆尹(경조윤) – 內史를 分置. 개칭.

○ 關都尉(관도위) – 武帝 때 설치. 函谷關, 武關, 玉門關, 陽關 등에 배치한 武官, 관문 방어, 행인 통제, 관세 징수의 권한. 함곡관 도위는 특히 중요하여 關名을 쓰지 않은 관도위는 모두 함곡관 도위임. 대신의 자제나 황제의 신임이 두터운 자를 엄선하여 배치했다.

○ 光祿勳(광록훈) – 宮殿 경비 담당, 출입자 단속. 武帝 太初 원년 낭중령(郞中令)을 광록훈(光祿勳)으로 개명. 질록 中二千石. 屬官으로

大夫, 郞, 謁者를 두었다. 大夫는 정사에 대한 의론을 담당하는데 太中大夫, 中大夫, 諫大夫가 있는데 정원이 없고 많을 때는 수십 명이나 되었다. 太中大夫는 질록 比1천 석. 諫大夫는 武帝 元狩 5년에 처음 설치(질록 比8백 석), 太初 원년에 郞中令을 光祿勳으로 개칭하면서 中大夫를 光祿大夫로 개명(질록 比2천 석), 광록대부는 여러 대부 중 가장 존귀한 자리. 給事中, 侍中의 가관을 받아 영향력 극대. 後漢에서는 점차 閑散職化.

○ **國邑**(국읍) – 列侯의 食縣을 보통 國이라 지칭. 皇太后, 皇后, 公主의 식읍은 보통 邑이라 지칭. 道는 중국인과 蠻夷(만이)의 혼거지. 전국에 縣, 道, 國, 邑이 1,587개소였다는 통계가 있다.

○ **郡守**(군수) – 郡의 행정 책임자. 질록 2천 석. 부군수로 丞, 邊郡에는 長史가 있어 兵馬 감독. 丞과 長史는 질록 6백 석. 景帝 中元 2년 太守로 명칭 변경.

○ **郡尉**(군위) – 郡의 군사 치안 담당. 질록 比2천 석. 속관으로 丞을 두었다(질록 6백 석). 景帝 中元 2년 都尉로 명칭 변경.

○ **郞官**(낭관) – 郞吏, 郞中令(光祿勳)의 屬官. 궁문 경비, 황제 호위를 담당, 곧 황제의 호위병에 대한 총칭. 議郞, 中郞, 侍郞, 郞中 등 여러 직명이 있었다. 질록은 議郞과 中郞은 질록 比6백 석, 侍郞은 比4백 석, 郞中은 比3백 석으로 6백 석에서 3백 석까지 다양. 무 정원, 많을 때는 1천여 명이나 되었다. 선발 방법은 임자(任子, 고급 관리의 자

제를 선발, 일종의 蔭敍), 貲選(재물로 관직을 얻음), 軍功, 孝廉(효렴) 또
는 明經으로 천거받은 자 등 등용 통로가 다양하였다. 일정 기간 근
무하면 타직으로 옮겨갈 수 있어 벼슬길에 들어가는 계단(仕之通階)
으로 인식되었다. 제후국에 근무하는 낭관은 家郞 또는 王國郞이라
불렸다.

○ 郞中令(낭중령) - 光祿勳으로 개칭.

○ 內史(내사) - 京師 지역의 행정 담당. 질록 2천 석. 景帝 2년에 左,
右內史로 分置. 右內史는 武帝 太初 원년에 京兆尹으로 개칭. 屬官
으로 長安市令, 都水長, 鐵官長을 두었다. 左內史는 좌풍익(左馮翊)으
로 개칭. 屬官으로 늠희령(廩犧令)이 있었다. 또 左都水長, 鐵官長, 雲
壘長, 長安四市長도 있었다.

○ 大司農(대사농) - 국가의 穀物과 재화, 국가 재정 담당. 질록 中2
천 석. 景帝 後元 원년 治粟內史(치속내사)를 大農令으로 개칭했다가
武帝 太初 원년 대농령을 大司農으로 개칭. 屬官으로 太倉令, 均輸
令, 平準令, 都內令, 籍田令의 5令과 그 아래 丞을 두었다. 郡國의 모
든 창고에 農監, 都水長 등 65명의 長과 丞이 있었다. 그 외에도 騪粟
都尉(수속도위)라는 軍官이 있었으나 상설직은 아니었다. 王莽은 大
司農을 羲和(희화)라 개칭했다가 다시 納言(납언)으로 개칭했다.

○ 大長秋(대장추) - 황후를 가까이서 모심(近侍). 궁중 제반사를 관
리. 질록 2천 석, 景帝 中元 6년, 將行(장행)을 大長秋로 개칭. 환관 또

는 일반 士人이 담당.

○ 大鴻臚(대홍려) – 歸義하는 사방의 만이(蠻夷, 소수민족)와 관련한 업무 담당, 9卿의 하나. 질록 中2천 석. 景帝 中元 6년 典客(전객)을 大行令으로 개칭, 武帝 太初 원년 대홍려(大鴻臚)로 개칭. 屬官으로 行人令(大行令으로 개칭), 譯官令, 別火令과 丞이 있었다. 왕망은 大鴻臚를 전악(典樂)으로 개칭했다. 장안에 두었던 각 군국의 저택(郡國邸)은 처음에 少府에 속했다가 다시 中尉 소속이었다가 나중에 大鴻臚 소속이 되었다.

○ 都尉(도위) – 郡尉.

○ 斗食(두식) – 1백 석 이하, 佐史도 1백 석 이하 두식과 좌사는 少吏라 통칭.

○ 戊己校尉(무기교위) – 元帝 初元 원년에 설치, 서역도호의 속관으로 둔전 담당. 질록 比6백 석. 戊己는 十干의 중앙. 중앙은 土, 곧 황색. 이는 漢을 상징하고 흉노(北)를 제압한다는 뜻으로 택한 이름. 원제 원년(前 48)에 설치한 西域都尉의 속관. 둔전을 관장. 秩 6백 석. 車師前王庭에 위치. 今 新疆省의 吐魯番 서북쪽. 무기교위를 戊校尉와 己校尉의 합칭인지 아니면 하나의 직분이 나중에 분리된 것인지 확실하지 않다.

○ 博士(박사) – 太常의 속관, 掌通古今, 질록 比6백 석, 정원 무. 많을 때는 수십 명에 달했다. 무제 建元 5년 처음《五經》博士 설치. 弟

子員(태학생)에게 교육 실시. 박사 1인이 곧 교육기관이었음.

○ 奉常(봉상) - 太常(태상).

○ 奉車都尉(봉거도위) - 황제의 승여(乘輿, 가마)와 수레 담당. 武帝初置, 질록 比2천 석.

○ 駙馬都尉(부마도위) - 황제의 駙馬를 관장. 武帝初置, 질록 比2천 석.

○ 司隸校尉(사예교위) - 武帝 征和 4년에 처음 설치. 질록 2천 석. 持節을 받아 군사 1,200명 지휘, 巫蠱(무고) 관련자 체포, 大姦猾을 감시, 뒤에 그 군사를 해체했다. 三輔와 三河, 弘農郡의 사찰과 치안 유지. 元帝 初元 4년 지절을 회수. 成帝 元延 4년에 사예교위 폐지.

○ 相國(상국, 丞相) - 天子를 도와 萬機를 다스림. 百官之長. 職權無所不通, 국사에 관한 것이라면 무엇이든지 관여할 수 있다는 뜻. 주요한 업무는 관리의 선발과 임용, 백관 탄핵, 郡國의 실적 보고 접수 및 실적 평가, 百官의 朝議와 奏事, 봉박(封駁)과 간쟁(諫諍) 담당. 金印紫綬. 秦에서는 좌우 승상이 있었으나 高帝 즉위하며 丞相 1인. 相國을 孝惠, 高后 때는 左右 丞相制, 文帝 때 1인 승상으로 환원. 哀帝 元壽 2년 大司徒로 개칭. 武帝 때 司直(질록 比2千 石)을 두어 승상의 불법 관리 단속업무를 지원. 2명의 長史 외 속관. 승상 질록은 1만 석. 열후에 봉함. 승상 집무처를 丞相府라 하였다. 丞相과 宰相을 혼용하는 경우도 있는데, 승상은 재상이 분명하지만 재상이라는

말이 꼭 승상은 아님. 哀帝 建平 2년에 丞相에서 최하 佐史까지 총 130,285명이라는 통계가 있다.

○ 西域都護(서역도호) − 宣帝 地節 2년 설치. 西域 36國 관련 업무 담당. 초기에는 加官이었으나 정식 관직이 되었고 副校尉를 두었다. 질록 2천 석(比2천 석). 도호부 소재지는 烏壘城(오루성, 수 新疆自治區 중앙부의 巴音郭楞蒙古自治州 庫尔勒市 輪臺 동쪽 小野云溝 부근) 속관으로 副校尉, 丞, 司馬, 候, 千人 등이 있고 屯田 담당 校尉인 무기교위(戊己校尉)를 지휘했다. 최초 西域都護는 鄭吉.

○ 城門校尉(성문교위) − 京師의 城門에 주둔한 군사를 지휘. 司馬와 12명의 城門候를 두었다.

○ 少府(소부) − 山海池澤의 조세를 징수하여 황실 비용 공급을 담당하는 부서, 질록 中2천 석. 屬官으로 尙書, 符節, 太醫, 太官, 湯官, 導官, 樂府, 若盧, 考工室, 左弋(좌익), 居室, 甘泉居室, 左右司空, 東織, 西織, 東園匠 등 16부서의 令과 丞을 두었다. 또 胞人, 都水, 均官의 長과 丞이 있었고, 또 上林苑 10池에 監을 두었다. 그리고 中書謁者, 黃門, 鈎盾, 尙方, 御府, 永巷, 內者, 宦者의 8개 관서에 令과 丞이 있었다. 여러 僕射(복야)와 署長, 中黃門도 소부 소속이다. 武帝 太初 원년에 考工室을 考工, 左弋을 차비(佽飛), 居室을 保宮, 甘泉居室을 곤대(昆臺), 永巷을 액정(掖廷)으로 개칭하였다. 佽飛는 익사(弋射)를 담당하는데 9명의 丞과 2명의 尉가 있었다. 太官令 아래에 7丞, 昆臺令에 5丞, 樂府令에 3丞, 掖廷令에 8丞, 宦者令에 7丞을 두었다. 成帝

建始 4년에 中書謁者令을 中謁者令으로 개칭하며 처음으로 5명의 尙書를 두었다. 성제 綏和 2년에, 애제가 즉위하며 樂府를 폐지하였다. 王莽은 少府를 共工으로 개칭.

○ 水衡都尉(수형도위) – 武帝 元鼎(원정) 2년에 처음 설치. 上林苑에 보관 중인 皇家의 재산을 관리. 鑄錢도 담당. 銀印靑綬. 질록 2천 석. 水는 池苑, 衡은 山林之官, 都는 諸官을 主管하다. 尉는 卒徒가 武士라는 뜻. 水衡丞은 상림원 관리. 질록 6백 석. 上林令(상림원 내 禽獸 관리), 均輸, 御羞(어수, 食資材 담당), 禁圃(금포, 園藝 담당), 輯濯(집탁, 선박 관리), 鐘官(鑄錢 담당), 技巧〔전폐의 鎔范(틀) 담당〕, 六廐(養馬 담당), 辯銅(鑄錢 原料) 등 9관서에 각각 令과 丞이 있었다. 또 衡官(稅收 담당), 水司空(上林 詔獄의 죄수 관리), 都水(저수지 관리, 漁稅 담당), 農倉(식량 공급 및 비축)의 부서에 長과 그 아래 丞을 배치하였다. 成帝 建始 2년에 기구 축소를 단행. 王莽은 水衡都尉를 여우(予虞)라 개칭.

○ 御史大夫(어사대부) – 백관 감찰. 지위는 上卿, 金印이 아닌 銀印靑綬. 副丞相, 승상 결위 시에 丞相의 업무 수행. 成帝 때 大司空으로 개칭, 金印 紫綬 패용, 질록은 丞相과 같았음. 哀帝 때 다시 御史大夫로 환원, 말년에 다시 大司空으로 호칭. 속관 중 御使中丞은 殿中의 蘭臺에서 圖籍과 秘書 관장, 13部 刺史감독, 侍御史 15명 지휘, 公卿의 상주업무를 담당. 질록 1천 석. 侍御史는 繡衣에 直指받음. 武帝 때 설치. 상설직은 아니었다.

○ 丞相(승상) – 相國.

○ 衛尉(위위) – 궁궐을 수비하는 군사 지휘관임. 질록 中2천 석. 속관으로 公車司馬, 衛士, 旅賁을 두었다. 長樂宮, 建章宮, 甘泉宮의 衛尉는 해당 궁궐의 수비를 담당하나 상설직은 아니었다.

○ 印綬(인수) – 인불(印紱). 印은 직인. 綬는 실로 만든 끈. 관인을 의미. 질록 比2천 석 이상은 銀印靑綬, 질록이 比6백 석 이상이면 銅印黑綬(墨綬). 그러나 光祿大夫, 大夫, 博士, 御史, 謁者, 郎官은 인수가 없었다. 僕射(복야), 御史는 印綬. 比2백 석 이상은 銅印黃綬. 成帝陽朔 2년에 8백 석, 5백 석 질록의 관직을 없앴다.

○ 刺史(자사) – 조서에 의거 6개 항에 걸쳐 郡에 대한 행정 감독. 질록 6백 석, 成帝 綏和 원년에 牧으로 개명, 질록 2천 석으로 대폭 상승. 哀帝 建平 2년 다시 刺史로 환원. 元壽 2년 다시 목으로 환원.

○ 爵位(작위) – 秦의 작위를 계속 적용. 공로를 보상하기 위한 방법. 1級曰公士(최하위), 2급 上造, 3급 簪裊(잠요), 4급 不更, 5급 大夫, 6급 官大夫, 7급 公大夫, 8급 公乘, 9급 五大夫, 10급 左庶長, 11급 右庶長, 12급 左更, 13급 中更, 14급 右更, 15급 少上造, 16급 大上造, 17급 駟車庶長, 18급 大庶長, 19급 關內侯, 20급 徹侯(철후, 列侯). 徹侯는 金印紫綬를 패용, 武帝 이름 徹을 諱(휘)하여 通侯 또는 列侯라 통칭. 철후는 相, 家丞, 門大夫, 庶子 등의 속관을 둘 수 있었다.

○ 將軍(장군) – 前, 後, 左, 右將軍, 上卿級, 金印 紫綬. 상설직은 아님, 前, 後장군 또는 左, 右장군을 두기도 했다. 속관으로 長史(질록

1천 석)를 두었다.

○ 長吏(장리) – 질록 6백 석 이상의 고급 관리를 일반적으로 長吏라 호칭.

○ 長史(장사) – 掌史, 三公, 將軍府에 長史를 두었다. 속관의 우두머리. 대개의 경우 질록 1천 석. 丞相府長史의 권한이 막강. 邊郡의 長史는 군사 지휘(질록 6백 석).

○ 將作大匠(장작대장) – 將作少府(장작소부).

○ 將作少府(장작소부) – 宮室 건축과 보수, 관리 담당. 질록 2천 석, 속관인 丞은 질록 6백 석. 2명의 丞과 左, 右中候를 두었다. 景帝 中元 6년 將作大匠(장작대장)으로 개칭. 부속 관서로 石庫, 東園主章, 左, 右, 前, 後, 中校의 7令과 丞이 있었다.

○ 典客(전객) – 대홍려(大鴻臚).

○ 典屬國(전속국) – 투항한 만이(蠻夷, 소수민족) 관련 업무 담당. 질록 2천 석, 武帝 元狩 3년에 흉노 혼야왕(昆邪王)이 귀항하자 屬國을 늘려 여러 군에 설치하며 都尉, 丞, 候, 千人등을 두었다. 成帝 河平 원년에 대홍려(大鴻臚)에 합쳤다.

○ 廷尉(정위) – 관리의 범죄에 대한 조사와 재판과 집행을 담당. 9경의 하나. 질록 中2천 석. 경제 때 大理로 개칭, 무제 때 다시 정위로 환원. 속관 廷尉正과 左, 右廷尉監은 질록 1천 석. 宣帝 地節 3년

에 左, 右廷尉가 설치(질록 6백 석).

○ 亭長(정장) – 10리에 1亭. 정장을 배치. (前漢 말 哀帝 때) 亭은 전국에 29,635개소.

○ 諸侯王(제후왕) – 분봉된 國을 통치. 금새려수(金璽綟綬, 초록색 끈. 綟는 綟 연두색 려). 異姓 제후왕(漢初 7개국, 가장 늦게까지 존속했던 것은 吳芮의 長沙王)과 동성제후왕으로 구분할 수 있다. 초기에는 독자적인 관리임용권을 갖고 있었으나 경제 때 吳楚七國亂과 무제 때 推恩令으로 제후왕의 세력은 급속히 약화된다. 태부(太傅)는 王을 보좌. 內史는 治國民하고, 中尉는 武職을 관장. 丞相은 국내 소속 관리를 통솔. 卿과 大夫 등의 官制는 漢朝와 동일. 景帝 中元 5년 諸侯王의 직접 통치를 금하고 天子가 후국의 주요 관리를 임명. 丞相을 相으로 개칭, 御史大夫, 廷尉, 少府, 宗正, 博士官을 폐지, 大夫, 謁者, 郎官 등 인원을 크게 축소했다. 武帝 때는 후국의 관직명을 강등했다. 成帝 綏和 원년에는 후국의 內史를 폐지하여 相이 治民하게 하여 郡의 太守와 동급이 되었고 후국의 中尉는 郡都尉와 동급. 결국에는 군현과 다를 바 없었다.

○ 宗正(종정) – 황족의 親屬을 관리, 질록 中2천 석. 平帝 元始 4년 宗伯으로 개칭. 屬官으로 都司空令과 丞, 內官長과 丞이 있었다. 公主家令, 門尉 또한 종정의 속관이었다. 內官(宦官)은 초기에는 少府 소속이었으나 나중에는 宗正 소속이었다.

○ 左馮翊(좌풍익) – 內史를 分置. 개칭.

○ 主爵中尉(주작중위) – 列侯에 관련한 업무 담당. 뒤에 열후 관련 업무는 대홍려(大鴻臚)에서 담당하였다. 질록 2천 석. 주작중위는 景帝 中元 6년 主爵都尉(주작도위)로 개칭. 武帝 太初 원년에 다시 右扶風으로 개칭하여 內史의 우측 지역을 관할하였다. 左馮翊, 京兆尹과 함께 三輔라 하였다. 武帝 元鼎 4년에 三輔都尉를 설치, 都尉와 丞을 설치.

○ 中壘校尉(중루교위) – 누문(壘門)의 안과 장안성 서쪽의 경계와 방어를 담당. 屯騎校尉는 騎士를 관리. 步兵校尉는 上林苑門의 屯兵을 관장. 越騎校尉는 越人騎兵을 관할. 長水校尉는 흉노족 기병을 관리하는 교위. 胡騎校尉도 흉노족 기병을 관리, 장수교위와는 흉노 출신이 다르다. 射聲校尉의 射聲은 야간에 소리만 듣고 활을 쏠 정도로 활솜씨가 뛰어나다는 뜻. 待詔射聲士를 관장, 虎賁校尉는 輕車兵을 담당. 이상 北軍 8校尉는 武帝 때 처음 설치. 질록 2천 석. 교위 아래 丞과 司馬의 속관을 두었다.

○ 中尉(중위) – 집금오(執金吾)로 개칭.

○ 執金吾(집금오) – 궁궐 밖 京師에 대한 순찰과 치안 유지 담당. 황제 출행 시에 의장대 역할. 武帝 太初 원년에 중위(中尉)를 집금오(執金吾)로 개칭했다. 吾는 禦(막을 어)의 뜻. 兵器를 들고 非常에 대비한다는 뜻. 銀印靑綏. 질록 中2천 석. 속관으로 執金吾丞은 부서 내 실

무치리 담당자, 그 아래 候, 司馬, 千人을 두었다. 屬官으로 中壘令 (中壘門 관장), 寺互令(궁문 開閉 담당), 武庫令(兵器 담당), 都船令 (治水 담당)의 4令과 그 아래 각 丞을 두었다. 都船, 武庫令은 3丞을 두었고, 中壘에는 2명의 尉를 두었다.

○ 詹事(첨사) – 皇后와 太子家 관련 업무 담당. 질록 2천 석, 中2천 석도 있었다. 속관인 丞은 질록 6백 석. 屬官으로 太子率更, 家令丞 등이 있었다. 皇后詹事의 속관으로는 中長秋, 私府, 永巷 등이 있었 고 해당 궁의 宦官도 관리. 成帝 鴻嘉 3년 태자 詹事官을 생략. 大長 秋에서 관리. 長信詹事는 皇太后宮을 관리했는데 景帝 中元 6년 長 信少府로 개칭.

○ 治粟內史(치속내사) – 大司農(대사농).

○ 太僕(태복) – 황제의 수레와 마필 관장. 兩丞을 거느렸다. 질록 中2천 석. 屬官으로 大廄令, 未央令, 家馬令을 두었고 그 아래 각각 5 丞과 1尉를 두었다. 龍馬監 등 5監 이외에 다수의 속관을 거느림. 中 太僕은 皇太后의 수레와 거마를 관장하나 상설직은 아니었다. 국가 의 馬政도 태복의 중요한 소관업무였다.

○ 太傅(태부) – 高后 원년 설치. 뒤에 폐지. 哀帝 元壽 2년 다시 설 치. 3公의 윗자리.

○ 太師(태사), 太保(태보) – 平帝 元始 원년, 王莽의 뜻에 의거 설치. 金印紫綬. 太師는 太傅(태부)보다 윗자리, 太保는 太傅의 하위직.

○ 太常(태상) － 泰常(태상). 宗廟祭禮 관장. 景帝 中元 6년 봉상(奉常)을 태상으로 개칭. 銀印青綬. 질록 中二千石. 직속 속관인 太常丞은 질록 1천 석. 太樂, 太祝, 太宰, 太史, 太卜, 太醫 등 6令, 均官長, 都水長의 속관. 교육을 담당하는 博士의 선발과 管理도 주요업무. 皇陵이 있는 陵縣은 모두 太常에 속했다. '太常의 妻가 되지 말라'는 속언과 함께 '태상은 1년 360일 중 359일에 제사가 있고, 제사 없는 하루는 술에 취해 떡이 된다(一日不齋醉似泥).'라는 말도 있다.

○ 太守(태수) － 郡守.

○ 太尉(태위) － 나라의 武事 관장. 武帝 建元 2년 폐지. 武帝 元狩 4년 大司馬를 장군 호칭의 앞에 冠號로 사용. 宣帝 地節3년 大司馬는 無印綬 無官屬, 곧 군사적 실권 없었음. 成帝 때 大司馬는 官屬을 거느렸고 질록은 승상과 동일. 질록 1천 석의 長史를 속관으로 거느림.

○ 太子太傅(태자태부), 少傅(소부) － 태자 교육과 訓導 담당. 질록 2천 석. 屬官으로 太子門大夫, 庶子, 先馬, 舍人을 두었다.

○ 鄕(향) － 10亭 정도를 1鄕으로 통칭. 면적으로 사방 1백 리 정도, 전국에 鄕이 6,622개. 三老를 두어 敎化 담당. 지방관의 통치를 보조. 50세 이상으로 덕행이 있는 사람 중에서 선임. 嗇夫(색부)는 聽訟, 賦稅 징수. 游徼(유요)는 순찰. 도적 방지.

○ 縣令(현령) － 군 아래 縣의 행정 책임. 1萬 戶 이상이면 현령. 질록 1천 석~6백 석. 부현령인 縣丞, 군사 담당인 縣尉는 질록 4백 석

~2백 석.

○ **縣長**(현장) – 1만 호 미만 현의 행정 책임. 질록 5백 석~3백 석. 부현령인 縣丞, 군사 담당인 縣尉는 질록 4백 석~2백 석, 현령, 縣長, 현승, 현위 등은 보통 長吏라 통칭.

○ **護軍都尉**(호군도위) – 장군의 업무 보좌하는 중급 무관. 무관 감찰. 武帝 元狩 4년 大司馬의 속관. 護軍中尉도 있었음. 진평이 이 관직을 한때 수행했었다.

중국역대사화中國歷代史話 (Ⅱ)
- 진한사화秦漢史話

초판 인쇄 2024년 11월 5일
초판 발행 2024년 11월 13일

저 자 진기환
발행자 김동구
디자인 이명숙 · 양철민
발행처 명문당(1923. 10. 1 창립)
주 소 서울시 종로구 윤보선길 61(안국동)
　　　　국민은행 006-01-0483-171
전 화 02)733-3039, 734-4798, 733-4748(영)
팩 스 02)734-9209
Homepage www.myungmundang.net
E-mail mmdbook1@hanmail.net
등 록 1977. 11. 19. 제1~148호
ISBN 979-11-94314-05-9 (04820)
ISBN 979-11-985856-8-4 (세트)

25,000원